Das Buch

Elisabeth ist eine erfolgreiche Journalistin und Autorin. Ihre reiche aber mehr als schräge Familie hat sie hinter sich gelassen. Nach zwanzig Jahren New York City wagt sie den großen Schritt und zieht mit ihrem Mann Andrew aufs Land. Ihr Sohn Gil ist gerade zur Welt gekommen, und Andrew versucht, sich als Erfinder zu verwirklichen. Um sich ihrem nächsten Buchprojekt widmen zu können, engagiert Elisabeth eine Babysitterin. Sam studiert Kunst und kommt aus völlig anderen Verhältnissen als Elisabeth. In Clive glaubt sie, ihre große Liebe gefunden zu haben – sehr zu Elisabeths Missfallen, die davon überzeugt ist, dass die begabte Sam zu Höherem berufen ist. Als die beiden Frauen sich anfreunden, stellen beide plötzlich ihr bisheriges Lebensmodell in Frage.
J.Courtney Sullivan erzählt diese ungewöhnliche Beziehungsgeschichte so einfühlsam, spannend und komisch, dass man das Buch keinen Sekunde mehr aus der Hand legen möchte.

Die Autorin

Die *New York Times*-Bestsellerautorin J. Courtney Sullivan wurde für ihre Bücher bereits mehrfach nominiert und ausgezeichnet. Als Journalistin hat sie u.a. für die *New York Times*, *Chicago Tribune*, *Elle* und *Glamour* zahlreiche Artikel geschrieben. Mit ihrer Familie lebt J. Courtney Sullivan in New York.

J. Courtney Sullivan

Fremde Freundin

Aus dem Englischen von
Andrea O'Brien und Jan Schönherr

WILHELM HEYNE VERLAG
MÜNCHEN

Die Originalausgabe FRIENDS AND STRANGERS
erschien erstmals 2020 bei Alfred A. Knopf, New York.

Penguin Random House Verlagsgruppe FSC® N001967

Deutsche Taschenbucherstausgabe 05/2023
Copyright © 2020 by J. Courtney Sullivan
Copyright © 2021 der deutschsprachigen Ausgabe
by Paul Zsolnay Verlag Ges.m.b.H., Wien
Copyright © 2023 dieser Ausgabe
by Wilhelm Heyne Verlag, München,
in der Penguin Random House Verlagsgruppe GmbH,
Neumarkter Str. 28, 81673 München
Umschlaggestaltung: Nele Schütz Design
nach einer Gestaltung von Anzinger und Rasp, München;
Motive und Design © samui/Shutterstock und © Grace Han
Satz: Leingärtner, Nabburg
Druck und Bindung: GGP Media GmbH, Pößneck
Printed in Germany
ISBN: 978-3-453-42721-1

www.heyne.de

Für Leo und Stella

2014–2015

1
Elisabeth

Als sie erwachte, herrschte Stille. Um diese Uhrzeit war niemand auf außer Müttern und Schlaflosen. Der Blick auf den Wecker erübrigte sich, denn sie wusste genau, dass das Baby jede Sekunde losschreien und sie den Kleinen mit noch halb geschlossenen Augen aus der Wiege heben würde, erschöpft, aber pflichtbewusst – und schließlich, wenn sie das warme Bündel erst in den Armen hielt, voller Hingabe.

Beim Anblick ihres schlafenden Mannes wallte kurz Wut in ihr auf, die sich aber rasch wieder legte, sie wechselte die Windel, ging nach unten und fragte sich, was wäre, wenn sie den Kleinen fallen ließe, wenn er sterben würde. Die Antwort war ihr so vertraut wie die Frage: Sie würde aus dem Fenster springen. Nachdem sie das geklärt hatte, küsste Elisabeth ihn sanft aufs Köpfchen.

Die beruhigende Stimme einer Videobotschaft aus dem Internet ging ihr jetzt durch den Kopf: *Jedes Mal, wenn ich mein Baby stille, trinke ich ein Glas Wasser, damit ich nicht vergesse, auch für mich zu sorgen.* Sie hatte gerade nicht mal die Kraft, ein Glas mit Wasser zu füllen, aber der Gedanke zählte sicher auch.

Im Wohnzimmer gewöhnten sich ihre Augen an die Dunkelheit. Sie erkannte die schwarzen und blauen Schatten, ein Glas, den Couchtisch, von dem sie sich bald trennen müsste, zwei Sessel, die zwei Meter hohe Geigenfeige. Sie hatte die Möbel genauso angeordnet wie im Apartment in Brooklyn, aber irgendwie sah hier alles anders aus.

Elisabeth zog das hässliche Kissen mit dem dämlichen Namen unter dem Sofa hervor. *Meine Busenfreundin.* Jemand hatte es ihr bei der Babyparty geschenkt, wer, wusste sie nicht mehr, aber diese Person hatte das Ding als Lebensretter bezeichnet und damit den Nagel auf den Kopf getroffen, denn immer, wenn sie sich das Kissen um die Hüfte schlang, hatte sie das Gefühl, in einem Rettungsring zu stillen.

Sie setzte sich und legte das Baby auf ihren gepolsterten Schoß. Hob das T-Shirt, löste den BH. Der Kleine dockte an und saugte drauflos, ein entspannter Rhythmus, der ihr noch vor vier Monaten unmöglich erschienen war. Nach der Geburt hatte sie im Krankenhaus einen einstündigen Stillkurs absolviert. Ständig war Elisabeth dabei weggedämmert und wieder hochgeschreckt, wenn sie mit dem Kopf gegen die Wand gestoßen war.

Mit der freien Hand hielt sie jetzt ihr Handy über den Kopf des Babys und rief mit dem Daumen Facebook auf. Direkt auf die Gruppe BK Mamas, wie immer. Elisabeth scrollte bis zu der Stelle vor, wo sie vor dem Zubettgehen aufgehört hatte. Zu jeder Tages- und Nachtzeit stellten Mütter hier ihre unzähligen Fragen. Sie leisteten einander Gesellschaft. Elisabeth stellte sich die Brownstones in ihrem alten Viertel vor, in einer Reihe, allesamt in Dunkelheit getaucht, bis auf die winzigen leuchtenden Displays, die sie miteinander verbanden.

Eine Frau brachte Tipps für einen Langstreckenflug mit Kleinkind. Elisabeth las interessiert alle dreizehn Antworten, obwohl sie kein Kleinkind hatte und in nächster Zukunft keinen Langstreckenflug plante. Jemand hatte eine Frage zur Grippeimpfung. Eine andere brauchte kurzfristig eine Geburtstagstorte mit einem Einhorn drauf. Mimi Winchester, die sich unlängst ein Stadthaus für drei Millionen gekauft hatte, bot für neun Dollar einen gebrauchten Knabenmantel an, Größe 86/92.

Früher hätte sich Elisabeth über solche Frauen lustig gemacht – Frauen mit Abschluss von einer Eliteuniversität, die auf ihrem Fachgebiet glänzten, aber daran scheiterten, einem Neugeborenen die Fingernägel zu schneiden. Jetzt waren sie ihr

Rettungsanker. Die einzigen Menschen auf der Welt, die sich mit denselben Themen beschäftigten wie sie, und zwar genauso intensiv, Menschen, die auf jede Frage eine Antwort wussten. Sie erlernten eine völlig neue Sprache, die sich jede Woche wieder komplett änderte. Was sollte man sonst mit seinem angesammelten Wissen anstellen, als es mit anderen zu teilen? Eine Mutter mit einem nur sechs Wochen älteren Kind wurde automatisch zu Elisabeths Prophetin.

Nach zehn Minuten wechselte sie die Brust.

Jemand hatte eine neue Frage gepostet.

Das passt zwar nicht ganz hierher, aber ... letzten Monat habe ich meine Eltern in Minneapolis besucht, wie so oft ohne meinen Mann. Dabei habe ich zufällig einen alten Collegefreund wiedergetroffen, der gerade frisch geschieden ist. Jetzt schreiben wir uns ständig Nachrichten. Habe ich eine emotionale Affäre? Soll ich aufhören? Weil es nämlich verdammt SPASS macht, und ich glaube, ich habe ein bisschen Spaß verdient.

Auf dem Profilbild war eine blonde Frau zu sehen, lächelnd und durchtrainiert, dahinter ein großer Typ, der den Arm um sie gelegt hatte. Im Hintergrund sah man weißen Sandstrand, in der Ferne standen Palmen. Vielleicht ihre Flitterwochen. Viele Frauen verwendeten ihre Hochzeitsfotos, auch diejenigen, die sich am lautesten über ihre nichtsnutzigen Gatten beschwerten, wie Elisabeth festgestellt hatte.

Es war doch immer wieder erstaunlich, welche Geheimnisse sie hier preisgaben. Die Gruppe war geschlossen, aber das hieß nur, dass man um Aufnahme bitten musste. Sie hatte 4237 Mitglieder, die – zumindest theoretisch – in unmittelbarer Nachbarschaft wohnten. Trotzdem hatte man das Gefühl, hier geschützt zu sein. Intim und anonym zugleich.

Dieselben fünfzehn Frauen schrieben Kommentare, jede

mit ihrer typischen, absehbaren Meinung zum jeweiligen Tagesthema.

Auf die Frage eines Mitglieds, ob sie sich ein drittes Kind anschaffen sollte, antwortete die selbstgerechte Umweltschützerin, sie hätte wegen des Klimawandels und des ökologischen Fußabdrucks ihrer Familie darauf verzichtet. Als jemand ein Rezept für ein einfaches Hähnchengericht postete, fühlte sich die Umweltschützerin bemüßigt, in einem ellenlangen Manifest zu erklären, warum sie ihre Kinder vegan ernährte.

Mimi Winchester jammerte doch allen Ernstes über ihr Brownstone (wie gern hätte sie eine offene Bauweise!), ihre Putzhilfe (sie will keine Fenster putzen!) und – man fasst es nicht – sogar über ihr Haus in den Hamptons (dieser Verkehr!).

In der Abteilung Kinderfrauenschreck tummelten sich diejenigen, die über Babysitter herzogen, die Kindern Fastfood gaben oder die für angemessen angesehene Zeit am Smartphone überschritten. Es gab allerdings auch solche, die grundsätzlich jedes noch so miese Benehmen der Kinderbetreuung entschuldigten.

Elisabeths beste Freundin Nomi hatte ihr mal gesagt, sie ärgere sich wahnsinnig über Freundinnen, die mit Problemen nicht zu ihr kämen, sondern sie bei den BK Mamas ausbreiteten. Letzten Frühling hatte Tanya, eine alte Freundin aus Collegetagen, während des gemeinsamen Abendessens über Belanglosigkeiten geplaudert, nur um zwei Tage später auf BK Mamas um Tipps für einen guten Scheidungsanwalt zu bitten.

»Wenn von ihr nichts kommt, werde ich sie nicht darauf ansprechen«, sagte Nomi.

»Ich glaube, sie geht davon aus, dass du es auf Facebook siehst und sie dann fragst«, sagte Elisabeth.

»Na, da kann sie lange warten.«

Wie die meisten las Elisabeth lieber im Hintergrund mit und postete nie etwas, obwohl sie täglich viel Zeit auf Facebook verbrachte.

Fünf Minuten später hatten sich bereits zwölf Frauen zu Wort gemeldet und der Blondine versichert, was sie mit ihrem Collegefreund tat, sei nur ein harmloser Flirt. Zehn andere rieten ihr, die Sache sofort zu beenden.

Fragen dieser Art wurden hier ungefähr einmal im Monat gestellt und ragten aus den unzähligen Diskussionen zu Themen wie Töpfchen-Training oder Spielgruppen heraus. Wenn eine verriet, dass ihr Mann Alkoholiker war, eine Affäre hatte oder sie selbst am liebsten bei Nacht und Nebel abhauen würde, kommentierten die anderen mit Feuereifer, offenbar angespornt davon, dass man sie in ein Geheimnis eingeweiht hatte.

Das waren die Posts, von denen Elisabeth am nächsten Morgen Andrew erzählte, obwohl sie wusste, dass ihn das alles nicht sonderlich interessierte. Überhaupt gefiel es ihr am besten, wenn sie solche Dinge hinterher mit einer realen Person besprechen konnte. Sie vermisste die Mittwochsverabredungen in Brooklyn, wenn Nomi nicht ins Büro fuhr und sich mittags mit ihr im Crêpes-Laden an der Court Street traf.

An ihr letztes Treffen vor ihrem Umzug erinnerte sie sich noch gut. Sie hatten geredet und geredet, bis der Junge hinter der Theke meinte, er würde jetzt gern zumachen. Danach hatten sie einfach in der schwülen Augusthitze auf dem Gehweg weitergequatscht, genau wie damals auf dem Parkplatz, am letzten Collegetag.

Nomi hatte einst geschworen, nie nach Brooklyn zu ziehen. Das erste Mal, als sie nach dem Brunch in Manhattan ins Taxi gestiegen war, hatte sie Elisabeth wie Barbra Streisand in *So wie wir waren* über die Stirn gestrichen und gesagt: »Dein Stadtteil ist reizend, Hubbell.« Zwei Jahre später waren sie und Brian dann trotzdem hergezogen. Sie kauften ein Dreizimmerapartment in einem neuen Hochhaus mit Lift und Swimmingpool. Elisabeth hatte immer nur in staubigen Häusern mit Vortreppe, Deckenleisten und knarrenden Parkettböden gewohnt. Wohnungen, die mit Attributen wie »Charakter« und »Charme« auskommen mussten, da sie weder eine zentrale Klimaanlage noch einen Waschkeller hatten.

Dass ihre Freundschaft so lange gehalten hatte, führte Elisabeth zum größten Teil auf ihren völlig gegensätzlichen Geschmack in Sachen Männer und Behausung zurück. Der machte unmöglich, dass eine auf die andere neidisch wurde.

»Begehe ich gerade einen Riesenfehler?«, hatte Elisabeth zum Abschied gefragt, ihre Freundin noch fest umschlossen, das schlafende Baby im Kinderwagen daneben.

»Ja«, hatte Nomi gesagt, »das tust du.«

»Ermutigung geht anders.«

»Ich bin noch sauer, dass du einfach abhaust.«

»Aber ich habe dir doch immer schon prophezeit, dass ich irgendwann wegziehe.«

»Genau. Du redest schon so lange davon, dass ich es irgendwann nicht mehr geglaubt habe.«

Die ganze Zeit hatte Elisabeth das große Glück gehabt, ihre engste Freundin direkt in der Nachbarschaft zu haben.

Vermutlich hing sie deshalb so sehr an der Facebook-Gruppe – sie half ihr zu vergessen, dass sie jetzt vierhundert Kilometer weit weg wohnte, in einer Stadt, wo sie keine Freunde hatte.

Ich bin dein Freund, hatte Andrew gesagt.

Ehemänner zählen nicht.

Auch er hatte hier keine Freunde gefunden, aber ihm blieben wenigstens Kollegen, und er konnte manchmal mit amüsanten Anekdoten aufwarten.

Meistens ging Elisabeth nach dem Mittagessen mit Gil spazieren und kam dabei an einem Spielplatz vorbei, auf dem Mütter zusammenstanden, miteinander tratschten und lachten.

Meine Güte, du bist doch nicht die Neue in der Schule, schalt sie sich. *Geh rüber und stelle dich vor.*

Das waren alles erwachsene Frauen. Sie würden nett zu ihr

sein oder zumindest so tun. Aber sie brachte es einfach nicht fertig. Eine Mischung aus Unsicherheit und Erschöpfung hinderte sie daran. Und die Angst vor Ablehnung.

Doch noch während sie sich einredete, dass sie sie sowieso nicht kennenlernen wollte, hoffte sie insgeheim, sie würden sie bemerken und ihr zuwinken, was sie jedoch nie taten.

Das Baby trank, bis es satt war und schloss die Augen, sein Kopf fiel herab wie ein Anker auf den Meeresgrund. Elisabeth trug den Kleinen hoch und legte ihn sanft und mit höchster Konzentration in die Wiege, als wäre er eine Bombe, die jederzeit hochgehen könnte, wenn man nicht vorsichtig war.

In den Stunden vor der nächsten Mahlzeit lag sie hellwach im Bett. Dabei brauchte sie dringend Schlaf, weil ihr ein hektischer Tag bevorstand. Heute würde sich eine potenzielle Babysitterin bei ihr vorstellen, sie musste E-Mails schreiben und dann waren da die vielen Stunden, die auf rätselhafte Weise für den Alltag mit einem Säugling draufgingen. Doch statt sich um ihre Nachtruhe zu bemühen, spähte sie immer wieder auf ihr Handy, gespannt, was die BK Mamas über die emotionale Affäre der Blondine zu sagen hatten.

Violet, ihre Therapeutin, würde vermutlich sagen, dass Elisabeth sich damit ablenken wollte – von dem, was sie ihrem Mann verschwieg, von den aktuellen Problemen ihres Schwiegervaters, von dem Verhältnis zu ihren eigenen Eltern, das schon immer gestört gewesen war, sich aber seit Neuestem verschlechtert hatte.

Elisabeth hatte nicht die Absicht gehabt, nach ihrem ersten Termin bei Violet wöchentlich bei ihr aufzukreuzen. Sie wollte nur, dass ihr jemand eine klinische Depression bescheinigte, eine Angststörung oder vielleicht einfach erklärte, dass ihre Sorgen und ihr Gedankenkarussell durch Proteinmangel verursacht wurden. Eine klare Diagnose wollte sie und ein einfaches, sofort wirksames Mittel, das sie sich in der Apotheke oder im Reformhaus besorgen konnte.

Therapie läuft anders, sagte Nomi.

»Postnatale Depressionen sind kein Hirngespinst«, sagte Violet.

»Ich weiß, aber die habe ich nicht«, sagte Elisabeth. »Das war bei mir schon immer so.«

Eigentlich unternahm sie das alles nur wegen Gil. Es war ihr ein dringendes Bedürfnis, sich wieder geradezubiegen, bevor er merkte, dass sie neben der Spur war.

Violet erinnerte sie daran, dass Gedanken nur Schall und Rauch waren. Sie empfahl ihr, Eckhart Tolle zu lesen.

Bei Elisabeths Google-Suche zu Violet stieß sie auf einen Essay, den ihre Therapeutin vor Jahren für eine Anthologie zum Thema Mütter und Töchter geschrieben hatte, daher wusste sie, dass Violet keine Kinder hatte, ihre Mutter verstorben war und ihr armer alter Vater an Alzheimer litt.

Wenn Elisabeth sich bei ihr über ihre Familie ausweinte, fragte sie sich manchmal, wie sehr Violet sich wohl zusammen-reißen musste, um sie nicht anzubrüllen: *Meine perfekte Mutter ist tot, mein Vater weiß nicht mehr, wer ich bin, aber deine beschis-senen Eltern leben einfach weiter. Soll das fair sein?*

Violet gähnte oft, was Elisabeths Gefühle verletzte.

Sie schlug die Augen auf und war wach. Nur daran erkannte Elisabeth, dass sie geschlafen hatte. Zehn Minuten? Eine Stunde? Sie wusste es nicht.

Es war fünf Uhr morgens. Das Baby würde jeden Moment aufwachen. Sie fragte sich, wie lange diese enge körperliche Bindung noch bestehen würde, wie lange ihr Körper bereits reagieren würde, bevor ihr Sohn sich gemeldet hatte.

Sie checkte BK Mamas auf ihrem Handy.

Eine Frau namens Heather hatte gegen vier Uhr etwas gepostet, sie wollte wissen, ob sie ihre Milch nach zwei Gläsern Wein abpumpen und wegschütten musste. Die Antworten kamen Schlag auf Schlag, ein einstimmiger Chor: Nein. Heather bedankte sich, dann gestand sie, dass sie Schuldgefühle hatte. Weil sie nicht genug Vitamine zu sich nahm, weil sie ein Oreo genascht und damit gegen ihren Vorsatz verstoßen hatte, wegen des Babys nur Bio-Lebensmittel zu essen.

Schuldgefühle waren der Kitt, der sie zusammenhielt.

Denk nicht so viel darüber nach, schrieb jemand. *Es ist nicht gesund, multivariate Analysen über die Auswirkungen des einmaligen Verzehrs von Oreos anzustellen.*

Elisabeth musste lächeln.

Das Baby schrie. Der Tag begann.

2

Die Sommerhitze ließ auch in der zweiten Septemberwoche nicht nach, aber die frühen Morgenstunden waren angenehm. Eine frische Brise kündete von kühleren Tagen.

Bevor Andrew zur Arbeit ging, drehten sie eine gemeinsame Runde um den Teich am nahegelegenen College, ein Abklatsch ihrer früheren Gewohnheit. In Brooklyn waren sie jeden Morgen spazieren gegangen, um sich Kaffee zu holen, hatten in neue Restaurants gespäht und Nachbarn beim Gassigehen gegrüßt. Hier gab es kilometerweit keine Cafés oder Restaurants. Aber Elisabeth machte sich klar, dass sie es so gewollt hatte – Natur, Stille, Vogelgesang in den Bäumen.

Andrew hatte eine French Press gekauft, in der er jetzt Kaffee kochte und ihn ihr vor dem Spaziergang am College in einen Thermobecher füllte.

»Wo sind die College-Schülerinnen eigentlich?«, hatte Andrew gefragt, als sie das erste Mal die Main Street entlangfuhren, die mitten durch den Campus führte.

»Da drüben, wenn ich mich nicht täusche«, hatte sie geantwortet.

Sie zeigte auf die vielen jungen Frauen, die in lachenden Grüppchen an der Ampel standen, auf der Treppe vor dem Wohnheim saßen oder gebeugt unter der Last ihrer Rucksäcke von A nach B eilten. Wie auf den Fotos in den Anmeldeprospekten.

»Nie und nimmer!«, hatte Andrew damals gerufen. »Diese Mädchen sehen aus, als wären sie höchstens in der Sechsten.«

Auch jetzt kam ihnen eine Gruppe junger Frauen entgegen,

sie joggten gemeinsam über den Campus. Ihre weißen Windjacken zischten scharf, als sie in Zweierreihen an ihnen vorbeiliefen.

Die meisten lächelten das Baby an, das in seinem Tuch an Elisabeths Brust schlief.

Elisabeth lächelte zurück, um einen fröhlichen Gesichtsausdruck bemüht. Eigentlich war sie sauer, denn Andrew hatte ihr beim Aufwachen mitgeteilt, dass seine Eltern sie abends zum Essen eingeladen hatten, leider hätte er total verschwitzt, es ihr rechtzeitig zu sagen. Am frühen Abend, wenn Andrew von der Arbeit nach Hause kam, konnte Elisabeth endlich ein bisschen Auszeit genießen oder sich gemütlich mit Andrew unterhalten. Diese kostbaren Stunden wollte sie nicht mit ihren Schwiegereltern verplempern.

Sie hatten ihren Wendepunkt am Teich fast erreicht, dort, wo an einem dicken Ast ein Seil baumelte. Elisabeth stellte sich betrunkene Mädchen in abgeschnittenen Jeans vor, die sich daran übers Wasser schwangen und unter viel Gekreische losließen. Die dieselben Dummheiten machten wie sie. Das ganze Leben noch vor sich hatten.

»Diese Grillen sind widerlich«, sagte Elisabeth. »So heißen sie doch, oder? Grillen? Sie sind riesig. Ich finde es eklig, wenn sie auf mir landen, du nicht?«

Andrew zuckte die Achseln: »Auf mir sind noch keine gelandet, dazu kann ich also nichts sagen.«

Sie boxte ihn gegen den Arm. »So fühlt sich das an.«

Versuchen Sie zu erspüren, in welchen Situationen Sie Wut oder Ärger empfinden, hatte Violet ihr geraten. *Werten Sie nicht, nehmen Sie diese Momente einfach zur Kenntnis.*

Nomi hatte sich unverblümter ausgedrückt: *Wahrscheinlich wirst du Andrew nach der Geburt eine Weile lang abstoßend finden. Wenn er dich anfasst, kriegst du vielleicht sogar die Krise. Mach dir keine Sorgen. Das geht vorüber.*

Elisabeth fand Andrew nicht abstoßend. Sie konnte sich glücklich schätzen, einen sanftmütigen Mann wie ihn zu haben, einen Partner, der sie verstand. Aber in den letzten Monaten hatte sich so viel verändert. Manchmal fühlte es sich an, als wäre sie in einem überfüllten Zimmer, wo sie sich zwar sehen, aber nicht berühren konnten. Sie war sich nicht sicher, wie und wann sie wieder zusammenfinden würden.

Und dann war da noch dieses Geheimnis, das Violet *toxisch* nannte.

»Beziehungen zerbrechen nie an den Heimlichkeiten selbst«, hatte Violet ihr erklärt, »sondern an der Tatsache, dass man Geheimnisse hat.«

»Ich verstehe, was Sie sagen wollen, aber in diesem Fall wäre es glaube ich so oder so vorbei«, hatte Elisabeth entgegnet.

Andrew ging zur Arbeit, Elisabeth unter die Dusche.

Ein Stück aus *Folksongs für Kinder* plärrte aus ihrem Handy. Es lag auf einem Stuhl vor dem Bad. Gil strampelte in seiner Babywippe, die auf den Fliesen stand. Nach der zweiten Strophe von *This Land Is Your Land* fing er an zu schreien.

Elisabeth wusch sich die Spülung aus den Haaren und stellte das Wasser ab. Seit einer Woche wollte sie sich die Beine rasieren.

Rasch schlang sie sich ein Handtuch um den Körper und hob das Baby aus der Wippe.

Als sie Nomis Nachricht auf dem Handy las, hob sich ihre Laune.

Brian benimmt sich seltsam. Entweder hat er eine Affäre oder er plant was für meinen Geburtstag.

Geburtstag, schrieb Elisabeth zurück. Darüber brauchte sie gar nicht nachzudenken. Brian war vieles, aber keiner, der seine Frau betrog.

Wieso bist du so sicher?

Weil er der Letzte ist, der fremdgehen würde.

Sind es nicht immer die, von denen man es am wenigsten erwartet?
Nein, das gilt nur bei Mord. Untreu sind die, von denen man es
erwartet.

Sie telefonierten nicht mehr miteinander, es gab auch keine Begrüßungen und keine Abschiede, sondern nur noch eine andauernde Unterhaltung, die sie unterbrachen und im Verlauf des Tages wieder aufnahmen. Wenn ihre beste Freundin sie jetzt anrufen würde, konnte das nur bedeuten, dass jemand gestorben war. Damals, als Elisabeth noch in Brooklyn wohnte, war es auch vorgekommen, dass Nomi sie anrief, weil sie sich ausgesperrt hatte.

Gibt's schon was Neues vom Babysitter?, fragte Nomi.
In einer Stunde stellt sich eine Kandidatin bei mir vor.

Elisabeths Freundinnen aus der Stadt engagierten Kinderfrauen aus der Karibik oder aus Tibet, die sie dafür bezahlten, dem Nachwuchs eine Großmutter zu sein, wie sie die eigene Mutter nie sein würde. Eine Frau, die das Baby liebte und ihre Weisheiten mit ihnen teilte, ohne zu werten. Die nicht auf dem Sofa der Tochter Wein trank, während das Kind weinte, oder einem riet, seine Brust nicht in gemischter Gesellschaft zu entblößen.

Elisabeth hatte sie alle gehört, die Klagen ihrer Freundinnen über das sonderbare Verhalten ihrer Eltern nach der Geburt des Enkelkindes. Doch alles war besser als das, was sie mit ihren erlebte. Vier Monate war Gil schon auf der Welt, und ihre Eltern hatten ihn noch immer nicht gesehen.

Ihr Vater erwartete, dass sie ihn mit dem Kind besuchte.

»Arizona ist herrlich zu dieser Jahreszeit«, hatte er gesagt. »Und perfekt für Kinder. Sie können überall frei rumlaufen.«

»Aber er kann ja noch gar nicht laufen«, hatte sie bemerkt. »Nicht mal sitzen kann er.«

Als Gil auf die Welt kam, erkundete ihre Mutter gerade auf einer Viking-Schiffsreise die Donau. Sie schickte ihm ein Set aus

Becher und Schüssel, handgefertigt von Nonnen aus Bukarest, und hatte seither keine Anstalten gemacht, ihren Enkel zu besuchen.

So viele Leute – selbst Fremde – stellten Vermutungen über ihre Mutter an. Nomis Mutter zum Beispiel.

»Deine Mutter ist sicher überglücklich. Es gibt nichts Besseres, als Großmutter zu werden«, hatte sie damals gesagt, als sie Gil besucht und ihm eine selbstgestrickte Decke geschenkt hatte.

Elisabeth hatte zustimmend gelächelt, denn die gute Frau dachte dabei sicher an eine andere Familie, eine, die so war wie ihre eigene.

Schon mit Anfang zwanzig hatte sie sich an ein Leben ohne ihre Eltern gewöhnt. Urlaube verbrachten sie getrennt. Elisabeth war nie nach Kalifornien zurückgekehrt, nicht mal, um sie zu besuchen. Aber seit sie ihre eigene Familie gegründet hatte, musste sie öfter über ihre Herkunftsfamilie nachdenken.

Eigentlich müsste es ihr egal sein, dass sich ihre gefühlskalte, wenig einfühlsame Mutter als gefühlskalte, wenig einfühlsame Großmutter entpuppt hatte, doch das war es nicht. Ihre Eltern hatten jetzt mehr Bedeutung als zu jedem anderen Zeitpunkt ihres Erwachsenenlebens.

»Wir ziehen wegen meines Jobwechsels um, aber auch, um näher bei Mom und Dad zu wohnen«, hatte Andrew in den Wochen vor dem Umzug immer wieder gesagt, eine vereinfachte Version der Wahrheit, die er mit jedem Aussprechen weiter ausschmückte. »Ihre Hilfe wird uns eine große Erleichterung sein.«

Und jedes Mal biss sich Elisabeth auf die Zunge. Im Großen und Ganzen waren Faye und George begeisterte Großeltern. Aber Unterstützung kam von ihnen nicht. Wenn das Baby in Anwesenheit seiner Großmutter in die Windeln machte, streckte Faye es weit von sich und bemerkte mit gerümpfter Nase: »Da muss aber jemand gewickelt werden!« Ein einziges Mal hatte Elisabeth sie gebeten, zehn Minuten auf ihn aufzupassen, damit sie schnell was einkaufen konnte, und die beiden bei der Rückkehr auf dem Sofa vorgefunden, vor Fayes übergroßem Fernseher, wo gerade *Dr. Phil* lief. Der Kleine hatte mit aufgerissenen Augen auf den Bildschirm gestarrt.

Faye war Grundschullehrerin, daher war Elisabeth davon ausgegangen, dass sie eine ganz wunderbare Oma abgeben würde. Doch offenbar brauchte Faye ihre ganze Kinderliebe für die Arbeit. Sie betete Gil an, fühlte sich aber nicht für ihn verantwortlich.

George war ebenfalls ganz angetan von seinem Enkel, aber seit Kurzem mit seinen eigenen Problemen beschäftigt.

Soweit Elisabeth es beurteilen konnte, waren die meisten Kinder in ihrem neuen Viertel nur halbtags in Betreuung oder blieben gleich ganz bei ihren Müttern zu Hause.

Debbie von gegenüber war Hausfrau und mit einem Versicherungsmakler verheiratet. Die anderen Frauen in der Laurel Street hatten Berufsbezeichnungen, die alles Mögliche bis hin zu bloßem Nichtstun bedeuten konnten: Melody war Maklerin. Pam unterrichtete Yoga. Doch es schien, als hüteten sie hauptberuflich das Heim.

Elisabeth war klar, dass die anderen dasselbe über sie sagen konnten. Nichts war so erniedrigend, als auf die unvermeidliche Partyfrage nach dem Beruf mit: »Ich schreibe Bücher« zu antworten und dafür den mitleidigen Ausdruck des Gegenübers zu ernten. Meist folgte darauf gleich die zweite, vorsichtige Frage: »Haben Sie schon … was veröffentlicht?« Wenn sie dann bejahte, erfüllte dies ihren Gesprächspartner oft mit sichtlichem Unbehagen, als würde sie ihm gleich eine ganze Kofferraumladung ihrer Bücher andrehen.

Besser verliefen solche Begegnungen, wenn Andrew neben ihr stand. Er prahlte auf eine Weise mit ihren Errungenschaften, wie sie es nie fertiggebracht hätte. *Ihr Debüt wurde gleich zum Bestseller,* sagte er. Oder *Simon and Schuster hat sie gleich für drei Bücher unter Vertrag genommen.*

Dieses dritte Buch – in einem Jahr fällig und noch nicht mal angefangen – war der Grund, warum sie eine Kinderfrau brauchte. Elisabeth hatte noch nicht mal eine vage Vorstellung, worüber sie schreiben sollte, was ihr eigentlich gar nicht ähnlich sah. Beim letzten Mal war sie nach Abschluss des laufenden Projekts in Gedanken schon beim nächsten Buch gewesen und hatte es kaum erwarten können, damit anzufangen. Sie hatte erwartet, dass sie schon längst darauf brennen würde, zur Arbeit zurückzukehren. Doch in Wahrheit hatte sie fast vergessen, wie sich beruflicher Ehrgeiz anfühlte.

Aus den Erzählungen ihrer Freundinnen wusste sie, dass die Suche nach einer Kinderfrau gewisse Ähnlichkeiten mit der Partnersuche aufwies, sich aber oft noch schwieriger gestaltete. Manche Kandidatinnen erwiesen sich sofort als Ausschuss, die Chemie stimmte von Anfang an nicht, trotzdem musste man das Gespräch bis zum Ende durchziehen. Es kam auch vor, dass sich die mühsam Auserwählte schließlich für eine andere Familie entschied. Nomi hatte eine Frau engagiert, die sich, wie sich hinterher herausstellte, mit falschen Referenzen beworben hatte. Dass so etwas passieren konnte, hatte sie beide in Angst und Schrecken versetzt.

Als Elisabeth ihrer Nachbarin Stephanie von ihrer Suche erzählte, erfuhr sie, dass es an dem kleinen Frauencollege eine große Auswahl an geeigneten Studentinnen gab.

»Ich hab schon ein paar engagiert, und alle waren gut«, sagte Stephanie. »Zumindest haben sie ihren Zweck erfüllt und mir nicht das Haus angezündet.«

Elisabeth dankte ihr für den Tipp, dachte sich aber ihren Teil. Stephanie liebte ihre Kinder offenbar nicht halb so sehr wie sie Gil.

Am Ende versuchte sie es trotzdem mit einer Studentin vom College. Die könnte ja erstmal an drei Tagen die Woche kommen, so als Einstieg. Wenn die Sache nicht funktionierte, wäre sie mit dem Semesterende ohnehin vorbei.

Vor einer Woche war Elisabeth mit Kinderwagen und Handzettel bewaffnet über den Campus gelaufen.

»Könntest du mir zeigen, wo das Hauptgebäude ist?«, fragte sie ein Mädchen mit raspelkurzen Haaren.

Das Mädchen starrte sie an, dann zog es den Ohrstöpsel raus.

»Entschuldigung«, sagte Elisabeth. »Das Hauptgebäude?«

Das Mädchen wies auf ein Backsteinhaus mit kleinen Türmchen.

Drinnen war es still, das Licht trüb. Stephanie hatte ihr vom Schwarzen Brett erzählt, wo Leute ihre Gesuche aushängten. Aber an den Wänden hingen nur Porträtfotos von den jeweiligen College-Präsidenten, zwölf ernst dreinblickende weiße Männer mit fortschreitendem Haarausfall und am Ende der Riege eine triumphierend lächelnde Schwarze. Elisabeth betrachtete sie interessiert, bis Gil anfing zu quengeln und sie damit an den Grund ihres Besuchs erinnerte.

Sie bog um die Ecke. Dort, zwischen den geöffneten Türen des Sekretariats und der Ehemaligenverwaltung, befand sich ein großes Korkbrett voller Aushänge: Die presbyterianische Gemeinde des Viertels lud zum *Potluck Dinner* ein, das Tierheim suchte Ehrenamtliche. Die meisten Zettel aber stammten von Müttern, die eine Kinderbetreuung brauchten, nur ein paar Stunden die Woche oder gelegentlich am Abend.

Elisabeth war noch ins Lesen vertieft, als zwei Stimmen die Stille unterbrachen.

Ein Mann kam über den Flur, ergrautes Haar, attraktiv in grauem Blazer über der dunklen Jeans, neben ihm ging eine Studentin, die ihn um eine Verschiebung ihres Abgabetermins bat, weil ihre Großmutter gestorben sei.

Der Mann zeigte keinerlei Mitleid.

»Ich brauche eine Kopie der Todesanzeige«, sagte er.

Gnadenlos, dachte Elisabeth. Stur.

Einen Mann, der an einem Frauencollege unterrichtete, konnte man nicht heiraten. Genauso wenig wie einen Gynäkologen. Das hatte was Perverses.

Oder vielleicht auch nicht.

Sie versuchte schon seit einiger Zeit, sich mit ihren ständigen Vorurteilen zurückzuhalten. Als sie versuchte, schwanger zu werden, hatte sie in einem Blogbeitrag gelesen, dass negative Gedanken die Empfängnis beeinträchtigen konnten. Seitdem zwang sich Elisabeth, jedes in ihr aufsteigende Urteil durch das Wort »Banane« zu ersetzen. Es gab Tage, da klang sie wie ein zensierter Brief aus dem Zweiten Weltkrieg: »Und ich habe meine Schwester von Herzen lieb, aber hat sie nicht ein bisschen *Banane* verdient nach dieser ganzen *Banane* mit dem *Banane*ntypen?«

Das ging so weit, dass sie eines Nachts geträumt hatte, sie hätte eine Banane auf die Welt gebracht.

Vier potenzielle Kandidatinnen hatten sich auf ihre Anzeige gemeldet. Drei davon waren bereits aussortiert.

Die erste, Silvia, überraschte Elisabeth, weil sie keine Studentin war, sondern eine erwachsene Frau aus El Salvador mit erwachsenen Kindern.

Silvia kritisierte Elisabeths Methode, Gil zum Bäuerchen machen zu ermutigen, und riet ihr, ihn wärmer anzuziehen, da er offensichtlich fror. Das machte Elisabeth nichts aus, denn sie hatte oft den Eindruck, nur sie wisse, was Gil brauchte. Wie anregend, eine Person kennenzulernen, die ihn besser zu kennen glaubte als sie.

Elisabeth war kurz davor, sie zu engagieren, sie wollte nur noch wissen, wo Silvia den Aushang gesehen hatte.

»Ich arbeite nachts als Putzkraft im College«, sagte Silvia, »und brauche einen guten Zweitjob.«

»Aber wenn Sie nachts arbeiten und tagsüber bei mir sind, wann wollen Sie dann schlafen?«

»Ach, ein, zwei Stunden reichen mir. Das mache ich einfach, wenn das Baby schläft.«

War das normal? Dass die Kinderfrau bei der Arbeit schlief?

Silvia musterte Elisabeth von Kopf bis Fuß. »Sind Sie sicher, dass Sie das Baby geboren haben? Sie sind so zierlich!«

Diese Frage hatten ihr schon andere gestellt und Elisabeth hatte sie als Kompliment aufgefasst, aber bei Silvia klang es irgendwie vorwurfsvoll. Obwohl sie klein und zierlich war, fühlte sie sich neuerdings fremd im eigenen Körper. Die Falte an der Stelle, wo ihr Bauch einst straff gewesen war. Ihre Brüste, immer noch klein, aber neuerdings erschlafft. Ihre Hüfte war jetzt breiter, ihre Füße waren zu dick für bestimmte Schuhe. Sie wusste, dass sie das alles schrecklich finden sollte. Manchmal tat sie das sogar. Aber sie betrachtete es auch als sichtbares Zeichen dessen, was in ihrem Körper geschehen war, sowohl das Gewöhnliche als auch das Außergewöhnliche.

Die zweite Kandidatin, zweites Studienjahr, blau gefärbte Strähne, ging mitten im Gespräch ans Handy. Kein »Tut mir leid, ich muss da ran, es ist ein Notfall«, nein, sie reckte einfach mitten in Elisabeths Ausführungen den Finger in die Luft und sagte »Hi!« zu ihrem Anrufer.

Die Dritte hatte nur Erfahrung mit älteren Kindern vorzuweisen, und zwar als Betreuerin in einem Zeltlager. Als sie Gil in den Arm nahm, hielt sie ihm keine stützende Hand unters Köpfchen. Blitzschnell nahm Elisabeth ihr das Kind weg, möglicherweise ein bisschen ruppig, und sagte, sie würde sich bei ihr melden.

Die vierte Kandidatin hatte einen Termin um neun. Auf die Anzeige hatte sie sich mit einer E-Mail gemeldet. Darin stand, sie habe vergangenen Sommer in London Kinder gehütet. Elisabeth wusste, dass sie sich keine allzu große Hoffnungen machen sollte, doch in Gedanken sah sie es schon vor sich: eine britische Kinderfrau, die Gil vergötterte, aber mit der nötigen Strenge erzog.

Julie Andrews als Mary Poppins.

Julie Andrews als Maria von Trapp.

Um fünf vor neun stand sie mit dem schlafenden Gil auf dem Arm am Fenster und sah eine plumpe Brünette in Oversize-T-Shirt und Flipflops auf ihr Haus zuschlappen.

Und vorbeigehen.

Also doch nicht, dachte Elisabeth.

Sie hatte Kaffee gekocht und Muffins und Croissants hingestellt, als erwarte sie Gäste zum Brunch. Für die anderen hatte sie das auch getan. Das Mädchen mit der blauen Strähne hatte gefragt, ob sie die Reste mitnehmen dürfte.

Elisabeth hatte noch nie als Arbeitgeberin ein Vorstellungsgespräch geführt. Als sie jünger war, war sie überzeugt, dass sie es im Ernstfall schon hinbekommen würde, denn allein die Tatsache, dass sie am Hebel säße, würde ihr Autorität und Kontrolle verleihen.

Sie ging ein weiteres Mal die To-do-Liste auf ihrem Handy durch. *Duschen. Babysitter. SCHREIBEN?* Manchmal notierte sie sich Dinge, die sie bereits erledigt hatte, damit sie was zum Abhaken hatte. Wenn hinter einer Aufgabe ein Fragezeichen stand, war schon klar, dass sie sie auf keinen Fall erledigen würde.

Um neun klingelte es an der Tür. Vor ihr stand das Mädchen im Oversize-T-Shirt und lächelte breit. War sie einfach weitergegangen, damit sie nicht zu früh auftauchte? Oder hatte sie sich verlaufen?

»Du bist sicher Sam, oder?«, flüsterte Elisabeth, nachdem sie mit der freien Hand die Fliegengittertür aufgeschoben hatte. Mit der anderen hielt sie das schlafende Kind. »Ich bin Elisabeth. Und das ist Gil.«

»Hi«, erwiderte das Mädchen leise. *Aufgeweckt*, so klang sie.

Sie trat ins Haus und sah sich um.

Im Flur lag ein weicher blauer Läufer, zu beiden Seiten blitzte Parkettboden hervor. Linker Hand ging es ins große, sonnendurchflutete Wohnzimmer. Rechts war eine Holztreppe mit weißem Geländer. Auf halber Höhe befand sich ein Buntglasfenster, in das sich Elisabeth schon bei der ersten Besichtigung verliebt hatte. Bei diesem Anblick hatte sie bereits gewusst, dass sie das Haus kaufen würden, noch bevor sie ein einziges Zimmer gesehen hatte.

»Ihr Haus gefällt mir sehr«, sagte Sam. »Es hat so eine friedliche Atmosphäre.«

Elisabeth hätte fast verächtlich geschnaubt, doch dann nahm sie kurz Bestand auf: ihre einfache Hemdbluse, die schwarzen Leggings. Sie war barfuß, hatte das Haar zu einem losen Knoten hochgebunden. Da war das Silbertablett mit Gebäck, Simon and Garfunkel sangen leise aus dem Bose-Lautsprecher. Das Baby steckte in einem weichen, weißen Schlafanzug. Ja, von außen betrachtet wirkte es sicher friedlich.

Das Mädchen konnte nicht ahnen, wie es in Elisabeths Kopf aussah. Das gefiel ihr.

»Ahh, was für süße Locken!«, sagte Sam.

Das sagten die meisten, wenn sie Gil zum ersten Mal sahen. Diese Worte erfüllten Elisabeth mit unangemessenem Stolz, als hätte sie ihn so gemacht.

Er war mit einem goldblonden Lockenschopf auf die Welt gekommen, der ihn von Anfang an zu etwas Besonderem machte. Krankenschwestern kamen in ihr Zimmer, nur um die Locken zu sehen.

Sie nannten Elisabeth *Mom*, Andrew war *Dad*.

Die Erste, die sie so genannt hatte, war nicht älter gewesen als Sam.

»Sie sollten drei Motrin nehmen, Mom«, hatte sie gesagt. »Mom, wenn Sie hochmüssen, drücken Sie einfach auf die Klingel. Bitte nicht selbst aufstehen!«

Elisabeth war noch so wirr gewesen, dass sie kurz überlegt hatte, ob das Mädchen tatsächlich ihre Tochter war.

Später erklärte Nomi ihr, dass die Schwestern das so machten, damit sie sich nicht die Namen sämtlicher Eltern merkten mussten, die sie nach achtundvierzig Stunden nie mehr wiedersehen würden. Elisabeth dachte sich, dass sie den frischgebackenen Eltern damit vielleicht auch helfen wollten, die Ereignisse der letzten Stunden zu verarbeiten und sich an ihre neuen Rollen zu gewöhnen.

»Was darf ich Ihnen anbieten, Sam?«, fragte sie jetzt. »Kaffee? Pellegrino?«

»Danke, nichts. Sie können mich gern duzen.«

Sam schlüpfte aus ihren Schuhen.

»Lassen Sie … lass die doch ruhig an!«, sagte Elisabeth, freute sich aber über die Geste. Keine von den anderen hatte daran gedacht.

»Könnte ich mir kurz die Hände waschen?«, fragte das Mädchen.

Elisabeth wies auf eine schmale Tür. »Da ist die Gästetoilette.«

Das Händewaschen dauerte eine gefühlte Ewigkeit. Es fühlte sich irgendwie übergriffig an, im Flur auf ihren Gast zu warten, deshalb setzte sich Elisabeth aufs Sofa.

Da schlug Gil die Augen auf.

»Hallo, mein Liebling«, flüsterte sie. »Hier ist eine Freundin, die dich kennenlernen möchte.«

Erst jetzt fiel ihr auf, dass Sam offenbar doch keine Britin war.

Als sie aus dem Bad kam, saß Gil auf Elisabeths Schoß, die großen, blauen Augen aufgerissen.

Sam seufzte.

»So ein hübscher Kerl!«, rief sie, und Elisabeth war ihr sofort verfallen.

»Bitte«, sagte sie, »setz dich doch und erzähl uns ein bisschen über dich. In deiner E-Mail hast du geschrieben, du hast als Kinderfrau in London gearbeitet? Deswegen dachte ich auch ...« Sie lachte.

»Was?«, fragte Sam.

»Ich habe gedacht, dass du vielleicht einen britischen Akzent hättest.«

»Ach so. Nein. Tut mir leid. Ich hab nur den Sommer dort verbracht. Bei einer Familie mit achtzehn Monate alten Zwillingen und einem Neugeborenen. Lauter Jungs.«

»Du liebe Güte!«

»Eigentlich war es nur halb so wild«, sagte Sam. »Kinder habe ich schon immer gehütet. Ich bin die Älteste von vier Geschwistern und habe neunzehn jüngere Neffen.«

»Um Gottes willen!«

»Meine Mutter wollte nie, dass ich als Nanny arbeite, ich sollte Kellnerin werden, das sei anständiger. Aber ich arbeite für mein Leben gern mit Kindern.«

»Ich habe jahrelang gekellnert. Daran ist nichts Anständiges, glaub mir«, sagte Elisabeth lächelnd. Sie schob Sam das Tablett mit dem Gebäck hin. »Wie hat dir London gefallen? Ich fand es immer toll, war schon ein paarmal dort.«

»London ist klasse«, sagte Sam. »Mein Freund Clive wohnt dort. Er ist Brite. Ich hoffe, ich kann ihn dieses Jahr so oft wie möglich besuchen. Es ist teuer, aber seine Schwägerin arbeitet für British Airways, wenn wir über sie Standby fliegen, ist es billiger.«

»Studiert Clive auch?«

»Nein, er ... hat schon einen Abschluss.«

Gern hätte Elisabeth weitergebohrt, aber Andrews Stimme mahnte sie. *Grenzen respektieren!*

»Und was studierst du?«, fragte sie stattdessen.

»Freie Kunst und Anglistik, im Doppelstudium. Mein Dad macht sich immer darüber lustig und behauptet, er weiß nicht, welcher Abschluss sinnloser ist. Er wollte, dass ich Wirtschaft studiere.«

»Ich habe schon mit vielen Anglisten gearbeitet«, sagte Elisabeth. »Aus denen ist auch was geworden. Mach dir keine Sorgen.«

»Was machen Sie?«, fragte Sam. »Wenn ich Sie das fragen darf?«

»Natürlich darfst du. Ich bin Journalistin. Zwölf Jahre lang habe ich bei der *Times* gearbeitet.«

»Oh, spannend!«

»Ja, das war es.«

Elisabeth erzählte ihr nicht, dass sie und die Hälfte ihrer Freunde sich vergangenes Jahr für eine Abfindung entschieden hatten, weil sie fürchten mussten, dass sie sechs Monate später arbeitslos gewesen wären.

»Und jetzt schreibe ich ein Buch«, fügte sie hinzu.

»Wahnsinn! Ihr erstes?«

»Mein drittes.«

»Wow!«

»Weißt du schon, was du nach dem Studium machen willst?«

Sam wirkte verlegen. »Ich male wahnsinnig gern, das mochte ich schon als Kind. Aber natürlich ist das kein Job.«

»Für manche schon«, sagte Elisabeth.

»Ich würde gern in einer Kunstgalerie arbeiten, vielleicht unterrichten«, sagte Sam. Sie richtete sich auf. »Entschuldigung. Ich wollte noch sagen, dass ich viel Erfahrung im Umgang mit Kindern habe. Ich habe einen Erste-Hilfe-Kurs absolviert und schon für mehrere Leute hier in der Stadt gearbeitet, die sehr zufrieden mit mir waren. Kinderhüten am Abend und am Wochenende, das habe ich während der Schulzeit zigmal gemacht.«

»Und wenn du drei volle Tage unter der Woche hier arbeitest, kannst du das mit dem Studium vereinbaren?«

»Ich bin im letzten Jahr«, sagte Sam. »Nicht besonders anstrengend. Außerdem habe ich bisher auch schon in der Mensa gearbeitet und meine Seminare entsprechend gewählt, bin das also gewohnt.«

»Sehr schön«, sagte Elisabeth. Sie hatte eine Liste mit Fragen, aber keine Ahnung, wo sie sie hingelegt hatte. Eigentlich sollte sie mehr Fragen stellen, das hatte sie vor lauter Plauderei ganz vergessen.

Sam sah sich um. »Wie lange wohnen Sie schon hier?«

»Seit einem Monat.«

Elisabeth und Andrew hatten vor zehn Jahren das erste Mal über einen Umzug aufs Land gesprochen, schon bei ihrem dritten Date. Sie hatten viele Häuser besichtigt und Lebensentwürfe anprobiert, die ihnen damals noch gar nicht passten – kleine Farmen am Hudson River, Kolonialstilhäuser in New Jersey, sogar Strandcottages in Maine hatten sie in Betracht gezogen, denn damals, Mitte Juli, hatten sie sich fast vorstellen können, dort das ganze Jahr über zu wohnen.

»Einen Makler sollte man nur beanspruchen, wenn man es ernst meint«, sagte ihre Schwiegermutter, neuerdings für die Rechte dieser Berufsgruppe engagiert.

Aber Elisabeth wusste selbst nie so richtig, ob sie es ernst meinten oder nicht. New Yorker jammerten gern über ihre Stadt: die Menschenmassen, die chronisch unpünktliche U-Bahn, die Hektik. Jeder normale Mensch würde woanders hinziehen. Man unterschied New Yorker nicht anhand ihrer Viertel, sondern anhand der Stadt, in die sie fliehen wollten: L.A. oder Portland oder Austin oder ihren ursprünglichen Heimatort.

Aber jedes Mal, wenn jemand tatsächlich umzog, war sie geschockt. Ihre Freundin Rachel war in den Vorort von Cleveland gezogen, wo sie geboren wurde. Seitdem schwärmte sie oft von den Vorzügen ihrer neuen alten Heimat.

»Im Sommer ist jeden Freitag Bierfest im Botanischen Garten, da sitzen wir im Gras und probieren Craft-Beer von verschiedenen Brauereien«, hatte Rachel ihr schon mindestens fünfmal erzählt.

Es klang nett, aber wie oft konnte man im Botanischen Garten Bier trinken? Und was machte man danach?

Für Elisabeth und Andrew war das Leben in der Stadt immer nur eine Übergangslösung gewesen, obwohl sie beide zwanzig Jahre dort gewohnt hatten, länger als irgendwo sonst, länger sogar als an dem Ort, den sie Heimat nannten. Sie hatte sich immer gefragt, was sie schließlich zum Umzug bewegen würde. Ein Kind vermutlich. Aber Gil war nicht der Grund gewesen, sondern die Situation mit Andrews Vater. Und die Situation mit Andrew.

Oft wusste Elisabeth nicht, was sie eigentlich hier tat. 32 Laurel Street. So lange hatten sie nach dem perfekten Ort gesucht, und jetzt war sie hier gelandet, im Niemandsland.

Wenn sie jemand vor ihrem Umzug gefragt hatte, wohin es gehen sollte, hatte Andrew stets »Upstate« geantwortet.

»Aber nicht das coole Upstate«, hatte sie bei solchen Gelegenheiten fast zwanghaft hinzugefügt. »Nehmt den Ort, den ihr euch vorstellt, und dann nochmal dreihundertfünfzig Kilometer weiter.«

Wenigstens sah ihr Haus nicht so aus wie alle anderen im Viertel. Ihre Nachbarn hatten alte Häuser im Cape-Cod-Stil abgerissen und sich hässliche Klötze hingestellt, die den letzten Zentimeter ihres Grundstücks ausfüllten.

Ihr Haus war ein Original. Klein, aber hübsch. Eine glänzend rote Tür, Efeu rankte die weiße Holzfassade empor, die, wie die

Maklerin ihr geraten hatte, alle vier bis fünf Jahre gestrichen werden sollte. Elisabeth und Andrew nickten abwesend – seit sie erwachsen waren, hatten sie immer nur in Apartments gewohnt und sich abgesehen vom Wechseln einer Glühbirne nie mit Renovierungen beschäftigt.

Gil streckte jetzt die Händchen nach Sam aus und krähte, er wollte offenbar mitreden.

»Darf ich?«, fragte Sam.

»Natürlich.«

Sie nahm ihn hoch und richtete das Wort an Gil, wie man es mit Kindern machte. »Ich sehe schon, dass ich es hier mit einem außergewöhnlich klugen Kerlchen zu tun habe, Gilbert«, sagte sie. »Wir haben sicher viel Spaß miteinander.«

Er umklammerte Sams Haarbüschel, und beide lachten.

Elisabeth strahlte. »Ach, du hast wirklich ein Händchen für ihn.«

»Er ist ja auch ein echter Sonnenschein.«

»Das ist er. Wir haben Glück.«

»Wollen Sie noch mehr Kinder?«, fragte Sam ganz nebenbei, den Blick noch auf Gil gerichtet.

Eine seltsame Frage für ein Vorstellungsgespräch. Aber Sam war noch jung und ahnte offenbar nicht, wie aufgeladen so eine Frage sein konnte. Und hatte sie sich nicht erst vor ein paar Tagen bei Andrew beklagt, wie unheimlich sie es fand, dass hier alle so heimlichtaten? In der Stadt hatte es sie gestört, dass die Leute ihr Leben zur Schau stellten. Sie stritten sich oder aßen zu Mittag oder zupften sich vor aller Augen in der Subway die Brauen. Aber ihre Nachbarn, die mit aufgesetztem Lächeln und pflichtschuldigem Winken aus der Tür direkt in ihre SUVs hasteten, waren weitaus schlimmer.

»Ich wollte immer nur eins«, sagte Elisabeth. »Mein Mann Andrew hätte am liebsten einen ganzen Stall voll. Mal sehen, was kommt.«

Klang das nicht unbeschwert? Sorglos? Bereit, alles Weitere dem Schicksal zu überlassen? Sie dachte an die beiden Embryos, die in einer Kryobank in Queens lagerten, eingefroren in Flüssigstickstoff.

Andrew hatte deswegen Alpträume.

Viermal im Jahr bekamen sie eine Rechnung über zweihundertzweiundsechzig Dollar von Weill Cornell. Die Lagerkosten waren immer gleich, egal, wie viele Embryos man besaß, daher stieß Elisabeth die Summe mit der in Klammern aufgeführten Zahl 2 regelmäßig sauer auf.

In den Anfängen, als In-vitro-Fertilisation für sie noch graue Theorie gewesen war, hatten sie in einem Artikel gelesen, dass im ganzen Land vermutlich mehr als eine Million eingefrorene Embryos ungenutzt lagerten. Paare, die auf diesem Weg mehrere Kinder gezeugt hatten, aber nur eines wollten, befanden sich in einer Art Schwebezustand, denn sie konnten das, was einmal ihr Kind werden könnte, nicht einfach vernichten, wollten es aber auch nicht austragen.

Andrew fand es unfair, potenzielles Leben zu zeugen und es dann einfach dort einzulagern. Sie hatte ihm schwören müssen, so etwas nie zu tun.

Kurz überlegte sie, Sam das alles zu erzählen, doch sie hielt sich zurück.

»Es ist Zeit für Gils nächste Mahlzeit. Ich hole sein Fläschchen«, sagte Elisabeth und erhob sich. »Ich stille ihn, füttere aber mit Flaschennahrung zu.«

Sie leierte die übliche Litanei herunter. »Meine Milch reicht nicht aus. Die ersten drei Monate habe ich vierzig verschiedene Kräuter eingenommen und mir einen Riesenstress gemacht. Drei Stillexpertinnen habe ich aufgesucht. Diesen widerlichen Tee getrunken, von dem mein Schweiß wie Ahornsirup gestunken hat. Jedes Mal nach dem Stillen abgepumpt, alle zwei Stunden, sogar mitten in der Nacht. Irgendwann habe ich beschlossen, Milchnahrung zuzufüttern, und dann war Ruhe.«

Ihre heftigen Schuldgefühle hatten sie damals selbst überrascht. Sogar jetzt vermied sie es noch, anderen Müttern davon zu erzählen.

»Ich habe mal gelesen, dass Charles Manson gestillt wurde«, sagte Sam munter. »Seitdem gehe ich davon aus, dass es völlig egal ist, ob man stillt oder die Flasche gibt.«

Elisabeth lächelte.

»Kann ich dir wirklich nichts anbieten? Ich habe Kaffee gekocht.«

»Kaffee wäre super, wenn es keine Umstände macht.«

»Kein bisschen!«

3

Kaum war Andrew zur Tür hereingekommen, streckte ihm Elisabeth schon das Kind entgegen. »Kannst du ihn bitte halten?«, fragte sie. »Ich muss mal.«

Als sie ihn vor ein paar Stunden im Büro angerufen hatte, um ihm die gute Nachricht von der neuen Kinderfrau zu überbringen, hatte er gesagt: »Du musst mir heute Abend alles über sie erzählen!«

Übersetzung: *Ich bin gerade beschäftigt. Fasse dich kurz.*

In ihrer Ehe waren sie von Anfang an gleichberechtigt gewesen. Er kochte, sie spülte das Geschirr. Er saugte, machte die Wäsche, wischte die Küche. Sie putzte das Bad, was die meisten für die schlimmste Aufgabe im Haushalt hielten, obwohl nichts leichter war. Wenn einer von ihnen mehr machte als nötig, dann war es Andrew.

Aber manchmal kam es ihr vor, als wäre sie allein für das Kind zuständig. Zuerst hatte sie es auf biologische Umstände zurückgeführt, aber Gil war mittlerweile vier Monate alt und bekam das Fläschchen, und trotzdem kümmerte sie sich nachts um ihn und achtete darauf, wann Windeln, Cremes oder Kleidung gekauft werden mussten.

»Seine Hosen werden ihm langsam zu eng. Ich glaube, er braucht eine Nummer größer«, hatte sie vor einer Woche gesagt, woraufhin Andrew dummerweise gefragt hatte: »Welche Größe hat er denn jetzt?«

Sie wusste ja, dass es zum Teil an Andrews neuem Job lag und an der Tatsache, dass sie den ganzen Tag zu Hause war. Theoretisch war sie noch in Elternzeit, obwohl die genaue Definition für Selbstständige, die zu Hause arbeiteten, ziemlich schwammig war. Elisabeth fürchtete jedoch, dass es nicht nur das war und die Elternschaft ihr Zusammenleben auf unerwartete Weise neu definiert hatte.

Am Abend war sie erschöpft, genervt und fertig mit der Welt. Der Rückzug ins Badezimmer vermittelte ihr mehr Wohlbehagen als jedes Wellnesshotel, so viel Entspannung wie ein Urlaub in Saint Barts.

Zwanzig Minuten waren schon vergangen, doch sie saß immer noch auf der Toilette, scrollte sich durch ihre Handyfotos vom Baby. So war es jedes Mal: Kaum war sie Gil endlich entkommen, erfasste sie eine große Sehnsucht nach ihm. Am Tag der Entlassung aus dem Krankenhaus waren ihr die Tränen gekommen, als sie sich vorstellte, dass er irgendwann aufs College gehen und ausziehen würde.

»Du wirst hier wohnen bleiben und pendeln«, hatte sie zu ihm gesagt.

Nie zuvor hatte sie jemanden vermisst, bevor er überhaupt gegangen war.

Elisabeth schrieb Nomi eine Nachricht.

Wir haben eine Kinderfrau!

Super! Wie ist sie so?

Ist fast mit dem College fertig. Will Malerin werden. Supersympathisch. Haben zwei Stunden gequatscht.

Wieso?

Sie war interessant. (Und es kann sein, dass ich mich seit Wochen nur mit Andrew unterhalten habe.)

Einen Augenblick später leuchtete ihr Handy auf. Sie dachte, es wäre Nomi, doch stattdessen kam eine Nachricht von ihrer Schwester.

Ähm ... ist mir ECHT peinlich, aber könntest du mir 200 Dollar leihen? Zahl auch zurück, sobald ich kann – nächste Woche ist die Sache durch!

Sie spürte den vertrauten Kloß im Magen.

Klar, schrieb Elisabeth zurück. *Kein Problem.*

Sie fand es schrecklich, dass ihr die Sache mit ihrer Schwester immer so auf den Magen schlug.

Zur Beruhigung stattete sie den BK Mamas einen Besuch ab. Es war wie ein Reflex, den sie nicht kontrollieren konnte, wie ein Stottern oder ein Zucken. Jemand hatte eine furchtbar traurige Geschichte gepostet, über ein Kind, das von der Pflegefamilie misshandelt wurde. Dazu gab es eine Online-Petition. Sie unterschrieb, ohne sich die Einzelheiten durchzulesen. Ihr kamen die Tränen. Warum war sie auf diese Seite gegangen? Elisabeth war sich sicher, dass sie etwas gesucht hatte, aber was?

Sie spürte, dass Andrew vor der Tür stand.

»Schatz? Alles klar da drin?«

Auf seine höfliche, aber passiv-aggressive Art fragte er, was zum Teufel sie so lange auf dem Klo machte.

Sie stand auf und spülte.

»Menschen sind Ungeheuer«, sagte sie in der Tür.

»Hmm?«

»Ach, da stand was im Internet. Das willst du gar nicht wissen.«

»Okay. Wir sollten uns langsam fertigmachen.«

»Einmal, vor Jahren, da lag dein Gürtel auf dem Bett und ich habe mich damit geschlagen, weil ich wissen wollte, wie sich das anfühlt. Das hat höllisch wehgetan. Wie kann man einem Kind so was antun? Ich habe nicht mal fest zugeschlagen, und es hat so wehgetan!«

»Na, du hast eben eine niedrige Schmerztoleranz.«

»Ach ja? Woher willst du das wissen?«

»Weil es dir schon wie ein Boxhieb vorkommt, wenn eine Grille auf deinem Arm landet.«

Sie müssten nicht lange bleiben, sagte er auf dem Weg zu seinen Eltern. Seine Mutter wolle nur, dass George das Baby mal wieder zu Gesicht bekäme. Sie mache sich wieder Sorgen um ihn.

»Die letzten drei Nächte hat er sich in seinem Zimmer mit seinen Büchern und Akten vergraben«, sagte Andrew. »Er braucht dringend Ablenkung.«

»Oder sie«, sagte Elisabeth.

Ihr Schwiegervater George war schon seit einiger Zeit von einer Idee besessen. Sie sei ihm gekommen, hatte er Elisabeth vor Monaten erzählt, als er einen Fremden in ein Handy schreien hörte, dass Amerika keine globale Supermacht mehr sei.

»Dieser Mann sagte: ›Wir sind schon seit sechzig Jahren nicht mehr die größte Nation der Welt. Das reden wir uns nur immer noch ein‹«, hatte George ihr damals erzählt. »Das hat mich richtig wütend gemacht. Den Rest des Tages habe ich mich gefragt, wieso es so gekommen ist. Hing ich da einem nostalgischen Gefühl aus der Schulzeit nach, als wir der Flagge jeden Morgen die Treue schworen und das wirklich ernst meinten?«

Danach meinte George, eine Art Muster zu erkennen. Im Alltag sprach er nur noch darüber, wie schlimm es um die Dinge stand. Die Leute seien sich einig, dass alles schlechter werde statt besser.

»Den kleinen Mann lassen sie im Stich. Die da oben machen, was sie wollen«, hatte er Elisabeth erklärt. »Wir sind auf uns gestellt. Wie ein hohler Baum. So sehe ich das. An der Oberfläche wirkt dieses Land mehr oder weniger so wie immer. Aber dahinter ist nichts mehr, das es stützt. Keine Integrität, kein Halt. Das grüne Laub und der hohe Stamm, alles unwichtig. Ein hohler Baum bleibt nicht lang stehen.«

Das Gästezimmer im Erdgeschoss, das auch als Georges Arbeitszimmer diente, war vollgestopft mit Zeitungsausschnitten und ausgedruckten Artikeln zur Untermauerung seiner

Theorie, als könnte jederzeit jemand hereinschneien und Belege verlangen. An den Wänden hingen dutzende vollgekritzelte Post-its.

Wenn ihre Schwiegermutter das Zimmer betrat, zog sie ein Gesicht, als hätte sie sich in das Geheimversteck eines Serienmörders verirrt.

»Was willst du damit erreichen, George?«, hatte Elisabeth sie einmal fragen hören.

»Die Leute geben sich die Schuld, aber es liegt am System. Das will ich aufdecken. Die Bürger dieses Landes sollten auf die Straße gehen statt Tabletten gegen Depressionen zu nehmen.«

»Und was willst du dagegen tun?«, fragte Faye.

Seit Andrew im Kindergartenalter war, hatte George mit seinem Unternehmen ein gutes Einkommen erwirtschaftet. Es umfasste eine kleine Flotte von Limousinen, mit denen er und ein paar Angestellte Leute vom Flughafen abholten und durchs Valley chauffierten. Vor drei Jahren hatte George beschlossen, zusätzliches Geld in die Firma zu stecken. Dazu hatte er mit einem Teil von seiner und Fayes Altersvorsorge drei nagelneue Lincolns gekauft. Einen schlechteren Zeitpunkt hätte er nicht wählen können. Ein halbes Jahr später eroberte Uber mit direkten Buchungen und günstigeren Fahrten die Gegend und verdrängte ihn komplett vom Markt.

Seither arbeitete George selber als Uber-Fahrer. Es sei schrecklich, erzählte Faye. Demütigend. Die Bezahlung eine Zumutung. Die Hälfte der Fahrgäste waren betrunkene College-Studenten. Für einen feuchten Händedruck durfte George seinen Kunden die Koffer durch den Flughafen und die Treppe hochschleppen.

»In der App heißt es, man muss den Fahrern kein Trinkgeld geben«, sagte Faye erbost. Elisabeth wunderte sich, dass Faye das Wort »App« benutzte.

Eine Zeitlang hörte sie von Faye, dass George abends schon

um sieben ins Bett ging, keinen Appetit hatte und einsilbig wurde, was für ihn völlig untypisch war.

Doch statt einer Depression bekam George eine Obsession. Er verschrieb sich ganz der Theorie vom Hohlen Baum und widmete sich dem Leid des kleinen Mannes. Andrew ärgerte sich darüber, dass George sich keinen neuen Job suchte und sich hinter einem sinnlosen Projekt verschanzte, statt den Tatsachen ins Auge zu blicken. Elisabeth betrachtete das Ganze als eine Art Therapie, seine Methode, sich mit den Veränderungen auseinanderzusetzen, ohne die Dinge zu nah an sich heranzulassen, was allgemein nicht Georges Art war.

»Wenn du es hier in einem Jahr immer noch schrecklich findest, ziehen wir zurück«, sagte Andrew jetzt, im Auto.

»So schrecklich finde ich es gar nicht. Außerdem habe ich *Die Brücken am Fluss* gesehen. Zieht die Ehefrau erst in die Heimatstadt des Mannes, bleibt sie für immer dort. Als Gegenleistung bekommt sie ein Wochenende leidenschaftlichen Sex mit Clint Eastwood.«

»Wenigstens darauf kannst du dich freuen.«

Genau genommen wohnten sie nicht in seiner Heimatstadt, die heruntergewirtschaftet und dauergrau war, egal bei welchem Wetter. Ihr Haus lag nur zwanzig Minuten von der nächsten Collegestadt entfernt, wo, so hatte Elisabeth es sich ausgemalt, sie Seminare besuchen, äthiopische Spezialitäten essen und generell alle Vorteile genießen würde, die sich so boten, wenn man in der Nähe eines intellektuellen Zentrums wohnte.

In Wahrheit war es seltsam, irgendwo zu wohnen, wo sich alles um den Campus drehte, ohne selbst etwas mit dem College zu tun zu haben. In der Stadt nannten es alle nur »das College«, genau wie alle damals, in ihrer alten Welt, über New York als »die Stadt« gesprochen hatten und über Gilbert als »das Baby«. Natürlich gab es andere, aber die spielten keine Rolle.

Bis jetzt hatte Elisabeth an einer einzigen Lesung teilgenommen, von einer Dichterin, die ihr gefiel. Sie hatte erwartet, dort einen Haufen älterer Damen in langen Kaschmir-Strickjacken anzutreffen, aber es waren nur Studentinnen anwesend. Als sie reinkam, drehten sich alle nach ihr um und musterten sie, als käme sie vom Mars.

Im Umkreis von fünfundzwanzig Kilometern gab es ganze drei Colleges. Das Frauencollege um die Ecke, eine staatliche Universität, so groß und weitläufig, dass sie sie zuerst für eine Stadt gehalten hatte, und das Hippie-College, wo Andrew seine Tage verbrachte und wo man nicht an Noten glaubte und es auch keine Schreibtische gab. Die Seminare fanden auf Matten am Boden statt.

Nach so vielen Jahren in Brooklyn hielten sich Elisabeth und Andrew für unheimlich progressiv. Doch jetzt bemerkten sie, dass sie sich geirrt hatten.

»Im Labor hat einer meiner Studenten heute erzählt, er sei pansexuell«, erzählte Andrew kürzlich beim Abendessen.

»Was bedeutet das?«

»Dass er sich zu allen Geschlechtern hingezogen fühlt.«

»Also ist er bi?«

»Nein.«

»Wieso nicht?«

»Er nimmt Geschlecht nicht wahr. Oder vielleicht doch, aber das macht eine Person für ihn nicht anziehend.«

»Aha. Aber er fühlt sich zu beiden Geschlechtern hingezogen, also ist er bi. Richtig?«

»Nein, weil Geschlecht ein Spektrum ist, kein binäres System. Er sagt, dass man Kindern nur ein Geschlecht zuordnet, weil die amerikanische Medizin in ihrer heteropatriarchialischen Weltsicht immer noch in binären Mustern denkt. Im Grunde genommen sollten wir Gil nicht in diese Muster pressen. Wir sollten ihm erlauben, sich frei zu entscheiden.«

»Hm«, machte sie nachdenklich.

Es kam ihr vor, als stünde die Menschheit vor dem Anbruch einer neuen Zeit. Vielleicht wurde die Welt toleranter, und ihr Kind würde mit völlig anderen Grenzen aufwachsen als sie. Genderneutrales Spielzeug war total angesagt. Ihre Freundinnen würden ihren Töchtern lieber harte Drogen geben als eine Barbie. Sie war neugierig, wie sich das wohl auf Gils Generation auswirken mochte, auf deren Körperbild und Denkweise.

Kurz dachte Elisabeth daran, wie sie damals gewesen war – die Neugier, die Aufregung, die sie empfunden hatte, wenn sie Menschen befragte, deren Leben so ganz anders verlaufen war als ihr eigenes. Es hatte sie immer überrascht, wie bereitwillig völlig fremde Menschen einer Journalistin wie ihr Rede und Antwort standen, selbst am schlimmsten Tag ihres Lebens. Vielleicht besonders dann.

»Ich bin so neidisch auf dich«, hatte sie zu Andrew gesagt. »Meine aufregendste Unterhaltung der letzten Woche hatte ich mit dem Paketzusteller. Ich habe ihm erklärt, dass unsere Adresse 32 Laurel Street lautet. Er hat steif und fest behauptet, sie lautet 23.«

Einheimische wie ihre Schwiegereltern schimpften über die Colleges. Sie würden zu viel Verkehr verursachen, wären voller eingebildeter Akademiker, die hochnäsig auf normale Menschen herabschauten. Dabei vergaßen sie allerdings, dass es die Restaurants und Hotels und Tankstellen und Lebensmittelläden in diesem kleinen Winkel der Welt ohne das Geld dieser Akademiker wohl nicht geben würde. In unmittelbarer Nähe zu den Colleges standen hübsche Häuschen, es gab ausgefallene Läden und Musikkneipen und vegane Cafés. Dahinter herrschte abrupt Wüste.

Vor Jahren hatte George ihr erzählt, dass die Gegend wegen der Sägewerke und Papierfabriken so wohlhabend gewesen sei. Es hatte auch eine Getränke-Abfüllanlage gegeben und eine Zahnbürstenfabrik. Als diese Werke den Betrieb einstellten, kam nichts anderes nach. Jetzt herrschte in fast allen Städten in diesem Landstrich Leerstand und Verfall. Es gab nur wenige Geschäfte, Bars und Restaurants, bei manchen erinnerten nur noch die Schilder an das, was dort einmal gewesen war und nie mehr wiederkehren würde.

Mancherorts, vor allem in der Nähe der Molkereibetriebe und Obstplantagen, hatten sich Einwanderer aus El Salvador und Mexiko und viele Puerto-Ricaner angesiedelt. Im alten Five-and-Dime in Weaverville wurde nur noch Spanisch gesprochen. Dort wurden jetzt mexikanische Gewürze und Getränke und Süßigkeiten verkauft.

Elisabeth gefiel das – eine ganz normale amerikanische Kleinstadt beheimatete jetzt Menschen und Dinge, die man dort nicht erwartete. Ansonsten aber war es dort deprimierend. Leerstand, Häuser, die keiner kaufen wollte. Nicht mal mehr eine Schule. Die Kinder fuhren mit dem Bus ins nächstgrößere Zentrum.

Als sie ankamen, schlief das Baby auf dem Rücksitz.

»Vielleicht sollte ich mit ihm hier draußen bleiben«, sagte Elisabeth. »Du kannst meinen Teller rausbringen.«

»Haha!«, sagte Andrew. »Netter Versuch.«

Kaum standen sie an der Hintertür, war Gil hellwach und verrenkte sich den Hals, um seine neue Umgebung zu betrachten.

Die Tür führte direkt in die seit den Siebzigern nicht mehr renovierte Küche. Gelbes Linoleum, Einbauschränke mit Furnierholz und darüber eine Zierleiste mit lilafarbenen Tulpen, von Faye höchstpersönlich mit der Schablone aufgemalt.

Sie eilte vom Herd herbei und nahm Gil aus Andrews Armen.

»Hallo, Baby«, sagte Faye und hielt ihn ins Licht.

Der Hund kam herein und heulte.

»Duke, sei nicht eifersüchtig!«, sagte Faye. »Du weißt doch, dass wir dich genauso liebhaben.«

Sie sah Elisabeth und Andrew an, als hätte sie sie gerade erst bemerkt.

»Das Essen ist fast fertig«, sagte sie. »Bœuf Stroganoff.«

»Mmm, lecker«, sagte Andrew, der Bœuf Stroganoff nicht ausstehen konnte.

Als Kind wollte er Koch werden, doch dieser Plan war an dem vermeintlich zu geringen Einkommen gescheitert. Stattdessen hatte er Kochen zum Hobby erklärt. Elisabeth hatte sich schon oft gefragt, woher er es so gut konnte, denn seine Mutter würzte grundsätzlich alle Speisen mit derselben Gewürzmischung.

Als die Großmutterliebe nach dreißig Sekunden erschöpft war, gab Faye Andrew das Baby zurück. Sie senkte die Stimme zu einem Flüstern. »Unsere Freunde von der Citibank haben uns schon wieder einen Drohbrief geschickt. Wir haben neunzig Tage für die nächste Rate, sonst fliegen wir raus. Dein Vater tut, als wäre nichts. Als müsste er die Sache nur lange genug aussitzen, dann würde die Bank irgendwann nachgeben. Wenn ich mit ihm darüber reden will, behauptet er, er hätte zu tun.«

Elisabeth kramte eifrig in der Windeltasche. Wenn Faye über ihre Finanzen sprach, hätte sie am liebsten sofort das Thema gewechselt, es begraben oder erstickt, damit es endgültig vom Tisch wäre.

Seit letztem Jahr besaßen George und Faye ihr Haus eigentlich nur noch auf dem Papier. Sie hatten so oft Hypotheken aufgenommen, dass sie der Bank mittlerweile mehr schuldeten, als sie einst dafür bezahlt hatten.

Aus Georges Arbeitszimmer ertönte ein Krachen, offenbar war irgendwas Schweres heruntergefallen.

Faye richtete sich auf. »Und bei euch? Gibt's was Neues?«

»Elisabeth hat heute ein wunderbares Kindermädchen für uns gefunden«, sagte Andrew. »Jetzt kann sie endlich wieder arbeiten.«

Eine peinliche Pause entstand, und Elisabeth fragte sich, ob sie gekränkt sein sollte. Aus seinem Munde klang es, als würde sie seit vier Monaten den ganzen Tag auf einer Luftmatratze im Pool treiben und Piña Coladas schlürfen.

»Das Mädchen studiert am College«, sagte Elisabeth.

»Ist das nicht zu jung, um Verantwortung für ein Kind zu übernehmen?«, fragte Faye.

»Habe ich auch erst gedacht. Aber sie hat großartige Referenzen. Gil war ganz angetan von ihr. Und sie hat wahnsinnig viel Erfahrung mit Säuglingen. Viel mehr als ich.«

Faye zog die Stirn zusammen. »Sei bloß vorsichtig. Neulich kam da so was Schreckliches in den Nachrichten. Ein Babysitter hat drei Kinder umgebracht. In der Badewanne ertränkt.«

Die Worte »umgebracht« und »ertränkt« formte sie stumm mit den Lippen, als wollte sie Gil vor dem Grauen bewahren.

»Mit den eigenen Händen«, fügte sie hinzu.

»Ist das hier in der Gegend passiert?«, fragte Andrew.

»Nein, in Ohio oder irgendwo dort in der Nähe.«

Fayes Gesicht strahlte, als sie das sagte. Sie konnte sich an jeder noch so kleinen Tragödie ergötzen. Als Gil gerade erst auf der Welt war, hatte sie bei ihm Autismus diagnostiziert, weil er eine Glühbirne angestarrt hatte. »Das ist eins der Anzeichen«, hatte sie gesagt. »Glaube ich zumindest.«

Solche Geschichten gab es passend zu jeder Lebenslage, sie waren dazu da, Frauen in ihre Schranken zu verweisen. In New York hatte jede einen persönlichen Alptraum, der sie für immer verfolgen würde. Keine Großstadtlegende, sondern die jeweilige Horrorgeschichte, die sie bei ihrer Ankunft in der Stadt auf der Titelseite der *New York Post* gelesen hatte. Von der jungen Frau, die zu lange in der Bar geblieben war und am nächsten Morgen tot aufgefunden wurde, vergewaltigt, ihre Leiche in einen Teppich gerollt und in den Müll geworfen. Von der jungen Frau, die von einem Irren grundlos vor den einfahrenden Zug gestoßen wurde. Von der jungen Frau, die mitten in der Nacht von ihrem betrunkenen Mitbewohner erstochen wurde, der sich am Morgen an nichts mehr erinnern konnte.

So war das auch bei jungen Müttern. Der Schrecken lauerte überall. In den Nachrichten: Die erschöpfte, überforderte Mutter, die ihr Baby im heißen Auto gelassen hatte, wo es erstickte. Im Internet: Die Erzieherin, die ihren Zöglingen zum Einschlafen Benadryl eingeflößt und aus Versehen alle umgebracht hatte. Im Supermarkt: Die Eltern, die den Erste-Hilfe-Kurs immer wieder aufgeschoben hatten und schließlich hilflos zusehen mussten, wie ihr Kind an einer Traube erstickte.

Elisabeth hörte Georges schwere Schritte, er war auf dem Weg zu ihnen. Das Geräusch erfüllte sie mit Freude und verdrängte ihre entsetzlichen Gedanken an leblos in Badewannen treibende Kinderkörper.

»Lizzy!«, rief er, als er sie erblickte.

Er war der Einzige, der sie so nannte, der Einzige, dem sie es nachsah.

George steckte in dem schwarzen Anzug, den er seit dreißig Jahren zur Arbeit trug, das Jackett hing am Haken im Vorraum, wo er es am nächsten Tag einfach wieder überziehen konnte. Die Lackschuhe hatte er abgestreift, an den Füßen trug er schwarze Socken mit goldenem Muster am großen Zeh.

Als sein Unternehmen noch floriert hatte, war George jeden Morgen spätestens um sieben aus dem Haus gegangen, manchmal auch um vier oder fünf, wenn eine frühe Fahrt zum Flughafen angestanden hatte. Seinen Arbeitstag begann er damit, den schwarzen Lack seines Wagens zu polieren, die Fußmatten abzusaugen, die Wasserflaschen in den eingebauten Haltern im Fond zu erneuern und die Schale mit Pfefferminzbonbons aufzufüllen. Diese Routine führte er immer noch aus, obwohl er seine Fahrgäste als Uber-Fahrer auch mit Jogginghose in einem verbeulten Mazda rumkutschieren könnte. Elisabeth fand das irgendwie rührend.

George schloss sie in die Arme. Er war ein echter Bär. So umarmt fühlte sie sich sofort wieder wie ein Kind. Klein und geborgen. Elisabeth wäre gern noch ein bisschen geblieben. Aber George war schon bei Andrew, schlug ihm auf den Rücken, dann trat er an den Herd und sog theatralisch den Essensduft ein.

Er stieß einen Pfiff aus. »Das riecht köstlich!«

Elisabeth fragte sich, ob er ebenfalls log. Sie fand, es roch wie in einer Schulmensa.

George und Faye führten eine solide Ehe. Elisabeth respektierte das. Ihre Eltern waren miteinander unglücklich gewesen und hatten stur an ihrem Unglück festgehalten. Sie hatte sich immer nur gewünscht, sie würden normal sein oder eines Tages aufwachen und feststellen, dass sie einander doch von Herzen liebten.

Schon in ihrer Kindheit hatte Elisabeth die Rolle des Schiedsrichters übernommen. Bereits beim Betreten des Zimmers hatte sie gespürt, ob ihre Eltern stritten und sogar gewusst, worüber. Wenn ihr Vater wieder mal eine Affäre hatte, weinte sich ihre Mutter bei ihr aus wie bei einer Freundin und ließ dabei kein Detail aus.

Sie war besessen von dem Wunsch, schlank und schön zu sein – und wollte vor allem stets jugendlich wirken. Ihren Töchtern kaufte sie schon Faltencremes, als diese gerade die Grundschule hinter sich hatten. Wenn sie sich wieder mal einer angesagten Diät unterzog, mussten sie mitmachen. Sie fastete und ermutigte ihre Töchter, es auch zu probieren. Sie lobte sie fürs Schlanksein und schimpfte, wenn sie sich nicht herausgeputzt hatten. Ihre Mutter erfand ein Spiel, dabei stand sie mit ihren Töchtern vor dem Spiegel und sie benannten reihum die Makel der anderen.

»Niemand wird dich darauf hinweisen, dass du beschissen aussiehst«, sagte sie gern. »Jede Frau sollte ihre eigene strengste Kritikerin sein.«

Noch heute war es Elisabeth unangenehm, über ihren Körper zu sprechen. Damit war sie allerdings noch glimpflich davongekommen. Sie hatte das Glück gehabt, dass ihre Lehrerinnen sie für klug hielten und sie zu intellektueller Leistung ermutigten. Ihr Patenonkel war Journalist. Er hatte ihr schriftstellerisches Talent erkannt.

Charlotte hingegen wuchs dank ihrer Mutter zu einer oberflächlichen Person heran. Sie war von Haus aus schlank und hübsch, verbrachte aber jeden Morgen Stunden mit Frisieren und Schminken. Wenig überraschend hatte sie als »Influencerin« auf Instagram zig Follower, die sie mit Selfies beglückte, Fotos, die sie in Bademode auf diversen karibischen Inseln zeigten.

Ihre Eltern hatten sich scheiden lassen, als Elisabeth acht und Charlotte fünf Jahre alt gewesen waren. Die Tinte auf den Dokumenten war noch nicht trocken, da verschwand ihre Mutter, die Töchter überließ sie der Kinderfrau – und ihrem Vater, der fortan durch Abwesenheit glänzte. Sechs Monate später kehrte die Mutter zurück, und ihre Eltern kamen auf unerklärliche Weise wieder zusammen. Wie das zustande kam und was in der Zwischenzeit geschehen war, wussten sie bis heute nicht. Danach verstanden sich ihre Eltern eine Weile blendend, doch schon bald kehrten sie zum alten Muster zurück.

Als Elisabeth auf die Highschool kam, trennten sie sich erneut, diesmal für ein Jahr. Eines Tages, gegen Ende dieses Trennungsjahres, erwähnte Elisabeth ihrer Mutter gegenüber, dass ihre Eltern kein Paar mehr seien. »Wie kommst du denn darauf?«, schalt sie ihre Mutter.

»Na, die Tatsache, dass Dad nicht bei uns wohnt, deutet wohl in diese Richtung«, entgegnete Elisabeth wütend und verwirrt.

»Das begreifst du erst, wenn du älter bist«, sagte ihre Mutter, was sie häufig tat und Elisabeth richtig wurmte, weil sie spürte, dass es nicht stimmte, aber keine Beweise für das Gegenteil hatte.

Bei der Highschool-Abschlussfeier waren ihre Eltern wieder zusammen, Händchen haltend sahen sie zu, wie ihre Tochter ihr Zeugnis entgegennahm.

Fast zwanzig Jahre vergingen ereignislos, lange genug, um sich nicht mehr um die Ehe ihrer Eltern zu sorgen. Sie waren zwar nicht glücklicher oder liebevoller zueinander, aber jetzt waren sie alt. Es stand zu vermuten, dass sie sich im Leben oft genug getrennt hatten. Vor zwei Jahren geschah es dann doch wieder. Fast sofort danach lernte ihr Vater auf einer Geschäftsreise nach Arizona eine Neue kennen und zog zu ihr nach Tucson. Er setzte alle Hebel in Bewegung, um die Scheidung zu beschleunigen, weshalb Elisabeth und Charlotte sich fragten, ob er diese Neue, die sie noch gar nicht kannten, womöglich heiraten wollte.

Elisabeth hatte die letzte Trennung ihrer Eltern noch nicht verarbeitet. Sie hatte die Nachricht irgendwo abgespeichert und dann verdrängt, damit sie sie nicht aus der Fassung brachte. Damals wollte sie unbedingt schwanger werden und war emotional mit anderen Dingen beschäftigt gewesen.

Schließlich hatte es geklappt und das Baby hatte ihr Leben aus den Angeln gehoben.

In Brooklyn hatten sie in einem schon immer von Italienern bevölkerten Viertel gewohnt. Jedes Jahr veranstalteten die Männer der Nachbarschaft am 4. Juli in ihrer Straße ein Feuerwerk. Es war so laut, dass das Haus wackelte, regelmäßig flogen Raketen gegen ihr Schlafzimmerfenster, zweimal zerbrach sogar die Scheibe. Sie und Andrew fanden die Gentrifizierung ihres Viertels grässlich und wollten die alten Traditionen keinesfalls zerstören, daher hatten sie jahrelang stillgehalten und sich nie beschwert.

Doch als Gil ungefähr sechs Wochen alt war, wurden wieder Feuerwerke gezündet, und zum ersten Mal in seinem jungen Leben schien er sich richtig zu fürchten. Er verzog das Gesichtchen und schluchzte in Elisabeths Bluse. Das weckte ihren Beschützerinstinkt. Sie rief die Polizei, obwohl die Cops in ihrem Viertel mit den Übeltätern verbrüdert und verschwägert waren. Sie nannte dem Polizisten am Telefon sogar freimütig ihre Telefonnummer und Adresse.

»Hast du ihnen etwa deinen Namen gesagt?«, fragte Andrew entsetzt, nachdem sie aufgelegt hatte.

Zwei Tage später waren sie auf dem Weg zu ihrem nagelneuen Wagen, den sie nur Stunden nach Gils Geburt gekauft hatten. Sie waren spät dran für einen Termin beim Kinderarzt.

Andrew drückte auf die Fernbedienung, aber die Türen blieben verschlossen.

Vergeblich versuchte er, mit dem Schlüssel die Fahrerseite zu öffnen.

»Scheiße«, sagte er. »Sie haben die Schlösser abgedichtet.«

»So was machen die?«

Andrew rüttelte am Türgriff.

Elisabeth zog ihr Handy aus der Tasche.

»Was machst du da?«, fragte er.

»Ich google, ob so was tatsächlich vorkommt.«

»Kommt es.«

»Rache«, sagte sie. »Weil wir die Polizei gerufen haben.«

»Ich hab dir doch gesagt, du hättest ihnen deinen Namen nicht verraten sollen«, sagte er kopfschüttelnd. Dann: »Oh!«

»Was?«

Andrew schloss die Augen. »Das ist nicht unser Wagen.«

Kaum hatten sie so etwas wie eine Routine entwickelt, ein bisschen Normalität, waren sie aus Brooklyn fortgezogen und hatten damit eine neue Baustelle aufgemacht.

»Wer will selbstgebrautes Bier kosten?«, fragte George.

Eine rein rhetorische Frage, denn er hatte die braunen Flaschen schon aus dem Kühlschrank geholt und die auf dem Tisch bereitgestellten Gläser gefüllt.

»Die waren für Wasser gedacht«, bemerkte Faye säuerlich.

»Die Pilger haben niemals Wasser getrunken«, sagte George. »Wusstet ihr das? Nur Bier. Sogar die Kinder.«

»Ja, und die meisten sind mit fünfunddreißig gestorben.« Faye sah zu Andrew hinüber. »Dein Vater braut jetzt Bier. Er hat sich im Internet ein Brauerei-Set bestellt, und jetzt hält er sich für Sam Adams.«

Elisabeth setzte sich an den Tisch und probierte einen Schluck. Sie war nicht sicher, ob es gut oder widerlich schmeckte, also trank sie noch ein bisschen mehr. Faye erzählte was von Gutscheinen. Elisabeth leerte das Glas.

»Lecker, nicht?« George schenkte nach.

Sie nickte. Schon jetzt erschien ihr alles weicher, sie fühlte sich ein wenig von allen entfremdet. Früher, als sie noch jung war, wollte sie in betrunkenem Zustand immer jemanden küssen. Jetzt wollte sie nur noch schlafen.

»Wie laufen die Geschäfte, Sohnemann?«, fragte George.

Die Geschäfte.

So nannte er es. Jedes Mal.

George war ein hingebungsvoller Vater. Selbst, wenn er Andrews Idee missbilligen würde, hätte er nie etwas dagegen gesagt. Aber er nannte das Projekt seines Sohnes auch nie explizit beim Namen, was Elisabeth schon bezeichnend fand.

Es war ein Grill. Ein solarbetriebener Grill.

Vor zehn Jahren, als Andrew auf die Idee kam, war Elisabeth sogar dabei gewesen. Sie kannten sich noch nicht lange und unternahmen ihren ersten Wochenend-Kurztrip. Es ging nach Florida, zur Hochzeit seines College-Freundes. Bei der Generalprobe zum Hochzeitsdinner – ein Grillfest am Strand – wurden den Gästen Steaks und Burger serviert, dazu gab es einen zu Ehren der Braut gemixten Spezial-Cocktail, der wie Pfirsichsaft schmeckte, aber zu achtzig Prozent aus Rum bestand. Alle bewunderten den Sonnenuntergang.

Da stellte Andrew die folgenreiche Frage. »Warum gibt es eigentlich keine solarbetriebenen Grills?«

Als niemand antwortete, fuhr er fort. »Denkt mal drüber nach. Das ist doch genial! Die Leute grillen nur, wenn die Sonne scheint. Im Regen grillt niemand. Und bei solarbetriebenen Grills hat man nicht diesen widerlichen Kohlegeschmack, bei dem man immer Angst haben muss, Krebs zu kriegen.«

»Ja, pfui«, sagte Charlie, der Ehemann in spe. Er sah auf seinen Teller.

Die Burger waren leicht angekokelt. Elisabeth hoffte inständig, dass niemand glaubte, Andrew hätte mit seinem Kommentar auf das leicht verbrannte Grillgut angespielt.

Seine Freunde Joel und Ethan nickten eifrig.

»Scheiße, Mann! Das ist brillant!«, sagte Joel.

Ethans Augen wurden schmal, er dachte nach. »Gefällt mir«, sagte er schließlich.

»Da sollten wir was draus machen«, rief Andrew.

Die anderen stimmten zu. Elisabeth fragte sich, ob ihr Enthusiasmus gespielt war. Natürlich grillten die Leute auch bei Regen. Und war der Kohlegeschmack nicht der eigentliche Grund fürs Grillen?

Egal, dachte sie. Damals hatten sie alle schon ziemlich einen sitzen.

Am nächsten Morgen, sie lagen im Hotelbett, die schweren Vorhänge waren noch geschlossen, flüsterte Andrew: »Ich hab die ganze Nacht wachgelegen und über den Grill nachgedacht.«

Sie brauchte einen Moment, um zu kapieren, wovon er sprach.

»Findest du nicht, dass das eine gute Idee ist?«

»Ja, interessant.«

»Ich meine, Joel findet es brillant.«

Joel ist Fachanwalt für Personenschaden, hätte sie am liebsten gesagt, hielt aber den Mund.

Viel wichtiger fand sie es, herauszufinden, ob sie einen leichten oder schlimmen Kater hatte. Und sie brauchte Kaffee.

Am Ende des Wochenendes war auch Andrews Feuereifer für den Grill verloschen. Monatelang verlor er kein Wort mehr darüber, bis jemand bei Nomis Dinnerparty behauptete, sein Vater habe Superkleber erfunden, aber leider kein Patent darauf angemeldet, sonst wäre er jetzt Millionär. Jeder konnte irgendeine Anekdote über eine nicht patentierte Erfindung beisteuern. Nomis Mann Brian schwor, er habe schon in der sechsten Klasse den Videorekorder erfunden.

»Das erzählt er jedes Mal, wenn wir was aufzeichnen«, sagte Nomi.

Andrew erläuterte seine Idee vom Grill, fertigte sogar auf einer Serviette eine Skizze an – er werde aussehen wie ein runder Rattansessel und sei innen mit reflektierenden Tafeln ausgekleidet, um die Sonnenhitze zum Kochen zu nutzen. Das Grillgut würde in einer Pfanne auf einem Dreibeinstativ in der Mitte des Machwerks vor sich hin brutzeln.

Elisabeth malte sich aus, wie sich eine Vorort-Familie in ihrem Garten um das Ding versammelte und mit einem Bier in der Hand auf ihre Burger wartete.

»Ich muss nur einen Ingenieur finden, der mir den idealen Krümmungsgrad für die Tafeln ausrechnet«, sagte Andrew. »Das ist der Schlüssel.«

»Verdammt, Andrew«, sagte Nomi amüsiert, »du machst ja echt Nägel mit Köpfen.«

Elisabeth hatte erst in jenem Moment davon erfahren, wusste nicht, dass er sich das alles bereits überlegt hatte. Sie sah, wie enttäuscht er war, als niemand aufsprang und seine Idee als Riesenknaller bezeichnete.

Die Skizze auf der Serviette hing fortan an ihrem Kühlschrank in Brooklyn. Bei ihrem Anblick fragte sich Elisabeth stets, ob Andrew vielleicht insgeheim plante, sie sich gerahmt hinter seinen Schreibtisch ins Chefbüro zu hängen, sobald er ein gemachter Mann wäre.

In den folgenden Jahren kam der Grill immer wieder zur Sprache, halb scherzhaft, halb … irgendwas. Auf Andrews Nachttisch stapelten sich verschiedene Bücher: *Das Handbuch der Solarenergie* und *Ohne Netz: Solar für Zuhause* und *Photovoltaik – Design und Installation für Anfänger*, ein Titel, der Elisabeth ziemlich unsinnig vorkam. Sie sah Andrew nie mit einem dieser Bücher in der Hand. Irgendwann waren sie verschwunden.

Vor fünf Jahren hatte Andrew seinen Job bei einem großen Consulting-Unternehmen gekündigt und war für ein marginal geringeres Gehalt bei einer mittelständischen Firma eingestiegen, die sich auf Restaurants spezialisierte. Elisabeth hoffte, dass es ihn glücklicher machen würde, in diesem Bereich mitzumischen. Doch irgendwie war danach alles noch schlimmer. Er hatte engen Kontakt zu Leuten, die das taten, was er tun wollte, aber er gehörte nicht dazu.

Nach drei Jahren überlegte er erneut, seinen Job hinzuschmeißen. Damals versuchten sie, ein Kind zu bekommen. Darauf konzentrierten sie sich. Zumindest Elisabeth tat das.

Eines Nachts, sie lagen im Bett, behauptete Andrew, er bekäme keine Luft.

Sie erschrak. So etwas war sehr untypisch für ihn.

»Was ist los?«, fragte sie.

Andrew sagte, er habe Angst, den Rest seines Lebens in einem verhassten Job versauern zu müssen.

»Jeden Morgen auf dem Weg zur Arbeit fühle ich mich, als würde ich sterben«, sagte er. »Aber ich habe Angst, meine Sicherheit aufzugeben.«

»Vielleicht solltest du kündigen«, sagte sie. »Das Leben ist zu kurz, um in einem Job auszuharren, den du hasst.«

»Du hast recht«, sagte er. »Ich sollte es wagen.«

»Was wagen?«

»Den Grill zu bauen. Letzte Woche, bei einem Meeting mit potenziellen Neukunden, Besitzern einer Restaurantkette, habe ich meine Idee erwähnt. Einer der Typen hat's kapiert. Das habe ich gleich gemerkt. Ich könnte ihn vielleicht als ersten Investor gewinnen. Er meinte, er würde sich den Prototyp sehr gerne ansehen, wenn er fertig ist.«

In dem Augenblick wurde Elisabeth klar, dass sie das, was sie gerade gesagt hatte, nicht ernst meinte. Einem verhassten Job nachgehen zu müssen gehörte nun mal zum Erwachsenenleben dazu. Andrew war eigentlich praktisch und zuverlässig und geradlinig. Dafür liebte sie ihn, darauf verließ sie sich.

»Das ist mein Traumjob«, sagte er. »Erfinder in der Nahrungsmittelindustrie. Mit mehr Zeit würde ich sicher weitere Ideen entwickeln. Hast du schon mal von dem Erfinder dieses Abflussreinigungsdings gehört? Das ist nur so ein Plastikteil, mit dem man die Haare aus dem Rohr holt. Im ersten Jahr hat er damit fünfundzwanzig Millionen verdient. Stell dir vor, ich würde mit dem Grill nur die Hälfte einfahren! Dann hätten wir unsere Schäfchen im Trockenen. Und die meiner Eltern dazu.«

Er sah sie mit hoffnungsvollem Blick an.

»Und was machen wir, bis das Geld reinkommt?«, fragte sie.

»Das habe ich mir auch schon überlegt. Die nächsten sechs Monate arbeite ich als Externer für die Firma. Diese Zeit nutze ich für die Entwicklung des Grills, um Subventionen und Zuschüsse zu beantragen, damit können wir das nächste Jahr finanzieren. Ich will mich zwar nicht darauf verlassen, aber wir haben doch noch was gespart, für schlechte Zeiten, oder?«

»Ja«, sagte sie.

Nach ihrer Hochzeit hatten sie weiterhin getrennte Konten behalten und eine lockere Vereinbarung getroffen. Er kam für die alltäglichen Kosten auf, ihre Vorschüsse und Beteiligungen sowie den Erlös aus dem Verkauf der Filmrechte an ihrem ersten Buch hatte sie angelegt. Für ihr geplantes Kind, dessen Ausbildung und ihre Altersvorsorge.

»Bist du wirklich damit einverstanden?«, fragte er. »Ich weiß, es klingt verrückt, aber ich glaube, jetzt ist der richtige Zeitpunkt.«

In diesem Moment hätte sie ihre Zweifel äußern müssen, ihm die Wahrheit sagen. Aber Elisabeth brachte es nicht fertig. Seit sie ihn kannte, hatte er sie immer nur ermutigt.

Als kurz darauf Georges Unternehmen den Bach runterging, sagte Andrew, er hätte seinen Job niemals aufgegeben, wenn er die finanziellen Probleme seiner Eltern vorausgesehen hätte. Immer wieder betonte er, wie gern er ihnen unter die Arme greifen würde. Elisabeth vermutete, dass er darauf anspielte, dass sie seinen Eltern ihre Rücklagen anbieten sollte.

»Vielleicht bin ich naiv«, sagte er, als sie nicht reagierte. »Sie fänden das wahrscheinlich fürchterlich. Kann gut sein, dass sie es nie zurückzahlen könnten.«

»Selbstverständlich!«, hätte sie sagen sollen, natürlich würden sie Faye und George helfen. Aber das konnte sie nicht. Denn das Geld war weg.

Als Andrew die Fellowship-Stelle bekam, war die Entscheidung gefallen. Sie würden Brooklyn verlassen. Er wollte in der Nähe seiner Eltern wohnen, um ihnen wenigstens im Haus zu helfen, Zeit mit ihnen zu verbringen, mit George angeln zu gehen. Als Andrew sich bewarb, hatte Elisabeth ihm versprochen, dass sie im Fall einer Zusage umziehen würden. Nie im Leben hätte sie gedacht, dass sie Andrew nehmen würden.

Trotz ihrer Zweifel war sie stolz, dass er es so weit gebracht hatte. Beeindruckt. Allerdings wäre jemand mit einer wirklich bahnbrechenden Idee direkt in Stanford oder Harvard gelandet. Gegen welche Kandidaten er am Hippie-College angetreten war, konnte sie sich lebhaft vorstellen. Dort gab es allen Ernstes einen Fachbereich namens »Greengineering«.

Man hatte dort einen bescheidenen Etat für innovative Projekte zur Verfügung, der jedes Jahr an einen Amateur-Erfinder mit einem vielversprechenden ökologischen Technologieprojekt vergeben wurde. Dem Gewinner wurden ein Team von Studenten und ein Mentor an die Seite gestellt. Andrew hatte ein Jahr Zeit, um einen Prototyp zu entwickeln und einen Lizenznehmer zu finden. Für den nächsten Schritt hatte er noch keinen Plan.

Wie üblich machte Elisabeth ihre Mutter dafür verantwortlich, dass sie ihm nichts zutraute. Sie hatte ja kein anderes Vorbild.

In der Menschheitsgeschichte wimmelte es von Frauen, die ihren Männern bei ihren *kühnen Abenteuern* den Rücken freigehalten hatten. Am Ende wurden diese Frauen stets für ihren Glauben an den Partner belohnt, für ihre Bereitschaft, auf Urlaube oder häusliche Renovierungen oder romantische Restaurantbesuche zu verzichten und alles *seiner großen Idee* zu opfern. Die Frau, die an ihren Mann glaubte, erntete ungeahnten Reichtum und konnte sich fortan ihren Hobbys hingeben, namhafte Wohltätigkeitsvereine leiten oder eine Buchhandlung in ihrem Lieblingsferienort kaufen.

Das Motto jedes großen Mannes lautet: Ohne *meine Frau* wäre das alles nicht möglich gewesen.

Elisabeth hingegen dachte an die vielen gescheiterten Männer, über die niemand sprach. Hatte es an ihren Frauen gelegen, dass sie versagt hatten? War es schiefgegangen, weil sie nicht fest genug an ihre Partner geglaubt hatten? Oder wurden Erfolgsgeschichten eben erst im Nachhinein geschrieben? War Steve Jobs' Frau in Wahrheit total genervt gewesen, weil ihr Göttergatte dauernd in der Garage herumgebastelt hatte? Hatte sie sich gewünscht, er möge mit ihrem Bruder Versicherungen verkaufen, bis er auf einmal – Abrakadabra! – den großen Treffer landete und sie behauptete, sie hätte es schon immer gewusst?

»Kommst du voran, Liebling?«, fragte Faye Andrew jetzt.

Elisabeth betrachtete ihren Mann.

»Wird schon«, sagte er knapp.

Dann aß er eine Gabel Stroganoff, um weiteren Fragen zu entgehen.

In den ersten Tagen nach ihrem Umzug hatte Andrew nonstop von seiner Arbeit geredet. Eines Abends kam er nach Hause und erzählte, ein Student in seinem Team habe errechnet, dass das Fleisch auf einem solarbetriebenen Grill dreimal schneller gar werde als auf Holzkohlegrills. Ein anderes Mal grinste er wie ein Kind bei der Bescherung, weil man für sein Projekt Fokusgruppen eingerichtet hatte.

Aber in letzter Zeit kam nichts mehr von ihm. Vielleicht verbrachte er seine Arbeitstage damit, im Internet zu surfen, was, wie Elisabeth vermutete, die meisten taten, und es würde ihr auch gar nichts ausmachen, wenn zumindest seine berufliche Zukunft gesichert wäre.

»Wie ist es bei dir, Lizzy?«, fragte George. »Ist dir schon eine Idee gekommen für dein neues Buch?«

»Noch nicht ganz«, sagte sie.

Hätte sie ihm bloß nicht anvertraut, dass sie auf eine Inspiration für ihr neues Buch wartete. Damit hatte sie George nur eine perfekte Vorlage geliefert, in sein Lieblingsthema einzusteigen.

Elisabeth wusste, was als Nächstes kommen würde.

»*Der Hohle Baum*«, sagte George. »Ich sag dir, das wird ein Bestseller! Damit gewinnst du den Pulitzerpreis.«

»Dad, hör auf! Bitte«, sagte Andrew.

Meist hatte Andrew viel Geduld mit seinen Eltern. Aber beim Hohlen Baum hörte der Spaß auf. Es war nicht einmal so, dass George nicht mit fast allem, was er sagte, recht hatte, aber alle mieden das Thema, weil er sich so sehr hineinsteigerte. Zu dem Schluss war wenigstens Elisabeth gelangt. Es wirkte ungesund. So was sollte man nicht auch noch fördern. Faye behauptete, er nutze jede Gelegenheit, darüber zu reden, egal, mit wem. Es wäre schön, wenn Elisabeth und Andrew ihn von dem Thema abbrächten, falls er es in ihrer Gegenwart anschneide, was jedes Mal passierte.

Letztes Wochenende hatte George sich eine halbe Stunde darüber ausgelassen, wie wichtig es sei, eine regionale Tageszeitung zu abonnieren. Wenn sie guten Journalismus unterstützen wollten, sollten sie sich unbedingt die *Gazette* zulegen, riet er ihnen.

»Elisabeth ist Journalistin«, sagte Andrew.

»Ja«, sagte George, »und?«

»Irgendwann werden wir die *Gazette* schon abonnieren«, sagte Andrew, »aber momentan haben wir ganz andere Dinge im Kopf, Dad. Wir zahlen für die Digitalausgabe der *Times* und schaffen es nicht mal, sie täglich zu lesen.«

In Wahrheit zahlten sie nicht für die *Times*. Natürlich zählten sie sich zu denjenigen, die es tun würden und sollten, aber tatsächlich nutzten sie den kostenlosen Zugang, den Elisabeth bei der Arbeit verwendet hatte, allerdings mehr aus Faulheit als aus Geiz.

Elisabeth fand das schon peinlich genug, auch ohne von George daran erinnert zu werden. Als sie noch in der Stadt wohnten, hatten sie sich fast jeden Abend Essen bestellt, selbst nachdem sie in einem Artikel gelesen hatte, dass der Internetanbieter, über den sie bestellten, die Restaurants kaputtmache. Sie wollte das Trinkgeld eigentlich immer bar zahlen, damit das Geld auch sicher in der Hand des Lieferanten landete, aber oft hatte sie einfach keine kleinen Scheine parat, rundete deshalb einfach bei der Online-Bezahlung auf, hoffte das Beste und schenkte dem Mann an der Tür ein besonders breites Lächeln, wenn sie ihm die warme Papiertüte aus der Hand nahm.

Seit Kurzem bestellte sie auch Gils Kleidung und Spielsachen online, weil es in der Nähe keine guten Läden gab, und die paar Geschäfte in der Innenstadt, die Bio-Babysachen verkauften, waren einfach zu teuer. Elisabeth rechtfertigte dies damit, dass sie ja kaum noch Essen bestellte, weil man hier sowieso nur zwischen Pizza und Chinesisch wählen konnte.

Außerdem machten sie eine Menge richtig. Sie fuhren keinen SUV und aßen selten rotes Fleisch. Sie trennten ihren Müll. Sie gaben ihr Bestes. Dass ihnen die Zeit fehlte, sich an Georges Protestaktionen zu beteiligen oder die vielen Missstände dieser Welt aufzulisten, war ja wohl normal. George, in seiner neuen Rolle als Weltverbesserer, hatte einen Lieblingsspruch: »Die Menschen sollten aktiv werden, aber die meisten tun nichts.« Unmöglich, sich da nicht auch angesprochen zu fühlen.

Jetzt wiederholte George sich gerade: »Wie wäre es damit, Lizzy? *Der Hohle Baum: Habgier in Amerika* – klingt nach einem Bestseller.«

»Vielleicht hast du recht, George«, sagte sie. »Könnte sich gut verkaufen.«

»Sie will nur nett sein, aber ich freue mich trotzdem drüber«, sagte George.

»Ich glaube, du solltest es schreiben«, sagte Elisabeth. »Es ist deine Idee.«

»Ich bin kein Autor«, sagte er. »Aber du schon. Hier ist ein ganzes Kapitel für dich: ›Kommerz: Das Ende der kleinen Familiengeschäfte.‹ Kennst du das tote Shopping-Center drüben in Dexter?«

Elisabeth schüttelte den Kopf.

»Ein Riesenkomplex. Eine Viertelstunde von hier. Damals haben sich Andrew und seine Highschool-Kumpel dauernd da rumgetrieben. Offiziell heißt das Ding Evergreen Plaza, galt damals als die größte Errungenschaft der Menschheit. Jetzt steht es fast komplett leer.«

Niemand sagte etwas, aber das kümmerte George nicht.

»Ich bin eigentlich erst ins Nachdenken gekommen, weil

Hal Donahue, dem das Schuhgeschäft in der Innenstadt gehört, bei unserer Diskussionsgruppe am Sonntag einen Vortrag darüber gehalten hat. Nach sechzig Jahren müssen sie den Laden aufgeben. Er hat erzählt, die Kunden wären bei ihm reingekommen, hätten sich von ihm Schuhe bringen lassen, für sich selbst oder für die Kinder, sie anprobiert und dann direkt vor Hal auf ihren Handys nachgeschaut, ob sie sie im Internet billiger kriegen. Wisst ihr, was Hal gesagt hat? ›Ich wünsche ihnen viel Glück‹, hat er gesagt. ›Wird Amazon sich als Sponsor an der Little League beteiligen oder ihnen einen Umzugswagen für die Parade zum Unabhängigkeitstag mitfinanzieren?‹ Großartige Frage, finde ich. Für die Leute sind diese Dinge unverzichtbar.«

»Für uns ist Amazon unverzichtbar«, sagte Andrew.

Elisabeth funkelte ihn an. *Wieso?*

Vor seinen Freunden in Brooklyn hätte Andrew das damals nie zugegeben. Jeder von ihnen behauptete steif und fest, niemals bei Amazon zu bestellen, das gehörte fast schon zum guten Ton. Obwohl Elisabeth in ihrem alten Viertel jeden Abend auf dem Heimweg von der Arbeit die Pakete auf den Stufen vor den Haustüren gesehen hatte.

»Was kaufst du denn da?«, fragte George jetzt.

»Alles«, sagte Andrew. »Meist Sachen für Gil. Wir haben ein Abo für Windeln, Feuchttücher und Babynahrung. Portofreie Lieferung. Du solltest es mal ausprobieren. Viel bequemer, als mit dem Auto zum Geschäft zu fahren, wo sie dann die Hälfte nicht haben.«

»Dir ist Bequemlichkeit wichtiger als die Menschen«, sagte George.

Faye machte ein missbilligendes Geräusch.

Andrew zuckte die Achseln. »Um die Menschen sorge ich mich wieder, wenn mein Kind nachts durchschläft.«

Das war ein Schlag unter die Gürtellinie, dachte Elisabeth,

besonders, weil Andrew nachts nie aufstand. Sie schenkte George ein aufmunterndes Lächeln.

»Erzähl Lizzy die Sache mit dem Toaster«, sagte er zu Faye.

»Welche Sache?«

»Heute morgen hat unser Toaster einfach so den Geist aufgegeben«, sagte George. »Den hatten wir erst vor einem Monat gekauft. Den alten hatte uns jemand zur Hochzeit geschenkt. Der war noch völlig in Ordnung. Und jetzt haben wir niemanden, bei dem wir den Schaden reklamieren können. Der Laden behauptet, da muss der Hersteller sich drum kümmern. Der Hersteller stellt sich tot. Man dreht sich im Kreis, bis man aufgibt.« Er schlug auf den Tisch. »Zack! Der Hohle Baum.«

»Ja, ja, früher war alles besser«, sagte Andrew.

»Mach dich nur über mich lustig, aber der Spruch ist leider zu hundert Prozent wahr. Alles geht den Bach runter. Die Leute sind zu bequem, sie interessieren sich nicht dafür. Es gab Zeiten, da hatten wir Angst, dass Big Brother kommt und uns alles wegnimmt. Jetzt geben wir's ihm freiwillig, mit einem freundlichen Lächeln.«

»Du klingst wie die Kids bei mir am College«, sagte Andrew.

»Gut«, sagte George. »Ich bin froh, dass die jungen Leute es begriffen haben. Das gibt mir Hoffnung. Die müssen es nämlich am Ende ausbaden, wenn sich nichts ändert.«

»Das sind bekennende Sozialisten«, sagte Andrew.

George zuckte die Achseln.

In mancherlei Hinsicht war er auch Sozialist. Auch er wollte das Übel des Kapitalismus an der Wurzel ausreißen. Den Fortschritt aufhalten, damit alle wieder gleiche Chancen hatten. Aber bei anderen Dingen war er fast konservativ. George war der Einzige aus Elisabeths Bekanntenkreis, der sich überhaupt nicht für Obama begeistern konnte.

»Der Mann sagt immer, wir müssen ›Kleinunternehmen gründen‹, das ist seine Antwort auf alles. Was hat mir das gebracht?«, hatte George unlängst gefragt. »Oder dir, Lizzy, mit deiner unbezahlten Elternzeit? Die Regierung sagt damit nur, dass die echten Jobs nicht mehr zu retten sind – Amerikas Industrie produziert nichts mehr, also sieh zu, dass du was Eigenes auf die Beine stellst. Aber einen Job, der dir eine Krankenversicherung, eine Rente oder irgendeine Sicherheit bietet, den kannst du vergessen.«

Als Elisabeth ihn an diesem Abend fragte, welchem Kandidaten sie denn seiner Meinung nach bei der anstehenden Wahl ihre Stimme geben solle, erntete sie von George nur ein Seufzen.

»Ist völlig egal«, sagte er. »Alle sind korrupt. Sie sind nicht gekommen, um uns zu erretten, Lizzy. Das müssen wir schon selbst erledigen.«

Als sie wieder zu Hause waren, sagte Andrew: »Heute war Dad mit seinem Gequatsche vom Hohlen Baum noch mehr neben der Spur als sonst.«

»Er verarbeitet seinen Frust«, sagte Elisabeth. »Lass ihn einfach.«

Sie hatte noch ein Bier zum Abendessen getrunken und ein paar Bissen gegessen, den Rest dann heimlich an den Hund verfüttert. Durch den Alkohol und ihre alltägliche Erschöpfung waren ihr fast die Augen zugefallen.

»Meine Eltern werden alt. Das macht mich traurig«, sagte Andrew. »Siehst du, deswegen braucht Gil ein Brüderchen!«

»Du hast eine romantisierte Vorstellung von Geschwistern. Sieh dir Charlotte und mich an. Wir haben nichts gemeinsam, und wenn wir uns unterhalten, dann nur darüber, wie katastrophal unsere Eltern sind.«

»Genau. Das ist es doch. Man hat einen anderen Menschen auf der Welt, der genau weiß, wie es mit den eigenen Eltern ist. Jemand, mit dem man seinen Frust teilen kann. Darum geht es mir.«

»Du willst, dass Gil jemanden hat, mit dem er seinen Frust über uns teilen kann?«

»Genau«, sagte Andrew.

»Ich glaube nicht, dass wir uns ein zweites Kind leisten könnten, selbst, wenn wir es wollten. Die kosten nämlich richtig Geld, die lieben Kleinen. Nomi hat mir erzählt, dass sie sich gerade Früherziehungsprogramme ansieht, die dreißigtausend im Jahr kosten.«

Andrew schwieg. Sie fragte sich, ob er ihre letzte Bemerkung als Seitenhieb auf sein geringes Einkommen verstanden hatte. So hatte sie es nicht gemeint. Oder vielleicht doch. Vielleicht verhielt sie sich defensiv, weil sie Charlotte im Kopf hatte und im Zusammenhang mit ihrer Schwester zwangsläufig an ihre Finanzen denken musste.

Elisabeth und Charlotte hatten einen Pakt geschlossen. Damals war sie dreiundzwanzig, Charlotte einundzwanzig: Nie wieder würden sie auch nur einen Dollar von ihrem Vater annehmen.

Dafür hatten sie Opfer gebracht, besonders am Anfang. Elisabeth hatte gekellnert, um ihr Gehalt bei der Zeitschrift aufzubessern, hart verdientes Geld, das sie zuvor, ohne nachzudenken, für Klamotten und Taschen ausgegeben hatte. Aber das war es wert gewesen. Sie hatte sich von ihm befreit.

Schon während der Kindheit hatte sich ihr Vater ihr Schweigen erkauft, sie hatten seine Geheimnisse bewahrt und sein abscheuliches Verhalten geduldet. Elisabeth konnte sich noch genau an das Muster der Sofas in der zugigen Empfangshalle des Hotels erinnern, wo er sie mit einer Schachtel Buntstifte geparkt hatte, während er mit irgendeiner Frau nach oben verschwunden war. Eine Stunde später war er zurückgekehrt und hatte ihr fünfzig Dollar in die Hand gedrückt.

Als er einen anderen Vater vor Charlottes Ballettaufführung in der vierten Klasse schlug, weil der ihm seinen Parkplatz weggeschnappt hatte, schenkte er Charlotte als Wiedergutmachung einen reinrassigen Havaneserwelpen. Und damals, als er Elisabeth mit Ginfahne und in Begleitung einer Fremden – angeblich seine Kollegin – von einer Geburtstagsparty abgeholt hatte, durfte sie zur Entschädigung am nächsten Tag zum Powershoppen in die Arden Fair Mall.

Geld diente ihm als Zuckerbrot und Peitsche. Wenn ihm ihre Entscheidungen missfielen, drohte er damit, den Geldhahn zuzudrehen. Für Elisabeths Ausbildung würde er nur bezahlen, sagte er, wenn sie es an eine der besten zehn Schulen des Landes schaffe, ansonsten würde sich das nicht lohnen. Er weigerte sich, für Charlottes Tanzstudium zu bezahlen.

»Tanz ist kein Studienfach«, sagte er, »sondern ein Hobby.«

So kam es, dass Charlotte sich zwar für Marketing einschrieb, aber mitten im Studium nach Mexico City abhaute, mit einem Typen, den sie erst während der Semesterferien kennengelernt hatte.

Er will nur das Beste für dich, sagte ihre Mutter immer, und damit hatte sie recht, nur dass ihr Vater bestimmte, was das Beste für sie war.

Ihr Vater war ein charmanter Mann und ein fieser Narzisst, so schaffte er es, dass seine Opfer immer wieder vergaßen, wie sehr er ihnen wehgetan hatte. Bei ihrer Mutter funktionierte das ganz prima. Es gab keine Wogen, die ein Diamantarmband oder ein spontaner Kurztrip nicht glätten konnte.

Aber vor vierzehn Jahren hatte er Elisabeth etwas angetan, das sie ihm nie verzeihen würde.

Charlotte lebte damals ebenfalls in New York. Sie befand sich sogar in Elisabeths Apartment, als ihr Vater bei ihr auftauchte, um alles wieder ins Lot zu bringen. Das Ganze war als große Geste inszeniert, er war dazu extra quer durchs Land geflogen.

Als er bei ihr hereinspazierte, war Elisabeth in Tränen aufgelöst. Bei seinem Anblick stellten sich ihr die Nackenhaare auf.

»Schätzchen«, sagte er. »Lass den Kopf nicht hängen. Ich weiß, deine Welt ist zusammengebrochen, aber glaub mir, in einer Woche hast du das alles vergessen. Weißt du, warum ich mir so sicher bin?«

Elisabeth wandte sich ab. Am liebsten hätte sie geschrien.

»Charlotte«, sagte er, »dich interessiert das sicher auch.«

»Nicht jetzt, Daddy«, sagte Charlotte.

Aber er ließ sich nicht aufhalten, wie immer.

»Ich habe mit meinem Bruder abgesprochen, dass ihr im Sommer sein Haus in Southampton haben könnt. So lange ihr wollt. Wir haben ein gutes Geschäft gemacht. Fünf Zimmer, am Strand, ihr könnt sogar eure Freundinnen einladen. Ich weiß schon, was ihr euch jetzt fragt. Wie sollen wir da hinkommen? Mit dem Zug ist es zu kompliziert. Na, Mädels. Euer neues Mercedes-Cabrio steht draußen vor der Tür. Wer macht zuerst eine Spritztour?«

Elisabeth sah zu ihm auf. Sie hatte seit achtundvierzig Stunden geweint und nicht geschlafen. Ihr taten die Augen weh.

»Hau ab!«, sagte sie. »Hau einfach ab.«

Sie verabscheute ihn, aber sich selbst verabscheute sie genauso. So weit war es nur gekommen, weil sie sich so leicht hatte kaufen lassen.

Als er keine Anstalten machte zu gehen, sagte sie: »Alles, was du anfasst, versaust du. Du denkst, du kannst anderen Leuten einfach so ins Leben pfuschen, wenn dir danach ist. Aber ich bin fertig mit dir.«

Seine Miene verriet ihr, dass er das alles für verhandelbar hielt. Er dachte, es wäre ein Spiel.

»Na gut«, sagte er. »Umso besser für dich, Char. Statt dir den nagelneuen Wagen zu teilen, hast du ihn jetzt ganz für dich allein. Zumindest so lange, bis Elisabeth sich wieder einkriegt.«

Am liebsten hätte Elisabeth ihm eine reingehauen.

Charlotte war sein Liebling, und sie betete ihren Vater an.

Umso geschockter war sie, als Charlotte sagte: »Nein, Daddy. Diesmal bist du zu weit gegangen. Elisabeth hat recht. Wir sind fertig.«

Das versetzte ihm einen Schlag. Er öffnete den Mund, brachte aber nichts hervor. Stattdessen wandte er sich ab und ging.

Nach einer ganzen Weile tauschten die beiden Blicke. Sie waren sich nie nahe gewesen, dafür waren sie zu verschieden. Doch in jenem Augenblick empfand Elisabeth eine schwesterliche Liebe, nach der sie sich als Kind immer gesehnt hatte.

»Danke«, sagte sie.

»Er hat es verdient«, erwiderte Charlotte. »Was du gesagt hast, stimmt genau.«

Charlotte hatte schon mit fünfzehn auf den Yachten reicher alter Säcke Champagner getrunken, war mit allerlei unpassenden Männern in der Weltgeschichte herumgereist, alles mit dem Geld ihres Vaters finanziert. Er hatte es geduldet. Besser, wenn sie ihm nicht auf die Nerven ging. Es schien ihr Spaß zu machen, doch in diesem Augenblick erkannte Elisabeth, dass alles nur gespielt war. Charlotte wusste so gut wie sie, was er ihnen damit angetan hatte.

Als ihr Vater gegangen war, wechselten sie drei Jahre lang kein Wort mit ihm. Erst nachdem er einen leichten Herzinfarkt erlitt und ihre Mutter sie davon überzeugte, dass er im Sterben lag, nahmen sie wieder Kontakt zu ihm auf.

Doch bis heute weigerten sie sich, finanzielle Hilfe von ihm anzunehmen. Geld war Macht, und die sollte ihr Vater nie wieder über sie ausüben können.

Charlotte wohnte jetzt in einem Apartment am Strand von Turks & Caicos. An drei Tagen die Woche unterrichtete sie Yoga in einem Fünf-Sterne-Hotel. Und sie hatte einen Instagram-Account. Gern wies sie Elisabeth darauf hin, dass sie eine Verifizierung und fünfundsiebzigtausend Follower hatte.

»Niemals kann sie davon leben«, hatte Andrew wiederholte Male bemerkt. »Völlig unmöglich. Dein Dad schickt ihr Geld.«

»Ich weiß ganz sicher, dass er das nicht tut«, sagte Elisabeth, ohne sich weiter dazu zu äußern.

Lange Zeit hatte Charlottes Verlobter Matthew sie finanziell unterstützt, wie ihr Vater verdiente er Geld mit halblegalen Geschäften auf dem Immobilienmarkt. Vor drei Jahren hatte sie die Hochzeit abgeblasen. War nach Turks & Caicos gezogen und hatte sich bei Instagram angemeldet.

»Wie viele Bikinis hat sie eigentlich?«, hatte Andrew damals gefragt.

Auf jedem Foto trug Charlotte ein anderes Badeoutfit. Sie versah ihre Bilder mit irgendeinem selbstverfassten, pseudo-inspirierenden Blödsinn über Träume, Schicksal und »seine Wahrheit leben«.

Es war allerdings sonnenklar, dass Charlotte wusste, was sie tat. Bei jedem Gespräch erzählte sie ihnen von den ihr gratis zugeschickten Hautpflegeprodukten und Luxussandalen, für die sie dann als Gegenleistung Werbung machte. Eine Kette von Boutique-Hotels mit Häusern in der gesamten Karibik brachte sie gratis in ihren besten Zimmern unter, nur damit sie dort halbnackt am Fenster posierte und durch die zarten, wallenden Vorhänge auf den Ozean blickte.

Andrew jedoch wies immer wieder darauf hin, dass niemand wisse, wie Charlotte ihre Rechnungen bezahlte. Dieses Rätsel wurde erst gelöst, als sie Elisabeth eines Tages unter Tränen anrief und ihr Folgendes gestand: »Bitte hasse mich nicht, aber ich muss Daddy anrufen. Ich bin pleite. Nicht nur das, ich habe richtig Schulden.«

»Wie hoch?«, fragte Elisabeth.

»Zwei fünfzig.«

»Zweihundertfünfzigtausend Dollar?«

»So ein Unternehmen zu starten ist nicht billig, okay? Die

Kamera, die Klamotten, die Flüge, die Frisur. Aber es dauert nicht mehr lange, dann zahlt sich das alles aus. Bald mache ich doppelt so viel, wie ich schulde, und zwar auf einmal.«

Noch nie hatte Elisabeths Schwester ihre Aktivitäten als Unternehmen bezeichnet.

»Wie?«, fragte sie.

»Diätmedikamente.«

»Du nimmst Diätmedikamente?«

»Um Gottes willen, nein! Die sind was für Fette und Verzweifelte. Ich bin die auf dem ermutigenden Nachher-Foto.«

»Aber dann musst du behaupten, dass du sie nimmst.«

»Klar. Was ich sagen will: Bis der neue Vertrag durch ist, brauche ich Geld. Irgendwie sehe ich keinen Grund, Daddy nicht darum zu bitten. Wäre ja nur ein Kredit. Wenn ich die Sponsoren an der Angel habe, zahle ich es ihm gleich zurück.«

»Tu's nicht«, sagte Elisabeth. »Du findest schon eine Lösung. Wenn du so tief in den Schulden steckst, kannst du doch auch noch ein, zwei Monate warten, bevor du die Kreditkartenrechnung bezahlst.«

»Könnte aber länger dauern als zwei Monate. Amex schickt mir schon seine Vollstrecker ins Haus. Es ist richtig schlimm. Ich könnte alles verlieren. Auf so einer kleinen Insel verbreiten sich Gerüchte in Windeseile. Kannst du dir vorstellen, was das für meine Marke bedeutet?«

»Deine Marke?«

»Das lastet auf mir, ich will die Schulden los sein«, sagte Charlotte. »Meine Entscheidung steht fest. Ich wollte dir nur vorher Bescheid sagen.«

Elisabeth pochte das Herz. Sie hatte viel dafür getan, dass ihr Vater keine Macht mehr über sie besaß. Das hatte sie für sich getan. Dass Charlotte dasselbe tat, war allerdings aus anderen Gründen wichtig, und das wusste Elisabeth genau: Sie wollte ihn bestrafen. Daran wollte sie unbedingt festhalten.

»Ich leihe dir das Geld«, sagte sie.

Charlotte schniefte. »Echt?«

Als Elisabeth ihr am nächsten Tag die volle Summe überwies, nagten bereits erste Zweifel an ihr.

Auf dem Sparkonto befanden sich rund dreihunderttausend Dollar, und diese Summe hatte Elisabeth immer mit einem Gefühl von Sicherheit und Stolz erfüllt, denn sie hatte sich jeden Cent selbst erarbeitet. Nun gab sie fast alles für ihre Schwester aus.

Um sich zu beruhigen, machte sie sich klar, dass es sich um einen Kredit handelte. Der Sponsor musste nur noch unterschreiben. Jedes Mal, wenn Elisabeth das Thema ansprach, behauptete Charlotte, der Vertrag stehe kurz vor dem Abschluss.

An schlimmen Tagen durchforstete Elisabeth jeden Kommentar unter den Posts ihrer Schwester, weil sie hoffte, so herauszufinden, wann der Vertrag endlich geschlossen war.

Währenddessen lieh sich Charlotte immer mehr. Fast immer nur kleine Summen, aber es läpperte sich. Autoraten, Miete. Dreihundert Dollar für ein Abendessen zu zweit, die Rechnung musste sie begleichen, weil das Arschloch sie nach einem Streit darauf sitzengelassen hatte.

Als Elisabeth angeboten hatte, ihrer Schwester das Geld zu leihen, ahnte sie nicht, dass Andrew kündigen würde. Sein Gehalt hatte ihre Lebenshaltungskosten abgedeckt, die IVF, diverse Beiträge und laufende Kosten. Eigentlich alles. Kurz nach ihrem Kennenlernen hatte Elisabeth ihre Junggesellinnenbude aufgegeben, und sie hatten sich eine Wohnung in Brooklyn gekauft, was sich als großartige Investition erwies. Mit dem Verkaufserlös hatten sie sich das neue Haus finanziert.

Aber das Leben war einfach teuer und ihr momentaner Verdienst leider eher mau. So sehr wie jetzt hatte sich Elisabeth zuletzt um ihre Finanzen gesorgt, als sie das Geld ihres Vaters abgelehnt hatte. Mit jedem Restaurantbesuch und jeder Lebensmittellieferung bewegte sich das Sparkonto weiter auf die Null zu, Ausgaben, die sie ohne Nachdenken getätigt hatte, als Andrew noch in Festanstellung gearbeitet hatte.

Er hatte keine Ahnung, wie viel ihr Lebensstandard kostete. Keinen Schimmer, was sie im Laufe der Jahre für Heimtextilien, Läufer, Möbel, Geschirr und all die Dekogegenstände ausgegeben hatte, die man brauchte, damit ein Heim gemütlich wurde.

Sie waren einen gewissen Lebensstil gewohnt. Sie konnte sich nicht vorstellen, unbehandelte Beeren, Omega-3-Eier aus Freilandhaltung, den guten Kaffee oder das sündhaft teure Geschirrspülmittel ohne Tierversuche aufzugeben. Und selbst wenn sie das täte, würde sie mit derlei drastischen Veränderungen nur Andrews Misstrauen erregen.

Schon ewig hatte sie sich nichts Schönes mehr geleistet. Als ihre teuren Gesichtscremes von Bloomingsdale's aufgebraucht waren, hatte sie sie mit Produkten aus dem Drogeriemarkt ersetzt. Die Wirkung war nicht vergleichbar, aber das könnte auch Einbildung sein. Ein Kleid von Theory hing ungetragen und noch mit allen Schildern dran auf dem Kleiderständer im Hauswirtschaftsraum – für den Fall, dass sie etwas Neues brauchte, das sie sich nicht leisten konnte.

Ihrer Schwester hatte sie bereits mitgeteilt, dass sie knapp bei Kasse waren, doch rasch hinterhergeschoben, dass Charlotte sich im Notfall trotzdem an sie wenden könne. Und das tat Charlotte dann auch. Immer wieder.

Elisabeth hatte Andrew noch immer nichts von dem Kredit erzählt. Er glaubte immer noch, sie hätten ein finanzielles Polster, das ihnen ein Auskommen und Sicherheit bot. Ihr Verhalten rechtfertigte sie so: Solange er nicht direkt danach fragte, hatte sie auch nicht gelogen. Es war ja noch Zeit, die Sache wieder geradezubiegen.

Außerdem war es mittlerweile zu spät, ihm die Wahrheit zu sagen. Wegen ihrer vermeintlichen Rücklagen hatte er sich getraut, seinen Job zu kündigen und damit ein großes Risiko einzugehen. Wenn er wüsste, wie es tatsächlich aussah, würde er wahrscheinlich Panik kriegen und schrecklich wütend werden.

Elisabeth hatte ihn hintergangen, um ihrer Schwester zu helfen. Ihre Schwester, die am Tag nach Gils Entbindung ein Nacktfoto von sich auf Instagram gepostet hatte, bei Sonnenuntergang am Strand, in der Haltung des Kindes.

Balasana … der erste Atemzug eines neuen Lebens. Heute ist ein Kind auf die Welt gekommen, aus demselben Stoff geformt wie ich – die Energie wächst, die Weisheit erneuert sich. War meine Kindheit je vorüber? Ich bin mein eigenes Baby, weich und staunend. Ich gelobe, mich zu nähren und für mich zu sorgen, und wieder treffen sich Seele und Universum.

»Macht sie das mit Absicht? Will sie den Leuten weismachen, sie hätte ein Kind bekommen?«, hatte Elisabeth damals immer wieder gefragt.

»Hat sie wirklich nichts an?«, hatte Andrew gefragt.

Erst sechs Stunden später kam Charlottes Gratulation.

Doch selbst in Momenten des größten Bedauerns freute sich Elisabeth, dass sie Charlotte im Familienkrieg an ihrer Seite wusste. Es war das Einzige, das sie an ihrer Schwester mochte, und es war wichtiger als alles andere zusammen.

In dieser Nacht konnte sie nicht schlafen.

Andrew schnarchte neben ihr. Sie nahm ihr Handy und klickte auf die BK Mamas.

Jemand suchte nach einem guten Café, in dem man ungestört schreiben konnte. Mit dem Thema kannte sie sich aus.

Ich gehe immer ins Café Harmony, kommentierte Elisabeth. *Perfektes Ambiente, der beste Latte in Brooklyn, und sie lassen dich in Ruhe.*

Sie sah sich dort sitzen, allein im Gedränge.

Mimi Winchester antwortete sofort. *Harmony hat vor zwei Wochen dichtgemacht. Versuch's mit Kelly's an der Court.*

Als sie in den Zwanzigern war, hatte Elisabeth gelegentlich mit Mimi zu tun gehabt. Damals hatten sie beide im Zeitschriftenverlag gearbeitet und Mimi hatte sich ziemlich ins Zeug legen müssen, aber dann hatte sie einen Hedgefonds-Manager geheiratet, und jetzt schrieb sie nur noch ungefähr einen Artikel pro Halbjahr, meist Füller über Kosmetikserien oder die Kleidermarken ihrer Freundinnen. Den Link dazu postete sie gern auf BK Mamas: *Just for fun!*

Einmal hatte Mimi sie im Carroll Park allein auf einer Bank sitzen sehen. Elisabeth bereitete gerade die Nahrung für Gil zu, schüttete die zähe, graue Flüssigkeit in sein Fläschchen, während er schreiend im Kinderwagen lag.

»Ach, wie süß! Du hast ein Baby adoptiert? Das finde ich aber toll von dir.«

Elisabeth war sich fast sicher, dass Mimi nicht mit Absicht fies war. Sie konnte sich einfach nicht vorstellen, dass auch biologische Mütter ihre Kinder nicht automatisch stillten.

Trotzdem hätte sie Mimi damals am liebsten ins Gesicht gesagt, was sie von ihr hielt.

Sie hatte gehofft, dass sie durch das Baby ihre Kleinmütigkeit und die blöde Unsicherheit verlieren würde, und in den ersten acht Wochen hatte es auch so ausgesehen. Doch danach kehrte beides zurück, genau wie alle anderen ungebetenen Gäste ihres Lebens.

Das Café Harmony gab es nicht mehr, und Mimi musste es ihr unbedingt unter die Nase reiben. Über so eine Kleinigkeit sollte sie sich nicht ärgern. Tat sie aber. Elisabeth kam sich vor, als hätte sie jemand geohrfeigt.

4

Sam

Am Ende jedes Wohnheimflurs führte eine kurze Treppe hinauf zu einem Absatz, an dem je vier Doppelzimmer lagen. »Podeste« wurden diese Absätze von allen genannt. Nur die älteren Semester durften in Podestzimmern wohnen, und auch nur sie wurden dorthin zum Vorglühen am Freitagabend eingeladen.

Heute Abend fand die Party auf Sams Podest statt. Isabella hatte in einem Mülleimer Sangria angesetzt, und der klebrig süße Duft erfüllte das gesamte Zimmer.

Diese Partys galten als große Sache, aber Sam war mit den Gedanken woanders. Um zehn würde Clives Flieger aus London landen.

Isabella hatte ihr für die Fahrt zum Flughafen ihr Auto angeboten, aber das war viel zu protzig. Also hatte sie Steph, die Basketballtrainerin, um den ramponierten Kleinbus angebettelt, mit dem das Team immer zu Auswärtsspielen fuhr. Dass sie noch nie zuvor einen Kleinbus gefahren hatte, behielt Sam für sich.

Schon die ganze Woche war sie nervös und aufgeregt gewesen. Seit Dienstag waren ihre Hände dauerverschwitzt und ihr Magen spielte verrückt. Unmöglich, sich Clive hier vorzustellen, inmitten ihrer Freundinnen. Wie Isabella gesagt hatte: »Du kannst nicht mit einem eins fünfundneunzig großen Briten in die Mensa spazieren und erwarten, dass die Leute nicht drüber reden.«

Auf dieses Gerede hätte Sam lieber verzichtet, aber Clives Ankunft konnte sie kaum erwarten. Er hatte ihr so gefehlt.

Nach dem Essen half Isabella ihr beim Schminken und Frisieren.

Dann war Sam mit Helfen an der Reihe. Es tat gut, ausnahmsweise mal an etwas anderes als Clive zu denken.

Sie holte ein Fläschchen mit einer klaren Flüssigkeit aus dem Mini-Kühlschrank und zog damit eine Spritze auf.

»Bereit?«, fragte sie.

»Bereit!«

Isabella zog ihr blaues Tanktop ein Stück hoch und exte mit der anderen Hand einen Tequila. Sam piekste ihr die Nadel wie einen Dartpfeil in den straffen Bauch.

Isabella verzog das Gesicht – ob wegen des Stichs oder wegen des Drinks, das wusste Sam nicht so genau.

Sie zählte bis fünf, zog die Nadel wieder heraus und tupfte den Einstich mit Alkohol ab.

Beim ersten Mal, vor drei Wochen, war ihnen die ganze Prozedur noch viel zu krass erschienen, und sie waren wie aufgescheuchte Hühner im Zimmer herumgesprungen.

Dann hatte Sam gesagt: »Los, wir ziehen das jetzt durch. Vertrau mir. Meine Mutter ist Krankenschwester.«

Isabella wollte ihre Eizellen einem Paar verkaufen, das in der Campuszeitung inseriert hatte. Die beiden hatten eine Spenderin mit braunem Haar, blauen Augen und einem Notendurchschnitt von mindestens 3,7 gesucht. Isabella erfüllte alle Vorgaben, auch wenn das Paar mit einem Blick auf ihre Zeugnisse hätte sehen können, das sie hauptsächlich Kurse in Filmwissenschaft besuchte.

Kennenlernen würde sie die beiden nie, die ganze Transaktion lief über eine Agentur, bei der Isabella auch Bilder aus verschiedenen Phasen ihres Lebens hatte einreichen müssen.

Sam hatte sie am Telefon gehört.

»Mommy, kannst du mir ein paar Babyfotos von mir mailen? Ich brauche die für einen Kurs.«

Sam war schleierhaft, weshalb Isabella so was tat. Sie war der reichste Mensch, den Sam kannte.

»Nicht ich bin reich, meine Eltern sind reich«, sagte Isabella oft, aber das ergab irgendwie keinen Sinn.

Sam meinte, wenn Isabella was dazuverdienen wolle, solle sie sich doch einen Job am Campus suchen.

Isabella wirkte entsetzt. »Da bräuchte ich ja ein Jahr, um zu verdienen, was ich so in einem Monat kriege! Außerdem geht's mir gar nicht nur ums Geld. Ich will auch was zurückgeben. Mit anderen teilen. So wie Blut spenden, bloß halt ein größeres Opfer.«

Jedem, der lange genug zuhörte, erzählte Isabella, wie selbstlos sie doch war.

Im ersten Studienjahr waren Sam und sie per Zufall zu Mitbewohnerinnen bestimmt worden. Anfangs hatten sie einander nicht ausstehen können, aber als sie gefragt wurden, mit wem sie im zweiten Jahr wohnen wollten, blieben sie freiwillig zusammen. Früher hatte Sam Isabella bloß für eine nervige Drama-Queen gehalten, aber inzwischen war sie *ihre* nervige Drama-Queen geworden.

Vielleicht spendete sie ihre Eizellen ja aus demselben Grund, aus dem sie praktisch alles tat. Isabella musste ständig irgendwas Aufregendes, Extremes anstellen, um so ihren Alltagstrott zu vergessen. Sam rieb ihr das nie unter die Nase. Ihre Freundschaft beruhte auf gegenseitiger Akzeptanz. Sie unterstützten einander bei jeder noch so dämlichen Entscheidung. Darum verkniff Sam sich auch anzumerken, dass, wenn alles glatt liefe, ein Kind zur Welt käme, das zur Hälfte Isabellas wäre.

Isabella wiederum stellte niemals Sams Beziehung mit Clive infrage. Andere machten keinen Hehl aus ihrer Skepsis, entweder indem sie viel zu viele Fragen stellten oder indem sie das Thema Clive gleich ganz totschwiegen.

Isabella würde die kommenden vier Nächte bei Lexi und Ramona im Zimmer gegenüber schlafen. Ramona war sowieso nur selten da: Ihre Freundin hatte eine Einzimmerwohnung bei den Veganern in der Reed Street, und ihr Bett war immer frei. Trotzdem, das war wirklich nett von Isabella.

Sam hatte den ungestörten Nächten mit Clive zwar entgegengefiebert, aber jetzt, wo er praktisch vor der Tür stand, dachte sie, Isabella würde ihr doch ein bisschen fehlen. Genau wie mit Gil war das. Wenn sie auf den Kleinen aufpasste, wollte Sam immer nur, dass er endlich schlief, damit sie lernen oder fernsehen konnte. Doch sobald er das dann tat, wollte sie ihn am liebsten gleich wieder wecken, sehnte sich nach seiner Gesellschaft.

Viertel nach acht stand Isabella im Gedränge auf dem Flur und schöpfte Sangria in rote Plastikbecher – mit einer Kaffeetasse, auf der stand: WHAT WOULD BEYONCÉ DO?

Die Augenlider auf Halbmast wippte sie zur Musik. Immer, wenn sie sich unbeobachtet fühlte, nahm sie einen Schluck Sangria direkt aus der Schöpftasse.

Sam nippte Bier und sah ihr zu. Immer wieder schaute sie auf die Uhr, so als könnte sie tatsächlich Clives Ankunft vergessen.

Noch vor einem Jahr hatte sie sich, immer wenn sie die Musik von einer Vorglüh-Party hörte, gewünscht, sie wäre eingeladen. Jetzt war irgendwie die Luft raus. Es war ja doch nur jede Woche dasselbe: Gegen halb elf würden sie geschlossen zur eigentlichen Party im Erdgeschoss umziehen, die meist erheblich unlustiger war als das Vorglühen. Morgen würden sie spät aufwachen, verkatert oder immer noch bedudelt, und zur Mensa stapfen, um sich Bagels zu holen.

Seit dem Sommer in London kam es Sam nicht mehr normal vor, in einem Wohnheim voller nahezu identischer Zimmer zu wohnen, unterscheidbar nur anhand der Vorhänge oder einer geblümten Tagesdecke, die irgendeine Mutter ausgesucht hatte. Sie fand absurd, dass man ihr vorschrieb, was und wann sie essen sollte.

Problemlos konnte sie eine Stunde auf dem Beekman Market verbummeln, kleine Seifenstücke und silberne Tuben überteuerter Handcremes begutachten und in Gedanken das Haus einrichten, in dem sie eines Tages mit Clive leben wollte. Allerdings kaufte sie dort nie etwas. Auf einer Plastikduschablage sähe diese Seife albern aus. Und die Handcreme würden alle benutzen, die ins Zimmer kamen, während Sam in Gedanken mitrechnete, was sie das kostete.

Ihr Traumhaus sah genauso aus wie das, in dem sie die letzten Wochen das Kind gehütet hatte. Elisabeths Haus. Die lichtdurchfluteten, geschmackvoll eingerichteten Zimmer strahlten eine Ruhe aus, die von Elisabeth selbst zu kommen schien.

Sam hatte sich entschieden, dieses Jahr nicht mehr in der Mensa zu arbeiten. Einerseits natürlich, weil die Wochenendschichten sie darin einschränken würden, Clive zu sehen. Aber wenn sie ehrlich war, wollte sie auch mal das College-Leben genießen, ohne für ihre Freundinnen den Abwasch zu machen.

Ursprünglich hatte sie nur zwei Tage die Woche arbeiten wollen, aber Elisabeth brauchte sie an drei Tagen. Also hatte Sam ihren Zeitplan angepasst. Jetzt hatte sie dienstags und mittwochs Kurse von acht Uhr morgens bis sechs Uhr abends, aber das war es wert. Für jemanden wie Elisabeth arbeitete sie zum ersten Mal. Manchmal schenkte sie Sam und sich selbst einen Kaffee ein, ehe sie zur Arbeit ging, und unterhielt sich eine Viertelstunde mit ihr, als wäre Sam nicht bloß ein bezahltes Kindermädchen, sondern eine Freundin. Sie interessierte sich für Sams Kunst, für ihre Reisen, ihre Pläne.

Während der Arbeit tat Sam gern, als gehörten Haus und Baby ihr. Sie ging nach oben ans Regal im Flur, in dem Elisabeths Bücher als gebundene Ausgaben standen, neben ein paar Übersetzungen in andere Sprachen, und stellte sich vor, wie es wäre, so etwas erreicht zu haben. Unter anderem sicher auch erleichternd.

Besonders gern wusch sie sich die Hände in Elisabeths Badezimmer im Erdgeschoss mit den weichen, weißen Handtüchern und der Tapete voller übergroßer grüner Blätter. Die Handseife duftete nach Pfingstrosen. Wenn Sam sie benutzte, fühlte sie sich wie ein ganz anderer Mensch.

Sie fragte Elisabeth, wo sie die Seife gekauft hatte.

Das wisse sie gar nicht mehr, antwortete Elisabeth achselzuckend.

»In der Drogerie, glaub ich«, sagte sie.

So war sie eben – unbeschwert und ungekünstelt.

Elisabeth war hübsch, ohne etwas dafür tun zu müssen. Ein Strich in der Landschaft, jungenhafte Statur, genau die Figur, von der Sam ihr Leben lang geträumt hatte. Wenn von den beiden eine aussah, als hätte sie im letzten halben Jahr ein Kind zur Welt gebracht, dann Sam. Wenn sie doch nur einen Tag, eine Stunde lang so eine Frau sein könnte. Eine, die sich nicht die Jeans über den Bauch ziehen musste, wenn sie sich hinsetzte, und die, sofern sie überhaupt je joggen gehen sollte, nicht ihre würdelos wippenden Brüste erdulden musste.

Einmal, als sie mit Isabella in der Stadt war, hatte Sam Elisabeth in freier Wildbahn gesichtet. Isabella hatte Sams Blick bemerkt und gefragt: »Wer ist das?«

»Meine Chefin«, hatte Sam gesagt.

»Willst du Hallo sagen?«

»Nein.«

»Sieht ja nicht schlecht aus …«, sagte Isabella.

»Bitte schmeiß dich nicht an meinen Boss ran.«

»Wie alt ist sie eigentlich? So alt wie Clive?«

»Nein«, sagte Sam. »Ich weiß nicht. Eher älter, schätze ich. Sie ist verheiratet und hat ein Kind.«

»Meine Mutter hatte in Clives Alter schon eine Achtjährige«, erwiderte Isabella.

»Danke, das will ich gar nicht hören«, antwortete Sam.

Elisabeths Freunde schickten ihr ausgefallene Geschenke. Von einem Schriftstellerkollegen bekam sie Schokotrüffel aus einer Confiserie in Manhattan, zum Dank dafür, dass sie ihn ihrer Agentin vorgestellt hatte. Einmal kamen Blumen von ihrer besten Freundin, passend zugeschnitten und in einer gläsernen Vase arrangiert, einfach nur, weil Elisabeth einen schlechten Tag hatte. Ein riesiges Paket von einem Nobelkochversand hatte Elisabeth erst nach einer Woche aufgemacht.

Sogar ihre Eiswürfel waren die schönsten, die Sam jemals gesehen hatte. Sie waren ausgesprochen würfelig, nicht so milchige Halbkugeln, wie sie aus den Kühlschranktüren von Normalsterblichen ploppten.

Wenn Sam am Montagmorgen Gils Fläschchen aus dem Kühlschrank holte, standen in Klarsichtfolie verpackte Reste vom Abendessen von Sonntag darin – mit Zitrone gefülltes Hähnchen, rote Kartoffelspalten mit Dill. Bei diesem Anblick beneidete sie Elisabeth immer am meisten.

Bevor sie aufs College gegangen war, hatte ihre Mutter ihr etwas namens »Dinner for One« gekauft: eine Kiste blaues Keramikgeschirr, das nur aus vier Teilen bestand: ein großer und ein kleiner Teller, eine Schale, eine Tasse. In den letzten Jahren hatte Sam oft davon gegessen, jetzt stand alles weit hinten im Schrank. Irgendetwas daran fand sie inzwischen deprimierend.

Ihrer Erfahrung nach waren die meisten Leute in ihrem Alter viel näher an »Dinner for One« als an Sonntagshähnchen. Wenn man so darüber nachdachte, waren Mitbewohner schon was Komisches. Fremde, mit denen man nur gemeinsam hatte, dass auch sie sich keine Wohnung leisten konnten. Gern hätte Sam das alles übersprungen und sich irgendwo richtig niedergelassen.

Clive sprach oft davon, aufs Land zu ziehen. Ein kleines Haus mit einem Zimmer unterm Dach, in dem sie malen konnte. Kinder – nicht sofort, aber doch irgendwann. Das klang zugleich herrlich und beängstigend.

Als Sam mal einen benutzten Schwangerschaftstest im Gemeinschaftsbad fand, kam ihr der Gedanke, dass vermutlich niemand im gesamten Wohnheim auf ein positives Ergebnis hoffte. Sie wünschte sich, dass ihr Leben bereits an dem Punkt wäre, den sie in der Werbung immer zeigten: ein glückliches Paar, das vor Freude in die Luft sprang.

»Nimm mein schulterfreies Kleid, das schwarze!«, rief Isabella irgendwem zu und lenkte Sams Aufmerksamkeit zurück zur Party. »Kannst es behalten! Steht dir bestimmt super!«

Isabella war bereits betrunken. Dass sie ihre Sachen verschenkte, war ein untrügliches Zeichen. In ein, zwei Wochen würde sie ihren eigenen und Sams Schrank durchwühlen und sie fragen, ob sie das schwarze Kleid gesehen habe.

Ein paar Leute hatten für Pizza zusammengelegt. Sam nahm zwei Stücke mit Käse aus den auf ihrem Schreibtisch gestapelten Schachteln, legte sie auf einen Pappteller und brachte sie ihrer Freundin.

»Iss das«, sagte sie.

Isabella nahm zwei Bissen, dann stellte sie den Teller auf den Boden.

»Danke, Mom«, spottete sie. »Versprichst du mir, dass du dich immer um mich kümmerst?«

»Ja«, sagte Sam.

»Auch, wenn du Clive geheiratet hast und mit ihm fünf Kinder in England großziehst, und ich bin die Geliebte von irgendeinem Bonzen in Dubai?«

»Auch dann«, antwortete Sam.

Sie grinsten – vermutlich, dachte Sam, weil sie beide fanden, dass sich das ganz gut anhörte.

Isabella nahm Sams Kopf in die Hände. »Ich hab dich so lieb, dass es fast wehtut.«

Sam konnte förmlich spüren, wie das Fett von Isabellas Fingern ihr in die Poren drang.

»Ich dich auch«, sagte sie.

Um zehn heulte Isabella Rotz und Wasser.

Nichts Besonderes, wenn sie so viel getrunken hatte, doch Sam ärgerte sich darüber. Heute sollte *sie* mal ausflippen dürfen, wollte sie Zuspruch *bekommen*, statt ihn immer nur zu geben. Bald musste sie zum Flughafen.

Sie gingen ins Zimmer und schlossen die Tür.

»Was hast du denn?«, fragte Sam.

Darüber musste Isabella offenbar selbst erst mal nachdenken.

»Ich vermisse Darryl«, antwortete sie schließlich.

»Darryl?«

»Darren, mein ich.«

»Mit dem du im letzten Highschooljahr zusammen warst?«

»Schon seit Ende des vorletzten. Der Einzige, der mich je so akzeptiert hat, wie ich bin.«

Irgendwas musste Isabella in Sams Miene gesehen haben. »Ehrlich«, fügte sie hinzu.

»Ich glaub dir schon«, sagte Sam. »Auch wenn das leichter wäre, wenn du seinen Namen noch wüsstest.«

Isabella kräuselte die Lippen, überlegte, ob sie protestieren sollte. Dann lachte sie stattdessen.

An ihrem ersten Samstag am College hatte sie Darren betrogen und ihm am Telefon alles gebeichtet. Am Ende der Orientierungswochen waren sie bereits getrennt gewesen. Soweit Sam wusste, herrschte zwischen den beiden seither Funkstille.

»Ich ruf ihn an«, verkündete Isabella und zog ihr Handy aus der Tasche.

»Schlaf besser noch mal drüber«, riet Sam.

»Gut, dann ruf ich eben Toby an.«

Toby hatte sie in ihrem Auslandsjahr kennengelernt. Kurz vor ihrer Heimreise hatte er Schluss gemacht, um wieder mit seiner Ex zusammenzukommen, was die Frage aufwarf, ob er je getrennt gewesen war.

Einer der Nachteile eines Frauencolleges war, dass die Auswahl zumindest theoretisch verfügbarer Männer unerträglich klein war. Dadurch hielt man sie in der Fantasie länger lebendig, als jede normale Frau das sonst täte. Ein bisschen wie im Krieg oder im Gefängnis war das.

Vor Clive hatte Sam am College nur eine einzige Beziehung gehabt, mit Julian, einem lieben, aber seltsamen Kerl, der in der Unibibliothek arbeitete.

Julian war ein angehender Dichter, der am State College Literatur studierte – nur weil er dort keine Studiengebühren bezahlen musste, wie er immer wieder betonte. Neben seinem Job in der Bibliothek machte Julian drei Praktika: eins von zu Hause aus, bei einem Übersetzer in New York, eins bei einem unabhängigen Verlag hier in der Stadt und eins bei *Ambit*, der gemeinsamen Literaturzeitschrift der drei Colleges.

Außerdem erzählte er, er leite eine Schreibgruppe, und meinte, Sam solle doch mal vorbeikommen.

»Und wann schläfst du?«, fragte Sam.

Er lachte, aber sie hatte die Frage durchaus ernst gemeint.

Sam unterhielt sich zwar immer gern mit ihm in der Bibliothek, aber als er irgendwann nach ihrer Nummer fragte, erwischte sie das kalt.

»Aaah, der steht auf dich«, sagte Isabella damals.

»Ich aber nicht auf ihn«, erwiderte Sam. »Sein Haar sieht aus wie ein Putzschwamm, und er schielt die ganze Zeit auf andere.«

»Warum sollte er auch nicht?«, wandte Isabella ein. »Du interessierst dich ja sowieso nicht für ihn, kann dir doch egal sein.«

»Nein, das war wörtlich gemeint. Er schielt.«

»Oh.«

Wie sich herausstellte, lag Isabella richtig: Julian stand wirklich auf sie. Und Sam bemühte sich, das zu erwidern. Ein paarmal knutschten sie rum. Seine Zunge fühlte sich schleimig und irgendwie zu groß an. Wie eine Muschel, die versucht, aus ihrer

Schale auszubrechen, sagte Sam zu Isabella. Von da an nannte Isabella ihn immer nur »das Weichtier«. Sam fand das zwar lustig, hatte deshalb aber auch ein schlechtes Gewissen.

Sie gingen essen und ins Kino. Er war genau die Art Mann, den sie eigentlich mögen sollte, und doch … Zu ihrem ersten Monatstag schrieb er ihr ein Gedicht. Sam fand es grauenhaft. Als er fragte, wie es ihr gefiel, sagte sie, es erinnere sie an T. S. Eliot. Die Enttäuschung stand ihm ins Gesicht geschrieben. Vermutlich wollte er lieber ein Originalgenie sein.

Sie erklärte ihm daraufhin, sie wolle sich auf ihr Studium konzentrieren. Eine Weile flehte er sie an, wenn er betrunken war, es sich noch mal zu überlegen. Sam schrieb nie zurück.

Seither versteckte sie sich immer, wenn sie ihn in der Bibliothek sah. Anfangs hatte sie meistens oben gearbeitet, wegen der Sonne. Aber nach dieser Geschichte lernte sie lieber im Keller, weil er dort nie hinging.

Isabella warf sich auf ihr Bett.

Sie wollte unbedingt zurück zur Party und mit Rosie Simmons rummachen, einer älteren Studentin, die ein bisschen aussah wie ein junger Leonardo DiCaprio.

»Später«, sagte Sam.

»Disco-Nap!«, rief Isabella.

»Guter Plan. Aber zieh wenigstens die Schuhe aus.«

Vorsichtshalber schob Sam den Mülleimer in Reichweite.

Isabella nestelte an ihrer Jeans herum.

»Du siehst aus wie ein Vierzehnjähriger, der zum ersten Mal einem Mädchen die Hose auszieht«, stellte Sam fest. »Bloß dass es deine eigene Hose ist.«

Isabella stöhnte.

»Ich bin zu müde«, klagte sie. »Kannst du das bitte machen?«

»Du nervst«, erwiderte Sam, tat es aber trotzdem. An den Knöcheln blieb die Hose kurz hängen. »Mann, da braucht man ja ein Brecheisen. Schlafhose?«

Isabella schüttelte den Kopf. Wenig später war sie eingeschlafen, lag in Tanktop und Unterwäsche da wie in einer Werbung von American Apparel. Sam nahm die Decke, die immer gefaltet an ihrem Bettende lag, und breitete sie Isabella über die Beine – weniger wegen der Kälte, als um zu verhindern, dass Clive ihre unverschämt schlanken Schenkel zu sehen bekam, falls Isabella bei ihrer Rückkehr noch nicht wieder wach sein sollte.

Sam sah in den Spiegel. Ihr Magen schlug einen Purzelbaum.

»Mehr Lippenstift!«, forderte Isabella, ohne die Augen zu öffnen.

5

Der Kleinbus dröhnte wie eine Mondrakete auf der Startrampe.

Sam umklammerte das Lenkrad. Sie sah schon vor sich, wie sie mit der Klapperkiste auf halber Strecke liegenblieb, in ihrem kurzen Sommerkleid, das weder zur Tages- noch zur Jahreszeit passte. Sie hatte es nur an, weil Clive es so gern an ihr mochte.

Mit hämmerndem Herzen fuhr sie über den dunklen Highway. Irgendwo über ihr sauste Clive durch die Luft, kurz davor, zum ersten Mal auf amerikanischem Boden zu landen. Vor einem halben Jahr hatte sie nicht mal gewusst, dass es ihn gibt – jetzt war er »ihr Mensch«.

Irgendwann im zweiten Jahr hatten Sams Freundinnen plötzlich alle von ihren Auslandsaufenthalten im dritten Jahr gesprochen, als wären die schon immer eingeplant gewesen. Sam hatte so etwas nie auch nur erwogen. Lexi bewarb sich in Brasilien, Ramona wollte nach Nepal. Shannons Stipendium umfasste unter anderem die Kosten für ein ganzes Jahr Paris.

»Komm doch mit, Sam. Deine Beihilfe zahlen die bestimmt auch da weiter«, sagte Isabella, die nach London gehen würde und keinen Cent Beihilfe brauchte.

Aufgeregt surfte Sam durch die Websites von Unis in Schottland, Irland und Frankreich. Auf einer Infoveranstaltung im Auslandsamt des Colleges machte sie eifrig Notizen. Als die Rednerin sagte: »Sie müssen etwa zehn- bis fünfzehntausend Dollar zusätzliche Kosten einkalkulieren«, schlug Sam ihr Notizbuch zu. Sie würde garantiert nirgendwo hinfahren.

Ihre Eltern hatten gewollt, dass Sam in ihre Fußstapfen trat und ein staatliches College besuchte. In Sams Abschlussjahr würden sie drei Kinder gleichzeitig durchs Studium bringen müssen. Wenn Sam mehr wollte, musste sie selbst dafür aufkommen. Und aus Gründen, die sie immer noch nicht formulieren konnte, wollte sie mehr.

Am Ende blieben ihr Bruder und ihre Schwester näher an zu Hause und besuchten die Alma Mater ihrer Eltern. Brendan wusste noch nicht, was er machen wollte, Molly wollte Lehrerin werden. Sam fürchtete, ihre eigenen Ziele könnten im Vergleich dazu vermessen wirken.

Sie ergatterte ein kleines Stipendium und musste nebenbei jobben. Für den Rest nahm sie einen Kredit auf.

»Ich hoffe, dir ist wirklich klar, was das bedeutet«, sagte ihr Vater, als sie die Formulare unterschrieb. »Es tut mir leid. Ich wünschte, wir könnten mehr für dich tun.«

»Ihr habt total viel für mich getan«, erwiderte sie, und das war die Wahrheit. Auf keinen Fall sollte er das Gegenteil glauben.

Erst am College wurde ihr klar, dass sie nicht nur die Kosten für die Ausbildung hätte bedenken sollen, sondern auch an die für ein Leben unter Leuten, die sich diese Ausbildung problemlos leisten konnten. Wenn ihren Freundinnen das Angebot der Mensa nicht passte, gingen sie manchmal spontan Sushi essen. Sam ging nie mit. Aus Erfahrung wusste sie, dass Lexi und Isabella immer die ganze Speisekarte rauf und runter bestellten, und auch wenn sie selbst nur eine Miso-Suppe nahm, das billigste verfügbare Gericht, schlug beim Bezahlen immer jemand vor, die Rechnung einfach zu teilen.

Der Sommer nach dem zweiten Jahr kam ihr vor wie jeder andere. Sie schlief in ihrem alten Kinderzimmer mit der Ballettschuh-Tapete, ging am Wochenende babysitten und machte unter der Woche Zeitarbeit. Ihr längster Einsatz war bei einer Werbeagentur namens Fleischer Boone, wo sie hauptsächlich Anrufe annehmen und sich möglichst professionell mit »Fleischer Boone« melden musste.

Ungefähr ein Viertel der Anrufe waren Telefonstreiche ihrer zwölfjährigen Schwester Caitlin. »Fleischer Boone«, leierte Caitlin in übertriebenem Südstaatenakzent, dann legte sie schnell wieder auf, nur um gleich noch einmal anzurufen. »Fleischer Boone! Unser Hühnchen ist zum Fingerschlecken!«

Ihre spärliche Freizeit verbrachte Sam mit Maddie, ihrer besten Freundin aus der Highschool, die inzwischen Medizin an der Clemson studierte. Viel unbefangener als vor dem College durchstreiften sie die Straßen ihrer Heimatstadt, als unbeteiligte Beobachterinnen, zu Besuch aus einem fernen Land.

Im Juli hatte Maddie im *Globe* ein Inserat für Bedienungen bei einem Catering-Service entdeckt: zwanzig Dollar die Stunde. Gemeinsam absolvierten Sam und sie die Ausbildung bei eineiigen Zwillingsschwestern Mitte fünfzig im Partnerlook. Sie lernten vier verschiedene Serviermethoden – *normal, fan, butler, silver service* – und wie man korrekt Champagner ausschenkt.

Zuhause zog Sams Vater sie auf, wenn sie den Tisch deckte. »Nein, nicht so! Heute machen wir *fan service*.«

Im August brachen Sams Freundinnen zu ihren Auslandsaufenthalten auf. Per Social Media bekam Sam mit, was sie erlebten – Fotos von überwältigender Architektur und tollem Essen, Selfies mit neuen Freunden. Aber erst zurück auf dem Campus begriff sie wirklich, dass sie fort waren. Oder besser gesagt: dass sie jetzt allein war.

Sicher, im Wohnheim und in ihren Kursen gab es ein paar Mädchen, mit denen sie ab und zu kurz quatschte oder mal ins Kino ging. Aber ohne ihre Freundinnen war das College einfach nicht dasselbe.

Das Zimmer teilte Sam sich mit einer Kommilitonin, die lieber weiter College-Fußball spielte, als ins Ausland zu gehen. Sam bekam sie kaum zu sehen. Morgens ging sie trainieren, noch bevor Sam aufwachte, abends aß sie in der für Sportlerinnen länger geöffneten Mensa. Isabella fehlte Sam so sehr, dass sie manchmal einfach im leeren Zimmer saß und tat, als käme ihre Freundin gleich zur Tür herein.

»Wenigstens hast du jetzt Zeit zum Malen«, sagte ihre Mutter, und da hatte sie recht.

Sam verbrachte viele Stunden im Atelier. Manchmal ging sie sogar samstagabends hin, wenn sonst ganz sicher niemand da war. Trotzdem, lieber hätte sie Isabella zurückgehabt.

Im Übrigen ging sie öfter babysitten und übernahm doppelt so viele Mensaschichten wie in den ersten beiden Jahren. Sie bereitete das Essen vor, spülte ab und schleppte eimerweise Biomüll zu den Gärten hinter den Ställen, in denen ein paar der Studentinnen ihre Pferde untergebracht hatten.

Maria und Delmi, die beiden salvadorianischen Vollzeitkräfte in der Küche, hatte sie von Anfang an gemocht. Ohne ihre vertrauten Gesichter hätte Sam diese Zeit nicht überstanden.

Beide Frauen arbeiteten schon länger am College, als Sam auf der Welt war. Aber in Sams Augen war die Küche ganz allein Marias Reich.

Delmi hatte jede Menge Freundinnen, die in den anderen Wohnheimen arbeiteten. Ständig schauten sie vorbei und tuschelten mit ihr auf Spanisch. Delmi schuftete schwer, nahm sich aber immer gern Zeit für einen Plausch mit Sam. Einmal hatte Sam sie überrascht, als sie alleine in der Küche stand und leise einen Song von Bon Jovi in ihr Handy sang, um Konzerttickets im Radio zu gewinnen.

Maria strahlte eine ganz andere Autorität aus. Jeder Außenseiter, der irgendwas wollte – ein Lieferant mit einer Sackkarre voller Pakete oder eine Aushilfe aus einem anderen Wohnheim –, wandte sich instinktiv sofort an sie. Sie war ein zierliches Energiebündel, eine Art menschliche Sprungfeder. Hübsch, glänzend braunes Haar, muskulöse Oberarme, tat immer mehr, als man von ihr verlangte. Sie brachte Ordnung in die Speisekammer und sortierte die Rezepte alphabetisch. Jeden September merkte sie sich umgehend die Namen aller neuen Studentinnen.

Sams Mutter sprach oft anerkennend über Leute, die ihre Arbeit besonders gut machten, egal ob Kellner, Ärzte oder Kundendienstmitarbeiter.

»Nicht auf die Art der Arbeit kommt es an«, hatte sie ihren Kindern oft erklärt, »sondern darauf, wie gut man sie macht. In der Klinik erlebe ich das jeden Tag. Egal ob Chirurgin oder Pfleger, manche Leute geben immer alles und machen die Welt für alle ein Stück besser.«

Einmal hatte Sam das verlegen Maria erzählt und ihr gesagt, sie erinnere sie oft daran.

Unter all den studentischen Aushilfen in der Küche war Sam immer Marias Liebling gewesen. Als sie in ihrem ersten Jahr während der Arbeit mal vor Heimweh weinte, nahm Maria sie in den Arm, gab ihr ein paar Kekse und brachte sie zum Lachen. Dasselbe tat sie, als im zweiten Jahr Sams Großmutter starb. Sie bat Sam, eine Rose von der Trauerfeier mitzubringen, und ließ Rosenkranzperlen daraus anfertigen. Als Sam die einzige Matheprüfung bestand, die sie für ein Prädikatsexamen ablegen musste, belohnte Maria sie mit selbstgebackenem Käsekuchen.

Am Anfang des dritten Jahres, als Maria ihr den neuesten Zugang zur Küchentruppe vorstellte, musterte die Neue Sam und sagte: »Ich weiß eh schon, wer du bist. Du bist Tante Marias kleiner Liebling.«

Maria verdrehte die Augen. »Sam, das ist Gabriela, meine wahnsinnig charmante Nichte«, sagte sie.

Gabriela sah aus wie eine größere Version von Maria. In der Nase trug sie einen Diamantstecker. Wie Sam bald erfuhr, war sie dreiundzwanzig und hatte ein Baby, Josefine, eine pummelige Einjährige, deren Foto Maria neben die Wochenkarte über der Salatbar hängte.

Das Bild war als Mahnung für Gabriela gedacht. Maria

beschwor sie unentwegt, sie solle ihre Zunge zügeln und erst tief durchatmen, bevor sie den Mund aufmachte.

Sämtliche studentischen Aushilfen in der Küche zitterten vor Gabriela – zu Anfang auch Sam. Gabriela machte keinen Hehl daraus, dass sie nichts für dämliche College-Girls übrig hatte, die sich aufführten wie die Schweine, weil sie davon ausgingen, dass schon jemand ihren Dreck wegräumen würde.

Jeden Tag vor dem Mittag- und Abendessen befüllte Gabriela sorgfältig die Stahlwannen in der Salatbar – die große mit dem Grünzeug, die vier am Ende mit den Salatsoßen und die kleineren mit Gurkenscheiben, Tomaten, Radieschen, Croutons, Karottenraspeln und dergleichen mehr. Zehn Minuten später war immer alles durcheinander. Grimmig brachte Gabriela es wieder in Ordnung, damit niemand meckerte, weil Thunfisch im Frischkäse war oder Joghurtsoße in der Vinaigrette. Dann stellte der nächste Schwung Salatfans erneut alles auf den Kopf, und Gabriela musste wieder ran. Wie Sisyphos mit seinem Stein.

Sam verstand ihren Ärger nur zu gut.

Als eine Abschlussstudentin aus Connecticut mal eine Pfütze Cola light unter dem Getränkespender hinterließ und Gabriela sagte: »Wischen die sich eigentlich die Ärsche noch selbst ab, oder bezahlen sie da auch einen dafür?«, freute Sam sich insgeheim.

Als eine Neue einmal etwas pampig Salz verlangte, pampte Gabriela zurück: »Du hast doch Beine in der Jogginghose, geh halt selber.«

Sam lachte laut auf. Gabriela sah sie an, als ob sie sie zum ersten Mal bemerkte. Und grinste.

»Ist doch wahr, oder?«, fragte sie auf dem Rückweg in die Küche.

»Klar«, sagte Sam. »Du sprichst alles aus, was ich mir andauernd verkneife. Du bist meine Heldin, Gabriela.«

»Nenn mich ruhig Gaby«, sagte sie.

Delmi und Maria, die das hörten, blickten erstaunt auf, sahen einander an und prusteten los.

»Was??«, blaffte Gaby.

Von da an quatschten und witzelten Gaby und Sam bei jeder gemeinsamen Schicht. Maria ermahnte sie zwar oft, aber immer mit einem Lächeln. Sie freute sich, dass die beiden sich angefreundet hatten.

»Sam ist in Ordnung«, sagte Maria einmal zu ihrer Nichte, und Sam erfüllte das mit Stolz.

Für ihre richtigen Freundinnen war Gaby jedoch kein Ersatz. Die beiden lagen einfach nicht ganz auf derselben Wellenlänge, sie mochten weder dieselbe Musik noch hatten sie sonst viel gemeinsam. Gaby war meistens ziemlich eingespannt – ein paar Abende die Woche arbeitete sie in der Küche eines Restaurants bei ihr um die Ecke, an den anderen musste sie nach Hause zu ihrer Tochter. Aber freitags nach der Arbeit spazierten Sam und sie meistens zusammen in die Stadt, um ihre Gehaltsschecks einzuzahlen. Sie bummelten an den Schaufenstern vorbei, tranken Kaffee und unterhielten sich. Es war schön, dafür jemanden zu haben.

Gaby sagte, was sie dachte, und pfiff darauf, wenn man sie deswegen nicht mochte. Sam fand das ein wenig furchteinflößend und absolut fantastisch. Sie merkte Gaby aber auch eine gewisse Traurigkeit an – zur Sprache kam die nie, schien aber durch, als Gaby erwähnte, viele ihrer Freunde hätten sie nach Josies Geburt einfach im Regen stehen lassen. Und als sie erzählte, sie sei nach der Highschool nicht sofort aufs College, weil ihr das damals unsinnig erschienen war. Stattdessen hatte sie in Läden und Restaurants gejobbt. Mit zwanzig, wenn die meisten ihre Ausbildung beendeten, hatte sie sich am Community College eingeschrieben, wollte Buchhalterin werden wie ihre Mutter. Sie schuftete tagsüber und büffelte abends. Doch nach drei Semestern wurde sie schwanger, und das war es dann gewesen. Beides war nicht drin.

Gaby liebte ihre Tochter abgöttisch. Ihre eigene Mutter fand sie zwar nervig, kontrollsüchtig und schwierig, war aber dankbar, dass sie sie aufgenommen hatte und ihr mit Josie aushalf, zusammen mit einer Cousine, die auf die Kleine aufpasste, wenn Gaby bei der Arbeit war.

Gaby verriet Sam allerlei Erstaunliches über die Frauen in der Küche: Tina zum Beispiel, die während Sams erstem Jahr ganz plötzlich gekündigt hatte, war erst fünfundvierzig, obwohl sie aussah wie sechzig; sie war schon viermal verheiratet gewesen und hatte das Sorgerecht für ihre drei Enkel, weil ihre Tochter an der Nadel hing. Delmis Mann hatte eine Affäre mit einer Frau aus ihrer Kirche gehabt. Delmi hatte ihm zwar verziehen, traute jetzt aber keiner Frau zwischen sechzehn und neunzig mehr über den Weg, die ihn auch nur ansah.

Gelegentliche Gesprächsflauten überbrückten Gaby und Sam mit Witzen über die Studentinnen. Falls daran etwas seltsam war, verdrängte Sam das. Natürlich war sie selbst »eine von denen«. Aber wenn Gaby sie so sähe, würde sie ja wohl nicht mit ihr darüber lästern.

Eines Nachmittags, sie hatten gerade dreihundert perfekte Kugeln Hühnchensalat in die Speisenwärmer gelöffelt, erzählte Sam – obwohl sie das vorher nie gestört hatte –, dass Lexi sie immer bat, ihr was von den besonders begehrten Sachen zur Seite zu stellen, wenn sie zu spät zum Essen kam. Oder wie Isabella, die Füße auf einen Stuhl gelegt, mal nach dem Abendessen mit einem Blick auf ihren schmutzigen Teller gesagt hatte: »Sam, könntest du? Du gehst ja eh in die Küche, oder?«

»Ich hätte ihr eine gescheuert«, schnaubte Gaby.

Sam fügte hinzu, dass Isabellas Mutter zwar nicht arbeitete, die Familie aber trotzdem einen Koch, eine Nanny und eine Haushälterin beschäftigte.

»Sie ist eben gewöhnt, dass man ihr alles hinterherträgt«, sagte sie. »Vor dem College hatte sie noch nie Wäsche gewaschen. Ich musste es ihr beibringen.«

»Das ist doch alles ein Witz hier«, antwortete Gaby. »Hast du dieses bescheuerte Banner am Tor gesehen? ›Vielfalt feiern‹? Zum Totlachen.«

Naja, dachte Sam, irgendwie war das College schon ziemlich vielfältig.

Der Campus war eine Offenbarung für sie gewesen: die Transmänner, die kahlgeschorenen Butch-Lesben, die Studentin, die sich in der ersten Sitzung ihres Atelierkurses gemeldet und selbstbewusst erklärt hatte, sie wolle bitte genderneutral angesprochen werden.

Viele Studentinnen kamen aus dem Ausland.

»Meine Freundin Shannon ist schwarz«, hätte Sam beinahe gesagt, »Lexi ist Koreanerin und Rosa von den Philippinen. Ihr Vater ist Diplomat.«

Aber sie ahnte, dass diese Beispiele Gaby letztlich nur irgendwie Recht gegeben hätten.

Stattdessen erzählte sie daher, dass Shannon in einem Eliteprogramm für Afroamerikaner war und sich dabei trotzdem manchmal als Quotenschwarze fühlte. Letztes Jahr hatte man sie um ein Foto für die Collegebroschüre gebeten. »Cool, dass die dich fragen«, hatte Sam gesagt, und Shannon hatte sie nur angesehen und erwidert: »Hm, woran das bloß liegen mag ...«

Dann war da noch der Umstand, dass das College zwar Vielfalt feierte, aber niemand je über die vorwiegend nichtweißen Frauen sprach, die das Essen machten und alles sauber hielten, damit die Studentinnen in Ruhe lernen und sich selbst verwirklichen konnten. Während die Putzkolonne fast ausschließlich aus Schwarzen bestand, waren nur vier Prozent der Studentinnen schwarz. In den Kursen sprach man zwar über Diskriminierung und soziale Ungleichheit, aber diese unbequeme Wahrheit vor der eigenen Nase sollten dennoch alle ignorieren.

Einmal, im November, lud Gaby Sam auf eine Party ein. Abgesehen vom Babysitten war Sam dabei zum ersten Mal bei jemandem zu Hause, der nichts mit dem College zu tun hatte. Das Haus war eine kleine Ranch am Ende einer Sackgasse, vor der ein Dutzend Autos parkte.

Sie tanzten und tranken jede Menge Schnaps. Sam flirtete mit Trevor, einem scharfen Feuerwehrmann, den Gaby aus der Highschool kannte. Später knutschte sie mit jemandem rum, den sie für Trevor hielt, bis Gaby ihr steckte, dass der seit einer halben Stunde weg war.

»Und wer ist das?«, fragte Sam und zeigte auf den Kerl, dessen Zunge sie gerade noch im Hals gehabt hatte.

Gaby zuckte nur lachend die Achseln.

Schon als Sam für Weihnachten nach Hause fuhr, graute es ihr davor, wieder zurück ans College zu müssen. Im Winter war die Gegend ganz besonders trostlos. Vor allem ohne Isabella, die mit dem Wasserkocher Ramen für sie beide machte, ohne Lexis heiße Schokolade mit Zimt und einem Schuss Rum. Es war, als müsste sie geduldig ihre Zeit absitzen, bis ihre Freundinnen zurück wären.

Ein wenig Missgunst regte sich in ihr. Wieso nur hatten es die anderen so leicht?

Ende Januar erzählte Isabella ihr beim Skypen: »Meine Eltern schenken mir zum Geburtstag eine Reise, egal wohin.«

»Wow, toll«, sagte Sam.

Sie hoffte, das würde ihre wahren Gefühle ausreichend verbergen. Lieber wäre ihr gewesen, Isabella hätte ihr das schriftlich mitgeteilt.

»Ich hab mich für London entschieden«, sagte Isabella.

»Ähm, da bist du doch schon«, erwiderte Sam.

»Weiß ich. Ist ja auch für dich.«

»Was? Äh, nein«, stammelte Sam. »Das kann ich nicht annehmen.«

»Du kommst für zehn Tage, in den Frühlingsferien. Praktischerweise genau meine Geburtstagswoche. Wohnen kannst du bei mir.«

Sams Mutter fand, sie solle annehmen.

»Dir ging's so schlecht in letzter Zeit«, sagte sie.

»Quatsch«, entgegnete Sam.

Aber der Segen ihrer Mutter, die ihr immer eingebläut hatte, niemandem je etwas schuldig zu sein, am allerwenigsten ihren Freunden, war genau der Schubser, den Sam brauchte.

Im Flugzeug bestellte sie einen Gin Tonic, nur um zu sehen, was passierte. Der Flugbegleiter brachte ihn, ohne mit der Wimper zu zucken. Also trank sie noch zwei weitere. Sie sah sich eine romantische Komödie an und schaute aus dem Fenster auf die Wolken, schwor sich, nie die Begeisterung für diesen Anblick zu verlieren.

Isabella holte sie in Heathrow ab, in einem Auto mit Chauffeur. Sie hatte sich einen leichten britischen Akzent zugelegt und baute Wörter wie *snog* oder *cheers* in ihre Sätze ein.

Während der nächsten beiden Tage führte Isabella sie durch London. Früher war sie dort so oft mit ihren Eltern gewesen, dass die Pagen im Four Seasons sie mit Namen kannten. Sie tranken Tee im Brown's. Sie besichtigten Buckingham Palace und behaupteten steif und fest, sie hätten Kate Middleton gesehen, obwohl sie genau wussten, dass sie es höchstwahrscheinlich nicht gewesen war. Sie schlenderten durch die Feinkostabteilung von Harrods und probierten Klamotten, die sie nie im Leben tragen würden. Stattdessen kauften sie Jeans im Top Shop. In einer Bar schnippte Isabella ihre AmEx auf den Tisch, noch bevor die Rechnung kam.

An Isabellas Geburtstag kam Shannon aus Paris. Sie sah abgemagert aus. Als Stipendiatin, sagte sie, bekäme sie zwar

Verpflegungsgeld, ließe das Mittagessen aber meistens aus, um für eine Sonnenbrille von Chanel zu sparen. Irgendwie mondäner wirkte sie. Lernbegierig war sie immer schon gewesen. Zu Hause hatte sie meistens ihre alte Sporthose aus der Highschool getragen. Jetzt trug sie eine gut sitzende schwarze Jeans und dazu Stiefel von einem Designer, den Isabella auf den ersten Blick erkannte. Während die drei sich fertigmachten, tranken sie Champagner, den Isabellas Vater geschickt hatte. Dann gingen sie essen mit Isabellas neuem Freund Toby, der auf seinem Auslandsjahr aus Georgetown war.

»Das ist was Ernstes«, wisperte Isabella, als er zur Toilette ging. »Wir teilen uns einen Netflix-Account.«

Shannon sah Sam an und schüttelte belustigt den Kopf.

Die Party stieg in einer Bar namens The Zoo, direkt am Leicester Square. Mindestens hundert Leute waren da, um Isabella zu feiern. Wie hatte sie seit August nur so viele Freunde finden können?

Isabella führte Sam an der Hand herum. »Sam ist mein Geburtstagsgeschenk«, erzählte sie allen.

Dann bestellte sie für Sam und sich einen Drink namens GTW. Als Sam nach dem Inhalt fragte, wirkte Isabella geschockt über so viel Ahnungslosigkeit.

»Gin, Tequila und Wodka«, antwortete sie.

»Ach du Schande«, erwiderte Sam.

Nach einem halben Glas sagte sie, sie müsse mal aufs Klo.

»Ich komm mit!«, rief Isabella.

»Schon okay«, sagte Sam. »Bin gleich wieder da.«

So sehr sie sich auch freute, Isabella zu sehen, sie hatte ganz vergessen, wie anstrengend sie sein konnte.

Vor dem Klo standen gut zwei Dutzend Frauen Schlange, aber draußen, auf der anderen Straßenseite, hatte Sam einen McDonald's gesehen. Ohne jemandem Bescheid zu geben, ging sie hinaus.

Auf dem Rückweg blickte sie an den verschnörkelten Fassaden empor und fragte sich, wie alt diese Gebäude sein mochten. Zum ersten Mal war sie im Ausland, ohne ihre Familie war sie vorher überhaupt noch nie verreist. Sam fühlte sich beschwingt wie seit Monaten nicht mehr.

Gedankenverloren krachte sie in irgendetwas Festes. Einen Mann.

»Jack the Ripper?«, fragte er.

»Wie bitte?«

Sam blickte auf. Er war groß und *very british*, schiefes Grinsen und igeliges Haar. Definitiv älter als sie, aber wie alt genau? Fünfundzwanzig?

»Bist du wegen der Tour hier? Jack the Ripper, um zehn?«

»Ah, nein«, sagte sie. »Ich bin eigentlich in der Bar da drüben.«

»Oh. Dann klang das grade wohl ein bisschen weird. Machst du hier Urlaub?«

»Ja.«

Er reichte ihr ein Flugblatt.

»Die beste Rundgang-Agentur der Stadt«, erklärte er. »Das sage nicht ich, das sagt *Time Out*.«

Sam bedankte sich und warf einen Blick auf das Angebot.

»Oh!«, rief sie. »Blitzkrieg: London blutrot!«

Er lachte. »Der fällt den Leuten sonst als Allerletztes auf. Hast du den Harry-Potter-Walk nicht gesehen? Oder die *Downton-Abbey*-Tour, wo man Lady Ediths Büro besuchen und auf ihrer Schreibmaschine tippen darf?«

Sam zuckte die Achseln. »Ich bin eben komisch.«

»Offensichtlich, ja«, sagte er anerkennend. »Ich heiße übrigens Clive.«

»Sam.«

Sie versuchte einzuschätzen, ob er mit ihr flirtete. So gutaussehende Typen taten das normalerweise nicht. Vielleicht musste man ja auch Attraktivität im Ausland umrechnen, so wie ein

Pfund nicht einfach einen Dollar wert war, sondern einen Dollar fünfzig.

»Sieht nicht aus, als würde noch jemand kommen«, sagte er. »Und in einer Stunde muss ich sowieso schon wieder hier sein, für die Geister des viktorianischen Londons. Lust auf fünfzig Minuten Spazierengehen?«

Also doch. Er flirtete tatsächlich.

Sam war nüchtern genug, um zu wissen, dass es schon ein bisschen schräg war, einfach mit einem Fremden draufloszuspazieren, statt zurück zur Party zu gehen. Aber er war so süß! Und das würde eine tolle Story abgeben. Außerdem würde sie auf diese Art mal eine Stunde London nur für sich haben, nicht durchgeplant von Isabella.

Unterwegs wies Clive sie auf Sehenswürdigkeiten hin, als könnte er einfach nicht aus seiner Haut.

»Das ist St Paul's«, sagte er. »1675 erbaut von Sir Christopher Wren.«

Und: »Das ist das Rathaus, wo die jungen Bräute jeden Nachmittag um zwei mit Reis beworfen werden.«

»Du weißt schon, dass ich dich nicht bezahle?«, witzelte Sam.

Er zeigte ihr die Überreste des Globe Theatre und einen Nachbau des Seglers, mit dem Sir Francis Drake vor vier Jahrhunderten die Welt umrundet hatte. Er führte sie durch enge Gassen, die angeblich schon Dickens inspiriert hatten.

»Woher weißt du das alles?«, fragte sie.

»Ich habe eben ein gutes Gedächtnis für Zahlen und Fakten«, antwortete er. »Und wenn mir mal nichts einfällt, denke ich mir einfach was aus.«

Sie grinste, war unsicher, ob er das ernst meinte.

»Quatsch«, sagte sie. »Hast du Geschichte studiert oder so?«

»Studieren ist nur was für Leute, denen man vorschreiben muss, was sie denken sollen«, erklärte er. »Ich hab einfach nur viel mitgekriegt.«

Kurz war Sam etwas enttäuscht, doch das war albern. Schließlich würde sie diesen Stadtführer, der sie mit den Worten »Jack the Ripper« angesprochen hatte, ja nicht heiraten. Sie sollte diese Stunde einfach genießen.

»Ich war schon ein Semester an der Uni«, fuhr er fort. »Aber so ein Prof wollte nicht akzeptieren, was ich im Kurs gesagt habe. Er hatte keine Lust auf Widerspruch und hat mir den Mund verboten. Da bin ich gegangen, für immer.«

Der Stolz in Clives Stimme machte deutlich, dass er glaubte, diesem Prof eins ausgewischt zu haben, dabei hatte er sich doch wohl nur um seine Ausbildung gebracht.

Er führte sie in ein nettes kleines Pub, dessen Barmann er kannte.

Clive bestellte sich ein großes Bier und ihr ein kleines. Sam war nicht ganz sicher, was sie davon halten sollte. Sie setzten sich an einen Ecktisch. Unter seiner Jacke trug Clive ein enges rotes T-Shirt zu seiner Jeans. Seine Oberarme waren muskulöser, als sie gedacht hätte.

Er erzählte, er sei in einer Kleinstadt drei Stunden nördlich von London aufgewachsen und habe ein paar Jahre in Spanien gelebt. Nachdem er dort seinen Job verloren hatte, war er nach England zurückgekehrt.

Sie sprachen über ihre Lieblingsromane. Als Sam zugab, dass sie noch nichts von Ian McEwan gelesen hatte, zog er ein Buch aus seinem Rucksack und gab es ihr.

»Sein neuestes«, erklärte er.

»Liest du das nicht noch?«, fragte sie.

»*Doesn't matter*. Du brauchst es dringender.«

Beim Wort »matter« verschluckte er die beiden ts.

Das Buch war in Folie gebunden.

»Aus der Bibliothek?«, stutzte sie. »Und wenn du mich nie wiedersiehst? Dann musst du Strafe zahlen!«

»Tja, ich lebe eben gern am Limit«, feixte er.

Und dann küsste er sie. Sam fühlte sich wie vom Blitz getroffen. Als seine Lippen sich von ihren lösten, kam sie sich vor, als hätte sie gerade eine Yoga-Stunde absolviert und dann eine halbe Flasche Weißwein an einem Strand gekippt. Bis zur Willenlosigkeit entspannt. In ihrem ganzen Leben hatte niemand sie je so geküsst.

»Wow«, sagte sie.

Er lachte.

Als die Zeit zum Abschied kam, war Sam aufrichtig enttäuscht. Kurz überlegte sie, seinen nächsten Rundgang mitzumachen, doch, wie um sie von dieser Schnapsidee abzubringen, schrieb genau in diesem Moment Isabella: »Wo bist duuu?«

»War schön mit dir«, sagte Clive. »Schade, dass du nur eine Woche hier bist.«

»Zehn Tage«, korrigierte Sam.

Sie bat ihn um einen Stift und schrieb ihre Nummer auf die Rückseite eines seiner Flugblätter.

Clive steckte es in seine Jackentasche.

Isabella war ganz aus dem Häuschen, als Sam ihr Bericht erstattete. Sie wollte alle Einzelheiten hören.

»Und ausgerechnet an meinem Geburtstag!«, sagte sie. »War er denn heiß?«

»Superheiß.«

»Guter Akzent? *Plummy?*«

»Ich hab keine Ahnung, was das heißen soll.«

»Was macht er denn?«

»Stadtrundgänge.«

»Klar, aber was noch? Wo will er damit hin?«

»Nirgendwohin, glaub ich.«

Sam musste daran denken, wie Clive gesagt hatte, er mache lieber die Abendführungen, weil er dann bis Mittag ausschlafen konnte.

»Vielleicht ist er ja Comedian oder Schauspieler und macht das nur nebenbei«, überlegte Isabella. »Oder er will darüber schreiben. Oder die Agentur gehört ihm. Gehört sie ihm?«

»Nein, einem Freund. Der will wohl eine App für Rundgänge in allen großen Städten Europas entwickeln.«

»Klingt cool«, sagte Isabella. »Also was der Freund macht, mein ich.«

Achtundvierzig Stunden später hatte Clive sich noch immer nicht gemeldet.

Beim Gedanken daran, wie sie ihm ihre Nummer gegeben hatte, wäre Sam am liebsten im Erdboden versunken. Immer wieder ging sie das Gespräch durch. War schön mit dir, hatte er gesagt. Was natürlich hieß: Auf Nimmerwiedersehen. Er hatte weder um ihre Nummer gebeten, noch ihr seine angeboten.

Aber da war ja noch McEwan.

Vielleicht war ihm einfach klar, dass sie ein Buch aus der Bibliothek niemals einfach behalten würde.

Als er schließlich anrief, sagte er: »Ich hab grade Kleingeld für den Bus gesucht, und da hatte ich plötzlich deine Nummer in der Hand.«

»Ist das deine Art, mir zu sagen, dass du nicht aufhören kannst, an mich zu denken?«, fragte Sam.

Er lachte.

Sie unterhielten sich ein bisschen, dann musste Clive ganz plötzlich auflegen, ohne dass sie irgendetwas abgemacht hatten.

Enttäuscht, dass das schon alles war, schrieb Sam ihm kurz darauf: »Ich hab noch dein Buch.« Isabella erzählte sie das lieber nicht.

Ein paar Stunden später kam seine Antwort: »Morgen Abendessen?«

»Lass ihn zappeln«, riet Isabella. »Warte ein, zwei Tage.«

Sam wartete, solange sie es aushielt: siebzehn Minuten.

Überpünktlich kam sie zum Restaurant, in einem schwarzen Top und ihrer neuen Jeans, in der ihr Hintern super aussah, wie Isabella fand.

Clive wartete vor der Tür, in ein Taschenbuch versunken. Er trug dasselbe T-Shirt wie beim letzten Mal.

Er küsste sie zur Begrüßung – ein Kuss wie ein Beruhigungsmittel –, dann führte er sie in einen niedrigen Raum voller Leute, die alle durcheinanderredeten.

Sie bekamen einen Platz in einer Nische. Ohne Sam zu fragen, bestellte er eine Flasche Wein und ein paar Gerichte.

Er erzählte von den Geistesgrößen, die schon in diesem Raum gesessen hatten: Dickens, Twain und G. K. Chesterton.

Von Letzterem hatte Sam noch nie gehört, worüber Clive nur den Kopf schütteln konnte.

»Bringt man euch in Amerika denn gar nichts bei?«, fragte er.

Später bestellte er eine Nachspeise namens *spotted dick*, wobei er Sam mit hochgezogener Braue ansah, als hätte sie sich diesen Namen selber ausgedacht.

Als die Rechnung kam, fragte er: »Ähm, sagt ihr in Amerika auch: ›getrennte Kasse‹?«

Sam fühlte sich vor den Kopf gestoßen.

Aber war das nicht eigentlich sexistisch? Dann bezahlte er eben nicht für sie, na und? Hätte sie das vorher gewusst, hätte sie allerdings was Billigeres vorgeschlagen. Während sie ihre Karte zückte, rechnete sie durch, wie sie den Betrag in ihrem Budget wieder ausgleichen konnte.

Clive rutschte zu ihr, so dicht, dass sein Bein ihres berührte. Irgendwelche Chemikalien im Gehirn raubten ihr jede Vernunft. Am liebsten hätte sie sich sofort auf ihn gestürzt. Wäre in ihn hineingekrochen.

»Eine Frage«, sagte er. »Wie alt bist du eigentlich?«

»Was schätzt du denn?«

»Sechsundzwanzig?«, riet er.

Er klang zugleich hoffnungsvoll und skeptisch.

»Und du?«, fragte sie zurück.

»Zweiunddreißig.«

Sam war baff. Sie konnte sich doch nicht mit einem Zweiunddreißigjährigen einlassen. So alt war ihre jüngste Tante.

»Ich bin zwanzig.«

»Oh«, sagte er. »Ehrlich gesagt, ich war schon ein bisschen zögerlich, weil ich mir dachte, dass du ziemlich jung bist. Aber *so* jung auch wieder nicht.«

»Und jetzt?«, fragte sie.

»Das Vernünftigste wäre wohl, wir bleiben Freunde«, sagte er.

Noch am selben Abend gingen sie miteinander ins Bett. Am nächsten Morgen sah sie ihm beim Schlafen zu. Er war sehr wahrscheinlich der bestaussehende Mann, dem sie je so nah gewesen war. Schon vor dem Sex hatte sie ihn sehr gemocht, jetzt war sie süchtig nach ihm. Ob sich wohl jede Frau danach so fühlte?

Bisher hatte sie nur mit zwei Männern geschlafen. Ihr erstes Mal war mit Sanjeev, ihrem Highschool-Freund, gewesen, nach viel Hin und Her und reiflicher Überlegung. Als sie ans College gingen, waren Sanjeev und sie noch zusammen, aber schon im Oktober des ersten Jahres machte er Schluss. Sam soff sich daraufhin einen an und schleppte irgendeinen Kerl auf einer Party ab, um sich an Sanjeev zu rächen, dem das auch egal gewesen wäre, wenn er davon gewusst hätte, aber was solls.

Der Sex mit Clive war etwas völlig anderes. Er wusste genau, was er tat. War berauschend souverän.

Sam stand auf, ging zur Toilette und schlich dann auf Zehenspitzen durch die Wohnung. Im Wohnzimmer stapelten sich überall Bücher: auf dem Sims, dem Boden und auf jedem Zentimeter Sofatisch. Auf den Buchrücken standen Namen von Autoren, die sie kannte, aber nie gelesen hatte. Borges. Pynchon. Kafka. Amis.

Sie setzte sich aufs Sofa. Malte sich aus, hier zu wohnen. Dann stieg sie wieder zu ihm ins Bett.

»Du bist zu alt für mich«, sagte sie, als Clive die Augen aufschlug.

»Ach ja?«

»Ich kann mir nicht vorstellen, mit jemandem über dreißig zusammen zu sein.«

»Dann ist's ja gut, dass du nicht lange bleibst«, entgegnete er. »Sonst würde ich versuchen, dich vom Gegenteil zu überzeugen.«

»Ach ja? Und wie?«

»Naja, du bist eindeutig ziemlich reif für dein Alter. Ich dagegen bin vielleicht einen Tick zu unreif, so treffen wir uns in der Mitte. Irgendwas in der Art.«

»Klingt nach Katastrophe mit Ansage«, sagte sie.

Bis zu ihrer Abreise verbrachten sie jeden Abend und jede Nacht miteinander.

Während des Rests ihres dritten Collegejahrs skypten sie mindestens dreimal täglich. Sie schliefen mit den Laptops im Bett ein. Während er schon schlummerte, saß Sam noch lang am Schreibtisch. Sie sah ihm beim Schlafen zu und verspürte bisher ungekannte Sehnsucht. Morgens kam sie übernächtigt zur Arbeit in die Küche, und Gaby sagte grinsend: »Mann, dich hat's echt erwischt, was?«

Als Clive, den sie erst fünfmal getroffen hatte, ihr sagte, dass er sie liebte, erwiderte sie das völlig selbstverständlich. Als er ihr vorschlug, den Sommer bei ihm zu verbringen, wusste sie schon, während sie »Das geht nicht« sagte, dass sie es doch tun würde.

»Wieso denn nicht?«, fragte er. »Mein Mitbewohner ist bis Ende Juli weg.«

»Ich muss doch Geld verdienen«, sagte sie.

»Wir finden hier was für dich«, erwiderte er. »Komm schon. Das wird spitze.«

Von Kindesbeinen an hatte Sam immer über alles endlos nachgedacht, immer das Vernünftige getan, aus Angst, sich sonst das Leben zu versauen. Aber diesmal ging es gar nicht um ihr Leben, sondern nur um einen Sommer.

Ihre Mutter war außer sich. Hinter der Wut, das wusste Sam, verbarg sich Angst. »Wenn du jetzt gehst, kommst du nie zurück«, sagte sie, »Du musst erst deinen Abschluss machen.«

»Klar komm ich zurück«, widersprach Sam.

»Wir kennen diesen Mann ja nicht mal«, wandte ihre Mutter ein. »Und du willst bei ihm einziehen?«

Sam hatte Mitleid mit ihr. Noch vor drei Jahren hatten ihre Eltern ihr verbieten können, die Tür zu schließen, wenn Sanjeev in ihrem Zimmer war, oder zu einer Party zu gehen, ohne dass sie mit den Eltern des Gastgebers gesprochen hatten. Jetzt war es ganz allein Sams Sache, welchen Ozean sie überqueren und bei wem sie einziehen wollte.

»Wir wohnen ja nicht richtig zusammen«, beschwichtigte sie. Sein Mitbewohner ist nicht da, das Zimmer ist frei, also –«

Den Rest durfte sich ihre Mutter selber denken.

Clive teilte sich eine Parterrewohnung in Walthamstow mit einem alten Freund namens Ian, von dessen Midlands-Akzent Sam nicht mal die Hälfte verstand. Während des ersten Monats von Sams Aufenthalt war er auf Ibiza. In dieser Zeit lebten Clive und sie zusammen wie ein Ehepaar. Sie kochten zusammen, tanzten in der Küche, liefen splitternackt herum, kuschelten auf dem Sofa und reichten einander Zeitungsteile hin und her.

Auf seinem Laptop zeigte Clive ihr seine liebsten britischen Comedy-Serien: *Peep Show*, *Spaced* und *The Inbetweeners*. Wenn er sie im Arm hielt, passte ihr Kopf perfekt unter sein Kinn.

In einem kleinen, ummauerten Garten hinter dem Haus

hatte ein Vormieter Thymian und Oregano gepflanzt. Sam goss beide regelmäßig, pflückte die schönsten Triebe und fühlte sich erwachsen wie noch nie zuvor. Konnte man an einem anderen Ort wirklich einfach so ein neues Leben anfangen? Einmal klingelte eine Nachbarin und sagte: »Diese Zeitschrift war bei mir in der Post, aber ich glaube, sie ist für Ihren Mann.«

Sam war verdattert. Offenbar hielt diese Frau Clive und sie für ein Ehepaar. Erst vor einem Jahr hatte ein Nachbar ihrer Eltern sie noch mit ihrer Schwester Caitlin verwechselt, die damals zwölf gewesen war.

Unmöglich konnte sie ihre Gefühle für Clive von denen für diese Stadt trennen. Sam liebte beide. Walthamstow hätte sich von Isabellas London nicht stärker unterscheiden können. Zum ersten Mal fühlte Sam sich an einem Ort zu Hause, den Isabella nicht mal kannte. Sonst war das immer andersrum gewesen.

In der High Street gab es jede Woche einen Markt mit reihenweise Zelten voller Obst und Gemüse, Kleidern und Handtaschen, trommelgroßen Dosen mit Nüssen und Gewürzen. In ein und derselben Straße begegneten ihr Frauen in Burkas, Frauen in Saris und Frauen in zerrissenen Jeans. Rings um Sam herum herrschte manchmal ein Gewirr aus einem halben Dutzend Sprachen.

Alltägliche Aufgaben wurden in einem fremden Land zu Heldentaten. Kleinigkeiten, wie den richtigen Zug zu nehmen oder die lustigen Namen der Dinge im Supermarkt zu lernen, zu persönlichen Triumphen.

Sam besuchte sämtliche Museen. Die Stadt haute sie aus den Socken. Sie kam sich vor wie ein kleines Kind, das zum ersten Mal die Welt entdeckt. Manchmal nahm sie an Clives Touren teil und spielte die kokette Touristin.

Oft machte sie Fotos und malte die Motive dann zu Hause auf leere Postkarten ab. Dafür, einfach irgendwo eine Staffelei aufzustellen und unter fremden Blicken loszupinseln, war sie nie der Typ gewesen.

So malte sie eine alte Kirche in Hampstead, vernagelt, schmutzschwarz und verfallen, die Zeiger der Uhr ganz starr vor Rost. Sie malte die Obdachlosen, die unter dem Dachvorsprung schliefen, die vollgepackten roten Plastiktüten aufgereiht neben der Tür. Sie malte eine echte Britin in Hut und Pelzmantel, die einen Beagle Gassi führte, der einen geblümten Regenschirm im Maul trug. Sie malte das Schaufenster eines Schokoladengeschäfts und die Doppelstockbusse in der Oxford Street.

All diese Bilder schickte sie ihren Eltern.

Drei Wochen nach Sams Ankunft in London vermittelte ein Freund von Clive ihr einen Aushilfsjob in einer Kanzlei in Covent Garden. Sie sollte eine erkältete Sekretärin vertreten – nur einen Tag zwar, aber Clives Freund meinte, wenn sie sich gut schlüge, würde vielleicht mehr daraus.

So saß sie also einen Tag am Schreibtisch dieser Frau, gerahmte Fotos ihrer Kinder vor der Nase, und nahm Anrufe entgegen.

»Büro von Saint John Foster. Nein, tut mir leid, er ist gerade außer Haus.«

»Büro von Saint John Foster. Darf er Sie zurückrufen?«

Erst nach dem Mittagessen linste ihr Nebenmann über die Trennwand und sagte: »Übrigens, den Namen spricht man ›Sindschin‹ aus.«

Zu Hause erzählte Sam das Clive. Den restlichen Abend brachen sie darüber beide immer wieder plötzlich in schallendes Gelächter aus.

Ein anderer Bekannter von Clive verschaffte Sam ein Vorstellungsgespräch bei einer Agentur für Kindermädchen.

Sie füllte ein langes Bewerbungsformular aus, kreuzte *Nein* bei Fragen an wie: »Haben Sie schon mal aus Frust ein Baby geschüttelt?« oder »Mögen Sie Feuer?«

Die Frau von der Agentur erwähnte eine Familie ganz in der Nähe. Aus Toronto kam die und war nur zwei Monate im Land, weil der Vater hier beruflich zu tun hatte. Sie hatten zwei Jungs, Zwillinge, achtzehn Monate alt. Die Geburt des dritten Kinds stand kurz bevor, und jetzt hatte die Nanny aus heiterem Himmel gekündigt.

»Die Mutter ist ... ein bisschen schwierig«, sagte die Frau von der Agentur. Sie hatte lila gefärbtes krauses Haar und mampfte Chips mit Garnelengeschmack aus einer kleinen Tüte, was Sam ziemlich eklig fand.

»Also, sagen wir besser: Die Mutter ist leicht überfordert. Hätten Sie morgen Zeit?«

Sam sagte Ja.

Als die Mutter Sam am nächsten Morgen die Tür öffnete, versteckten sich die Zwillinge hinter ihren Beinen.

»Ich heiße Allison«, sagte die Frau und streckte Sam die Hand hin.

Sam schüttelte sie, und ihr Blick fiel auf den Teppichboden. Wie konnte Allison den nur so weiß halten?

Sie traten in ein Wohnzimmer voll weißer Möbel.

Wenige Minuten später saß Sam mit den beiden Jungen auf dem Boden zwischen einem Haufen Bauklötze. Allison sah auf einem Sessel sitzend zu. Ihr Bauch hob sich so kugelrund von ihrem sonst so schlanken Körper ab, dass es fast aussah, als könnte sie jeden Augenblick einen Basketball unter ihrem Shirt hervorziehen.

»In Kanada habe ich eine Abteilung mit fünfzig Mitarbeitern geleitet«, erzählte sie. »Aber diese zwei kriege ich nicht unter Kontrolle.«

Sam schenkte ihr einen mitfühlenden Blick und fragte sich,

wieso sie dann bloß noch ein drittes Kind wollte. »Ist ein schwieriges Alter«, sagte sie. Sie hatte bemerkt, dass Mütter das über jedes Alter sagten.

»Danke«, antwortete Allison. »Manchmal glaub ich, ich verliere den Verstand. Ich kann einfach nicht so mit Kindern. Nicht so wie Sie. Wie Sie da diesen Turm bauen … Das wäre mir nie eingefallen. Na ja. Sie wären vor allem für die Zwillinge da. Das neue Baby wäre meistens bei mir. Die beiden kriegen keinen Zucker, höchstens Obst. Und mir ist lieber, sie werden draußen nicht so schmutzig, weil –«

»Weil hier drin alles weiß ist«, sagte Sam, als hielte sie das für das Vernünftigste von der Welt.

»Genau.« Allison fiel hörbar ein Stein vom Herzen.

Während Sam noch überlegte, ob ihr die Stelle überhaupt gefiel, sagte Allison: »Ach, was die Bezahlung angeht«, und nannte dann einen Stundenlohn, der fast doppelt so hoch war wie bei Sams letztem Sommerjob.

Die Arbeit gab Sams Tagen Struktur und ihr das Gefühl, wirklich in London zu leben, nicht nur zu Besuch zu sein. Jeden Morgen schloss sie die Haustür auf und sah durch den Flur die Küche, wo die Zwillinge in ihren Hochstühlen aufs Frühstück warteten. Sie aßen immer das Gleiche: eine Scheibe Toast mit Cheddar, eine Scheibe Toast mit Marmelade, gleichmäßig geviertelt und gerecht geteilt.

Als Clives Mitbewohner Ian gegen Ende Juli wiederkam, fiel Sam auf, dass Clive und sie noch nie irgendwas mit anderen Leuten unternommen hatten.

Mit Ian wirkte die Wohnung völlig anders. Er hatte immer einen halbvollen Aschenbecher auf dem Sofatisch stehen und brachte gern streunende Katzen mit.

»Und nicht bloß Katzen«, sagte Clive. »Einmal hat er einen Fuchs hier angeschleppt.«

»Einen Fuchs*welpen*«, korrigierte Ian, als ob das alles änderte.

Es roch nach Männern und Zigaretten. Der Teppichboden war aus oranger Wolle. Die Küche war zu eng, die Spüle immer voll Geschirr. Clive und Ian spielten gern ein Spiel, bei dem einer der beiden einen Song auflegte und der andere den nächsten aufgrund eines Worts oder Motivs im ersten auswählen musste. Das konnten sie die ganze Nacht spielen, während Sam verkniffen lächelnd daneben saß, hoffte, Ian ginge endlich ins Bett, und sich vorkam wie die letzte Spaßbremse.

Wenn Clives Freunde zu Besuch kamen, wurde sie kleinlaut. Manche waren verheiratet, andere sogar geschieden. Sie hatten richtige Berufe, in der Werbung, PR oder IT. Auch ein Apotheker war dabei. Sam hegte den Verdacht, dass alle sie für eine totale Null hielten. Und zu ihrem Verdruss verhielt sie sich ihnen gegenüber auch genau wie eine und bekam kaum den Mund auf.

Clives Bruder Miles, seine Frau Nicola und ihre beiden Kinder fand sie jedoch spitze. Nicola war eine dieser Frauen, die ihre Geschlechtsgenossinnen vom Fleck weg mochte. »Klasse, Verstärkung für uns Frauen!«, sagte sie, mailte ihr Links über Schlussverkäufe in London und schrieb: »Wünschte, ich könnte mitkommen!«

Leider wohnten Miles und Nicola weit draußen auf dem Land, sodass Clive und sie die beiden nicht oft sahen.

Clives Mutter schüchterte Sam ein. Sie war fast schon eine alte Lady, mit schrumpligen Händen und schlohweißem Haar. Ein Blick von ihr genügte, und Sam lief so rot an, als hätte die Frau eine Kamera in Clives Schlafzimmer versteckt und wüsste haargenau, was sich dort abspielte.

Doch wenn sie alleine waren, war es magisch.

Clive zeigte ihr das London, das Touristen niemals zu Gesicht bekamen. Sie durchwanderten den Epping Forest. Der lag zwar nicht weit weg von den Hühnchen-Imbissen, Tiefkühlkostgeschäften und weggeworfenen Matratzen ihres Viertels, doch der Ausflug fühlte sich trotzdem an wie eine Flucht in ein Märchenland.

Hand in Hand spazierten sie entlang der Kanäle von Little Venice, und Clive zeigte ihr die weißen, stuckverzierten Herrenhäuser, in denen Annie Lennox, Paul McCartney und Sigmund Freund früher gewohnt hatten. Er fotografierte sie vor Richard Bransons Hausboot, dann aßen sie in einem schwimmenden Café Scones und tranken Tee.

Er reiste mit ihr nach Lissabon, Dubrovnik und Berlin: Städte, in denen sie billige Hotels fanden oder bei Freunden und Freundesfreunden unterkommen konnten. Gern hätte Sam auch klassischere Ziele wie Paris oder Rom bereist, aber Clive erklärte ihr, die seien völlig überteuert und hätten ihre besten Zeiten lange hinter sich.

»Wenn du vorm Eiffelturm stehst, sieht er auch nicht anders aus als auf den fünftausend Bildern, die du schon davon gesehen hast«, meinte er.

Jeden Tag staunte Sam aufs Neue darüber, wie ihr Leben sich entwickelt hatte.

Clive fand ihre Bilder großartig, hängte sie in der ganzen Wohnung auf.

Er zeigte ihr sämtliche Galerien. Am besten gefiel ihr die von Matilda Grey in Mayfair, die ganz den Werken von Frauen gewidmet war.

»Das ist mein Wohlfühlort«, verkündete Sam, und sie gingen immer wieder hin.

Einmal, als Clive bei der Arbeit war und Sam mit Isabella skypte, fragte Isabella: »Hat der denn überhaupt keine Fehler? Normalerweise lästern wir immer über die Typen, mit denen wir was haben, aber Clive klingt, als würde er nie irgendwas falsch machen.«

»Macht er auch nicht«, bestätigte Sam.

Im selben Moment musste sie zwar daran denken, was sie kürzlich entdeckt hatte, doch der Rede wert schien es ihr nicht. Sowieso hätte sie gar nicht erst so neugierig sein sollen. Diese schlechte Angewohnheit hatte sie schon, seit sie mit sieben Jahren *Harriet, die kleine Detektivin* gelesen hatte. Mehrmals hatte sie sich damals Ärger eingehandelt, weil sie im Tagebuch ihrer Schwester Molly gelesen hatte. In den seltenen Fällen, wo sie mal allein zu Hause gewesen war, hatte sie die Kommode ihrer Mutter durchsucht. Einmal fand sie darin eine alte Ausgabe von *Freude am Sex*, inklusive zehn Seiten Schwarzweiß-Fotos von nackten Männern und Frauen in diversen Stellungen. Sie schmuggelte das Buch in die Schule, zu Freude und Entsetzen ihrer Freundinnen.

Eines Abends sah sie Clive unbemerkt zu, wie er die Post durchging, das Gesicht über einen großen braunen Umschlag verzog und ihn ins oberste Fach seines Schranks stopfte. Sie sagte nichts, ging aber später nachsehen, während er einkaufen war. Er hatte den Umschlag noch nicht geöffnet. Im Absender stand »Gerichtskanzlei«. Vielleicht schuldete er jemandem Geld – Ian gegenüber hatte er manchmal gejammert, wie pleite er sei. Und einmal hatte sein Neffe Freddy losgeplappert: »Daddy sagt, Onkel Clive hat Riesenmist gebaut, als –«, aber Nicola hatte ihm schnell den Mund zugehalten.

Sam ging der Umschlag nicht mehr aus dem Kopf. Immer, wenn sie nachsah, lag er noch ungeöffnet da. Als sie sich endlich entschloss, ihn wie in einem alten Film mit Dampf zu öffnen, war er verschwunden.

Bald darauf durchsuchte sie Clives Mails nach Hinweisen. Das rief ihr ins Gedächtnis, dass er Nachrichten gern mit *Stay Gold* unterschrieb, was sie immer irritierte. Mails an sie beendete er inzwischen längst mit *Küsse*, sodass sie es verdrängt hatte.

Es gab einen Ordner namens »Laura«, der keine einzige

Nachricht enthielt. Darüber zerbrach sich Sam noch nachts im Bett den Kopf.

Sie fragte Clive nach früheren Beziehungen, und er meinte, was Ernstes hätte er noch nie gehabt.

»Und du?«, fragte er zurück.

Sam erzählte ihm von den drei Jahren mit Sanjeev, von seinen Schwestern und Eltern, mit denen sie sich gut verstanden hatte und die ihr manchmal fehlten.

»Also auch nichts Ernstes«, stellte Clive fest. »Das war ja noch in der Highschool.«

Er sagte das, als wäre es schon hundert Jahren her gewesen, dabei waren es erst drei.

Am Morgen nachdem sie den »Laura«-Ordner gefunden hatte, sagte Sam gleich nach dem Aufwachen im Bett zu Clive: »Laura ist ein schöner Name. Falls ich mal eine Tochter habe, nenne ich sie vielleicht so. Laura. Schön, oder? Wie Laura Linney.«

Sie erwartete, dass er so etwas sagte wie: »Ich hatte mal eine Freundin, die so hieß.« Oder dass sie ihm wenigstens irgendeine Reaktion anmerkte.

Doch Clive sagte nur: »Ich hab zwar keine Ahnung, wer Laura Linney ist, aber klar, warum nicht.« Dann drückte er sie fest an sich und bedeckte ihr Gesicht mit Küssen, während sie vor Entzücken quiekte.

Sie hatten täglich Sex, einmal mindestens, und irgendwie löste das alle Spannungen in Luft auf.

Abends picknickten sie meistens im Park. Auch wenn es nur Salat, Käsebrote und billigen Weißwein gab, war es doch romantisch, dort zusammen im Gras zu sitzen.

Über ihre Abreise dachte sie lieber nicht nach. Eigentlich war gar nicht vorstellbar, dass sie wieder zu ihrem Collegeleben zurück sollte, ohne ihn jede Nacht neben sich im Bett zu haben, ohne morgens dazu aufzuwachen, wie er unter der Dusche pfiff. Allein schon bei der Vorstellung, den Duft seiner Haut nicht mehr in der Nase zu haben, hätte sie heulen können. Wenn sie mit ihren Freundinnen über das kommende Jahr sprach, spürte sie deutlich, dass keine damit rechnete, dass Clive und sie zusammenblieben. Dann wollte sie ihn nur noch stärker festhalten. Sie dachte an die Warnung ihrer Mutter, sie würde nie zurückkehren. Ein Teil von ihr wollte tatsächlich lieber bleiben.

Eines Abends, gegen Ende des Sommers, zog Clive beim Biss in ein Baguette eine lustige Grimasse, und ihr kamen die Tränen.

»Was soll ich nur ohne dich machen?«, schluchzte sie.

»Heirate mich doch«, schlug er vor. »Dann musst du's gar nicht erst rausfinden.«

Sam lachte durch ihre Tränen. »Meine Mutter bringt mich um, wenn ich meinen Abschluss nicht mache.«

»Neun Monate sind ja nicht lang«, sagte er. »Du ziehst das durch, dann kommst du wieder, und wir heiraten. Was meinst du?«

Sams Leben war immer einer klaren Richtung gefolgt. Jetzt erkannte sie, dass es dabei nicht bleiben musste. Dinge konnten sich verändern. *Sollten* sich sogar verändern.

»Okay«, sagte sie beschwingt – und mit einem etwas flauen Gefühl im Magen.

Er küsste sie und schob sie Richtung Bett.

Am folgenden Samstag kündigte Clive an, er wolle mit Sam einen Ring aussuchen gehen. In Gedanken sah sie ein Juweliergeschäft vor sich, in dem alle sich fragten, was Clive und sie dort verloren hatten. Sie stellte sich vor, wie Clive beim Anblick der Preise zusammenzuckte, so wie manchmal beim Blick auf eine Speisekarte.

»Die viele Fliegerei im nächsten Jahr wird ganz schön ins Geld gehen«, sagte sie. »Vielleicht warten wir mit dem Ring besser noch. Ehrlich gesagt, ich brauche gar nicht unbedingt einen.«

Clive lächelte. »Du bist ja ganz schön pragmatisch«, sagte er. »Na gut. Aber irgendwann kriegst du einen. Versprochen.«

Dass sie jetzt noch keinen bekam, erleichterte Sam. Über den Grund dafür wollte sie lieber nicht zu lange nachdenken.

Von da an stellte Clive sie überall als seine Verlobte vor. Sam erzählte ihren Freundinnen, sie sei »mehr oder weniger« verlobt. Ihren Eltern wollte sie das lieber nicht mitteilen, was wohl kein gutes Zeichen war. Mit Clive sprach sie nie über ihre Zweifel. Bei ihrem Abschied waren sie sich einig, dass sie sich bald wiedersehen würden.

Trotz aller Versprechungen war dann zu Hause ihr echtes Leben weitergegangen und hatte den Lack von der Träumerei gekratzt. Im Gegensatz zu ihr hatte Clive sein echtes Leben nie verlassen. Sam liebte Clive. Wirklich. Aber manchmal sah sie dennoch eine Zukunft vor sich, in der sie mit einem passenderen Partner verheiratet war. War das nur ihre Angst? Die Stimmen anderer in ihrem Kopf? Alle sagten immer, sie solle ihrem Bauchgefühl vertrauen, aber wenn sie darauf lauschte, hörte sie nicht das Geringste.

6

Als Clive schrieb, er sei gelandet, stand Sam bereits am Ausgang
für die internationalen Flüge und fühlte sich, als müsse sie sich
übergeben.

Als sie ihn dann sah, war sie nervös, wusste weder, wie sie
dastehen, noch, was sie sagen sollte.

»Babe!«, rief er, kam auf sie zu und küsste sie ohne Um-
schweife, woran ja nichts verkehrt war, und doch fühlte Sam
sich so unsicher wie beim ersten Treffen zweier Fremder vor
einer arrangierten Hochzeit.

»Wie war der Flug?«, fragte sie steif, bemüht, sich ganz normal zu verhalten.

»Ganz okay«, sagte er und blickte sie fragend an. »Alles in
Ordnung?«

»Klar«, sagte sie. »Ich freu mich so, dass du da bist.«

Im Kleinbus war irgendwie unausgesprochen klar, dass sie
auf der Rückbank miteinander schlafen würden, mitten in dem
geschäftigen Parkhaus. Sein blanker Hintern und die blassen
Beine auf dem blauen Vinyl, seine Hose in den Kniekehlen.
Sam saß in ihrem Sommerkleid auf ihm und sah durchs Rück-
fenster die vorbeieilenden Reisenden.

Hinterher ging es ihr besser. Ein Weilchen lagen sie einfach
nebeneinander, und sie erzählte ihm von der Party und von Isabellas Zusammenbruch wegen eines Typen, dessen Namen sie
nicht mal mehr wusste.

Während der Rückfahrt kommentierte er alles, was anders
als in England war, so wie sie es dort am Anfang getan hatte.

Er erzählte von dem Buch, das er im Flugzeug angefangen

hatte, eine Geschichte der Labour Party. Sam gab sich Mühe, seinen Ausführungen zu folgen, hatte aber keine Ahnung von den Hintergründen und handelnden Figuren. Wie schlau er doch war. Er sah gern Naturdokus und hatte immer ein Buch bei sich. War das amerikanische Bildungssystem eigentlich wirklich so toll? Clive war belesener als alle College-Absolventen, die sie kannte.

Manchmal log Sam, um Clive besser darzustellen. Sein offizieller Lebenslauf wurde ihm einfach nicht gerecht.

Im Wohnheim tobte die Party in der Mensa, und sie schob Clive rasch nach oben.

Das Podest war menschenleer, nur rote Plastikbecher und Pappteller lagen überall herum. Sam war erleichtert. Wenigstens heute Abend würde kein Haufen neugieriger, betrunkener Mädchen über sie herfallen.

Der Sangria-Mülleimer war umgestürzt, ein rotes Rinnsal sickerte in den grünen Teppich.

Sam machte ihre Zimmertür auf. Isabella war verschwunden, ihr Bett ordentlich gemacht.

»Hey, das kommt mir bekannt vor«, sagte Clive.

Sam stutzte, dann fielen ihr die Skype-Gespräche wieder ein.

»Bloß diese Seite des Zimmers hab ich noch nie gesehen«, stellte er fest.

Sie hatte sich vorgestellt, dass sie zusammen spazieren gehen würden, auch wenn es hier nicht viel zu sehen gab. Aber Clive war fix und fertig. Sie legten sich ins Bett, er nahm sie in den Arm und schlief sofort ein.

Sam blieb in seinem Armen liegen, atmete seinen vertrauten Seifenduft ein und konnte kaum fassen, dass er wirklich da war.

Normalerweise fragte sie sich um diese Zeit immer, was er gerade tat. Wahrscheinlich schlafen. An einem Samstag wäre er mit Freunden in einem Club, zum Tanzen. Sam war im Sommer nie mitgegangen. Oft war er erst um vier oder fünf Uhr morgens heimgekommen. Einmal hatte sie seinen Mitbewohner Ian gefragt, wie sie das so lang durchhielten. *Ecstasy, Darling*, hatte er geantwortet. Und als er ihre Miene sah, fügte er hinzu: *Sorry, hab nicht dran gedacht, was für ein Unschuldslamm du bist.*

Manchmal suchte Sam in den Internet-Rezensionen der Stadtrundgänge nach Leuten, die Clive erwähnten, bereute das hinterher aber jedes Mal.

Meine Freundinnen und ich haben die Gespenster-Tour schon dreimal gemacht, vor allem wegen dem heißen Tourguide, hatte eine Frau geschrieben.

Und eine andere: *Sonntag haben wir die Highgate-Village-Tour gemacht. Kleine Gruppe. Interessanter Blick auf eine Gegend, von der ich gar nichts wusste. Mein Mann meint, der sexy Stadtführer hätte es mit den Fakten nicht so genau genommen, aber er war sicher nur eifersüchtig.*

Sam stand auf und ging zu ihrem Schreibtisch. Sie schaltete die Lampe an und schnappte sich den Text, den sie für Kunstgeschichte lesen musste. Schön war das, sagte sie sich. Genau, was sie sich gewünscht hatte. Clive war da, und sie führte mit ihm ihr ganz normales Leben.

Sie versuchte, sich auf das Buch zu konzentrieren. Übers Wochenende hatten sie dreihundertfünfzig dicht bedruckte Seiten aufbekommen, unmöglich zu schaffen, aber Sam wusste, dass sie es irgendwie doch hinbekäme.

Vor dem College hatte sie eine staatliche Schule besucht. Die meisten Lehrer hatten sie gemocht, weil sie sich gut benahm und sie nicht auf die Probe stellte. Gute Noten schrieb sie mühelos. Und sie war bekannt für ihre Bilder, die regelmäßig den ersten Preis bei der Schulausstellung abräumten.

In der neunten Klasse hatte ihre beste Freundin Maddie eins von Sams Bildern – Segelboote in einem Hafen in Cape Cod – bei einem Nachwuchswettbewerb eingereicht, ausgerichtet von der New England Arts League. Sam gewann. Wurde in die Gouverneursvilla eingeladen. Bekam einen Scheck über dreihundert Dollar. Sie war Maddie unendlich dankbar, denn selbst wäre sie niemals angetreten. Seither nahm sie das Malen ernst.

Eine Weile hatte sie davon geträumt, eine richtige Malerin zu werden. Inzwischen wusste sie dank ihrer Profs und der Kommilitoninnen, dass sie dafür nicht gut genug war.

»Handwerklich gut, aber nicht sehr originell«, hatte ein Dozent ihr Abschlussprojekt im zweiten Jahr genannt. Und eine Mitstudentin, bei der Kritik im Kurs: »Ich weiß nicht, irgendwie denk ich dabei an ... ein Hotelzimmer.«

Sam malte gern Landschaften und Obstschalen. Provokant waren ihre Bilder nie, was ihr irgendwie peinlich war. Aber sie war ja schließlich auch nicht provokant.

Die wissenschaftliche Arbeit war ihr anfangs schwergefallen. Das hatte sie nicht erwartet. Nachdem sie die einzige Drei ihres Lebens bekommen hatte, wurde ihr klar, dass sie sich mehr anstrengen musste, wenn sie mit Kommilitoninnen mithalten wollte, die Prep-Schools in Neuengland besucht und die Sommerferien in Europa verbracht hatten.

Mit der Zeit fand sie Spaß an der Wissenschaft und wurde ziemlich gut. Bisher hatte sie noch keinen Kurs verpasst. Im ersten Jahr hatte sie ausgerechnet, wie viel Geld sie am Ende würde zurückzahlen müssen, und die Summe durch die Credits geteilt, die sie für den Abschluss brauchte. Das Ergebnis teilte sie dann durch die Anzahl der einzelnen Sitzungen. War ihr mal danach, »Geschichte des europäischen Kunstgewerbes (1400–1800)« oder »Die Genese der modernen Bildkultur« zu schwänzen, erinnerte sie sich daran, dass sie damit siebenundfünfzig Dollar in den Orkus werfen würde.

Ihre Freundin Shannon weckte ihr Interesse an akademischen Auszeichnungen – Jahrgangsbestenplätze, Prädikate und Phi Beta Kappa. Dinge, an die Sam nie zuvor einen Gedanken verschwendet hatte, jetzt aber unbedingt erreichen wollte. Manchmal hatte sie das Gefühl, Shannon und sie stünden in Konkurrenz zueinander, aber auf produktive Weise. Wie Isabella es ausdrückte, würden sie sowieso beide gut in der Streber-Olympiade abschneiden, die Frage war nur, wer Silber und wer Gold gewann.

Isabella und Lexi nahmen sich regelmäßig einen Tag frei. »Heute tu ich mal was für meine geistige Gesundheit«, verkündete Isabella dann immer und schaltete vom Bett aus den Fernseher an.

Lexi war als Baby aus Korea adoptiert worden. Ihre Mutter war die vierte Frau ihres Vaters. Für sie war Lexi das einzige Kind, für ihren Vater das fünfte. Als Lexi in den Kindergarten kam, waren die beiden schon geschieden. Von da an lebte sie mit ihrer Mutter in einer zweistöckigen Luxuswohnung in Chicago, mit Blick auf den Lake Michigan. Ihre Mädchen-Highschool war genauso teuer gewesen wie das College.

»Die waren da alle entweder Ladendiebe oder magersüchtig«, hatte Lexi mal gesagt. »Total bescheuert.«

Sam fragte sich, was von beiden Lexi wohl gewesen sein mochte.

Isabella bildete in ihrer Familie die vierte Generation von Frauen, die aufs College gingen. Sie prahlte, sie wäre sogar aufgenommen worden, wenn sie während des Bewerbungsgesprächs die Bibliothek in Brand gesteckt hätte. Ihre Großmutter hatte dem Französisch-Department einen Lehrstuhl gestiftet. Sam war nicht ganz sicher, was das hieß, ob da irgendwo ein richtiger Stuhl mit einer Plakette drauf rumstand. Wahrscheinlich steckte mehr dahinter, aber sie traute sich nicht, nachzufragen.

Sam hatte man – davon ging sie wenigstens aus – wegen ihres Essays aufgenommen. Der handelte von Präsidentin Washington: von Shirley Washington, der College-Präsidentin. Schon beim Schreiben war Sam klar gewesen, dass das schwer an

Speichelleckerei grenzte. Aber sie hatte ja nur die Wahrheit geschrieben: Als sie in der Highschool war, ging eine Rede von Präsidentin Washington viral. Darüber, dass sie als Erste in ihrer Familie ans College gedurft hatte, dass man das niemand verwehren sollte, dass alle Frauen eine erstklassige Ausbildung verdienten, unabhängig von Hautfarbe, Alter oder finanziellem Hintergrund. In Sam hatte diese Rede etwas wachgerüttelt.

Auf dem Campus hatte Sam schnell gemerkt, dass sie mit ihrer Bewunderung nicht allein war. Präsidentin Washington war ein Star. Über ein Lächeln von ihr oder ein Hallo im Vorbeigehen freute man sich wochenlang. Wenn sie in der Driscoll Hall vor den Studentinnen sprach, skandierten alle ihren Namen: *Shir-ley! Shir-ley! Shir-ley!* Sie stampften mit den Füßen, bis man glaubte, die Empore würde gleich zusammenbrechen.

Sam versuchte zu lesen, konnte dem Text aber nicht folgen. Immer wieder blickte sie zu Clive, wie um sich zu vergewissern, dass er tatsächlich da war.

In letzter Zeit hatte sie oft mit dem Gefühl gerungen, ihr Leben hier sei nur ein müder Abklatsch ihres echten Lebens mit ihm. Aber jetzt, wo er hier war, fühlte sie sich seltsam. Sie brauchte dringend frische Luft.

Auf dem Weg nach draußen kam sie durch die Mensa. Im Saal roch es nach Schweiß und Deospray. Bässe wummerten ihr durch Mark und Bein. Sie kam sich vor wie von einem anderen Planeten.

Tische und Stühle waren an die Wände gestapelt worden, um eine Tanzfläche freizuräumen, auf der Erstsemestlerinnen mit Typen flirteten, die behaupteten, sie gingen aufs State College, obwohl die Hälfte garantiert noch in der Highschool war.

Sams Freundinnen waren nirgends zu sehen. Wahrscheinlich gluckten sie in irgendeiner Ecke zusammen. Vor zwei, drei Jahren hätten ein paar von ihnen noch versucht, jemanden abzuschleppen, aber inzwischen wussten sie, dass das hier vergebens war. Sprach ein Kerl sie an, rückten sie nur dichter zusammen.

Zwei Bros lehnten an einem Tisch, diskutierten über irgendwas, schubsten sich ab und zu herum und verschütteten ihr Bier. Aus der Nähe sah Sam, dass der Kleinere, der in der braunen Jacke, dauernd mit einem Flaschenöffner über die Tischplatte kratzte.

»Hallo?«, blaffte sie. »Wir wohnen hier!«

Er sah sie an und steckte den Öffner weg.

»Sorry«, sagte er.

Sam war baff über ihre Direktheit. Beeindruckt geradezu. Sie freute sich darauf, Gaby davon zu erzählen.

Ihre Freundinnen aus der Küche würden das Chaos morgen wieder aufräumen müssen. Maria sagte oft, nicht einmal zwei Jungs großzuziehen hätte sie darauf vorbereitet, wie widerwärtig College-Girls sein konnten. Nach jeder Party war der Mensaboden vollgekotzt.

Jedes Frühjahr veranstaltete der ganze Campus eine Essensschlacht auf dem Vorplatz. Wer das hinterher sauber machte, fragte sich offenbar niemand. Sams Freundinnen, die machten das sauber, zusammen mit dem Personal der anderen Wohnheime. Sam bot stets ihre Hilfe an, wurde aber lächelnd weggeschickt.

Gaby, Maria und Delmi wohnten in Weaverville, gut vierzig Kilometer den Highway runter. Sam war dort noch nie gewesen. Jeden Tag fuhren die drei eine Stunde mit dem Bus zum Campus. Egal wie müde oder verkatert Sam bei der Frühschicht war, gejammert hätte sie vor ihnen nie. Immerhin musste sie nur aufstehen, sich waschen und die Treppe runterstapfen.

Als Sam in der Mensa angefangen hatte, waren die Mensafrauen meistens unter sich geblieben. Mit den Studentinnen sprachen sie nur, um ihnen Anweisungen zu geben. Aus irgendeinem Grund wollte Sam jedoch dazugehören. Sie lauschte, als die anderen über Delmis Bruder tuschelten, der sich auf dem Bau verletzt hatte.

»Mein Dad arbeitet auch auf dem Bau«, platzte sie hervor. »Er ist Bauarbeiter.«

Eigentlich war er selbständiger Handwerker.

»Ich bin die Erste aus meiner Familie, die auf so ein College geht«, fügte sie hinzu.

Sie wusste genau, was sie tat. Sie wollte sagen: Ich bin eine von euch, keine von denen. Ein bisschen bemüht, aber es ging auf. Von nun an schlossen sie sie ein. Sam durfte ihren Daiquiri-Mix und ihre Chicken-Nuggets in dem großen Tiefkühlschrank aufbewahren und bekam sogar einen eigenen Schlüssel, damit sie immer an ihre Sachen konnte.

Wenn vor dem Wochenende die Kühlschränke ausgeräumt wurden, packte Maria alle brauchbaren Reste für sich und Delmi ein. Manchmal lag ein drittes, in Folie gewickeltes Päckchen für Sam auf dem Tresen.

»Hab dir was von deiner Leibspeise aufgehoben«, sagte Maria dann und drückte ihr die Hand.

Sam saß auf der Treppe, ohne das Kommen und Gehen der Partygänger zu beachten.

Ramonas Volvo stand vor dem Gebäude. Sam erkannte ihn am dem leicht schiefen »OBAMA '08«-Aufkleber an der Stoßstange. Obwohl Ramona im Jahr 2008 weder fahren noch wählen durfte, war es durchaus möglich, dass sie ihn selbst aufgeklebt hatte.

Sams Freundinnen bedauerten allesamt, dass sie nicht vier Jahre älter waren und an dieser historischen Wahl hatten teilnehmen können. Sam war fünfzehn gewesen. Sie erinnerte sich noch an das Hupkonzert und die Jubelrufe in ihrer ruhigen Vorstadtstraße. Shannon meinte, damals habe sie ihren Vater zum ersten Mal weinen gesehen. Ein Präsident, der aussah wie er, das hätte er nie für möglich gehalten. Und dann war es doch passiert.

2012 gingen sie alle gemeinsam zur Wahl. Sie fotografierten sich vor der Turnhalle der Schule, wo sie zum ersten Mal ihre Stimmen abgaben, ein Gruppenfoto wie von Schülerinnen vor dem Abschlussball. Ein bisschen aufregend war das schon, aber nicht mehr so dramatisch wie die Wahl davor. Die Umfragen verfolgten sie nur mit einem Auge. Der Sieger stand ja ohnehin schon fest.

Sam überlegte, Isabella zu schreiben und sie zu bitten, zu ihr rauszukommen. Isabella wusste immer etwas Nettes über Clive zu sagen, wenn auch nur Sam zuliebe. Auf Sams Frage, ob sie Clives Antrag vielleicht vorschnell angenommen hatte, hatte sie gesagt: »Einerseits: definitiv. Andererseits zählen sechs Monate mehr, wenn man zusammengewohnt hat. Das ist wie mit Hundejahren.«

Sam schrieb ihr nicht. Bestimmt wäre bald alles wieder normal. Besser, sie lieferte Isabella keine blöde Geschichte über Clive, die sie ihr später unter die Nase reiben konnte. Außerdem würde Isabella sie mit Sicherheit auf die Party schleifen wollen, was ihr wie Betrug an Clive erschienen wäre.

Nach etwa zehn Minuten überkam sie die alte Sehnsucht nach ihm. Sonst musste sie die immer leidend ertragen, aber diesmal war Clive ja nur ein paar Treppen entfernt.

Als sie zurück ins Zimmer kam, war er wach. Den Kopf auf den Ellbogen gestützt lag er da, grinste sie auf eine Weise an, die sie nur zu gut von ihm kannte.

Begehren durchzuckte sie.

»Wo warst du denn?«, wollte er wissen.

»Nur ein bisschen frische Luft schnappen. Ich dachte, du schläfst sicher durch bis morgen früh.«

»Nichts da. Bin wieder topfit. Los, wir gehen spazieren.«

Sam lächelte. »Echt?«

»Echt.«

Hand in Hand und lachend spazierten sie in die Stadt. Alle Geschäfte waren zu, nur der Nobelitaliener und das Lanchard's hatten noch geöffnet, eine Bar, in der die Männer aus der Gegend rumhingen, Pool spielten, Sportfernsehen schauten, schüsselweise kaltes Popcorn futterten und heimlich auf dem Klo rauchten. Sam und ihre Freundinnen gingen auch öfter hin, aber nur, weil ein paar noch keine einundzwanzig waren und der Türsteher jeden noch so schlecht gefälschten Ausweis akzeptierte.

Sam und Clive setzten sich auf eine Bank vor der Post und unterhielten sich eng umschlungen. Es war wie immer, wenn sie allein waren, und Sam war wie betrunken vor Liebe.

Zurück im Wohnheim putzten sie sich gemeinsam die Zähne, jeweils einen Arm um die Taille des anderen geschlungen, wie albern das auch sein mochte. Sie hatten Sex in ihrem Bett, schauten eine alte Folge *Frasier* und knabberten die Schokokekse, die er mitgebracht hatte.

Beim Abspann rief Clive plötzlich: »Ach so! Ich hab dir ja was mitgebracht!«

Nackt stand er auf und kramte ein gebundenes Büchlein mit Rosen auf dem Umschlag aus seinem Koffer.

»Das meinte ich zwar nicht, aber es ist auch für dich«, erklärte er. »Hab ich bei Mum gefunden und dachte, du hast es wahrscheinlich nie gelesen, fändest es aber bestimmt gut. Ein fast perfekter Roman.«

Er reichte ihr das Buch.

Angel von Elizabeth Taylor.

Sie wollte nachfragen, doch Clive fiel ihr direkt etwas abfällig ins Wort: »Nein, nicht *die* Elizabeth Taylor.«

»Natürlich nicht«, sagte Sam.

»Der Name war ein Fluch für die Ärmste«, fuhr er fort. »Hätte sie diesen Mr. Taylor nicht geheiratet, wäre sie vielleicht auch nicht die unterschätzteste Autorin aller Zeiten geworden.«

Sam dachte über dieses merkwürdige Pech nach, und Clive stöberte weiter im Koffer.

Schließlich fand er eine Pappröhre und zog zwei Bögen Bastelpapier daraus hervor.

»Von Freddy und Sophie«, sagte er.

Sie hatte einen Regenbogen gemalt, er einen Vogel, und darunter hatten sie beide geschrieben: ICH HAB DICH LIEB, TANTE SAM.

»Ach, die beiden fehlen mir.«

Im Lauf des Sommers hatten Clives Bruder und Schwägerin sie zweimal mit den Kindern in London besucht. Beide Male zogen Nicola und Miles an einem Abend zu zweit los, während Sam und Clive mit Freddy und Sophie erst in den großen Spielzeugladen in der Regent Street und dann essen gingen. Im Gegensatz zu vielen anderen in ihren Familien hatten die Kinder keinerlei Vorbehalte gegen ihre Beziehung. Und Clive war so toll mit ihnen. Leicht konnte Sam sich in diesen Momenten ein langes, glückliches Leben mit ihm vorstellen.

»Die hänge ich morgen gleich auf«, sagte sie. »Und dann rufen wir die beiden über FaceTime an, ja?«

»Logo«, sagte er.

Kurz darauf schlief Sam ein, zufrieden wie seit Wochen nicht mehr.

Am nächsten Morgen weckten sie die unverkennbaren Geräusche von jemandem, der krampfhaft versucht, leise zu sein. Schubladen gingen auf und wieder zu, und als Sam die Augen aufschlug, sah sie Isabella ihre Kommode durchwühlen.

»Tut mir leid!«, flüsterte sie. »Gleich wieder weg. Ich such meine Kopfhörer. Hast du die gesehen?«

»Nein«, antwortete Sam und zog Clive die Decke über den nackten Rücken.

Es war natürlich klar, dass Isabella ab und zu ins Zimmer

kommen musste, aber Sam war trotzdem genervt – Kopfhörer waren ja wohl nicht lebenswichtig.

»Wie war die erste Nacht?«, wisperte Isabella ziemlich laut. Ein Bühnenflüstern, sozusagen.

»Gut. Deine?«

»Nix Besonderes. Lexi hat sich mit so 'nem Verbindungstypen eine Flasche Goldschläger geteilt und hinterher wunderschöne Goldflöckchen gekotzt.«

»Mmm«, machte Sam.

Clive regte sich.

Sie hoffte, dass er einfach weiterschlief, doch er war plötzlich hellwach und sagte: »Oh, hi.«

»Hi«, antwortete Isabella. »Willkommen in Amerika!«

»Danke.«

In London hatten die beiden einander kaum gesehen. Eine Woche nach Sams Ankunft im Sommer war Isabella schon nach Hause geflogen. Richtig warm waren sie nie miteinander geworden, aber Sam zuliebe gaben sie sich Mühe.

Clive fischte seine Boxershorts vom Fußboden und streifte sie sich unter der Decke über.

Sam fand das alles irgendwie unanständig. Sie wünschte, Isabella hätte angeklopft oder Clive hätte sich schlafend gestellt, bis sie wieder weg war.

Als er aufstand und sagte: »Ich muss mal kurz aufs Klo«, rief Sam: »Hose nicht vergessen!«

Er sah sie schräg an. »Glaubst du, ich spaziere hier unten ohne über den Flur?«

Clive schnappte sich Jeans und T-Shirt vom Vorabend von einem Stuhl, zog beides an und ging pfeifend davon.

»Hat sich ja nicht schlecht gehalten für sein Alter«, stellte Isabella fest.

Sam warf ein Kissen nach ihr, zog sich die Decke bis zum Kinn. Darunter war sie splitternackt. Für ihre Freundinnen war

Nacktheit keine große Sache. Isabella saß manchmal den ganzen Vormittag in BH und Unterhose rum wie eine Männerfantasie von Collegemädchen.

»Wollt ihr mit zum Frühstück?«, fragte sie.

»Nein«, erwiderte Sam schnell. Auf keinen Fall wollte sie Clive in die Mensa mitnehmen.

Isabella zuckte die Achseln. »Okay«, sagte sie, »dann bis später.«

Sam blieb einen Augenblick allein. Sie sah aus dem Fenster, wo die Autos die Main Street entlangfuhren, war sicher, dass die Leute hinterm Steuer ihre Leben allesamt besser auf der Reihe hatten, als es ihr jemals gelingen würde. Wie konnte man mit jemandem so glücklich sein und sich seiner im nächsten Augenblick so schämen? Sich gleichzeitig wie eine Frau fühlen und wie ein dummes Kind? Würde das je besser werden?

Ja, bestimmt, gab sie sich selbst die Antwort. Sobald sie nicht mehr hier in dieser Zwischenwelt lebte, wieder richtig mit ihm zusammen sein konnte.

Als Clive zurückkam, sagte sie: »Ich hab mir gedacht, wir frühstücken im Bett.«

»Find ich gut«, sagte er und nickte.

»Ich hole uns was aus der Mensa. Willst du 'nen Bagel? Eier? French Toast? Kartoffeln? Schinken?«

»Alles«, sagte er. »Aber vorher will ich noch was anderes mit dir im Bett machen.«

»Oh«, machte Sam und schob die Decke auf den Boden. »Bitte, tu dir keinen Zwang an.«

Während des folgenden Wochenendes dachte Sam oft an eine Zeile in einem von Gils Bilderbüchern: »Die Wände wurden die gesamte Welt.«

Sie blieben die ganze Zeit in ihrem Zimmer. Samstag und Sonntag verbrachten sie im Bett, meistens nackt, redeten, sahen

Filme im Fernsehen und ließen keine fünf Sekunden die Finger voneinander, wie um die Tage und Wochen erzwungener Trennung wieder aufzuholen.

Am Samstag bestellten sie abends was beim Chinesen, sonst ging Sam – bevor es dort zu voll wurde – nach unten in die Mensa und füllte eine Tupperdose.

Als sie am Sonntagmorgen hereinhuschte und Kaffee holte, in der Hand die Dose voller Toast, Obst und Eier, zogen die Frauen in der Küche sie auf.

Im Speisesaal konnten die Studentinnen sich per Knopfdruck einen Kaffee ziehen, doch der war wässerig und bitter. Sam hatte sich damals in der Frühschicht an den guten Kaffee gewöhnt, den die Frauen von zu Hause mitbrachten und für sich selbst kochten. Den trank sie noch heute meistens.

»Brauchst wohl was zur Stärkung«, sagte Gaby mit Blick auf die volle Tupperdose.

»Jetzt zeig ihn uns doch mal«, forderte Delmi. »Oder hast du ihn da oben festgebunden?«

»Uuh, pervers«, witzelte Gaby.

Die Älteren lachten nicht. Entweder fanden sie den Witz geschmacklos, oder sie kapierten ihn bloß nicht.

»Ich will alles wissen«, fuhr Gaby fort, leiser, sodass nur Sam sie hörte. »Komm schon. Ich wohn mit einem Kleinkind im Gästezimmer meiner Mutter. Lass mich wenigstens durch dich was erleben!«

Sam lachte. »Na ja … wir lesen viel.«

»Ja, sicher«, feixte Gaby.

Anfangs hatte Sam ihre Wohnheimhöhle ja noch romantisch gefunden. Doch seit dem dritten Tag roch das ganze Zimmer nach Sex und Pizza. Clives offener Koffer und seine Schmutzwäsche bedeckten den kompletten Fußboden. Ständig stolperte sie über seine Sachen. Neben der Tür stapelten sich Teller, die Sam immer wegzubringen vergaß, so als könnte sie durch reines Wunschdenken den Zimmerservice kommen lassen.

Am Montagmorgen sah sie sich im Zimmer um und sagte: »Wollen wir heute mal was draußen unternehmen?«

Elisabeth hatte ihr für Clives Besuch freigegeben.

Sie beschlossen, eine Wanderung zu machen. Kurz vor Mittag packte sie in der Mensa ein Picknick in ihren Rucksack: Sandwiches und in Papierservietten eingeschlagene Kekse. Und zwei glänzend rote Äpfel.

Gaby sah ihr mit verschränkten Armen zu, wieder dasselbe Grinsen im Gesicht.

»Sei bloß still«, raunte Sam.

»Ich sag doch gar nichts! Du bist im Wachstum, du musst essen. Hast du alles zusammen fürs Mittagessen? Plastikbesteck? Salz und Pfeffer? Kondome?«

»Gaby!«, rief Sam aus.

Seltsam, dass sie im Bett Dinge mit Clive tun konnte, die sie eine Stunde später nicht mal einer Freundin gegenüber zugeben würde. Isabella würde sicher noch Details hören wollen, und Sam würde sie ihr höchstwahrscheinlich liefern, wäre dabei aber ganz bestimmt knallrot.

Mit dem Bus brauchten sie eine halbe Stunde zum Mount Huntington. Keine anspruchsvolle Wanderung, in einer Stunde war man oben. Sie ging hinter ihm, bemerkte, wie seine Muskeln sich bei jedem Schritt anspannten. Sie mochte seine langen, dünnen Beine.

Am Abend würde er zurück nach London müssen.

Vom Gipfel aus sah man über das gesamte Tal. Dort saßen sie und sprachen über nächstes Jahr, darüber, wie es wäre, jeden Morgen nebeneinander aufzuwachen. In der Ferne sah man die Stadt und das College. Ein Haufen Backsteinhäuser und geteerte Straßen, umgeben von Bäumen, deren Laub sich hier und da schon etwas herbstlich färbte.

Als Clive fort war, sagte Isabella: »Es kommt mir vor, als hätt ich dich seit einer Woche nicht gesehen.«

»Mir auch«, sagte Sam.

»Gestern Abend haben wir im Wohnzimmer ferngesehen. Alle wollten wissen, wo du steckst. Ich hab gesagt, du bist oben und beschäftigt mit Verliebtsein. Die dachten, du bist zu Hause, auf einer Beerdigung oder so. Niemand hat gewusst, dass Clive da war.«

Sam lachte.

»Warum habt ihr euch die ganze Zeit verkrochen?«, fragte Isabella. »Wolltest du ihn vor uns verstecken?«

»Quatsch«, erwiderte Sam.

Und fragte sich, ob sie vielleicht genau das getan hatte.

7
Elisabeth

Elisabeth hatte keine Lust, zum Buchclub zu gehen, aber Andrew drängte sie dazu.

»Wenn du erst ein paar Freundinnen gefunden hast, geht es dir auch besser. Ich halte hier die Stellung. Vielleicht kann Mom mir Gesellschaft leisten.«

Stephanie Preston wohnte nur drei Häuser weiter. Sich eine Ausrede zu überlegen war schwieriger, als einfach hinzugehen. Elisabeth fand die Einladung ja auch ganz nett. Die fünf gleichaltrigen Frauen aus ihrer unmittelbaren Nachbarschaft bildeten eine Clique. Sie hatten sich lange vor ihrem Einzug hier zusammengefunden und sich sogar einen Namen gegeben: die Laurels.

Dieser Clique wollte Elisabeth zwar nicht unbedingt angehören, aber irgendwie …

»Ich glaube, ich stelle mich krank«, sagte sie.

Sie stand mit ihrer Hummusschüssel und der Handtasche mit Geldbörse, Handy, Buch, Schlüssel und Milchpumpe über der Schulter im Flur. Es sah so gemütlich aus, wie Andrew mit dem Kleinen auf dem Sofa saß. Am liebsten hätte sie sich dazugekuschelt.

»Sieh es mal so: Wenn du zu Hause bleibst, musst du den ganzen Abend mit meiner Mutter verbringen«, sagte er.

Da stand Faye auch schon in der Haustür, bepackt mit Plastiktüten.

Eine Dose Diätlimonade und ein Schokoriegel schauten oben raus.

»Du hast für uns eingekauft!«, rief Elisabeth.

»Nein, das ist für mich«, sagte Faye. »George hat mir verboten, zu Costco zu gehen. Er meint, Großpackungen einkaufen schadet dem kleinen Mann. Wir haben uns richtig gefetzt deswegen. Ich muss ein paar Sachen in eurem Kühlschrank in der Garage verstecken.

»Klar«, sagte Andrew, als wäre das völlig normal.

»Ich verstehe nicht, wie das funktionieren soll«, sagte Elisabeth.

»So«, sagte Faye, »ich habe eine Großpackung mit zwanzig Portionen Butter gekauft. Wenn ich eine neue brauche, komme ich vorbei. George erzähle ich allerdings, ich hätte sie zum Wucherpreis in Gibson's Grocery gekauft.«

Elisabeth flehte Andrew stumm an, dem Ganzen augenblicklich einen Riegel vorzuschieben, denn sonst würde Faye zu jeder Tages- und Nachtzeit bei ihnen reinschneien. Aber Andrew war damit beschäftigt, Gils Kinn von Ausgespucktem zu befreien.

Doch selbst wenn er Elisabeths Blick gesehen hätte, würde er es Faye nicht abschlagen.

Als Mutter eines Sohnes schwante Elisabeth so langsam, warum ihr Verhältnis zu Faye immer etwas angespannt war.

»Mit sechs hat Andrew mir gesagt, dass er mich heiraten will«, hatte Faye ihr am Telefon anvertraut, damals, als sie Andrews Eltern ihre Verlobung mitgeteilt hatten. Als Reaktion hatte Elisabeth sich damals nur ein »Du meine Güte« abringen können.

Es war ihr nie in den Sinn gekommen, dass sie einen Jungen bekommen würde. Selbst als der Bluttest ihre Schwangerschaft bestätigte, konnte sie sich lediglich eine kleinere Version von sich selbst vorstellen – ein lebhaftes Mädchen, das all die mädchenhaften Dinge liebte, die auch sie als Kind so gemocht hatte. Nachdem feststand, dass es ein Junge wurde, war sie enttäuscht und hatte sofort Google befragt: *Kann man mit einem Jungen in den »Nussknacker« gehen? Lesen Jungen »Unsere kleine Farm«?*

Doch Gils Anblick hatte alle Fragen geklärt.

Elisabeth lächelte der hübschen Rotblonden zu, die vor Stephanie Prestons Haustür auf Einlass wartete. Sie trug Jeans und einen Burberry-Trenchcoat, in der Hand hielt sie eine mit Alufolie abgedeckte Platte.

»Wir kennen uns noch nicht«, sagte die Frau. »Ich bin Gwen Hynes.«

»Elisabeth Ronson. Mein Mann und ich sind vor zwei Monaten in das weiße Haus gezogen. In welchem Haus wohnst du? Ich dachte, ich hätte all meine Nachbarn schon kennengelernt.«

Die Frauen hatten sich im Rudel bei ihnen vorgestellt, am Samstag nach ihrem Einzug. Sie hatten selbstgebackene Kekse, eine Flasche Wein und allerlei wertvolle Hinweise mitgebracht, über das Gemeindeschwimmbad, wie man Müllmarken vom Rathaus bekam, welcher Elektriker gut war, welcher Handwerker, Maler. Sie waren wirklich nett gewesen, aber Elisabeth war sich vorgekommen wie auf dem Prüfstand.

Jetzt beugte sich Gwen vor und flüsterte: »Ich wohne vier Straßen weiter. Meine Aufnahme in den Laurel Street Buchclub war höchst umstritten.«

Es klang, als meinte sie es witzig und ernst zugleich.

»Elisabeth Ronson«, fuhr sie fort, »der Name kommt mir bekannt vor. Du schreibst für die *Times*, oder?«

»Früher mal, ja.«

»Dein Buch fand ich super!«

Sie hatte zwei geschrieben, aber es war stets klar, auf welches sich die Leute bezogen. Ihr erstes, in dem sie sich mit den Fehden der alten Hollywooddiven befasst hatte, war ein großer Erfolg gewesen. Es hatte einen Filmvertrag gegeben und Besprechungen an allen richtigen Stellen.

Ihr zweites, eine Geschichte der Diätbewegung in den USA, war zusammen mit einem halben Dutzend wichtigen Büchern erschienen, von denen eines im selben Jahr den Pulitzerpreis gewann. Bei so viel Konkurrenz war es einfach untergegangen.

Niemand außer Nomi, Andrew, George und ungefähr siebzehn Fremden hatte es gelesen.

Auf Cocktailpartys kamen die Leute regelmäßig auf sie zu, lobten ihr erstes Buch und versicherten ihr, wie sehnsüchtig sie auf ihr zweites warteten.

»Das ist schon erschienen«, sagte Elisabeth in solchen Fällen. »Vor zwei Jahren.«

Sie selber fand, das zweite Buch war das Beste, was sie je geschrieben hatte. Ihre Agentin Amelia stimmte ihr zu, wies aber darauf hin, dass alle Autoren der Willkür des Buchmarkts unterlägen. Das sollte sie wohl trösten, doch Elisabeth fragte sich, was es für den Erfolg ihres Debüts bedeutete, wenn der Misserfolg ihres zweiten Buches reiner Zufall sein sollte.

Jetzt, als sie neben Gwen stand, sagte sie nur: »Danke. Nett von dir.«

»Meine Nachbarin ist Dozentin am College und gibt Seminare im Schreiben von narrativen Sachtexten«, sagte Gwen. »Darf ich ihr erzählen, dass du jetzt hier wohnst? Sie würde dich sicher gern mal als Referentin einladen.«

»Gern.«

Die Tür öffnete sich schwungvoll, und da stand Stephanie mit leuchtend rot geschminkten Lippen, das Haar zu üppiger Fülle coiffiert. Sie trug eine enge schwarze Stretchhose und hohe Schuhe mit Leopardenprint. Elisabeth hatte sofort Olivia Newton-John in *Grease* vor Augen.

Statt einer Begrüßung sagte Stephanie nur: »Wein!«

Sie folgten ihr in die Küche, wo sie zwei Kelche füllte, die eher auf einen Mittelaltermarkt gehörten.

Stephanie drückte ihnen je einen in die Hand.

»Stephanie, es ist Mittwoch!«, rief Gwen lachend.

»Chuck ist nicht da, und die Kinder sind bei meiner Mutter«, sagte Stephanie. »Partytime. Die Mädels sind hier drin.«

Während sie die Neuankömmlinge ins Wohnzimmer führte,

fragte Stephanie, wie Gwens Wochenende in Vermont gewesen sei.

»Schön«, sagte Gwen. »Ruhig. Wir sind in der Natur herumgelaufen, ein paarmal abends essen gewesen und haben am Sonntag ausgeschlafen. Nachdem wir beide so viel gearbeitet hatten, war es echt schön, endlich mal runterzukommen.«

»Ausschlafen. Essen gehen«, sagte Stephanie. »Ich glaube, ich kann mich noch erinnern, wie das war. Elisabeth, Gwen hier ist die Einzige in unserem Buchclub, die schlau genug war, auf Nachwuchs zu verzichten, falls diese Dinge sich für dich auch so fremd anhören wie für mich.«

Gwen lächelte gezwungen. Elisabeth kam ihre Miene bekannt vor. Sie selbst hatte sie in den letzten Jahren oft genug aufgesetzt.

»Gwen, Elisabeth hat gerade ein Kind bekommen. Der Kleine ist ein echter Schatz. Wie heißt er noch gleich?«

»Gilbert«, sagte Elisabeth und wünschte sich für Gwen, sie möge das Thema wechseln.

»Ja, richtig! Gilbert.« Stephanie wirkte immer noch nicht ganz überzeugt.

Elisabeth und Gwen stellten ihre Mitbringsel auf den Wohnzimmertisch, wo sich bereits diverse Speisen stapelten, die niemand angerührt hatte. Ein Tablett mit fächerförmig angerichteten Käsescheiben und Crackern. Eine Schüssel mit Zwiebeldip, die braune Oberfläche bis auf das geschwungene Zipfelchen vom Servierlöffel noch völlig unberührt. Es gab Kartoffelchips, blaue Maischips, Salsa, Würstchen im Schlafrock, Bruschetta. Alles bunt durcheinandergewürfelt.

Ein kleiner weißer Puderquast von einem Hund stellte sich immer wieder auf die Hinterbeinchen und beschnüffelte die Gaben, was sie nur noch unappetitlicher machte.

Melody, Karen und Pam hatten sich auf ein Zweiersofa gequetscht. Debbie, eine verhuschte Hausfrau und Mutter, die direkt gegenüber von Elisabeth wohnte, saß rechts neben ihnen auf einem gepolsterten Stuhl aus dem Esszimmer.

»Wir haben gerade angefangen«, sagte Stephanie und setzte sich auf die Sofalehne.

Elisabeth bemerkte verschämt, dass sie als Einzige ihr Buch dabeihatte – *Die Clique*. Sie setzte sich auf den leeren Stuhl neben Debbie, während Gwen den einzigen noch übrigen Platz auf einer etwas abseitsstehenden Sitzbank einnahm.

»Pam«, sagte Stephanie. »Du wolltest was über den Titel sagen?«

»Ich fand ihn irreführend«, sagte Pam. »Ich dachte, die Figuren wären mehr wie wir. Also eine echte Clique.«

»Im College waren sie ja auch eine«, sagte Melody, »aber dann sind sie auseinandergedriftet. Das ist doch realistisch, oder? Wie viele von uns waren schon am College Freundinnen fürs Leben?«

Freundinnen fürs Leben?, dachte Elisabeth, bemühte sich aber, ihre Missbilligung nicht zu zeigen.

Sie dachte an Nomi. Sie waren nicht *auseinandergedriftet*. Sie hatten sich mal mehr, mal weniger nahegestanden, je nach Lebenssituation – als Nomi nach ihrem Abschluss an die Grad-School in Pennsylvania gegangen war, hatten sie ein wenig den Kontakt verloren, ihn aber dann wieder aufgenommen, als sie einen Job in New York bekam. Nomi und Brian lernten sich zuerst kennen, eine Weile bevor Elisabeth mit Andrew zusammenkam, und in der Phase dazwischen hatten sie eine Weile weniger Kontakt miteinander. Aber dann waren sie beide in einer festen Beziehung gewesen, standen kurz vor der Hochzeit und hatten wieder vieles gemeinsam. Dass sie beide Mütter waren, verband sie schließlich aufs Innigste miteinander. Doch zu keinem Zeitpunkt war ihre Bindung zufällig gewesen, räumliche Trennung könnte ihr nichts anhaben. Zumindest hoffte sie das.

»Mir waren die meisten Figuren so unsympathisch«, sagte Debbie. »Wer will schon mit einer befreundet sein, die eine Affäre mit einem verheirateten Mann hat und ihm dabei hilft, seine Frau in ein Irrenhaus zu sperren?«

»Ich glaube nicht, dass wir sie als potenzielle Freundinnen wahrnehmen sollen«, bemerkte Gwen.

Debbie deutete das als Zustimmung.

»Beschwer dich bei Melody. Sie hat es vorgeschlagen«, sagte sie. Dann, an Elisabeth gewandt: »Melody ist unsere Intelligenzbestie.«

Melody zuckte gebauchpinselt die Achseln. »Tja, was kann ich dafür, dass ich Anglistin bin?«

Anglistin? Du bist zweiundvierzig und arbeitest als Maklerin, dachte Elisabeth.

»Sie sucht immer irgendein hochliterarisches Buch aus, das wir anderen schon in der Highschool nicht lesen wollten«, fuhr Debbie fort. »Sei froh, dass du noch nicht dabei warst, als *Rebecca* dran war.«

Gwen stand auf. »Ich hole mir was zu trinken. Soll ich jemandem was mitbringen?«

Alle schüttelten den Kopf. Elisabeth fiel auf, dass Gwen ihren Wein nicht angerührt hatte.

»Lasst uns doch erst mal mit positiven Eindrücken anfangen. Einmal reihum«, schlug Stephanie vor.

»Und Mary McCarthy dreht sich im Grab um«, flüsterte Gwen, als sie auf dem Weg zur Küche so nah an Elisabeth vorbeikam, dass ihr langer Schal sie am Arm streifte.

Am liebsten wäre Elisabeth ihr gefolgt, wollte sich aber nicht in die Nesseln setzen.

»Ich glaube, man könnte es prima verfilmen«, sagte Karen.

»Das sagst du über jedes Buch«, bemerkte Melody.

»Gar nicht.«

»Karen, hast du es überhaupt gelesen?«

»Bis zur Hälfte.«

»Mir hat der Schreibstil gefallen«, sagte Debbie. »Aber ich fand es irgendwie verwirrend. Habe mich ständig über die Namen aufgeregt. Tut mir leid, aber die waren so komisch. Dottie und Polly und Priss.«

Wenn nur alle Eltern so kultiviert wären, ihre Töchter Debbie zu nennen.

Vor ein paar Jahren war eine entfernte Verwandte von Andrew beim Skifahren gegen einen Baum geprallt und hatte sich eine Hirnverletzung zugezogen. Danach sagte sie immer genau das, was ihr gerade durch den Kopf ging. Wenn Elisabeth so was passieren würde, wäre sie erledigt. Alle außer Gil würden sie hassen.

Dann kehrte Gwen zurück, eine Flasche Mineralwasser in der Hand.

Das Babyfon in Debbies Hand piepste schrill. In der anderen hielt sie ein Glas Chardonnay. Zuerst dachte Elisabeth, das Babyfon sei für Stephanies Kinder gedacht, die oben schliefen. Auf dem Monitor waren zwei geisterhafte, schwarz-weiße Schatten zu erkennen, die nebeneinander lagen. Aber laut Stephanie waren ihre Kinder bei ihrer Mutter.

»Sind das deine Kinder?«, fragte Elisabeth.

Debbie nickte. »Wozu soll ich jemanden bezahlen, wenn ich nur über die Straße muss. Gegen acht kommt Craig vom Poker zurück, dann macht er den Babysitter.«

Elisabeth und Gwen tauschten Blicke.

Sie wünschte, sie könnte sich allein mit ihr unterhalten. Der kurze Wortwechsel auf dem Türabsatz und ihre geflüsterte Bemerkung deuteten darauf hin, dass sie Freundinnen werden könnten.

»Denk dran, Debbie, der Roman stammt aus den Dreißigern«, sagte Melody.

»Genau genommen stammt er aus den Fünfzigern, spielt

aber in den Dreißigern«, sagte Gwen. »Das Buch ist so wunderbar unvoreingenommen, das finde ich klasse.«

»Ich hab einfach lieber was Modernes«, sagte Debbie. »Ein Buch, mit dem wir uns alle identifizieren können. So was wie *Shades of Grey*.«

»Aber es sagt so viel über unsere Gegenwart aus«, sagte Gwen. »Über all das, was sich *nicht* verändert hat.«

»Was denn zum Beispiel?«, fragte Debbie verwirrt.

Elisabeth wünschte, sie hätte den Mut, ehrlich zu antworten. *Zum Beispiel, dass es immer noch Frauen gibt, die ihren Mann Babysitter nennen, wenn er sich mal um die Kinder kümmert.*

Eine Szene in dem Buch hatte sie zum Weinen gebracht. Eine Frau wollte ihr Neugeborenes stillen, aber die Krankenschwestern und ihr Mann zwangen sie, Flaschennahrung zu füttern, wie es damals üblich war. Die Arme musste zuhören, wie ihr Kind sich in einem anderen Zimmer die Seele aus dem Leib schrie. Das Schreien ihres Kindes hatte sie entsetzlich gequält.

Heute wurde zwar das Gegenteil empfohlen, doch unter Druck gesetzt wurden die Mütter noch immer.

»Unter anderem gibt es eindrucksvolle Passagen über die damalige Rolle der Frau im Berufsleben, die ich unglaublich zeitgemäß fand. Mal ganz abgesehen davon, dass wir nach der nächsten Wahl unsere Abtreibungen womöglich wieder bei Pfuschern in dunklen Gassen vornehmen lassen müssen.«

»Gwen!«, rief Debbie entsetzt.

»Meine Damen«, sagte Stephanie. »Es ist doch nur ein Buch. Darüber müssen wir uns hier nicht streiten. Ich hab was viel Interessanteres für euch: Joan Walker hat Tim Bauers Wagen am Dienstag auf dem Parkplatz vom Motel Six in Dexter stehen sehen. Mitten am Tag! Sie hat das Kennzeichen erkannt.«

»Nein!«

»Doch!«

»Ich dachte, Joan arbeitet dienstags an der Highschool?«

»Nein, sie wurde entlassen.«

»Schon wieder?«

»Ja. Janet hat es ihr so richtig reingerieben.«

Sechs Minuten. Länger hatten sie nicht über den Roman geredet, mit dem sich Elisabeth trotz ihrer Erschöpfung eine ganze Nacht um die Ohren geschlagen hatte, um bei der Diskussion nicht dumm dazustehen.

Die nächsten zwei Stunden tratschten sie mit großem Eifer über die Geheimnisse einer Frau, die sie nicht kannte. Debbie ernannte sich zu Elisabeths Dolmetscherin.

»Janet ist Stephanies Schwägerin«, flüsterte sie. »Sie verstehen sich nicht so gut.«

»Joans Tochter hatte Drogenprobleme. So traurig. Aber jetzt geht es ihr wieder besser. Sie verkauft Mineral Make-up im Internet. Joan sagt, sie verdient ein Vermögen damit.«

Danke, aber das ist mir so ziemlich egal, hätte Elisabeth am liebsten gesagt.

Sollten diese Frauen ab jetzt ihren Freundeskreis bilden?

Stephanie schenkte allen Wein nach, kaum dass die Gläser halbleer waren. Nach dem zweiten Mal legte Elisabeth rasch die Hand auf ihres. Alle anderen hatten schon gut einen sitzen, außer Gwen, die immer nur Wasser trank, soweit Elisabeth das erkennen konnte. Irgendwann räumte Stephanie die unberührten Vorspeisen ab und ersetzte sie durch Nachspeisen: Erdbeeren mit Schokoguss, Kekse, Muffins und Brownies, die ebenfalls keine Abnehmerinnen fanden.

»Wie ist es denn so im neuen Heim, Elisabeth?«, fragte Melody irgendwann.

Dazu fiel Elisabeth so schnell nichts ein. Den ganzen Abend hatten die anderen so wenig zu ihr gesagt, dass sie in den Standby-Modus geschaltet hatte und sich jetzt erst wieder hochfahren musste.

»Ähm … gut«, sagte sie schließlich.

»Schon alles ausgepackt?«

»Ja, endlich.«

In Wahrheit hatte sie direkt nach dem Einzug alles einsortiert, aber sie wollte die anderen nicht verprellen. Im Auspacken war Elisabeth einsame Spitze, genau wie bei allen Dingen mit einem klaren Ziel, das man ohne viel Überlegung erreichen konnte.

»Kein Wasser im Keller?«, fragte Melody.

»Nein.«

»Es hat ja auch nicht viel geregnet, seit sie eingezogen sind«, bemerkte Pam. »Warte mal ab, bis der erste Schnee fällt. Das ist der echte Härtetest.«

»Das ist sicher eine große Veränderung«, sagte Melody. »Wo genau hast du in gewohnt in der Stadt?«

»Brooklyn. Carroll Gardens.«

»Eigentum oder zur Miete?«

»Eigentum.«

»Das ist eine teure Gegend, oder?«

»Ja, aber wir haben das Apartment damals zu einem guten Preis bekommen«, sagte Elisabeth, darum bemüht, nicht ungeduldig zu klingen.

Dieses Gespräch entwickelte sich langsam zum Verhör.

»Du hattest ein Apartment in Brooklyn, bevor das Viertel so richtig angesagt war?«, fragte Melody. Sie warf den Kopf in den Nacken. »Warum gehöre ich nicht zu den Menschen, die in Sachen Immobilien so geniale Entscheidungen treffen?«

Das erfüllte Elisabeth mit Stolz, aber sie sagte: »Wir hatten einfach Glück, dass wir zur richtigen Zeit gekauft haben.«

»Vielleicht färbt dein Glück ja bald auf uns ab und die Häuser an der Laurel Street steigen so richtig im Wert«, sagte Melody. »Wir waren so froh, dass du das Haus gekauft hast. Lange Zeit habe ich gedacht, das wird nie was.«

»Wieso?«, fragte Elisabeth. »Spukt es darin?«

Das war als Witz gemeint, aber alle schauten betreten in ihren Schoß.

»Mrs. Dillons Mutter ist dort gestorben, auf entsetzliche Weise, aber nein, ich bezweifle, dass es darin spukt«, sagte Melody. »Die Vorbesitzer waren einfach faul. Sie haben das Haus verkommen lassen. Ich weiß noch, dass ich bei der Besichtigung gleich im Eingangsbereich einen Riesenriss an der Wand entdeckt habe. Das habe ich Maureen, der Maklerin, auch gesagt. Wir sind alte Freundinnen. ›Maureen‹, sag ich, ›das liegt an der Bausubstanz.‹ Aber sie meinte, nein, das sei nur ein Riss in der Wandfarbe. ›Ich mach das seit fünfzehn Jahren‹, sag ich, ›ich weiß, was ich hier vor mir habe.‹ Und Maureen sieht mich an und flüstert: ›Naive Städter wollen *Charme*. Das ist meine einzige Hoffnung.‹«

»Melody!«, rief Stephanie.

»Was? Ich mach doch nur Spaß. So ein wunderbares Haus. Der Stolz des ganzen Viertels. Du hattest doch sicher einen Gutachter.«

»Wo bist du aufgewachsen, Elisabeth?«, fragte Stephanie.

»Kalifornien. Sacramento.«

»Wohnen deine Eltern noch dort?«

Sie hatte keine Lust, ihnen die ganze Geschichte auf die Nase zu binden, deshalb sagte sie einfach ja.

»Das ist sicher schwierig, so weit weg zu sein von seiner Mutter, wenn man gerade ein Kind bekommen hat«, sagte Stephanie.

Darüber wollte sie noch weniger sprechen.

»Wo wir gerade beim Thema sind«, sagte Elisabeth, »ich hoffe, dass ist jetzt nicht zu viel Information, aber ich müsste mal heim und stillen. Ich fühle mich ein bisschen … prall.«

»Ja, das haben wir alle schon durchgemacht«, sagte Stephanie. »Ist das nicht das Schlimmste an der Sache? Aber geh nicht. Irgendwo steht noch meine alte Pumpe rum. Ich leih sie dir.«

»Nicht nötig. Ich hab meine dabei.«

Sie bereute die Worte, kaum dass sie sie ausgesprochen hatte.

Mit einer gemurmelten Entschuldigung machte sie sich auf ins Bad.

Auf dem Weg dorthin musste sie durch die Küche. Das Wort ESSEN hing in riesigen, roten Metallbuchstaben an der Wand. Vielleicht musste sich Stephanie täglich daran erinnern, wofür dieses Zimmer gedacht war.

Elisabeth kniff sich ins Handgelenk. *Banane.* Sie klang wie eine echte Zicke, sogar in ihren eigenen Ohren.

Ach, aber diese Frauen waren grässlich.

Im Bad stellte sie ihre gelbe Pumpe auf die Ablage, stöpselte sie ein, schob die beiden Brusthauben durch die Schlitze in ihrem BH und schaltete das Gerät ein.

Sie lehnte sich ans Waschbecken, während die Pumpe schmatzend ihre Milch absaugte.

An Nomi schrieb sie: *Bin in der Hölle.*

Vergeblich wartete sie auf eine Antwort. Obwohl sie davon ausging, dass Nomi ihre Kinder ins Bett brachte, malte Elisabeth sich aus, wie ihre Freundin mit ihren umwerfenden neuen Freundinnen beim Abendessen saß.

Wenigstens hatte sie hier zwanzig Minuten ihre Ruhe.

Sie wünschte, sie hätte die Unterhaltung aufgezeichnet oder Papier und Stift dabei, um sich Notizen zu machen. Vielleicht sprang ja ein Buch dabei raus. *Freundschaften schließen für Frauen über dreißig – was Sie vermeiden sollten* oder *Der heimliche Rausch der Vorstadtmütter.*

Um sich von ihnen zu distanzieren, nahm Elisabeth die Rolle der Beobachterin ein, denn dann konnte es ihr egal sein, ob sie zu ihnen passte oder nicht. So hatte sie es ihr ganzes Leben lang gemacht. Andrew meinte, sie sei so, weil sie Bücher schreibe, aber damit hatte er das Pferd von hinten aufgezäumt, denn sie schrieb Bücher, weil sie so war.

Als sie zurückkehrte, schrien alle durcheinander.

»Die Weinbar?«

»Da sind wir dauernd. Walk on the wild side, Ladys!«

»Margaritas im La Paloma?«

»Die machen um zehn zu.«

»Lanchard's.«

»Wäh, der Laden ist widerlich. Da bleibt man am Boden kleben, so schmuddelig ist es da.«

»Ist doch lustig!«, rief Stephanie. »Außerdem tummeln sich da nach Feierabend die Bauarbeiter. Ich hab nichts gegen ein bisschen was fürs Auge.«

Gwen schlüpfte mit überraschendem Eifer in ihren Trenchcoat. Elisabeth hätte nicht erwartet, dass sie auf Schmuddelbars und Bauarbeiter stand.

»Ich muss los«, sagte Gwen. »Morgen geht's nach Hongkong, und ich hab noch wahnsinnig viel zu erledigen.«

»Hongkong?«, fragte Elisabeth.

»Geschäftlich. Aber mein Mann fliegt mit.«

»Was machst du denn beruflich?«

»Ich bin Dozentin für Ostasien-Studien am College, aber dieses Jahr hab ich mir ein Sabbatical genommen. Außerdem arbeite ich als Fotografin, deswegen fliege ich morgen.«

»Wie lange bist du weg?«

»Drei Monate.«

Elisabeth war tief enttäuscht. Vielleicht sollte sie Gwen zumindest auf dem Heimweg begleiten. Rausfinden, ob sie sich anfreunden könnten.

Vor ihrem Umzug hatte sie sich eingebildet, dass die Frauen in ihrer neuen Nachbarschaft durchwegs Akademikerinnen sein würden. Elisabeth hatte sich in das Haus verliebt und sich über den Rest keine Gedanken gemacht. So vieles hing einfach vom Zufall ab. Zufällig waren ihre jetzigen Nachbarn soziale Aufsteiger und stammten alle aus dieser Stadt, außer Karen, die aus Minnesota kam und einen Professor geheiratet hatte, aber sich so nahtlos einfügte, als wäre sie hier geboren. Wären sie nur vier Straßen weitergezogen, hätte sie direkt neben Gwen gewohnt, nur zwei Häuser von Gwens Freundin entfernt, die Seminare für Sachbuchautoren gab. Als sie sich vorstellte, wie es wäre, über die Main Street zu schlendern, auf dem Weg zum Mittagessen mit ihren neuen Nachbarinnen, wurde sie richtig traurig darüber, dass es nicht so war.

»Ich muss auch los«, sagte sie. »Andrew ablösen. Der schickt mir schon ständig Nachrichten«.

Eine Lüge, aber die Laurels nickten verständnisvoll.

»Das kann gar nicht schaden, wenn er mal alleine mit dem Baby ist, so lernt er, damit klarzukommen.«

»Sie hat recht«, sagte Debbie. »Das hab ich versäumt, und Craig ruft mich bis heute alle zehn Minuten an, wenn er mit unseren allein ist. ›Deb, wo haben wir Pflaster?‹, ›Deb, wo sind die kleinen Löffel?‹.«

Stephanie seufzte. »Wie meine Mutter immer sagte: Auf der Welt gibt's nur zwei Arten von Menschen: Frauen und Kinder.«

Elisabeth versprach ihnen, dieses Problem, das sie gar nicht hatte, umgehend zu beheben.

Danach zogen alle ihre Mäntel an und versammelten sich auf dem Rasen vor dem Haus. Gwen war es gelungen, unbemerkt zu verschwinden. Elisabeth empfand übertriebenen Neid.

Draußen war es warm, eine milde Nacht, vermutlich die letzte bis zum Frühling.

Sie schlenderten auf den Gehweg.

Vor ihrem Haus sagte Elisabeth: »Danke für alles, ich hatte richtig Spaß.«

Die Außenbeleuchtung ging an. Andrew erschien an der Tür.

»Lass deine Frau doch mit uns ausgehen«, rief Stephanie, als wäre Elisabeth die reinste Spaßbombe, obwohl sie den ganzen

Abend kaum mit ihr geredet hatten. »Kannst du nicht wenigstens heute mal auf sie verzichten?«

»Geh ruhig!«, rief Andrew übermäßig enthusiastisch. Der Kleine schlief. Fayes Auto stand nicht in der Auffahrt. Er genoss es wahrscheinlich, den Abend für sich zu haben, schaute sich Sport oder Pornos oder Videos von in Planschbecken springenden Golden Retrievern an.

»Sicher?«, fragte Elisabeth. Sie warf ihm einen Blick zu, der ihm hoffentlich klarmachte, dass er die Wahl hatte: Er konnte eine Heldentat vollbringen oder nicht. In letzterem Fall würde sie ihm nach ihrer Rückkehr den Hals umdrehen.

»Viel Spaß!«, sagte er.

An der Ecke sagte Stephanie: »Übrigens, Leute, ich kann nicht lange bleiben. Morgen geht's nach Hongkong.«

Die anderen gackerten.

»O ja, Gwen, gut, dass du uns erinnerst, wie wichtig du bist«, sagte Debbie. »Du warst in Yale. Big Deal, Gwen, ich auch.«

Debbie war in Yale?

»Sie ist die typische kinderlose Egoistin«, sagte Pam.

»Pam!«, rief Karen.

»Es ist einfach unnatürlich, wenn Frauen keine Kinder wollen, das wissen wir doch alle.«

»Hey, Leute! Was soll denn unsere neue Freundin von uns denken?«, sagte Karen mit Blick auf Elisabeth. »Ehrlich gesagt wirkt Gwen manchmal ein bisschen angeberisch. Ihr Mann arbeitet mit meinem am College. Anderer Lehrstuhl, aber sie sitzen beide im selben Komitee, und wir treffen uns immer bei diesen langweiligen Fakultätsveranstaltungen. Deshalb müssen wir sie zum Buchclub einladen. Ihr Mann ist … ziemlich gewöhnungsbedürftig.«

»Der baggert jede an, die bei drei nicht auf dem Baum ist«, sagte Debbie.

Die Highschoolzeit ging irgendwie nie vorüber. Nur die

Bühne änderte sich und die Besetzung. Erst auf dem College hatte sich Elisabeth davon erholt, damals, als sie ihre Freundin kennenlernte, der Mensch, der sie am besten verstand.

Sie vermisste Nomi mehr denn je.

Der Weg in die Innenstadt führte über den Campus. An der Bushaltestelle bemerkte Elisabeth eine kleine Gruppe Studentinnen, die so gut wie keine Kleidung trugen. Sie fragte sich, wohin sie in diesem Aufzug unterwegs waren, mitten in der Woche. Sie waren viel zu dick geschminkt und ihre Absätze waren so hoch, dass sie kaum gehen konnten. Die jungen Frauen sahen aus wie erwachsene Kleinkinder, die noch nicht sicher auf ihren Beinen standen. Manchmal war sie froh, nicht mehr jung zu sein.

Pam hakte sich mit aufgesetzter Vertraulichkeit bei ihr unter.

»Erzähl mal von deinem Mann. Er ist … Erfinder, oder? Hat jedenfalls jemand erzählt. Stimmt das?«

»Ja«, sagte Elisabeth. »Bis vor Kurzem hat er als Berater gearbeitet, aber seit Jahren hatte er diese Idee im Kopf, und jetzt hat er beschlossen, sie umzusetzen.«

Sie bemühte sich um einen enthusiastischen Ton.

»Was für eine Idee?«, fragte Karen.

»Ein solarbetriebener Grill.«

Sie hatte erwartet, dass Karen Genaueres wissen wollte, wie die meisten, mit denen sie darüber gesprochen hatte.

Aber Melody rief: »Er war im Fernsehen! Bei dieser Erfindershow!«

»Nein«, sagte Elisabeth.

»Doch! Ich erinnere mich an den Solargrill. Der hatte einen cleveren Namen. Fun Sun? Bun Sun?«

»Das war er nicht.«

Melody runzelte die Stirn. »Ach«, sagte sie.

Am Stadtrand angekommen, stolperte Stephanie beim

Überqueren der Straße und stieß mit einem etwa zwanzigjährigen Pizzaboten zusammen. Als sie an seinem Arm Halt suchte, rief sie: »Debbie, fass mal seine Muskeln an. Der hat einen Bizeps aus Marmor!«

Seiner Miene nach zu urteilen war der Junge genauso entsetzt wie Elisabeth.

Im Lanchard's setzen sie sich an die Bar, wo die Laurels sich so dermaßen laut und generell völlig daneben aufführten, dass die anderen Gäste sie böse anschauten und Elisabeth am liebsten »Ich gehöre nicht dazu!« gerufen hätte.

Als sie sich umsah, entdeckte sie Sam an einem Tisch in der Ecke, inmitten einer größeren Gruppe anderer Mädchen.

Elisabeths Freude, sie zu sehen, war vielleicht etwas übertrieben, denn so gut kannten sie sich ja nun auch wieder nicht. Sam hütete Gil erst etwas über einen Monat. Trotzdem mochte Elisabeth sie sehr.

In diesem Augenblick war Sam ihr Rettungsanker.

An Sams erstem Tag hatte Elisabeth absichtlich um zehn einen Termin bei ihrer Therapeutin vereinbart, damit sie gezwungen war, das Haus zu verlassen. Doch es fühlte sich noch zu früh an, nach der Therapiestunde in das kleine Büro zu gehen, das sie zum Schreiben gemietet hatte. Stattdessen besuchte sie das Kunstmuseum auf dem Campus. Vor einem Bild, dessen Motiv aussah wie eine blutbespritzte Meerjungfrau, bekam sie auf einmal Panik. Was hatte sie sich dabei gedacht, ihr kostbares Kind bei einer Fremden zu lassen, die selbst eigentlich noch ein Kind war?

Als sie eine faltige Frau mit weißem Haar am Ellbogen berührte und »Wie alt ist ihr Baby?« flüsterte, machte sie fast einen Satz.

Konnte die Frau Gedanken lesen? Hatte Elisabeth Halluzinationen?

»Ich erkenne es daran, wie sie sich wiegen«, sagte die Frau.

Erst jetzt fiel Elisabeth auf, dass sie ihre Hüfte bewegte, hin und her.

»Alle frischgebackenen Mütter machen das, sogar wenn sie das Baby nicht bei sich haben. Wie wenn man von Bord geht, aber immer noch den Seegang spürt.«

Was sie sagte, klang völlig urteilsfrei, aber Elisabeth war sicher, dass sie sich fragte, was eine Mutter mit einem kleinen Kind am Montag in einem drittklassigen Museum zu suchen hatte.

»Einen schönen Tag noch«, sagte sie und machte sich umgehend auf den Heimweg.

Je näher sie kam, desto schneller wurden ihre Schritte. Ihre Brüste schmerzten. Sam erwartete sie noch nicht zurück. Vielleicht hatte sie Gil einfach in die Wiege verfrachtet und sich zum Lernen in ein anderes Zimmer zurückgezogen, mit Kopfhörern auf den Ohren, damit sie das Geschrei nicht hörte. Oder sie setzte sich im Keller einen Schuss. Elisabeth spürte den starken Drang, ihr Kind zu beschützen, es war ein Urinstinkt, der sie so im Griff hatte, dass sie sich mit den Händen an Sams Gurgel sah, bevor sie noch das Wohnzimmer betreten hatte.

Die beiden lagen auf einer Decke am Boden. Gil lag auf dem Rücken, starrte Sam an und krähte, während sie liebevoll mit ihm sprach.

Als Sam Elisabeth bemerkte, sagte sie: »Hallihallo!«

»Hab meinen Laptop vergessen«, sagte Elisabeth. »Ich bin so schusselig.«

Seit diesem Tag war sie mit ihrem Buch nicht weitergekommen. Sie verließ das Haus, kurz nachdem Sam kam, und ging in die Stadt. Manchmal machte sie Erledigungen. Manchmal las sie im Café. Manchmal ging sie in ihr Büro, um sich ein paar Ideen zu notieren, doch es konnte passieren, dass sie stattdessen auf dem Boden einschlief.

Doch seither machte sich Elisabeth auch nie wieder Sorgen um Gil, wenn er in Sams Obhut war. Und dafür war sie dankbar.

Jetzt, in der Bar, sehnte sich Elisabeth nach Sams Gesellschaft. Sie brauchte eine vertraute Person an ihrer Seite, eine, die sie wirklich mochte. Ihr kam der Gedanke, dass die Frau, die am folgenden Tag ihren Sohn hüten sollte, mitten in der Woche noch spät in einer Bar saß. Aber Elisabeth konnte sie schlecht dafür verurteilen, wo sie doch selbst hier war.

»Hi!«, sagte Elisabeth, als sie an Sams Tisch kam.

Eine hübsche Brünette neben Sam lächelte sie an.

»Hi! Ich bin Isabella!«, sagte sie, und nach einer kurzen Pause: »die Mitbewohnerin.«

»Ach ja, klar«, sagte Elisabeth, obwohl sie sicher war, dass Sam ihr den Namen nie verraten hatte.

»Seid ihr schon lange hier?«

»Lange genug«, sagte Sam.

»Vor einer Stunde war Sam schon im Schlafanzug und hat eine Skizze von ihrer Großmutter gezeichnet. Wir mussten sie praktisch zwingen mitzukommen«, sagte Isabella.

»Das mach ich fürs Seminar«, verteidigte sich Sam. »Für die Ausstellung der Abschlussklasse. Ich hab nicht nur so rumgesessen und meine Oma gemalt.«

»Ihr Verlobter ist am Montag abgereist, und sie leidet immer noch«, sagte Isabella.

Verlobter. So hat Sam ihn nie genannt.

»Aha«, sagte Elisabeth. »Wie war es mit ihm?«

»Super«, sagte Sam mit trauriger Miene. »Aber zu kurz.«

»Darf ich Sie was fragen? Halten Sie mich nicht für unhöflich, aber … na ja, wir sind nur hier, weil unsere Freundin Shannon ein Genie ist, zwei Klassen übersprungen hat und erst neunzehn ist. Aber ich verstehe nicht, warum jemand über einundzwanzig freiwillig hierherkommt«, sagte Isabella.

Sam sah aus, als wäre sie am liebsten im Erdboden versunken. Elisabeth lachte.

»Ich habe keine Ahnung«, sagte sie.

Da erhob sich Sam und wandte Isabella und den anderen den Rücken zu, um Elisabeth ihre volle Aufmerksamkeit zu widmen.

»Ich muss mich für meine Mitbewohnerin entschuldigen«, sagte sie, »sie ist ein bisschen betrunken.«

Sam beäugte die Laurels, die schallend lachten und sich an der Bar Weißwein reinstellten.

»Ich hab hier noch nie jemanden was anderes trinken sehen als Bier«, sagte Sam. »Wusste gar nicht, dass die auch Weißwein haben.«

»Es soll auch Frauen geben, die nicht ohne Chardonnay in der Handtasche aus dem Haus gehen«, sagte Elisabeth. »Das sind … meine Bekannten. Mein Buchclub? Die Nachbarinnen. Ich wurde praktisch gezwungen mitzukommen.«

»Ich auch«, sagte Sam.

»Eigentlich wollte ich gerade gehen«, sagte Elisabeth. »Ich kann kaum noch die Augen offenhalten.«

»Okay«, sagte Sam. »Schön, dass wir uns getroffen haben.«

Elisabeth hielt kurz inne. »Willst du mich begleiten? Es ist schön draußen.«

»Klar«, sagte Sam, »total gern.«

»Aber nicht, dass ich dich von deinen Freundinnen wegzerre. Wenn du noch nicht so weit bist …«

»Doch, ich bin so weit.«

Elisabeth verabschiedete sich hastig von den Laurels.

»Das ist mein Babysitter«, flüsterte sie. »Sie ist sturzbetrunken. Ich glaube, ich bringe sie besser heim.«

»Ach, wie nett. Komm zurück, wenn du sie abgeliefert hast, ja?«

»Klar, mache ich«, log Elisabeth.

Draußen auf dem Gehweg fühlte sie sich das erste Mal an diesem Abend wohl in ihrer Haut.

»Ich muss dir was gestehen«, sagte sie zu Sam. »Ich habe dich gerade als Vorwand benutzt, damit ich gehen konnte. Du hast was gut bei mir.«

Sam lächelte.

»Und Andrew ist mit dem Baby zu Hause?«, fragte sie.

»Ja. Das erste Mal allein«, sagte Elisabeth. »Obwohl, so allein war er gar nicht. Meine Schwiegermutter ist gekommen.«

»Toll, wenn man Familie in der Nähe hat.«

»Ja«, sagte Elisabeth. »Aber ehrlich gesagt ist sie keine große Hilfe. In Wahrheit sind wir hergezogen, um ihnen zu helfen, obwohl wir so tun sollen, als wäre es umgekehrt. Das Unternehmen meines Schwiegervaters ist vor ein paar Jahren pleitegegangen und seitdem ist der nicht mehr der Alte. Er ist wirklich lieb, aber irgendwas stimmt nicht mit ihm. Es ist nicht nur, dass die beiden jetzt ziemlich mittellos dastehen. Er hat einen Groll gegen die ganze Welt und verlangt von uns, dass wir unser Leben umkrempeln und gegen das System rebellieren.«

»Ach«, sagte Sam. Sie blickte verwirrt drein.

Obwohl sie sich im letzten Monat oft und angeregt unterhalten hatten, war es dabei nie um sie oder ihre Familien gegangen, sondern um Sams Seminare, die Nachrichten, Promis und Gil. Unverfängliche Themen.

Jetzt war nicht der richtige Zeitpunkt, um ihr von George und dem Hohlen Baum zu erzählen oder davon, dass Faye heimlich bei Costco einkaufte, um sich Georges Litanei zu ersparen, oder dass George Dutzende bitterböse Briefe geschrieben hatte, weil er aus den Nachrichten erfahren hatte, dass einem Hundehalter drei Bernhardiner an Salmonellenvergiftung aus dem Hundefutter gestorben waren.

»Millionen Dosen haben sie zurückgerufen!«, rief George wütend. »Stell dir vor, das wäre Duke gewesen! Der zehnte

Rückruf innerhalb von sechs Monaten, und niemand tut was dagegen. Die gierigen Großkonzerne kommen mal wieder damit durch.«

Gierige Großkonzerne waren an allem schuld, was ihn ärgerte. Er schickte Elisabeth eine lange E-Mail zu dem Thema mit einem Link zu einer Geschichte über Bauunternehmer, die in der Gegend Ackerland aufkauften und darauf billige Häuser bauten, die niemand wollte.

Elisabeth fühlte sich immer mitschuldig, wenn George über die gierigen Großkonzerne schimpfte, denn Andrew hatte fast zwanzig Jahre lang für sie gearbeitet. Und obwohl sie selten das Bedürfnis hatte, sich schützend vor ihren Vater zu stellen, tat sie es instinktiv, denn sonst müsste sie sich auch noch eingestehen, dass er als Immobilienhai genau zu dem Personenkreis gehörte, den George für den Zusammenbruch Amerikas verantwortlich machte.

Nein, sie würde Sam nichts davon erzählen.

Elisabeth suchte krampfhaft nach anderen Dingen, die sie über ihre Schwiegereltern sagen könnte.

»Faye, meine Schwiegermutter, wollte, dass wir Gilbert nach ihrem Vater nennen: Norman. Nach der Geburt hat sie ihn noch einen ganzen Monat Normy genannt. Als ich Andrew gebeten hab, ihr zu sagen, sie solle das lassen, hat sie nur gemeint: ›Wieso? Ist doch nur ein Spitzname.‹ So was. Damit haben wir's zu tun.«

»Clives Schwägerin wollte ihre Tochter Trinket nennen«, sagte Sam.

Elisabeth zog die Nase kraus. »Nein! Hat sie es getan?«

»Am Ende haben sie sich auf Sophie geeinigt.«

Elisabeth kam auf das zurück, was ihre Mitbewohnerin in der Bar gesagt hatte.

»Warte mal. Clive und du, ihr seid verlobt?«

»Ja, theoretisch«, sagte Sam. »Ich meine, ja. Aber nicht ganz.«

»Klingt kompliziert.«

»Ich habe seinen Heiratsantrag angenommen, aber manchmal kriege ich Zweifel. Nicht an Clive, aber …« Der Satz blieb in der Luft hängen. »O Mann!«, sagte sie dann. »Das hört sich schrecklich an. Aber das gehört irgendwie auch dazu, oder? Jeder kriegt mal kalte Füße.«

Elisabeth nickte. Ohne weitere Einzelheiten war ihr schon jetzt klar, dass Sam diesen Mann nicht heiraten würde. Aber sie würde lange mit dieser Entscheidung ringen, als wäre es nötig, sich eine unbestimmte Zeit lang damit herumzuschlagen. Die Frage war, wie lange Sam brauchen würde, bis sie die Antwort fand.

»Entschuldigung«, sagte Sam, »ich wollte Sie damit nicht langweilen.«

»Ist überhaupt nicht langweilig«, sagte Elisabeth. »Wie ist er denn so? Macht er dich glücklich?«

»Ja. Wenn wir zusammen sind, bin ich glücklicher als je zuvor. Er ist der tollste Mann, den ich kenne.«

Aha, *Mann*. Das ließ tief blicken.

»Wie alt ist Clive?«, fragte Elisabeth.

»Dreiunddreißig.«

»Und du bist was? Einundzwanzig?«

»Ich weiß, das klingt nach einem großen Altersunterschied. Aber unsere Beziehung hat nichts mit dem gängigen Klischee zu tun. Ich habe ihn angebaggert, das passt also schon mal nicht. Außerdem habe ich am Anfang gedacht, er wäre viel jünger, und er hielt mich für älter. Es war nicht so, dass einer von uns es darauf abgesehen hatte …«

Elisabeth hob die Hände. »Du musst dich nicht rechtfertigen. Ich bin auch schon mit älteren Typen ausgegangen. Setz dich bloß nicht unter Druck. Du wirst schon merken, wenn es passt.«

»Danke«, sagte Sam. Sie sah dankbar aus, obwohl Elisabeth nichts Tiefsinniges von sich gegeben hatte. Es war angenehm, sich zur Abwechslung mal mit den Problemen anderer zu beschäftigen. Vor allem, wenn sie noch so jung waren, dass man ihnen mit Binsenweisheiten imponieren konnte.

»Was macht er denn beruflich?«, fragte Elisabeth.

»Er macht Stadtführungen«, sagte Sam. »Also eigentlich ist er der Geschäftsführer des Unternehmens. Er entwickelt gerade eine App.«

»Klingt spannend!«

»Ich liebe ihn wirklich«, sagte Sam, klang aber nicht besonders überzeugt. »Mit etwas mehr Beständigkeit wird sicher alles besser. Wie bei Ihnen.«

Elisabeth empfand Neid, aber auch Mitleid mit Sam, weil sie die Ehe in ihrer Naivität offenbar als Abschluss, als eine Art Leistungsnachweis betrachtete und nicht als Beginn eines Unterfangens, das so viel schwieriger und komplizierter war als alles davor.

»Ich lüfte jetzt mal das große Geheimnis des Erwachsenseins: Beständigkeit wird es nie geben«, sagte Elisabeth. »Alles bleibt in Bewegung, aber anders. Mit zwanzig geht es darum, deine Ziele zu erreichen, eine Karriere, einen Mann. Mit dreißig musst du rauskriegen, was du damit anfängst.«

Vor zehn Jahren hatten alle Frauen in ihrem Umfeld davon geträumt, jemanden kennenzulernen und zu heiraten. Jetzt gab es unter Elisabeths Freundinnen keine, die nicht über die Scheidung nachdachte. Eine sprach davon, aus der Stadt wegzuziehen, allein zu leben, sich einen Schoßhund anzuschaffen. Die andere wollte, dass ihr nächster Mann besser aussah, mehr verdiente und nie im Bett furzte. Sie waren sich einig, dass das gemeinsame Sorgerecht für die Kinder nicht leicht zu stemmen wäre, ihnen aber auch mehr Freizeit einbringen würde. Diese Träumereien halfen ihnen, ihre gegenwärtigen Beziehungen zu ertragen, ähnlich wie der Traum von einer Beziehung, der ihnen die partnerlose Zeit erträglich gemacht hatte.

Ein Mädchen, das aussah wie sechzehn, aber sicher älter war, hastete in Tränen aufgelöst an ihnen vorbei, gefolgt von einem anderen Mädchen, das ihr hinterherrief: »Lily! Bitte! Er ist ein Arschloch. Sogar sein Tattoo hat einen Rechtschreibfehler.«

Elisabeth und Sam tauschten Blicke und prusteten los.

»Ich passe nicht hierher«, sagte Sam.

»Kommt mir bekannt vor«, rutschte es Elisabeth heraus.

»Das war mal anders«, sagte Sam, »aber letzten Sommer hab ich mit Clive zusammengewohnt und in London gearbeitet. Ich weiß, es ist ein Klischee, dass so ein Auslandsaufenthalt einen komplett verändert, aber … genau so war's. Hier ist alles so kindisch. Ich bin zu erwachsen dafür. Und Sie? Warum passen Sie nicht hierher?«

Elisabeth schüttelte den Kopf. »Ich muss mich wahrscheinlich einfach dran gewöhnen. Dort, wo wir früher gewohnt haben, hatte ich Freundinnen. Jedes Wochenende hatten wir was Tolles vor. Jetzt freue ich mich nur darauf, dass am Sonntag eine neue Folge von *The Dividers* läuft.«

»Die Serie find ich super!«, sagte Sam. »Im Wohnheim haben wir kein Kabel, aber meine Mom nimmt sie mir auf, und wenn ich zu Hause bin, schau ich alle Folgen in einem Rutsch hintereinander. Meine beste Freundin Maddie, die kenne ich schon seit der Highschool, hat mich drauf gebracht. Sie ist jetzt in Manhattan und studiert Medizin.«

»Willst du nach dem Studium auch in die Stadt ziehen?«, fragte Elisabeth.

»Früher wollte ich das mal, ja. Maddie und ich haben ständig davon geredet. Aber ich weiß nicht. Es ist schon cool, wird mir aber auch schnell zu viel.«

»Daran gewöhnst du dich. Für junge, kreative Menschen gibt es nichts Besseres.«

Sam nickte. »Aber es ist so teuer. Wahrscheinlich müsste ich in einem Pappkarton wohnen.«

»So geht es allen am Anfang«, sagte Elisabeth. »Glaub mir,

wenn ich das hinkriege, schaffst du das auch. Du bist zehnmal klüger, als ich es in deinem Alter war.« Sie schwieg kurz. »Ich hasse es, über Geld nachzugrübeln«, sagte sie schließlich. »Geht es dir auch so? Am liebsten würde ich das ganze Thema ignorieren.«

»Wie haben Sie's denn hingekriegt?«, fragte Sam.

»Zuerst habe ich mit vier Leuten zusammengewohnt«, sagte Elisabeth. »In einem Zweizimmerapartment gegenüber von der Feuerwehr. Unsere Möbel stammten vom Sperrmüll. Damals waren Bettwanzen kein Thema. Es war so super.«

»Meine Mom meint auch, ich sollte in die Stadt ziehen, mit Maddie zusammenwohnen und in einem Museum arbeiten. Sie hat keine Ahnung, wie hoch die Konkurrenz ist bei solchen Jobs. Sie denkt allen Ernstes, ich bräuchte nur zu fragen und sie würden mich vom Fleck weg engagieren.«

»Vielleicht kann ich dir helfen«, sagte Elisabeth. »Ich kenne ein paar Leute aus der Kunstszene.«

»Danke! Das ist echt nett. Aber ... Ich weiß, das klingt jetzt blöd, aber ich muss auch an Clive denken.«

Elisabeth nickte. »Klar. Also willst du nach London ziehen?«

»Das hätte er zumindest gern.«

»Und du? Gefällt dir die Vorstellung?«

»Zum Teil schon.«

»Was würdest du da drüben anstellen?«

»Mein absoluter Traumjob, den ich sicher nie bekomme, wäre eine Stelle in der Galerie von Matilda Grey.«

»Wieso solltest du die nicht bekommen?«

»Weil ich mich beworben und eine Absage bekommen habe.«

Elisabeth lächelte. »Wie kann das sein? Wieso wollten die dich nicht?«

»Ich bin keine britische Staatsbürgerin und habe keine Qualifikationen. Sie waren sehr nett. Die Frau dort meinte, wenn das nicht wäre, hätten sie mich sofort genommen. Aber wenn ich in London arbeiten will, kann es nur ein Nebenjob sein, als Nanny oder so. Es sei denn, Clive und ich heiraten.« Bei diesem letzten Satz wirkte sie fast verschämt. »Aber ich verstehe, was Sie über New York sagen. Ist bestimmt toll.«

Elisabeth seufzte. »Vielleicht habe ich ein zu romantisches Bild davon. Ich vermisse die Stadt. Hätte nicht gedacht, dass es so kommen würde.«

Sie war in Sams Alter gewesen, kurz vor dem Collegeabschluss, als sie zum ersten Mal allein in Manhattan war, ohne dass ihre Eltern sie in die Tavern on the Green oder die Radio City Music Hall schleppten. Ein Mädchen aus ihrem Wohnheim, Siobhan Irgendwas, hatte Elisabeth spontan eingeladen. Siobhans Kunstkurs machte einen Ausflug in die Stadt, drei Stunden mit dem Bus und wieder zurück. Es gab genügend freie Plätze. Elisabeth kam mit. Sie und Siobhan entfernten sich von der Gruppe und verbrachten den Nachmittag in der Upper East Side. Schließlich fanden sie ein Café an der Third Avenue, das mit verblichenen Sofas und antiken Sesseln vollgestopft war. Dort lasen die Leute Zeitung und unterhielten sich quer über die Tische hinweg. Die beiden verfolgten das Schauspiel mit großer Faszination.

»Stell dir vor, das wäre dein Leben«, sagte Siobhan.

Ein Jahr später wohnte Elisabeth in einem Apartment in der achtundsechzigsten Straße. Bei ihrem ersten Spaziergang durch ihr neues Viertel stellte sie fest, dass sie praktisch um die Ecke von genau diesem Café wohnte. Da war ihr die Stadt auf einmal intimer und irgendwie vertrauter vorgekommen.

Seit Jahren hatte sie nicht mehr an Siobhan gedacht. Auf dem Lebensweg traf man Menschen, die stets bei einem blieben und so lebenswichtig wurden wie Wasser oder Luft. Andere waren nur Lebensabschnittsgefährten. Nur wusste man bei der ersten Begegnung noch nicht, zu welcher Gruppe die Person später gehören würde.

Sie wollte nicht, dass Sam das Leben in der Stadt versäumte. Aber sie wusste auch, dass die Stadt nicht mehr dieselbe war, in der sie als junge Frau gelebt hatte. Zu Beginn ihrer Karriere hatte Elisabeth als Redaktionsassistentin gearbeitet. Damals gingen die Redakteure aus den Chefetagen jeden Tag in teure Restaurants, sie trugen edle Kleidung, und vor dem Verlag warteten den ganzen Tag Chauffeure, bereit, die Redakteure bei Bedarf durch New York zu kutschieren. Davon war nichts mehr geblieben. Ein Artikel, der früher fünftausend Wörter umfasst hätte, war heute auf achthundert begrenzt. Elisabeth bekam dasselbe Honorar wie vor fünfzehn Jahren, als sie noch Berufsanfängerin war. Währenddessen waren die Lebenshaltungskosten in der Stadt regelrecht explodiert.

Als sie mit Gil im vierten Monat schwanger war, besuchte sie eine Lesung von Patti Smith im Brooklyn Bridge Park. Hinter ihr ging die Sonne unter und bot eine atemberaubende Kulisse: dunkle Wellen, gläserne Hochhäuser, der rosarote Himmel, die nächtlich beleuchtete Brücke.

Bei der anschließenden Fragerunde hob ein Junge die Hand und fragte Patti Smith, welchen Rat sie aufstrebenden Künstlern geben könne, die in New York ihr Glück versuchten. »Ziehen Sie nach Detroit«, lautete ihre Antwort.

Vor Sams Wohnheim trennten sich ihre Wege. Elisabeth war erleichtert. Froh, dass sie nicht dort wohnen musste, sondern in ihrem wunderbaren Heim bei ihrer Familie. Zu gut wusste sie noch, wie es war, keinen Plan zu haben. Hier war das Leben besser. Man hatte *Beständigkeit*, wie Sam es ausgedrückt hatte.

Wieder zu Hause betrat sie den Flur, sah nach oben und entdeckte prompt den Riss in der Wand. Melody hatte recht gehabt, er war tatsächlich beachtlich. Er war Elisabeth nie aufgefallen, aber jetzt würde sie ihn ständig sehen und sich fragen, ob er das erste Anzeichen des bevorstehenden Einsturzes war.

Sie schaltete das Licht aus, schlich nach oben ins Schlaf-zimmer. Andrew hatte sich im Dunkeln im Bett aufgesetzt und sah auf sein Handy. Er winkte kurz.

Sie betrachtete Gil, der schlafend in der Wiege lag.

Sein Gesicht war wie ein Kaleidoskop. Drehte man ihn zu einer Seite, sah er aus wie seine Großmutter, drehte man ihn zur anderen, hatte er verdammte Ähnlichkeit mit George. Wenn er lächelte, war er ganz Andrew. Einmal, beim Blick in den Spiegel, hatte Elisabeth gedacht: Diese Frau sieht meinem Sohn ähnlich. Sein Gesicht war ihr offenbar vertrauter als ihr eigenes.

Sie schlüpfte in ihren Schlafanzug und kroch ins Bett.

»Wie war's?«, flüsterte Andrew.

»Lächerlich.«

Ihr Handydisplay leuchtete auf, sie hatte eine neue Nach-richt.

Danke fürs Heimbringen und das nette Gespräch. Bis morgen!

Spontan schrieb Elisabeth zurück: *Magst du am Sonntag her-kommen und mit mir* Dividers *schauen? Und vorher mit uns Abend-essen?*

Gern!, schrieb Sam zurück.

»Nomi?«, fragte Andrew.

»Nein, Sam.«

»Welcher Sam?«

»Sam, unsere Kinderfrau. Wir haben uns zufällig vorhin ge-troffen. Und rausgefunden, dass wir beide auf *The Dividers* ste-hen. Ich habe sie gefragt, ob sie am Wochenende herkommen will, dann können wir es gemeinsam anschauen.«

»Hmmm«, sagte er. »Findest du das nicht komisch?«

»Sie hat kein Kabel.«

Elisabeth dachte kurz nach. »Findest *du* es komisch?«, fragte sie schließlich.

»Weiß nicht.«

Sie schwiegen beide, und in Andrews Augen lag ein Ausdruck, der ihr ziemlich bekannt vorkam.

Seit Gils Geburt hatten sie keinen Sex mehr gehabt. Bei der Untersuchung sechs Wochen nach der Entbindung hatte der Arzt ihr bescheinigt, dass alles in Ordnung sei, aber es schien ihr zu früh. Eine kleine Umfrage unter ihren Freundinnen hatte ihr bestätigt, dass sie alle erst wieder damit angefangen hatten, als ihre Kinder zwischen vier und sechs Monate alt waren. Elisabeth betrachtete das als eine Art Freibrief dafür, gar nicht erst über Sex nachdenken zu müssen, bis Gil nicht mindestens fünf Monate alt war. Aber auch wenn das jetzt der Fall war, hieß das noch lange nicht, dass sie nicht noch ein bisschen warten konnten.

»In diesem Haus ist jemand gestorben«, sagte sie.

Andrews Miene blieb unverändert.

»Findest du das nicht gruselig?«

»Das Haus ist neunzig Jahre alt. Ich gehe mal davon aus, dass in allen Häusern, die so alt sind, Menschen gestorben sind.«

»Aber es ist noch gar nicht lange her. Und es war ein schrecklicher Tod.«

»Was ist passiert?«

»Weiß ich nicht.«

Er grinste sie amüsiert an, dann widmete er sich wieder seinem Handy. Irgendwas mit Sport, wie sie sah.

Aus reiner Gewohnheit nahm sich Elisabeth auch ihr Handy vor.

Das Erste, was sie sah, als sie auf die Seite der BK Mamas klickte, war eine Großaufnahme von einer mit nässenden roten Pusteln übersäten Babywange.

Ekzem oder Hautpilz???, stand darunter. Neunundvierzig Personen hatten geantwortet.

Elisabeth klickte es schnell weg und hoffte, damit das Bild auch aus ihrem Kopf zu verbannen.

Ein paar befreundete Autorinnen hatten Fotos von einer

Buchparty gepostet, die am vergangenen Abend in Brooklyn stattgefunden hatte. Die üblichen Grinsegesichter. Elisabeths Abschied aus diesen Kreisen war nahezu unbemerkt geblieben.

Sie ging auf Instagram, in der Hoffnung, unter den Bildern ihrer Schwester die Worte zu lesen, die ihr größtes Problem lösen würden: *Gesponserter Beitrag.*

Doch das neueste Bild zeigte lediglich Charlotte, die in einem grünen Bikini auf einem Surfbrett lag, den Kopf in die Luft gereckt, feuchte Locken fielen ihr über die unfassbar durchtrainierten Oberarme.

> *»HÄTTE ICH NIE … bis in den Morgen getanzt. Nie den Kuss meiner ersten Liebe gespürt – oder den Stich seines Betrugs. Wäre ich meinen Ängsten nie frei begegnet … dann hätte ich diese ganze Pracht nie erlebt. Diese Glänze. Mein glänzendes Haar ist wie eine Landkarte meines Lebens, es zeigt mir, wo ich war, wohin ich gehe. Keine gerade Linie, sondern eine wunderbare Wirrnis. Pflegeprodukte für glänzendes Haar mit Lichtschutzfaktor 35 – darauf will ich nie mehr verzichten, Leute. Kann ich nur empfehlen. Mit glänzenden Aussichten vom Bathsheba Beach.«*

Elisabeth seufzte.

Glänze. Dieses Wort existierte nicht.

Noch nerviger fand sie, dass ihre Schwester ihre Ergüsse in Anführungszeichen setzte. Sie hatte mal versucht, ihr zu erklären, dass sie damit nur sich selbst zitierte.

»Aber das tue ich doch auch«, hatte Charlotte geantwortet. »Irgendwann veröffentliche ich vielleicht ein Buch mit meinen Zitaten.«

Hatte Charlotte ihr die Wahrheit gesagt? Bekäme ihre Schwester tatsächlich eine halbe Million von diesem Elisabeth völlig unbekannten Diättablettenhersteller, nur dafür, dass sie für seine Produkte warb? Gab es diesen Sponsorenvertrag wirklich? Bis vor einem Monat hatte Charlotte stets behauptet, ihr Anwalt würde noch ein paar vertragliche Kleinigkeiten aushandeln. Aber was, wenn alles gelogen war?

Elisabeth schüttelte den Kopf. Darüber würde sie heute Abend nicht mehr nachgrübeln.

Sie schloss das Browserfenster, nur um gleich ein neues zu öffnen.

Sun Bun gab sie bei Google ein. Dann *Bun Sun* und schließlich *solarbetrieben, Sun Bun*.

Und da war er: der Sun Fun 5000 von Solar Tech.

DIE SONNE BRINGT ES AN DEN TAG! Unser solarbetriebener Kocher heizt sich fünfmal schneller auf als herkömmliche Holzkohlegrills. Bekannt aus TV und Radio!

Elisabeth spürte, wie ihr der Kloß aus der Brust in den Magen wanderte.

Weiter unten entdeckte sie das Foto einer lächelnden jungen Frau.

Dr. Noreen Brigham erfand den Sun Fun während ihres Fulbright-Stipendiums, als sie mit Nomaden am Himalaya an technischen Lösungen für Gegenden mit Energiearmut forschte. Sie erhielt einen Doktortitel von der Harvard-Universität und schaffte es 2011 in die Forbes-Liste der »40 Under 40 Innovators«.

Andrew hatte mal gesagt, dass eine Erfindung nur so gut war wie die Geschichte dahinter. Sie dachte an den Abend, als ihm die Idee gekommen war. Was waren ein paar betrunkene Freunde auf einer Hochzeit im Vergleich zu Nomaden am Himalaya?

Elisabeth betrachtete ihn mit einem Seitenblick. Sie kam sich vor, als müsste sie ihm die Nachricht vom Tod eines geliebten Menschen überbringen.

»Schatz. Wusstest du davon?«

Sie gab ihm ihr Handy.

Andrew sah flüchtig aufs Display.

»Jaja, glaub schon«, sagte er.

»Und das ist kein Problem?«

»Nein. Schau mal da. Da steht es: solarbetriebener Kocher. Meiner ist ein Grill.«

»Sicher. Aber ist das nicht im Endeffekt dasselbe? Ein solarbetriebenes Gerät zum Kochen im Freien.«

»Der hier ist zum Zusammenklappen. Man kann ihn zum Zelten mitnehmen und so. Meiner soll den Familiengrill ersetzen. Er ist viel solider gebaut.«

Also war der Sun Fun dasselbe wie seine Erfindung, aber als tragbare Version. Und während seiner dreimal schneller heiß wurde als herkömmliche Geräte, war dieser hier sogar fünfmal schneller heiß. Außerdem gab es ihn bereits auf dem Markt. Andrews Modell existierte nicht mal als Prototyp.

»Keine Sorge«, sagte Andrew. »Die Entwickler, mit denen ich geredet habe, wissen alles über die Konkurrenz. Die finden das nicht schlimm. Vertrau mir einfach.«

Elisabeth vertraute ihm nicht, nicht bei dieser Sache. Da lag das Problem.

Sie wollte das Handy gerade weglegen, als Nomis Reaktion auf ihre frühere Nachricht eintrudelte.

Buchclub war ein voller Erfolg?

Es war schon Stunden her, seit Elisabeth sich in Stephanies Klo einsam gefühlt und an ihre Freundin geschrieben hatte. Sie wusste, dass sie eigentlich wegen Andrew und den Laurels genervt war, doch ihr Ärger richtete sich auf einmal gegen Nomi, die nicht reagiert hatte. Nomi, die immer noch nicht gesagt hatte, wann sie sie endlich besuchen wollte. Nomi, die sich kein einziges Mal nach ihrem neuen Haus erkundigt hatte.

Der Buchclub war unerträglich. Und wo warst du???

Ähm … hier zu Hause, wie immer. Du bist diejenige, die weg-gezogen ist, schon vergessen?

Kurze Zeit später kam ein Zwinkersmiley – Nomi hatte nur Spaß gemacht. Aber Elisabeth wusste genau, dass sie es auch ein bisschen ernst meinte. Nomi hatte recht. Was hatte Elisabeth erwartet?

Sie holte tief Luft.

Wie war dein Abend?, schrieb sie.

Ich habe Brian vorgeschlagen, eine Vasektomie machen zu lassen, aber er meinte, nein, was, wenn seine zweite Frau Kinder will? Und eigentlich hat er recht. Also alles für die Katz.

Nomi und Brian waren auf coole Weise völlig offen miteinander. Sie war Geschäftsführerin eines nationalen Non-Profit-Unternehmens, spezialisiert auf die Bildung von Mädchen in Entwicklungsländern. Er arbeitete in der Politik. Sie waren tough, konnten sich durchsetzen, nahmen kein Blatt vor den Mund. Manchmal war ihr Ton fast schon brutal, aber das ging in Ordnung, denn beide wussten damit umzugehen.

Wenn Brian sich in den Kopf gesetzt hätte, kurz nach der Geburt ihres ersten Kindes alles hinzuschmeißen und Erfinder zu werden, hätte Nomi gesagt: »Du spinnst wohl! Auf keinen Fall!« Und damit wäre die Sache vom Tisch gewesen.

Elisabeths und Andrews Ehe war völlig anders. Andrew war sensibel. Im Positiven wie im Negativen. Es gab so vieles, das sie ihm nicht sagen konnte. Ihre Familie kannte nur zwei Kommunikationsformen: Maul halten oder Vorschlaghammer. Elisabeth hatte nie gelernt, jemandem offen die Meinung zu sagen, ohne ihr Gegenüber dabei runterzumachen. Das wollte sie Andrew nicht antun. Also verbarg sie manches vor ihm, Dinge, die sie nur Nomi oder Violet anvertraute – oder beiden.

Ich mache mir Sorgen um Sam, tippte sie.

Hab dir doch gesagt. Diese jungen Mädels sind eine Vollkata-strophe. Die haben keinen Respekt. Das Mädchen, das bei mir am

Wochenende aufpasst, kommt zu spät mit einem Kaffee von Blue Bottle reingeschlendert, als wollte sie mir signalisieren, dass sie locker pünktlich gekommen wäre, wenn sie Lust gehabt hätte. Den leeren Becher lässt sie einfach auf dem Küchentisch stehen.

Krass, schrieb Elisabeth. *Aber so hab ich das nicht gemeint. Ich mache mir Sorgen um Sams Beziehung. Sie hat mir heute erzählt, dass ihr Freund 33 ist. Das ist viel zu alt für sie! Ach, und die beiden sind sozusagen verlobt.*

Lange Zeit kam keine Reaktion, und Elisabeth fragte sich, welche Grimasse Nomi wohl gerade zog.

Irgendwann schrieb sie: *Was?*

Ich habe erst nach drei Monaten erfahren, dass Angela verheiratet ist. Sei vorsichtig! Sie ist nicht deine Freundin, sondern deine Angestellte.

Ich weiß!, antwortete Elisabeth. *Schon klar.*

8
Sam

An den folgenden drei Sonntagen aß Sam bei Elisabeth zu Abend.

Als Elisabeth sie einlud, hatte Sam Schmetterlinge im Bauch. Wie damals, als ihr Schwarm in der Middle-School sich einen Stift von ihr geliehen und dabei zum ersten und einzigen Mal ihren Namen gesagt hatte.

»Bestimmt ein Trick, damit du gratis babysittest«, unkte Isabella.

Aber wenn Sam vor der Tür stand, war Gil immer schon im Bett. Wenn er mal schrie und sie nach ihm sehen wollte, sagte Elisabeth: »Du bist nicht zum Arbeiten da, du bist unser Gast«, und kümmerte sich selbst um ihn.

Immer lief bereits Musik, wenn Sam hereinkam, irgendwas, das sie selbst nie aufgelegt hätte, das aber genau zur Stimmung passte – die Beach Boys, Patsy Cline oder Otis Redding. Den Rest der Woche hörte Sam im Wohnheim die jeweilige Platte rauf und runter.

Obwohl sie nur zu dritt waren, machten die beiden immer was Besonderes aus diesen Essen. Tischsets und Teelichter auf dem Esstisch, Schälchen mit Grünkohlchips und Paranüssen auf der Kücheninsel. Einfache Schnittblumen – weiße Tulpen oder gelbe Rosen, ohne Bindegrün. Wenn Sam tags darauf zur Arbeit kam, standen die Blumen zwar noch da, aber nie so lang, bis sie welk oder das Wasser brackig wurde, wie bei dem einzigen Mal, als Clive ihr einen Strauß geschickt hatte.

Sam konnte sich nicht erinnern, dass ihre Eltern je eine Dinnerparty ausgerichtet hätten. Nur an große Familientreffen mit

Sandwichplatten und einem Schmortopf mit den Fleischbällchen ihrer Mutter. Ihre Verwandten setzten sich einfach hin, wo grade Platz war, aßen von Papptellern und wischten sich den Mund mit passend zum Anlass bedruckten Papierservietten ab.

Ein oder zweimal jeden Sommer gaben sie ein großes Grillfest mit viel zu viel Essen – hinterher ernährte sich die Familie dann immer eine Woche von verbrannten Würstchen, Steaks und Nudelsalat. Gäste zu empfangen bedeutete bei ihr zu Hause, Bäuche zu füllen und vorher einmal ordentlich klar Schiff zu machen: Klos putzen und Spielsachen aufräumen.

Sam fragte sich, wie Andrew und Elisabeth alles so makellos hielten. Das Haus war immer blitzsauber, aber man sah die beiden nie putzen. Wenn Sam sonntags klingelte, waren sie meistens gerade von einem langen Spaziergang zurück oder von einem Ausflug zu den Antiquitätenläden in Grantville. Fast, als hätten sie völlig vergessen, dass Sam kommen würde, wären aber hocherfreut, sie spontan zu bewirten. Völlig unvorstellbar, dass die beiden fünf Minuten vor Sams Ankunft hektisch durch die Wohnung rannten und einander anblafften, sie sollten endlich duschen oder die Schmutzwäsche von der Treppe räumen.

Fürs Kochen war Andrew zuständig. Sam und Elisabeth saßen an der Theke und tranken Wein, der wahrscheinlich zehnmal besser war als alles, was Sam normalerweise trank, auch wenn sie das ohnehin nicht hätte unterscheiden können. Ihre Rotweingläser hatten keinen Stiel. Stiele, erklärte Andrew, brauchte man nur bei Weißem. Es ärgerte ihn, wenn ein Restaurant das verbockte, weil Weißwein in einem Glas ohne Stiel störend von der Hand gewärmt wurde.

»Ich trinke auch Weißen gern ohne Stiel«, sagte Elisabeth. »Was findest du besser, Sam? Mit oder ohne?«

»Ganz ehrlich? Ich hab keine Ahnung.«

In den Wohnheimen bekam man nie ein richtiges Weinglas zu sehen. Vielleicht sollte Sam mal eins anschaffen. Es war unmöglich, sich kultiviert zu fühlen, wenn man aus einem roten Plastikbecher trank.

Beim Essen plauderten sie zwanglos über Politik, Filme und Bücher. Andrew wies auf die Zutaten hin, die er auf dem Bauernmarkt hinter der Post gekauft hatte. Sämtliche Familien, deren Kinder Sam in dieser Stadt gehütet hatte, waren ganz verrückt nach diesem Markt. Nie zuvor im Leben hatte sie erlebt, dass jemand so begeistert vom Gemüseeinkauf war.

Sam erzählte von ihrem Malereikurs in diesem Semester. Woche für Woche mussten sie dieselbe Tomate zeichnen. Anfangs war sie fest und leuchtend rot gewesen, inzwischen war sie schrumplig und verschimmelt.

»Ist das ein Kommentar zur Gnadenlosigkeit des Alterns?«, fragte Elisabeth.

»Ich glaube, es ist bloß eine Tomate«, antwortete Sam.

Sie lachten.

Sam triumphierte immer innerlich, wenn ihr das gelang.

»Seht ihr, darum kann mich im Department keiner leiden«, sagte sie. »Ich denke einfach nicht wie eine Künstlerin. Ich male nur gern hübsche Bildchen.«

»Ach, jetzt stell mal dein Licht nicht so unter den Scheffel«, widersprach Elisabeth.

»Genau«, pflichtete Andrew ihr bei.

Sam beobachtete aufmerksam, wie die beiden miteinander umgingen. Ab und zu wurden sie zärtlich, aber nie so, dass es eklig wurde. Einmal, als »You're My Best Friend« von Queen lief, strich er ihr sanft über den Rücken und sie lächelte ihn an, ein sehr intimes Lächeln. »Unser Lied«, erklärte sie Sam verlegen.

Andrew war kompakt, schlank und kaum größer als Elisabeth. Sein braunes Haar trug er kurz wie früher die Jungs in Sams Sonntagsschule. Wo Elisabeth stylish und cool war, war Andrew eher der Typ »Dad«. Auch zu Hause trug er Oxfordhemden und Slipper.

Elisabeth und Andrew lachten gegenseitig über ihre Witze, hörten einander aufmerksam zu und gaben sich Mühe miteinander. Jeden Morgen brachte er ihr Kaffee ans Bett. Sie erwähnte, wie sein Hemd seine blauen Augen unterstrich. Sam war davon ganz fasziniert.

Ihre Eltern stritten zwar nie, behandelten einander aber eher wie rustikale Möbelstücke – quadratisch, praktisch, gut. Und vor allem: da.

Eines Morgens, beim Lesen ihrer Kurstexte, unterstrich sie einen Satz bei Edith Wharton: »Unsere Leidenschaft war robust, konnte offen Rechenschaft über sich ablegen, kein schöner Wahnsinn, der sich nicht auf die Probe stellen lassen will.«

Genau so waren Andrew und Elisabeth. Und genau das wünschte sich auch Sam. Aber wenn andere sie mit Clive sahen, sahen sie eher schönen Wahnsinn. Na ja, zumindest Wahnsinn.

Sam und Clive kamen aus völlig verschiedenen Welten. Im Sommer waren einmal Freunde von ihm vorbeigekommen, um Celebrity zu spielen, ein Spiel, bei dem man Prominente nachahmen und erraten muss. Sam erkannte keinen einzigen der britischen Stars. Die anderen lachten sich krumm über Imitationen, die ihr nicht das Geringste sagten.

In diesem Augenblick konnte sie nicht mal mehr Clive ausstehen. Wie toll die sich alle vorkamen, als wären sie die allererste Clique der Menschheitsgeschichte.

Vermutlich um sie nicht auszuschließen, bestanden Ian und seine Freundin Chevy darauf, dass Sam auch einen Promi nachahmte. Also zog sie einen Zettel aus dem Hut und faltete ihn auf. Terry Wogan stand darauf.

»Ähm, tut mir leid, ich weiß nicht, wer das ist«, sagte sie beschämt. »Besser, das macht jemand anderes.«

»Ach, du bist noch so jung«, schmachtete Chevy.

»Nein, sie ist bloß aus Amerika«, erwiderte Clive.

Aber in Wahrheit war sie beides.

Das Beste am Abendessen bei Andrew und Elisabeth war das, was hinterher kam. Im Fernsehzimmer im ersten Stock gingen Sam und Elisabeth zum gemütlichen Teil des Abends über. Barfuß saßen sie sich auf dem Sofa gegenüber und sprachen nicht über Kultur und Zeitgeschehen, wie man das vor Männern offenbar zu tun hatte, sondern über Freundinnen, Ex-Freunde und Verwandte.

Elisabeth hatte eine Schwester, die in der Karibik lebte. »Ein richtiger Wildfang. Meinetwegen auch ein Freigeist. Sie hat wahnsinnig viele Follower auf Instagram.«

Später, im Wohnheim, suchten Sam und Isabella ihr Profil. Elisabeths Schwester war extrem sexy. Auf dem neuesten Foto stand sie in türkisgrünem Wasser auf einem Paddleboard, in einem schwarzen Bikini mit irritierend vielen Riemen. *Heutiges Mantra: Hier und jetzt. Tortola, deine Schönheit raubt mir den Atem. Danke an Stella Maris Hotels, die jede Reise unvergesslich machen.*

»Ich glaube, den Atem raubt ihr eher der enge Bikini«, sagte Isabella.

Eines Abends erwähnte Elisabeth, sie sei mit ihren Eltern halb zerstritten, ging jedoch nicht weiter darauf ein. Sam war erstaunt. Normalerweise spürte sie gleich, wenn jemand aus schwierigen Familienverhältnissen kam. Am College wimmelte es von solchen Mädchen. Elisabeth strahlte aber etwas völlig anderes aus.

Halb zerstritten klang in etwa so unmöglich wie halb schwanger. Sam hakte trotzdem nicht nach. Sie vergaß nie, dass sie für Elisabeth arbeitete. Sosehr sie den lockeren Umgang auch genoss, ließ sie doch Elisabeth die Grenzen abstecken.

Dennoch dachte sie viel darüber nach. Wie mochte das sein, ein Kind zu haben, aber keinen Kontakt zu den eigenen Eltern? Oder eben höchstens halben Kontakt?

Wenn Sam irgendwann ein Kind bekäme, wäre ihre Familie garantiert von Anfang an dabei. Ihre Mutter und ihre Schwestern bei ihr im Kreißsaal, ihr Vater und ihr Bruder ungeduldig vor der Tür. Und danach würden ihre Onkel, Tanten, Cousins und Cousinen sich im Klinikzimmer drängen, wie es in ihrer Familie eben üblich war. Im Vergleich wirkten Elisabeth und Andrew geradezu einsam.

Hin und wieder verriet Elisabeth mal ein aufschlussreiches Detail. Zum Beispiel, dass ihre Mutter besessen davon war, dünn zu sein, und damit prahlte, heute kein Pfund mehr zu wiegen als damals bei ihrer Hochzeit.

»Als meine Schwester und ich noch in der Schule waren, wollte sie, dass wir zu dritt eine Diät machen und um die Wette abnehmen.«

»Aber du bist doch sowieso so dünn«, stutzte Sam.

»Ich weiß. Meine Schwester auch. Der hat das wirklich einen Knacks verpasst.«

Elisabeth merkte sich alles, was Sam ihr erzählte. Selbst bei den größten Nebensächlichkeiten vergaß sie nie, später noch mal nachzuhaken.

»Was hat Hailey eigentlich gesagt, als Isabella ihr vorgeworfen hat, das Shampoo geklaut zu haben?«, hatte sie mal ehrlich interessiert gefragt.

Sam wollte wissen, wie lang sie und Andrew vor ihrer Hochzeit zusammen gewesen waren.

»Sechs Jahre«, sagte Elisabeth. »Ich hatte es nicht eilig. Wahrscheinlich hätten wir's nie getan, wenn Andrew nicht so gedrängt hätte.«

»Echt?«

»Also, zusammen wären wir bestimmt noch. Aber verheiratet … Ich dachte immer, das wäre nichts für mich. Wir haben heimlich geheiratet. Meine Schwiegermutter war stinksauer, aber auch froh, dass wir nicht mehr in Sünde lebten.«

»Manchmal stelle ich mir eine große Hochzeit vor, mit all meinen kleinen Cousinen als Blumenmädchen in rosa Tüllkleidchen, und ich mit einem langen Schleier«, sagte Sam. »Aber wenn ich an die ganzen Leute denke – Clive, der vor dem Altar auf mich wartet, unsere Mütter links und rechts – kommt mir das alles nur peinlich vor.«

»Ich kriege von Hochzeiten immer Ausschlag«, sagte Elisabeth. »Kein Witz.«

Wo immer das Gespräch auch hinführte, exakt um 20:59 Uhr verstummten sie und schauten von neun bis zehn schweigend *The Dividers*. Hätte Elisabeth während der Sendung gesprochen, hätte Sam es auch getan, doch sie fand es gut so, wie es war. Bei besonders krassen Wendungen sahen sie einander vielleicht kurz mal mit großen Augen an, doch dabei blieb es. Wenn der Abspann kam, streckte sich Elisabeth, stand auf und sagte: »Schon ganz schön spät, ich halt dich besser mal nicht länger auf«, und Sam verabschiedete sich.

»Wie kommen die auf die Idee, du hättest Lust, am Wochenende mit deinen Arbeitgebern abzuhängen?«, fragte Clive eines Montagmorgens beim Skypen. »Nur weil die dich bezahlen, gehörst du ihnen ja wohl nicht.«

»Nein, so ist das nicht«, entgegnete Sam. »Wir sind eher befreundet.«

»Hm«, machte er.

»Gestern Abend, beim Fernsehen, hat Elisabeths Handy geklingelt, und sie ist nur kurz ran und hat den Anrufer abgewimmelt. Sie könne jetzt nicht, weil ihre Freundin Sam sei da, hat sie gesagt.«

In dem Moment war Sam deswegen stolz gewesen, aber jetzt kam es ihr dumm vor, davon zu erzählen, als würde es irgendwas beweisen.

»Aber du musst immer zu ihnen kommen«, wandte Clive ein.

»Na klar. Soll ich die beiden vielleicht in die Mensa einladen?

So: ›Hey, kommt doch mal vorbei, heute ist Dienstag, da ist immer Pizza-Abend!‹«

Sam wusste zwar, was Clive beunruhigte, aber auch, dass es dafür keinen Grund gab.

»Wenn du sie mal kennenlernst, wirst du's schon verstehen.«

In ihrem ersten Jahr am College hatten Sam die Vorstadtwohnzimmer gefehlt, die vollgestopften Schränke mittelalter Menschen. Und die Kinder. Also hatte sie als Nanny bei den Walkers angefangen. Die Walkers wohnten auf einer Farm etwa fünfzehn Kilometer vor der Stadt: Zwei Mütter, Jessica und Ann, die gängige Geschlechterklischees besser bedienten als alle Hetero-Paare, die Sam kannte. Jessica hatte die drei Kinder zur Welt gebracht, ein, zwei und vier Jahre alt. Sie war ganz die gute Hausfrau und Erzieherin. Ann war Ärztin, arbeitete oft lang. Wenn sie nach Hause kam, tat sie Dinge, die Jessica verärgerten: Eine Handvoll Gummibärchen aus der Tasche ziehen zum Beispiel, um sie den Kindern zu geben, nachdem die sich bereits die Zähne geputzt hatten.

Ihrem Frust darüber machte Jessica häufig bei Sam Luft.

Sam selbst war damals noch nicht über Sanjeev hinweg und verbrachte viele Abende damit, seinen Namen auf Google Chat anzustarren und zu hoffen, dass er sich meldete. Was die Ehe anging, war sie nicht grade Expertin. Trotzdem ging sie immer auf Jessica ein. Die nahm sie danach in den Arm und sagte: »Wenn ich dich nicht hätte.«

Und doch hatte Jessica damals nicht gewollt, dass Ann Sam nach Hause fuhr, als es einmal abends geschneit hatte und Sams alte Rostlaube im Schlamm vor dem Haus festgesteckt war. Asphalt gab es dort keinen, man parkte quasi auf der Wiese. Zweimal war so etwas vorher schon passiert, und beide Male hatte Ann sie angeschoben, während Sam Gas gegeben hatte.

Am Abend des Schneesturms hatten die beiden Frauen fünf andere lesbische Paare und deren Kinder zum Abendessen eingeladen. Jessica war völlig aus dem Häuschen. Sie meinte, sie könne Ann nicht einmal lang genug entbehren, um Sam anzuschieben, geschweige denn sie heimzufahren.

»Tut mir leid, Sam«, sagte sie. »Was fährst du auch so eine alte Karre? Lebensgefährlich ist das. Nimm einfach ein Taxi, wir bezahlen.«

Also rief Sam ein Taxi und ging den steilen Hang hinab zur dunklen Landstraße. Ein paarmal näherten sich Scheinwerfer und wurden langsamer, doch die Autos bogen allesamt vor Sam ab. Die Gäste der Walkers.

Sie wartete und wartete. Es schneite immer heftiger. Vielleicht hatte der Taxifahrer sich verfranzt oder wollte bei dem Wetter lieber nicht raus in die Pampa. Ihr Handy hatte Sam gar nicht dabei, zumal es hier draußen sowieso keinen Empfang gab.

Wut brodelte in ihr auf. Sie wollte heulen, doch dann fiel ihr ein, wie ihr Bruder mal von einem erzählt hatte, dem dabei die Augenlider zugefroren waren. Möglich, dass Brendan sich das ausgedacht hatte, aber riskieren wollte sie es lieber nicht.

Sie wartete, bis sie ihre Zehen nicht mehr spürte. Ihr Haar war ganz von Schnee verkrustet.

Eher wollte sie erfrieren, als Ann und Jessica um Hilfe zu bitten. Doch am Ende blieb ihr nichts anderes übrig, als wieder den rutschigen Hügel hochzustapfen und an die Küchentür zu klopfen.

Diese Gesichter, als sie in der Tür stand!

»Sam?«, rief Ann. »Was in aller Welt …?«

Wie sich herausstellte, hatte sie geschlagene anderthalb Stunden im Schnee gestanden.

Das Abendessen ging inzwischen dem Ende zu. Auf dem Tisch standen Kaffeetassen und Dessertteller, auf den meisten lagen noch ein, zwei Bissen Schokoladenkuchen. Eins der anderen Paare fuhr Sam nach Hause. Am nächsten Morgen brachte

ihre Wohnheimbetreuerin sie wieder hin, um das Auto frei-
zubuddeln. Sam klingelte nicht, die Walkers ließen sich nicht
blicken. Sie wechselte nie wieder ein Wort mit ihnen.

Sam hatte schon auf vieler Leute Kinder aufgepasst, war es gewohnt, je nach Lust und Laune mal als Familienangehörige, mal
als Dienstmädchen behandelt zu werden. Doch Elisabeth war
anders. Sie begegnete ihr auf Augenhöhe. Genau das brauchte
Sam jetzt: die Freundschaft einer richtigen Erwachsenen.

Eines Sonntags rief Sam zur üblichen Zeit bei ihren Eltern an.
Es klingelte zweimal, dann meldete sich der Anrufbeantworter
mit einer neuen Nachricht, aufgezeichnet von ihrer Schwester
Caitlin.

*Hier ist der Anschluss der Familie O'Connell. Wir sind nicht zu
Hause. Wahrscheinlich heulen wir, wenn wir sehen, dass wir Ihren
Anruf verpasst haben, also hinterlassen Sie bitte eine Nachricht nach
dem Signalton. Erzählen Sie uns alles, lassen Sie nichts aus.*

Komisch, dachte Sam.

Stille. Hatte es eigentlich schon gepiept?

»Hi Mom«, sagte sie. »Ähm, ich wollte nur –«

Da ertönte Caitlins schallendes Gelächter.

»Sam, ich bin's. War doch bloß ein Witz.«

Sam stöhnte. »Gib mir Mom.«

Ihre Mutter klang erfreut darüber, dass Sam bei Elisabeth
und Andrew zum Essen eingeladen wurde. Auf keinen Fall
sollte Sam mit leeren Händen kommen, meinte sie, zumindest
Blumen musste sie schon mitbringen. Sam verstand das zwar,
war jedoch sicher, dass es nur peinlich werden könnte. Sie
wüsste ja nicht mal, wo sie Blumen hätte kaufen sollen, abgesehen vom Supermarkt, wo immer ein paar Sträuße in einer
Kühltruhe vor sich hinwelkten. Bestimmt würde sie alles versauen, indem sie Schleierkraut oder etwas ähnlich Unsägliches
mitbrächte.

»Lilien gehen nur für Beerdigungen«, hatte Elisabeth einmal gesagt, und Sam war erschrocken, weil sie Lilien irrtümlicherweise immer gemocht hatte.

»Clive meinte auch, ich soll was mitbringen«, log sie, weil es nie schaden konnte, Clive in besseres Licht zu rücken. Manchmal erkundigte sich ihre Mutter nach ihm, aber immer in einem verkniffenen Tonfall, der Sam sofort klarmachte, dass sie lieber keine Antwort hören wollte. Sams Vater sprach das Thema Clive gar nicht erst an.

Ihre Familie hatte ihn noch nicht kennengelernt. Sams Mutter hatte sie gebeten, ihren Geschwistern nicht zu erzählen, wie alt Clive war. Das wiederum hatte sie Clive lieber verschwiegen.

Ihr Bruder Brendan war mit seiner Freundin Katie schon seit der achten Klasse zusammen. Katie passte so nahtlos in die Familie, dass Außenstehende sie fast für eine Cousine hätten halten können. Brendan und Katies Zukunft war praktisch beschlossene Sache: Sie würden heiraten, Kinder kriegen und in ihrer Heimatstadt ein Haus kaufen.

Genau das wünschten Sams Eltern sich für all ihre Kinder. Sam war ein braves Mädchen, die es gerne allen recht machte und sie bestimmt nicht ärgern wollte. Sie wünschte, ihre Eltern würden verstehen, dass es ihr bei Clive nicht bloß um Rebellion ging. Sie hatte sich schlicht und einfach verliebt.

Freitags ging Elisabeth um zehn zur Therapie und um halb drei zum Pilates. Was sie in der Zwischenzeit tat, wusste Sam nicht, aber nach Hause kam sie nie vor vier. An den anderen Tagen kam und ging sie völlig unvorhersehbar, was Sam ziemlich auf Trab hielt. War Gil eingeschlafen, machte Sam den Abwasch und ließ immer einen Teller übrig, um ihn schnell zu spülen, wenn Elisabeth zurückkam, damit es nicht aussah, als würde sie den ganzen Tag auf dem Sofa sitzen und alte Ausgaben des *New Yorker* lesen.

Aber freitags war sie unbeaufsichtigt. Dann hatten Gil und sie ihre eigene Routine, von der Elisabeth nichts wusste.

Am zweiten Freitag im Oktober füllte Sam für Gil wie immer zwei Fläschchen ab. Sie zog ihm seinen dicken roten Mantel und die Fleece-Schühchen an und schnallte ihn in seinen Buggy.

Für den Fall des Falles hinterließ sie eine Nachricht: *Sind spazieren!*

Dann schloss sie mit dem Zweitschlüssel die Tür ab und los ging es.

Die Laurel Street war eine schöne Allee. In den meisten Einfahrten standen imposante schwarze SUVs wie Wachposten vor den großen, in weiß und grau gehaltenen Häusern. Moderne Mütter wollten um keinen Preis der Welt in einem Minivan gesehen werden, auch wenn so ein SUV im Grunde fast dasselbe war, nur bulliger. Sam hatte das mal Elisabeth gegenüber erwähnt, und die hatte gesagt: »Stimmt genau. Andrew hätte ja gern einen, aber den kriegt er nur über meine Leiche.«

Durch die Gartenzäune konnte Sam einige Lebenszeichen ausmachen: Ein fetter Labrador döste in der Sonne. Eine Großmutter schubste ein Kind auf einer Schaukel an. Fahrräder und Kinderwagen lagen und standen verlassen auf Rasen herum, weil die Besitzer ihr Nickerchen machen mussten oder zum Telefon geeilt waren. Wer hier wohnte, brauchte nicht zu fürchten, dass in der Zwischenzeit etwas geklaut würde.

Das Wohnheim, Foss-Lanford Hall, lag am äußersten Rand des Campus, fünf Minuten zu Fuß von Elisabeths Haus entfernt. Sam musste von der Laurel bloß rechts in die Main Street biegen, dann stand sie zwei Querstraßen weiter schon vor der hohen Hecke, die das College von der Außenwelt abschirmte. Auf der einen Seite stand ein gelbes Haus im viktorianischen Stil mit einer Schaukel im Garten, auf der anderen der schlichte Backsteinbau, in dem Sam und hundert ihrer Altersgenossinnen wohnten.

Kein anderer Besucher von Foss-Lanford war je so bewundert worden wie Gil. Innerhalb weniger Wochen war er zum Gemeinschaftsbaby, zu einer Art Maskottchen geworden. Manchmal ließ Sam ihn kurz bei einer Kommilitonin, während sie einer Freundin eine Nachricht auf deren Whiteboard hinterließ oder sich unten einen Kaffee holte. Hin und wieder war ihr Zimmer leer, wenn sie zurückkam, aber Sorgen machte sie sich nie. Sie wusste, dass Gil sicher bei irgendeiner ganz in ihn vernarrten jungen Frau war.

Isabella bekam immer feuchte Augen, wenn sie ihn auf dem Arm hielt. Shannon sagte zwar erst: »Sorry, Kleiner, ich hab's nicht so mit Kindern«, aber dann wollte sie Gil gar nicht mehr hergeben.

Wie an den meisten Freitagen schob Sam den Buggy durch den langen Flur zur Mensa. Die Frauen dort, allesamt Mütter, hatten Gil noch lieber als die anderen und wussten am besten, wie man mit ihm umging.

Auf dem Weg durch die leere Mensa hallten Sams Schritte auf dem Linoleum wider. Der Boden war frisch gewischt, die Holztische glänzten.

Sam hörte Maria lachen.

Sie schob Gils Buggy auf das Lachen zu, durch die Schwingtüren zur Küche.

Auf der anderen Seite war es mindestens zehn Grad wärmer. Die Fenster waren beschlagen. Delmi zog auf den hohen Simsen Pflanzen – einen lang hängenden Pfennigbaum, diverse Sukkulenten, eine Aloe, deren dicke Finger die Frauen aufbrachen, wenn ihre Hände im Winter wundgespült waren. Inmitten all des Grüns linste eine buntbemalte Madonna durch die Blätter.

Die Frauen bemerkten Sam nicht gleich. Delmi schnippelte gerade bergeweise Paprika und Zwiebeln, Maria und Gaby panierten auf der Kochinsel Hühnerbrüste. Maria tunkte die Fleischstücke in eine riesige Schüssel voll rohem Ei und reichte sie dann Gaby, die sie durch einen Bröselberg zog und auf Backpapier verteilte.

Wie immer unterhielten sie sich in rasantem Tempo, ohne einander dabei anzusehen.

»Die hätten ihn längst feuern sollen«, sagte Delmi.

»Wieso, er macht doch nur, was die wollen, spielt den Fiesling«, erwiderte Maria. »Eher wird er befördert.«

»Soll das Arschloch doch mal selber versuchen, mit zwölf Dollar die Stunde klarzukommen«, maulte Gaby.

»Gabriela!«, mahnte Maria. »Sagt man so was?!«

Trotzdem musste sie lachen, hatte sogar Tränen in den Augen.

»Welches Arschloch?«, fragte Sam.

Die drei Frauen blickten auf.

Und verstummten.

Zum ersten Mal fühlte Sam sich unter ihnen aufdringlich.

Dann entspannten sie sich wieder.

Delmi löste den Haltegurt und nahm Gil auf den Arm. Sie war Gils Liebling, weil sie immer eine lustige Grimasse zog, bei der sie die Backen aufblähte und tat, als ließe sie sie platzen. Weder Gil noch Delmi wurde das je langweilig.

»Ich hab was Leckeres für dich«, säuselte sie und trug ihn in die Speisekammer.

Kurz darauf tauchte sie wieder auf, legte Gil ein Eckchen Salzcracker auf die Zunge, und der ließ ihn aufweichen wie eine Oblate bei der Kommunion.

»Um wen ging es denn da grade? Wer ist ein Arschloch?«, hakte Sam nach, unfähig, ihre Neugierde zu zügeln.

Nie hatte sie eine der Frauen einen Kraftausdruck benutzen hören. Selbst einen vor ihnen in den Mund zu nehmen, kam ihr ungehörig vor, auch wenn sie ja nur wiederholte, was Gaby gesagt hatte.

»Der Chef der RADS«, erklärte Gaby. »Barney, du weißt schon.«

RADS stand für *Residence and Dining Services*, die Abteilung Unterkunft und Verpflegung des Colleges. Obwohl Sam drei Jahre für diese Abteilung gearbeitet hatte, wusste sie den Namen ihres Leiters erst, seit letztes Jahr Barney Reardon die Stelle übernommen hatte.

Gaby hatte Sam alles erzählt: dass Reardon Einsparungen vornehmen sollte und dass er dafür als Erstes ihr Gehalt kürzte, obwohl die Küchenkräfte ohnehin seit acht Jahren keine Erhöhung mehr bekommen hatten. Und von der nutzlosen neuen Krankenversicherung.

Dabei hatte Gaby eben erst den besser bezahlten Job im Restaurant gekündigt, weil es da gar keine Zusatzleistungen gab und Maria sie überzeugt hatte, mit dem Kind brauche sie eine ordentliche Versicherung. Nach Josies Geburt hatte es ein paar Komplikationen gegeben. Wegen stark erhöhten Blutdrucks hatte Gaby noch zweimal ins Krankenhaus gemusst. Eigentlich sollte sie deshalb einen Spezialisten aufsuchen, doch das hatte sie noch immer nicht getan.

»Was würde das schon bringen, wenn ich wüsste, dass ich eine OP brauche oder so?«, hatte sie gesagt. »Als könnte ich fünftausend Dollar Selbstbehalt aufbringen.«

Sam schüttelte den Kopf, obwohl sie nur vage ahnte, was »Selbstbehalt« bedeutete. Versichert war sie über ihre Eltern, mit den Details musste sie sich nie herumschlagen.

Maria und Delmi hatten vor Sam niemals geklagt. Als Gaby auftauchte, war das eine Offenbarung gewesen.

Inzwischen schnalzte Maria immer sofort mit der Zunge, wenn Gaby auch nur Barney Reardons Namen erwähnte, und das Thema war sofort wieder beendet.

Delmi setzte Gil mit einem neuen Cracker wieder in den Buggy.

»Genau, *chiquito*, gut machst du das!«

»Sam«, sagte Maria. »Nimm doch bitte den Keksteig aus dem

Kühlschrank und verteil ihn auf dem Backpapier. Wir sind spät dran.«

Es war beinahe lächerlich, wie viel diese Bitte Sam bedeutete – das Gefühl, dass sie immer noch dazugehörte.

Am Nachmittag legten Isabella und Sam den kleinen Gil und ein paar Spielsachen auf Isabellas Bett, spielten mit ihm und sahen dabei fern. Nacheinander kamen Ramona, Shannon und Lexi vorbei, um Gil zu sehen, der jede Besucherin anstrahlte, als hätte er sie längst erwartet.

Als Sam ein paar Stunden später das Wohnheim verließ, kam Gaby grade aus dem Damenklo neben dem Haupteingang. Sie trug Jeans und hochhackige Stiefel, war auf dem Weg nach Hause. Ihr langes Haar hing ihr über die Schultern.

»Hi, Gil!«, rief sie und stöhnte. »Wenn ich den Kleinen sehe, fehlt mir Josie immer so. Übrigens: Am zweiten Samstag im November hat sie Geburtstag, wir feiern zu Hause. Kommst du?«

»Gern!«, sagte Sam. Das musste sie sich später unbedingt noch aufschreiben.

»Super, ich schick dir die Adresse.«

»Mir fehlen unsere Spaziergänge am Freitag«, sagte Sam. »Ich weiß gar nicht mehr, was bei dir so los ist.«

»Ich weiß. Du hattest eben viel zu tun.«

Das stimmte, klang aber trotzdem wie ein Vorwurf.

»Tut mir leid«, sagte sie. »Dieser Job lässt mir kaum noch Zeit für irgendwas.«

»Ja, der und dein Freund«, stichelte Gaby.

»Stimmt, der auch.«

»Du fehlst mir in der Küche. Die anderen Studentinnen schauen mich doch mit dem Arsch nicht an. Wahrscheinlich glauben die, ich kann kein Englisch. Oder sie haben einfach Schiss vor mir.«

»Wohl eher Letzteres«, pflichtete Sam bei.

Sie lachten.

»Was war das denn vorhin eigentlich?«, fragte Sam. »Das mit Barney Reardon, mein ich.«

»Ach das … Meine Tante war sowieso schon sauer, weil ich dir von ihm erzählt hab«, antwortete Gaby.

»Wieso das denn?«

»Weil sie findet, wir sollten unsere Probleme mit der Verwaltung nicht vor einer Studentin besprechen.«

»Aber ich bin ja auch nicht irgendeine Studentin«, wandte Sam ein.

»Klar, aber Maria hat eben so ihre Regeln.« Gaby hielt inne, als überlegte sie, ob sie sich an den Wunsch ihrer Tante halten sollte. Dann sagte sie: »Du weißt, dass von Juni bis August nur drei Mensen aufhaben, oder?«

»Nein«, sagte Sam.

Das College war stolz darauf, während des laufenden Jahres in fast allen Wohnheimen Verpflegung anzubieten, damit die Studentinnen – ein bisschen wie zu Hause – essen konnten, wo sie wohnten. Wie das im Sommer ablief, hatte Sam sich nie gefragt.

»Ist jedenfalls so«, fuhr Gaby fort. »Drei Mensen von fünfzehn. Und alle kämpfen drum, in einer arbeiten zu dürfen. Sonst schmeißen diese Pfennigfuchser dich in den Sommerferien raus und stellen dich zum Semesteranfang wieder ein. Drei Monate ohne Lohn und Versicherung.«

»Die Dozenten werden auch im Sommer bezahlt, oder?«, fragte Sam.

»Glaub schon«, sagte Gaby. »Bestimmt sogar. Jedenfalls: Heute früh hat Barney angekündigt, dass nächsten Sommer bloß eine Mensa aufbleibt. Sprich: noch weniger Jobs. Meine Tante dreht durch. Die ist viel zu nett, genau wie meine Mutter. Die wollen immer allen helfen, schicken Geld nach Hause, das sie selbst nicht haben.«

Bei einem der Freitagsspaziergänge im letzten Jahr hatte Gaby Sam die Puzzleteile geliefert, die ihr in Marias Geschichte noch gefehlt hatten.

Zusammen mit Gabys Mutter war Maria als Teenager aus El Salvador nach Amerika gekommen, nachdem man ihren Bruder und ihren Vater umgebracht hatte. Sie heiratete einen amerikanischen Soldaten, laut Gaby ein richtig mieser Scheißkerl.

Kurz nach der Scheidung, sitzengelassen mit zwei Kindern, verliebte Maria sich in einen anderen, der wie sie aus El Salvador stammte. Die beiden heirateten, er wurde dank Maria eingebürgert. Dann verkündete er eines Tages, er hätte sie nie geliebt. Er hatte eine Familie in Texas, Frau und Kinder. Es war ihm nur um die Staatsbürgerschaft gegangen. Er ging, und Maria hörte nie wieder von ihm. Auf dem Papier waren sie immer noch verheiratet. Zur Scheidung sah Maria keinen Grund, weil sie mit Männern sowieso abgeschlossen hatte, wie sie meinte.

Sam bekam das nicht mit der fröhlichen und selbstbewussten Maria zusammen, die sie kannte. Wo hatte sie nur all die finsteren Erinnerungen hingesteckt? Ein bisschen erinnerte sie das an die Kriegsgeschichten ihres Großvaters. Den alten Mann im Ohrensessel konnte sie sich auch nie recht im Kugelhagel vorstellen.

Einmal hatte Sam in Marias Armen geheult, weil ihre Schwestern die Grippe hatten und nicht zum Familienwochenende kommen konnten. Maria hatte das zugelassen, hatte sie getröstet, als wäre das tatsächlich auch nur irgendwie schlimm gewesen.

Gaby erzählte, dass ihre Mutter und Maria in der Familie geradezu als Glückspilze galten. Ihre illegal eingereisten Verwandten wurden sieben Tage die Woche in aller Herrgottsfrühe in Lieferwagen auf Farmen gebracht, wo sie vierzehn Stunden täglich für weniger als den Mindestlohn schufteten, ohne Überstundenausgleich.

Deshalb, so Gaby, hörte man Maria niemals jammern.

»Als Barney vor den letzten Sommerferien allen das Gehalt gekürzt hat«, erzählte Gaby, »war Maria so knapp bei Kasse, dass sie die Mülltonnen auf dem Campus durchsucht hat. Kannst du dir vorstellen, wie demütigend das für sie war? Mann, was diese Mädchen hier alles wegschmeißen –«

»Ich weiß«, sagte Sam.

Am Ende ihres zweiten Jahrs hatte sie selbst einen ausrangierten Minikühlschrank gefunden, einen Teppich und zwei Lampen, die ihre Mutter hübsch genug fürs Wohnzimmer zu Hause fand.

»In der Küche genauso: Wir mussten mal einen fast neuen Mixer wegwerfen, kistenweise Geschirr, ein sechshundert Dollar teures Rührgerät, das noch perfekt funktioniert hat.«

Sam nickte. Das College tauschte solche Dinge regelmäßig aus, lang bevor es nötig war.

»Maria hat das ganze Zeug verkauft, nur um ein paar Rechnungen zu bezahlen«, fuhr Gaby fort. »Viel hat sie nicht dafür gekriegt. Trotzdem, es war ihr furchtbar peinlich. Du weißt ja, wie wichtig ihr Professionalität ist. Anstand. Ich hab gesagt, das sei ihr gutes Recht. Von irgendwas muss sie ja leben.«

»Klar«, pflichtete Sam bei.

»Und Delmi ist noch schlimmer dran. Maria hat wenigstens noch ihre Söhne, die ihr helfen. Delmis Kinder sind schon über dreißig und liegen ihr noch immer auf der Tasche. Sie kann nicht mal mehr die Miete zahlen.«

»Und du?«, fragte Sam. »Kommst du zurecht?«

»Ja, schon«, sagte Gaby. »Für mich ist dieser Job hier nichts für immer. Ich hab hoffentlich bald genug gespart, um mit Josie bei meiner Mutter auszuziehen. Und irgendwann mach ich dann auch noch meinen Abschluss.«

Sam fühlte sich schuldig. Schon oft hatte sie sich gefragt, wie es für Gaby sein mochte, dreimal täglich diese College-Girls zu füttern, die es so viel leichter hatten.

Gaby blickte über Sams Schulter, sagte: »Die Prinzessin will was von dir.«

Sam drehte sich um und sah Isabella auf der Treppe. Sie war auf dem Absatz stehengeblieben.

»Du hast dein Handy vergessen«, sagte sie und ließ es über das Geländer baumeln.

»Die letzten Stufen sind zu viel«, wisperte Gaby, als kommentierte sie eine Naturdoku. »Die Prinzessin ist müde. Vielleicht kommt gleich ihre Zofe und trägt sie.«

Sam glaubte kaum, dass Isabella das hören konnte. Trotzdem …

Sie blickte zwischen ihren Freundinnen hin und her. Jetzt tat ihr leid, was sie über Isabella in deren Abwesenheit gesagt hatte. Ohne es zu wollen, hatte sie dafür gesorgt, dass Gaby Isabella hasste. Dabei war es ihr doch nur darum gegangen, wie nett Isabella trotz allen Anspruchsdenkens war. Oder?

Isabella mochte Gaby auch nicht. Dass Sam eine Freundin hatte, die sie nicht kannte, war ihr offenbar unheimlich. Wenn sie Gabys grimmige Miene in der Mensa sah, fragte sie: »Wer hat der denn in die Suppe gespuckt?«

Sam war froh, dass sie nicht mehr in der Küche arbeitete. Sie konnte morgens länger schlafen, und sich um Gil zu kümmern, war viel leichter. Trotzdem fühlte sie sich schlecht dabei, mit ihren Freundinnen zu essen, während Gaby schuftete. Vor allem, wenn Isabella die Füße auf den Tisch legte oder einen Haufen Krümel hinterließ und Gaby so erst recht davon überzeugte, dass all die üblen Storys stimmten.

Um zehn vor fünf – später als sonst – betraten Sam und Gil wieder das Haus. Kurz darauf bog Elisabeths Wagen in die Einfahrt.

Das Handy am Ohr kam sie herein. »Ich habe das Gefühl, ich bin da an was Interessantem dran«, sprudelte sie ins Mikrofon.

Sie blickte Sam an und verdrehte die Augen.

»Ehrlich gesagt, ich brauche das Geld«, fuhr sie fort. »Dringend. Lange Geschichte. Eine schlechte Investition.«

Ohne ein Wort mit ihr zu wechseln, nahm sie Sam ihren Sohn ab, setzte ihn in seine Wippe und nahm Sams Wochenlohn in bar aus ihrem Geldbeutel.

»Ja, absolut«, sagte sie ins Telefon. »Genau das hab ich mir auch gedacht.«

An Sam gewandt formte sie ein *Danke* mit den Lippen und gab ihr die Scheine.

Sam zog ihren Mantel an und drückte Gil ein Küsschen auf die Wange. »Auf Wiedersehen«, sagte sie und schüttelte sein plumpes Händchen.

Dann winkte sie Elisabeth zu, die daraufhin das Handymikrofon zuhielt und flüsterte: »Kommst du Sonntag zum Essen?«

»Gern«, flüsterte Sam zurück.

»Super. Mach's gut!«

Dann hob sie wieder die Stimme und beantwortete überschwänglich, was immer der Mensch am anderen Ende der Leitung gerade gefragt hatte.

Wenn Sam morgens zur Arbeit kam, schloss sie gemäß Elisabeths Wunsch einfach selbst die Tür auf. Wenn sie zum Abendessen kam, drückte sie die Klingel.

An diesem Sonntag machte Elisabeth ihr auf, mit Gil auf dem Arm.

»Er will einfach nicht schlafen«, sagte sie. »Hoffentlich wird er nicht krank.«

»Armes Mäuschen«, sagte Sam.

»Aber rate mal, wer heute zum ersten Mal feste Nahrung gegessen hat?«, fuhr Elisabeth fort. »Die Kinderärztin meinte, wir sollen warten, bis er sechs Monate alt ist, und dann langsam mit Brei anfangen. Und dann hat Andrew einen Cracker gegessen, und Gil hat ihn ihm einfach weggenommen und sich in den Mund gesteckt, als würde er das jeden Tag tun. Verrückt, oder?«

Sam dachte an die Salzcracker in der Mensaküche. Delmi hatte fünf Kinder und war sich ihrer Sache so sicher gewesen, dass Sam nie darauf gekommen wäre, Gil könnte dafür zu klein sein.

Als Schülerin hatte sie eines Freitagabends beim Babysitten mal ein Kind seine ersten Schritte machen sehen. Den Eltern hatte sie das nicht erzählt.

In London war sie mit den Zwillingen manchmal in den Park gegangen und hatte sie in der Erde buddeln lassen, entgegen den Wünschen ihrer Mutter. Schaufeln besaßen sie nicht, also gab Sam ihnen Silberlöffel. Zuerst erschraken sie, als ihre Hände schmutzig wurden, streckten sie sie panisch in die Höhe. Kurz vor Sams Abreise fand der kleine Tom dann eine Schnecke und steckte sie sich in den Mund. Sam war darauf fast schon stolz. Sie kam sich vor wie Mary Poppins am Ende des Films. Ihre Arbeit war getan, sie konnte davonschweben.

»Wow, ein Cracker!«, sagte sie jetzt bloß. »So ein großer Junge!«

Elisabeth drückte Gil einen Kuss auf.

»Dieser kleine Kerl ist eine alte Seele, Sam, das sag ich dir. Der weiß Bescheid.«

9
Elisabeth

Halloween fiel auf einen Freitag.

Elisabeth hatte noch nie erlebt, dass Kinder verkleidet an ihre Tür kamen. Solche Sachen gehörten früher zu ihrer Traumvorstellung vom eigenen Heim. In einem Anfall von Enthusiasmus hatte sie schon zwei Wochen vorher Berge von Süßigkeiten gekauft. Teile davon hatten Andrew und sie sich bereits reingezogen.

Jetzt stand sie in der Küche und schüttete den Rest in zwei hölzerne Salatschüsseln. Sie mischte die Süßigkeiten mit den Händen, während Sam sie von ihrem Platz an der Kücheninsel aus beobachtete. Gil saß auf Sams Schoß, er war als Maus verkleidet. Ihre Nachbarin Pam hatte Elisabeth das Kostüm angeboten, es stammte von ihren Kindern: ein Anzug aus grauem Fleece mit Schwanz und einer Kapuze, an der flauschige rosa Öhrchen hingen. Elisabeth und Sam konnten es kaum erwarten, hatten dem Kleinen schon am Morgen den Anzug angezogen und ihm mit Eyeliner schwarze Barthaare auf die Wangen gemalt.

»Wir wollen ja nicht, dass die guten Sachen alle obendrauf liegen und die langweiligen Sachen ganz unten«, sagte Elisabeth jetzt. »Ich muss alles durchmischen, damit die Kinder sehen, dass sie eine Auswahl haben.«

»Du hast doch gar nichts Langweiliges!«, sagte Sam. »Ich habe mich immer gefragt, was das für Leute sind, die den Kindern Schokorosinen anbieten. Kinderhasser?«

In einer Viertelstunde würde Sam gehen. Wochenenden waren jetzt so völlig anders als früher – Elisabeth graute vor den Stunden ohne Sam, die lange Zeit ohne Kinderbetreuung. An

Wochenenden bekam sie nichts auf die Reihe. Einzig auf den Sonntagabend freute sie sich, wenn sie mit Sam auf dem Sofa saß und quatschte. Oft waren das die einzigen Unterhaltungen, die sie die ganze Woche lang führte. Am Montag konnte sie es kaum erwarten, Sam ihr Kind in die Hand zu drücken, um endlich wieder ein bisschen Freiheit zu genießen.

Sie gestand Nomi, dass sie sich deswegen wie eine echte Rabenmutter vorkam.

Alle Mütter hassen das Wochenende, schrieb Nomi. *Thank God it's Monday!*

Auf der Anrichte vibrierte Elisabeths Handy. Eine Nachricht von Faye: *Schick 1 Foto von Gil im Kostüm, bitte! Schlechter Tag, die Bank hat wieder geschrieben. Oma braucht Aufmunterung.*

Elisabeth schickte Faye ein paar von den ungefähr hundert Fotos, die sie vorher geschossen hatte und verdrängte ihre Schuldgefühle. Faye fragte sich bestimmt, warum Elisabeth nicht einfach zurückschrieb: *Keine Sorge! Wir greifen euch unter die Arme.*

Sie legte das Handy mit dem Display nach unten auf die Anrichte.

»Was hast du so vor heute Abend?«, fragte sie Sam.

»Kostümparty an der State. Isabella und ich haben uns als diese gruseligen Zwillinge aus *The Shining* verkleidet. Aber in sexy. Ihre Idee.«

»Das wird bestimmt lustig.«

»Nein, ist wie jede andere Party auch, nur nackter. Irgendwie geht mir Halloween auf die Nerven. Ich finde es extrem sexistisch.«

»Hm«, sagte Elisabeth. Dieser Gedanke war ihr noch nie gekommen.

Vor Jahren hatte Andrew sie zu einer Halloweenparty eingeladen, das war ihre vierte oder fünfte Verabredung gewesen. Sie hatten sich mit einer Flasche Wein aufs Dach geschlichen, stundenlang gequatscht und völlig die Zeit vergessen. Als sie wieder runterkamen, war die Party vorbei. Die Gastgeber lagen schon lange im Bett.

Heute würde er vermutlich nach Feierabend noch arbeiten. Er wollte sich bei einer Ausschreibung in Denver bewerben. Wenn er mitmachen durfte, könnte er seine Erfindung vor einer Reihe von potenziellen Investoren präsentieren.

Elisabeth wäre mit Gil allein, würde an die Tür gehen, wenn es klingelte, und alle Hexen, Kobolde und Gespenster bewundern. Eigentlich hatte sie sich darauf gefreut, aber jetzt klang das alles ziemlich deprimierend. In Brooklyn ging Nomi heute mit den Kindern und Freunden auf die Park Slope Parade, danach zu einem großen Abendessen im neuen Restaurant an der Fourth Avenue.

»Isabella holt mich um fünf hier ab«, sagte Sam. »Wir lassen uns die Nägel machen. Oder besser sie. Ich gehe nur mit, weil es dort Kombucha gratis gibt.«

Kurz fühlte sich Elisabeth zurückgesetzt, weil sie nicht eingeladen war.

Dann mahnte sie sich zur Vernunft. Letzte Woche hatte sie nie mehr als zwei, drei Stunden am Stück geschlafen. Das verwirrte ihr offenbar die Sinne und machte sie emotional.

Kurz vor fünf klingelte es.

Elisabeth grinste wie ein Honigkuchenpferd.

»Die ersten Kinder!«, rief sie.

Mit der Salatschüssel in der Hand ging sie an die Tür. Sam folgte, Gilbert auf dem Arm.

Sams Mitbewohnerin stand auf dem Absatz, in Flipflops und Jeans und schwarzer Kabanjacke.

»Süßes oder Saures«, sagte sie, griff in die Schüssel und zog ein Mini-Snickers heraus.

»Isabella«, sagte Sam. »Ich hab doch gesagt, du sollst draußen warten.«

»Ich weiß, aber ich muss mal.«

»Elisabeth, du erinnerst dich an Isabella?«, fragte Sam.

»Hi!«, sagte Isabella. »Hätten Sie was dagegen, wenn ich mal schnell auf Ihre Toilette ...«

Sie wirkte so selbstbewusst. Elisabeth konnte sich nicht erinnern, jemals so gewesen zu sein, sicherlich nicht in diesem Alter.

»Bitte?«, drängelte Isabella. »Toilette?«

Elisabeth hatte sie noch immer nicht hereingebeten.

»Oh! Ja. Einfach den Flur entlang.«

Als Isabella in der Toilette verschwunden war und die Tür hinter sich geschlossen hatte, flüsterte Sam: »Tut mir leid. So ist sie einfach. Auf mich hört sie nicht.«

»Wieso sollte dir das leidtun?«, fragte Elisabeth. »Ist doch kein Problem.«

Sie kehrten wieder in die Küche zurück. Elisabeth zog ihre Geldbörse aus der Handtasche und gab Sam den Lohn für die Woche. Das erinnerte sie stets an das mickrige Pensum, das sie in diesen bezahlten, kinderfreien Stunden geschafft hatte.

Bei dieser Geldübergabe verhielten sie sich immer irgendwie verschämt. Sam fühlte sich nicht wie eine Angestellte. Nur wenn sie am Freitag dieses schmale Geldbündel entgegennahm, wurde ihr wieder bewusst, dass sie hier arbeitete.

Nomi hatte wissen wollen, ob Sam auch Gils Wäsche wusch. *Das gehört zu den Aufgaben einer Nanny*, hatte sie ergänzt.

So was würde ich nie von ihr verlangen, schrieb Elisabeth zurück.

Worauf Nomi ihr ein Smiley mit verdrehten Augen schickte.

Nomi beaufsichtigte ein Dutzend Leute, die unter ihr arbeiteten. Sie wusste genau, wie man den Ton angab. Elisabeth hatte noch nie auch nur eine Assistentin gehabt. Sie mochte nicht zu Hause sein, wenn jeden zweiten Samstag die Putzhilfe kam. Es kam ihr falsch vor, im Bademantel Kaffee zu schlürfen, während eine Fremde, deren Namen sie sich nicht merken konnte, ihr Klo putzte. Sie verabscheute die Art, wie ihre Mutter sich früher über ihre Haushaltshilfen und Gärtner geäußert hatte, als wäre sie was Besseres.

In Brooklyn hatte Elisabeth jahrelang beobachtet, wie schwarze Nannys weiße Kinder betreuten, und dabei immer ein schlechtes Gefühl gehabt, sie empfand es als problematisch und hatte sich geschworen, bei so was niemals mitzumachen. Eltern sein bedeutete allerdings oft, am Ende doch genau das Gegenteil von dem zu tun, zu sagen, zu verkörpern, was man sich vorgenommen hatte. Doch das, was Elisabeth sich mit Sam aufgebaut hatte, vermittelte ihr das Gefühl, es besser gemacht zu haben.

Isabella gesellte sich zu ihnen in die Küche. »Dieses Viertel ist ja total nett«, sagte sie.

»Finde ich auch«, sagte Sam. »Wozu sollte ich meinen Abend damit verbringen, von Frat-Boys im Piratenkostüm mit Roofies betäubt zu werden, wenn ich gemütlich hier sitzen und mich an süßen verkleideten Kindern erfreuen kann?«

»Das klingt ja nach 'ner Megaparty, auf die du da gehst«, sagte Elisabeth.

»Ich find's einfach öde«, sagte Sam. »Und die Typen sind letztlich nur widerlich.«

»Fürs Protokoll: Öde findet sie sie erst, seit sie einen Freund hat und auf Partys nicht mehr mit anderen rummachen darf«, sagte Isabella.

»Wieso sind sie widerlich?«, fragte Elisabeth.

Sam seufzte. »Wir halten uns an gewisse Regeln – geh nie ohne eine Freundin aufs Klo, lass deine Freundin nie mit einem mitgehen, wenn sie zu betrunken wirkt. Lass dein Getränk nie unbeaufsichtigt und trink nie aus offenen Behältern, die herumgereicht werden. Akzeptiere nur Getränke direkt von der Bar.«

»Klingt vernünftig«, sagte Elisabeth.

»Ich würde mir wünschen, dass wir einfach nicht mehr auf Partys gehen, bei denen man erwarten muss, dass irgendwo im

Gebäude ein Mädchen, das gerade nicht so gut aufpasst, vergewaltigt wird.«

»Spaßbremse«, sagte Isabella.

»Warum gehst du dann?«, fragte Elisabeth.

»Wenn nicht, krieg ich Mordsärger mit der hier.«

»Sie quatscht die ganze Zeit mit einem Freund, der in einer anderen Zeitzone wohnt«, sagte Isabella. »Das ist tragisch. Wir sind im letzten Collegejahr.«

»Siehst du? Also gut, auf zum Spaßhaben.«

»Bleibt ruhig noch ein bisschen, wenn ihr wollt. Oder habt ihr einen festen Termin im Nagelstudio?«

»Nein, da kann man einfach so hingehen«, sagte Isabella.

»Na, wie wär's dann mit einem Glas Wein?«

»Klaro!«, sagte Isabella, bevor Sam antworten konnte.

Elisabeth versuchte, Sams Miene zu deuten.

»Nur, wenn ihr wollt. Ich will euch nicht aufhalten.«

Sam lächelte. »Glas Wein klingt klasse.«

Elisabeth öffnete eine Flasche Cabernet, ein Abschiedsgeschenk von Andrews ehemaligem Mitarbeiter. Sie schenkte drei Gläser ein, fast bis obenhin.

Sie prosteten einander zu. »Happy Halloween!«

Isabella trank einen herzhaften Schluck, dann knöpfte sie ihre Jacke auf. Sie war rank und schlank, doch ihr Bauch wölbte sich sichtbar. Sie sah aus wie im vierten Monat schwanger. Zu viel Bier?, fragte sich Elisabeth. Sie hatte Isabella kurz in der Bar gesehen, aber da war ihr nichts aufgefallen. Damals hatte sie allerdings auch gesessen.

Ungestümes Klopfen kündigte eine vierzig Kopf starke Truppe kostümierter Kinder an, die von ihren größtenteils ebenfalls verkleideten Eltern begleitet wurden. Nach der fünften Familie im *Star-Wars*-Motto sprach Isabella laut aus, was Elisabeth schon die ganze Zeit dachte: »Diese Mütter wollen unbedingt zeigen, dass sie noch was zu bieten haben, deshalb gehen sie als

Prinzessin Leia, während ihre Kinder die Sturmtruppen geben müssen. Wissen diese Zwerge eigentlich, was Sturmtruppen sind?«

Elisabeth schenkte Wein nach und stellte einen Teller mit Käse und Crackern dazu, als Gegenmaßnahme zu den vielen Süßigkeiten, die sie sich bereits reingezogen hatten. Von dem vielen Zucker kribbelte ihr schon das Gesicht.

»Früher, in der Stadt«, sagte sie, »habe ich bei einer Frauenzeitschrift gearbeitet. Ich wohnte in einer Vierer-WG im fünften Stock in einem Wohnhaus ohne Fahrstuhl und verbrachte die meiste Zeit mit Reisekostenabrechnungen, aber ich durfte zu Heidi Klums Halloweenparty. Meine Chefin war krank und hat mir ihre Einladung gegeben.«

»Ich will alles hören, jede Einzelheit«, sagte Isabella.

»Heidi war als Lady Godiva verkleidet. Sie ist auf einem Pferd hereingeritten.«

»Ich hoffe, ich kann diese Geschichte nächstes Halloween toppen«, sagte Isabella. »Wenn ich nicht mehr in diesem Kuhkaff wohne. Oder meine Wampe los bin.« Sie legte sich die Hände auf den Bauch.

Elisabeth wusste nicht, was sie dazu sagen sollte.

»Normalerweise sehe ich nicht so aus«, fuhr Isabella fort. »Ich spende meine Eizellen und muss lauter Medikamente nehmen, damit sie so richtig riesig werden. Bei jedem Schritt habe ich das Gefühl, die schwappen in meinem Bauch rum. Echt eklig!«

Bevor Elisabeth noch ihre Frage formuliert hatte, sagte Isabella: »Muss schon wieder pinkeln. Gleich wieder da!« Sprach's und war verschwunden.

»Sie ist …«, setzte Elisabeth an.

»Ich weiß«, sagte Sam, »das ist total verrückt.«

»Braucht sie Geld?«

»Nein. Sie sagt zwar ständig, dass sie Geldsorgen hat, aber ich kapier nicht, warum.«

»Niemand hat je das Gefühl, genug Geld zu haben«, sagte Elisabeth.

»Sie hat aber definitiv genug. Glaub mir. Ihr Dad ist der Präsident einer Bank oder so was.«

»Hat jemand versucht, sie davon abzuhalten?«

»Wenn Isabella sich für etwas entschieden hat, lässt man sie am besten machen, bis sie es von selbst kapiert«, sagte Sam.

»Sie spritzt sich das Zeug jeden Tag?«

»Nein, das mach ich.«

Auf einmal erwachte Elisabeths Mutterinstinkt. Wer beauftragte ein Mädchen in Isabellas Alter damit, Eizellen zu spenden? Warum hatte Sam das einfach mitgemacht und ihr kein Sterbenswörtchen gesagt?

Als Isabella sie bei ihrer Rückkehr fragte, ob sie glaubten, dass Heidi was an sich hatte machen lassen, sagte Elisabeth einfach: »Tu's nicht.«

Isabella sah sie verwirrt an, »Ähm, was jetzt genau?«

»Deine Eizellen verkaufen.«

»Muss ich aber. Hab einen Vertrag unterschrieben.«

»Egal.«

»Ach ja?«

»Ja.«

Rechtlich betrachtet gehörten die Eizellen nur der Besitzerin. Das wusste Elisabeth noch von ihren Recherchen. Man kann niemanden zwingen, Teile seines Körpers zu verkaufen, selbst dann nicht, wenn diese Person einen Vertrag unterschrieben hat.

»Letzten Monat musste ich Progesteron, Östrogen, Gonal-F und Menopur nehmen«, sagte Isabella. »Die letzten beiden sind Medikamente.«

»Ich weiß«, sagte Elisabeth. »Gil ist durch künstliche Befruchtung entstanden. Ich musste so was auch einnehmen.«

»Echt?«, fragte Sam.

»Damit ihr's wisst: Die ganze Chose sollte nur einen Monat dauern«, sagte Isabella, »aber wie's aussieht, hat der Doc die Präparate falsch dosiert, weil ich nicht so viele Follikel produziert habe wie erwartet. Also haben sie diesen Monat die Dosierung erhöht, und zack, jetzt bin ich kugelrund.«

»Hyperstimulation«, sagte Elisabeth. »Diesmal haben sie dir zu viel verabreicht.«

»Aber alles sieht gut aus. Ich kriege doppelt so viel wie vereinbart, weil es schon so lange läuft. Es ist fast vorbei. Am Dienstag werden die Eizellen entnommen.«

»Das passiert unter Narkose«, sagte Elisabeth.

»Ich weiß. Gott sei Dank.«

Vollkommen cool. Elisabeth hätte sie am liebsten geschüttelt.

»Wissen deine Eltern davon?«

»Natürlich nicht.«

»Das ist eine große Sache«, sagte Elisabeth. »Irgendwo da draußen wird dein Kind aufwachsen.«

»Nicht mein Kind, meine Eizelle«, erklärte Isabella, als hätte Elisabeth was Wichtiges übersehen. »Und das Paar ... die beiden sind so süß! Kim und Tim. Ihre Namen reimen sich. Wie süß ist das bitte? Ich will ihnen helfen. Sie haben es verdient.«

Elisabeth wandte sich an Sam, aber die zuckte nur die Achseln.

»Bitte überleg es dir noch mal«, sagte sie. »Eines Tages wirst du es bereuen. Das Geld ist es nicht wert, glaub mir.«

Isabella kam ihr vor wie jemand, die alles mit einem Lachen abtat. Aber einen kurzen Moment lang meinte Elisabeth in ihrer Miene eine Veränderung zu erkennen. Als hätte sie etwas verstanden. Hoffentlich war sie zu ihr durchgedrungen.

»Wie lange hast du das mit der Befruchtung gemacht?«, fragte Sam leise.

»Ein Jahr.«

»War es schlimm?«

»Einerseits ja, andererseits nein«, sagte Elisabeth. »Die Monate, wenn es nicht geklappt hatte, obwohl ich mich mit nichts anderem mehr beschäftigt habe, ja, das war schrecklich. Ich habe eine Menge absurdes Zeug gemacht, nur damit es endlich passiert.«

»Was denn zum Beispiel?«, fragte Sam.

Zusätzlich zu den ganzen Injektionen hatte sie ein tägliches Ritual, das sich aus ärztlichen Empfehlungen und willkürlich zusammengewürfelten Tipps von Freundinnen und irgendwelchen Frauen aus dem Internet zusammensetzte, dazu Meditation, Baby-Aspirin, Eisenpräparate, Brühe aus Markknochen, Granatapfelsaft, sechs Tassen Himbeerblättertee, gefolgt von sechs Tassen Brennnesseltee. Sie ging zur Akupunktur. Der Erste behandelte sie sanft wie in einem Wellnesshotel, der nächste meinte, je schmerzhafter, desto besser, und jagte ihr durch dicke Nadeln Strom in den Bauch. Auf Fayes Zuraten hin hatte Elisabeth während einer Geschäftsreise nach Montreal den Mont Royal erklommen, wo sie sich im Sankt-Josephs-Oratorium ein spezielles Öl besorgte, mit dem sie, die eigentlich Atheistin war, sich Abend für Abend ihren Bauch einrieb.

Sam und Isabella hatten keine Ahnung, wie verzweifelt man wurde, wenn man sich nach etwas sehnt, das nicht in Erfüllung zu gehen scheint. Wie sollte sie diesen Mädchen erklären, dass man in so einer Situation mehr als bereit war, sich für dreihundert Dollar die Vagina bedampfen zu lassen, weil man hoffte, dass sich diese Behandlung als Zaubermittel herausstellen und man endlich schwanger werden würde? Die Antwort: Gar nicht, denn für solche Informationen waren sie noch nicht bereit.

Elisabeth war sogar zu einer Maya-Bauchmassage gegangen. Ihre Enttäuschung über den Namen der Masseuse konnte sie kaum verbergen – sie hieß tatsächlich Rochelle Moskowitz. Für den Preis hatte sie eine waschechte Maya erwartet. Die Massage selbst war alles andere als entspannt gewesen. Rochelle wirkte an jenem Tag gehetzt, die Behandlung begann mit einer Viertelstunde Verspätung. Rochelle wies Elisabeth an, sich ein Nest aus Federn und Felsen vorzustellen. Aber sie musste die ganze Zeit daran denken, dass ihre Kollegin Pearl jetzt allein im Restaurant auf sie warte.

Als Rochelle fragte, ob Elisabeth jetzt ihre Freundin treffen wollte, antwortete sie: »Ja!«, schwer beeindruckt von den hellseherischen Fähigkeiten dieser Frau.

Rochelle ergriff Elisabeths Hand und strich damit über ihr Schambein. Erst da wurde ihr klar, dass Rochelle mit »deine Freundin« ihre Gebärmutter gemeint hatte.

»Ihr seid beide alt genug, um Kinder zu bekommen«, sagte Elisabeth jetzt zu Isabella und Sam. »Ich bin in einem Alter, in dem es viele Frauen auch tatsächlich tun. Aber das bedeutet nicht, dass ihr eure Eizellen verkaufen solltet. Diese ganze Angelegenheit ist emotional und moralisch ganz schön vertrackt, sogar dann, wenn man seine eigenen Kinder austrägt.«

»Wieso?«, fragte Isabella.

»In meinen Fall gibt es zwei Embryos, die ich nicht verwendet habe. Ich will keine Kinder mehr. Aber dieses eine wollte ich so sehr, dass ich Andrew versprochen habe, bei der IVF keinen meiner Embryos vernichten zu lassen. Er ist katholisch erzogen, keine Ahnung, ob er deshalb so strikt dagegen ist. Er meint, es hätte was damit zu tun, dass er Einzelkind ist. Er wisse, wie das ist. Er will, dass Gil Geschwister hat.«

Was tat sie da? Sie hätte das nicht ausplaudern dürfen. Andrew wäre entsetzt, wenn er das wüsste.

»Und was habt ihr beiden sonst noch geplant fürs Wochenende?«, fragte sie, um sich wieder auf neutralen Boden zu bewegen.

»Morgen Abend feiert eine Freundin Geburtstag«, sagte Isabella, »und Sonntag ist Party im Wohnheim, weil Montag keine Kurse stattfinden. Wir feiern Lucretia Chesnutt.«

»Wer ist das?«

»Lucretia Chesnutt war die erste Schwarze, die einen Collegeabschluss gemacht hat«, sagte Sam. »Die Schule feiert jedes Jahr ihren Geburtstag. Es gibt Paneldiskussionen und Gastvorträge rund um das Thema Diversität.«

Sie klang stolz.

»Soll ich dir an dem Tag freigeben, damit du hingehen kannst?«, fragte Elisabeth, hoffte aber insgeheim, dass Sam ablehnen würde.

»Nein«, sagte Sam. »Das passt schon so. Danke trotzdem.«

»Sicher?«

»Niemand geht zu den Diskussionen«, sagte Isabella. »Normalerweise gehen wir an dem Tag shoppen.«

»Ich bin hingegangen!«, sagte Sam.

»Interessiert mich nicht so, das Ganze«, sagte Isabella. »Das ist so ›Schaut her, wie toll wir sind! Inklusion ist unser Ding‹. Einmal im Jahr. Echt jetzt?«

»Nicht nur einmal im Jahr«, entgegnete Sam. »Was ist mit den Stipendien?«

»Ja, klar«, sagte Isabella. »Das College hat ein Programm für schwarze Collegestudentinnen, die in der Highschool Spitzennoten hatten. Die Lucretia-Chesnutt-Stipendiatinnen. Das sind krasse Überflieger. Die kriegen alles umsonst. Aber dafür werden sie bei allen besonderen Anlässen von der Schule vorgeführt – das ist so schräg.«

»Ich finde es inspirierend«, sagte Sam.

Isabella zog eine Grimasse, und Elisabeth erkannte, dass sie nicht so aufrichtig und unvoreingenommen war wie Sam.

»Ein Stipendium für Eliteschüler bringt keinerlei echte, strukturelle Veränderung«, sagte Isabella. »Bildungsungerechtigkeit, Zugang zu Testvorbereitungen. Nur die allerbesten werden gefördert. Was ist mit allen anderen, die vielleicht an einer schlechten Highschool sind? Verdienen die keine Förderung?«

»Ich hab das Gefühl, du plapperst die ganze Zeit nach, was Shannon sagt«, meinte Sam. »Shannon ist unsere Freundin, sie hat so ein Stipendium bekommen.«

Elisabeth nickte. »Aha, verstehe.«

»Nichts plappere ich nach. Ich habe einfach dieselbe Meinung wie sie«, sagte Isabella.

»Wieso sollte man jemanden, der hervorragende akademische Leistungen erbringt, nicht dafür belohnen?«, fragte Sam. »Ich bin nicht mit Leuten aufgewachsen, die auf Colleges wie dieses hier gegangen sind. Ich hatte keinen Nachhilfelehrer wie du und Lexi. Wenn ich die Rede von Präsidentin Washington nicht im Internet gesehen hätte, hätte ich mich nie beworben.«

Sam sah zu Elisabeth. »Unsere Präsidentin Washington hat diese absolut fantastische Rede gehalten: ›Wenn Frauen die Welt regieren würden‹. Man kann sie sich auf YouTube ansehen. Ich habe sie bestimmt schon hundertmal angeschaut.«

»Sam ist schwer in unsere Collegepräsidentin verliebt, falls es dir noch nicht aufgefallen ist«, sagte Isabella.

Es war absurd, aber auch irgendwie rührend, dass sie die Frau Präsidentin nannten. Als wäre sie tatsächlich ein Staatsoberhaupt.

»Und was würde ihrer Meinung nach anders laufen, wenn Frauen an der Macht wären?«, fragte Elisabeth.

»Alles«, sagte Sam.

Elisabeth schnaubte.

»Glaubst du das nicht?«

»Ich glaube, es geht um Macht. Und um die individuelle Persönlichkeit. Frauen könnten genauso böse und korrupt sein wie Männer. Sie hatten nur noch nicht so viel Gelegenheit, sich zu beweisen, historisch betrachtet.«

»Aber du bist doch Feministin?«

»Ich weiß nicht mehr, was das genau bedeutet. Mit dem Label verkaufen sie jetzt sogar Seife.«

Beide Mädchen starrten sie an. Elisabeth kam sich vor wie die größte Zynikerin unter der Sonne.

»Aber ja, ich bin Feministin. Natürlich bin ich das«, fügte sie rasch hinzu. »Ich sollte lieber den Mund halten. Dank Schlafentzug trete ich in alle Fettnäpfchen.«

Sie wandte sich Isabella zu. »Gil macht gerade eine schlimme Phase durch. Wachstumsschub. Er ist die ganze Nacht wach und total anstrengend, aber es heißt, am Ende hat er neue Fähigkeiten erlernt. Ich glaube allerdings, das ist ein Ammenmärchen, das sie den Müttern erzählen, damit sie nicht durchdrehen.«

»Steht dein Mann nicht mal mit ihm auf?«, fragte Isabella.

»Isa!«, mahnte Sam.

»Morgens und abends wechseln wir uns ab, aber in der Nacht wacht Andrew gar nicht erst auf. Er hört das Schreien nicht. Keine Ahnung, wie das geht, aber er schwört, dass es so ist.«

»Was, wenn du ihn auch nicht schreien hörst?«, fragte Isabella.

»Aber das tue ich leider. Ich wache sogar schon vorher auf, weil ich weiß, dass er gleich schreit.«

»Was, wenn du erstmal wartest? Nicht gleich aus dem Bett springst. Was würde dann passieren?«

Elisabeth konnte sich nicht vorstellen, einfach dazuliegen und abzuwarten, bis Gils Schreien so laut wäre, dass auch Andrew davon aufwachte, aber die Vorstellung entlockte ihr ein Lächeln.

Da ging die Hintertür auf. Andrew kam in die Küche.

Sie kicherten los wie Zehnjährige bei einer Übernachtung.

»Was?«, fragte er. »Ahhh! Schau dir das Mäuschen an!«

Andrew hob Gil aus der Babywippe, die auf der Anrichte stand.

»Ist das nicht ein bisschen gefährlich?«, fragte er.

Nichts regte Elisabeth so sehr auf wie diese Situation: Er kam hier reingeschneit und musste sie als Erstes für irgendwas kritisieren, was sie in seiner Abwesenheit mit dem Baby gemacht hatte.

Sie hatte schon eine passende Antwort parat, hielt aber lieber den Mund.

Andrew beäugte die Schüsseln mit Süßigkeiten. Nur noch ein paar Schokoriegel waren übrig. Sie hatte vergessen, ihm welche zur Seite zu legen.

»Die Kinder haben alles weggefuttert«, sagte sie.

Elisabeth sah, wie er die zerknüllte Silberfolie ins Visier nahm, in einem unverkennbaren Haufen neben der leeren Weinflasche auf dem Tisch.

»Aha«, sagte er.

»Hoppla, schon viertel nach sechs!«, rief Sam. »Wir müssen los, sonst hat der Nagelsalon zu.«

Elisabeth brachte sie zur Tür.

»Danke, dass ihr mir Gesellschaft geleistet habt«, sagte sie. »Viel Spaß heute Abend.«

Überraschenderweise fiel ihr Isabella zum Abschied um den Hals.

»Denke bitte über meinen Rat nach«, sagte Elisabeth.

»Okay«, sagte Isabella. »Und du über meinen.« Sie warf einen Blick in die Küche, wo Andrew saß.

Elisabeth sah ihnen hinterher, wie sie über den Rasen auf Isabellas Auto zuliefen, ein blauer Audi.

Debbie von gegenüber hatte vor ihrem Haus eine aufblasbare schwarze Katze aufgestellt. Sie war gut und gerne drei Meter hoch und überragte die Fenster im Erdgeschoss. An den Büschen hingen künstliche Spinnweben, orange blinkende Lichterketten wanden sich um die Terrassenpfeiler. Vorhin hatte sie noch acht ausgehöhlte, zur Grimasse geschnitzte, innen beleuchtete Kürbisse aufgestellt, zwei auf jeder Stufe, und jedes

Mal, wenn jemand vorbeikam, erscholl grässliches Gelächter aus einem Geräuschgenerator. Elisabeth hatte zuvor noch niemanden getroffen, der sich für Halloween so ins Zeug legte. Gott sei ihnen gnädig, wenn Weihnachten kam.

Letzte Woche hatte sie Debbies Haus zum ersten Mal betreten, der Buchclub hatte sich diesmal bei ihr getroffen. Es ging um *Frühstück bei Tiffany's*, das sie ausgewählt hatten, weil es nicht so lang war wie *Die geheime Geschichte* und es außerdem einen Film dazu gab, den man sich ansehen könnte, falls man mal eine Lesepause brauchte, wie Karen es ausdrückte.

Diese Versammlung lief zahmer ab als die letzte, denn Debbies Gatte war zu Hause. Sie hatten sich an ihrem Esstisch versammelt, aßen Rohkost und Baba Ghanoush und tranken billigen Wein. Hin und wieder kam eines von Debbies Kindern reingetrottet und wedelte mit der Fernbedienung, womit sie ihr wohl bedeuteten, dass sie umschalten sollte.

Irgendwann fragte Elisabeth: »Hat eigentlich jemand von Gwen gehört?«

Allgemeines Kopfschütteln.

»Da fällt mir ein«, sagte Karen, »Josh hat erzählt, sie hätte Christopher gezwungen, mit ihr nach Hongkong zu fliegen, weil er einer Studentin zu tief in die Augen geschaut hat – oder wohl eher in den Ausschnitt.«

»Widerlich«, sagte Stephanie.

»Ich will alles wissen!«, rief Debbie. »Los, pikante Details!«

»Ja!«, riefen die anderen.

Mit großer Wollust machten sie sich über das Gerücht her.

Elisabeth wünschte, sie hätte das Thema nie zur Sprache gebracht. Sie fragte sich, ob an dem Gerücht etwas dran war. Unmöglich, sich Gwen mit so einem Kerl vorzustellen.

»Mehr weiß ich nicht«, sagte Karen. »Josh hat mir das unter dem Siegel der Verschwiegenheit erzählt, also bitte nicht weitersagen.«

Du selbst hast es gerade praktisch in die Welt posaunt!, dachte Elisabeth, hielt aber den Mund.

Als sie jetzt die Haustür schließen wollte, fiel ihr auf dem Gehweg eine Frau in ihrem Alter auf, auch sie war als Prinzessin Leia verkleidet – braune Perücke, enges weißes Kleid mit Schlitz bis zum Schambereich, dazu hohe weiße Lederstiefel. Sie ging im *Star-Wars*-Kostüm mit ihrem Hund Gassi.

Elisabeth dachte an Isabellas Worte.

Grinsend kehrte sie zurück in die Küche. Sie würde es gleich Andrew erzählen.

»Willst du immer noch Burger braten?«, fragte sie munter. Erst da bemerkte sie, dass er die leere Weinflasche in der Hand hielt.

»Wie hat der geschmeckt?«, fragte er.

»Ganz gut.«

»Das hier war ein Cabernet für hundert Dollar«, sagte er.

»Nein! Hundert Dollar?«

»Jepp.«

Seine Wut war offensichtlich, obwohl er sich bemühte, ganz entspannt zu klingen.

»Tut mir leid«, sagte sie. »War der für einen besonderen Anlass gedacht?«

»Nein, aber … es ist eine Sache, wenn es nur Sam ist, ein Glas zum Essen, aber findest du's richtig, wenn die jungen Mädchen sich in deinem Beisein betrinken? Sind sie überhaupt schon alt genug?«

»Niemand hat sich betrunken«, sagte Elisabeth.

»Wirklich? Da hatte ich aber einen anderen Eindruck. So wie ihr gekichert habt, als ich reinkam.«

»So hört es sich eben an, wenn Leute Spaß haben, Andrew«, entgegnete Elisabeth. »Tut mir leid, wenn wir dir damit zu nahe getreten sind.«

Sie nahm ihm das Baby vom Arm und ging nach oben.

An der Tür klingelte es noch drei Mal, aber niemand ging hin.

Nachdem Elisabeth Gil gebadet hatte, brachte sie ihn ins Bett. Dann verzog sie sich ins Fernsehzimmer und schaltete den Apparat ein. Eigentlich hatte sie Hunger und wollte zu Abend essen, aber ihre Sturheit hielt sie zurück. Erst müsste Andrew sich bei ihr entschuldigen.

Ihre Gedanken kreisten um Isabella. Sie musste sie von ihrem Vorhaben abbringen. Sie stellte sich die Frau vor, die auf die Eizellen wartete und sie vielleicht wegen ihr jetzt nicht bekommen würde. Elisabeth fragte sich, wer sie wohl war, wo sie wohnte, wie lange sie es schon versuchte.

Sie selbst hatte in der Zeit zwischen Ende zwanzig und Anfang dreißig mit der Entscheidung gerungen, ob sie überhaupt Kinder wollte oder nicht. Jahrelang hatte sie darauf gewartet, dass ihre Hormone überschießen würden und sie statt von Ängsten und Sorgen nur noch vom Kinderwunsch getrieben sein möge. Irgendwann wusste sie nicht mehr, welche Antwort die richtige war, aber rechnen konnte sie durchaus. Keine Entscheidung zu treffen führte nur dazu, dass das Zeitfenster immer enger wurde. Würde sie sich dafür entscheiden, gäbe es dann kein Fenster mehr.

Doch wie oft hatte sie sich im Leben für etwas entschieden, nur damit sie hinterher nichts bedauern musste?

Ihr Ringen zog sich so lange hin, dass sie irgendwann glaubte, sie müsste nur diesen Teil überwinden, danach wäre alles leichter. Um sie herum waren alle schwanger, hatten gerade ein Kind bekommen oder beides. Nomis Sohn Alex war bereits auf der Welt, sie wollte noch ein zweites.

Eines Morgens wurde Elisabeth von ihrem vibrierenden Handy geweckt. Nomi hatte ihr ein Bild von drei Schwangerschaftstests geschickt, darunter stand: *Man kann es kaum erken-*

nen, aber ich glaube, ich sehe da zwei Striche. Du??? Oder ist das eine
Verdunstungslinie? (Die oberen beiden Tests sind von mir. Ich habe
Brian gebeten, auf den dritten zu pinkeln, zum Vergleich.)

Sie zeigte Andrew das Foto.

»Nomi glaubt, sie ist wieder schwanger, aber sie fragt sich, ob der zweite Strich vielleicht eine Verdunstungslinie ist«, sagte Elisabeth.

»Was ist eine Verdunstungslinie?«, fragte er.

Als Elisabeth beschlossen hatte, die Pille abzusetzen, hatte sie ein seltsames Glücksgefühl erfasst. Sie war so ruhig wie nie zuvor. Zum ersten Mal prallte alles von ihr ab. Es ging nicht mehr nur um sie. Sie kam sich vor wie in Watte gepackt. Ein kostbares, zerbrechliches Objekt.

Ihre erste Fehlgeburt war entsetzlich, aber sie kannte viele, denen es ähnlich ergangen war. Nach der zweiten hatte sie Angst, es nochmal zu versuchen, weil sie fürchtete, dass ein weiterer Verlust sie zerstören würde. Nach dem dritten Mal schlug Elisabeths Frauenärztin ein paar Tests vor, die schließlich Probleme mit den Chromosomen nachwiesen. Sie überwies sie an einen Endokrinologen an der Upper East Side.

Normalerweise musste man zwei Monate auf einen Termin warten, aber seine Sprechstundenhilfe meinte, Elisabeth habe Glück. Sie hatte an einem Mittwoch angerufen, und zufällig hatte eine andere Patientin ihren Termin am Freitag abgesagt.

»Wir haben so ein Glück!«, sagte sie zu Andrew.

Was man so für Glück hält, kann sich schnell ändern, dachte sie.

Der Arzt schlug ihnen vor, es mit IVF zu versuchen, die Embryos untersuchen zu lassen und nur die gesunden zu verwenden.

»Sie sind fünfunddreißig, nicht fünfundzwanzig«, wiederholte er dreimal innerhalb von zehn Minuten. Als könnte ihr das entfallen sein.

Obwohl sie keinen Untersuchungstermin vereinbart hatten, schickte er Elisabeth direkt im Anschluss an sein Verkaufsgespräch in den Nebenraum zum Ultraschall.

»Wollen wir das?«, fragte sie Andrew. »Soll ich einen Ultraschall machen lassen?«

Ein paar Minuten später ging es los.

»Die Gebärmutterschleimhaut ist etwas dünn«, sagte der Arzt, während er mit dem stabförmigen Gerät in ihrem Inneren herumbohrte. »Ihre Schleimhaut ist das Holiday Inn, okay? Ich will aber das Four Seasons. Keine Sorge, wir machen das schon kuschelig.«

Er ratterte eine Liste herunter, lauter Posten, es hörte sich an wie ein Einkaufszettel. *Progesteroninjektionen, Viagrazäpfchen.*

Man nahm ihr und Andrew Blut ab, sie saßen einander in separaten Kabinen gegenüber. Das schlimmste Date, das sie je erlebt hatten. Danach genehmigten sie sich einige Bierchen im Irish Pub gegenüber. Sie fragte sich, wie viele unschöne Unterhaltungen sich dort wohl schon abgespielt hatten.

An jenem Abend war sie mit Nomi beim Thai in der Smith Street essen gegangen.

Elisabeth trug die Mappe vom Arzt unterm Arm. Sie legte sie auf den Tisch.

Nomi bestellte Pad Kee Mao mit extra Tofu. Sie war in der achten Woche schwanger und versuchte, als Vegetarierin so viel Protein wie möglich zu sich zu nehmen.

Als Elisabeth die Mappe aufschlug und sich dafür entschuldigte, sie damit zu belasten, erwiderte Nomi: »Schlechte Nachrichten sind nicht ansteckend.«

Weil sie so eine gute Freundin war, fragte sie Elisabeth, ob es sie belaste, dass Nomi nun schon zum zweiten Mal schwanger war. Elisabeth erklärte, sie wolle auf keinen Fall so jemand werden, der auf das Glück ihrer Freundinnen neidisch war. Doch das war sie leider dennoch – auf Nomi, auf ihre gemeinsame

Freundin Lauren, die gerade ihr drittes Kind bekommen hatte, durch Zufall gezeugt, ohne Vorfälle geboren.

Zu Hause tauchte sie in die Tiefen des Internets ab, um zu recherchieren, was genau IVF für sie bedeuten würde. Der Arzt hatte es ihnen zwar schon erklärt, aber Elisabeth wollte es schwarz auf weiß lesen, alles auf einer Seite. *Täglich werden Ihnen vier verschiedene Hormonpräparate injiziert, jeden zweiten Tag wird man Ihnen Blut entnehmen, und es erfolgt eine transvaginale Ultraschalluntersuchung, nach drei Wochen werden Ihnen unter Narkose die gereiften Eizellen aus den Eibläschen in Ihrem Eierstock entnommen. Währenddessen ejakuliert Ihr Partner in einem Nebenraum in einen Behälter.*

Was perfekt zeigte, woran es haperte mit der Gleichberechtigung zwischen Männern und Frauen.

Mitten in der Nacht suchte sie im Internet.

Bekomme ich von IVF Krebs? Möglich. Vielleicht. Wovon bekam man den nicht?

Sie bildete sich ein, dass Kinder, die durch künstliche Befruchtung entstanden waren, abnormal aussahen. Sie mailte sich Fotos von Säuglingen, Erfolgsgeschichten von verschiedenen Familienplanungswebsites. Am Morgen hielt sie sie Andrew unter die Nase und fragte ihn: »Findest du, die sehen echt aus?«

Einmal vervollständigte Google ihren gerade eingetippten Halbsatz *Haben IVF-Babys … mit … eine Seele?*, woraufhin sie tief in ein katholisches Familienplanungs-Forum abtauchte.

In einem anderen Forum behauptete eine Frau, dass die Erfolgsrate für IVF statistisch betrachtet beim sechsten Mal am höchsten liege. Wenn sie das Ganze sechsmal durchziehen müsste, würde sie einfach abhauen, dachte Elisabeth daraufhin. In den Untergrund abtauchen würde sie. Einsiedlerin werden.

Aber in der Not frisst der Teufel bekanntlich Fliegen. Früher, als sie noch nicht mal wusste, was IVF eigentlich genau war, hatte sie keinerlei Verständnis gehabt für diese babygeilen Paare, die unbedingt leibliche Kinder haben wollten. *Warum adoptierten sie nicht einfach eins?*, hatte sie damals gesagt. *Wenn uns das passiert, na, dann adoptieren wir eben.*

Eines Abends gestand sie ihren Freundinnen beim Drink, dass sie sich nur noch in Internetforen rumtrieb. Wie sich herausstellte, war sie nicht die Einzige. Jede suchte irgendwas. Man fand sich über die verschiedenen Interessensgebiete zusammen, sei es, dass man gern kochte, zur Berufsgruppe der Anwälte gehörte oder vor dreißig Jahren dieselbe Schule besucht hatte. Hier trafen sich die Frauen von heute. Hier tauschten sie ihre intimsten Geheimnisse aus.

Elisabeths Freundin Amy besuchte die Foren, weil sie ihre Stiefkinder verabscheute. Nie hätte sie von sich gedacht, dass sie mal so empfinden würde. Ihre Kollegin Maisy tummelte sich in einer Internetgruppe für lesbische Frauen. Sie selbst würden niemals etwas posten, aber sie lasen mit. Immer weiter. Bücher lasen sie längst nicht mehr.

Als Nomi in der neunten Woche zum Ultraschall ging, stellte man keinen Herzschlag mehr fest. Sie musste ein Medikament nehmen, das eine Fehlgeburt auslösen würde. Sie war nervös, denn Betroffene hatten im Internet von großen Schmerzen und hohem Blutverlust geschrieben. Eine Frau hatte sogar als Warnung gepostet: *Es könnte sein, dass man noch die Augen des Babys sieht!*

Elisabeth besuchte Nomi zu Hause und spielte mit Alex, dem Dreijährigen, und seinen Rennautos. Nomi bekam Krämpfe. Es konnte bis zu vier Tage dauern, bis das Medikament wirkte. Die Ärztin verschrieb ihr zwanzig Tabletten, hoffte aber, dass Nomi nicht alle bräuchte.

Elisabeth kochte für sie Mittagessen, dann sorgte sie dafür, dass Alex und Nomi ein bisschen schliefen.

Wieder zu Hause versuchte sie zu schreiben. Aber sie war nicht bei der Sache. In den folgenden zwei Tagen stand sie Nomi bei, während das Baby, oder die Vorstellung eines Babys, ihren Körper verließ. Sie ging zum Bio-Kinderladen an der Court Street und kaufte drei sündhaft teure Garnituren für Freundinnen, die gerade entbunden hatten oder kurz davorstanden. Sie bestellte die Hormone, die Andrew ihr jeden Abend spritzen sollte, in der Hoffnung, dass in ihr bald ein eigenes Kind heranwachsen würde.

Drei Wochen später stand Elisabeth aufgedunsen und von Hormonen geschüttelt auf der jährlichen Weihnachtsfeier im Büro ihrer Agentin. Den ganzen Tag hatte sie sich wie Scrooge gefühlt, aber bei dieser kleinen Feier bekam sie eigentlich immer gute Laune. Danach zogen ein paar von ihnen weiter in eine Bar. Sie versammelten sich an einem Tisch und tranken Whiskey. Ein ehemaliger Kollege von der *Times* erzählte gerade, dass die etwa fünfzigjährige Krimiautorin, die gerade auf einen jungen Hipster eingeredet habe, weil dieser auf dem Fahrrad keinen Helm trug, jetzt vor der Bar stand und rauchte.

»Jeder hat seine Laster«, sagte der Hipster.

Kurz danach setzte sich eine Praktikantin aus der Agentur zu Elisabeth und erzählte ihr von ihrer Liebe zu Büchern. Im nächsten Atemzug teilte sie ihr mit, dass sie Französische Bulldoggen rettete. Diese Rasse sei dermaßen krankheitsanfällig, dass eine Fortpflanzung nur über künstliche Befruchtung stattfinden könne.

»Wenn du nicht von selbst schwanger wirst, sagt dir die Natur, dass du dich nicht fortpflanzen solltest«, meinte das Mädchen und trank ihr Bier.

Es tat so weh.

Sie redet nicht von dir, machte Elisabeth sich klar und rang sich ein Lächeln ab.

Ihre Freundinnen hatten die Pille abgesetzt und maßen regelmäßig ihre Basaltemperatur. Sie wollten schwanger werden. Und trotzdem brachen viele von ihnen in Tränen aus, als ihr

Test positiv war. Es ging ihnen auf einmal zu schnell. Sie waren noch nicht bereit. Noch eine Sache, die ihr die IVF raubte – das Recht, ambivalente Gefühle zu haben. Wieso sollte man sich dieser Tortur unterziehen, wenn man nicht sicher war? Aber sie war nicht sicher. Und fragte sich, wie vielen es hier im neongrell beleuchteten Wartezimmer wohl genauso ging.

Andrew nahm die Sache wie alles andere auch. Ganz gelassen. Zumindest hatte es den Anschein. Bei den Injektionen und den traurigen frühmorgendlichen Blutuntersuchungen lachten sie, obwohl sie gelesen hatte, dass sich Paare nach erfolgloser IVF fast immer scheiden ließen. Zuerst empfand Elisabeth fast ein wenig Selbstzufriedenheit, weil sie so gut mit der Sache klarkamen. Aber dann folgten die Verluste. Die ihn offenbar nicht so hart trafen wie sie, ein Umstand, der sie zornig machte. Je mehr Abgänge sie erlebte, je mehr Hormone man in sie hineinpumpte, desto besser konnte sie nachvollziehen, dass Beziehungen daran zerbrachen.

Ein paarmal hätte sie fast aufgegeben, aber IVF hatte dasselbe Suchtpotenzial wie Glücksspiele. *Nächstes Mal musste es doch klappen!*

Auch in einem weiteren Aspekt ähnelte IVF der Glücksspielsucht. Sie hatten doppelt so viel dafür ausgegeben, als sie eigentlich abgemacht hatten. Sie hatten sich eine Grenze gesetzt, diese jedoch bald überschritten, und danach die zweite und sogar die dritte. Elisabeth kannte Leute, die für ihre IVF-Behandlung einen Kredit aufgenommen hatten. In der Klinik lagen Broschüren für eine eigene IVF-Kreditkarte aus.

Nach einem Jahr hatte sie das Gefühl, zwischen dem Empfängnisprozess und ihrem Kinderwunsch bestehe keinerlei Verbindung mehr, und sie war sich nicht mehr sicher, ob sie überhaupt Mutter werden wollte oder es ihr nur noch darum ging, einen Sieg zu erringen. Doch eines Nachmittags auf dem Weg nach Hause saß sie in der nicht besonders überfüllten

Linie F einem besonders süßen Kerlchen gegenüber. Er trug eine Bärchenmütze.

»Wie alt?«, fragte sie.

»Sechs Monate«, antwortete die Mutter.

Beide grinsten. Alle grinsten, die Frau zwei Plätze weiter, sogar der junge Mann, der hinter seiner Zeitung hervorlugte. Sie hatten sich Hals über Kopf in dieses kleine Wesen verliebt und dieses Gefühl war so stark, dass sie deswegen sogar Sympathie füreinander empfanden.

Obwohl sie alle wussten, wie schwierig das Menschsein war, schienen sie im tiefsten Inneren auch das Besondere, Wunderbare daran zu erkennen. Wieso sonst erfüllte sie die Existenz eines neuen Erdenbürgers mit solcher Freude?

Erst als Elisabeth im vierten Monat war, begann sie ihre Schwangerschaft zu akzeptieren. Vorher hatte sie immer gesagt: *Falls ich schwanger bin*, und sowohl Andrew als auch Nomi hatten sie korrigiert: Du *bist* schwanger.

Auch Nomi war damals erneut schwanger, sie stand jedoch schon kurz vor der Entbindung.

Nun durfte sich Elisabeth endlich in den positiven Foren tummeln, wo sich werdende Mütter über Babynamen austauschten. Sie posteten ganze Listen, diese Frauen, die Wildfremde um ihre Meinung baten. Einmal machte Elisabeth einen Screenshot und schickte ihn an Andrew. Der Forumsbeitrag lautete: *Hilfe!!! Kann mich nicht entscheiden! Max oder Lucas oder Sebastian oder Harry oder Thor?*

»Wie heißen die Jungs in Alex' Klasse?«, fragte sie Nomi.

Nomi zählte sie an den Fingern ab. »Jax, Zev, Cruz, Dune, Bo, Blue.«

Elisabeth verzog das Gesicht. »Das sind keine Namen, das sind Laute.«

Als sie im achten Monat war, lud Nomi sie zur Gruppe BK

Mamas ein, ein Initiationsritus für Mütter in Brooklyn. Nomi meinte, die Gruppe wäre super für günstige Secondhand-Babykleidung, das Meiste sei kaum oder gar nicht benutzt. Aber das Beste daran sei der Austausch, die Dramen, die irren Auswüchse.

»Wozu die ganze Aufregung?«, fragte Elisabeth.

»Wirst schon sehen«, antwortete Nomi.

Gil kam an einem perfekten Tag auf die Welt, der Himmel war strahlend blau.

Elisabeth reagierte mit schöner Regelmäßigkeit völlig unangemessen auf wichtige Lebensereignisse, daher war sie dankbar dafür, dass sie dieses Mal ausnahmsweise vor Glück platzte. Nicht nur war ihr Wunsch endlich in Erfüllung gegangen, es war auch so viel besser, als sie es sich je erträumt hatte.

Die Liebe überraschte sie. Jedes Mal, wenn sie ihr Kind betrachtete, durchzuckte sie die erschreckende Erkenntnis, dass sie dieses Gefühl um ein Haar nie erlebt hätte.

Andrew klopfte an die Tür.

Elisabeth erhob sich von der Couch im Fernsehzimmer und ließ ihn rein. Er hielt zwei Teller in der Hand, hatte Cheeseburger gemacht, mit karamellisierten Zwiebeln, Avocado und Süßkartoffelpommes, ihr Leibgericht.

Sie setzten sich.

Er stellte die Teller auf den Tisch und schnappte sich die Fernbedienung.

»Das duftet köstlich«, sagte Elisabeth.

»Es tut mir leid«, sagte er. »Ich hatte einen beschissenen Tag auf der Arbeit. Manchmal vergesse ich, wie es für dich sein muss, den ganzen Tag allein mit dem Baby.«

»Ist schon gut. Entschuldigung, dass wir den Wein ausgetrunken haben.«

»Was schaust du da?«

Die vorherige Sendung war gerade vorbei, jetzt lief eine, die sie nicht ausstehen konnte. Statt um die Suche nach günstigen Strandhäusern ging es um ein Thema, das sie so richtig auf die Palme brachte.

Tiny House Deluxe.

»Du kannst umschalten«, sagte sie.

»Warum? Ich weiß doch, dass dich diese Sendung insgeheim total fasziniert. Steh einfach dazu!«

Dieses rund fünfzehn Quadratmeter große Schmuckstück am Rande von Indianapolis für nur fünfundachtzigtausend Dollar ist ein echtes Schnäppchen …, sagte ein Sprecher aus dem Off.

»Würde man das nicht auch für ein normales Haus am Stadtrand von Indianapolis bezahlen?«, fragte sie.

Bob und Alice haben diese antike Truhe bei einer Haushaltsauflösung ergattert. Bei ihnen erfüllt sie gleich zwei Funktionen: als elegante Toilette für ihre vier Katzen und als Sitzmöglichkeit für Gäste.

»Bitte«, flehte sie. »Mach, dass es aufhört!«

Sie streckte sich nach der Fernbedienung, und Andrew zog sie an sich, um sie zu küssen. Elisabeth fiel ihm in die Arme.

Sie lagen eng aneinander gekuschelt auf dem Sofa, während Andrew sich durchs Programm zappte.

»Ich hab dich sehr lieb«, sagte Andrew.

»Ich dich auch«, sagte Elisabeth.

Um zwanzig nach zwei erwachte sie. Kurz danach begann Gil zu schreien.

Sie schreckte hoch, besann sich kurz, ließ sich langsam wieder in die Kissen sinken und zählte im Stillen bis hundert. Bei achtundneunzig rührte sich Andrew langsam.

Sie lauschte seinen Schritten, als er in Richtung Wiege schlappte.

»Was ist denn los, kleiner Mann? Willst du dein Fläschchen?«, fragte er.

Sie hörte, wie er das Flurlicht anknipste, dann Andrews Flüstern, als er Gil nach unten trug.

Elisabeth drehte sich um und kuschelte sich mit einem breiten Grinsen ins Kissen.

10
Sam

Elisabeth war eindeutig sauer, dass Andrew, ohne sie zu fragen, eine Hochzeitseinladung von einem Arbeitskollegen angenommen hatte, den er nicht mal richtig kannte.

Der Bräutigam hatte seine Braut erst drei Monate zuvor kennengelernt, auf einer Website namens GeekLove.

»Und es soll jeder selber was zum Büfett beitragen«, empörte sich Elisabeth. »Bei einer Hochzeit!«

Sam fand, das klang eigentlich ganz nett, behielt das allerdings für sich.

Noch genervter war Elisabeth davon, dass Andrew seine Eltern gebeten hatte, solange Gil zu hüten.

»Du würdest mir einen Riesengefallen tun, wenn du auch hinfahren und ein Auge auf ihn haben könntest«, bat sie Sam. »Ich traue denen nicht so ganz mit ihm. Ich behaupte einfach, ich hätte dich vorher schon gefragt und du bräuchtest das Geld und dass ich dir nicht absagen wollte, aber sie natürlich das letzte Wort bei allem haben.«

»Okay.«

»Aber Sam«, fügte Elisabeth hinzu. »In Wahrheit hast du das letzte Wort.«

So kam es, dass Sam an einem Samstagnachmittag um eins bei Andrews Eltern war. Andrew und Elisabeth setzten sie und Gil auf dem Weg zur Hochzeit dort ab.

»Meine Mutter will sicher alles selber machen«, sagte Andrew im Auto. »Du hast bestimmt kaum was zu tun.«

Elisabeth warf Sam einen Blick im Rückspiegel zu und schüttelte den Kopf.

Nachdem Andrew und Elisabeth weg waren, saß Sam eine Stunde mit den Großeltern im Wohnzimmer und sah zu, wie Gil auf einer Decke auf dem Fußboden herumrollte. Ein großer schwarzer Hund mit weißen Flecken unter den Augen beschnüffelte den Kleinen pausenlos und leckte ihm übers Gesicht. Als Sam mit einem Laut andeutete, dass ihr das nicht geheuer war, sagte Andrews Mutter Faye: »Keine Angst, der tut nichts.«

Elisabeth würde das sicher nicht gefallen, aber Sam konnte ja schlecht mit der Großmutter deswegen streiten.

Das ganze Haus war für Thanksgiving geschmückt. An der Haustür hingen getrocknete Stängel gelber und roter Mais, »Hershey's Kisses«-Schokodrops ergossen sich aus einem Weidenfüllhorn über das Spitzendeckchen auf dem Couchtisch. Das exakte Gegenteil von Elisabeths Deko-Stil. Ihr Haus passte sich nicht den Jahreszeiten an. Nie im Leben würde sie Weihnachtsschmuck als Ohrringe tragen oder einen Pulli, auf dem ein dicker Kürbis prangte.

Faye schon. Sie war Grundschullehrerin und brach bei jedem Glucksen von Gil in helle Verzückung aus. Anfangs schien es Sam, als hätte Elisabeth ihre Schwiegermutter unterschätzt. Doch als es Zeit für ein Fläschchen und eine frische Windel war, sagte Faye: »Gut, wir lassen Sie dann mal machen, ich habe noch zu tun.«

Sie hatten den Laufstall im Gästezimmer aufgestellt. Dorthin ging Sam mit dem Kleinen und machte hinter sich die Tür zu.

Wenig später hörte sie Faye darüber klagen, dass sie da war.

»Wir haben ihren Mann großgezogen, aber ihren Sohn vertraut sie uns nicht mal ein paar Stunden an. Wie geht das denn bitte zusammen?«, zischte sie.

»Pst, leise«, sagte Andrews Vater George.

Sam wusste nicht, wie sie damit umgehen sollte. Hätte Faye Anstalten gemacht, sich um Gil zu kümmern, hätte sie ihr nicht im Weg gestanden. So aber wechselte Sam ihm nun die Windel, gab ihm sein Fläschchen, sang ihm fünf Minuten etwas vor, und er schlief ein. Vermutlich war er erschöpft von all der Aufmerksamkeit und der ungewohnten Umgebung. Sam legte ihn in den Laufstall und ging zur Tür, besann sich dann aber eines Besseren. Was sollte sie da draußen schon tun? Also setzte sie sich auf das Bett, in dem vermutlich nie jemand schlief. Unter ihrem Gewicht sackte es ein und quietschte.

Sam scrollte auf ihrem Handy herum, aber das wurde ihr schnell langweilig. Ihr Vater und ihr Bruder hatten vierzehn Nachrichten über die New England Patriots ausgetauscht. In der Familiengruppe, obwohl sich da sonst niemand für Football interessierte.

Sie hatte den Roman dabei, den Clive ihr geschenkt hatte: *Angel*. Clive fragte andauernd, ob sie schon damit angefangen hatte. Hatte sie nicht. Einmal hatte Elisabeth das Buch aus ihrer Tasche ragen sehen und verkündet, wie sehr sie es mochte. Sams Antwort war gelogen, jedes Wort von Clive geklaut: »Ich auch! Eins meiner Lieblingsbücher. Das ist so ungerecht, dass Elizabeth Taylor wegen ihres Namens nie die Anerkennung kriegte, die sie verdient.«

»Genau!«, stimmte Elisabeth zu. »Das fand ich auch immer!«

Sam hatte ein paar Unitexte dabei, aber die waren in ihrer Büchertasche, die sie bei ihrer Jacke in der Diele gelassen hatte. Sie war sowieso nicht in Stimmung. Vor zwei Tagen war Shannon in ihr Zimmer gestürmt, um ihr den Brief zu zeigen, in dem stand, dass man sie für Phi Beta Kappa ausgewählt hatte. Shannon war sicher gewesen, dass auch Sam einen bekommen hatte. Die aber versuchte nur, ihre Enttäuschung zu verbergen. Sie erkundigte sich bei ihrem Studienberater, wieso man sie nicht aufgenommen hatte. Ihr Notenschnitt war genauso gut wie der von Shannon, und sie war sicher, alle nötigen Kurse besucht zu haben. Der Berater meinte, es läge vermutlich an irgendwelchen anderen Voraussetzungen, und versprach, der Sache nachzugehen.

Immer dieser Druck, die Beste zu sein, alles richtig zu machen. Sam bewunderte Elisabeth dafür, wie entspannt sie mit solchen Dingen umging. Daran wollte Sam sich ein Vorbild nehmen. Wenn Elisabeth erzählte, wie sie früher gekellnert hatte, um sich das Schreiben zu finanzieren, klang das immer nach einem großen Spaß. Alles, was Sam belastete – Schulden, schlechte Jobaussichten –, hatte Elisabeth längst hinter sich gelassen, und sie war sicher, Sam könnte das auch tun.

Wenn der Druck zu groß wurde, suchte Sam Zuflucht in Clives Plänen für sie beide. Sie stellte sich das Landhaus vor, von dem er immer sprach. Malte sich aus, wie sie selbst Brot backte. Außer Clive hätte sie das nie jemandem anvertraut.

Sam sah sich im Zimmer um. Hinter der Tür hingen ein paar dunkle Anzüge, noch in der Plastikhülle der Reinigung. In den Ecken blätterte die Blümchentapete ab.

Einer ihrer Dozenten hatte mal gesagt, er mache sich Sorgen um die Zukunft der Kunst, weil diese Generation nicht mehr richtig *hinsah*, ihre Umgebung – Licht, Raum und Formen – nicht beachtete. Sam war seitdem fest entschlossen, diese Behauptung zu widerlegen.

Bei ihrer Ankunft hier war sie angenehm überrascht gewesen, dass Andrew in einem Haus wie diesem aufgewachsen war. Das Elternhaus konnte mehr über einen Menschen verraten als tagelange Gespräche.

Auch Sam war in so einem Haus aufgewachsen: völlig in Ordnung, aber nicht aufwändig eingerichtet. Es war nicht besonders hell, der beigefarbene Teppichboden war alt und fleckig, die Möbel passten nicht zusammen. Im Wohnzimmer standen ein Fernsehsessel, ein dick gepolstertes Sofa im Paisleymuster und der größte Fernseher, den Sam jemals gesehen hatte.

Das Gästezimmer war zugleich Arbeitszimmer. Ein schwerer,

viel zu großer Holzschreibtisch stand unter dem Fenster, davor ein überzähliger Küchenstuhl. Auf dem Tisch stapelten sich ein paar Dutzend prall gefüllte Ordner, die Wand daneben war vollgeklebt mit Post-its.

Sam verspürte ein vertrautes Kribbeln. Das hatte sie immer, kurz bevor sie ihre Nase irgendwo reinsteckte. Der Schreibtisch zog sie magisch an, und sie spitzte die Ohren, ob jemand draußen vor der Tür war.

Eigentlich wollte sie sich das ja abgewöhnen, auch wenn sie noch manchmal nachschaute, was Isabella an ihrem Laptop gemacht hatte, sobald die in der Dusche war. Isabella benutzte Google wie eine Kristallkugel. Neulich, kurz nach dem Gespräch mit Elisabeth, hatte sie gegoogelt: *Werde ich bereuen, meine Eizellen verkauft zu haben?*

Was immer sie gefunden hatte, war wohl überzeugend gewesen, denn als sie aus der Dusche kam, wollte sie mit Sam spazieren gehen. Sie schenkte ihnen beiden einen Tasse Tequila ein, das einzige alkoholische Getränk, das sie im Zimmer hatte, dann packte sie ihre Spritzen und Hormone in eine Tüte und schleuderte sie im Vorbeigehen in einen Teich, ohne auch nur langsamer zu werden.

Die Fruchtbarkeitsklinik schickte ihr eine Rechnung über zweitausend Dollar mit dem Vermerk, Isabella müsse wegen Vertragsbruchs die entstandenen Kosten tragen. Isabella rief ihren Vater an. »Daddy, ich brauch zweitausend Dollar. Nein, du musst nicht wissen, wofür.«

Kinder hüten war immer eine prima Gelegenheit zum Schnüffeln gewesen. Wenn eine neue Nanny ins Haus kam, räumten die Leute immer erst auf, aber wenn sie sich an sie gewöhnt hatten, ließen sie alles offen rumliegen. Tabletten, Rechnungen, wütende Briefe, Reizwäsche.

Sam hatte sich geschworen, bei Elisabeth nicht zu spionieren. Zweimal war sie in ihr Schlafzimmer gegangen, hatte aber sofort kehrtgemacht. Allerdings hatte sie sich nicht verkneifen können, in die braune Papiertüte zu spicken, die sie unter dem Waschbecken im Bad gefunden hatte, als sie eine neue Klorolle aus dem Schrank darunter holen wollte. Die Tüte enthielt zehn daumendicke Maxi-Binden, eine Dose antiseptisches Eisspray und vier übergroße Einmal-Unterhosen – alles Dinge, die Frauen nach einer Geburt brauchten. Es schien unglaublich, dass eine elegante Frau wie Elisabeth so eine Erniedrigung erdulden musste. Doch wie der Tod machte wohl auch eine Entbindung keine Standesunterschiede.

Sam kannte diese Dinge aus London. Da waren sie nicht in einer Papiertüte versteckt gewesen, sondern hatten offen auf dem Esstisch gelegen. Hier war sie erst angekommen, als alles schon seit Monaten erledigt gewesen war. Dort hatte sie mittendrin gesteckt.

Am Tag, an dem Allison ihr Baby zur Welt brachte, saßen die achtzehn Monate alten Zwillinge morgens in ihren Schlafanzügen auf der Treppe vor dem Haus, als Sam zur Arbeit kam. Sie nahm sie mit hinein. Allisons Mann Joe stand in der Küche und glotzte ratlos eine Schachtel Weetabix in seiner Hand an, als könnte sie jeden Moment explodieren.

Gut, dieser spezielle Mann war einfach ein Trottel. Aber in solchen Situationen waren Männer nie zu etwas zu gebrauchen, so viel hatte Sam verstanden. Sobald Allison aus der Klinik zurück war, schlugen die Doula und die Nachtschwester bei ihr auf. Sam hatte Allison nie in weniger als Chinos und Rollkragen gesehen. Jetzt war diese Doula kaum dreißig Sekunden da, und schon knöpfte Allison mitten in der Küche ihr Hemd auf und tauchte ihre Brustwarzen in Shotgläser mit warmem Salzwasser, die die andere ihr hinhielt.

Fast hätte Sam etwas gesagt, als die Doula Allison ins Bad nachlief. Sie wollte sie warnen, ihr zu verstehen geben, dass Allison sie augenblicklich feuern würde, wenn sie das täte. Aber es ging zu schnell. Die Tür ging auf und wieder zu, und Sam sah nur kurz Allisons nackte Knie.

Sie saß auf der Toilette.

Ach du Schande.

Sam lauschte an der Tür.

»Das ist eine gekühlte Maxi-Binde, eingelegt in Zaubernussextrakt«, sagte die Doula. »Tun Sie die in ihren Schlüpfer, ist gut gegen die Schmerzen.«

»Sie sind wirklich Gold wert«, schnurrte Allison. »Ich habe grade stark geblutet. Schauen Sie mal, ist das normal? Ist mir da eine Naht geplatzt?«

Die Doula gab ihr Wassermelone und Petersilie zu essen, gegen die geschwollenen Knöchel, und Allison schluckte alles wie ein artiges Kind.

Auch Tipps für den Umgang mit dem Baby hatte die Doula parat, und die versuchte Sam sich zu merken. Wenn man einem Neugeborenen den kleinen Finger in den Mund steckt, hört es auf zu schreien. Wenn man es eng genug puckt, schläft es dreimal so lang wie sonst.

Jetzt, in George und Fayes Gästezimmer, schlug Sam einen grünen Ordner auf. Er enthielt ein Sammelsurium an Zeitungsmeldungen, teils ausgeschnitten und teils ausgedruckt. Sie überflog die Schlagzeilen.

SELBSTMORD EINES FAHRERS ZEIGT SCHATTENSEITE DER GIG-ECONOMY

SÄGEN AM GESUNDHEITSSYSTEM

IMMER MEHR KINDER AUS DER MITTELKLASSE AN COMMUNITY COLLEGES

DAS ENDE DES AMERIKANISCHEN TRAUMS

In allen Artikeln fanden sich Unterstreichungen, Hervorhebungen und handschriftliche Anmerkungen.

Im Ordner darunter lag ein gelber Schreibblock, jede Zeile

vollgeschrieben. Oben auf der ersten Seite stand *MEINE GE-SCHICHTE (für Lizzy).*

Sam fing an zu lesen:

ANMERKUNGEN ZUM HOHLEN BAUM: Obwohl es mit Amerika scheinbar immer weiter aufwärts geht, ist all die Unterstützung der vergangenen Jahrzehnte futsch.

Bruchstückhaft kennst du das ja alles schon. Aber ich wollte es doch mal aufschreiben, falls du doch ein Buch draus machen willst ...

Die meisten Männer in meiner Position wären längst nicht mehr selbst gefahren. Ich schon. Als die Firma noch lief, hielt ich jeden Donnerstag ein Gespräch mit der Belegschaft ab, zu dem ich Kaffee und Donuts mitbrachte. Außer dieser einen Stunde saß ich immer am Steuer. Täglich mindestens zwölf Stunden. Das fand ich großartig.

Aber der Reihe nach: Nach der Highschool habe ich erst mal in der Papierfabrik gearbeitet, so wie alle, die ich kannte. Als die Fabrik dichtgemacht hat, war ich achtundzwanzig, vier Jahre verheiratet und hatte ein zwei Jahre altes Kind. Ich fing an Taxi zu fahren und hatte noch diverse andere Jobs: im Lager bei Elmers Eisenwaren, Saisonarbeit bei der Post vor Weihnachten, alles Mögliche. Ich habe Umzüge gemacht, war Sommer-Hausmeister an der Middle School und manchmal Elektriker (ohne richtige Ausbildung, aber danach hat zum Glück nie einer gefragt.)

Das Taxi teilte ich mir mit drei anderen. Es war weiß und stank nach Zigaretten. Dann, ich war inzwischen einunddreißig, habe ich zwei Frauen am Flughafen abgeholt. Ganz in Schwarz und typisch New York (nicht böse gemeint). Sie waren spindeldürr und ließen ihre Sonnenbrillen auch im Taxi auf, obwohl es regnete. Eine blaffte eine Adresse, ohne auch nur Hallo zu sagen, dann haben sie beide getan, als wär ich gar nicht da, als würde das Auto von alleine fahren.

»Die Taxis hier sind eine Katastrophe«, sagte die eine. »Haben die in diesem Nest noch nie von Chauffeurdiensten gehört? Limousinen? Jemand, der ein Schild mit deinem Namen hochhält und einem die Koffer trägt? Eine ordentliche Klimaanlage? Kann doch nicht so schwer sein.«

Das Trinkgeld war lausig, aber dafür verdanke ich den beiden die Idee, die unsere Familie die nächsten fünfunddreißig Jahre über Wasser halten sollte. Ich habe gespart, einen gebrauchten Lincoln gekauft. Ich ließ Visitenkarten drucken, mit meiner Privatnummer drauf, und bat die besseren Hotels und Restaurants im Umkreis von fünfundsiebzig Kilometern, einen Stapel am Empfang hinterlegen zu dürfen.

Faye machte in der Küche die Telefonzentrale. »Riley's Car Service. Wir bringen Sie ans Ziel.« Du kannst dir vorstellen, wie toll sie das fand.

Nach ein paar Jahren machte sich das Ganze bezahlt. Ich hatte Stammkunden, Firmen, die exklusiv mit mir zusammenarbeiteten. Ich habe den kleinen Laden in der Stadt gemietet, mehr Autos gekauft, Leute angestellt. Von da an hatte ich immer mindestens vier Fahrer, einen Teilzeitbuchhalter und eine Telefonistin.

Wie es ausging, weißt du ja. Vor zweieinhalb Jahren fahre ich zum Flughafen und halte vor Terminal B, und da sehe ich Rocky, einen meiner Fahrer, der seinen freien Tag hat. In Jeans steht er vor dem offenen Kofferraum seines alten Toyotas. Ich hab gehupt und gewinkt, bin näher rangefahren. Machte einen Witz darüber, dass er auch in seiner Freizeit fährt.

Dann sah ich das Paar auf dem Rücksitz. Die beiden stiegen aus, der Mann nahm zwei Koffer aus dem Kofferraum und drückte Rocky Geld in die Hand.

Freunde von ihm vielleicht? Oder Verwandte? Aber warum dann das Geld?

Wahrscheinlich für Benzin, fiel mir dann ein.

Ich dachte nicht weiter drüber nach, bis ich Rocky ein paar Tage später zufällig an der Waschanlage traf.

Er sagte: »Also, Boss, ich weiß, dass Sie wissen, was ich mache. Aber den Lincoln hab ich dafür nie benutzt!«

Den Lincoln? Wofür? Das mit dem Flughafen hatte ich längst vergessen.

Mir schossen Bilder von Drogendeals und Bankraub durch den Kopf. Ich fragte, was er meinte. Er verzog das Gesicht und sagte. »An meinen freien Tagen fahre ich für Uber.«

»Uber?«, sagte ich. »Was soll das denn sein?«

Rocky klärte mich auf, und ich fand das in Ordnung. Es störte mich nicht, wenn meine Leute nebenher was anderes machten. Und dieses Uber, dieser Internet-Quatsch, wo jeder fahren konnte, ohne Lizenz, ohne Erfahrung, einfach nur in Jeans und mit dem eigenen Auto? Für unsere Kundschaft konnte das kaum etwas sein. Ich sagte Rocky, Uber sei mir schnurzegal.

Er war überrascht, bedankte sich. Er meinte, er würde da gut verdienen – zu gut, um es nicht zu machen.

»Wie viel denn?«

Es waren drei Dollar mehr, als ich ihm zahlte.

Ein paar Monate später, als ich all meine Fahrer, den Buchhalter und die Telefonistin schon hatte entlassen müssen, zahlte Uber seinen Leuten keinen Scheißdreck mehr (entschuldige den Ausdruck). Aber die Fahrgäste fanden es wahnsinnig praktisch, und was anderes kam für sie nicht mehr infrage.

Wie du weißt, hab ich die Firma auf dem Papier noch eine Weile erhalten. Lächerlich. Ich war der einzige Fahrer, und auch ich war höchstens halb ausgebucht.

Da meinte Faye, ich sollte doch auch für Uber fahren. Wenn du sie nicht besiegen kannst, schließ dich ihnen eben an, so was in der Art.

Zugegeben, ich war wütend auf sie, obwohl ich darüber selbst schon nachgedacht hatte.

Die Zeit verging, das Geld blieb aus, also gab ich nach.

Mein allererster Fahrgast für Uber war Victor Winslow, der Chef einer Versicherung in Albany. Victor wohnt an der Westküste. Fünfzehn Jahre vorher hatte er mich als offiziellen Chauffeurdienst seiner Firma in unserer Gegend unter Vertrag genommen. Ich hab ihm einen guten Preis gemacht und ihn immer persönlich gefahren, wenn er in der Stadt war.

»George«, sagte er, als er mich sah. »Das ist aber schön.«

»Ja«, sagte ich. Und dann kein Wort mehr.

Auch bei Uber mache ich immer noch alles so wie früher – Anzug, Minzbonbons, das volle Programm. Als ich im Rückspiegel sah, wie Victor sich zwei Flaschen von dem guten Mineralwasser reinigte, musste ich mich richtig am Lenkrad festklammern, um ihm keine reinzuhauen.

Nach jeder Fahrt für Uber muss ich den Fahrgast bewerten, mit ein bis fünf Sternen und einem kurzen Kommentar, wenn ich möchte. Der Fahrgast macht das auch. Wird ein Fahrgast schlecht bewertet, findet er schwerer einen Fahrer.

Für den guten alten Victor schrieb ich: *Ein Stern – NICHT FAHREN. Fahrgast war betrunken und aggressiv.*

Sam musste laut lachen.

Das Baby regte sich kurz, war aber gleich wieder ruhig.

Als sie sich wieder dem Block zuwandte, klopfte es leise an der Tür.

Sam klappte den Ordner zu und setzte sich schnell wieder auf die Bettkante. Die Tür öffnete sich einen Spalt breit und George flüsterte: »Möchten Sie vielleicht was essen?«

Sie sah ihn an.

»Gern«, sagte sie. »Ich mach nur schnell das Babyfon an, dann komme ich.«

»Ich warte in der Küche. Sandwiches mit Pute und Emmentaler?«

»Klingt super.«

Als Sam in die Küche kam, stand George am Tresen und strich Senf und Mayonnaise auf weiße Brotscheiben. Im Hintergrund lief das Radio mit den Nachrichten.

»Gil hat Sie wirklich gern«, sagte George.

»Er ist so ein liebes Kind«, erwiderte sie.

»Stimmt. Aber Sie können auch gut mit ihm. Sieht man. Sie kommen bestimmt aus einer großen Familie.«

»Ich hab drei jüngere Geschwister«, bestätigte sie.

»Bei Faye waren sie auch zu viert«, sagte er.

»Wo ist Faye eigentlich?«

»Bei der Maklerin, austüfteln, wie sich diese Bude hier preiswert aufpolieren lässt. Haben Andrew und Elisabeth erzählt, dass wir verkaufen?«

»Nein«, sagte Sam.

Ob das wohl damit zu tun hatte, dass George seinen Job verloren hatte? Jetzt fiel ihr wieder ein, dass Elisabeth gesagt hatte, George und Faye seien mittellos. Was genau bedeutete das eigentlich?

»Gleich nach dem großen Truthahnfest kommt der alte Schuppen auf den Markt«, fuhr George fort. »Bei mir ist das noch nicht so richtig angekommen, aber Faye ist entschlossen. Allerdings kauft in der Gegend derzeit niemand, also kann das wohl noch dauern.«

Er trug die Sandwiches auf den Tisch.

»Möchten Sie eine Cola oder so?«, fragte er.

»Danke, grade nicht«, sagte sie.

George riss eine große Tüte Chips auf, legte sie zwischen die Teller und setzte sich Sam gegenüber.

Er fragte, woher sie kam, was sie studierte und was ihr Vater beruflich machte.

»Samantha O'Connell«, sagte er. »Stramm irisch-katholisch, nehme ich an?«

Abgesehen von Weihnachten war Sam seit drei Jahren nicht in der Kirche gewesen. Dennoch sagte sie Ja.

»Wir haben Andrew christlich erzogen. Kommunion, Firmung, volles Programm. Sind Sie religiös?«

»Eigentlich nicht.«

»Ja, er auch nicht.«

»Meine Eltern aber. Ich respektiere das sehr, wenn jemand religiös ist.«

Es gab Menschen – viele, vielleicht sogar die meisten –, die gefestigte Persönlichkeiten hatten, die sich immer gleich benahmen, egal ob gegenüber ihrem Bruder oder dem Präsidenten. Sam beneidete diese Menschen. Sie selbst war immer ein Chamäleon gewesen, das sich automatisch anpasste, um anzukommen. Hätte George gesagt, er glaube nicht an Gott, hätte sie all die Gründe aufgezählt, aus denen sie nicht in die Kirche ging.

»Schön«, sagte George. Dann schüttelte er den Kopf. »Entschuldigen Sie das Kreuzverhör. Ich hatte mal einen Chauffeurdienst, da hab ich den ganzen Tag mit meinen Fahrgästen gesprochen. Alles Mögliche hab ich die gefragt. Wenn jemand nicht reden wollte, hab ich das sofort gemerkt und respektiert. Aber die meisten wollten wenigstens ein bisschen plaudern. Und manchmal auch ihr Herz ausschütten.«

»Das wäre was für mich«, sagte Sam, ohne darüber nachzudenken, ob das dämlich oder herablassend klang.

»Ich chauffiere immer noch Leute, aber nicht mehr so wie früher.«

Sie nickte. Er klang wehmütig, fand sie, aber vielleicht bildete sie sich das auch nur ein.

»Wie ist das so an einer Mädchenschule?«, wollte er wissen. »Kann man da überhaupt einen anständigen Mann kennenlernen? Gott, ich kann förmlich hören, wie Faye sagt, ich soll nicht so neugierig sein.«

Isabella hätte ihn sofort korrigiert: *Das ist keine Mädchenschule, sondern ein Frauencollege.*

»Ich hab einen Freund«, sagte Sam. »In London allerdings.«

»London in England?«

»Genau.«

»Und wie macht ihr das?«

Er war offenbar ehrlich interessiert, was ihn ihr sympathisch machte.

»Es ist nicht leicht«, sagte sie. »Er fehlt mir sehr. Aber wir telefonieren und schreiben Briefe.«

»Briefe!«, rief George aus. »Das ist aber schön!«

»Er kann das viel besser als ich. Meistens skypen wir oder sprechen über Snapchat. Und wir sehen uns öfter, als man meinen könnte. Seine Schwägerin arbeitet bei einer Fluggesellschaft, da kriegen wir Spezialpreise. Anfang Oktober war er zu Besuch, am Valentinstag kommt er auch. Und in den Winterferien fliege ich nach London.«

Sie kam sich irgendwie cool dabei vor, so etwas zu sagen. In den vergangenen Jahren waren immer nur ihre Freundinnen in den Ferien verreist. Sam war höchstens zu ihren Eltern gefahren. Als in ihrem ersten Studienjahr alle braungebrannt aus den Winterferien zurückgekommen waren, hatte sie bloß gestaunt, wie viele ihrer Kommilitoninnen offenbar aus Florida stammten.

An langen Wochenenden traf Isabella manchmal irgendwo ihre Freundinnen aus dem Internat. Mehr als einmal hatte sie Sam anvertraut, dass sie die nicht mal besonders mochte, weil sie fies und oberflächlich sein konnten und nie für sie da gewesen waren, wenn sie sie gebraucht hätte. »Du bist wahrscheinlich meine erste richtige Freundin«, hatte sie gesagt.

Allerdings hatten ihre alten Klassenkameradinnen ein ähnliches Reisebudget wie sie, also fuhr Isabella weiterhin mit ihnen in Hotels, die Sams Eltern sich niemals hätten leisten können, ganz zu schweigen von Sam selbst.

»Mit dem Taxi zwischen Campus und Flughafen hin und her zu fahren, ist nicht billig«, merkte George an. »Haben Sie ein Auto?«

»Nein. Ich hatte mal eins. Bessie. Ein siebzehn Jahre alter Cutlass Supreme, der vorher meiner Großtante Dot gehört hatte.«

»Ein Cutlass, nicht schlecht«, sagte George.

»Mom meinte immer, er fährt sich wie ein alter Panzer. Sie hätten mich das Ding mal seitwärts einparken sehen sollen. Mit der Zeit konnte ich das richtig gut. Aber letztes Jahr hat Bessie offiziell das Zeitliche gesegnet, in der Obhut meines Bruders.«

»O nein.«

»Ich hab geheult«, sagte Sam. »Jedenfalls: Bei Clives letztem Besuch hab ich mir den Kleinbus einer Freundin geliehen.«

»Ich sag Ihnen was. Wenn er das nächste Mal kommt, hol ich ihn mit dem Lincoln ab, gratis natürlich.«

»Ach, das ist doch nicht nötig«, sagte sie.

»Für die beste Freundin meines Enkels? Und ob!«

Sam grinste. »Danke. Das ist echt nett.«

Im Radio sprach eine Frau über die erdrückenden Schulden der Studierenden im ganzen Land. Sie erzählte von Randy, einem Mann über dreißig, der deshalb noch bei seinen Eltern wohnte.

»Ich hoffe, dieser Mist trifft Sie nicht auch«, sagte George.

»Die erdrückenden Schulden schon«, erwiderte Sam. »Aber das mit den Eltern nicht. Einmal ausgezogen, immer ausgezogen, darauf bestehen sie strikt.«

»Klug von ihnen«, sagte George. »Ich weiß nicht, wie irgendwer das überhaupt noch alles schafft. Die einfachen Leute haben einfach keine Chance mehr.«

Sam dachte an die beschämte Miene ihres Vaters, als er beim Gespräch über ihre Studienkredite gesagt hatte: »Ich wünschte, wir könnten mehr für dich tun.«

»Ich weiß, was Sie meinen«, sagte sie.

»Gut, dass Gil jemanden wie Sie hat«, stellte George fest. »Hat Elisabeth Ihnen mal vom Hohlen Baum erzählt?«

Irgendwie kam Sam das bekannt vor. Sie musste kurz überlegen. Dann fiel es ihr wieder ein: In Georges Schreibblock hatte sie den Begriff gesehen.

»Nein«, sagte sie, »ich glaube nicht.«

Die Sandwiches waren aufgegessen, und George räumte die Teller weg. Er nahm zwei Eis am Stiel aus dem Froster und reichte Sam eines davon.

»Das ist so meine private Theorie über die ganze Misere«, erklärte er.

Er wollte offenbar, dass sie nachhakte.

»Und worum geht's da?«, fragte sie daher. Sie wickelte das Eis aus und biss hinein. Die dünne Schokohülle knackte befriedigend.

»Ach, ich könnte Ihnen eine Million Beispiele nennen«, sagte George. »Ich sammle alles. Vielleicht haben Sie ja die Ordner im Arbeitszimmer bemerkt.«

Wusste er etwa, was sie da drin getrieben hatte? Wollte er ihr das auf diese Weise zu verstehen geben?

Sam schwieg, beugte sich nur interessiert vor.

George ließ die Beweise rattern:

»Faye hat eine Rechnung für einen Bluttest gekriegt. Sechstausend Dollar. Bloß ein Fehler der Versicherung, aber sie versucht jetzt schon seit Wochen, das zu klären. Nie erreicht sie jemanden, kommt einfach nicht weiter. Und neulich rief ihre Schwester völlig aufgelöst hier an, weil sie eine Hypothek aufnehmen wollte und der Bankmensch meinte, bei Leuten mit niedrigem Einkommen sei das nicht so leicht. Betsy war fuchsteufelswild. ›Seit wann gehöre ich nicht mehr zur Mittelschicht? Und warum hat mir keiner Bescheid gesagt?‹ Mein Bruder war Gefängnisaufseher. Als die Gefängnisse privatisiert wurden, ist er rausgeflogen. Dann wurde er wieder eingestellt, mit weniger Gehalt und ohne Rentenansprüche.«

Sam musste an ihre Freundinnen in der Mensaküche denken. Fast hätte sie davon erzählt, aber George war noch nicht fertig.

Er erzählte, dass er sich oft mit den jungen Mexikanern in der Waschanlage unterhielt. Eines Tages hatte einer von ihnen gefehlt, und George hatte sich nach ihm erkundigt. Er sei krank geworden, meinten die anderen, von den Abgasen. Ohne Versicherung oder Lohnfortzahlung. Diese Leute bekamen nur den halben Mindestlohn, was nur legal war, weil man Trinkgelder mit einrechnete, die ihnen nie jemand gab.

Seit ein paar Monaten ging George zu einem Diskussionskreis besorgter Bürger.

»Das hilft«, erklärte er. »Die kapieren, was los ist. Nachdem meine Firma den Bach runterging, fühlte ich mich wie ein Versager. Dann durchschaute ich das Muster. Jetzt weiß ich, dass sich das eigentliche Versagen auf viel höherer Ebene abspielt. Die wollen nur, dass wir das für unser eigenes Problem halten. Dass wir uns wie Nieten vorkommen. Nieten wehren sich nämlich nicht.«

Sam wurde ganz heiß, weil ihr etwas aus ihrer Kindheit wieder einfiel: Brendan, Molly und sie auf dem Rücksitz des Kombis ihrer Mutter, unterwegs, um ihren Vater vom Zug abzuholen. Und ihre Mutter am Steuer, die sagte: »Ihr müsst auf der Rückfahrt gleich besonders brav sein. Dad hat heute einen blauen Brief gekriegt.«

Es war einer dieser Momente gewesen, in denen ein Erwachsener zu sehr mit den eigenen Sorgen kämpft, um sich kindgerecht auszudrücken. Die drei hatten keine Ahnung, was ein blauer Brief war, sahen ihrer Mutter aber an, dass es nichts Gutes bedeutete. Als ihr Vater ins Auto stieg, war er überhaupt nicht so vergnügt wie sonst. Wie versteinert saß er da. Sam machte das

Angst. Ihren Geschwistern auch. Molly fing an zu weinen, und Brendan funkelte sie deswegen böse an.

Am nächsten Morgen blieb ihr Vater im Bett. Ihre Mutter sagte, sie dürften keinem erzählen, was los war.

»Hat Dad was angestellt?«, fragte Brendan.

»Natürlich nicht«, sagte ihre Mutter.

Sam war klar, wieso er das gefragt hatte. Es lag einfach so viel Scham in der Luft.

»Ich finde die gut, Ihre Theorie«, sagte sie jetzt zu George. »Und Sie haben also einen richtigen Diskussionskreis zu dem Thema?«

»Na ja, eigentlich geht es da nicht direkt um den Hohlen Baum. Die anderen diskutieren schon seit Jahren. Aber irgendwie läuft es früher oder später immer auf den Hohlen Baum raus.«

»Klingt interessant.«

»Kommen Sie doch mal vorbei. Wir alten Säcke könnten ein bisschen frisches Blut ganz gut gebrauchen.«

»Gern«, sagte Sam. »Das mach ich.«

»Unser nächstes Treffen ist morgen in einer Woche«, sagte George. »Ich hol Sie ab.«

Die Hochzeit sei ein einziges Desaster gewesen, klagte Elisabeth auf der Heimfahrt im Auto. Es hatte weder genug Stühle noch Eiswürfel gegeben, alle Getränke waren lauwarm. Und dem Vater des Bräutigams war bei seiner Rede der Name der Braut erst nicht mehr eingefallen.

»Außerdem hat Andrew es nicht für nötig gehalten, mich vorzuwarnen, dass die Gruftis sind!«

»Erstens heißt das Goths, und zweitens sind sie keine«, erwiderte Andrew. »Die tragen bloß gern Schwarz.«

»Ja, sogar auf ihrer Hochzeit«, schnaubte Elisabeth.

»Gut, die Netzstrumpfhosen und das Ding, das die Braut auf

dem Kopf hatte, waren schon schräg«, räumte er ein. »Was sollte das denn darstellen, einen toten Vogel?«

Elisabeth und Andrew lachten.

»Aus der Reihe: ›Fragen, die niemand auf seiner Hochzeit hören will‹.«

»Haha, stimmt«, sagte Andrew.

»Meinst du, wenn die sich in zwei Jahren scheiden lassen, kriegen wir unseren Servierteller zurück?«, fragte Elisabeth.

»Du bist fies«, erwiderte Andrew leicht pikiert.

»War ja nur Spaß.«

Sam sah Gil an und machte große Augen.

»Na ja, wenigstens der Kuchen war lecker«, sagte Elisabeth. »Ich hab zwei Stücke gegessen. Zu Hause gehe ich sofort joggen.«

Sam erzählte ihnen von ihrem Gespräch mit George und seiner Einladung zum Diskussionskreis.

»Du liebe Zeit, der hat sie doch nicht alle«, sagte Elisabeth. »Du musst da natürlich nicht hin. Stimmt's, Andrew?«

»Ich sage Dad, dass du nicht kommst«, versicherte Andrew. »Tut mir leid, dass er dich da reinziehen wollte.«

»Ich geh aber gern hin«, erwiderte Sam. »Das mit dem Hohlen Baum fand ich ziemlich interessant.«

Elisabeth drehte sich um. »Ernsthaft?«, fragte sie.

»Ja. Findet ihr nicht, dass er recht hat?«

»Klar hat er recht. Das System ist böse, der kleine Mann wird verarscht«, antwortete Elisabeth gelangweilt. »Die älteste Geschichte der Welt.«

Das war nicht ganz das, was George gesagt hatte. Sam fand schon, dass an der Sache mehr dran war.

»Es ist nur … Na ja, er hat plötzlich gemerkt, dass es in der Welt nicht ganz gerecht zugeht, und jetzt erwartet er, dass alle das genauso ernst nehmen wie er. Wer nicht auf die Straße geht oder zu seinem Diskussionskreis kommt, ist sofort mitschuldig«, sagte Elisabeth. »Dabei ist das Ganze viel komplizierter.«

Sie verstummten. Sam dachte an George. Daran, wie gut das mit dem Hohlen Baum auf alles passte, was Gaby von Barney Reardon erzählt hatte.

Gerade, als sie Elisabeth und Andrew davon berichten wollte, fiel ihr siedend heiß ein, welcher Tag heute war: der zweite Samstag im November. Sie hatte völlig die Geburtstagsparty für Gabys Tochter verschwitzt.

Wie hatte sie das nur vergessen können, obwohl Gaby und Maria seit Wochen kaum über irgendetwas anderes gesprochen hatten? Brauchten sie einen Clown, oder waren Clowns zu gruselig, wie Gaby fand? Kuchen kaufen oder selber backen? Ballons in Rosa oder Lila? Am Ende hatten sie sich für beides entschieden.

Maria hatte allen ein Handyfoto von dem rosa Kleidchen gezeigt, das sie Josie für die Party gekauft hatte, und den rosa Partyhut mit der großen Glitter-Zwei darauf.

Sam griff sofort zum Handy, nur um festzustellen, dass die letzten drei Nachrichten im Thread von Gaby stammten und sie nicht darauf geantwortet hatte.

Bist du da?, lautete die erste. Die zweite, mit Gabys Adresse, musste kurz auf die Einladung zur Party gefolgt sein. Die dritte enthielt eine lange Geschichte über einen Typ, mit dem Gaby zweimal ausgegangen war. Sam erinnerte sich dunkel, wie die Nachricht spätabends aufgeploppt war und sie sie beim Skypen mit Clive überflogen hatte. Eigentlich hatte sie gleich am nächsten Tag antworten wollen, aber es war eben immer so viel los in letzter Zeit.

Jetzt schrieb sie: *OMG, heute war ja Josies Party! Musste leider arbeiten. Tut mir wirklich leid. Wie wars? Schick mir doch mal ein paar Bilder!*

Sam sah, dass Gaby die Nachricht gelesen hatte. Immer wieder blickte sie auf ihr Handy, hoffte auf eine Antwort. Nichts. Sam stellte den Klingelton lauter.

Beim Absetzen vor dem Wohnheim dankten Elisabeth und Andrew ihr überschwänglich.

»Du bist die Beste«, sagte Elisabeth. »Was würden wir nur ohne dich machen?«

Nein, bin ich nicht, hätte Sam am liebsten erwidert, *ich bin ein Arschloch.* Stattdessen lächelte sie bloß und sagte: »Jederzeit.«

Eigentlich hatte sie vorgehabt, sich im Bett den Judy-Garland-Marathon auf dem Filmklassikersender anzusehen. Als sie Isabella das vor ihrem Aufbruch am Morgen gesagt hatte, hatte die geantwortet: »Du kleine Draufgängerin! Ich bin leider raus, Lexi und ich gehen doch auf das Konzert an der State.«

Sie hatten auch Sam gefragt, aber die Tickets kosteten siebzig Dollar.

»Ich lad dich ein«, hatte Isabella gesagt. »Sieh's als vorgezogenes Weihnachtsgeschenk.«

Nur zu gern würde Sam solche Angebote annehmen. Stattdessen hatte sie sich mit der Aussicht getröstet, das Zimmer einen Abend lang für sich zu haben.

Doch als sie jetzt die Tür aufmachte, hockten auf ihrem Bett drei Typen mit gegelten Haaren, und Isabella saß an ihrem Schreibtisch auf dem Schoß eines vierten, den sie erst seit einer Woche kannte. Der Stripper-Hiwi.

So hatten sie ihn immer genannt. Seinen echten Namen wusste Sam nicht mehr. Er war Türsteher in einer Bar in der Nähe des State College. Letzten Donnerstag war er auf einer Geburtstagsparty im Gemeinschaftsraum des Wohnheims aufgetaucht, zusammen mit einem in Tarnfarben bemalten Stripper. Zu zwanzigst hatten sie im Kreis gesessen, Wodka getrunken und gekreischt, wenn der Stripper ihnen zu nahe kam. Er stand in der Mitte, ließ die Hüften zu »Born in the U.S.A.« kreisen und riss sich Kleidungsstücke vom Leib, bis nur noch ein G-String in den Farben der amerikanischen Flagge übrig war. Trotz dieses Spektakels hatten viele nur Augen für den heißen

Typen, der mit verschränkten Armen in Jeans und grauem T-Shirt in der Tür stand.

Isabella lud ihn hinterher auf einen Drink in ihr Zimmer ein. Er meinte, bei der Arbeit würde er nie trinken, aber einen Tee nähme er gern. Sie kochte ihm einen, und während der folgenden zwei Stunden nippte er Kamillentee und erzählte ihnen seine Lebensgeschichte.

Sein Freund, der Stripper, sagte er, sei kürzlich vom wütenden Freund einer Kundin verprügelt worden und wollte jetzt nicht mehr allein auftreten. Mit dem Strippen aufzuhören, kam für ihn nicht infrage. Er brauchte das Geld für sein Online-Studium in Strafrecht.

»Sind diese Online-Unis nicht bloß Abzocke?«, fragte Isabella.

Der Stripper-Hiwi zuckte auf eine Art die Achseln, bei der Sam sich fragte, ob er überhaupt verstand, was Isabella meinte.

Isabella und sie tranken immer mehr Wodka. Als Isabella anfing, dem Typen am Ohr herumzulecken, schnappte Sam sich ein Kopfkissen und verzog sich nach nebenan zu Lexi und Ramona.

Den Stripper-Hiwi wiederzusehen, hatte sie nicht erwartet. Doch da saß er nun und hatte, wie Sam erst jetzt bemerkte, je eine riesige Bierflasche an die Hände getapt. Ja, sie alle hatten Flaschen an den Händen.

»Sam«, rief Isabella. »Hast du schon mal Edward mit den Literhänden gespielt? Komm, mach mit!«

Sam stand reglos in der Tür.

»Könntet ihr bitte von meinem Bett aufstehen?«, sagte sie.

»Die ist ja 'ne richtige Spaßbombe«, höhnte einer der Typen.

»Schnauze«, sagte Isabella. »Sie wohnt hier.«

Sam vermisste Clive. Wie gern wäre sie jetzt bei ihm in London gewesen, hätte sich auf dem Sofa an ihn gekuschelt und mit ihm ferngesehen.

»Ich dachte, ihr geht auf das Konzert«, sagte sie.

»Lexi ist zu verkatert«, erklärte Isabella. »Und ich hatte keinen Bock auf Trubel. Ah, verdammt. Dein Filmmarathon. Total vergessen. Kannst du unten schauen, im Gemeinschaftsraum? Wir haben grade Pizza bestellt.«

Sam trat rückwärts aus dem Zimmer und knallte die Tür zu. Dann blieb sie mit klopfendem Herzen stehen. Im Zimmer flüsterte jemand irgendwas und alle lachten. Einen Augenblick lang war sie voller Hass auf Isabella.

Aber es war ja nicht ihre Schuld. Diese Wohnsituation war einfach unnatürlich. Sam hielt das nicht mehr aus. Sie dachte an George, an seine Ordner, seinen Diskussionskreis. Endlich würde sie mal wieder Leute außerhalb ihrer Blase kennenlernen.

Da kam eine Nachricht von Gaby.

Kein Ding.

Sam starrte auf ihr Handy, hoffte, Gaby würde noch mehr schreiben. Doch das tat sie nicht.

Sam fühlte sich elend. Sie tippte eine weitschweifige Entschuldigung und löschte sie wieder. Stattdessen antwortete sie einfach nur mit einem Herz.

Sie ging nach draußen und entlang der Main Street bis zur Ecke Laurel. Zwanzig Minuten stand sie dort, bis Elisabeths Verandalicht anging und ihre zierliche Gestalt auf der Treppe auftauchte und losjoggte.

Bis zur Straßenecke brauchte Elisabeth etwa fünfundvierzig Sekunden. Erst lief sie an Sam vorbei, doch dann machte sie kehrt.

»Hi!«, rief sie. »Was machst du denn hier?«

»Hi«, antwortete Sam so nonchalant sie konnte. »Ich gehe nur spazieren.«

Dann brach sie in Tränen aus.

»Sam!«, sagte Elisabeth und nahm sie in den Arm. »Was hast du denn?«

»Ach nichts. Es ist albern.«

»Warte kurz«, erwiderte Elisabeth. »Ich bin gleich zurück, dann gehen wir was essen.«

»Nein, nein«, wehrte Sam ab. »Du wolltest joggen. Ich will dich nicht stören.«

Doch Elisabeths Angebot war genau, was sie sich erhofft hatte.

»Wir könnten mal das Casa Roma ausprobieren, diesen Italiener«, schlug Elisabeth vor. »Soll ganz gut sein, warst du da schon mal?«

»Noch nie.«

In ein Restaurant wie das Casa Roma ging man höchstens mit den Eltern, wenn die zu Besuch waren.

»Das ist echt nett von dir«, sagte Sam. »Ist das auch wirklich okay?«

»Klar. Andrew kann gut ein bisschen Zeit allein mit Gil vertragen, und ich hab nichts dagegen, ausnahmsweise mal auszugehen.«

Eine Stunde später hatten sie eine Flasche Wein geleert und bestellten noch ein Glas zum Hauptgericht.

»Eine zweite Flasche wäre wohl doch übertrieben«, stellte Elisabeth fest.

»Als ich klein war, durften wir nie was zu trinken bestellen«, erzählte Sam. »Ich komme mir noch heute maßlos dabei vor, selbst wenn's bloß eine Cola ist. Als könnte meine Mutter plötzlich hinter einem Vorhang hervorspringen und schreien: ›Trink gefälligst Wasser!‹«

Elisabeth lächelte: »Kommt mir bekannt vor.«

Sam nahm das Hühnchen Parmigiana. Etwas so Köstliches hatte sie noch nie gegessen.

Sie schob sich gerade einen großen Bissen in den Mund, als Elisabeth fragte: »Ist Clive deine erste Liebe?«

Sam schüttelte kauend den Kopf und schluckte das Fleisch

hinunter. »Das war Sanjeev, auf der Highschool. Als er Schluss gemacht hat, dachte ich, das überleb ich nicht. Wirklich. Ich lag nur eingeigelt auf dem Fußboden. Habe tagelang nichts gegessen. Den Appetit hat mir sonst im ganzen Leben niemals irgendwas verdorben.«

Zum letzten Mal gesehen hatte sie ihn unmittelbar vor der Reise zu Isabella nach London. Da hatte sie erst seit Kurzem nicht mehr jeden Tag an ihn gedacht, und plötzlich schlug er per Mail vor, essen zu gehen. Sie merkte schnell, dass sie ihn gar nicht mehr so toll fand – er prahlte viel, und sein Haar war viel zu strubbelig geworden. Aber als er sie zum Abschied umarmte, roch er noch genau wie früher. Sie setzte sich ins Auto und weinte. Doch als sie Clive kennenlernte, war sie von all dem befreit.

»Inzwischen macht mich das fast neidisch«, sagte Elisabeth. »Ich kenne das auch, ich weiß, wie schlimm es ist. Aber die Tiefe dieser Verzweiflung ist auch irgendwie großartig. Die Intensität der Liebe.«

»Dann war Andrew also nicht deine erste Liebe?«, schloss Sam. Sie wickelte Spaghetti auf die Gabel, fürchtete dann aber, das könnte kindisch sein. Sie fühlte sich pudelwohl und kultiviert dabei, dieses Gespräch bei Kerzenschein an einem Tisch mit weißer Decke zu führen.

»Nein, nein«, sagte Elisabeth. »Das war Jacob. Ich war verrückt nach ihm – und sicher, wir würden für immer zusammenbleiben.«

»Und dann?«, fragte Sam.

»Hat mein Vater mit seiner Mutter geschlafen.«

Sam war sprachlos. Darauf wäre sie im Leben nicht gekommen.

»Jacob hat deswegen Schluss gemacht. Die Ehe seiner Eltern ging in die Brüche. Schlimm war das.«

»O Gott«, sagte Sam.

»Seine Mutter dachte, mein Vater würde sie heiraten. Darum hat sie ihrem Mann alles gebeichtet. Als mein Vater sie abservierte, hat sie versucht, sich umzubringen. Danach wollte Jacob mit mir nichts mehr zu tun haben.«

»Das ist ja furchtbar.«

»Ja, das war es. Wir haben da bereits zusammengewohnt.«

»Und wusste deine Mom Bescheid?«

»Ja. Aber das waren eben die üblichen kranken Spielchen meiner Eltern. Ich wollte kein Wort mehr mit meinem Vater sprechen, und sie meinte bloß, ich solle nicht so egozentrisch sein, das hätte mit mir doch gar nichts zu tun.«

»Wie schrecklich«, sagte Sam. »Das tut mir leid.«

»Mein Vater war immer schon ein Frauenheld. Aber ich glaube, das hat er nur gemacht, um Jacob und mich auseinanderzubringen. Er konnte Jacob nicht leiden, wollte ihn loswerden. Und mein Vater muss immer seinen Willen kriegen.«

»Was hatte er denn gegen ihn?«

»Jacob war Musiker. Tätowiert, lange Haare, das volle Programm. Nicht grade, was meine Eltern sich vorstellten, aber genau darauf stand ich damals.«

»Und als du mit Andrew zusammenkamst, waren sie da froh? Er wirkt wie der perfekte Schwiegersohn.«

Sam fragte sich, ob Elisabeth sich deshalb für ihn entschieden hatte, doch die schüttelte den Kopf.

»Als ich ihnen von Andrew erzählt habe, waren wir schon verheiratet. Ihr Segen hätte höchstens gegen ihn gesprochen. Aber ich war bereit. Bereit für einen netten, zuverlässigen Mann, der mich gut behandelte, der klug war und gefestigt. Du wirst sehen, in ein paar Jahren haben deine Freundinnen auch die Nase voll von *bad boys*. Mit der Zeit werden die langweilig.«

»Hat sich dein Vater je entschuldigt?«

»Natürlich nicht, so was kann er gar nicht. Meine Schwester Charlotte ist die Einzige in meiner Familie, die wirklich begriffen hat, wie abartig das alles war. Während der drei Jahre, die ich nicht mit ihm sprach, hatte sie auch keinen Kontakt zu ihm. Dann hatte er einen Herzinfarkt. Der beendete die Funkstille. Trotzdem halten Charlotte und ich unsere Eltern noch heute auf Abstand. Mein Vater würde sich nur zu gern wieder bei uns einschmeicheln, aber wir lassen das nicht zu.«

Das hatte sie also damals mit »halb zerstritten« gemeint.

»Ich glaube, meine Eltern mögen Clive nicht besonders«, sagte Sam. »Die meinen, wir hätten niemals genug Geld zum Leben – ich frisch vom College, er mit seinem Job.«

»Andrew und mir ging es damals genauso«, entgegnete Elisabeth. »Wir standen ganz allein da, aber wir haben es geschafft. Und das wirst du auch, wenn du es willst.«

Der Rat aus eigener Erfahrung war tröstlich. Es war, als säße Sam mit einer älteren, weiseren Version ihrer selbst zusammen. Und Elisabeth gefiel sich offensichtlich als Ratgeberin, als Stimme der Vernunft.

Als die Rechnung kam, ließ Elisabeth Sam sie nicht mal anfassen.

»Nicht zu glauben, wie billig das hier ist«, staunte sie. »Im Vergleich zu New York praktisch umsonst.«

Georges Diskussionskreis traf sich in der ruhigen Einkaufsstraße der Stadt, wo Faye und er wohnten. Jeder dritte Laden war verrammelt. Die Tierarztpraxis war für immer geschlossen, der frühere Buchladen ebenfalls. Auf dem Schaufenster unter dem Schild DONAHUE'S SHOES klebte ein knallrosa Plakat:

Danke für sechs wunderbare Jahrzehnte, stand handschriftlich darauf. *Wir waren gerne für Sie da.*

»Für die haben wir hart gekämpft«, sagte George im Vorübergehen. »Haben Leute zusammengetrommelt, um gegen Online-Shopping zu demonstrieren. Sogar einen Boykott-Tag haben wir organisiert. Über fünfzig Leute haben unterschrieben. Aber am Ende blieb dem armen Hal nichts übrig, als zu schließen.«

Gleich neben dem ehemaligen Schuhgeschäft lag Lindy's Bakery. George drückte die Tür auf und ein Glöckchen bimmelte.

Drin standen vier Tische, drei davon frei.

Am vierten saßen drei alte Männer und eine korpulente Frau mit Schürze vor weißen Kaffeebechern.

»Ich hab euch jemanden mitgebracht«, verkündete George. »Das ist Sam – sie will unser Durchschnittsalter auf einhundertundzwei senken. Sam, das sind Herbert Benson, Diego Ramirez, Jim Brewer und Miss Lindy Rose, die Besitzerin dieses schönen Etablissements.«

Sam hatte mindestens fünfzehn, zwanzig Leute erwartet. Ein Rednerpult und Stuhlreihen. Offenbar waren diese Männer aber schon alles. Und vielleicht Lindy – Sam war nicht ganz sicher, ob sie dazugehörte oder sich nur ausruhte, weil im Laden sowieso nichts los war.

Auf dem Weg waren sie an einem Starbucks vorbeigekommen, und George hatte gesagt: »Ich werde nie begreifen, wie ein dermaßen charmefreier Laden so erfolgreich werden konnte.«

Charme versprühte Lindy's Bakery auch nicht. Faserplatten an der Decke, Linoleum auf dem Boden und eine kleine Glasvitrine neben der Kasse, Inhalt: eine Rosinenschnecke, ein Marmeladendonut, drei Brötchen. »Kaffee?«, fragte Lindy und stand auf.

»Gern, danke«, sagte Sam.

»Für mich bitte koffeinfrei«, sagte George.

Sie setzten sich zu den anderen und plauderten ein paar Minuten. Dann verlas Diego die Tagesordnung: Herbert sollte von den Lehrergehältern in den städtischen Schulen berichten. Im Anschluss würden sie zwei Artikel diskutieren, die Jim aus der Zeitung kopiert hatte.

»Und zum Schluss sollten wir noch über die Demo vor dem

Rathaus nächste Woche sprechen«, ergänzte Diego. »Ich hab endlich den Knilch von der *Gazette* erreicht. Er meinte, er würde versuchen zu kommen.«

Die anderen nickten anerkennend.

»Versuchen«, fuhr Diego fort. »Weil er ja sooo wichtig ist. Seit zwei Jahren aus dem College und hält sich schon für Bob Woodward.«

»Sie müssen wissen, Sam, bei unseren Demos machen nie sehr viele mit«, erklärte Herbert. »Wir, ein, zwei Ehefrauen und, wenn wir Glück haben, noch ein paar Nachbarn und Freunde. Aber immerhin, wir tun was.«

»Kündigen Sie die Demos online an?«, fragte sie. »Auf Facebook oder so?«

Die Männer sahen sie ausdruckslos an. Keiner der vier war auf Facebook.

»Ich könnte eine Seite einrichten«, bot Sam an. »Die könnten die Leute und Geschäfte dann auf ihren eigenen Seiten teilen.«

»Hast du eine Facebook-Seite, Lindy?«, rief Herbert so laut und plötzlich, dass Sam erschrak.

»Na klar!«, rief sie aus der Küche zurück.

Sie unterhielten sich zwei Stunden lang. Manches war recht interessant, aber zwischendurch driftete Sam immer wieder ab, passte erst wieder auf, wenn einer lauter wurde, um einem Argument Geltung zu verschaffen.

Als alle ihre Jacken anzogen und sich verabschiedeten, fragte Jim, ob Sam nächste Woche wiederkäme. Sie sagte Ja, obwohl ihr sofort diverse bessere Zeitvertreibe einfielen: lernen, schlafen, mit ihren Freundinnen abhängen.

»Da haben wir einen Gastredner«, sagte Jim. »Könnte heftig werden, seien Sie gewarnt.«

Im Laufe der folgenden Woche dachte Sam immer wieder darüber nach, wer dieser Gastredner wohl sein würde. Sie fragte

Elisabeth, doch die hatte keinen Schimmer, was bei Georges Treffen abging.

Am nächsten Sonntag holte George sie ab. Sie genoss die Zeit zu zweit im Auto mit ihm. Auf merkwürdige Weise erinnerte er sie an zu Hause. Er fuhr zwanzig Minuten zum Wohnheim und von dort wieder zurück zu Lindy's, obwohl die Bäckerei nur drei Blocks von seinem Haus entfernt war. Später fuhr er Sam zurück. Eine Menge Fahrerei, aber er sagte, das mache ihm nichts aus.

»Faye ist nicht gewohnt, dass ich so viel zu Hause bin«, erklärte er. »Die freut sich, wenn sie ihre Ruhe hat.«

Der Gastredner entpuppte sich als Redner*in*, eine Frau mit modischer Bob-Frisur, in elegantem Hosenanzug und gemustertem Halstuch. Sie sprach ruhig und bestimmt über das Drogenproblem in der Gemeinde und den mangelhaften Einsatz der örtlichen Behörden. Sam hörte gebannt zu, während die Frau davon berichtete, wie sich Pharmaunternehmen mit ebenjenen Medikamenten eine goldene Nase verdienten, die zu der für viele junge Menschen tödlichen Opioidsucht führten.

Was dann kam, hatte Sam nicht erwartet. Die Rednerin reichte ein Foto einer hübschen, blonden Frau herum, die lächelnd Kerzen auf einem Kuchen ausblies.

»Meine Tochter Julia«, sagte sie. »An ihrem letzten Geburtstag. Sie wurde einunddreißig.«

Sie erzählte von ihrer Tochter, von ihrer Liebe zum Reiten, ihrem Einsatz für herrenlose Hunde und ihrer Begeisterung für Country-Musik. Schilderte, wie sie nach einem Autounfall abhängig von Schmerzmitteln geworden war. Wie sie den Unfall überlebt hatte, die Tabletten aber nicht.

Als sie endete, meldete sich Sam zu ihrer eigenen Überraschung als Erste zu Wort.

»Mein Onkel Pete, der jüngste Bruder meiner Mutter, ist seit ein paar Jahren süchtig nach Oxycontin«, sagte sie. »Gegen seine Rückenschmerzen hat er das genommen, dann kam er nicht mehr davon los. Ein prima Kerl. Nie würde man den für einen Drogensüchtigen halten. Er hat drei Kinder.«

Ihre Eltern würden so etwas nie jemandem erzählen, der nicht zur Familie gehörte, aber Sam fühlte sich hier sicher. Sie dachte daran, wie George gesagt hatte, dass dem Einzelnen die Schuld für etwas gegeben wurde, hinter dem in Wahrheit viel mehr steckte.

Die Frau nickte. »Es kann jeden treffen«, sagte sie.

»Mein Beileid wegen Ihrer Tochter«, sagte Sam.

George nickte, ein bisschen wie ein stolzer Vater.

»Nächste Woche demonstrieren wir vor dem Rathaus«, verkündete Jim. »Am besten verpflichten wir uns alle, noch ein, zwei Leute mitzubringen. Sam, könnten Sie das online posten, wie Sie meinten?«

Sam sagte zu.

Sie teilte die Veranstaltung auf den Facebookseiten aller Städte der Umgebung und bat die Campus-Zeitung, sie auf ihrer Website anzukündigen. Je mehr Stellen sie ansprach, desto besser, denn sie wollte den alten Männern zeigen, wie viele Leute sie mobilisieren konnte. Sie druckte sogar Flugblätter, hängte sie an Bäumen und in Seminarräumen auf, an Schwarzen Brettern und im Postamt. Per E-Mail bat sie um Unterstützung der Feminist Alliance, der Hochschul-Demokraten und der Dial Tones, der zweitbeliebtesten A-cappella-Gruppe am College.

Sam hoffte, dass auch wirklich jemand kommen würde. Auf keinen Fall wollte sie George enttäuschen.

Als sie eines Dienstags zu ihrem Kurs in britischer Lyrik in der Martin Hall hatte gehen wollen, waren gerade dutzende Studentinnen aus dem Gebäude geströmt.

»Was ist los? Feueralarm?«, fragte sie eine.

»Nein«, sagte die. »Ein Walkout.«

»Ach so? Worum geht's denn?«

Die andere zuckte die Achseln. »Keine Ahnung.«

Im letzten Jahr hatte eine ehemalige Außenministerin die Abschlussrede gehalten. Als sie die Bühne betrat, stand die halbe Abschlussklasse auf und wandte ihr den Rücken zu. Sam hatte nie ganz verstanden, wieso.

In den letzten drei Monaten hatte Sam dreimal mit ihren Kommilitoninnen demonstriert. Zweimal, weil junge Schwarze in weit entfernten Bundesstaaten von der Polizei getötet worden waren, einmal gegen den Klimawandel.

Aber Demos außerhalb des Campus waren ein anderes Paar Schuhe. Studierende mischten sich nur äußerst selten unter das gemeine Volk aus der Umgebung.

Auf dem Weg zur Demo sagte Sam: »Die Reaktion war leider etwas verhaltener, als ich gehofft hatte.«

»Macht nichts«, sagte George. »Sie haben's versucht, nur darauf kommt es an. Wir können froh sein, dass wir Sie haben.«

Am Ende standen dreiundzwanzig Menschen vor dem Rathaus, elf davon Studentinnen aus Sams College. Eine davon war Isabella, die nur mitgekommen war, weil Sam ihr versprochen hatte, hinterher mit ihr in der Kneipe um die Ecke ein paar Bierchen zu trinken, aber Sam war dennoch beflügelt. Diese elf Studentinnen waren dreißig Kilometer angereist, und das nur, weil sie ihrem Aufruf gefolgt waren.

Die Mutter der jungen Opioid-Toten war auch gekommen, das Foto ihrer Tochter als Print auf ihrem T-Shirt. Im Kerzenlicht auf dem Bild sah sie aus wie ein Engel.

Drei Mitglieder der Dial Tones sangen Joan Baez.

Lindy verteilte Bagels.

George wirkte zufrieden, fand, das könne sich doch sehen lassen. Sam fragte sich, ob es ihm etwas ausmachte, dass Faye nicht dabei war.

Andrew kam auf dem Weg von der Arbeit vorbei, meinte aber, er müsse nach Hause und Elisabeth helfen.

»Sie wollte eigentlich auch kommen, aber na ja, der Kleine ...«, sagte er.

Sam musste daran denken, wie Elisabeth mal gesagt hatte: »Ein Baby ist die weltbeste Ausrede für alle unangenehmen Verpflichtungen.«

Sie sah Andrew nach, als er zum Wagen ging.

Diego tippte ihr an die Schulter. »Das ist Benjamin Ross, der Reporter, von dem ich erzählt habe«, sagte er. »Sam ist das jüngste Mitglied unserer Gruppe.«

Sam lächelte den Reporter an.

Benjamin Ross war beinahe gutaussehend. Schwarzes, gewelltes Haar, dunkler Teint, schwarze Lederjacke – eigentlich das ganze Paket, aber irgendetwas störte. Vielleicht dieses Grinsen, wie besserwisserisch er dreinschaute, noch ehe er den Mund aufmachte.

»Du bist also verantwortlich dafür, dass hier heute so viel los ist«, sagte er.

Sam war nicht ganz sicher, ob er das sarkastisch meinte.

»Wie kamst du denn zu der Gruppe?«, fragte er, inzwischen lächelnd.

»Ich passe auf George Rileys Enkel auf.«

»Verstehe«, sagte er. »Die sind schon 'ne Nummer, diese rebellischen Rentner. Jede Woche haben sie eine neue Story für mich. Ob ich will oder nicht.«

Wie alt mochte er wohl sein? Sicher nicht viel älter als Sam – Diego hatte ja gesagt, er sei erst seit zwei Jahren mit dem College fertig. Und doch trat er so selbstsicher auf, als wäre er schon deutlich älter.

Er wollte wissen, was und wo Sam studierte, wo sie herkam, doch für die Antworten schien er sich gar nicht zu interessieren. Ständig blickte er an ihr vorbei, als suche er nach jemand Besserem.

Sam konnte ihn nicht leiden, und trotzdem hatte seit Clive

niemand sie je dermaßen angezogen. Ging das überhaupt, das man jemanden attraktiv fand, von dem man spürte, wie verachtenswert er war? Da drüben unterhielt sich Isabella mit Jim und Herbert. Zu gern hätte sie das jetzt mit ihr besprochen.

Benjamin fragte, was sie nach ihrem Abschluss vorhatte, wollte aber eigentlich nur selbst erzählen, dass er sich für ein Graduiertenprogramm beworben hatte. Er hoffte auf die Northwestern.

Zumindest auf dem Papier war er genau die Sorte Mann, die jeder ihr gewünscht hätte. Richtiges Alter, richtiger Beruf, angemessen ehrgeizig. Es könnte alles so einfach sein. Sam stellte sich vor, wie sie an Weihnachten ihren Verwandten sagte: *Ich suche grade einen Job in Chicago. Wir werden da wohnen, während Ben seinen Master macht.*

Kurz darauf sagte der echte Benjamin: »Na ja, war nett, dich kennenzulernen«, und eilte davon, auf einen zügig gehenden Mann im Anzug zu.

Die Demo war ein voller Erfolg: Der Stadtrat entschied wie erhofft.

Hinterher lud Georges Diskussionskreis Sam und Isabella zur Feier des Tages auf ein Steak ein. Das Restaurant war düster, mit blutroten Wänden und Lederstühlen mit hohen Rückenlehnen. Ein Hort der Männlichkeit und so ganz anders, als die Läden, die Sam normalerweise besuchte.

Dort, noch ganz beflügelt neben George am Tisch sitzend, erwähnte sie dann ihre Freundinnen aus der Mensa, erzählte von den Schikanen ihres nicht mehr ganz so neuen Chefs Barney Reardon.

»Die sind alle wirklich toll. Ihr würdet euch bestimmt verstehen«, sagte Sam. »Die sind genau wie wir. Ich würde gern was für sie tun. Mir ist heute aufgefallen, dass die Leute am College immer gegen schlimme Dinge protestieren, die weit entfernt passieren. Dabei könnten wir uns für die Frauen aus unserer unmittelbaren Umgebung einsetzen und die Probleme anprangern, die ihnen täglich das Leben schwer machen. Warum tun wir das nicht?«

»Guter Gedanke«, sagte George. »Am besten fragst du sie mal, wie du für sie eintreten kannst. Kann sicher nicht schaden, wenn sich ein paar Studierende für sie einsetzen. Bestimmte Dinge könntet ihr vielleicht leichter fordern als sie.«

»Präsidentin Washington weiß vermutlich gar nicht, was da abläuft«, sagte Sam.

»Präsidentin Washington?«

»Die Präsidentin des Colleges. Sie ist in ärmlichen Verhältnissen aufgewachsen, spricht immer über Gleichheit, Vielfalt und Frauenrechte. Das gilt ja wohl nicht nur für Studentinnen, oder? Wir könnten ein Teach-in vor ihrem Büro abhalten. Oder Unterschriften sammeln.«

»Klar«, sagte George.

Sam konnte Präsidentin Washingtons berühmte Rede auswendig. In Gedanken sprach sie sich ein paar Zeilen vor wie ein Gebet.

Würden Frauen die Welt beherrschen, müsste kein Kind der Welt mehr Hunger leiden.
Würden Frauen die Welt beherrschen, würden wir einander zuhören – und wissen, dass das oft schon die Lösung bringt.
Würden Frauen die Welt beherrschen, würden wir die Wahrheit hochhalten, auch wenn sie manchmal schwer zu ertragen ist.

Sam hatte eine Vision: Präsidentin Washington, wie sie Gaby ein Stipendium anbietet, Gaby, wie sie die Abschlussrede hält und Sam dafür dankt, den Stein ins Rollen gebracht zu haben.

Obwohl Sam mit Präsidentin Washington noch nie ein Wort gewechselt hatte, war ihr doch, als würde sie sie kennen.

Immer, wenn sie an dem großen Backsteinhaus mitten auf dem Campus vorbeikam, fühlte sie sich richtig geborgen, so als wäre da eine Erwachsene, die auf sie alle aufpasste.

Am nächsten Morgen beim Frühstück, im Schlafanzug, erzählte Sam Gaby von der Demo und ihrer Idee.

Gaby trug Jeans und Schürze, war gerade dabei, Saftkrüge nachzufüllen.

»Ich lege meine Hand dafür ins Feuer, dass Präsidentin Washington auf eurer Seite wäre«, sagte Sam.

»Warum? Die arbeitet ja nicht für uns, sondern für die Firma«, erwiderte Gaby.

»Welche Firma?«, fragte Sam.

»Na, das College.«

So hatte Sam die Hochschule noch nie gesehen.

»Das könnte wirklich was nützen«, beharrte sie. »Vertrau mir. Wir können nicht zulassen, dass so ein Kerl hier aufkreuzt und euch Frauen ungestraft ausbeutet. Barney Reardon muss zur Rechenschaft gezogen werden.«

»Du hast 'nen Knall«, sagte Gaby, allerdings mit einem Lächeln, was Sam etwas beruhigte.

Seit Josies Geburtstag war Gaby ziemlich frostig gewesen. Maria hatte sie erzählt, Sam sei krank gewesen. Aber Sams Dank für diese Lüge wehrte sie ab. »Das hab ich meiner Tante zuliebe gesagt, nicht deinetwegen«, hatte sie betont.

Sam hatte versucht, es wiedergutzumachen. Sie kaufte Josie ein schönes Geschenk – ein Zelt in Rosa und Lila, das man ganz klein zusammenfalten konnte. Sie lud Gaby zum Mittagessen ein, damit sie endlich mal wieder richtig quatschen konnten. Beim Essen lachten sie viel. Gaby erzählte von einem Katastrophendate mit einem Kerl, den sie von ihrem Restaurantjob kannte, Sam erzählte, dass sie neuerdings mit einem Haufen alter Männer abhing.

Inzwischen hatte Gaby ihr offenbar verziehen, was Sam erleichterte. Sie ertrug es nicht, wenn jemand ihr böse war, vor allem jemand wie Gaby, die ihre Wut nicht einfach überspielte wie die meisten Frauen.

Eine verschlafen dreinschauende Studentin schlurfte ans Büfett, um sich Saft aus einem frisch gefüllten Krug in eines dieser kleinen Gläser zu schenken, die Sam immer ans Sommerferienlager erinnerten. In einer Hand hielt sie das Glas, in der anderen den Krug.

Sam wusste genau, wie schwer der volle Krug war. Sie wollte etwas sagen, doch da hatte die andere schon die Kontrolle verloren und das Glas lief über.

»Mann«, fluchte Gaby leise.

»Oje, tut mir leid«, sagte die Studentin.

Unsicher blickte sie sich um, dann griff sie sich ein paar Papierservietten und verteilte sie über der Sauerei. Die kleinen Vierecke lösten sich in der Pfütze auf.

»Nein, nicht so!«, rief Gaby. »Das – ach, ich mach schon.«

Sie zog einen Lappen aus der Tasche und wischte den Saft auf.

Mit hochrotem Kopf ging die Studentin an ihren Tisch.

»Meine Fresse, kann irgendwer diesen Gören mal ein bisschen Hirn verpassen? Ehrlich, das sind doch ausnahmslos Idioten hier«, motzte Gaby.

Ähnliches hatten Sam und Gaby bei der gemeinsamen Arbeit vor einem Jahr oft von sich gegeben, aber diesmal klang es irgendwie fieser als sonst. *Ausnahmslos.* Ob Gaby doch noch sauer war wegen der Party? Sam hätte gern nachgefragt, tat aber stattdessen, als fände sie es lustig. Miteinander zu lachen tat gut, selbst wenn der Anlass nicht sehr nett war.

»Also, sprichst du mit Maria über meine Idee?«, fragte Sam. »Wenn sie Ja sagt, ist Delmi sicher auch dabei und holt ihre Freundinnen an Bord.«

Gaby verdrehte die Augen. »Maria macht da garantiert nicht mit.«

»Wieso denn nicht?«

»Sie hat sich eben damit abgefunden, wie es ist. Sie meint, wenn man ersetzbar ist, soll man keine Forderungen stellen. So läuft's nun mal.«

Sam hatte da eine andere Meinung. Gaby war nur wieder pessimistisch, wie üblich.

»Ich seh dir an, wie's in dir rattert, Sam«, sagte Gaby. »Weißt du, Maria hat einen Cousin auf einer Rinderfarm, der besamt da Kühe. Im Vergleich dazu ist das hier das Paradies.«

Sam verzog das Gesicht.

»Na ja. Um sieben hab ich Feierabend, falls du Lust auf ein Bier hast«, schlug Gaby vor.

»Das wär schön, aber um sieben skype ich jetzt unter der Woche immer mit Clive. Ein Ritual sozusagen. Wenn's später wird, ist er am nächsten Tag ein Zombie.«

»Okay«, sagte Gaby, sichtlich genervt.

»Ja, ich weiß«, sagte Sam. »Tut mir leid.«

Diesen Gesichtsausdruck kannte sie bereits von Isabella, Lexi und Shannon. Keine von ihnen verstand, wieso sie bereit war, einen Abend mit ihren Freundinnen für ein Skypegespräch mit ihrer Fernbeziehung zu opfern. Clive seinerseits schmollte jedes Mal, wenn sie nicht sofort parat stand oder ein Wochenende mit ihm absagte, weil sie für eine Prüfung lernen musste oder etwas anderes vorhatte. Was sie auch tat, irgendwer fühlte sich immer zurückgesetzt. In zwei Hälften hätte sie sich teilen müssen, und überall zugleich sein.

Für die Abendessen bei Elisabeth und die Sitzungen des Diskussionskreises hatten ihre Freundinnen noch weniger Verständnis. Letztes Jahr hatte Sam noch zig Abende und Wochenenden allein verbracht, ohne irgendwas zu unternehmen. Dieses Jahr kam es ihr vor, als hätte der Tag nie genug Stunden.

Irgendwie war das Leben immer so. Entweder zu viel oder zu wenig.

Andere Erwartungen ließ sie einfach ganz unter den Tisch fallen. Seit Wochen hatte sie sich nicht mehr bei ihren Großeltern gemeldet, obwohl ihre Mutter bei jedem Gespräch sagte: »Die würden sich so freuen, von dir zu hören.«

»Morgen bin ich um vier hier fertig und habe eine Stunde frei, bevor ich ins Restaurant muss«, versuchte Gaby es noch mal.

»Mist, da bin ich schon mit Isabella verabredet«, sagte Sam. »Tut mir leid. Irgendwie kommen wir in letzter Zeit nicht zusammen.«

»Schon gut«, winkte Gaby ab. »Ich frag einfach nicht mehr. Du bist die mit dem vollen Terminkalender, melde du dich einfach, wenn du mal Zeit hast.«

Sam versuchte, die Schuldgefühle zu verdrängen.

»Mach ich«, versprach sie. »Bald.«

Beim Essen am Sonntagabend erwähnte Elisabeth die Demo mit keinem Wort.

Sie sprachen über andere Themen. Den Tod von Mike Nichols, zum Beispiel, und darüber, wie toll sie alle *Die Reifeprüfung* fanden.

Zum Nachtisch hatte Andrew Apfeltarte gebacken. Er schnitt den Kuchen an, und Sam das Thema Gaby.

»Eine Freundin aus meinem alten Job am Campus«, erklärte sie. »Sie hat eine zwei Jahre alte Tochter.«

»Sie studiert mit einem zweijährigen Kind?«, staunte Elisabeth.

»Nein, nein, sie arbeitet da nur.«

Sam erzählte ihnen dasselbe, was sie schon George erzählt hatte, über die Frauen in der Mensa und ihre Überlegungen, wie man ihnen helfen könnte.

»Du hast ein Herz aus Gold, Sam«, sagte Elisabeth.

»Ihr könnt euch sicher denken, woran mich das alles erinnert, oder?«, fragte Sam.

»Woran denn?«

»An den Hohlen Baum! Ein perfektes Beispiel.«

»O Gott«, stöhnte Elisabeth. »George hat dich echt eingewickelt.«

»Dad meinte, sie hätten es dir zu verdanken, dass so viele Leute vor dem Rathaus waren«, sagte Andrew. »Er meint, man müsste dich klonen.«

»Klar, weil sie sich seine Weltuntergangspredigten anhört«, spottete Elisabeth. »Hauptsache, du weißt, dass du das nicht für uns tun musst, Sam. Wir bezahlen dich nur als Babysitter für Gil, nicht für George.«

Sam wusste nicht, wie sie darauf reagieren sollte. Eigentlich dachte sie, um Fragen der Bezahlung ginge es zwischen ihnen längst nicht mehr.

11

Elisabeth

An ihrem letzten Arbeitstag vor Semesterende brachte Sam in einer silbernen Tüte ein Weihnachtsgeschenk für Gil mit. Da erst fiel Elisabeth ein, dass sie auch was für Sam besorgen musste. Sie verbrachte den halben Tag mit der Suche nach dem perfekten Präsent, obwohl sie sich geschworen hatte zu arbeiten, komme, was da wolle.

Sie fragte sich, ob ihre männlichen Kollegen auch mit derlei Alltagsaufgaben zu kämpfen hatten. Duftkerzen, Ohrringe, ein Gutschein für eine Massage – all das erschien Elisabeth unpassend. Bei jedem neuen Laden, den sie unverrichteter Dinge verließ, wurde ihr klarer, was ihr bevorstand: fünf Wochen ohne Kinderbetreuung, fünf Wochen ohne Sam.

Sie entschied sich schließlich für einen weichen, blauen Kaschmirpullover aus einer Boutique an der Plum Street. Sam hatte darüber geklagt, wie kalt es im Wohnheim sei, die Temperatur wurde zentral geregelt. Elisabeth stellte sich Sam in diesem Pulli vor, wie sie im Schein der Lampe ein Buch las.

Mittags aß sie im neuen Café neben dem Kino einen Salat, dann kaufte sie im Schreibwarenladen eine Karte. Nachdem sie etwas für Sam darauf geschrieben hatte, sah sie auf die Uhr. Vor Gils Geburt hatte sie jederzeit arbeiten können, oft noch spät am Abend, wenn alles andere erledigt war. Wenn sie jetzt die Zeit, in der Sam den Kleinen hütete, nicht fürs Schreiben nutzte, kam sie überhaupt nicht mehr dazu. Elisabeth nahm sich fest vor, disziplinierter zu sein, wenn Sam im Januar zurückkehrte.

Als Sam beim Abschied an der Tür stand, drückte Elisabeth

ihr das Geschenk in die Hand und wünschte ihr viel Glück bei der Abschlussprüfung.

»Bist du nervös?«, fragte sie.

»Am meisten stresst mich diese Abschluss-Ausstellung, unsere Kunstprojekte werden im Campus-Museum ausgestellt«, sagte Sam. »Das zählt zur Hälfte für meine Gesamtnote.«

»Im Museum? Das ist ja toll!«, sagte Elisabeth.

»Na ja, im Untergeschoss.«

»Wann denn? Ist die Ausstellung öffentlich?«

»Ja. Sonntag von fünf bis acht. Es wäre toll, wenn du kommen würdest, aber ich habe dir mit Absicht nichts gesagt. Du sollst dich nicht verpflichtet fühlen. Ich weiß, dass ihr viel um die Ohren habt.«

Elisabeth versicherte ihr, sie würden kommen.

Als sie die Tür schloss, war sie seltsam erleichtert, dass sie Sam bald wiedersehen würde.

Elisabeth, Andrew und Gil standen am folgenden Sonntag um halb sechs vor dem Museum, Andrew trug den Kleinen in einem Tuch vor der Brust. Der Raum war voller Mädchen vom College, sie standen in Dreier- oder Fünfergrüppchen zusammen und tranken Wein aus transparenten Plastikbechern. Elisabeth hatte keine Ahnung, warum die Mädchen sie so einschüchterten, aber als sie die Versammlung sah, sagte sie: »Ich brauch einen Drink!«

Zwei Männer in Tweedblazern und eine ältere Dame in fließender schwarzer Strickjacke beugten sich über einen Klapptisch, auf dem mehrere Flaschen Wein standen.

Elisabeth ging direkt darauf zu und schenkte sich zwei Becher ein.

Sie grüßte die Lehrkräfte.

Sie schienen erstaunt, sie hier zu sehen.

»Hallo?«, sagte die Dame, als wäre es eine Frage.

Als sie wieder neben Andrew stand, flüsterte Elisabeth: »Sind wir die einzigen Zivilisten hier?«

»Sieht so aus.«

»Hast du Sam irgendwo gesehen?«

»Nein.«

Hinter ihm tauchte ein hochaufgeschossenes Mädchen in blauem Bauernrock auf. Sie war oben ohne, ihr langes straßenköterblondes Haar fiel ihr über die nackten Brüste. Sie hatte einen kleinen Pappteller mit Crackern in der Hand und unterhielt sich mit den beiden anderen Mädchen, als wäre das völlig normal.

»Andrew«, zischte Elisabeth.

Andrew folgte ihrem Blick und sah sie mit aufgerissenen Augen an.

Ein Mädchen mit Nasenpiercing funkelte sie an. *Hast du ein Problem damit?*, schien sie zu fragen.

Elisabeth nahm Andrew am Arm und sagte: »Komm, wir schauen uns die Kunst an.«

Sie kamen an mehreren Schwarz-Weiß-Fotos von einer üppigen Frau mit dunklen Lippen und Brauen vorbei. Es gab Blumenmalereien, die schwer an O'Keeffe erinnerten, vielleicht waren sie als Hommage gedacht.

Eine Studentin hatte Ziploc-Tüten an ein Korkbrett geheftet, die größte davon enthielt eine lange, rote Haarsträhne vom Kopf der Künstlerin, in den anderen steckten jeweils feine Härchen, offenbar von einer Rasur, und mehrere Büschel unverkennbar krauses Schamhaar.

»Und weiter geht's«, sagte Andrew.

Als sie um die Ecke kamen, stießen sie auf das gemalte Bild einer Frau auf einer Terrasse, die aufs weite Meer hinausblickte. Es unterschied sich komplett von allen anderen Ausstellungsstücken. Der Stil war klassisch, fast schon altmodisch.

Elisabeths erster Gedanke war, dass sie das Bild wunderschön fand. Es erinnerte sie an Cassatt. Irgendwie war ihr klar, dass es sich um Sams Arbeit handeln musste. Ein Blick aufs Schild an der Wand bestätigte ihre Vermutung.

Sie trat etwas zurück. »Sie ist gut.«

Andrew lachte.

»Was?«

»Du klingst richtig geschockt.«

»Nein, ich meine, sie ist wirklich gut. Findest du nicht?«

Er betrachtete das Bild genauer. »Ganz hübsch.«

Elisabeth spürte eine Hand auf der Schulter. Sie fuhr herum. Vor ihr stand Sam in Jeans und einem grünen Sweatshirt, daneben Isabella mit einer grellroten Weihnachtsmütze auf dem Kopf.

»Tut mir leid, dass ich erst jetzt komme«, sagte Sam, als sie sich umarmten. »Isabella hat uns aus dem Wohnheim ausgesperrt, und ich hatte nur Jogginghose und keine Schuhe an. Der Hausmeister hat eine geschlagene Stunde gebraucht, um das Schloss zu knacken.«

»Sam«, sagte Elisabeth. »Du bist so talentiert! Ich hatte ja keine Ahnung. Dass du gut bist, hatte ich mir schon gedacht, aber so gut … du bist fantastisch!«

»Das musst du nicht sagten«, erwiderte Sam verschämt.

»Ich meine es ernst«, sagte Elisabeth. »Ich würde es wahnsinnig gern kaufen. Verkaufst du es?«

Andrew sah sie an. Sie wünschte, sie könnte die Zeit stoppen und erklären, dass ihre Worte nur unterstreichen sollten, wie aufrichtig ihr Lob gewesen war. Außerdem wäre das Bild sicher nicht so teuer.

»Das ist so lieb von dir«, sagte Sam. »Ehrlich, ich würde es dir einfach schenken. Aber ich habe es für meine Mutter zu Weihnachten gemalt. Nach einem Foto von meiner Großmutter in Cape Cod, das gemacht wurde, als ich noch klein war. Sie ist vor ein paar Jahren gestorben.«

»Ist das euer Strandhaus?«, fragte Elisabeth.

Sie versuchte sich zu erinnern, ob Sam es je erwähnt hatte.

»Schön wär's«, sagte Sam. »Das ist das Hotel, in dem meine Cousine ihre Hochzeit gefeiert hat.«

»Deine Mutter wird begeistert sein«, sagte Andrew. »Was für ein liebevolles Geschenk.«

»Vielleicht kann ich nach den Winterferien etwas bei dir in Auftrag geben«, sagte Elisabeth.

»Klar!«

»Ein Bild von Gil vielleicht.«

»Das wäre klasse.«

»Hey, was hat es mit dem Mädchen ohne Oberteil auf sich?«, fragte Andrew.

Sam sah zu den anderen hinüber. »Das ist ihr Ding. Sie rennt schon das ganze Jahr oben ohne herum, weil sie damit … Izzy, was will sie damit noch mal demonstrieren?«

Isabella verdrehte die Augen. »Keine Ahnung. Wenn sich schon eine so was als ihr Ding aussucht, sollte sie wenigstens gute Möpse haben.«

»Ignoriert sie einfach«, sagte Sam.

Isabella grinste. Sie setzte Gil die Weihnachtsmütze auf, und er strahlte sie an. Sam schoss ein Foto mit ihrem Handy.

Später an diesem Abend schickte sie es Elisabeth mit einem Herzchen darunter: *Danke, dass du gekommen bist.*

Es würde einen Monat dauern, bis sie sich wiedersähen. Sam würde bald mit dem Bus heim nach Boston fahren und dort zwei Wochen verbringen, am zweiten Weihnachtstag wollte sie nach London fliegen, um Clive zu besuchen.

Allein der Gedanke machte Elisabeth depressiv, denn das war nur der Anfang des viel größeren Kummers, der sich dahinter abzeichnete. In ein paar Monaten wäre Sam für immer weg. Mit wem sollte sie dann reden? Was sollte sie ohne sie machen?

Genieß die Ferien!, schrieb sie zurück.

Elisabeth und Andrew waren sich einig, dass sie keine Bilder von Gil ins Internet stellen würden, um ihre Privatsphäre zu schützen, wegen der Pädophilen und anderer Gefahren, die ihnen zwar unbekannt waren, aber trotzdem Angst einjagten. Faye hatte das nie verstanden. Andrew musste damit drohen, ihr nie wieder Fotos von ihrem Enkel zu schicken, falls sie jemals auch nur eines posten sollte.

Aber das Foto von Gil mit der Weihnachtsmütze war so unwiderstehlich süß. Am Tag nach der Ausstellung musste Elisabeth es einfach auf Facebook posten.

Kurz darauf postete ihre Mutter dasselbe Foto auf ihrer Facebook-Seite. *Das beste Weihnachtsgeschenk für unsere Familie!*, lautete die Überschrift. Als wäre sie dabei gewesen, als das Foto entstanden war, oder hätte irgendwas damit zu tun gehabt, sie, die ihr sieben Monate altes Enkelkind noch nie gesehen hatte.

Zwei Tage später schrieb ihre Mutter ihr dann eine Mail, um ihr mitzuteilen, dass sie über die Feiertage allein nach Aspen fahren werde.

Wie festlich!, schrieb Elisabeth zurück. *Viel Spaß!*

Keine zwanzig Minuten später hatte sie ihren Vater am Telefon, der vorschlug, sie über Weihnachten im neuen Haus zu besuchen. Elisabeths Eltern sprachen nicht mehr miteinander, aber sie verband eine seltsame Form der Telepathie. Oft stellten sie ihr in ihren Nachrichten dieselbe Frage oder mailten ihr denselben Videoausschnitt aus der Fernsehsendung vom Vorabend.

Klar, schrieb sie zurück, obwohl sie sich ihre Familie eigentlich vom Leib halten wollte. Normalerweise verbrachten sie die Feiertage nicht miteinander. Sie wohnten quer übers Land verteilt, was eine wunderbare Ausrede darstellte. Als sie noch nicht verheiratet war, hatte Elisabeth Thanksgiving und Weihnachten gemeinsam mit Freunden in der Stadt gefeiert. Die Hälfte ihrer damaligen Bekannten hätten locker als Waisen durchgehen können. Aber sie hatte erwartet, dass ihre Eltern wieder in ihrem Leben auftauchen würden, wenn sie erst verheiratet wäre und Kinder hätte. Genau aus dem Grund hatte sie beides wenig reizvoll gefunden.

Sie wollte gerade auflegen, da sagte ihr Vater: »Wir freuen uns schon wahnsinnig, endlich das Baby zu sehen.«

»Wir?«

»Ich und Gloria.«

»Wieso kommt sie mit? Nicht, dass sie nicht willkommen ist, aber ... will sie Weihnachten nicht mit ihren eigenen Kindern feiern?«

»Eigentlich nicht.«

Eine Woche verstrich. Ihre Mutter schrieb, sie wolle sich das mit Aspen noch mal überlegen.

Es wird Zeit, dass ich endlich meinen Enkel kennenlerne.

Elisabeth antwortete nicht sofort. Sie fragte sich, was dahintersteckte. Wahrscheinlich hatte ihre Mutter mitbekommen, dass alle ihre Freundinnen Weihnachten mit den Enkeln verbrachten, und wollte nicht die Außenseiterin sein. Oder sie ahnte, dass ihr Vater sich angekündigt hatte.

Trotz allem stieg der uralte Kinderinstinkt in ihr auf, und sie hatte das dringende Bedürfnis, ihre Mutter zu schützen.

Elisabeth rief ihren Vater an und erklärte ihm die Situation.

»Ich glaube, Gloria sollte nicht mitkommen«, sagte sie. »Warum nicht?«

»Weil Mom auch kommen möchte, hab ich doch gerade erklärt.«

»Deine Mutter hat nichts dagegen, wenn Gloria da ist.«

»Hat sie doch, glaube ich.«

»Sie ist eine erwachsene Frau und wird das schon aushalten.«

Nach dem Telefonat schrieb sie ihrer Mutter eine Nachricht. *Du bist herzlich willkommen, aber nur dass du's weißt: Dad ist auch dabei ... und bringt seine Freundin mit. Tut mir leid, ich konnte es ihm nicht ausreden, du weißt ja, wie er ist ...*

Sie ärgerte sich, dass sie mal wieder zwischen den beiden vermitteln musste. Besonders, weil sie weder sie noch ihn und seine Freundin im Haus haben wollte.

Ihre Mutter antwortete prompt: *Ich freue mich auf beide.*

Ihre Mutter, die ihrem Vater einst einen Teller mit Hühnchen an den Kopf geworfen hatte, nur weil er beim Essen geschmatzt hatte; die Elisabeth an ihrem sechzehnten Geburtstag mitgeteilt hatte, sie habe ihren Mann nie geliebt und nur wegen seines Aussehens und seines Geldes geheiratet.

Wunderbar. Aber nur, wenn sich alle benehmen. Das ist Gils erstes Weihnachtsfest.

Elisabeth bemühte sich um einen strengen Ton.

Pfadfinderehrenwort, schrieb ihre Mutter zurück.

Das erste Mal im Leben hatte sie das Gefühl, in der Familie das Sagen zu haben. Wer das Enkelkind hatte, hatte die Macht. Etwas, das alle wollten, aber nur sie besaß.

Dennoch schickte sie ihrer Schwester eine Mail mit folgendem Betreff: DU KOMMST WEIHNACHTEN ZU UNS! Ihre Nachricht lautete: *Mom und Dad werden beide hierherkommen. Du musst mir den Rücken stärken. Das ist ein Befehl.* Sie fügte ein Smiley hinzu, um die Mail etwas zu entschärfen. Zehn Minuten später schickte sie eine weitere Mail hinterher. *PS: Ich mein's ernst! Tu ja nicht so, als wäre meine Nachricht im Spam-Ordner gelandet.*

Es war das Mindeste, nach allem, was sie für sie getan hatte.

Es wurde Abend, und Charlotte hatte noch immer nicht geantwortet.

Elisabeth ließ die vielen SOS-Meldungen ihrer Schwester in den letzten Jahren Revue passieren, versandt in Erwartung einer sofortigen Rückmeldung. Auf jede einzelne hatte sie umgehend reagiert.

Beim Abendessen war sie gereizt und danach, beim Fernsehen, immer noch. Verärgert darüber, dass ihre Familie in ihr

Leben trampelte, und noch verärgerter über sich selbst, weil sie so bescheuert gewesen war zu hoffen, dass es dieses Mal anders kommen würde.

»Was ist los?«, fragte Andrew beim gemeinsamen Zähneputzen.

»Mir graut davor, meine Familie zu Weihnachten hier zu haben. Was habe ich mir nur dabei gedacht? Und meiner Schwester habe ich sozusagen das Messer auf die Brust gesetzt, damit sie ja auch noch angereist kommt.«

»Wieso?«

»Zu zweit ist man weniger allein? Geteiltes Leid ist halbes Leid? So was in der Art.«

»Klingt nach Riesenspaß«, murmelte er, die Zahnbürste zwischen den Lippen.

Ihm lief der Schaum übers Kinn.

Er schüttelte den Kopf wie ein Hund nach dem Schwimmen, spuckte die Zahnpasta ins Waschbecken und zog sich etwas aus dem Mund.

»Was ist das?«, fragte sie.

Er hielt es ans Licht.

»Ein Faserbüschel aus meiner Zahnbürste. Hat sich offenbar beim Putzen gelöst.«

»Du liebe Zeit«, sagte sie.

»Ich hätte es verschlucken können«, sagte er.

Seine Augen wurden schmal und er setzte eine säuerliche Miene auf. »Der verdammte Hohle Baum«, sagte er mit verstellter Stimme und warf die Zahnbürste mit solcher Wucht auf den Waschtisch, dass sie zweimal abprallte und schließlich auf dem Boden landete.

»Du bist fies«, sagte sie.

Sie lachten.

Im Bett versuchte Elisabeth, von hundert rückwärts zu zählen, aber bei neunzig brachen ihre Gedanken wieder über sie herein.

Also stand sie auf und schaute nach Gil. Er war jetzt in seinem Zimmer, was sie einerseits freute, andererseits auch traurig stimmte. Sie schlief besser, aber es bedeutete auch, dass diese ersten, innigen Wochen und Monate unwiederbringlich vorüber waren.

Je größer und präsenter Gil wurde, desto mehr Sicherheit bekam Andrew in seiner Vaterrolle. Er brachte sich öfter ein. Es gab mehr Dinge, die Vater und Sohn miteinander unternehmen konnten. Sie entwickelten ihre ganz eigenen Spielchen und Rituale. Gelegentlich ging sie sogar samstags ins Büro und ließ Gil in Andrews Obhut. Auch das erlebte sie mit gemischten Gefühlen.

Unlängst hatte ihre Agentin ihr mitgeteilt, dass der Verleger so langsam wissen müsse, worüber Elisabeth als Nächstes schreiben wollte. Elisabeth schlug ein Buch über die Geschichte des Frauensports und Title IX vor, ein Gesetz, gemäß dem keine Bildungsinstitution, die mit Geldern der öffentlichen Hand gefördert wird, Frauen benachteiligen darf. Dieses Buch sollte auf einer Reihe von Artikeln basieren, mit denen Elisabeth vor Gils Geburt beauftragt gewesen war. Die Recherche und ein paar Interviews hatte sie bereits im Kasten. Es wäre ein kurzes Buch, das eine Verbindung schaffen würde zwischen der Person, die sie vor Gil gewesen war und derjenigen, zu der sie sich in nächster Zeit entwickeln würde.

Das Thema Sport interessierte sie nicht besonders, doch sie fand den Werdegang der unterschiedlichen Frauen spannend. Ohne Title IX hätten sie in der Highschool vermutlich nie Fußball oder Basketball gespielt und keine Chance auf ein Sportstipendium fürs College gehabt.

Elisabeth schrieb ihren Pitch. Agentin und Verlag reagierten ermutigend, aber doch zurückhaltend.

»Versuch's ruhig«, hatte ihre Agentin gesagt. »Warum nicht?«

Jetzt kroch Elisabeth zurück ins Bett und schloss die Augen, konnte aber immer noch nicht schlafen.

Da fielen ihr die BK Mamas ein, die sie schon oft mitten in der Nacht begleitet und getröstet hatten. Ihr letzter Besuch lag schon eine Weile zurück – Wochen? Einen Monat? Das lag zum Teil daran, dass Gil mittlerweile durchschlief. Vielleicht auch an Sam. Sie leistete Elisabeth Gesellschaft, mit ihr konnte sie stundenlang über Gil sprechen.

Aber der Hauptgrund lag woanders. In letzter Zeit war es in der Gruppe etwas seltsam geworden. Das passierte immer wieder. Ungefähr einen Monat lang war der Ton ausschließlich freundlich, die Mitglieder rührig und aufrichtig miteinander. Eine Frau hatte der Schwester einer völlig Fremden ihre Niere gespendet, es gab immer mindestens eine, die Kleidung und Spielzeug für Flüchtlingsfamilien oder Weihnachtsgeschenke für Kinder in Schutzeinrichtungen sammelte. Alle spendeten großzügig. Aber irgendwann fingen sie an zu streiten, der Ton wurde kühler, und das blieb dann eine Weile so.

Bei ihrem letzten Besuch hatte sie einen passiv-aggressiven Austausch verfolgt, der losgebrochen war, weil eine Frau wissen wollte, ob sie ihren drei Monate alten Säugling weiterhin stillen sollte.

Bei mir wurde D-MER diagnostiziert, das ist eine Anomalie des Milchspendereflexes, die dazu führt, dass ich dabei Selbstmordgedanken bekomme. Ja, das gibt es tatsächlich. Ist es okay, wenn ich abstille? Oder werde ich es bereuen?

Ein paar Mitglieder rieten ihr, auf Fläschchennahrung umzusteigen und sich keine Gedanken mehr darüber zu machen, eine stabile Psyche sei wichtiger als alles andere. Aber andere ermutigten sie auf subtile Art, weiterzustillen.

Arme Mama! Das klingt fies. Aber komm, der Reflex dauert doch nur ein paar Sekunden, das stehst du schon durch!

Breast is best, aber tu, was du nicht lassen kannst. ☺

Eine Mutter brachte ihre Missbilligung unverhohlen zum Ausdruck: *Ja, du wirst es bereuen. Wenn dein süßer Wonneproppen zum Fettie wird, weil du dich auf Ersatzmilch verlassen hast.*

Eine andere postete ein Foto von einem Mann im Cobble Hill Park, der eine Kamera in der Hand hielt.

Achtung, Perverser!, schrieb sie. *Den habe ich heute Morgen dabei beobachtet, wie er auf dem Spielplatz heimlich Fotos von zwei Mädchen gemacht hat.*

Darunter hatte jemand kommentiert, sie habe ihn auch schon beim Fotos-Machen gesehen, und danach brach die Hölle los. Innerhalb von einer Stunde prangte sein Bild auf jedem Mütterblog und -forum.

Am folgenden Tag ruderte diejenige, die das Bild zuerst online gestellt hatte, zurück. *Ich habe mittlerweile erfahren, dass der Mann, dessen Foto ich gestern hier geteilt habe, der Vater der beiden Mädchen ist. Ich werde meinen Post also löschen.*

Das war's. Keine Entschuldigung dafür, dass sie den Ruf dieses Mannes zerstört hatte, kein Aufschrei des Entsetzens.

Obwohl Elisabeth der Gruppe danach abgeschworen hatte, redete sie sich ein, es sei doch nicht weiter schlimm, wenn sie mal kurz reinschauen würde. Nur dieses eine Mal.

Die neueste Meldung, kurz nach Mitternacht gepostet, stammte von einer Frau, die schrieb, ihr Mann sei beruflich unterwegs und unten in der Falle in ihrer Küche fiepste eine Maus, die offenbar Todesqualen litt. Sie hatte ein Beinchen aus der Falle befreit, doch die abgerissene Pfote befand sich noch in der Falle, zusammen mit dem anderen Beinchen, das noch an der Maus dranhing.

*Ich weiß, dass einige von euch von TaskMaster begeistert sind,
diese Website, wo man stundenweise jemanden buchen kann,
der Sachen transportiert, Möbel zusammenbaut, Erledigungen
macht und so weiter. Findet ihr es okay, jemanden für eine
Stunde zu engagieren, damit er sich darum kümmert??
Ich würde ihm auch ein dickes Trinkgeld geben!!!*

Elisabeth legte das Handy weg.

Als sie am nächsten Morgen erwachte, war sie ganz entspannt.
Freitag. Heute kam Sam.

Doch dann fiel es ihr wieder ein. Keine Sam heute. Keine
Sam für den Rest des Monats.

Andrew verschwand früh ins Büro.

Gil quengelte. Er konnte schon sitzen, aber immer noch
nicht krabbeln, was ihn sehr frustrierte. Er jammerte den halben Tag. Elisabeth fand sein Gejaule unerträglich, er tat ihr so
leid. Sie setzte ihn auf alle viere und hielt ihn am Bäuchlein
über dem Boden.

»Du hast es fast raus«, sagte sie. »Du schaffst das.«

Sie spielte ihm ein paar Kinderlieder von Raffi vor und gab
ihm Holzlöffel und Topf zum Trommeln. Gil steckte sich den
Löffel in den Mund.

Um neun sah sie auf ihr Handy. Erst eine Stunde war vergangen, seit Andrew zur Arbeit aufgebrochen war. Es fühlte sich an
wie Tage. Elisabeth überlegte, ob sie ihre eiserne Regel brechen
und in Gils Beisein fernsehen sollte. Aber nachdem sie sich
zweimal durch sämtliche Programme gezappt und nichts Inter-
essantes gefunden hatte, fand sie, dass das Angebot das schlechte
Gewissen nicht wert war.

Um viertel nach neun, sie bereitete gerade ein Fläschchen
zu, fiel ihr siedend heiß ein, dass sie ihre Therapiestunde nicht
abgesagt hatte.

»Scheiße!«, rief sie.

So spät kam sie aus der Sache nicht mehr raus. Violet würde sie dafür bezahlen lassen, so oder so.

Sie und Gil waren noch im Schlafanzug. Elisabeth legte ihn mit drei Bilderbüchern mitten aufs Bett und zog sich rasch an. Als er zu schreien begann, legte sie ihr Handy dazu. Lauter bunte Verlockungen.

Sie zog Gil einen grauen Fleece-Strampler an, der mit dem grinsenden Elefanten auf dem Hinterteil. Dann kramte sie Windeln, Fläschchen, Spielzeug, Kleidung zum Wechseln und den Buggy herbei. Nach der Stunde könnte sich noch irgendwo mit ihm Mittag essen, einen kleinen Ausflug dranhängen.

Im Auto schrie Gil nonstop. Sie fragte sich, ob er zahnte. Faye hatte ihr schon vor einiger Zeit geraten, sein Zahnfleisch mit Whiskey einzureiben, wenn es so weit sei. Elisabeth dachte sich, dass so ein Vorgehen vermutlich das Jugendamt auf den Plan rufen würde, das ihr dann wohl das Kind wegnehmen würde, aber zu Faye sagte sie nur, sie werde es im Hinterkopf behalten.

Der öffentliche Parkplatz war voll. Ganze vier Mal musste sie um die kleine Innenstadt herumfahren, bis sie endlich eine winzige Lücke entdeckte, allerdings kostenpflichtig. Elisabeth quetschte den Wagen hinein. Dass sie jetzt Stoßstange an Stoßstange mit dem Vorder- und Hintermann stand, ignorierte sie einfach.

Sie faltete den Buggy auf dem Gehweg wie eine Ziehharmonika auseinander, schälte Gil aus dem Autositz, setzte ihn hinein und legte ihm eine dicke Decke über die Beine.

Ihre Stunde hatte vor sechs Minuten begonnen. Violet würde ihr schon zeigen, was sie davon hielt, so viel war sicher.

Elisabeth hastete los, die Praxis lag drei Straßen weit entfernt. Als sie die Calvin Street überquerte, kam ihr eine Latina entgegen und gab bei Gils Anblick einen Laut der Entzückung von sich. Man könnte meinen, sie würde ihn kennen.

»*Chiquito*!«

Sie schnitt eine Grimasse, blies fest die Wangen auf und ließ sie platzen, als wäre sie ein Ballon.

Gil lachte.

Elisabeth lächelte der Frau verwirrt zu und hastete weiter. Sie kramte in ihrem Gedächtnis, war sich aber sicher, sie noch nie zuvor gesehen zu haben.

Violet empfing sie mit enttäuschtem Gesicht. Doch beim Anblick des Babys erhellte sich ihre Miene.

»Wen haben wir denn da?«

»Tut mir leid. Die Babysitterin hat sich in letzter Minute krankgemeldet.«

Diese kleine Notlüge würde Violet sicher milde stimmen, vielleicht war sie sogar beeindruckt, dass Elisabeth trotzdem gekommen war.

Gil war eingeschlafen. Sie schob den Buggy zur Couch und hoffte inständig, er möge sich nie mehr an diesen Besuch erinnern. Damals, als seine Mutter ihn mitgeschleppt hatte zu ihrer Therapeutin.

»Also«, sagte Elisabeth, als sie sich setzte.

»Also«, sagte Violet. Sie lächelte verkniffen.

Elisabeth musste immer den Anfang machen.

»Ich bin ziemlich gestresst wegen der Feiertage, aber das geht wohl allen so«, sagte sie. »Meine Eltern kommen, was definitiv eine schlechte Idee ist. Mein Vater bringt seine neue Freundin mit. Gils erstes Weihnachten hatte ich mir anders vorgestellt.«

»Wie?«

»Wir drei allein, glaube ich. Oder nein, nicht unbedingt. Eine völlig andere Familie? Weihnachten ganz abschaffen? Ich mag Feiertage nicht.«

»Haben Sie positive Erinnerungen an Feiertage aus Ihrer Kindheit?«, fragte Violet.

»Nein.« Elisabeth überlegte. »Habe ich Ihnen schon von

meiner Angst vor Häusern erzählt? Als meine erste Freundin nach der Hochzeit ein Haus gekauft hat, habe ich einmal bei ihr übernachtet. Sie und ihr Mann sind irgendwann ins Bett, ich war allein im Wohnzimmer und bekam eine Panikattacke. All die Sachen, über die sie geredet hatten, schwirrten mir im Kopf herum: die neue Waschmaschine, der geplante Grillabend. Ich konnte es kaum erwarten, zurückzukehren in mein Apartment in New York, in meine Blase.«

»Wieso nennen Sie es Blase?«

»In der Stadt habe ich das Gefühl, dass alles in Bewegung ist. Meine Nanny, Sam, redet die ganze Zeit davon, dass sie sich nach Beständigkeit sehnt. Diese Idee von Beständigkeit macht mich ganz nervös. Ruhe und Ordnung sind schwerer auszuhalten, als ich dachte.«

Violet nickte. »Also sorgen Sie für Wirbel.«

»Inwiefern?«

Violet zuckte die Achseln, als stammten die letzten Worte nicht von ihr.

Elisabeth machte eine Kopfbewegung in Gils Richtung. »Was soll man machen, wenn das Vorbild kompletter Mist ist und man will, dass es dem eigenen Kind besser geht? Und egal, wie sehr man sich auch bemüht, am Ende kommt man trotzdem nicht raus aus seiner Haut.«

»Deswegen sind Sie hier«, sagte Violet. »Und bis jetzt machen Sie ihre Sache prima.«

»Danke. Das ist nett. Aber es ist leicht, die eigenen Schwächen vor einem Baby zu verbergen. Wie soll das werden, wenn er älter ist? Manchmal habe ich den Eindruck, dass Andrew und ich komplett anders sind als unsere Eltern. Aber oft habe ich Angst, dass wir dazu verurteilt sind, am Ende doch genau wie sie zu werden.«

»Auf welche Weise?«

»Ach, auf zig verschiedene Arten. Ich denke daran, was

meine Mutter mit mir gemacht hat, als ich klein war. Dass sie mir die Affären meines Vaters anvertraut hat. Dass sie jede ihrer Schwächen ungefiltert ausgelebt hat. Ein Kind sollte die inneren Konflikte der eigenen Mutter nicht so hautnah miterleben. So was sollte ein Kind gar nicht wissen. Hab ich recht?«

Ärgerlicherweise blieb Violet stumm.

Wenn Gil Elisabeth nachts auf Trab hielt, weil sie seinen Milchschorf behandeln musste oder seine Windeln randvoll waren, dachte sie darüber nach, dass ihre Eltern sich in solchen Situationen sicher auch um sie gekümmert hatten. Wie viel schuldete man Menschen, die einem solche Opfer gebracht haben? Opfer, an die man sich selbst nicht erinnert?

Wenn Elisabeth sich vorstellte, was sie alles mit Gil unternehmen würde, wenn er größer wäre, kamen ihr oft Erinnerungen an ihre eigene Kindheit: dass sie ihrem Vater morgens immer die Milch in den Kaffee rühren durfte, dass sie neben ihrer Mutter am Frisiertisch saß, während sie ihr beibrachte, wie man sich die Lippen schminkt. Wie sie und Charlotte mit ihrem Vater das Vogelschutzgebiet besuchten. Wie ihre Mutter ihnen Beatrix Potter vorlas. All das lag begraben unter dem, was danach gekommen war.

Die Bindung zwischen Eltern und Kind war allumfassend, aber sie blieb nicht automatisch stark, sondern musste immer wieder erneuert werden. Es konnte sein, dass eine Mutter am Anfang alles richtig macht, aber wenn sie danach nicht am Ball bleibt, ist alles vergebens.

»Ich bin ständig auf der Suche nach einer Mutter«, sagte Elisabeth. Sie wollte nicht, dass Violet sich angesprochen fühlte, daher fügte sie rasch hinzu: »Zumindest mit zwanzig und dreißig war das noch so. Ich wollte, dass mir jemand zeigt, wie ich sein soll. Aber das ist nie passiert. Zeiten, in denen Familien normalerweise eng zusammenrücken, kann ich schwer aushalten. Urlaub ist mir ein Graus. Ich versaue jedem das Fest.«

Zum ersten Mal sah Violet aufrichtig interessiert aus. »Nennen Sie mir ein Beispiel.«

»Einmal habe ich an Silvester bei einem Jimmy-Buffett-Konzert einen depressiven Schub gehabt. Als Andrew und ich ankamen, war noch alles in Ordnung, aber von einer Minute auf die andere habe ich mich aufgeführt wie eine richtige Zicke. Der arme Andrew saß neben mir und wusste nicht, was er sagen sollte, während gelbe Smiley-Luftballons auf unseren Köpfen landeten. Nach drei Stücken sind wir gegangen. Wer benimmt sich so?«

»Sie würden sich wundern«, sagte Violet, als würden bei ihr jeden Tag Patienten über Depressionen beim Jimmy-Buffett-Konzert klagen. »Was genau hat den Schub denn ausgelöst?«

»Keine Ahnung.«

»Lassen Sie sich Zeit mit der Antwort. Denken Sie gut nach.«

Elisabeth gab sich Mühe, aber alles, was ihr einfiel, wirkte aufgesetzt und nicht wie die große Offenbarung, die sie hier anscheinend ereilen sollte.

»Vielleicht lag es am Gemeinschaftsgefühl. Alle standen auf Hawaiihemden und Strohhüte und Rum, alle waren gut drauf. Ich wünschte, ich könnte mich für irgendwas so begeistern wie diese Leute für Jimmy Buffett.«

»Gemeinschaftsgefühl«, sagte Violet. »Das leuchtet ein.«

»Ja.«

Sie schrieb etwas in ihr Notizbuch, dann sah sie auf. »Wann war das ungefähr?«

»Vor Jahren.«

»Also ist Ihr Gefühl, nirgendwo dazuzugehören, nicht neu. Und hat auch nicht zwingend etwas mit Ihrem Wegzug aus New York zu tun.«

Elisabeth dachte darüber nach, über diese seltene kluge Erkenntnis ihrer Therapeutin.

»Ja, vermutlich ist das so. Als Kind war ich oft allein. Ich bekam Dinge mit, die für Kinder nicht geeignet waren, und ich wusste nicht, wie ich damit umgehen sollte. Noch ein Grund mehr, warum es mich aufregt, dass meine Eltern Geld haben. Niemand hat Mitleid mit Mädchen aus reichem Elternhaus. Die meisten Leute haben das alles für Luxusprobleme gehalten.«

»Wie läuft es so mit Andrew?«

»Bestens. Prima. Er will unbedingt ein zweites Kind.«

»Obwohl er weiß, dass Sie dagegen sind?«

»Er bildet sich ein, dass ich unbewusst doch noch eins will, aber Angst habe.«

Violet zog ein skeptisches Gesicht.

»Vielleicht hat er recht«, sagte Elisabeth, auf einmal darauf erpicht, Andrew in Schutz zu nehmen. »Er kennt mich besser als jeder sonst. Es gab mal eine Zeit, da wusste ich nicht mal, ob ich überhaupt Mutter sein wollte. Jetzt kann ich mir ein Leben ohne Kind nicht mehr vorstellen. Aber wir haben auch ein Mordsglück mit Gil. Ich will das Schicksal nicht herausfordern. Wir haben gerade unser Gleichgewicht gefunden … das will ich nicht gefährden. Eine Tochter zu haben, das jagt mir am meisten Angst ein. Da würde ich sicher alles falsch machen. Es ist gut, wie es ist. Ich will das nicht versauen.«

»Sie sagen die ganze Zeit, alles wäre so gut bei Ihnen. Aber Andrew und Sie sprechen nie aufrichtig miteinander. Er weiß immer noch nichts vom Geld, das Sie Ihrer Schwester gegeben haben.«

»Das war ein Kredit«, sagte Elisabeth.

Sie schämte sich, dass Violet, die sie nicht mal besonders mochte, von dieser Sache wusste, während Andrew, der Mensch, der ihr am nächsten stand, noch immer keine Ahnung davon hatte.

»Haben Sie schon mal über Paarberatung nachgedacht?«, fragte Violet, als wäre ihr die Idee gerade erst gekommen.

Das schlug sie jedes Mal vor.

»Das kann ich mir bei uns nicht vorstellen«, sagte Elisabeth.

Violet schloss die Augen. Ob aus Frust oder weil sie müde war, konnte Elisabeth nicht so genau ausmachen.

Dann war die Stunde vorbei. Gil war gerade wieder aufgewacht und plapperte vor sich hin.

»Übrigens bin ich nächste Woche nicht da«, sagte Violet.

»Machen Sie Urlaub?«

Am Ende kam immer dieser Moment. Elisabeth hatte sich komplett nackig gemacht und jetzt war ihre Zeit um. Es war, als würde jemand mitten in einer Orgie das Licht einschalten.

Violet schien die Frage unangenehm zu finden. »Ja«, sagte sie schließlich.

Gern hätte Elisabeth sie gefragt, wohin es ging, einfach aus allgemeinem Interesse, doch sie wusste, dass Violet solche Fragen als Überschreitung der professionellen Grenze betrachtete.

»Kennen Sie *Was ist mit Bob*? Den Film?«, fragte Elisabeth.

»Nein, ich glaube nicht.«

»Mit Bill Murray? Nein?«

Jedes Mal, wenn Elisabeth sie fragte, ob sie einen Film gesehen oder einen Roman oder einen Leitartikel aus der *Sunday Times* gelesen hatte, verneinte Violet. Elisabeth fragte sich, ob die Frau sich einfach nicht für Kultur interessierte, was doch sehr seltsam wäre, oder ob sie es als unprofessionell empfand, zuzugeben, dass sie und Elisabeth etwas Privates gemeinsam hatten.

Im Auto rief Elisabeth Andrew an, um mit ihm über die Stunde zu sprechen.

»Wie soll man sich einer Person völlig anvertrauen, die einem nicht das kleinste Detail aus dem eigenen Privatleben erzählt? Ist das normal? Was meinst du?«

»Diese Therapiestunden bekommen dir überhaupt nicht«, sagte Andrew.

Zu Hause fand sie Weihnachtspost von Sam im Briefkasten. Elisabeth riss sie sofort auf, während sie Gil noch auf dem

Arm hatte, als würde Sam höchstpersönlich aus dem Umschlag springen.

Sie wünschte, sie hätte es geschafft, Sam oder ihren Freundinnen auch eine Karte zu schicken. Sie wusste, dass sie Karten mit einem entzückenden Foto von Gil hätte anfertigen lassen sollen, solche, wie sie sie seit Wochen von den anderen erhielt. Aber allein der Gedanke machte sie müde.

Am liebsten hätte sie Sam eine Nachricht geschickt, aber das wäre übergriffig, oder?

Stattdessen schrieb sie eine an Nomi. *Ich hasse Weihnachten.*

Was du nicht sagst, schrieb Nomi zurück.

12

Zwei Wochen gingen wie im Flug vorbei, sie kaufte Geschenke, die niemand brauchte, und tummelte sich auf Weihnachtsfeiern, auf die niemand Lust hatte.

Beim Umtrunk in Andrews Büro hatten sich ein paar Leute um ihre Arbeitsnischen herum versammelt und machten Smalltalk, Männer und Frauen, die ohnehin den ganzen Tag miteinander verbrachten und sich nicht unbedingt näher kennenlernen wollten, die jeweiligen Partner im Schlepptau, dazu ein paar studentische Hilfskräfte aus dem Labor, die nur des Freibiers wegen gekommen waren.

Die Goths, auf deren Hochzeit sie im November gewesen waren, zeigten allen ihre Handyfotos von den Flitterwochen in Reno.

Wie auf einem Kindergeburtstag standen überall im Konferenzzimmer Schälchen mit Salzgebäck und M&M's.

Elisabeth stand neben einem jungen Mann mit Schnauzer. Den, so erzählte er, habe er sich eigens für seine Rolle als Ophelia in der gender-blinden Aufführung von *Hamlet* wachsen lassen.

»Der Regisseur wollte, dass wir uns so richtig reinhängen«, erklärte er.

Da fiel ihr ein, dass Andrew ihr davon erzählt hatte. »Ich bin wahrscheinlich zu blöd, das zu verstehen, aber könnten sie zur Abwechslung nicht mal *Bye Bye Birdie* spielen?«, hatte er gesagt.

Elisabeth versicherte, dass sie und Andrew schon richtig auf die Aufführung gespannt seien.

»Andrew ist der Beste«, sagte der Student. »Das Projekt macht uns wahnsinnig Spaß. Er ist ein richtig guter Mentor.«

Sie nickte, obwohl ihr das neu war.

Am Tag nach Thanksgiving sprachen ihre Nachbarn bei jeder Begegnung über Stephanie Prestons alljährliche Weihnachtsparty. Debbie bezeichnete sie sogar als »legendär«.

Elisabeth suchte krampfhaft nach einer Ausrede, um nicht daran teilnehmen zu müssen, doch dann erwähnte Debbie, dass Gwen auch kommen würde.

»Sie ist aus China zurück«, sagte Debbie. »Ihr Mann, Christopher, hast du den schon kennengelernt? Wie ich gehört habe, ist er früher zurückgeflogen. Sie musste die Reise abbrechen. Wahrscheinlich besser, wenn sie ihren Mann nicht zu lange unbeaufsichtigt lässt, wenn du weißt, was ich meine.«

Stephanie verschickte schriftliche Einladungen mit Antwortkärtchen. Die Briefmarke war ein winziges Foto von ihren Zuckerstangen schleckenden Kindern.

Nur Erwachsene. Abendgarderobe erbeten.

»Ach! Und ich wollte meinen hässlichen Weihnachtspulli anziehen«, sagte Andrew, als sie sich fertigmachten.

»Ich zahl dir tausend Dollar, wenn du's trotzdem machst«, sagte Elisabeth.

Elisabeth trug ein königsblaues, enges Kleid mit Dreiviertelärmeln und Absatzschuhe in einem neutralen Ton. Zufrieden betrachtete sie sich im Schlafzimmerspiegel. Sie sah fast wieder so aus wie früher, wenn sie sich zum Ausgehen schick gemacht hatte. Ihr Haar war gewachsen, aber sie scheute davor zurück, hier zum Frisör zu gehen. Sie würden sicher bald in die Stadt fahren, dann würde sie zu Zachary gehen, der ihr schon seit zehn Jahren die Haare schnitt.

Seit Sam weg war, hatte sie Faye gelegentlich gebeten, auf Gil aufzupassen, aber nur, wenn Andrew und sie schnell zurückkehren konnten.

Gil war bereits im Bett, als Faye vor der Tür stand.

»Wenn er aufwacht, ruf mich einfach an, dann kommen wir sofort«, sagte Elisabeth. »Wir sind ja gleich um die Ecke.«

Faye verzog das Gesicht.

»Ab mit euch!«

Elisabeth und Andrew verließen das Haus und gingen die Straße entlang.

»Ein seltener Moment der Zweisamkeit«, sagte Andrew.

Elisabeth nickte lächelnd.

Danach schwiegen sie.

Früher waren sie vier- oder fünfmal die Woche essen gegangen und hatten sich dabei angeregt über ihren Tag unterhalten. Jetzt musste sie lange überlegen, um ein anderes Thema als Gil zu finden. Ihre Gedanken überschlugen sich. Waren sie glücklich? Würde ihre Beziehung diese Durststrecke überstehen? Oder würde ihnen, wenn Gil sie nicht mehr brauchte, auffallen, dass sie nichts mehr gemeinsam hatten?

Was machte eine Ehe aus?

Stephanies Haustür stand einen Spaltbreit offen. Die Geräusche der Party drangen nach draußen.

Auf dem Flurtisch lagen leere Namensschilder und Stifte. Auf einem laminierten Schild stand: HERZLICH WILLKOMMEN! BITTE SCHUHE AUSZIEHEN UND AN DER TÜR ABSTELLEN! JA, WIR MEINEN DAS ERNST.

»Ich ziehe meine Schuhe nicht aus«, sagte Elisabeth. »Ich habe grässliche Zehen. Und dieses Kleid kann man nicht barfuß tragen.«

»Ganz deiner Meinung«, sagte Andrew.

Er beugte sich vor, um das Namensschildchen auszufüllen, dann heftete er es sich an die Brust.

Elisabeth las, was er geschrieben hatte. *Ja, ich meine das auch ernst.*

Sie zog das Schild wieder ab.

Sie hängten ihre Mäntel auf eine Stange neben dem Tisch. Das Treppengeländer war mit grünen Girlanden geschmückt. Ein kindsgroßer Plastikweihnachtsmann starrte sie an.

Aus der Küche kam Gelächter.

»Wir bleiben nicht lange, ja?«, fragte Elisabeth.

»Menno! Ich hatte gehofft, wir könnten die Nacht durchmachen«, sagte Andrew. »Aber mal im Ernst: Lass uns das Beste draus machen, okay?«

»Ja«, sagte Elisabeth.

Stephanie trat in den Flur, sie trug ein rotes, hautenges Kleid. »Kommt rein, kommt rein!«, sagte sie.

Sie warf einen Blick auf Elisabeths Schuhe, sagte aber nichts.

Schon bald waren sie in getrennte Unterhaltungen vertieft, Elisabeth stand mit einer Gruppe Frauen in der Küche, Andrew saß auf der Couch im Wohnzimmer, wo sich die Männer zusammengerottet hatten und über Sport diskutierten. Gab es eigentlich etwas Traurigeres als Männer, die über Sport sprachen? Wieso gaben sie sich damit zufrieden, immer nur über dieses eine Thema miteinander zu kommunizieren?

Die Kücheninsel war zur Getränkebar umfunktioniert worden. Es gab Papierservietten mit aufgedruckten Tannenbäumen, Plastikbecher und diverse offene Flaschen Wein und andere alkoholische Getränke.

Elisabeth genehmigte sich einen Gin Tonic. Sie begrüßte die Laurels und ein halbes Dutzend anderer Frauen, die genauso aussahen, deren Bekanntschaft sie aber noch nicht gemacht hatte.

»Was ist mit dir?«, fragte eine Frau mit Glöckchen als Ohrenschmuck. »Hast du auch einen Weihnachtself?«

Elisabeth überlegte fieberhaft, wer das noch mal war.

»Ihr Sohn ist zu klein«, sagte Debbie. »Noch ein Baby.«

»Glaub mir, in ein paar Jahren ist der Elf dein bester Freund«, sagte die Frau. »Seit die Puppe bei meinen Kindern im Regal sitzt, sind sie die reinsten Engel. Sie glauben, er macht sich Notizen für den Weihnachtsmann.«

Jetzt erinnerte sie sich wieder. Ihre Freundin und frühere Kollegin Pearl hatte ihr davon erzählt.

Dieser Weihnachtself ist die perfekte Einstiegsdroge für ein Leben im Überwachungsstaat, hatte sie gesagt.

»Mädels, warum macht ihr euch das Leben mit Kindern so schwer?«, bemerkte eine ältere Frau aus der Runde. Sie trug ein schwarzes Kleid, zu eng für ihren Schlabberbauch. »Wir wären im Traum nicht darauf gekommen, eine Puppe ins Regal zu setzen und jeden Abend ein Stück hin oder her zu rücken, um unsere Kinder im Zaum zu halten. Bei uns gab's den Hintern voll und dann war Ruhe.«

Elisabeth blickte sie fassungslos an.

Dann zog Stephanie sie zu sich.

»Elisabeth!«, lallte sie, offenbar schon gut abgefüllt. »Ich möchte dir meine Herzensfreundin vorstellen, die Frau, mit der ich durch dick und dünn gehe. Meine Mom!«

Die ältere Frau lächelte und verzog mit gespielter Verlegenheit das Gesicht. »Hallöchen! Ich bin die Linda.«

Wie Stephanie schien sie außerordentlich stolz auf sich zu sein, warum auch immer.

Elisabeth holte tief Luft. Sie war fies. Reumütig kniff sie sich in den Arm. *Bananebananebanane …*

»Elisabeth hat gerade ein Kind bekommen«, sagte Stephanie.

»Gerade erst entbunden und schon wieder so eine schlanke Taille? Hut ab!«, bemerkte Linda bewundernd.

»Er ist schon sieben Monate alt«, sagte Elisabeth.

»Wie gefällt dir die Babyphase? Die unerfreulichste Zeit als Mutter, wenn ich ehrlich bin«, sagte Linda.

»Ich find's herrlich!«, sagte Elisabeth.

»Wann kommt das Nächste? Zwei zu haben ist am schönsten«, sagte Linda. »Da kann man die Geschwisterliebe mit eigenen Augen miterleben. Es ist allerdings was Wahres dran an den Sprüchen. Das erste Kind bringt dich ein Jahr lang um den Verstand. Beim zweiten verlierst du ihn komplett.«

Stephanie und Linda lachten. Elisabeth fragte sich, wie es vor den Kindern um ihren Verstand bestellt gewesen sein mochte. Und warum es manchen Leuten so ein Anliegen war, Frauen zum Kinderkriegen zu ermutigen und sie gleichzeitig darüber aufzuklären, wie schrecklich es wird, wenn sie erst welche haben.

Es klingelte.

Stephanie flitzte davon, um ihre Gäste zu begrüßen. Linda setzte zu einer längeren Anekdote an. In ihrer Gemeinde war ein Streit entbrannt, denn es galt zu entscheiden, welcher Enkel dieses Jahr im Weihnachtsstück das Jesuskind spielen durfte.

»Meine Freundin Judy und ich sind übereingekommen, die Rolle für ihren Enkel Dylan zu ergattern. Er ist ein Engel. Hat so richtige Goldlöckchen. Zum Anknabbern!«

Elisabeth vermisste Gil. »Mein Sohn hat auch solche Löckchen«, sagte sie.

»Du solltest mal den Knaben sehen, den sie dafür vorgesehen haben«, sagte Linda. »Er hat ein Feuermal und Ekzeme im Gesicht.«

Sie klang, als hätte er die Pest.

Bei der nächsten günstigen Gelegenheit machte Elisabeth die Biege.

Sie schlenderte allein ins Wohnzimmer.

Stephanie hatte zwei mit Lichterketten überfrachtete Weihnachtsbäume, die bis zur Decke reichten. Wozu zwei? Aus Prahlerei?

Die Laurels stimmten ihre weihnachtliche Außendeko miteinander ab. Alle hängten große Lichter in allen Regenbogenfarben in die Büsche und riesengroße, fertig gesteckte Kränze über ihre Garagentore. Elisabeth und Andrew hatte leider niemand eingeweiht, daher hatten sie nur einfache weiße Lichter und den kleinen Kranz, den sie von den Pfadfindern gekauft hatte, die von Tür zu Tür gingen. Neben dem kunterbunt geschmückten und mit einem leuchtenden Schneemann und dem von acht Rentieren gezogenen Schlitten in Debbies Garten wirkte ihr Haus geradezu schäbig.

Vor einer Woche hatten die Laurels Elisabeth zum Plätzchentausch eingeladen, bei dem jede von ihnen zig verschiedene Plätzchensorten buk, um sich dann mit neun anderen Frauen, die dasselbe getan hatten, bei Pam zu treffen und so lange zu tauschen, bis jede von ihnen zehn Dutzend Gebäckmischungen zusammen hatte, die sie dann zu Weihnachten verschenkten.

Das ist wie ein Kettenbrief, aber mit Keksen, hatte Elisabeth an Nomi geschrieben. *Angesichts der Tatsache, dass ich noch nie Plätzchen gebacken habe, und schon gar nicht zehn verschiedene Sorten, musste ich leider absagen ...*

Als sie Andrew davon erzählte, sagte er nur: »Ich weiß, die Leute hier sind ein bisschen anstrengend. Aber eines musst du zugeben: Als Nachbarn sind sie großartig.«

Es stimmte, dass Stephanies Mann ihnen nach dem ersten unerwarteten Schneesturm mit seinem Laubbläser die Auffahrt freigeblasen hatte. Und als Gil hohes Fieber hatte und Elisabeth auf dem Rückweg von der Apotheke Karen in die Arme gelaufen war, völlig aufgelöst, hatte Karen prompt bei ihrer Schwester angerufen, weil die bei einem Kinderarzt arbeitete.

Nach dem Plätzchentausch war Pam mit einer hübschen Dose bei ihr vor der Tür aufgetaucht, und Elisabeth hatte beim Öffnen des Deckels beeindruckt den Mund aufgesperrt: zwölf perfekte Plätzchen – wunderschön mit weißem Zuckerguss verzierte Schneemänner und Geschenke, saftige Batzen mit Cranberrys und weißer Schokolade und Nüssen. Sie war froh, dass sie sich nicht an der Fertigbackmischung für Plätzchen versucht und behauptet hatte, das Rezept dafür stamme von ihrer Großmutter.

Vielleicht hatte Andrew recht. Möglicherweise waren die Laurels nicht so schlimm wie zuerst gedacht. Aber trotz der netten Gesten stand Elisabeth jetzt allein in Stephanies Wohnzimmer und hoffte, niemand würde sich zu ihr gesellen. Sie passte einfach nicht hierher. Um sie herum waren alle entspannt und heiter, aber sie kam sich vor wie ein begossener Pudel.

Sie sah auf die Uhr. Gerade überlegte sie, wann sie wohl gehen könnte, als sie eine vertraute Stimme hörte. Hinter ihr stand Gwen mit ihrem Mann. Er hatte zerzaustes Haar, das ihn fast jungenhaft aussehen ließ, obwohl er bereits ergraut war.

Elisabeth freute sich riesig, sie zu sehen. »Gwen!«, rief sie, mit etwas zu viel Enthusiasmus. »Elisabeth«, fügte sie hinzu, falls Gwen ihren Namen nicht mehr wusste. »Wir haben uns hier getroffen, beim Buchclub.«

»Ich erinnere mich«, sagte Gwen. »Die unbeliebte Mary McCarthy.«

»Seit wann bist du aus Hongkong zurück?«, fragte Elisabeth, obwohl Debbie es ihr bereits erzählt hatte.

»Letzte Woche.« Gwen legte ihrem Mann die Hand auf den Arm. »Das ist Christopher, mein Mann. Chris, das ist Elisabeth. Sie ist gerade erst mit ihrer Familie aus Brooklyn hergezogen.«

»Du kommst mir irgendwie bekannt vor«, sagte Elisabeth. »Sind wir uns schon mal begegnet?«

Er zuckte die Achseln. »Die Stadt ist klein.«

Er klang irgendwie defensiv, als hätte sie ihn angegriffen.

Da kam Andrew ins Wohnzimmer, er hatte sie gesucht. Elisabeth stellte sie einander vor.

Sie wandten sich anderen Themen zu, die Reise nach China, wie ruhig es in der Stadt war, jetzt, wo die Studenten weg waren. Elisabeth dachte immer noch darüber nach, woher sie Christopher kannte.

»Du arbeitest am College, nicht wahr?«

»Ja, momentan unterrichte ich im Kunst-Department.«

»Kennst du zufällig eine Sam O'Connell?«

»Klar«, sagte Christopher. »Vor ein paar Jahren war sie eine meiner besten Studentinnen.«

Elisabeth war stolz, obwohl ihr das gar nicht zustand.

»Sie passt auf meinen kleinen Sohn auf«, sagte sie. »Ist sie nicht super?«

»Sie ist bald fertig, oder?«, fragte er, ohne auf ihre Frage einzugehen.

»Ja. Ich mag gar nicht daran denken, was ich im nächsten Jahr ohne sie anstellen soll. Sie gehört schon zur Familie. Vielleicht zieht sie nach dem Abschluss zu ihrem Freund nach England. Aufs Land, so lautet der Plan. Aber ich glaube, in Wahrheit will sie eigentlich in einer Galerie arbeiten.«

Wieder reagierte er nicht. Elisabeth wurde mulmig. Sein Blick wanderte zu ihren Brüsten, als bewegte jemand seinen Kopf an einem unsichtbaren Faden.

Sie quasselte weiter.

»Das lassen wir nicht zu, oder? Sie ist zu talentiert. Ich weiß nicht mal, warum sie in einer Galerie arbeiten will. Sie könnte doch einfach malen.«

»Du hast ein einziges Bild von ihr gesehen«, sagte Andrew.

»Nein, sie hat recht«, mischte Christopher sich endlich ein, »Sam hat Talent.«

»Ich bin froh, dass du das sagst. Sie glaubt nämlich, dass niemand am College ihre Arbeiten gut findet.«

»Sam ist momentan eine der Besten in unserem Fachbereich, zumindest was die Technik anbelangt. Leider riskiert sie nichts. Sie hat nichts Neues zu sagen.«

Wie arrogant! Was wusste dieser Mann schon?

»Wir haben ihr Abschlussprojekt gesehen. Das Porträt ihrer Großmutter«, sagte Elisabeth.

Hier machte sie eine Pause, um herauszufinden, ob er wusste, wovon sie sprach, aber er ließ sie im Ungewissen.

»Warst du letzten Sonntag bei der Ausstellung?«, fragte sie schließlich.

Vielleicht hatte sie ihn dort gesehen.

Christopher gab einen Laut von sich, irgendwo zwischen Schnauben und Husten. »Nein, solche Veranstaltungen meide ich, wenn möglich.«

Dann kam es ihr.

»Jetzt weiß ich, woher ich dich kenne!«, sagte sie. »Ich war zu Semesterbeginn auf dem Campus, um mein Gesuch ans Schwarze Brett zu hängen, da hast du dich mit einer armen Studentin unterhalten, deren Großmutter gestorben war.«

Sein Gesicht blieb ausdruckslos.

»Im Hauptgebäude. Sie wollte eine Abgabeverlängerung.«

»Du kannst dir nicht vorstellen, wie viele Großmütter kurz vor dem Abgabetermin das Zeitliche segnen«, sagte er. »Abgabetermine und die Zwischenprüfung sind nach meiner Erfahrung die häufigsten Todesursachen bei Großeltern.«

Immer noch verzog er keine Miene. Nur Gwen lachte, damit alle verstanden, dass es wohl witzig gemeint war.

Andrews Gesichtsausdruck spiegelte Elisabeths Gefühle. Am liebsten hätte sie ihn geknutscht. Vielleicht bestand das Geheimnis einer glücklichen Ehe einfach darin, dass man froh war, wenigstens nicht mit gewissen anderen verheiratet zu sein.

»Wir müssen weiter, bevor unser Kleiner aufwacht und meine Mutter auf die Idee kommt, ihn lieber mit Muffins ruhigzustellen, als ihm das Fläschchen zu geben.«

»Auweia!«, sagte Gwen.

»Hast du Kinder?«, fragte Andrew.

Elisabeth war überrascht, dass er eine solche Frage stellte, obwohl sie selbst das immer so schrecklich gefunden hatten.

»Nein«, sagte Gwen.

»Kluge Entscheidung«, erwiderte Andrew, »ihr müsst am Wochenende sicher nicht um fünf Uhr aufstehen.«

Elisabeth sah ihn ungläubig an. Was war denn nur in ihn gefahren?

»Fünf Uhr? Das würde ich als Ausschlafen betrachten«, sagte Christopher.

»Er ist passionierter Radfahrer. Manchmal fährt er hundert Kilometer am Tag«, erklärte Gwen.

»Wie ... beeindruckend«, sagte Elisabeth.

Sie fragte sich, ob er deswegen zu wenig Spermien produzierte.

So viel stand fest, zu einer Paarfreundschaft würde es mit Christopher nicht kommen. Aber Gwen war ihr trotzdem noch sympathisch.

»Wir müssen uns mal treffen, jetzt, wo du wieder da bist«, sagte sie.

»Ja, sehr gern.«

Die Stimmen aus der Küche wurden lauter. Stephanies Kichern hatte sich zum Lachanfall gesteigert.

»Wir sollten uns eigentlich verabschieden und uns für die Einladung bedanken, aber ich will da nicht rein«, sagte Elisabeth.

»Ich sag ihr, du musstest wegen des Babysitters gehen«, sagte Gwen.

»Bist ein Schatz.«

Gwen begleitete sie zur Tür und schrieb Elisabeth ihre Nummer auf ein übriggebliebenes Namensschild. Elisabeth tat dasselbe.

»Freut mich echt, dass wir uns wiedergesehen haben«, sagte Gwen. »Da fällt mir ein ... Meine Freundin würde dich gern zu einem Vortrag in ihr Seminar einladen, wenn du noch Interesse hast.«

»Gern, jederzeit«, sagte Elisabeth. »Sie soll mir einfach eine Mail schicken.«

Auf dem Heimweg sagte Andrew zu Elisabeth, sie sollte

Sams Pläne fürs kommende Jahr nicht jedem auf die Nase binden.

»Ja, ich hab einfach drauflosgeplappert«, gab Elisabeth zu. »Der Gin. Aber wo wir gerade beim Thema sind, weißt du noch, wie blöd wir es fanden, wenn Leute einfach davon ausgegangen sind, dass wir freiwillig keine Kinder haben, obwohl wir uns sehnlichst welche gewünscht haben?«

Andrew blickte über die Schulter. »Die beiden? Sicher?«

»Sie hat nichts gesagt, aber ich hab so ein Gefühl.«

»Bei denen kann ich mir das nicht vorstellen.«

Elisabeth ließ das Namensschild mit Gwens Nummer in ihre Tasche fallen, wo es zwischen Kleingeld und Kassenbons und fusseligen Schnullern die nächsten fünf Monate liegen blieb.

Charlotte hatte sich eine Woche Zeit gelassen, um ihr wegen Weihnachten Bescheid zu geben. Schließlich hatte sie zugesagt, aber nur unter der Bedingung, dass Elisabeth ihre Reisekosten übernahm. Elisabeth überwies ihr vierhundert Dollar für den Flug, woraufhin Charlotte ihr ein Kuss-Emoji schickte. *Du bist die Beste!*, schrieb sie dazu.

Am besten sprechen wir vor Andrew nicht über Finanzen, okay?, schrieb sie zurück. *Das Thema ist momentan nicht so günstig.*

Dem darauf von Charlotte geschickten weinenden Emoji entnahm Elisabeth, dass ihre Schwester die Situation offenbar bedauerte.

Charlotte brachte Conch-Fritters in Trockeneis mit. Sie war schlank und braungebrannt wie eine Barbiepuppe. Am Heiligen Abend gingen sie zu dritt essen, Gil war auch dabei. Charlotte trank zu viel und hielt einen Vortrag über das idyllische Leben auf den Turks, erzählte aber im gleichen Atemzug die traurige Geschichte von einem reichen jungen Mann, der nebenbei als Tauchlehrer gearbeitet hatte und nach einem nächtlichen Badeausflug von wilden Hunden zerfleischt worden war.

»Er war ein guter Freund von Davey. Das hat ihn schwer getroffen«, sagte sie.

»Wer ist Davey?«, fragte Elisabeth.

»Davey«, sagte Charlotte, als wäre es ganz offensichtlich, als wäre Davey ihr Bruder. »Hab dir doch von ihm erzählt. Er kommt morgen Nachmittag an.«

»Du hast mir nicht gesagt, dass du jemanden mitbringst.«

»Isst er morgen bei uns mit?«, fragte Andrew.

Er klang fröhlich, aber Elisabeth wusste, dass er im Kopf bereits das Festessen neu portionierte.

»Ja«, sagte Charlotte. »Ich hab ihm erzählt, wie toll du kochen kannst. Das wollte er auf keinen Fall verpassen.«

Andrew bemühte sich, seinen Stolz nicht zu zeigen.

Er lief rot an, was Elisabeth lächeln ließ.

Charlotte konnte einen zur Weißglut treiben, doch an diesem Abend wurde viel gelacht. Alle hatten gute Laune. Sie erzählten alte Geschichten, die Andrew noch nicht kannte.

Elisabeths Eltern kamen erst spät an. Zufällig hatten beide Zimmer im Hotel Calvin gebucht. Gegen zehn kam von beiden gleichzeitig Nachricht, dass sie sich am Empfang in die Arme gelaufen seien, war das zu fassen?

Elisabeth zeigte Charlotte die Nachricht, woraufhin die eine Grimasse zog.

»Die beiden haben einander echt verdient«, sagte sie, »und das meine ich nicht als Kompliment.«

»Ich bin echt froh, dass du hier bist«, sagte Elisabeth.

»Ich auch«, sagte Charlotte lächelnd und legte ihr den Arm um die Schulter.

Am nächsten Morgen, dem ersten Weihnachtstag, trafen alle gleichzeitig ein.

Elisabeth sah sie schon vom Fenster aus, sie stiegen aus ihren Autos und gingen die Auffahrt hoch. Ihre Schwiegereltern, ihr Vater nebst Freundin, die überraschenderweise aussah wie ein Hippie im Ruhestand, Charlotte in schwarzer Lederhose und weißem Flauschpulli ohne Jacke und zum Schluss ihre Mutter, magerer als je zuvor und tadellos angetan in Kostüm und Pumps, wie eine Kongressabgeordnete bei der Rede zur Lage der Nation. Von Charlotte wusste sie, dass ihre Mutter sich vor Kurzem Botox spritzen, das Kinn liften lassen und sich einer Behandlung namens CoolSculpting unterzogen hatte, die angeblich ihre nicht vorhandenen Fettpölsterchen wegfrieren konnte. Sie war mit sieben Einkaufstüten von Saks bewaffnet.

Elisabeth atmete tief ein. Es war zu viel. Sie hatte gedacht, sie würden nacheinander bei ihr eintreffen. Am liebsten hätte sie sich verkrochen, doch stattdessen ging sie zur Tür.

»Frohe Weihnachten!«, sagten alle im Chor. Man hätte meinen können, sie seien eine echte Familie.

Alle drängten sich in den Flur. Andrew nahm ihnen Mäntel und Jacken ab. Elisabeths Mutter beäugte Gil und sagte: »Da bist du ja endlich!«, als hätte sie ihn seit Monaten gesucht. Überraschenderweise streckte sie tatsächlich die Arme nach ihm aus.

Elisabeth reichte den Kleinen an sie weiter und war sogar ein bisschen gerührt, als Gil seiner Großmutter ins Gesicht fasste und die beiden einander anlächelten.

»Die Locken hat er von meinem Großvater«, sagte ihre Mutter. »Auf den Fotos hatte er auch solche Engelslöckchen, weißt du noch?«

»Nein«, sagte Elisabeth. Sie konnte sich beim besten Willen nicht daran erinnern, je ein Foto von ihrem Urgroßvater gesehen zu haben.

Zum zigsten Mal fragte sie sich, warum ihre Mutter nicht eher gekommen war. Warum gehörte sie zu der seltenen Spezies von Großmüttern, die nicht sofort alles stehen und liegen ließen, um ihr neugeborenes Enkelkind zu besuchen? Jetzt, wo sie hier war, schien sie doch ganz vernarrt zu sein.

Elisabeths Vater zerstörte den innigen Moment.

»Es ist mir ein Vergnügen, Sie kennenzulernen, junger Mann!«, sagte er, als wäre Gil sein neuer Kollege. Fehlte nur noch, dass er ihm die Hand schüttelte.

»Elisabeth, das ist Gloria«, sagte er.

»Ah, ja, Entschuldigung. Hallo Gloria, nett, dich kennenzulernen.«

Konnte es noch peinlicher werden? Ihre Eltern, die ihr Enkelkind zum ersten Mal sahen, auf dichtestem Raum zusammen, aber getrennt. Und diese fremde Frau, zu der Elisabeth notgedrungen nett sein musste, weil sie nun mal erwachsen und die Gastgeberin war.

Sie bot ihnen Kaffee an. Als sie in der Küche am Automaten stand, kam ihr Schwiegervater hinterher, legte ihr die Hand auf die Schultern und flüsterte: »Nicht verzagen!«

Elisabeth lächelte.

»Danke, George!«, sagte sie.

Im Wohnzimmer nahmen die Gäste ihre Plätze ein, als wären sie Schauspieler in einem Theaterstück: ihr Vater und Gloria Schenkel an Schenkel auf dem Sofa, Andrews Eltern ein paar Meter entfernt in den beiden Sesseln. Die anderen holten sich Stühle aus dem Esszimmer und stellten sie im Kreis auf, in der Mitte thronte Gil, der ungekrönte König. Ab und zu nahm ihn jemand auf den Arm, während die anderen die Szene eifersüchtig beäugten.

Faye mimte die Expertin. Sie sagte Sachen wie »Vergiss nicht, sein Köpfchen zu halten« und »Er mag es, wenn man ihn wippen lässt … nein, nicht zu doll … so«.

Elisabeths Mutter spitzte immer wieder rüber zu ihrem Vater und Gloria. Sie hatte die Tüten von Saks um sich aufgebaut wie eine Schutzmauer. Doch es dauerte nicht lange, bis sie sie an die geplanten Empfänger verteilte. Ein Burberry-Schal für Andrew, Lederhandschuhe zum Autofahren für Elisabeth. Geschenke für Fremde, die man beeindrucken möchte.

George und Faye verteilten Rubbellose in einfachen weißen Umschlägen. Das taten sie jedes Jahr, aber diesmal empfand Elisabeth es als besonders schlimm. Genau das war ihr Problem mit Weihnachten. Es war absurd, dass sich Andrews Eltern deswegen trotz ihrer finanziellen Lage gezwungen fühlten, Geld auszugeben.

»Lass Gloria den Kleinen mal halten. Gloria hatte ihn noch nicht«, wiederholte ihr Vater ständig.

Charlotte war völlig in ihr Handy vertieft.

Sie hatten Gil Geschenke gemacht, über die sich ein Drei-jähriger freuen würde: ein Plastikdinosaurier, ein Dreirad. Das einzig Erfreuliche war, dass er sich offensichtlich in ihrer Bewun-derung sonnte, ihnen sein breitestes, entzückendstes Lächeln schenkte und sogar lachte, als Charlotte eine rote Fliege aus der Saks-Tüte zog und sie ihm ans Hemdchen heftete.

Als alle Geschenke ausgepackt waren, sagte Elisabeths Vater zu ihrer Mutter: »Janey, was macht Kalifornien? Manchmal fehlt es mir richtig.«

»Kalifornien geht's gut. Ich würde ja dasselbe fragen, aber Arizona ist ... na ja, eben Arizona.«

»Du hast mich immer angefleht, dich auf die Canyon Ranch zu schicken.«

»Fürs Wochenende, ja. Aber länger? Nach Arizona gehen traurige alte Männer zum Sterben.«

Elisabeth erstarrte. Ging es wieder los? So viele Jahre hatte sie damit verbracht, ihre Eltern genau zu beobachten, jede Stim-mung, jede Regung zu erspüren, dass es sich zu einer Sucht entwickelt hatte. Und die war auch nach der Scheidung nicht so einfach verschwunden.

Doch ihr Vater lachte nur.

»Besuch uns doch mal!«, schlug er vor.

»Ach, Michael«, sagte ihre Mutter.

Elisabeth meinte, aus den Worten eine gewisse Zuneigung herauszuhören.

Sie betrachtete beide, und für einen kurzen Augenblick waren sie wieder eine Familie. Nicht, dass sie das je gut hinbekommen hätten, aber trotzdem.

Sie musste die Augen fest zukneifen, um das Hirngespinst zu vertreiben.

Ihr ganzes Leben lang hatte sie die Ehe ihrer Eltern als etwas Besseres betrachtet, obwohl sie schlimmer war als die meisten. Ihre Eltern hatten dieses Bild kultiviert, indem sie sich benahmen, als wäre Leid der Beweis für die Überlegenheit ihrer Beziehung.

Dass dies nicht zutraf, gehörte für Elisabeth zu den größten Erkenntnissen ihres Lebens. Sie fragte sich allerdings, ob sie daraus tatsächlich ihre Lehren gezogen hatte oder es lediglich wusste und trotzdem nicht so richtig glauben konnte.

»Vielleicht hast du sogar recht«, fügte ihr Vater hinzu, »mit dem, was du über Arizona gesagt hast. Und ich bin ja auch schon ein alter Mann. Aber wir finden es toll dort, nicht wahr, Gloria?«

»Ich bin seit 1983 in Tucson«, sagte Gloria. »Und seitdem bin ich jeden Morgen im Sabino Canyon wandern gegangen.«

»Wie schön«, sagte Elisabeths Mutter, die Wandern wahrscheinlich so attraktiv fand wie die Vorstellung, sich den Schädel kahlrasieren zu lassen.

»Wir essen fast jeden Abend unter Sternen«, fuhr Gloria fort. »Oh, wo ich gerade beim Thema bin ... Andrew, wann bekommen wir einen deiner berühmten Spezialgrills? Bei dreihundert Sonnentagen im Jahr ist der doch wie für Arizona gemacht.«

»Arbeitest du in der Tourismusbranche?«, fragte Elisabeths Mutter. »Bist du die PR-Frau für Arizona?«

Elisabeth und Charlotte tauschten Blicke.

»Wir arbeiten noch am Prototyp«, sagte Andrew. »Der ist hoffentlich bald fertig. Es gibt ein paar Problemchen, aber das wird schon noch.«

»Ich habe mal gelesen, dass zwei Drittel aller Erfinder an ihrem Produkt kein bisschen verdienen«, warf George ein, als wäre diese aufgeschnappte Randnotiz einfach ganz interessant und hätte keinerlei Bezug zu ihrer Situation.

Andrew erhob sich, um nach dem Essen zu sehen, das bald fertig sei, wie er verkündete.

Elisabeth ging mit Gil nach oben, um ihn zu stillen.

Bis jetzt war der Tag trotz einiger angespannter Momente besser verlaufen als gedacht. Das, so fand Elisabeth, lag nur an Gil. Der Kleine war ein Friedensstifter. Bei ihm waren sich alle einig.

Als Gil entspannt trank, schloss Elisabeth die Augen.

Sie war fast weggedämmert, als sie eine Stimme aus den Gedanken riss. »Du machst das *immer noch*?«

Ihre Mutter.

Elisabeth hielt die Augen geschlossen.

»Ja.«

»Wenn ich dich so sehe, kommt bei mir alles wieder hoch.«

»Dann schau eben weg.« Elisabeth schlug die Augen auf. »Was kommt wieder hoch? Ich dachte, du hättest uns nicht gestillt.«

»Charlotte nicht, aber du hast ewig die Brust gekriegt.«

Aus unerfindlichen Gründen freute sich Elisabeth, dass sie sich geirrt hatte.

»Echt?«

»Ja, einen ganzen Monat lang.« Ihre Mutter hielt kurz inne. »Gut siehst du aus, wollte ich dir noch sagen. Dein Körper ist fast wieder in Form.«

Elisabeth kochte innerlich, sagte aber nichts. Ihre Mutter sprach einfach weiter.

»So ist das natürlich immer, beim ersten Kind. Einmal, das verzeiht einem der Körper, aber beim zweiten Mal … ist die Sache gelaufen. Danach ist man wie ein schlaffer Ballon.«

Sie senkte die Stimme. »Mal ehrlich … findest du nicht, dass dein Vater schlecht aussieht? Das ist mir jedenfalls aufgefallen. Diese Gloria ist richtig fett. Wahrscheinlich stopft sie sich jeden Morgen vor der Wanderung ein Dutzend Donuts rein.«

Elisabeth musste lachen. Jetzt erst fiel ihr auf, dass ihre Mutter von Kaffee zu Rotwein übergegangen war.

Es stimmte. Gloria war tatsächlich fülliger als erwartet. Aber fett konnte man das nicht nennen. Nur nicht durchtrainiert und straff. Entsprach überhaupt nicht dem Beuteschema ihres Vaters. Ihr Gesicht war vom Wetter gezeichnet, die Wüstensonne hatte ihre Haut verbrannt und ihr Falten beschert. Es sah aus, als hätte sie sich nicht geschminkt. Glorias ergrautes Haar hing ihr wirr über die Schultern, als hätte es noch nie einen Föhn gesehen. Vielleicht noch nicht mal eine Bürste.

Wahrscheinlich ärgerte das ihre Mutter mehr, als wäre ihr Vater mit einer attraktiven Fünfundzwanzigjährigen hier aufgetaucht. Sein Interesse an Gloria widersprach ihrem Glauben, dass eine Frau schön sein musste, um im Leben gut dazustehen.

»Das ist sicher nicht leicht für dich, Dad mit ihr zu sehen«, sagte Elisabeth.

Ihre Mutter zuckte sie Achseln. »Selbst als wir verheiratet waren, hatte ich ihn nicht für mich allein. Obwohl es tatsächlich noch nie vorgekommen ist, dass ich Weihnachten mit einer seiner Geliebten verbringen muss.«

Elisabeth sparte sich den Hinweis, dass Gloria nicht die Geliebte ihres Vaters war, sondern seine Partnerin. Die beiden waren seit zwei Jahren ein Paar.

»Wir sollten wieder runtergehen«, sagte sie stattdessen.

»Und ich nehme bitte meinen kleinen Freund«, sagte sie und streckte erneut die Arme nach Gil aus.

Elisabeth reichte ihn herüber.

»Warum bist du nicht früher gekommen?«, fragte sie.

»Du hast mich nicht eingeladen«, sagte ihre Mutter.

»Das stimmt doch gar nicht! Du brauchst sowieso keine Einladung. Außerdem hast du nicht mal erwähnt, dass du kommen möchtest.«

»Na, jetzt bin ich hier. Reicht dir das nicht?«

Nein, tat es nicht, aber Elisabeth müsste sich wohl damit zufriedengeben.

Auf dem Weg nach unten sahen sie Charlotte an der Haustür stehen, sie hatte die Arme um einen Typen mit langen Dreadlocks geschlungen. Er trug Shorts und ein kurzärmliges Polohemd, als hätte er stets den Sommer im Gepäck.

Am liebsten hätte Elisabeth ihn angemotzt, weil er die ganze Hitze aus dem Haus ließ oder die kalte Luft herein, je nach Betrachtungsweise.

Stattdessen sagte sie: »Du musst Davey sein. Herzlich willkommen!«

Er grinste sie an.

»Mom, Davey ist das Genie hinter all den tollen Fotos von mir im Internet«, sagte Charlotte. »Er hat eine Engelsgeduld.«

Davey zuckte die Achseln. »Das ist nicht schwer, wenn man so ein perfektes Model hat.«

Elisabeth hatte sich nie klargemacht, dass es hinter der Kamera ja noch jemanden geben musste, der den Auslöser drückte in diesen scheinbar einsamen Momenten, in denen Charlotte an einsamen Stränden im knappen Fummel über den Sinn des Lebens philosophierte.

»Du kommst gerade rechtzeitig zum Essen«, sagte Elisabeth. »Hoffentlich hast du Appetit mitgebracht.«

Andrew hatte einen Weihnachtsschinken mit Kartoffelgratin, Buschbohnen und Brötchen aufgefahren und zum Nachtisch drei verschiedene Kuchen gebacken. Alle waren im Esszimmer versammelt, an der von ihm bereits am Vortag gedeckten Tafel, ganz nach der Tradition seiner Mutter.

»Wie hübsch das aussieht«, sagte Faye. »Da habt ihr euch selbst übertroffen.«

Elisabeths Mutter betrachtete indessen ihre manikürten Nägel.

Elisabeth schämte sich Faye gegenüber oft wegen ihrer vermeintlichen Extravaganz. Faye wusste, wie viel sie für die Renovierung ihres Badezimmers ausgegeben hatten, weil sie Andrew unumwunden nach dem Preis gefragt hatte und ihn dann umgehend als Wucher bezeichnet hatte. Jedes Mal, wenn sie sich ein neues Möbelstück leisteten, erkundigte sich Faye, wo sie es gekauft hätten, und reagierte stets mit demselben »Uff, teuer!«, egal wie die Antwort ausfiel. Sie scherzten manchmal, dass sie bei Möbeln vom Sperrmüll sicher genauso reagieren würde.

Jetzt bemerkte Elisabeth, dass sich ihre Mutter im Haus umsah und es offenbar klein und schäbig fand. Es passte in eine Ecke der Villa, in der sie aufgewachsen war. Auf unerfindliche Weise machte Elisabeth das stolz. Ihre Mutter wollte immer mehr haben als andere. Elisabeth war mit weniger zufrieden.

»Es fühlt sich komisch an, Weihnachten zum ersten Mal seit Andrews Geburt nicht zu Hause zu feiern. Ach, und jetzt werden wir nie wieder dort Weihnachten verbringen«, sagte Faye.

Sie bekam feuchte Augen.

Am liebsten hätte Elisabeth ihr versichert, dass es bestimmt nicht so weit kommen würde, doch Faye wollte vielleicht auch nicht gerade daran erinnert werden, dass ihr Haus schon seit drei Wochen auf dem Markt war und noch keine Interessenten gefunden hatte.

»Aber«, sagte Faye und setzte sich aufrechter hin, »alte Traditionen müssen weichen, damit neue entstehen können.«

Das klang schwer nach Glückskeks.

»Wir haben uns überlegt, dass es für Gil schön wäre, sein erstes Weihnachten zu Hause zu verbringen«, sagte Andrew, als hätte er soeben diesen Entschluss gefasst, obwohl sie das alles schon zigmal durchgesprochen hatten.

»Ist die Weihnachtskarte von deiner Tante Betsy angekommen?«, fragte Faye. »Sie hat mich heute Morgen am Telefon gebeten, dich zu fragen.«

»Ich glaube ja«, sagte Andrew.

»Wir haben dieses Jahr ein Foto von uns vor einem Kaktus mit Weihnachtsmütze verschickt«, sagte Gloria. Als niemand reagierte, fügte sie hinzu: »Also der Kaktus hatte die Mütze auf.«

Bei Elisabeth war keine angekommen. Sie fragte sich, ob ihr Vater vergessen hatte, sie zu verschicken, oder sie gar nicht erst auf der Liste gestanden hatte.

»Sam hat uns eine Weihnachtskarte geschickt«, sagte George. »Ist das nicht nett?«

»Stimmt«, sagte Elisabeth. »Sie hat mich nach eurer Adresse gefragt.«

»Jemand hat das Mädchen gut erzogen«, bemerkte George.

»Wer ist Sam?«, wollte Elisabeths Vater wissen.

»Sie passt auf Gil auf«, sagte Elisabeth.

»Vorgestern hat sie mir eine Mail geschrieben«, sagte George.

»Ach ja?«

Irgendwie wurmte sie das. Elisabeth hatte sich aus Rücksicht auf Sams Privatsphäre in den Ferien extra nicht bei ihr gemeldet.

»Wieso schreibst du Elisabeths Kindermädchen E-Mails?«, fragte Elisabeths Mutter.

»Wir sind in derselben Diskussionsgruppe. Zum Thema Bürgerrechte und so. Darum ging es in der Mail.«

»Was genau besprecht ihr da?«, bohrte Elisabeths Mutter weiter, die offenbar ein heimliches Motiv für den Austausch witterte. Sie nahm Faye ganz genau ins Visier.

»Ach, Sam wollte schon seit einer Weile auf die Situation der Frauen aufmerksam machen, die bei ihr in der Mensa arbeiten«, sagte George. »Eine von ihnen hat ein kleines Kind. Und diese junge Frau hat offenbar keinerlei Zugang zur Kinderbetreuung, die allen Mitarbeitern vom College offensteht. Das hat sie Sam erzählt, und die will unbedingt was dagegen tun.«

»Davon weiß ich ja gar nichts«, sagte Elisabeth.

»Ist auch gerade erst passiert. Kurz bevor Sam über die Feiertage nach Hause gefahren ist. Sie will der Präsidentin vom College einen Brief schreiben. Die ist so was wie ihr Idol.«

»Ich weiß«, sagte Elisabeth.

Damals, nachdem Sam so von Shirley Washington geschwärmt hatte, hatte Elisabeth gleich mal recherchiert. Washington war während der Finanzkrise im Vorstand von Goldman Sachs und hatte eine halbe Million Dollar eingesackt. 2009 verließ sie ihren Posten, mit einem fetten Aktienpaket im Wert von sieben Millionen. Vorher war sie noch Teil des Komitees gewesen, das den kriminellen Bankern großzügige Abfindungen beschert hatte. Sie war nicht die, für die Sam sie hielt.

Elisabeth war überrascht, dass die ganze Geschichte auf dem Campus keinen größeren Skandal ausgelöst hatte. Den damaligen Artikeln von ehemaligen Studenten in der *Gazette* entnahm sie, dass man Shirley Washington aufgefordert hatte, ihre aus zwielichtigen Machenschaften erworbenen Profite ins College zu investieren. Nichts dergleichen war passiert. Sie hatte sich nicht mal zu einer öffentlichen Stellungnahme herabgelassen. Irgendwann war die ganze Geschichte einfach aus den Medien verschwunden. Washington hielt eine Rede über die inhärente Selbstlosigkeit von Frauen, die dann viral ging. Als Sam ein Jahr danach ans College kam, war von Entrüstung und Aufruhr nichts mehr übrig.

»Das Mädchen, das Gil hütet, besucht dieselbe Diskussionsgruppe wie George?«, fragte Elisabeths Mutter in die Runde.

»Ja, sie ist eine Aktivistin wie ich«, erklärte George.

»Ich wusste gar nicht, dass du dich als Aktivist bezeichnest«, sagte Elisabeths Vater.

»Doch, aber erst seit Kurzem. Haben dir die Kinder von meiner Theorie erzählt? Der Hohle Baum?«

»Dad!«, sagte Andrew kopfschüttelnd. »Nein.«

»Was soll das sein?«, fragte Davey, der bisher nichts beigetragen hatte, außer beim Betreten des Hauses zu erwähnen, dass es hier wie bei seiner Oma rieche.

»Nimm zum Beispiel Faye, meine Frau.«

»Wieso mich?«, fragte Faye.

George hob die Hand. »Lass mich bitte ausreden. Faye ist Grundschullehrerin, und das seit vierzig Jahren. Das erste Mal, als sie bei einer Schutzübung durchexerziert haben, wie man sich verhält, wenn ein Amokläufer in die Schule eindringt, hat sie mich hinterher unter Tränen angerufen. Sie wusste, dass es nicht echt war, aber so zu tun als ob, das hat sie richtig fertiggemacht. Erzähl's ihnen, Faye.«

»Dad, das ist nicht besonders weihnachtlich«, sagte Andrew.

»Nein, ich möchte es hören!«, sagte Davey.

»Wir mussten uns in den Vorratsschrank quetschen und durften keinen Mucks machen«, sagte Faye emotionslos. »Dann mussten sich die Kinder auf den Boden legen und sich totstellen. Ich habe gesagt: ›So sorgen wir dafür, dass uns nichts passiert, wenn eine gefährliche Person mit einer Waffe in die Schule kommt.‹ Die Kinder waren erst sieben.«

»Scheiße«, sagte Davey.

»Mittlerweile führen Schulen alle drei Monate so eine Übung durch«, sagte George. »Sie gehört zur Routine wie die Läusekontrolle und das Klassenfoto. So löst unser Land das Problem mit der Waffengewalt. Lehrer, die sich mit allen Kindern im Schrank verschanzen. Meine Frau als menschlicher Schutzschild. Statt sich um korrupte Lobbyisten zu kümmern und sich diejenigen vorzuknöpfen, die davon profitieren.«

»Deswegen bin ich lieber auf einer Insel«, sagte Charlotte. »Wir führen ein einfaches Leben ohne die Korruption und Gewalt, die den Rest von Amerika vergiften. In unserem Bekanntenkreis ist niemand an materiellen Dingen interessiert. Es geht darum, authentisch zu sein, nicht wahr, Davey?«

»So hab ich das noch nicht betrachtet, aber jetzt, wo du's sagst, klingt es eigentlich richtig.«

George nickte, aber seine Miene verriet Skepsis. Elisabeth musste daran denken, wie sehr er sich vor ein paar Monaten aufgeregt hatte, als er erfuhr, was genau eine Influencerin machte.

»Das gesamte Bildungssystem hat sich seit Fayes Anfangszeit dermaßen verschlechtert«, sagte George jetzt. »Die jüngeren Kollegen an ihrer Schule haben studiert, aber alle brauchen einen Zweitjob zum Überleben. Früher konnte man mit einem Lehrergehalt eine ganze Familie ernähren, aber das ist vorbei. Manche ihrer Schüler sind in einem erbarmungswürdigen Zustand. Faye hat schon immer ein paar von ihnen mit Papier und Stiften versorgt, aber jetzt fehlt es den Kleinen sogar an Zahnbürsten, Deo und Kleingeld für die Cafeteria.«

»Das ist ja verrückt«, sagte Davey.

»Ja, das ist es«, sagte George.

Mehr brauchte er nicht, um seinen Vortrag fortzusetzen.

»Erst gestern, als Faye und ich an der Selbstbedienungskasse im Supermarkt standen, hat eine Frau in unserem Alter für uns eine Packung Speck über den Scanner gezogen, und Faye hat gesehen, dass er fünf Dollar kostete. ›Ich dachte, der wäre im Angebot‹, hat sie zu der Frau gesagt und die fühlte sich offenbar angegriffen, weil sie meinte: ›Ist er doch. Das ist ein Schnäppchen!‹ Was hast du beim Rausgehen gesagt, Faye?«

Faye schüttelte den Kopf. »Weiß ich nicht mehr.«

»Ich dachte, das ist ein Job für Teenager‹, hast du gesagt. Seit wann machen erwachsene Frauen so was? Und was machen Teenager jetzt?«

»Stimmt, Mann«, sagte Davey, »das ist total krass.«

Elisabeth fragte sich, ob er was geraucht hatte.

»Was hat das mit Waffen zu tun?«, fragte Charlotte.

»Es hat was mit der Misere in unserem Land zu tun«, erwiderte George. »Das sind nur zwei kleine Beispiele von hunderten. Tausenden. Ich sehe jeden Tag die Zeitungen durch und schneide die Artikel aus, die davon berichten, wie der Durchschnittsamerikaner verarscht wird. Wenn man die alle nebeneinanderlegt, erkennt man ein Muster. Erst heute Morgen stand auf der Titelseite der *Gazette* was über Leute, die durch die ganzen Arzt- und Krankenhausrechnungen in den Bankrott getrieben wurden. Zu Weihnachten. Es ist uferlos.«

Elisabeths Vater legte den Kopf schief. Offenbar dachte er ernsthaft darüber nach. Elisabeth war froh darum, denn sie wusste, dass George irgendwie zu ihm aufschaute. Trotz seiner vielen schlechten Seiten war ihr Vater erfolgreich, gebildet, weltgewandt.

»Du klingst ein bisschen verrückt, George«, sagte er schließlich.

»Dad!«, rief Elisabeth.

»Michael!«, riefen ihre Mutter und Gloria im Chor.

Der arme George sah aus, als hätte er gerade einen Nackenschlag kassiert. Elisabeth lächelte ihn entschuldigend an. Seit Jahren war George für sie einer Vaterfigur am nächsten gekommen. Wie kam ihr Vater dazu, ihn so abzufertigen?

Sie dachte daran, dass George ihre beiden Bücher auf seinem Couchtisch zur Schau gestellt hatte und sich Zeit genommen hatte, ihr bei jedem Buch in einem ausführlichen Brief zu beschreiben, was ihm jeweils am besten gefallen hatte. Ihr Vater hatte keines von beiden zu Ende gelesen und machte keinen

Hehl daraus. *Du kennst mich ja. Ich mag dicke Präsidentenbio-grafien, und damit hat es sich eigentlich.*

»George, hast du die Kartoffeln probiert?«, fragte Gloria und reichte ihm die Schüssel.

Elisabeth sah, wie ihr Vater Gloria ansah.

Sie trug eine bequeme Stoffhose und eine silbrig glänzende Omabluse, aber seinem Blick nach zu urteilen hätte man mei-nen können, sie wäre Claudia Schiffer.

»Gloria weiß, wie man einen Mann verwöhnt«, sagte er. »Bei unserem zweiten Date hat sie mich bei sich zum Abendessen eingeladen. Sie hat mich bekocht. Ich hatte mir die Schulter ge-zerrt. Gloria hat mich zwei Stunden lang massiert. Beste Mas-sage meines Lebens.«

Warum er ausgerechnet diesen Moment gewählt hatte, den Gästen dieses Detail zu erzählen, war Elisabeth schleierhaft.

»Und was habt ihr bei eurem ersten Date gemacht?«, fragte Davey, obwohl keiner am Tisch die Antwort hören wollte.

Ihr Vater und Gloria tauschten obszöne Blicke.

»Romantisches Dinner mit Tanz«, sagte er. »Weißt du, Davey, Frauen mögen es, wenn ein Mann sie groß ausführt. Wenn du das für sie machst, sind sie glücklich. So einfach ist das.«

Klar, er war der große Frauenversteher, der überhaupt kein Problem damit hatte, vor seiner Ex-Frau, mit der er vierzig Jahre zusammen war, die Geschichte von seiner neuen großen Liebe zu erzählen.

»Die jungen Männer heutzutage haben keine Ahnung«, fuhr er fort. »Sie schicken ihren Mädchen Nachrichten. Ihnen kommt gar nicht in den Sinn, mit ihnen zu reden und sich per-sönlich mit ihnen zu verabreden. Das solltest du mal ausprobie-ren, Davey. Die werden bei dir Schlange stehen. Frauen sehnen sich nach Romantik.«

»Da hat er recht«, sagte Gloria. »Elisabeth, Herzchen, hast du etwas Butter für die Brötchen?«

»Ach Scheibenkleister! Ich hab vergessen, sie rauszustellen«, sagte Andrew und erhob sich.

Gloria sprang auf. »Bleib sitzen, ich hol sie schon.«

Sie ging hinaus. Elisabeths Vater folgte ihr.

»Mom, alles klar bei dir?«, fragte Charlotte.

Ihre Mutter nickte. »Ich könnte mehr Wein vertragen.«

»Ich hol dir welchen«, sagte Elisabeth.

»Bring doch gleich die Flasche mit«, rief ihre Mutter ihr nach.

Elisabeth ging mit dem leeren Glas in die Küche.

Ihr Vater und Gloria standen eng umschlungen an der Spüle. Sie hielt sich die Augen zu.

»Hoppla, erwischt!« Gloria kicherte.

»Dad«, sagte Elisabeth. »Warum gibst du Charlottes Partner Ratschläge im Frauen-Bezirzen?«

»Der Typ? Nie im Leben ist das ihr Partner. Nicht ihr Typ. Erinnerst du dich noch an Matthew Callanan?«

Selbst drei Jahre später hielt er Matthew Callanan für den lebenden Beweis dafür, dass Charlotte auch gute Entscheidungen treffen konnte.

»Meinst du den Matthew Callanan, den sie vor dem Altar versetzt hat?«

»Jetzt übertreib mal nicht, Boo. Sie hat die Hochzeit Monate vorher abgeblasen.«

»Die Einladungen sind trotzdem rausgegangen.«

»Ich bin mir immer noch sicher, dass die beiden irgendwann wieder zusammenkommen«, sagte ihr Vater. Er lachte kopfschüttelnd wie über eine amüsante Anekdote, die nur er kannte.

»Matthew Callanan«, sagte er. »Guter Junge.«

Zu dritt kehrten sie zurück ins Esszimmer, wo Faye Davey gerade Neue Mathematik erklärte.

Elisabeth hatte Mitleid mit ihrer Mutter, die genau beobachtete, wie ihr Vater beim Hinsetzen kurz Glorias Hinterteil betatschte.

Charlotte beobachtete sie ebenfalls.

Elisabeth und sie tauschten Blicke. Sie wusste, dass ihr Gesichtsausdruck ihre Gefühle zuverlässig kommunizierte. Als sie noch Kinder waren, hatte Elisabeth ihre Schwester immer als süße kleine Ablenkung benutzt, wie einen Puffer, den sie zwischen ihre Eltern schob, wenn sie sich stritten.

»Probier mal die Conch-Fritters, Dad«, sagte Charlotte und hielt ihm ein Tablett mit frittierten Teilchen hin, die aussahen wie alle anderen nicht genauer zu definierenden Gerichte aus der Fritteuse. »Auf der Insel gelten die als Delikatesse.«

Ihr Vater ignorierte die Zange und fischte sich mit den Fingern ein paar vom Tablett.

»Ich hab mich schon gefragt, woher die dreihundert Dollar an *Da Seafood Hut* auf meiner Kreditkartenrechnung stammten«, sagte er und schob sich einen Fritter in den Mund.

Elisabeth blickte von ihm zu Charlotte. Ihr schwante Fürchterliches.

»Das ist jetzt nicht wahr«, sagte sie zu ihrer Schwester.

»Was?«

»Da fragst du noch? Was wohl? Du nimmst Geld von ihm?«

»Wem gehört wohl das Apartment am Strand?«, fragte ihr Vater.

»Ich dachte, das wäre gemietet«, sagte Elisabeth. Sie erstarrte vor Wut. »Hattest du nicht was von Miete gesagt, Charlotte?«

Charlotte setzte eine Unschuldsmiene auf. »Vielleicht hab ich Miete gesagt, als ich Nebenkosten meinte, keine Ahnung.«

»Die zahle ich übrigens auch, wo wir schon dabei sind«, fügte ihr Vater mit breitem Grinsen hinzu.

»Schämst du dich nicht?«, fragte Elisabeth. »Du hast mein Konto leergeräumt, obwohl du das Geld gar nicht gebraucht hast?«

»Ich hab dir doch gesagt, dass ich mich bemühe, es dir zurückzuzahlen, zig mal hab ich dir schon das gesagt. Aber an mich glaubt mal wieder niemand in dieser Familie. ›Elisabeth ist bereits Schriftstellerin, da kann Charlotte nicht auch noch Bücher schreiben.‹ Aber stellt euch vor, ich tu's trotzdem! Und ich werde erfolgreicher sein, als du es je gewesen bist.«

»Was?«, brachte Elisabeth hervor. Für mehr fehlten ihr die Worte.

»Die Menschen gehen jeden Tag auf meine Seite, um meine Weisheit zu erfahren«, sagte Charlotte.

»Sie gehen auf deine Seite, weil sie sich für deine lächerlichen Posts fremdschämen und dich im Bikini beglotzen wollen«, sagte Elisabeth. »Wann wirst du endlich erwachsen und übernimmst Verantwortung für dein Leben?«

»Ich? Ich bin nur gekommen, weil du jemanden brauchtest, der hier den Streitschlichter spielt, während du dich als tolle Hausfrau und Gastgeberin in Szene setzt.«

»Halt den Mund!«, sagte Elisabeth. »Du bist genau wie sie.«

»Ich weiß«, sagte Charlotte. »Wenigstens ist mir das bewusst. Du glaubst, bei dir wäre das anders. Das ist das Traurige daran.«

»Wann hast du ihr Geld geschickt?«, fragte Andrew.

Andrew.

Elisabeth sah ihn an. Er wirkte verwirrt und war offensichtlich gekränkt.

»Sie hat das Konto leergeräumt?«, fragte er.

»Das halte ich für etwas übertrieben«, bemerkte Charlotte. »Und überhaupt war ich es nur wert, ein Almosen zu bekommen, solange meine Schwester meinte, sie könnte mich so davon abhalten, von Dad Unterstützung zu kriegen. Du hast versucht, mich zu manipulieren. Hast mich wohl für blöd gehalten.«

»Ja, stimmt. Wie sich herausstellt, bist du einfach nur ein fieses Miststück.«

Ihr Vater hob die Stimme. »Elisabeth, lass sie in Ruhe! Ja, ich helfe Charlotte. Mit Vergnügen. Dasselbe hätte ich auch für dich getan.«

»Nein, hättest du nicht.«

»Hätte ich doch.«

»Seit ich dreiundzwanzig bin, habe ich keinen Penny mehr von dir genommen.«

»Das mag sein, aber du hast mich im Hintergrund. Wer hat dir dein erstes Apartment gekauft?«, fragte er. »Ich kann mich nicht erinnern, dass du mir das Geld zurückgezahlt hättest. Nein, du hast die Wohnung verkauft und das Geld in eine bessere in Brooklyn gesteckt. Und mit dem Erlös aus dieser Wohnung hast du dir dann dieses Haus gekauft. Genauer gesagt habe ich es also gekauft.«

Plötzlich schämte sie sich. So hatte sie das noch gar nicht betrachtet.

»Mach dir nichts vor, Boo. Irgendwann werde ich sterben, und das ganze schmutzige Geld wird dir gehören, ob du willst oder nicht. Wenn du dich dadurch besser fühlst, weil du Charlotte die Miete überweist, nur zu. Irgendwann kommt meine Zeit.«

Würde eine normale Person aus diesem Satz eine Drohung heraushören oder müsste sie sich vielmehr fragen, warum sie eigentlich auf jemanden wütend war, der ihr einen Haufen Geld gegeben hat? Aber das Vermögen ihres Vaters war für sie wie ein Mühlstein am Hals. Jahrelang war sie stolz und erleichtert gewesen, dass er es ihr nicht mehr reinreiben konnte, doch in Wahrheit hätte er es die ganze Zeit über tun können. Und jetzt ließ er es raushängen.

Es war ihr unendlich peinlich, dass diese Unterhaltung vor George und Faye stattfand. Sie starrten in ihr Essen, als bekämen sie vor lauter Konzentration gar nichts mit. Elisabeth wusste diese Geste sehr zu schätzen.

Immer wieder sah sie zu Andrew hinüber, aber er mied ihren Blick. Sie ärgerte sich, dass sie es ihm nicht früher gesagt hatte. Zwei Jahre lang hatte sie es vor ihm geheim gehalten, nur um die Katze vor versammelter Familie durch eine unbedachte Äußerung aus dem Sack zu lassen.

»Liebling, sag etwas!«, flehte sie.

Andrew sah immer noch verwirrt aus. »Also hast du die ganze Zeit gedacht, Charlotte nimmt kein Geld von ihm, weil du sie unterstützt hast?«

»Unterstützen ist vielleicht das falsche Wort«, sagte Elisabeth. »Ich habe ihr die letzten Jahre ein bisschen ausgeholfen, während sie auf den endgültigen Abschluss eines Sponsorenvertrags gewartet hat. Ich hab ihr das Geld geliehen.«

»Damit meinst du jetzt aber nicht diese Sache mit den Diätpillen, oder?«, fragte Davey. »Davon habe ich sie schon vor Monaten abgebracht.«

Lange herrschte Schweigen am Tisch.

Elisabeth musste Daveys Worte erst mal verarbeiten. *Vor Monaten.* So lange wusste Charlotte also schon, dass sie Elisabeth das Darlehen nie zurückzahlen würde.

Ihr war schlecht. Sie würde ihr Geld nie wiedersehen.

Faye tauchte ihre Serviette ins Wasserglas und wischte Gil das Gesicht ab, als würde sie so was andauernd machen.

»Haben diese beiden nicht ein wunderschönes Kind produziert?«, fragte sie, offenbar in der Hoffnung, das Thema zu wechseln. »Ich frage schon die ganze Zeit, wann das nächste kommt.«

»Nur nichts überstürzen«, sagte Elisabeths Mutter.

»Wieso nicht?«, sagte Elisabeth, obwohl sie nicht vorhatte, ein zweites Kind zu bekommen.

»Das Muttersein macht dich sehr angespannt«, sagte ihre Mutter.

»Stimmt«, meinte Charlotte.

»Unglaublich!«, sagte Elisabeth. »War ja klar, dass ich am Ende wieder den Schwarzen Peter kriege.«

Am liebsten hätte sie sämtliche Mitglieder ihrer leiblichen

Familie angebrüllt, jedes aus unterschiedlichem Grund. Sie wollte nur weg von hier.

»Wisst ihr, ich hab mich tatsächlich gefragt, warum wir eigentlich nicht öfter die Feiertage miteinander verbringen«, sagte sie, um einen sachlichen, freundlichen Ton bemüht, damit Gil, der die Worte ja nicht verstand, keine schlechten Erinnerungen an diesen Tag zurückbehalten würde. »Aber jetzt weiß ich's wieder.«

Andrews Stuhl scharrte über den Boden.

»Ich geh mal ein bisschen raus«, sagte er.

Sie folgte ihm zur Tür.

»Ich komme mit«, sagte sie. »Wir sollten reden.«

Er sah sie an und schüttelte den Kopf.

Elisabeth kehrte zurück ins Esszimmer. »Am besten geht ihr jetzt«, sagte sie zu ihren Gästen.

Nach einer Stunde war Andrew wieder zurück, aber er sprach kein Wort mit ihr.

Stattdessen nahm er Gil auf den Arm und verschwand mit ihm nach oben.

Elisabeth räumte auf.

Andrews Kuchen standen unberührt auf der Anrichte. Er hatte gestern Abend noch in mühevoller Kleinarbeit den Pekannusskuchen mit einem Gittermuster verziert. Aus Teig hatte er Blätter geformt und sie wie einen Kranz um das Gebäck gelegt. Es sah perfekt aus, wie aus einer Hochglanzzeitschrift. Der Anblick erfüllte sie mit Bedauern und Verzweiflung.

Als Gil im Bett war, kam er nach unten in die Küche. »So«, sagte er.

Elisabeth war dankbar für diese eine Silbe, mit der er das Schweigen brach.

»Waren da nicht dreihunderttausend Dollar auf dem Konto?«

»Ja.«

»Du hast Charlotte alles gegeben?«

»Fast.«

»Das Geld stammte von deinem Buchverkauf«, sagte Andrew. »Du hast es dir hart erarbeitet.«

Sie war erstaunt, dass er in diesem Moment an sie dachte. Am liebsten hätte sie es ihm gesagt, aber so weit kam sie nicht, denn Andrew war noch nicht fertig.

»Weißt du eigentlich, wie schwer es mir gefallen ist, dich darum zu bitten, meinen Eltern einen Teil dieses Geldes zu geben?«

»Du hast mich nie darum gebeten.«

Sofort fielen ihr die Worte ihrer Mutter ein. *Du hast mich nie eingeladen.* Es gab Dinge, um die man nicht erst bitten musste.

»Blödsinn«, sagte Andrew. »Tut mir leid, dass ich keinen schriftlichen Antrag gestellt habe, aber du wusstest doch ganz genau, dass ich es ihnen geben wollte. Und hast dafür gesorgt, dass ich mir wie ein Arschloch vorgekommen bin.«

»Andrew, das stimmt doch nicht.«

»Und ob das stimmt! Jetzt verstehe ich auch, warum. Ich dachte, wir hätten keine Geheimnisse voreinander.«

»Haben wir auch nicht«, sagte sie, obwohl das Gegenteil der Fall war.

Andrew atmete tief ein und strich sich durchs Haar. Er sah aus, als würde er mit den Tränen kämpfen.

Er war verletzt, und sie hätte ihn so gern getröstet.

»Ich wollte es dir sagen, aber ich wusste nicht, wie. Manche Dinge sind so schwer auszusprechen. Weißt du, was ich meine?«

»Klar«, sagte er. »Zum Beispiel, dass du dich, seit wir hergezogen sind, wie ein entsetzlicher Snob aufführst, als wärst du viel besser als alle anderen, nur weil du mal in Brooklyn gewohnt hast?«

»Meine Güte«, sagte sie. »Das war jetzt aber schon ein bisschen gemein.«

»Wir sind nicht deine Eltern. Du solltest lernen, mir zu vertrauen. Ansonsten weiß ich nicht, was das alles hier soll.«

»Das alles? Was meinst du damit?«

Als Andrew nicht antwortete, verstand sie es. Er meinte ihr gemeinsames Leben, alles.

Andrew sagte, er sei müde und würde ins Bett gehen. Es war erst acht Uhr.

»Ich schlaf im Fernsehzimmer«, sagte er.

»Wirklich? Liebling, ich …«

In seinen Augen blitzte etwas auf.

»Was?«, fragte sie.

»Als wir mit der IVF angefangen haben, wolltest du ein zweites Kind. Dann auf einmal nicht mehr. War das der Grund? Weil du dachtest, du müsstest Charlotte finanziell unterstützen? Du hast immer davon geredet, wie teuer ein zweites Kind sein würde.«

»Ja«, sagte sie, obwohl sie ihn damit ein weiteres Mal belog. Was war nur mit ihr los?

Sie brauchte Andrew. Er hatte ihr immer zur Seite gestanden.

Elisabeth bekam richtig Angst, als sie ihn auf der Treppe nach oben verschwinden sah. Als würde er nie wieder herunterkommen.

Sie fragte sich, was Charlotte jetzt wohl machte. Wahrscheinlich hockte sie in irgendeiner Kaschemme und jammerte Davey die Ohren voll, wie unfair das alles war.

Sie suchte auf Instagram nach neuen Beiträgen von Charlotte, obwohl sie wusste, dass ihre Schwester nie ein Foto von dieser Stadt posten würde, mit ihrem grauen Himmel und Vorstadthäusern und vollständig bekleideten Menschen.

Das letzte Foto war vor zwanzig Minuten gepostet worden.

Charlotte trug einen Badeanzug im Metallic-Look, der an beiden Seiten offen war und ihre Bauchmuskeln auf eine Weise in Szene setzte, dass er mehr enthüllte als ein String-Bikini.

Sie lachte, hatte den Kopf in den Nacken geworfen, ein Bild der überschäumenden Lebensfreude. Abendstimmung. Im

Hintergrund eine mit weißer Lichterkette geschmückte Palme. Darunter stand: *Froh + Festlich xoxo @Renaissance Island, Aruba.*

Wo hatte Charlotte diese Worte getippt? Im seltsamen Mietwagen ihres Freundes? Wann war die Aufnahme entstanden? Kurz überlegte Elisabeth, einen Kommentar zu hinterlassen. *Glaubt ihr kein Wort! Sie erzählt nur Mist. Wahrscheinlich sitzt sie gerade auf einem Parkplatz vor dem Taco Bell.*

Elisabeth atmete tief durch. Da fiel ihr Blick auf die silberfarbene Geschenktüte auf der Anrichte. Eine Flasche Wein ragte daraus hervor. Das Geschenk von Sam.

Sie dachte an Sam, an die vielen gemeinsamen Stunden, die sie hier miteinander verbracht hatten, und dieser Gedanke beruhigte sie.

Elisabeth stellte sich vor, wie Sam ihrer Mutter das Porträt überreichte, wie ihre Mutter beim Anblick des Bildes weinen würde. Die Erinnerung an ihre Mutter, die Frau auf dem Bild, würde Sams Mutter zu Tränen rühren, weil sie nicht mehr da war, und sie nur glückliche Erinnerungen mit ihr verband.

In Elisabeths Fantasie verbrachte Sam Weihnachten im Kreis ihrer herzensguten, soliden Familie. Eierpunsch – aber nicht zu viel –, selbstgebackene Plätzchen und ein Stall voll Kinder, mehr, als man zählen konnte. Das alles hatte Elisabeth sich schon lange nicht mehr gewünscht, denn sie wusste, dass sie es nie erleben würde. Doch jetzt wünschte sie es sich für Gil.

Bei diesem Gedanken hatte sie ein bisschen Mitleid mit ihrer Mutter, deren Vater starb, als sie zwölf war, und deren Mutter danach für immer in eine Anstalt eingewiesen wurde. Ihre Mutter wurde von gleichgültigen Verwandten aufgezogen, herumgereicht von einem zum anderen, bis sie endlich achtzehn war. Und alle hatten sie spüren lassen, dass sie eine Last war.

Konnte Elisabeth ihrer Mutter bei dieser Vorgeschichte einen Vorwurf machen? Ohne zu berücksichtigen, was ihrer Mutter angetan wurde und ihrer Großmutter zuvor? Nichts davon wollte sie mitnehmen in ihre Familie, aber sie hatte keine Wahl. Sie trug einen Teil dieser ihr fremden Frauen in sich. Wie konnte sie dem entkommen, wie könnte ihr ein Neuanfang gelingen?

Da fiel ihr ein Abend vor einem Jahr ein. Sie war schwanger, auf dem Heimweg von einer Lesung, und fragte sich, was für eine Mutter sie wohl sein würde. Sie fürchtete, dass sie ihrer Mutter sehr ähnlich war, allerdings hielt sie sich für weicher. In den Geschichten aus ihrer Jugend war Elisabeth ihre Mutter ebenfalls weicher vorgekommen. Vielleicht musste sie nur so werden, wie ihre Mutter geworden wäre, wenn ihr das Schicksal nicht so übel mitgespielt hätte, dachte sie damals.

Jetzt wanderte ihr Blick erneut zu dem Geschenk auf der Anrichte. Sie ging darauf zu wie auf das Licht am Ende des Tunnels.

Am nächsten Morgen erwachte sie mit Kopfschmerzen. Die Flasche Wein von Sam hatte sie fast leergetrunken. Elisabeth hatte gehofft, Andrew doch in ihrem Bett vorzufinden, aber er hatte es ernst gemeint und tatsächlich im Fernsehzimmer übernachtet. Es war das erste Mal, dass sie als Paar unter einem Dach getrennt geschlafen hatten. Ein zutiefst alarmierendes Zeichen. Ein solcher Ruck, nach zehn Jahren Beziehung.

Als sie in die Küche kam, stand Andrew schon an der Spüle und wusch das Geschirr.

»Hi«, sagte er.

Sie versuchte, seinen Ton zu deuten. Neutral, befand sie.

Doch ihre witzige Bemerkung: »Wenigstens haben wir Kuchen zum Frühstück«, stieß auf keine Gegenreaktion.

Dann sah Elisabeth die leere Presskanne auf der Anrichte und erkannte, dass sein Zorn noch nicht verraucht war. Selbstverständlich nicht.

Zum ersten Mal seit sie hier eingezogen waren, hatte Andrew ihr keinen Kaffee gekocht. Für sie war das, als hätte er ihr ins Gesicht geschlagen.

Und noch eine Premiere gab es: Elisabeth verspürte zum ersten Mal in ihrem Leben den Wunsch, sie könnten sich ein bisschen wir ihre Eltern benehmen. Dann würden sie und Andrew sich nämlich anschreien und Geschirr zerschlagen, sich gegenseitig die übelsten Vorwürfe machen und sich fast bis zur Katastrophe hochschaukeln, nur um im letzten Moment noch die Kurve zu kriegen.

Die kalte Schulter, das Ungesagte waren schlimmer als jeder Vorwurf.

13

26. Dezember

13:04 Uhr

Liebe Sam,

ein Tag zu spät, aber trotzdem von Herzen: Frohe Weihnachten! Hat deiner Mutter das Bild gefallen? Ich stelle mir die ganze Zeit vor, wie sie es auspackt und vor Rührung in Tränen ausbricht. Letzte Woche bin ich auf einer Party einem früheren Dozenten von dir in die Arme gelaufen (Christopher … irgendwie). Wir haben die ganze Zeit darüber geredet, wie talentiert du bist.

Ich hoffe, deine Familie hatte ein schönes Weihnachtsfest. Unseres ist voll in die Hose gegangen. Aber gestern, als alle weg waren, habe ich endlich dein Geschenk für Gil ausgepackt. Es ist perfekt!

xx E

PS: Die Flasche Wein war VÖLLIG UNNÖTIG! Du bist ein echter Goldschatz. Gestern Abend war ich allerdings sehr froh, dass ich sie zur Hand hatte …

26. Dezember

19:49 Uhr

Hallo vom Logan Airport!
O je, das mit deinem Fest tut mir echt leid! Was ist denn passiert???

Ja, meine Mutter war ganz begeistert von dem Bild. Und du hast recht, sie hat tatsächlich geweint. Haha! Ich glaube, du meinst Christopher Gillis. Ich bin ganz geschockt, dass der was Positives über mich sagt bzw. weiß, wer ich bin! Ich habe ihn zweimal gehabt, aber er hat überhaupt keine Notiz von mir genommen. Der Mann hat so einen Ruf ... Es kursieren immer Gerüchte, dass er was mit einer seiner Studentinnen hat.

Schön, dass dir der Mozartwürfel für Gil gefallen hat! Und hoffentlich hat der Wein einigermaßen geschmeckt. Er war sicher nicht so gut wie die edlen Tropfen, die du gewohnt bist. Ich LIIIEBE den Pullover, den du mir geschenkt hast, hab ihn schon die ganze Zeit an, weil mein Dad so einer ist, der die Heizung nie höher dreht als achtzehn Grad, selbst wenn es draußen friert.

In ein paar Stunden sehe ich Clive endlich wieder! Ich bin schon ganz aufgeregt. Obwohl wir immer erst ein bisschen fremdeln. Ich werde ganz nervös und bringe kein Wort heraus. Aber irgendwann geht's dann. Ich wünschte, wir könnten den Teil überspringen.

Sam

27. Dezember
2:01 Uhr

Bin kurz vorm Einschlafen, wollte dir aber trotzdem kurz sagen ... der Wein war super! Nochmal danke. Gute Reise!

xx E

PS: Ich bin ganz neidisch auf deine Familie. Sie klingt so nett und NORMAL.

Du bist ja witzig! Wenn ich so darüber nachdenke, finde ich meine Familie tatsächlich nett und normal. Vielleicht zu normal? Ihnen ist nur wichtig, dass alle demselben Muster folgen. Niemand will hören, was ich über Clive zu erzählen habe, und das tut mir weh. Meine Cousine hat einen Typen zu Weihnachten angeschleppt, mit dem sie erst seit drei Wochen zusammen ist, und meine Familie kriegt sich gar nicht mehr ein, nur weil er auf die Notre Dame geht.

Clive wollte, dass wir Weihnachten zusammen verbringen, aber ich konnte mir nicht vorstellen, mit ihm im Wohnzimmer meiner Eltern am Weihnachtsmorgen Bescherung zu machen. Und ich wollte nicht von meiner Familie getrennt sein.

Ich wünschte, es wäre mir egal, was sie denken, was die Leute überhaupt von mir denken. Meine Schwester Caitlin ist dreizehn und viel selbstbewusster, als ich es je sein werde. Wenn ihr danach ist, setzt sie sich einfach bei meiner Mutter auf den Schoß und schert sich überhaupt nicht darum, was die anderen davon halten. So was macht sie und gleichzeitig färbt sie sich die Spitzen knallpink. Sie ist eine tolle Künstlerin. Viel besser als ich.

Ich bin in England angekommen! Clives Familie feiert den zweiten Weihnachtstag immer im Haus seiner Mutter auf dem Land. Dieses Jahr haben sie es einen Tag nach hinten verschoben, damit ich mitfeiern kann, was ja nett ist, aber ich wünschte, wir hätten unseren ersten Tag für uns gehabt.

Beim Mittagessen ist mir eine halbrohe Karotte unterm Messer weggerutscht und quer durchs Esszimmer seiner Mutter geflogen! Sie hat es voll gesehen, genau wie Clive und sein Bruder, aber das Schlimmste war, dass keiner was gesagt hat. Allein bei dem Gedanken würde ich am liebsten im Erdboden versinken.

Freddy und Sophie, meine Nichte und mein Neffe, machen alles so viel besser. Ich weiß, genau genommen sind sie noch nicht meine, aber sie nennen mich Tante Sam. Wenn ich hier bin, verbringen wir so viel Zeit wie möglich miteinander. Wir sind schon eine Familie. Ist es nicht ein Wunder, dass man irgendwo anders auftauchen kann und rund um einen herum entsteht ein ganz neues Leben?

Hoffentlich hast du dich von Weihnachten erholt.

Sam

28. Dezember
7:18 Uhr

Bei der fliegenden Karotte musste ich so lachen! Und als es mir ein paar Stunden später wieder eingefallen ist, habe ich noch mal laut gelacht. Und keiner hat was gesagt? Es wäre besser gewesen, wenn jemand was Lustiges von sich gegeben hätte! Viel wichtiger: Hast du die Karotte aufgehoben oder einfach da liegenlassen?

Schwiegereltern und Finanzen sind die häufigsten Streitthemen bei Paaren, heißt es ja. Ich führe gerade eine Schlacht an beiden Fronten. Manchmal machen Beziehungen so richtig Spaß, oder?

xx E

PS: Ich bezweifle, dass deine dreizehnjährige Schwester eine bessere Künstlerin ist als du. Du bist zu bescheiden!

Die Karotte habe ich auf jeden Fall liegenlassen. Vermutlich ist sie immer noch da, auf dem Läufer neben der Vitrine, ein Denkmal meiner Ungeschicklichkeit.

Kommt gut rüber ins neue Jahr! Clive und ich werden heute Abend bei unserem Lieblingsinder essen und dann treffen wir ein paar seiner Freunde im Club. (Er sagt immer, sie wären auch meine Freunde und könnten es kaum erwarten, mich wiederzusehen. Ist ja nett gemeint, stimmt aber sicher nicht.) Heute haben wir die Stadt besichtigt, das war richtig toll. Ich liebe London. Wusste gar nicht, wie sehr ich es vermisst habe.

Hallihallo!

Frohes neues Jahr! Ich zähle die Tage, bis du wieder hier bist. Gil führt sich momentan auf wie ein kleiner Irrer. Sam, er kann jetzt krabbeln! Und stöbert überall rum. In den letzten drei Tagen habe ich schon zweimal den Giftnotruf konsultiert (erst hat er Wundschutzcreme gegessen, dann Seramis von der Pflanze im Wohnzimmer). Bald erkennen die mich schon an der Stimme.

Heute habe ich ihn mitgenommen ins Museum. Die haben diese wunderbaren Bilder, Madonna mit Kind, und da dachte ich mir, das wäre doch eine großartige Vorlage für das Bild, das ich bei dir in Auftrag geben wollte. Gil ist das Kind. Und vielleicht, wenn du das nicht zu seltsam findest, DU als Madonna? Du hast genau die richtigen Kurven, die mir leider fehlen. Bei dem Bild für deine Mutter hast du ja ein Foto als Vorlage genommen, da habe ich mir gedacht, ich könnte ein paar Aufnahmen von dir machen, wie du Gil in der klassischen Pose hältst. Und was, wenn die Madonna am Ende eine Mischung aus dir und mir wäre? Das erscheint mir passend, denn in seinem ersten Lebensjahr haben wir uns beide um Gil gekümmert. Andrew findet das alles völlig schräg, aber du bist Künstlerin, ich glaube, du verstehst das. Gib Bescheid, was du davon hältst.

xx E

5. Januar
14:19 Uhr

Die Idee finde ich spitze! Das machen wir! Ich habe aufregende Neuigkeiten. Gestern war ich bei Waterstones und habe dort dein erstes Buch entdeckt – die britische Ausgabe! Natürlich musste ich es kaufen. Und hab dem Typen an der Kasse erzählt, dass ich dich kenne. Ha! Ich habe die ersten hundert Seiten gelesen und kann es gar nicht mehr weglegen. Du bist so talentiert. Wenn ich mir jetzt vorstelle, dass du dein neuestes Meisterwerk schreibst, während ich deinem entzückenden Baby bei dir zu Hause zum zigsten Mal *Where's Spot?* vorlese, bin ich ganz stolz.

Ich werde weiterlesen, bis Clive von der Arbeit heimkommt. Bin gerade von meinem Nachmittagsschläfchen aufgewacht. Während des Semesters mache ich immer ein Nachmittagsschläfchen, meist kurz vor dem Abendessen. Das ist super. Und jetzt weiß ich es erst richtig zu schätzen, denn bald, wenn ich arbeite, wird das nicht mehr gehen, dann habe ich Verantwortung wie alle anderen Erwachsenen. Ich muss meine Freiheit noch auskosten, bevor sie vorbei ist.

O ja, das Gefühl kenne ich. Als ich mit Gil schwanger war, bin ich regelmäßig zu einem Arzt in der Nähe vom Central Park gegangen. Nach jedem Termin habe ich noch einen Spaziergang gemacht, mich auf eine Bank am See gesetzt und es genossen, dass niemand auf der Welt wusste, wo ich war und was ich gerade tat. Ich wusste, ein paar Monate später wäre das alles vorbei, danach würde ich nicht mehr so einfach abtauchen können.

Danke für die lieben Worte, aber Sam, das ist ein Befehl: Kaufe nie wieder eines meiner Bücher. Ich habe Belege und gebe dir gerne eines. Und sei nicht stolz auf mich. Das Meisterwerk, das ich, wie du sagst, gerade schreibe, ist meist eine leere Seite. Ich warte noch immer darauf, dass mein Hirn wieder anspringt. Vielleicht passiert es auch gar nicht mehr?

xx E

Hi, Elisabeth!
Hoffentlich störe ich dich nicht, aber ich sitze hier und heule, bin als Einzige in dieser Wohnung noch wach, und du bist vermutlich die beste Ratgeberin in dieser Sache. Von meinen Freundinnen hat keine genug Lebenserfahrung, um das alles zu verstehen. Die ganze Nacht habe ich kein Auge zugetan. Heute beim Abendessen hat Clive mich gefragt, ob ich mir schon mal Gedanken machen möchte, in welchem Stadtteil wir nächsten Herbst wohnen wollen. Da habe ich mich auf einmal

total verkrampft und hatte gleich danach ein schlechtes Gewissen. Irgendwie spüre ich gerade den Druck von allen Seiten, obwohl es doch genau das ist, was ich will. Und kurz danach kam eine Mail vom College, ich stehe auf der Liste für Phi Beta Kappa, aber ich muss noch einen Kurs in Latein oder Altgriechisch absolvieren, damit ich angenommen werde. Und ich dachte, ich hätte schon alle Anforderungen erfüllt. Also fühlte ich mich gestresst, denn so ein Kurs bedeutet, dass ich jeden Tag teilnehmen muss. Und das heißt, dass ich und Clive uns nächstes Semester auf keinen Fall für ein verlängertes Wochenende treffen können. (Keine Sorge, der Kurs hat keine Auswirkungen auf meine Arbeit für dich, er findet frühmorgens statt.) Am Ende haben Clive und ich uns darüber gestritten. Er meinte, ich sei so überehrgeizig, das wäre so amerikanisch und irgendwie albern, auf so was Wert zu legen. Eine Streberin hat er mich genannt. Und er hat wahrscheinlich recht. Ich habe keine Ahnung, warum mir das so wichtig ist.

Woher hast du gewusst, dass Andrew der Richtige ist? Dass du bereit warst, alles andere aufzugeben und dich nur der Beziehung widmen wolltest? Wenn dir diese Fragen zu persönlich sind oder du keine Zeit hast, musst du nicht antworten. Aber über einen Rat würde ich mich freuen.

Sam

PS: Gib Gil einen Kuss von mir. Ich kann nicht fassen, dass er schon krabbelt!

Liebe Sam,

gut, dass ich Schlafstörungen habe, so kann ich dir sofort antworten. Ich habe mir so viele Nächte mit denselben Fragen um die Ohren geschlagen. Wie gern würde ich dich jetzt umarmen. Ich glaube, wir sind beide Menschen, die gern alles richtig machen wollen. Aber bei Herzensangelegenheiten ist nicht immer klar, was das ist. Woher ich wusste, dass A der Richtige ist? Ich bin gar nicht sicher, ob man das so sagen kann, aber irgendwann hatte ich den Punkt erreicht, an dem ich den Sprung wagen wollte. So viel hängt vom richtigen Zeitpunkt ab, was schrecklich pragmatisch klingt, aber wohl zutrifft. Es muss der richtige Mann sein UND der richtige Zeitpunkt. Kannst du was damit anfangen? Ich weiß, dass es wehtut, aber du hast noch dein ganzes Leben vor dir. Ich bin hier, wenn du reden willst – jederzeit!

xx E

PS: PBK ist eine große Sache! Ich bin stolz auf dich. Bleib dran, du schaffst das!

Liebe Elisabeth,

entschuldige bitte, dass ich mich erst jetzt melde. Wir hatten kein Internet, daher musste ich warten, bis ich mich in die Bibliothek schleichen konnte. Die Lage hat sich etwas entspannt. Clive und ich haben ein ernsthaftes Gespräch geführt. Er versteht mich total. Ich bin bereit, den Sprung zu wagen, wie du es genannt hast. Wahrscheinlich kann man sich nie hundert Prozent sicher sein. Ich habe Clive versprochen, nach London zu ziehen, sobald ich meinen Abschluss habe. Über die Einzelheiten können wir dann noch reden. Wir waren heute in einem Laden namens Kitschen Sink und haben uns Geschirrtücher für unsere zukünftige Wohnung ausgesucht. (Ich freue mich über Geschirrtücher! Wie schräg ist das bitte?)

Ich habe meinem Tutor gesagt, dass ich keinen zusätzlichen Sprachkurs absolvieren werde. So wichtig ist mir Phi Beta Kappa auch wieder nicht. Es wäre sowieso nicht sicher, ob sie mich nehmen, selbst wenn ich den Kurs mache. Jetzt, wo alles klar ist, bin ich richtig erleichtert.

Bitte grüß Andrew, George und vor allem Gil von mir! Ich vermisse ihn! Hoffentlich erkennt er mich noch, wenn ich wiederkomme. Kann es kaum erwarten, euch alle wiederzusehen.

Alles Liebe

Sam

14

Sam

Wenn man auf dem Campus ein Paket bekam, erfuhr man das durch einen grünen Abholschein im Briefkasten. Um es ausgehändigt zu bekommen, musste man am Schalter im Campus-Postamt anstehen und dort den Schein vorzeigen. Wider besseres Wissen erwartete Sam beim Anblick des grünen Zettels im Briefkasten jedes Mal etwas Unglaubliches, Lebensveränderndes. Vor Clive hatte sie sich Blumen ihres Ex-Freunds vorgestellt, mit einer Karte, auf der er sie anflehte, ihn zurückzunehmen. Jetzt malte sie sich aus, dass Clive sie mit einem ausgefallenen, für ihn eigentlich viel zu teuren Geschenk überraschte – ein Designerkleid vielleicht, oder ein Erste-Klasse-Ticket für einen Flug nach Marokko, noch am selben Nachmittag.

Jedes Mal öffnete sie die Pakete schon im Vorraum des Postamts, hielt es nie lang genug aus, bis sie allein in ihrem Zimmer war. Und immer war dann doch etwas eher Ernüchterndes darin, eine Jumbo-Packung Hustensaft zum Beispiel, die ihre Oma im 2-für-1-Angebot bei Walgreens gekauft hatte – eine für Sam, eine für ihren Bruder.

Am Valentinstag ermahnte Sam sich, noch ehe sie die Augen aufschlug, besser nichts zu erwarten. Clive kam schon nächsten Mittwoch, in vier Tagen. Da wäre es natürlich Quatsch, ihr jetzt noch was zu schicken. Sowieso hielt er den Valentinstag für einen Fake-Feiertag, erfunden von Floristen und Grußkartenherstellern.

Jede Woche schrieb er ihr zwei, drei Liebesbriefe. Da sie sich ihren Alltag per Telefon und Skype erzählten, enthielten die vor allem Bekundungen seiner Sehnsucht, garniert mit detail-

331

lierten Beschreibungen davon, was er mit ihr anstellen würde, wenn er bei ihr wäre. Wenn Sam diese Stellen las, bekam sie immer ganz weiche Knie, malte sich jedoch auch unwillkürlich aus, wie sie plötzlich ums Leben kam und ihre trauernde Mutter diese Briefe fand und vor Schreck gleich auch tot umfiel.

Sam bewahrte die Briefe gebündelt in ihrer Nachttischschublade auf. Die blauen Luftpostmarken in der Ecke gaben ihr immer einen kleinen Kick.

Heute würde jedoch kein Brief kommen, nicht von Clive. In Sachen Valentinstag war er stur. Auf keinen Fall wollte er bei etwas mitmachen, das sich zwar als Romantik ausgab, in Wahrheit aber blanker Zynismus war.

Nein, dachte Sam, heute würde ein ganz normaler Samstag werden. Am Vormittag ging sie ins Kunstinstitut, um zu arbeiten. Mittags gab es in der Mensa blassrosa Herz-Cookies und eine große Schale Bonbonherzchen mit Liebesgrüßen. Als Sam wieder auf ihr Zimmer ging, fand sie – dank Isabella – drei davon auf ihrem Kopfkissen:

OH BABY
HOT STUFF
CRAZY 4 U

Am Nachmittag prokrastinierte sie vor dem Fernseher.

Den Gang zum Briefkasten schob sie auf bis fünf, dann hielt sie die Neugier nicht mehr aus.

Falls Clive doch etwas geschickt hatte, wollte sie das nicht verpassen, später unerwähnt lassen und ihn dadurch womöglich verletzen.

Beim Anblick des grünen Zettels durchlief sie ein so freudiger Schauer, als hätte sie das goldene Ticket in einer Tafel Wonka-Schokolade gefunden. Die Schlange vor dem Schalter war doppelt so lang wie sonst. Vor Sams Augen zeigten all die anderen ihre Abholscheine vor und zogen mit roten Rosen oder großen Päckchen wieder ab.

Es lag eine Stimmung in der Luft wie früher in der Schule, wenn ein Feiertag wie dieser anstand. All die unausgesprochenen Erwartungen, die sich aneinander rieben und eine ganz eigene Spannung erzeugten. Und das, obwohl der Campus sich heute in zwei Gruppen teilte: eine kleine, die Dates in der Stadt hatte, und die viel größere, die sich daheim den *Vagina-Monologen* widmen würde. Sam hatte zugesagt, auf Gil aufzupassen.

Um sich die Wartezeit zu vertreiben, las sie die Anzeigen am Schwarzen Brett. Ein neuer Club namens »Stricken für soziale Gerechtigkeit« traf sich jeden Dienstag im Reynolds House; auf dem Vorplatz würde am Donnerstag eine Mahnwache gegen sexuelle Gewalt abgehalten werden. Auf Karteikarten suchten Leute nach Mitfahrgelegenheiten nach New York City, Philadelphia oder zum Flughafen. Sam war froh, dass George angeboten hatte, Clive am Mittwoch mit ihr abzuholen.

Eine Anzeige stach besonders hervor. Auf neonorangem Papier prangte der Titel WACHT AUF. Mit einem kurzen Blick bedeutete Sam der Frau hinter ihr in der Schlange, dass sie gleich wiederkäme, dann trat sie näher, um den Text zu lesen. Es war ein offener Brief an die Studierenden, unterzeichnet von fünfundsiebzig Dozenten und Dozentinnen aus verschiedenen Departments, die mit Streik drohten, falls ihre Arbeitsbedingungen nicht verbessert würden.

Zusatzleistungen und mehr als den Mindestlohn bekamen offenbar nur Leute mit unbefristeten Stellen. Sam dachte an ihre Lehrkräfte. Sie hatte keine Ahnung, wer von denen eine unbefristete Stelle hatte, abgesehen von ein paar alten Säcken, die deshalb längst nur noch Dienst nach Vorschrift machten.

Sofort dachte sie an den Hohlen Baum. Mit dem Handy machte sie ein Foto von dem Brief, um ihn bei nächster Gelegenheit George zu zeigen.

Elisabeth und Andrew fanden zwar, George würde furchtbar übertreiben, aber Sam war seiner Meinung: Man brauchte nur die Augen aufzumachen, dann fand man überall Beispiele. Und wie George sagte: Die Leute werden erst besser behandelt, wenn sie es einfordern.

Genau das hatte Sam darauf gebracht, selbst einen Aufruf zu verfassen.

Am letzten Tag des Semesters, kurz vor ihrer Abreise nach Hause, war sie in die Mensa gekommen, als Gaby sich gerade bei Maria ausweinte. Gaby wischte sich schnell die Tränen ab, als sie Sam sah, doch als die fragte, was los war, erzählte sie, ihre Cousine, die bisher immer auf Josie aufgepasst hatte, hätte jetzt selbst einen Job gefunden und könnte das in Zukunft nicht mehr tun.

»Ganztagsbetreuung ist viel zu teuer«, sagte Gaby. »Wenn ich die bezahlen muss, kann ich nie bei meiner Mutter ausziehen.«

»Was ist denn mit der College-Kita?«, fragte Sam. »Meine Freundin Rosa arbeitet da. Soll echt gut sein.«

Maria und Gaby sahen sie mit derselben Miene an.

»Was?«, fragte Sam.

»Die ist nur für Dozenten, nicht für uns«, erklärte Maria.

»Seid ihr da sicher?«, hakte Sam nach.

»Na ja, offiziell ist sie für alle. Aber sie ist sauteuer«, ergänzte Gaby.

»Ich dachte, wenn man hier arbeitet, ist sie kostenlos«, sagte Sam.

Sie musste an eine Englisch-Dozentin denken, die im Kurs mal erzählt hatte, sie habe die Stelle auch deshalb angenommen, weil das College so familienfreundlich sei.

»Ähm, nein«, sagte Gaby. »Nur für Vollzeitprofs.«

»Moment, sie ist nur für die kostenlos, die sowieso am meisten verdienen?«, fragte Sam.

»Jepp. Außerdem macht sie erst um acht auf, Kinder früher

abgeben ist nicht. Aber alle Reinigungs- und Mensakräfte müssen schon um halb sieben antreten. Fällt dir da was auf? Zufall ist das nicht.«

»Vielleicht könnte ich morgens aushelfen«, erbot sich Sam, so sehr es ihr auch vor dem frühen Aufstehen graute. »Ich könnte Josie übernehmen, wenn du ankommst, und sie dann später zur Kita bringen.«

»Schon gut«, winkte Maria ab. »Uns fällt schon was ein.«

Je länger Sam über die Sache nachdachte, desto wütender wurde sie. Immer wieder schoss ihr das Bild der sonst so toughen Gaby vor Augen, die in Tränen aufgelöst vor Maria stand. Irgendetwas musste sie doch tun können.

Auf der Busfahrt in die Weihnachtsfeiertage kam ihr die Idee. Sie durchsuchte ihre Tasche nach einem Notizbuch, konnte aber keines finden. Das einzige greifbare Papier war *Angel*, der Roman, den Clive ihr geschenkt hatte und den sie nun schon wochenlang ungelesen mit sich herumtrug. Innen auf dem Umschlag verfasste sie das Konzept für einen Brief an Präsidentin Washington. Den wollte sie später an die Campus-Zeitung schicken, damit er darin abgedruckt würde.

Als ihr Dad und ihre Schwester Caitlin sie an der South Station in Empfang nahmen, hatte sie sich das schon wieder ausgeredet. Aber eine Woche später ging ihr Gaby immer noch nicht aus dem Kopf. Per Mail erzählte sie George, was vorgefallen war und dass sie etwas tun wollte, einen Leserbrief schreiben vielleicht. Georges Antwort kam prompt. Er schlug vor, bis zum neuen Semester zu warten und dann möglichst viele Unterzeichnerinnen für den Brief zu suchen.

Auf dem Flug nach London wollte Sam eigentlich *Angel* lesen, blieb dann aber an ihrem Brief hängen. Gar nicht mal so schlecht, fand sie. Sie änderte hier und da etwas, strich zu persönliche Passagen über Gaby, machte die Sätze kürzer und knackiger.

Als sie Clive das Ergebnis vorlas und wissen wollte, ob es zu hart klang, sagte er: »Nicht hart genug, finde ich. Runter mit den Samthandschuhen! Die soll ruhig wissen, dass du's ernst meinst.«

Einmal, während Clive Touristen durch den Tower führte, schrieb sie Gaby: *Hast du was für Josie gefunden?*

Argh, ja, antwortete Gaby, *schweineteuer.*

Sam schnappte sich ihren Laptop und rief die Rede von Präsidentin Washington auf, wegen der sie sich damals am College beworben hatte. Als ihr Gesicht aufpoppte, war das, als sähe Sam eine Freundin oder liebe, kluge Tante vor sich.

Würden Frauen die Welt beherrschen, hätten sie keine Angst, den Mächtigen die Wahrheit zu sagen, sagte sie. *Würden Frauen die Welt beherrschen, würden sie ihre Macht nicht zu privatem Vorteil nutzen, sondern um den Schwachen eine Stimme zu geben.*

Am Ende des Clips war Sam nicht bloß überzeugt, dass sie den Brief schreiben sollte, sondern auch, dass Präsidentin Washington nichts anderes von ihr erwarten würde. Georges Idee mit den Unterschriften leuchtete ihr zwar ein, aber dafür blieb keine Zeit. Außerdem kannte George ihre Kommilitoninnen nicht – jede würde irgendwas beitragen, ändern, verbessern wollen. Mit simplem Unterschreiben wäre es da sicher nicht getan.

Die nächsten zwei Tage bastelte Sam an dem Brief herum, blieb dafür auf bis drei Uhr morgens. Schließlich stand absolut alles drin: Wie Barney Reardon die Gehälter beschnitten und die Krankenversicherung praktisch nutzlos gemacht hatte. Wie die Mensakräfte das College am Laufen hielten und trotzdem wie Dreck behandelt wurden. Alles über diese Frauen, die ständig Überstunden machten, um ihre Familien zu ernähren, und den Müll der Studentinnen verkaufen mussten, um die Stromrechnung zu bezahlen. Über die unfassbare Ungerechtigkeit, mit »Familienfreundlichkeit« zu prahlen, dann aber eine Zwei-Klassen-Gesellschaft in der Kita einzuführen.

Als er endlich fertig war, schickte Sam den Brief sofort ab, bevor sie doch noch der Mut verließ. Ihren Namen setzte sie nicht darunter, richtete sogar extra einen falschen Mail-Account ein. Am nächsten Morgen schrieb eine Redakteurin, der *Collegian* wolle den Brief im Februar bringen, wenn alle wieder auf dem Campus wären.

Inzwischen sah Sam täglich nach. Der Monat war halb vorüber und noch war der Brief nicht erschienen. Immer wenn sie ihre Freundinnen in der Küche sah, wurde sie so aufgeregt, als ob sie eine Überraschungsparty für sie plante. Sie malte sich aus, wie all die Studentinnen für sie demonstrierten, Verbesserungen forderten.

Sam nahm wieder ihren Platz in der Schlange ein und bekam das Päckchen ausgehändigt.

Es war von ihrem Vater.

War ja klar. Seit sie denken konnte, hatte er ihr jedes Jahr eine Valentinskarte mit einer Disney-Prinzessin geschickt. Das tat er heute noch, wenn auch ironisch. Wie immer war die Karte quietschrosa. Auf der Vorderseite Belle, in einem gelben Ballkleid, ein Buch in der Hand, darunter die Worte: *Tochter – eines Tages wirst du alles sein, was du dir wünschst!*

Außerdem enthielt das Päckchen eine große rote Herzschachtel Pralinen und ein halb verwelktes Blümchen.

Sam tippte eine Nachricht an Isabella: *Nicht mal eine Karte von Clive* ☹

Statt auf »Senden« zu drücken, löschte sie sie jedoch gleich wieder.

Sie machte ein Foto von der Karte und schickte es an die Chatgruppe mit ihren Geschwistern. Es gab auch eine für die ganze Familie, aber diese hier war extra dafür da, sich über ihre Eltern lustig zu machen oder hinter ihrem Rücken über sie zu sprechen.

Kurz darauf kam eine Antwort von ihrem Bruder Brendan. Nicht an die Gruppe, sondern nur an sie.

Mom meint, Dad hatte seit August keine Aufträge. Sie dreht langsam durch, macht Extraschichten, schuftet rund um die Uhr. Mache mir Sorgen.

Wie es bei ihrem Vater lief, war nie vorhersehbar. Mal hatte er gute und mal schlechte Jahre. Und die schlechten erwischten ihn jedes Mal aufs Neue kalt.

Caitlin war zu jung für so was, sicher. Wieso Brendan aber nicht auch an Molly geschrieben, sondern sich nur an sie gewandt hatte, war Sam nicht ganz klar. Vermutlich, weil sie die Älteste war.

Mist, schrieb sie zurück.

Wir müssen was tun, schrieb er.

Was?

Vielleicht sollten wir beide ein bisschen Geld zur Seite legen, falls die Lage nicht bald besser wird.

Was Sam in diesem Moment dachte, hätte sie nie ausgesprochen. Sie kam sich dabei mies und egoistisch vor. Aber: Warum sollte dieser Mist an ihnen hängenbleiben? All ihre Freundinnen bekamen Geld von ihren Eltern nur so nachgeworfen. Auf die Idee, die Rollen tauschen und *ihnen* helfen zu müssen, wären die niemals gekommen. Warum war das Geld in ihrer Familie immer irgendwie zu knapp?

Dann aber dachte sie an ihren Vater, der sogar in dieser schweren Lage an sie gedacht und ihr seine übliche Valentinskarte geschickt hatte, als wäre alles in bester Ordnung. Nie würde er sie mit seinen Problemen belasten – oder auch nur einen Cent von seinen Kindern annehmen.

Sie hoffte, dass Brendan überreagierte.

Okay, schrieb sie zurück. *Ich versuch's. Sag Bescheid, wenn du was Neues hörst.*

Dann schrieb sie ihrem Vater. *Hab dich lieb, Daddy. Danke für die Karte und die Pralinen. Schönen Valentinstag! Du fehlst mir.*

Sie steckte das Handy weg.

In vierzig Minuten wurde sie bei Elisabeth erwartet. Und in der Zwischenzeit? Im Wohnheim würde sie sich bloß verquatschen und nichts Produktives hinbekommen. Also ging sie in die Bibliothek.

Kaum trat sie durch die schwere Tür, sah sie Julian das Weichtier, mit dem sie vor zwei Jahren diese halbgare Affäre gehabt hatte. Wahrscheinlich dachte er gar nicht mehr an sie. An die Ausleihtheke gelehnt, unterhielt er sich mit irgendeiner Studentin.

Trotzdem schlüpfte Sam hastig ins Treppenhaus, bevor er sie bemerken konnte.

An der Wand hing ein Plakat für eine Jobmesse: NOCH DREI MONATE BIS ZUM ABSCHLUSS! UND DANACH???

Das war ihr natürlich nicht neu, traf sie aber trotzdem unerwartet. Nur noch drei Monate College.

Nur wenige ihrer Freundinnen hatten vor den Winterferien schon Jobs für nächstes Jahr in Aussicht gehabt. Isabella hatte letzten Sommer ein Praktikum bei J. P. Morgan gemacht, und die hatten ihr ab Herbst eine Stelle angeboten. Die meisten hatten aber keine Ahnung, was sie nach dem College machen würden.

Zu Hause, an den Feiertagen, hatten alle Sam danach gefragt. Kaum noch auszuhalten war das gewesen. Wie wenn man ein Kind Anfang Oktober fragt, als was es sich an Halloween verkleiden wird, und kurz darauf schon wissen will, was es sich zu Weihnachten wünscht.

Seit ein paar Wochen wimmelte es auf dem Campus nur so vor Recruitern. Lexi hatte zwei Angebote von Verlagen, eins im Marketing, eins im Lektorat; Shannon hatte eine Stelle bei einem Start-up in San Francisco angenommen. Ein paar andere hatten Zusagen für Master-Studiengänge erhalten. Auf einmal stand Sam offenbar als Einzige ohne Plan da.

Sie hatte an einem Lebenslauf-Workshop beim Karriereservice des Colleges teilgenommen und erwartet, dass die Frau dort beeindruckt sagen würde: *Ich weiß genau die richtige Stelle für Sie!*

Doch das einzige Feedback war, dass sie eine unauffälligere Schriftart verwenden und ihren Punktedurchschnitt weglassen sollte.

»Aber außer meinem Durchschnitt habe ich doch gar nichts vorzuweisen«, erwiderte Sam.

»Den Durchschnitt anzugeben, gilt als unprofessionell«, kam die Antwort wie vom Tonband, so als hätte diese Frau das schon tausendmal gesagt – was sie vermutlich auch hatte.

Sam fragte sich, weshalb man sie so gedrängt hatte, Wert auf eine Zahl zu legen, für die sich offenbar niemand interessierte.

»Bei der heutigen Konkurrenz am Arbeitsmarkt«, fuhr die Frau fort, »darf man sich keine Fehler erlauben.«

In diesem Augenblick stürzte Sam sich ganz tief in den Traum, Clive zu heiraten, aufs Land zu ziehen und mit überhaupt niemandem konkurrieren zu müssen. Sie sah die Frau an und genoss den Gedanken, dass sie eine Alternative hatte, von der diese eingebildete Trulla nicht mal etwas ahnte.

Jetzt, die herzförmige Pralinenschachtel unterm Arm, stieg Sam die Treppe hinab ins Untergeschoss der Bibliothek. Kein Mensch da, wie üblich. Sie setzte sich in eine Arbeitskabine in der Ecke und holte Charlotte Brontës *Villette* aus ihrem Rucksack.

Die Pralinen lagen vor ihr auf dem Tisch. Sam versuchte, sie zu ignorieren, knipste die Lampe an und schlug das Buch auf. Doch sie blieb nicht lange standhaft. Noch ehe sie das erste Wort las, nahm sie den Deckel von der Schachtel. Darunter lag eine Beschreibung der verschiedenen Sorten.

Eine Praline würde sie sich sofort gönnen, eine nach dem Essen. Den Rest würde sie ihren Freundinnen anbieten.

Sam fing mit der besten an: ein mit Ganache gefülltes Rechteck, zartschmelzend und weich. Zwei weitere davon waren noch drin. Die aß sie auf, bevor sie sich denen mit Karamell zuwandte, auf denen sie lange herumkaute. Als nächstes knabberte sie die drei knusprigen Scheibchen in knittrigem Wachspapier. Dann die mit Kokosnuss, die sie nur mittelgut fand.

Als nur noch Pralinen übrig waren, die sie nicht mochte – zwei in der Mitte schleimig-rosane mit Schokolade und eine in Folie gewickelte mit Kirsche –, lehnte Sam sich zurück und holte Luft. Die drei ließ sie besser übrig. Dann hätte sie zumindest nicht die ganze Schachtel aufgefuttert.

Andererseits: Vielleicht verputzte sie besser das ganze Herz auf einmal und war morgen nicht erneut in Versuchung.

Also aß sie auch die letzten drei, ließ nur ein Stück von der schleimig-rosanen als Anstandsrest übrig. Auf dem Weg nach draußen warf sie die Schachtel in den Müll.

Sofort packte sie die Reue. Wenn ihr Vater ihr früher so eine Schachtel geschenkt hatte, hatte sie die immer behandelt wie ein Heiligtum. In einer Reihe hatte sie sie in ihrem Zimmer aufgestellt, ganz oben im Bücherregal.

Sie sah sie beinah vor sich – rot und pink, umhüllt von Folie oder Samt, außer einer, ihrer liebsten, die in einen weichen Stoff mit Gänseblümchenmuster verpackt war. Fast kamen ihr die Tränen. Nur zu gern wäre sie wieder dieses Kind gewesen. Ein Kind, dem sämtliche Entscheidungen abgenommen wurden und das umgeben war von Liebe, bedingungslos geborgen.

Elisabeth trug ein smaragdgrünes Wickelkleid und hohe schwarze Stiefel. Ihr Haar, das sie sonst immer zurückband, fiel ihr frisch geföhnt in sanften Wellen über die Schultern.

»Gut siehst du aus«, sagte Sam.

Sie standen in der Diele. Elisabeth machte gerade einen Goldohrring in Form eines Knotens zu, den Sam zu spießig für sie fand. Normalerweise trug sie baumelndes, antikes Silber.

Elisabeth reagierte mit gespielter Verlegenheit.

»Ich weiß nicht mal, wieso wir überhaupt ausgehen«, sagte sie. »Menü bei Kerzenschein … Valentinstag ist ja doch nur Geldmacherei.«

»Das sagt Clive auch immer.«

Elisabeth machte große Augen. »Oh! Was hat er dir denn geschenkt?«

Doch da kam Andrew in weißem Hemd und frisch gebügelter dunkelblauer Hose die Treppe herunter und ersparte Sam die Antwort.

»Der Kleine schläft schon selig. Wir haben Pizza für dich bestellt«, sagte er. »Steht auf der Theke, bedien dich.«

Sam war schlecht von all der Schokolade. Würde Pizza eher helfen oder alles nur noch schlimmer machen?

Als die beiden fort waren, fiel ihr Blick auf eine blaue Geschenkbox auf dem Tischchen im Flur. Darin lag eine zweite, samtbezogene Schachtel. Sam nahm sie heraus und klappte sie auf. Leer.

Die Goldohrringe. Andrew musste sie ihr heute geschenkt haben.

Unter der Schachtel lag eine Karte. Sam zog sie aus dem Umschlag. Sie war auf altmodisch gemacht, wie aus viktorianischen Zeiten: Amor, der einen roten Herzpfeil verschießt, und darüber die Worte *Ich liebe dich* auf einem weißen Banner.

Hineingeschrieben hatte Andrew nur: *Küsse, A.*

Schon seit sie aus den Winterferien zurück war, hatte Sam das Gefühl gehabt, dass mit Andrew etwas nicht stimmte. An den letzten beiden Sonntagen war sie zum Essen bei den beiden gewesen. Beide Male hatte er kaum ein Wort mit Elisabeth gewechselt. Sam gegenüber war er freundlich wie immer, aber seine Frau schien er am Tisch nicht einmal wahrzunehmen. Wenn sie etwas sagte oder sein Essen lobte, sah er nicht mal auf.

Heute schien jedoch alles ganz normal zu sein zwischen den beiden. Wenigstens kam Sam das so vor.

Sam ging in die Küche und legte zwei Stück Pizza auf einen Teller. Schnell aß sie beide auf, im Stehen vor dem Fenster zum Garten, obwohl es viel zu dunkel war, um dort etwas zu sehen.

Um sieben rief Clive an.

»Ich geh jetzt ins Bett«, sagte er. »Hab schon das Meiste gepackt. Ich kann's nicht erwarten, dich zu sehen.«

»Ich auch nicht«, antwortete Sam.

Zuletzt hatte sie ihn in den Winterferien in London gesehen. Alles in allem schöne Tage, abgesehen davon, dass er sie ständig zu Entscheidungen gedrängt hatte, zu denen sie sich nicht bereit fühlte. Am Ende hatte sie deshalb ein schlechtes Gewissen gehabt. Sie wollte bei ihm sein, nur das zählte.

Jetzt aber machte Sam sich Sorgen wegen des Wochenendes in New York City, auf das sie sich anfangs noch gefreut hatte.

Immer wenn Sam ein Problem ansprach, wollte Elisabeth es sofort lösen. Als sie bei einem Gespräch über Clives Besuch nebenbei erwähnt hatte, dass sie gern mal mit ihm irgendwo hinfahren würde, statt immer nur auf dem Campus rumzusitzen, hatte Elisabeth gesagt: »An dem Wochenende wollen wir nach New York. Kommt doch mit, wir haben genug Platz im Auto!«

Sie schlug vor, am Samstagmorgen zu fahren. Im Austausch für die Mitfahrgelegenheit sollten Sam und Clive am ersten Abend auf Gil aufpassen, dann würden alle bis zur Rückfahrt am Montagabend machen, was sie wollten. Clive war einverstanden, und Sam hatte die Idee spitze gefunden – zumindest vor zwei Wochen.

Jetzt aber machte der Gedanke an die lange Fahrt sie nervös. Worüber sollten sie sich unterhalten? Was würden Andrew und Elisabeth von Clive halten?

Während der Ferien hatten Elisabeth und sie ständig gemailt, über Dinge, die sie von Angesicht zu Angesicht nie ausgesprochen hätten. Das hatte sie einander zwar näher gebracht, aber wenn Sam jetzt daran dachte, was sie manchmal über Clive gesagt hatte, versetzte ihr das einen Stich.

Immer wieder dachte sie an dieses eine Wochenende letzten Sommer, als sie ein paar Tage in Liverpool verbracht hatten, im Haus von Clives Freunden, die im Urlaub in Amsterdam gewesen waren. Hand in Hand waren sie durch den Sefton Park spaziert, wo Clive zufolge im Frühling so viele Narzissen blühten, dass man das Gras darunter nicht mehr sah. Sie aßen Meatpies und besuchten das Beatles-Museum, wo Sam eine Postkarte für ihren Vater kaufte. Sie taten, als ob das Haus ihnen gehörte, lümmelten in Unterwäsche auf dem Sofa, kochten in der schicken Küche aus Marmor und Stahl. Gern wäre sie jetzt zu dieser Zeit, diesem Gefühl zurückgekehrt.

Sam räumte die Spülmaschine aus und ging nach oben. Sie schaute nach Gil, obwohl sie auf dem Bildschirm des Babyfons gesehen hatte, dass er schlief. Sie räumte das Fernsehzimmer auf, stapelte Zeitschriften, faltete die weiche Wolldecke zusammen, die zerknüllt auf dem Sitzkissen gelegen hatte.

Während der dritten Folge *The Office* schickte Isabella ihr ein Foto von einem gewaltigen Bizeps mit einem tätowierten I in Schönschrift.

V-Tag mit dem Stripper-Hiwi!, schrieb sie.

Was ist das?, antwortete Sam.

Er hat sich meine Initiale stechen lassen!

Warum??

Weil wegen verliebt vielleicht?? Weil wegen Tequila und Sonderangebot im Tattoo-Studio??

Von allen nutzlosen Schnäppchen war ein Tattoo im Sonderangebot doch sicher das allerdümmste.

Sam fragte sich, ob Isabella den Stripper-Hiwi später mit ins Wohnheim bringen würde. Die beiden kannten sich seit drei Monaten, hatten einander aber nur dieses eine Mal getroffen, als er mit seinen bescheuerten Freunden da gewesen war. Ein paarmal die Woche tauschten sie versaute Textnachrichten aus. Der Valentinstag war eine seltsame Wahl für ein erstes Date, aber seltsam war die ganze Sache sowieso.

Etwas später fand Sam Isabellas Bizeps-Foto auf Instagram. Alle wollten wissen, wessen Arm das war. Isabella genoss das Rampenlicht bestimmt in vollen Zügen.

Andrew und Elisabeth kehrten erst nach zehn zurück. Elisabeth wirkte beschwipst, kicherte ununterbrochen und sprach schneller als gewöhnlich. Zum Abschied nahm sie Sam in den Arm.

Auf halbem Weg zurück ins Wohnheim stieß Sam auf der Suche nach dem Schlüssel in ihrer Handtasche auf einen Streifen Anti-Baby-Pillen, wobei ihr einfiel, dass sie die heutige Dosis nach dem Essen vergessen hatte.

Sofort drückte sie die Pille aus der Packung, doch das blöde Ding flutschte ihr durch die Finger auf den Gehsteig. Sam ging auf die Knie und tastete. Es war stockfinster. Die drei nächstgelegenen Laternen waren seit Wochen kaputt.

Sam zog ihre Handschuhe aus, schaltete die Handytaschenlampe ein und hielt sie zitternd über den Asphalt. Keine Spur von der Pille. In Gedanken sprach sie zwei Ave-Maria und strich durch den Streifen vertrocknetes Gras zwischen Gehsteig und Straße. Der Boden war hart gefroren.

Endlich fand sie etwas Kleines, Festes. Beim Versuch, die Pille zu erwischen, schob sie sie so ungeschickt durch den Dreck, dass sie ganz verschmiert war. Sie stellte sich vor, was das Ding alles berührt haben könnte – vielleicht hatte gerade erst ein Hund da hingepinkelt.

Trotzdem schluckte Sam sie runter, und ihr fiel ein Stein vom Herzen.

Als sie Ende August aus England zurückgekommen war, hatten ihre Eltern eine große Willkommensparty für sie gegeben. Am Morgen davor war Sam aufgewacht und hatte ihr Bett vollgekotzt. Für eine Absage war es zu spät. Ihre Mutter stellte sie in ihrem Zimmer unter Quarantäne und bat die Gäste in den Garten. Abwechselnd versorgte sie die Leute mit Essen und Getränken und sah nach Sam.

Irgendwann rief sie dann bei der Ärztin an.

»Dr. Bloom ist dran«, sagte sie zu Sam. »Sie fragt, ob du was Komisches gegessen hast.«

»Nicht dass ich wüsste.«

»Sie sagt nein«, gab ihre Mutter an Dr. Bloom weiter. »Moment, ich frage. Irgendwas anderes? Ein neues Medikament oder so? Nein, oder?«

»Seit einem Monat nehme ich die Pille«, sagte Sam.

Sie hatte nicht erwartet, dass ihre Mutter das schockieren würde, doch ihre Miene bewies das Gegenteil. Sie ging aus dem Zimmer, schlug die Tür hinter sich zu und kam erst wieder, als der letzte Gast gegangen war.

Die folgenden Tage bei ihren Eltern waren anstrengend. Ständig traten sie einander auf die Füße, als hätten sie ihr Beisammensein komplett verlernt. Und Clive fehlte ihr. Eben hatte sie noch mit ihm zusammengewohnt und übers Heiraten gesprochen, jetzt schlief sie zwischen Puppen und Schneekugeln in ihrem alten Kinderzimmer. Ob ihre Mutter heute wohl bereute, dass sie Sam zu ihrer ersten Londonreise – auf der sie Clive begegnet war – auch noch ermutigt hatte?

Um sie aufzuheitern, klebte Sams Vater all die Bilder, die sie aus London geschickt hatte, in ein Album.

»Deine Erinnerungen«, sagte er.

Beim Durchblättern kamen Sam die Tränen. Die Bilder ihres vergangenen Lebens pappten auf den Seiten wie tote Schmetterlinge mit festgepinnten Flügeln.

Am Dienstagabend stellte Sam den Wecker, um am nächsten Tag früh aufzustehen, eine Stunde vor dem großen Ansturm auf das Badezimmer. Sie duschte ausgiebig, rasierte auch Achseln und Beine, was sie sich sonst meistens sparte. Dann benutzte sie eine sogenannte »Zehn-Minuten-Haarmaske« – laut Isabella das Beste, was für Geld zu haben war – und rieb sich von Kopf bis Fuß mit einem Kakaobutter-Peeling ein, das sie vor einer Woche schon in jemand anderes Duschablage entdeckt und für Clives Ankunft vorgemerkt hatte.

Danach schminkte Sam sich zum ersten Mal seit ihrer Rückkehr aus London vor einem Monat. Sie föhnte sich das Haar auf und schlüpfte in ein Kleid, das sie gern trug, schwarz, mit Blüten in Lila und Orange. Es machte eine schlanke Taille und reichte ihr bis kurz über die Knie.

Fertig. Sie ging nach unten. Die Mensa war fast leer. In einer halben Stunde würde sie rappelvoll sein, erfüllt von Stimmen bis unter die hohe Decke. Jetzt aber war es still. Wer so früh da war, aß meistens allein, versunken in dicke Reader oder das Smartphone.

Sam ging am Büfett vorbei. Das Rührei war noch unberührt, der Turm aus glänzend grünen Äpfeln intakt.

Durch die Schwingtür trat sie in die Küche, wo Maria, Delmi und Gaby arbeiteten.

Maria machte große Augen.

»Guten Morgen, Miss Hollywood!«, sagte sie und wirbelte Sam einmal herum.

Die anderen machten anerkennende Geräusche.

»Netter Fummel«, stellte Gaby fest.

»Danke«, sagte Sam.

Sie ging zur Kaffeemaschine im Vorratsraum und schenkte sich eine Tasse ein.

Maria folgte ihr. Sie leckte sich über die Handfläche und drückte sie Sam aufs Haar.

»So«, sagte sie. »Da stand noch eine Strähne ab. Du, es werden

Leute für so ein großes Ehemaligen-Dinner gesucht, am Donnerstag vor dem Abschluss. Fünfzig Prozent extra. Gaby macht mit, soll ich dich auch eintragen?«

»Gern«, sagte Sam, »danke.«

In den Sommerferien nach ihrem zweiten Jahr war Sam noch ein paar Tage auf dem Campus geblieben, um ein bisschen was extra zu verdienen. Jeden Abend hatte sie bei Jahrgangstreffen gekellnert und tagsüber Sandwiches und Zimtplätzchen für das Absolventinnen-Picknick auf dem Fußballplatz vorbereitet. Die frisch geräumten Wohnheime waren von alten Ladys in Flanellnachthemden bevölkert gewesen, die sich mit Sam unterhalten wollten, während sie vor dem Badezimmerspiegel Augencreme auftrugen. Ein besonderer Spaß bei diesen Jahrgangstreffen sollte sein, dass man in seinem alten Wohnheim übernachten durfte. Sam hatte mitangesehen, wie zwei gestandene Frauen sich um ein Einzelzimmer im dritten Stock zofften, in dem sie beide mal gewohnt hatten.

All diese Frauen in den Räumen zu sehen, in denen sie sonst nur ihre Wohnheimsgenossinnen erlebte, war irgendwie gruselig. Als wären ihre Freundinnen plötzlich fünfzig Jahre gealtert, und nur sie wäre jung geblieben.

»Sam!«, riss Maria sie aus ihren Gedanken. »Das Dinner ist im Haus von Präsidentin Washington.«

Sam blieb die Spucke weg. »Die find ich super!«

»Ich weiß. Darum hab ich ja an dich gedacht.«

»Ich wollte schon immer mal ihr Haus von innen sehen.«

Bis dahin sollte die Campus-Zeitung auch ihren Brief abgedruckt haben. Vielleicht würde Präsidentin Washington sie sogar mit Namen kennen.

Sam und Maria gingen zurück zu den anderen.

»Wann kommt er denn an?«, fragte Gaby.

»Um neun.«

»Und wo wohnt die Prinzessin, solange er da ist? Im Ritz?«

»Sie schläft bei Freundinnen im Zimmer gegenüber«, sagte Sam. »Ist echt nett von ihr.«

Wenn Gaby und Isabella einander doch nur leiden könnten. Vielleicht müssten sie sich nur mal richtig kennenlernen. Wenn Clive wieder weg war, könnte sie ja mal was mit den beiden unternehmen.

»Hast du etwa immer noch deinen unsichtbaren Freund?«, fragte Delmi.

Das war der Running Gag, seit sie Clive bei seinem ersten Besuch niemandem vorgestellt hatte. Seit seiner Abreise zogen die Frauen sie auf: *Gibt's diesen Clive überhaupt? Hast du dir den nicht bloß ausgedacht?*

Sam trank Kaffee, und Gaby zeigte ihr auf dem Handy ein Video von Josie, die zu Taylor Swift tanzte.

»Wir sollten sie bald mal Gil vorstellen«, sagte Sam. »Ich glaub, die würden sich verstehen. Vielleicht heiraten sie sogar, wer weiß?«

»Ja, vielleicht«, sagte Gaby.

»Dann soll Gil sich mal besser in Acht nehmen«, sagte Maria. »Josie hat Feuer unterm Hintern. So launisch wie die Mama.«

»Stimmt«, sagte Gaby stolz.

Nur einmal hatte sie Sam gegenüber Josies Vater erwähnt. Sie kannte ihn von einem Restaurantjob, war ein paar Monate unverbindlich mit ihm ausgegangen und dann schwanger geworden.

»Ich hab's ihm gar nicht erzählt«, sagte sie. »Er war kurz davor, nach Michigan zu ziehen. Und er wäre ein beschissener Vater geworden. Zum Feiern super, aber ein Kind mit ihm großziehen? Nein danke.«

Sam dachte darüber manchmal nach. Würde Josie wohl irgendwann nach ihm fragen? Und was würde Gaby ihr dann sagen? Hatte Gaby je an eine Abtreibung gedacht? Sie das zu fragen, stand Sam nicht zu, wie sie fand. Genau wie Maria trug

Gaby ein kleines goldenes Kreuz um den Hals. Auch das sprach Sam nie an.

Um fünf vor acht schwenkte sie ihre Tasse aus und stellte sie in die Spülmaschine, die erste von hunderten, die heute gespült werden würden.

»Wenn ihr vom Flughafen zurück seid, kommst du gefälligst hier mit ihm vorbei«, sagte Delmi. »Sonst muss ich beim Abendessen leider allen die traurige Geschichte von deinem unsichtbaren Freund erzählen.«

Sam grinste.

»Okay«, sagte sie. »Wird gemacht.«

Auf der Theke kühlten Muffins in ihren Formen aus. Mit den Fingerspitzen zog Sam zwei davon an den Papierhüllen heraus.

»Bis später«, sagte sie.

Dann wartete sie am Haupteingang auf George, der sie zum Flughafen bringen sollte. Fünf Minuten vor der vereinbarten Zeit fuhr er vor.

»Du hast dich aber hübsch gemacht«, sagte er, als sie in den Wagen stieg.

»Danke.«

Im Autoradio lief »Ol' '55«, ein Lieblingssong ihres Vaters.

Sam reichte George einen Muffin.

»Frisch aus dem Ofen«, sagte sie.

»Ich wusste gar nicht, dass ihr Backöfen in euren Zimmern habt«, stutzte George.

»Haha. Kleine Aufmerksamkeit von meinen Freundinnen in der Mensa.«

George nahm einen Bissen.

»Lecker«, sagte er. »Wie geht's deinen Freundinnen eigentlich? Ich muss oft an sie denken. Willst du immer noch was für sie tun?«

»Ja«, antwortete sie, führte das aber nicht weiter aus. Wenn die Zeitung ihren Brief brachte, wollte sie George damit überraschen. Sie würde eine Nachricht beilegen, um ihm zu sagen, wie sehr er sie inspiriert hatte.

»Beim Diskussionskreis will ich nächstes Mal was ansprechen«, sagte George. »Erinner mich dran, bitte. Am Sonntag hab ich in der Kirche mit jemandem geredet, der grade seinen Job verloren hat, und seine Versicherung gleich mit. Dann wurde bei seiner Frau Parkinson diagnostiziert. Jetzt stehen sie kurz vor dem Ruin.«

»Furchtbar«, sagte Sam.

»Insgesamt halte ich es ja für besser, wenn wir beim großen Ganzen bleiben, statt uns um Einzelschicksale zu kümmern«, erklärte George. »Aber in diesem Fall können wir vielleicht was tun.«

»Du denkst an Crowdfunding, oder?«, fragte Sam.

»Ja«, sagte George. »Crowdfunding. Genau.«

Er sah sie an und nickte.

Sie nickte ebenfalls.

»Okay. Was ist Crowdfunding noch mal?«

Sam lächelte. »Es gibt Websites, auf denen kann man Fotos und die entsprechende Geschichte veröffentlichen. Irgendeine Notlage zum Beispiel. Und dann spenden die Leute.«

»Ach ja? Was denn für Leute?«

»Alle möglichen. Ich war mit einer auf der Grundschule, die hat der Gouverneur von Massachusetts in einer Rede gelobt, weil sie so viel Spendengelder gesammelt hat. Sie hatte Krebs und hat erst das Geld für ihre eigenen Arztrechnungen gesammelt und dann dasselbe für zwei oder drei andere Patienten getan, die sie aus dem Krankenhaus kannte.«

George schlug aufs Lenkrad. »Genau das meine ich mit dem Hohlen Baum! Politiker, die sich mit den Erfolgen der Opfer ihrer eigenen Politik brüsten. Das arme Mädchen hätte gar nicht erst in diese Notlage kommen dürfen!«

So hatte Sam das noch nie gesehen. Vermutlich hatte George recht.

»Entschuldige die heftige Reaktion«, sagte er kurz darauf.

»Kein Problem.«

»Aber die Idee gefällt mir. Crowdfunding. Noch nie gehört. Danke, dass du mich auf dem Laufenden hältst.«

»Danke, dass du nie fragst, was ich nach dem College vorhabe«, antwortete sie.

George wurde rot. Offenbar glaubte er, sie meine das sarkastisch.

»Nein, ehrlich«, fügte Sam hinzu.

»Machst du dir Sorgen?«, fragte George.

»Ich hab das Gefühl, alle anderen sind so viel weiter.«

»Andrew hat das auch immer geglaubt und ist trotzdem auf die Füße gefallen. Rede doch mal mit ihm.«

»Ehrlich? Er hatte auch Angst?«

»Klar. Ihr zwei habt viel gemeinsam.«

»Was denn?«

»Ehrgeizige Mittelschichtler in einem Meer von reichen Gören.«

Er sagte das, als wäre es so offensichtlich wie zwei mal zwei macht vier.

»Weißt du, wohin ihn Elisabeth zu ihrem dritten Date ausgeführt hat? Zur Pulitzer-Verleihung! Ihr Patenonkel hatte den damals gewonnen, für eine Reportage in der *New York Times*. Andrew schwört noch heute Stein und Bein, der Kerl hätte nicht das Geringste damit zu tun gehabt, dass Elisabeth die Stelle da bekam. Wer's glaubt.«

»Elisabeth ist wirklich gut«, wandte Sam ein.

»Sicher«, sagte George. »Aber das Wettrennen um den Erfolg ist trotzdem leichter zu gewinnen, wenn man schon kurz vor der Ziellinie auf die Welt kommt.«

»Ist ihr Patenonkel denn verwandt mit ihr?«, fragte Sam.

»Nein. Ein ehemaliger Mitbewohner ihres Vaters an der Prep-School. Oder in Harvard. Du weißt ja sicher, dass Elisabeths Vater ein hohes Tier in der Finanzwelt ist. Hat seine Millionen auf die altmodische Art gescheffelt: erst erben, dann den kleinen Mann aufs Kreuz legen.«

Seine Millionen.

Sam dachte an Elisabeths Erzählungen aus ihrer Jugend, völlig pleite in New York. Vier Leute in einer Zweizimmerwohnung, kellnern, um die Miete zu bezahlen. Nie hatte sie durchblicken lassen, dass sie aus einer reichen Familie kam.

Als Sam von ihrem Kredit erzählt hatte, hatte Elisabeth gesagt: »Mach dir keine Sorgen, Studienschulden hat jeder. Und irgendwie kommen wir alle zurecht.«

Wir. Sie hatte sich auch selbst gemeint.

»Moment«, sagte Sam, bevor sie sich eines Besseren hätte besinnen können. »Ich dachte, Elisabeth hat nach dem College gekellnert?«

George zuckte die Achseln. »Ach ja? Vermutlich um ihren Eltern eins auszuwischen. Oder sie *dachte*, sie müsste. Elisabeth ist stolz darauf, kein Geld von ihrem Vater anzunehmen, aber das ist nicht dasselbe, wie einen Vater zu haben, der keins hat. Sie hat ein Sicherheitsnetz wie kaum jemand anderes. Ich mag sie sehr, aber das ist ihr blinder Fleck. War schon immer so.«

Sam war baff. Das bisher unbekannte Puzzlestück ließ Elisabeth in einem ganz anderen Licht erscheinen. Sie war ganz anders aufgestellt, als sie vorgab. Und Sam hatte ihre Lügen die ganze Zeit als Beweise dafür aufgefasst, dass jeder es schaffen konnte, seinen künstlerischen Ambitionen nachzugehen und trotzdem irgendwann ein schönes Haus und ein perfektes Kind zu haben.

George räusperte sich. »Ich finde Lizzy spitze, das weißt du ja. Als Schwiegertochter ist sie der Jackpot. Vielleicht bin ich nur angesäuert. Ihre Eltern haben mir an Weihnachten ein bisschen ans Bein gepinkelt. Ignorante Snobs, alle beide.«

»Ich hab von dem Streit gehört«, sagte Sam.

Er stutzte. »Ach ja? Na dann. Jedenfalls, irgendwo tief drin weiß Lizzy eben, dass sie immer weich fallen wird. Sonst hätte sie sich wohl auch nie auf den Schlamassel mit ihrer Schwester eingelassen.«

»Was denn für ein Schlamassel?«, fragte Sam.

»Oh.« George wurde verlegen, unruhig, hatte offenbar zu viel gesagt. »Ich meine ja nur, so funktionieren diese Leute eben. Vitamin B ist nun mal alles. Wer das nicht hat, braucht eben manchmal etwas länger.«

Sam dachte darüber nach. George hatte recht.

Isabella hatte ihr Praktikum dank eines Freundes ihres Vaters bekommen. Als Lexi von ihren Angeboten erzählt hatte und alle sie beglückwünschten, hatte sie gesagt: »Meine Tante ist eine wichtige Literaturagentin. Die hat das für mich eingefädelt.« Während Sam die Sommerferien durchgearbeitet hatte, um die Studiengebühren zu bezahlen, hatten viele ihrer Kommilitoninnen unbezahlte Praktika gemacht.

Dennoch hatte Sam bisher nie begriffen, dass Reichtum nicht bloß Geld bedeutete, sondern obendrein auch Möglichkeiten. Sie hatte ihre Freundinnen immer für bescheiden gehalten. Im Gegensatz zu ihnen konnte sie aber niemanden anrufen, damit er ihr eine Stelle verschaffte, außer sie wollte Krankenschwester, Polizistin oder Lehrerin werden. Höchstens Elisabeth vielleicht. Die hatte ihre Hilfe angeboten, aber Sam hatte das nicht ernst genommen. Das Angebot erschien ihr wie ein zu großer Gefallen. Aber vielleicht lief das eben so, und Sam war die Einzige, die es nicht wusste.

»Neulich«, fuhr George fort, »haben Faye und ich im Radio gehört, dass die Kinder der Baby-Boomer mehr Wohlstand erben werden als irgendeine andere Generation bisher. Faye meinte: ›Prima, dann sitzen die also nur rum und warten drauf, dass ihre Eltern sterben.‹ Und ich hab gesagt: ›Zum Glück ist bei uns nichts zu holen – Andrew braucht sich nicht auf unseren Tod zu freuen.‹«

Er grinste, doch es war wenig überzeugend.

»Als er in die Stadt gezogen ist und einen tollen, wichtigen Job ergattert hat, wusste ich nicht recht, was ich davon halten sollte. Stolz war ich schon. Aber er war eine Weile richtig schlecht auf uns zu sprechen. Auf einmal trieb er sich ständig mit reichen Schnöseln rum, lernte Elisabeth kennen und nahm uns offenbar übel, dass wir nicht reich waren. Als hätten wir uns das so ausgesucht. Mehr als ein Kind konnten wir nicht bekommen, das war schwer genug für Faye. Wir haben alles für ihn getan, und dann sah er plötzlich auf uns herab. Früher war er Andy gewesen, jetzt auf einmal Andrew. Faye meinte, wir müssen ihm Zeit geben. Sie hatte recht. Jetzt ist er wieder da. Weg von dieser Stadt, von diesem Job, und langsam erkenne ich den alten Andy wieder. An Kleinigkeiten. Wie er mir geholfen hat, die Fensterläden auszuwechseln, zum Beispiel. Bei der Arbeit haben wir gelacht und ein paar Bier getrunken. Dabei war ich sicher, er würde darauf bestehen, dass ich jemanden kommen lasse. Bei gutem Wetter gehen wir manchmal angeln. Wenn ich richtig Glück habe, kann ich ihn sogar zum Bowling überreden.«

»Ich glaube, ich kann mir vorstellen, wie es Andrew damals ging«, sagte Sam. »In der Highschool waren alle noch genau wie ich … Normal eben. Aber hier … In einem meiner Kunstkurse sitzt eine saudische Prinzessin. Im ersten Jahr hat eine aus meinem Wohnheim ein paar von uns an ihrem Geburtstag zu sich nach Hause eingeladen, nach Boston. Ich bin nur knapp zehn Minuten entfernt aufgewachsen, aber eben in der Vorstadt. Ihre Familie wohnt in einem Penthouse im Zentrum, mit Blick auf den Charles River. Die haben einen Privatfahrstuhl, direkt ins Wohnzimmer. Und Isabellas Eltern haben drei Häuser! Ich musste lernen, unter Reichen zu leben. Das Wichtigste ist, dass man so tut, als wären die nicht anders als man selbst. Obwohl sie sich nicht so verhalten. Immer wollen sie einen durch ihre Häuser führen, als wären die Museen.«

George lachte.

»Solange man im selben Wohnheim wohnt, dasselbe Essen kriegt und dieselben Seminare besucht, kann man leicht tun, als wär man gleich«, fuhr sie fort. »Aber dann sieht man, wie die in Wahrheit leben, und –«

»Diego hat im Diskussionskreis mal einen sehr aufschlussreichen Vortrag über erste Jobs nach dem College gehalten«, sagte George. »Sein Ältester hat 1990 seinen Abschluss gemacht. Auf dem Arbeitsmarkt war Flaute. Genau wie sechs Jahre später, als die Wirtschaft abgesoffen ist. Das Wirtschaftsklima beim Abschluss ist ein zentraler Erfolgsfaktor, aber wenn man zufällig zum falschen Zeitpunkt fertig wird, fühlt man sich als Versager. Man hat alles richtig gemacht, war auf einer Eliteuni und kriegt trotzdem keinen Job. Wir sind eben nicht die Herren unseres Schicksals, auch wenn wir uns dafür halten.«

Sam nickte.

Viele Leute, die sie von Highschool und College kannte, wollten nächstes Jahr zum Friedenskorps gehen oder ein freiwilliges soziales Jahr machen. Jetzt fragte sie sich, wie viele das wirklich aus Überzeugung taten und wie viele schlichtweg keinen besseren Plan hatten.

Schweigend lauschten sie Tom Pettys »Refugee« und »Gimme Shelter« von den Stones.

Als Nächstes kam ein Song, den Sam besonders gern hatte.

»Wer ist das noch mal?«, fragte sie.

»Chuck Berry.«

»Ich glaube, Andrew hat den aufgelegt, als ich neulich bei den beiden zum Essen war.«

»Gut möglich. Als er zum College ging, hat er die Hälfte meiner CDs abgestaubt. Das hier ist ein Mix mit meinen Lieblingssongs. Ich dachte mir irgendwann, das Leben ist zu kurz für Musik, die einen bloß nicht nervt.«

»Klingt vernünftig«, sagte sie.

Auf einem Schild stand FLUGHAFEN, George setzte den Blinker.

Plötzlich fiel Sam wieder ein, wo sie hinfuhren, und sie war peinlich berührt.

»Haben Andrew und Elisabeth eigentlich erzählt, dass Clive … sehr alt ist?«, fragte sie.

Manchmal fand sie hilfreich, eine Sache schlimmer darzustellen, als sie war, damit die Wahrheit am Ende eher erleichternd wurde. So wie in der Highschool, als sie ihren Eltern so tränenreich verkündet hatte, sie hätte schlechte Neuigkeiten und würde sich furchtbar schämen, dass die eher mit Drogen oder einer ungewollten Schwangerschaft gerechnet hatten als mit einer Zwei in Chemie.

»Mir erzählt doch niemand was«, antwortete George. »Wie alt ist denn sehr alt? So wie ich?«

»O Gott, nein!«, rief sie aus.

»Na, herzlichen Dank auch.«

Sam grinste. »So war's nicht gemeint.«

Geschickt steuerte George den Wagen durch das Labyrinth der Flughafenstraßen. Auch ohne die Schilder wusste er, welche Airline an welchem Terminal ankam. Die kreuz und quer fahrenden Autos kamen Sam vor wie in einem Videospiel, doch George war völlig unbeeindruckt.

Als die anderen Autos vor ihnen zum Stehen kamen, wechselte George auf die rechte Spur und zog an allen vorbei zum Ankunftsterminal.

»Wow, nicht schlecht«, sagte Sam.

»Hab das eben schon tausend Mal gemacht.«

Sam sah Clive, bevor er sie entdeckte.

Mit seinem Koffer stand er am Straßenrand. Er war der Größte weit und breit, und sein Haar war hochfrisiert wie sonst nur, wenn er abends ausging. Er trug Jeans, Ledersneaker und eine rote Sweatjacke, auf deren Ärmel das Logo von Nottingham Forest prangte, wie Sam wusste.

»Da«, sagte sie und zeigte auf ihn. »Das ist Clive.«

George hielt direkt vor ihm an.

Als Sam ausstieg, machte sich ein Lächeln auf Clives Gesicht breit.

»Babe!«, sagte er. »O Mann, ich freu mich, dich zu sehen!«

Er hob Sam kurz in die Luft, dann stellte er sie wieder ab und küsste sie.

»Komm«, sagte sie. »Ich stell dir George vor.«

Sam ging einmal um das Auto herum und stieg dann hinten ein, damit Clive vorn sitzen konnte.

Noch ehe sie etwas hätte sagen können, öffnete er die andere Hintertür und rutschte neben sie auf die Rückbank.

»Oh«, machte sie.

»Hallo George«, sagte Clive und streckte seine Hand nach vorn. »Schön, Sie kennenzulernen.«

»Ganz meinerseits«, sagte George.

Er fuhr an.

Sam wünschte, sie könnte sich irgendwie bei George entschuldigen, ohne Clive bloßzustellen. Oder Clive erklären, dass George kein Uber-Fahrer war, sondern ein Freund. Eigentlich hatte sie gedacht, das wäre klar.

Sie versuchte, ihren Ärger runterzuschlucken.

»Wirklich nett, dass du uns fährst, George«, sagte sie. »Dass du dir extra die Zeit nimmst.«

»Gern geschehen«, sagte er.

Noch bevor sie aus dem Straßengewirr am Flughafen heraus und zurück auf dem Highway waren, strich Clive ihr über den

Schenkel. Sam schob seine Hand weg und nickte Richtung George.

Clive wirkte brüskiert.

Als kleines Zugeständnis nahm sie seine Hand und drückte sie.

Bei ihren bisherigen Wiedersehen waren sie immer sofort über einander hergefallen. Als sie im Sommer in London angekommen war, hatte er sie im Taxi geleckt, woran sie inzwischen mit einer Mischung aus Erregung und Scham zurückdachte. Und beim letzten Mal hatten sie so dreist in der U-Bahn von Heathrow in die Stadt rumgemacht, dass eine alte Frau sie mit Wasser bespritzt hatte, damit sie aufhörten. Ohne dieses Element des Verbotenen wusste Sam nicht recht, was tun.

»Wie war der Flug?«, fragte sie.

»Grauenhaft. Ein kleines Kind hat die ganze Zeit an meine Rückenlehne getreten.«

»Ach du Schande«, sagte George.

»Ich hab furchtbare Kopfschmerzen. Hat zufällig jemand Ibuprofen dabei?«

Irgendwie störte Sam sich daran, wie er das Wort aussprach. *I-buup-rofen.*

»Nein, tut mir leid«, sagte sie.

»Ich auch nicht«, sagte George.

Sie schwiegen einen Moment. Im Hintergrund lief »Pretty Woman«. Wäre Clive nicht da gewesen, hätte Sam George erzählt, wie gern sie diesen Song als Kind gehabt hatte, wie sie ihn jeden Sommer beim Straßenfest in ihrem Viertel auf voller Lautstärke gehört hatten, wie all die Väter dazu wie verrückt getanzt und ihre Frauen aufgefordert hatten, die mitten auf der Straße an Picknicktischen saßen und taten, als ob sie sie nicht sähen.

Clive beugte sich nach vorn. »George, mein Lieber«, sagte er. »Könnten wir vielleicht was anderes hören? Von dem Schmalz kriegt man ja Karies.«

Sam erstarrte. Natürlich konnte Clive nicht wissen, dass George die Musik selbst ausgesucht hatte, aber es war ihr trotzdem furchtbar peinlich.

»Mir gefällt's«, sagte sie.

George schaltete eine Talksendung ein. Es ging um eine Razzia der Einwanderungsbehörde in Texas, um die Abschiebung von etwa hundert Leuten, darunter einige Kinder, die allein zu Hause darauf gewartet hatten, dass ihre Eltern von der Arbeit kamen.

»Obama biegt das sicher wieder hin«, sagte Sam.

»Dein Obama hat mehr Leute abgeschoben als jeder andere Präsident vor ihm«, erwiderte Clive.

»Wo hast du das denn her?«

»Gelesen, in einem Geheimdokument namens Zeitung.«

Sie konnte nicht leiden, wenn er so besserwisserisch wurde. Vielleicht war er nur unsicher und musste das kompensieren. Wenn Clive in dieser Stimmung war, vermied Sam jeden Widerspruch, weil sie nicht hören wollte, dass ihr Argument entweder zu offensichtlich, zu simpel oder einfach komplett falsch gedacht war.

»Mögen Sie Fußball, Clive?«, fragte George. »Verfolgen Sie die Premier League in England?«

Die beiden unterhielten sich über Newcastle United, Sam sah aus dem Fenster.

Sie war so gut wie sicher, dass George sich nicht für Fußball interessierte. Vermutlich hatte er im Internet recherchiert, um ein gemeinsames Thema mit Clive zu haben. So war George eben.

Am Wohnheim angekommen, führte Sam Clive direkt auf ihr Zimmer.

Sie brauchte die verlässliche Verbindung, den Hautkontakt,

um sich daran zu erinnern, was Clive ihr bedeutete, um wieder Normalität herzustellen.

Er küsste sie auf dem Treppenabsatz und stellte seinen Koffer gleich hinter der Tür ab. Dann machte er sie hinter ihnen zu.

15
Elisabeth

Der Wochenendtrip in die Stadt war Andrews Idee.

Elisabeth hielt das Ganze für seinen Versuch, die schlechte Stimmung zu verbessern, die seit Weihnachten ihre Ehe beherrschte. Unter normalen Umständen hätte das, was sie Andrew angetan hatte, ihrer Beziehung den Garaus gemacht, doch weil sie ein Kind miteinander hatten, fühlten sie sich verpflichtet, es weiterhin miteinander auszuhalten. Die entsetzliche Spannung zwischen ihnen mochte gut und gerne Wochen, Monate oder sogar Jahre andauern, doch sie mussten sich trotzdem darüber verständigen, was es zum Abendessen gab oder ob sie neues Küchenpapier brauchten. Das erkannten sie beide ohne Diskussion.

Elisabeth fand das irgendwie tröstlich. In ihrer Ehe kriselte es zwar, aber sie gaben sie nicht auf. Zumindest jetzt noch nicht. Aber Andrews Nähe fehlte ihr sehr. Er war zwar anwesend, aber nicht bei ihr.

Seit Gils Geburt und ihrem Umzug aufs Land hatten sie sich über Finanzen gestritten, über ihre Eltern, über die Kinderfrage und darüber, wer im Haushalt mehr tat. Angeblich waren das ja klassische Konfliktthemen, aber trotzdem erstaunte es Elisabeth, dass sie in dieser Beziehung offenbar wie alle anderen waren. Allerdings hatten sie hatten sich immer schnell wieder vertragen.

Diesmal war es anders.

In den Momenten, in denen Elisabeth die Erkenntnis zuließ, dass sie für ihre undankbare Schwester ihre Ehe riskiert hatte, hätte sie am liebsten geschrien, geheult oder Andrew angefleht, ihr zu verzeihen. Doch selbst wenn er sie fragte, warum sie so gehandelt hatte, konnte sie nicht zugeben, dass es aus reiner Selbstsucht geschehen war, weil sie nicht wollte, dass ihr Vater Charlottes Leben finanzierte. Wenn sie jetzt darüber nachdachte, erkannte Elisabeth genau, wie irrational das alles war. Am liebsten hätte sie alles auf die Hormonschwankungen während der Schwangerschaft oder auf eine postnatale Psychose geschoben, aber das ging leider nicht, denn sie hatte ihrer Schwester das Geld schon lange vorher ausgehändigt. Also musste sie sich wohl oder übel eingestehen, dass nicht nur ihre Motive, sondern auch ihre Aktion dumm gewesen war.

Seit Weihnachten hatte sie kein Wort mit ihrer Familie gewechselt, was an sich nichts Besonderes, aber nach dem Ausgang ihres letzten Treffens durchaus bemerkenswert war.

Mitte Januar schickte Charlotte ihr eine Nachricht: *An Neujahr mache ich ein spirituelles Reinigungsritual. In diesem Zusammenhang möchte ich mich für unser Missverständnis entschuldigen. Ich hoffe, du weißt, dass ich meine Schulden eines Tages zurückzahlen werde.*

Elisabeth las es sich zigmal durch. Sie schickte Nomi einen Screenshot. Sie fanden beide, dass ihre Schwester einen Lektor brauchte. Besser, Charlotte hätte sich einfach entschuldigt, ihr mieses Verhalten nicht als Missverständnis abgetan, das spirituelle Reinigungsritual nicht erwähnt und sich das vage »eines Tages« gespart.

Elisabeth antwortete nicht darauf. Ihr war mittlerweile sonnenklar, was sie schon lange geahnt, aber stets verdrängt hatte: Das Geld war futsch.

In der Woche nach Charlottes Nachricht kam ein Brief von der Buchhalterin ihres Vaters. Er enthielt einen Scheck über dreihunderttausend Dollar, ausgestellt auf Gil. Im Brief stand, das Geld sei für seine Bildung und seinen Lebensunterhalt.

Elisabeth war sofort auf hundertachtzig. Besonders, weil ihr Vater Gil in die Sache hineingezogen hatte.

»Ganz zufällig handelt es sich exakt um die Summe, die Charlotte mir schuldet«, sagte Elisabeth.

»Er bemüht sich, einen Mittelweg zu finden«, sagte Andrew, »damit du dich in deinen Wünschen respektiert fühlst, zumindest zum Teil.«

Jetzt lag der Scheck auf ihrer Frisierkommode, und über ihm schwebte ein großes Fragezeichen. Andrew meinte, sie solle ihn einlösen. Elisabeth konnte es nicht fassen, dass er sie darum bat, versicherte ihm aber, dass sie darüber nachdenken wolle, wenn das zur Versöhnung beitragen würde.

Als wäre die Situation zu Hause nicht schon schlimm genug, kam in der ersten Januarwoche auch noch eine E-Mail, in der Andrew mitgeteilt wurde, dass er nicht zu den Auserwählten für die Teilnahme an der Konferenz in Denver gehören werde, eine Veranstaltung, auf die er sich schon seit Monaten vorbereitet hatte. Ein, zwei Tage stand er völlig neben sich, doch dann legte er sich so richtig ins Zeug, als könnte er durch reine Willenskraft beweisen, dass diese Entscheidung falsch gewesen war. Er arbeitete härter als je zuvor und kam immer später nach Hause. Manchmal fragte sich Elisabeth, ob er ihr einfach aus dem Weg ging.

Dementsprechend erfreut war sie, dass er sich am Montag freigenommen hatte, damit sie einen Tag länger in der Stadt bleiben konnten.

»Ich habe für Montagmorgen einen Termin für eine Paarmassage vereinbart«, sagte sie, als sie am Samstag mit dem Packen fertig waren.

Gil saß am Boden und zog jedes Teil wieder aus dem Koffer, kaum dass Elisabeth es hineingelegt hatte.

Andrew verzog das Gesicht.

»Eine Paarmassage? Meinst du das ernst?«

»Nicht für mich und dich, für mich und Nomi.«

»Um wie viel Uhr? An dem Tag habe ich mittags einen Termin für uns gemacht.«

»Mit wem?«

»Dr. Chen?« Er klang etwas unsicher.

»Du machst Witze.«

In all den Monaten, die sie versucht hatten, ein Kind zu bekommen, hatte Andrew kein einziges Mal in der Klinik angerufen. Deswegen wollte er also in die Stadt, dachte Elisabeth jetzt. Nicht, um die Wogen zu glätten, sondern um die Kinderfrage voranzutreiben. Vielleicht aber auch beides.

In einem der vielen Streitgespräche, die sie seit Weihnachten geführt hatten, wies Andrew sie darauf hin, dass er mit dem IVF-Prozess nur einverstanden gewesen war, weil sie ihm zugesichert hatte, keine Embryos ungenutzt zu lassen.

»Wir haben zwei«, sagte sie, als er das Thema mal wieder aufs Tapet brachte. »Wenn es mit dem ersten funktioniert, was dann? Bist du bereit, den zweiten ungenutzt zu lassen? Drei Kinder? Das schaffe ich nicht.«

»Ich weiß es nicht«, sagte Andrew. »Vielleicht sollten wir uns darüber Gedanken machen, wenn es so weit ist. So viel Glück müssen wir erstmal haben.«

Jetzt sagte sie: »Du hast einen Termin vereinbart, ohne mich zu fragen?«

»Wir waren uns einig, dass wir bei unserem nächsten Aufenthalt in der Stadt Dr. Chen konsultieren würden. Ich dachte, ich erspare dir den Anruf.«

Elisabeth überlegte noch, wie wütend sie sein sollte, als es an der Tür klingelte.

Auf dem Weg kam ihr der Gedanke, dass sie Andrew wegen seiner eigenmächtigen Entscheidung unter normalen Umständen die Leviten gelesen hätte, doch nach dem, was sie getan hatte, lag alle Macht bei ihm. Sie musste den Mund halten.

Sie öffnete die Tür. Sam stand auf dem Absatz, neben ihr ein Typ, den Elisabeth sofort als Briten identifiziert hätte, selbst wenn er kein Wort gesagt hätte.

Er war so groß. Lang. Ein Spargeltarzan.

»Du musst Clive sein«, sagte sie.

»Es ist mir ein Vergnügen, Sie kennenzulernen, gnädige Frau«, sagte er.

Er streckte ihr die Hand entgegen und lächelte schief. Verschlagen.

Elisabeth stellten sich die Nackenhaare auf. Sie fand ihn instinktiv abstoßend. Seine alberne Aufmachung. Die Art, wie er sie ansprach. Als wäre Elisabeth eine alte Frau und er so jung wie Sam. Er war eine solche Fehlbesetzung neben der süßen Sam, die sich zum ersten Mal, seit Elisabeth sie kannte, das kindliche Gesicht geschminkt hatte.

Trotzdem sagte sie: »Kommt doch rein! Ich freue mich so, dass wir das zusammen machen.«

Andrew kam mit Gil nach unten und begrüßte die Gäste.

Vergessen war der Streit von gerade eben, bis auf Weiteres zumindest. Elisabeth war froh, dass sie sich auf ihren Ehemann konzentrieren konnte und auf ihre Abreise. Clive mochte sie gar nicht ansehen.

»Checkliste für Gil«, sagte sie zu Andrew. »Jacke? Buggy? Windeln? Feuchttücher? Creme? Laufgitter? Spielzeug? Reispuffer?«

»Ja, ja, ja, ja, ja, ja, ja und ja«, erwiderte Andrew.

Gil quengelte.

»Er ist müde«, sagte Elisabeth.

Sie nahm ihn Andrew ab und sang ihm leise etwas vor, das Einschlaflied, das sie ihm jeden Abend vorsang: *Schlafe ein, schlafe ein, schlafe ein, kleiner Gil.*

Andrew stellte sich daneben. Bei der zweiten Strophe stimmte er ein: *Augen zu, Augen zu, Augen zu, mein kleiner Schatz. Ein Auge zu, zwei Augen zu, schlafe ein, kleiner Gil.*

Gil grinste sie beide an. Elisabeth wusste, dass er im Auto sofort einschlafen würde.

»Sind sie nicht zum Fressen?«, fragte Sam.

»Ich mache mir Notizen«, sagte Clive. »Bald sind wir das.«

Er stellte sich hinter Sam und umarmte sie. Am liebsten hätte Elisabeth sie weggezogen und irgendwo in Sicherheit gebracht. Zum ersten Mal seit sie sich kannten, fragte sie sich, ob sie Sams Mutter einschalten sollte.

Elisabeth bestand darauf, dass Clive vorn saß, aber er wollte unbedingt auf den Rücksitz neben Sam.

Gils Kindersitz befand sich hinter dem Beifahrer. Sam saß hinter Andrew, Clive in der Mitte, sodass seine Knie nach vorn hin Platz hatten.

Während der ersten Stunde beobachtete Elisabeth die beiden immer wieder im Rückspiegel. Sie hielten Händchen. Irgendwann flüsterte er: »Gib mir ein Küsschen.«

Elisabeth wandte den Blick ab.

Er klang ganz anders als erwartet, meilenweit entfernt vom butterweichen Englisch eines Hugh Grant. Rau und ungehobelt.

Als Gil erwachte, ließ er sich ärgerlicherweise wunderbar von Clive unterhalten. Dieser Mann brachte ihn sogar zum Lachen! Und er nieste ständig. Elisabeth stellte sich all die Bakterien und Viren vor, die er aus dem Flugzeug eingeschleppt hatte und jetzt im engen Wagen verbreitete. Clive behauptete zwar, es sei nur eine Allergie, aber wer hatte bitte zu dieser Jahreszeit Allergien?

Als Fahrer sollte Andrew eigentlich nicht aufs Handy schauen, aber Elisabeth kannte ihren Mann besser, deshalb schickte sie ihm eine Nachricht: *Wenn dieser Typ unser Kind krank macht, drehe ich ihm die Gurgel um.*

Wenig später las er die Nachricht, reagierte aber nicht darauf.

Als er erfahren hatte, dass Elisabeth Sam und Clive nach New York eingeladen hatte, war er sauer gewesen.

»Sie sind nicht die ganze Zeit dabei«, hatte sie erklärt, »wir nehmen sie nur im Auto mit. Und so können wir mal einen Abend ohne Gil ausgehen.«

»Weil es ja in Manhattan keine Babysitter gibt«, sagte Andrew.

»Keine, die Gil kennt und liebt.«

Es herrschte extrem viel Verkehr, rote Bremslichter, so weit das Auge reichte.

Nach drei Stunden fing Clive aus unerfindlichen Gründen plötzlich an zu pfeifen.

Elisabeth bekam fast Schnappatmung. Sie waren in diesem Wagen mit einem viel zu großen Unsympathen gefangen, und das war allein ihre Schuld. Zur Ablenkung zog sie ihr Handy hervor. Die BK Mamas stritten sich über den Vorschlag, ihren Namen in »BK Caregivers« zu ändern, weil der bestehende Name sexistisch sei (die Väter ausschloss) und elitär (Nannys und Erzieherinnen ausschloss). Sie hatten eine Umfrage gestartet. In der Kommentarspalte hatten sich bereits dreihundert Mitglieder zu Wort gemeldet, die die Debatte mit den unterschiedlichsten Argumenten befeuerten. Elisabeth begann zu lesen. Die Diskussion war so hitzig, dass man meinen könnte, es handelte sich tatsächlich um ein ernstzunehmendes Problem.

Sie hatte ungefähr dreißig gelesen und Nomi die absurdesten als Screenshot geschickt, als Andrew eine Konversation vom Zaun brach. »Bist du schon mal in New York gewesen, Clive?«

»Nein. War auch noch nie in den Staaten, bevor ich Sam kennengelernt habe.«

»Du wirst es lieben«, sagte Elisabeth. »New York ist die großartigste Stadt der Welt.«

Sie legte ihr Handy in die Tasche und beschloss, sich mehr Mühe zu geben.

»Ich habe jahrelang in London gelebt und davor in Barcelona. Aber im Grunde meines Herzens bin ich ein Junge vom Land«, sagte Clive. »Ich will Sam überreden, nach der Hochzeit mit mir in ein Cottage zu ziehen, mit Schafen und ein paar Hunden.«

Sam kicherte. Schwer zu sagen, wie sie darüber dachte.

»Vergiss nicht die Bienen«, fügte sie hinzu. Offenbar ein Insiderwitz, den nur die beiden verstanden.

Elisabeth ging nicht darauf ein, sondern fragte Clive: »Hat Sam dir erzählt, dass ich einen ihrer Dozenten getroffen habe, der sie als richtig talentiert beschrieben hat? Eine der besten, die er je gesehen hat.«

Sie spürte Andrews Blick. Er wollte ihr offenbar signalisieren, dass sie maßlos übertrieb. Aber Christopher hatte so über Sam gesprochen, oder zumindest so ähnlich.

»Klar denkt er das«, erwiderte Clive. »Sie ist brillant. In unserer Wohnung hängt in jedem Zimmer ein Bild von ihr.«

Unsere Wohnung, dachte Elisabeth. Seine und ihre.

»Das stimmt«, sagte Sam. »Sieht aus, als hätte er mir einen Schrein gewidmet.«

Elisabeth blickte stur geradeaus. Es war schlimmer als erwartet. Sam war kein kleiner Flirt für diesen Typen, er wollte sie tatsächlich heiraten.

Um das Thema zu wechseln, fragte Elisabeth ihn nach den Royals.

»Hast du William und Kate mal irgendwo in einer Bar gesehen, als sie noch auf dem College waren?«, fragte sie. »Ich hab solche Geschichten von Leuten gehört und bin ganz neidisch.«

Sam kreischte. »Sie ist so wunderschön! Ich liebe ihre Outfits! Ich würde auf der Stelle tot umfallen, wenn ich sie in einer Bar sehen würde.«

»Wieso?«, fragte Clive. »Die Royals sind ein Haufen inzestuöser Schmarotzer, die dem Volk auf der Tasche liegen und nur an sich denken.«

»Ach, Clive«, sagte Sam, als wäre seine Reaktion unglaublich liebenswert.

Andrew fragte, ob jemand Hunger habe. Sie hielten am nächsten Rastplatz. Elisabeth bat ihn, ihr einen Wrap mit Pute mitzubringen, und ging mit Gil zum Windeln-Wechseln.

In der überfüllten Damentoilette, das Getöse von zig Handtrocknern im Ohr, legte sie Gil auf den Plastik-Wickeltisch und lächelte ihn an. Er war ein Quell der Freude, den sie stets anzapfen konnte, ein unabhängiger Teil ihrer selbst.

»Was meinst du?«, flüsterte sie. »Nicht gut genug für unsere Sam, oder?«

Gil schaute zu ihr auf und grinste, sodass sein erster Zahn hervorblitzte, der gerade erst durchgebrochen war.

Als er fertig gewickelt war, suchte Elisabeth nach Andrew, um ihm vom Zahn zu erzählen. Sie fand ihn in der Schlange vor der Sandwich-Bar. Sam und Clive standen hinter ihm und flüsterten, als wären sie seine jugendlichen Kinder.

Andrew näherte sich gerade der Kasse, als sie sich neben ihn stellte.

»Zwei große Wraps mit Pute, einmal mit Roastbeef, einmal mit Fleischbällchen und vier Cokes?«, fragte die Kassiererin.

»Ähm, ja«, sagte Andrew. Er gab ihr seine Visa-Karte.

Elisabeths Blick wanderte zwischen Clive und Andrew hin und her. Als sie Andrews Miene sah, wusste sie genau, was los war. Clive hatte nicht angeboten, für sich und Sam zu zahlen.

Es ärgerte sie maßlos, stärker, als es diese Unhöflichkeit rechtfertigen würde. Hätten sie nur Sam zu dieser Fahrt eingeladen, würden sie selbstverständlich für ihr Mittagessen zahlen. Aber Clive war ein erwachsener Mann.

Sam verdiente einen soliden Partner, jemanden in ihrem Alter. Eine jüngere Version von Andrew. Elisabeth erinnerte sich noch daran, wie sie schon zu Beginn ihrer Beziehung eine väterliche Klugheit an ihm bemerkt hatte. Er kannte sich mit Kunst und Geschichte aus, erfasste kleinste Nuancen des politischen, wirtschaftlichen und gesellschaftlichen Klimas im Land. Er hätte auf jede Kinderfrage eine Antwort, sie oft nur eine vage Ahnung. In solchen Augenblicken redete sie sich damit raus, dass das alles ja schon lange her und in den »alten Zeiten« passiert sei. Sie sah Andrew an und dachte: Ehemann. Sie betrachtete Clive und dachte: Flirt.

Sam war zu lange auf dem Rummelplatz geblieben und hatte es noch nicht bemerkt. Sie schien zu glauben, dass es immer so weitergehen würde. Elisabeth erinnerte sich an die Mail, die Sam ihr in den Weihnachtsferien geschickt und in der sie erste Zweifel angemeldet hatte. Doch leider hatte sie sie schnell wieder beiseitegeschoben und das Thema danach nie wieder angesprochen.

Sam und Clive übernachteten am Wochenende bei einem Freund weit außerhalb der Stadt, aber zuerst begleiteten sie Andrew und Elisabeth ins Algonquin Hotel.

Sie wollten eine Matinee am Broadway besuchen, gefolgt von einem Essen in ihrem Lieblingsrestaurant. Sam und Clive sollten im Hotel auf Gil aufpassen, auf dem Zimmer, wenn sie wollten, oder in der großen, mit unzähligen weichen Sofas ausgestatteten Lobby.

Der junge Rezeptionist händigte Andrew zwei Zimmerschlüssel aus. Alle vier quetschten sich in den Lift, zusammen mit Gil im Buggy und dem gesamten Gepäck, und fuhren schweigend zur obersten Etage.

Elisabeth hatte einen Aufschlag für eine kleine Suite bezahlt.

Als Andrew die Tür aufschob, stießen Clive und Sam einen Laut der Begeisterung aus.

»Absolut umwerfend!«, sagte Clive. »Schau dir dieses Bett an, Babe! So eins sollten wir uns auch kaufen.«

Es war ein Boxspringbett mit beachtlicher Einstiegshöhe. Elisabeth schoss der entsetzliche Gedanke durch den Kopf, dass die beiden es womöglich für Sex nutzen könnten.

»Das ist das schönste Hotelzimmer, das ich je gesehen habe«, sagte Sam.

»Ich habe es im Internet gebucht«, erklärte Elisabeth, »war keine große Sache.«

Das stimmte nicht. Die Suite hatte ein Vermögen gekostet. Doch das war ihr irgendwie unangenehm, denn Sam würde das Wochenende wahrscheinlich auf einer Klappcouch oder einem Futon verbringen.

Außerdem wollte sie Andrew gegenüber lieber nicht über Geld sprechen, auch wenn er von dieser Unterhaltung vermutlich gar nichts mitbekommen hatte. In den letzten Monaten hatte er ihre Ausgaben streng kontrolliert und war deswegen so besorgt gewesen wie nie zuvor.

Manchmal schwenkte er dann plötzlich aufs andere Extrem um und machte eine großzügige Geste, die Elisabeth völlig unnötig fand. Zum Valentinstag hatte er ihr goldene Ohrringe geschenkt und danach diesen Wochenendtrip vorgeschlagen. Fast als wollte er sich überzeugen, dass sie sie doch nicht ruiniert hatte und sie sich immer noch alle Wünsche erfüllen konnten.

Meist reagierte Andrew jedoch panisch.

»Wir haben keine Rücklagen«, wiederholte er ständig.

Elisabeth fand diese Formulierung passiv-aggressiv, als wäre diese Situation einfach so entstanden. Als hätte sie diese Misere einfach befallen. Indem er sich weigerte, die Schuldige beim Namen zu nennen, betonte er ihre Schuld umso mehr.

Clive nahm Gil auf den Arm und tanzte mit ihm durchs Zimmer.

»You put your right arm in, you put your right arm out, you put your right arm in and you shake it all about. You do the hokey-cokey and turn yourself around. That's what it's all about!«, sang er.

Gil juchzte vor Begeisterung.

»In England sagen sie ›hokey-cokey‹«, erklärte Sam.

»Was sagt ihr hier?« Clive tanzte immer noch.

»Hokey-pokey.«

Er hielt kurz inne, dann sang er erneut, diesmal aus voller Brust: »*You do the hooo-key-cokey. You do the hooo-key-cokey.*«

Elisabeth wünschte, er würde einfach die Klappe halten. Warum nervte sie »cokey« so viel mehr als »pokey«? Darum. Das war öfter so zwischen Engländern und Amerikanern. So eine winzige Kleinigkeit, die so viel bedeutete. Die Briten rutschten immer gern in die Babysprache ab. *Choccy bickies* und so.

»Wir sollten uns umziehen«, sagte Andrew. »Damit wir nicht zu spät kommen.«

Elisabeth zog den Reißverschluss ihres Koffers auf. Ihr Kleid war etwas zerknittert, aber sie hatte keine Lust, das Bügelbrett aus dem Schrank zu holen, daher hängte sie es einfach an die Rückseite der Badezimmertür und drehte die Dusche auf. Während sie wartete, ob ihr Trick funktionieren würde, beschloss sie, sich etwas Mühe zu geben. Sie trug Anti-Aging-Serum auf und betonte ihre Augen mit Eyeliner, Lidschatten und Wimperntusche. Die dunklen Schatten deckte sie mit Concealer ab. Als sie ihren Lippenstift nachzog, streckte Andrew den Kopf zur Tür herein.

»Wir sollten gehen«, sagte er, »in einer halben Stunde geht's los.

Elisabeth schlüpfte in ihr Kleid. Ob der Dampf es geglättet hatte, konnte sie nicht beurteilen.

Sie kehrte zurück ins Zimmer. »Wenn du was brauchst, schick mir eine Nachricht«, sagte sie zu Sam. »Wir kommen nicht so spät zurück.«

»Mach dir keine Sorgen um uns. Viel Spaß!«, sagte Sam.

Sie hatte Gilbert auf dem Schoß, völlig entspannt. Seit Kurzem war er in einer Phase, in der beim Anblick von Fremden in Tränen ausbrach und nur von seiner Mutter gehalten werden wollte. Sam war die einzige Ausnahme.

Elisabeth wartete, bis sie draußen waren, dann sagte sie: »Was für ein schrecklicher Kerl.«

»Wer?«, fragte Andrew.

»Clive! Er ist ein alter Mann!«

»Ich glaube, er ist jünger als wir.«

»Im Vergleich zu Sam, meine ich.«

Andrew ergriff ihre Hand. So gingen sie die Eighth Avenue entlang. Als sie noch hier wohnte, waren ihr Pärchen verhasst gewesen, die Händchen haltend den gesamten Gehsteig für sich beanspruchten, nur weil sie verliebt waren. Aber seit sechs Wochen war dies das erste Mal, dass Andrew ihre Hand genommen hatte. Elisabeth wollte den Zauber nicht zerstören, selbst wenn Andrew sich vielleicht nur dazu zwang, weil er sich Mühe geben wollte.

Als sie am Gebäude der *New York Times* vorbeikamen, warf Elisabeth einen langen Blick nach oben zu den Nachrichtenbüros, als würde ihr früheres Ich ans Fenster treten und ihr zuwinken.

Dann ging sie rasch weiter. Auf keinen Fall wollte sie hier auf alte Bekannte treffen.

»Ist es nicht seltsam, hier wie ein Tourist herumzulaufen?«, fragte sie.

»Ja«, erwiderte Andrew. »Ich find's toll.«

Während der gesamten Vorstellung fragte sie sich, was Sam und Clive wohl trieben. Sie hoffte, dass ihnen auch ohne ausdrückliche Anweisung klar war, dass sie Gil nicht aus dem Hotel mitnehmen und womöglich mit ihrem Baby am Times Square herumspazieren sollten.

Danach nahmen sie ein Taxi nach Downtown, um im Little Owl zu essen, ihr früheres Lieblingsrestaurant. Sie hatten das Restaurant für sich. Nachdem sie sich gesetzt hatten, sprachen sie über das Stück und darüber, was sie bestellen sollten.

Die Kellnerin brachte ihnen eine Flasche Wein.

Sie stießen an.

Elisabeth trank einen Schluck. »Der ist gut«, sagte sie.

Andrew probierte ebenfalls und nickte.

»Weißt du, ich glaube, dieser Clive meint tatsächlich, dass Sam ihn heiraten wird«, sagte sie.

Unbeirrt von den leisen Anzeichen des Überdrusses in Andrews Gesicht fuhr Elisabeth fort.

»Wenn er seinen Willen durchsetzt, nimmt er sie mit nach England, und dann kriegt sie nie einen Job in einer Galerie.«

»Wenn sie heiraten und Sam die britische Staatsbürgerschaft annimmt, wer weiß«, bemerkte Andrew. »Dann kriegt sie vielleicht sogar einen Job bei einer Galerie in London.«

»Du hast ihn doch gehört! Wenn sie heiraten, steht sie in einem Jahr barfuß und schwanger in einer Küche in den Cotswolds und kocht Marmelade ein.«

»Du weißt doch noch nicht mal, wo die Cotswolds sind«, sagte Andrew.

»Er hat ihr die Mitgliedschaft bei Phi Beta Kappa ausgeredet, damit sie während des Semesters mehr Zeit für ihn hat. Das macht niemand, der im Interesse seines Partners handelt.«

Sie hatte versucht, Sam von ihrem Entschluss abzubringen, aber der stand fest. *Wozu soll das gut sein? Damit ich bei meiner Abschlussfeier damit angeben kann, dass sie meinen Namen nennen?*

Elisabeth wusste, dass Clive ihr diese Worte in den Mund gelegt hatte. Sie hätte es ihr sagen sollen. Ihr stärker ins Gewissen reden.

»Sam ist nicht erfahren genug, um zu erkennen, was für eine Lusche dieser Mann ist«, sagte sie jetzt. »Er begeistert sie, weil sie eigentlich noch ein Kind ist. Sie hält jeden für reif, der alt genug ist, um ein Auto zu mieten. Er nutzt es aus, dass sie noch so jung ist.«

»Auf mich wirkt es, als wäre er total in sie vernarrt«, sagte Andrew.

»Echt jetzt? So siehst du das?«

»Okay, gut. Ja, die Dynamik zwischen den beiden ist ein bisschen seltsam. Aber ich muss ja auch nicht mit ihm ausgehen. Was geht es mich an? Irgendwas muss sie ja in ihm sehen.«

»Ja, er ist sexy.«

»Findest du?«

»Nicht mein Geschmack, aber objektiv betrachtet ja. Er hat was leicht Anrüchiges.«

»Anrüchig.«

»Und sie haben ständig heißen Sex.«

»Das hat sie dir erzählt?«

»Nein, nicht explizit, aber das sieht man doch. Aber was will er von ihr? Wenn er unbedingt heiraten will, gibt es doch sicher zig attraktive, einsame junge Frauen in London, die er anrufen könnte.«

»Meinst du?«

»Nehme ich an. Eine Frau in seinem Alter wäre vermutlich klug genug, um sich nicht mit einem Typen wie ihm einzulassen. Merkst du das nicht?«

»Du hast ja einen echten Narren an ihm gefressen«, bemerkte Andrew.

»Sam liegt mir am Herzen. Ich will das Beste für sie.«

»Hältst du sie für klug?«

»Natürlich. Was ist das überhaupt für eine Frage?«

»Wenn sie klug ist, wird sie schon selbst herausfinden, was gut für sie ist.«

Elisabeth dachte darüber nach.

»Einmal hat Sam mir erzählt, dass sie von einer großen Hochzeit träumt«, sagte sie. »Es war alles sehr kindisch, wie es sich ein kleines Mädchen ausmalen würde. Da hätte es mir schon auffallen müssen. Sie hängt einer Fantasie nach.«

Andrew zuckte die Achseln.

»Aber das passt nicht zu ihr, oder?«, fragte sie.

Als er nicht antwortete, sagte sie: »Dein Vater findet ihn auch seltsam. Das hat er am Telefon durchblicken lassen, nachdem er Clive vom Flughafen abgeholt hat. Außerdem hat er gemeint, dass diese ganze Sache mit dem Umzug nach London nach dem Abschluss eine Art Realitätsflucht ist. Jobsuche, mit Absagen klarkommen und das alles.«

»Wenn George das sagt, muss es ja stimmen«, bemerkte Andrew.

»Ja. Wir müssen uns überlegen, wie wir sie von ihm wegbekommen.«

»Das war ein Scherz! Können wir bitte über etwas anderes reden? Ich habe das Gefühl, du driftest langsam auf die dunkle Seite ab.«

Er hatte recht. Hier saß sie nun endlich mit ihrem Mann an diesem Ort, nach dem sie sich schon seit Monaten gesehnt hatte, und konnte es nicht genießen. Stattdessen war sie komplett fixiert auf das Liebesleben ihrer Babysitterin.

Damals war es leicht gewesen, die Schuld für ihre Unzufriedenheit in der Stadt zu suchen – es gab immer irgendwelche Verspätungen oder einen wütenden Fremden, der einem scheinbar den Tag ruiniert hatte. Wenn man die Stadt verließ, musste man sich möglicherweise eingestehen, dass die Misere aber gar nicht von der Stadt verursacht wurde. Sondern von einem selbst.

»Entschuldige, ja, lass uns das Thema wechseln«, sagte sie. »Der Grill? Wie ist der neueste Stand?«

Zuletzt war er mit der Entwicklung eines Prototyps beschäftigt gewesen. Doch seit einiger Zeit hatte sie ihn nicht mehr danach gefragt, zum Teil, weil er sich noch wegen der Sache mit Denver ärgerte, aber auch, weil sie wusste, dass das Projekt mehr Geld kostete, als das College ihm geben wollte, was sie wieder auf den Scheck von ihrem Vater brachte.

»Das wollte ich dir noch erzählen«, sagte Andrew. »Der Prorektor hat mir ein nettes Kompliment gemacht. Er meinte, die

Studenten in meiner Projektgruppe würden eine Menge daraus mitnehmen. Ich hätte eine besondere Art, mit ihnen umzugehen, die ihm nicht so oft unterkommen würde.«

»Wie nett!«, sagte sie.

»Ja. Ich weiß, wir reißen unsere Witze, aber es macht mir wirklich Spaß, mit den Kids zu arbeiten. Ich habe dem Prorektor von Cory erzählt, der hatte eine richtig gute Idee. Kannst du dich noch an ihn erinnern? Der Große mit dem Schnurrbart, den du auf der Weihnachtsfeier getroffen hast.«

Sie nickte. »Ophelia.«

»Genau.«

Während Andrew auf weitere Einzelheiten einging, trank Elisabeth mehr Wein und bemühte sich, ihm zuzuhören. Aber als er anfing, über fehlende Zuschüsse zu reden und erwähnte, dass er früher als geplant nach Sponsoren suchen wolle, wurde sie langsam sauer.

Sie fragte sich, ob alle Eheleute im tiefsten Inneren fürchteten, dass ihr Partner sie aus den falschen Gründen geheiratet hatte. Als Andrew in die Stadt gezogen war, hing er mit Typen aus Greenwich und Darien herum. Hatte er vielleicht damals das Gefühl gehabt, ihnen nicht das Wasser reichen zu können, und Elisabeth geheiratet, um sich so mehr Status zu verschaffen, auch wenn er so tat, als würde er verstehen, warum sie das Geld ihres Vaters ablehnte?

»Andrew«, unterbrach sie ihn unwillkürlich. »Ich werde den Scheck nicht einlösen.«

Er wirkte geknickt.

»Wir schleichen drum herum wie die Katze um den heißen Brei, aber ich kann das nicht machen. Ich werde das Geld meines Vaters nicht annehmen. Er ist ein hintertriebener Mistkerl.«

»Einverstanden«, sagte Andrew. »Aber das bleibt er so oder so, ob du sein Geld nun annimmst oder nicht.«

»Das willst du also.«

»Statt unser Erspartes zu verlieren? Ja. Wenn es dem Grill zum Erfolg verhilft, könnten wir die Probleme meiner Eltern sofort lösen. Es macht mich fertig, dass sie das Haus verkaufen müssen.«

»Gibst du mir jetzt etwa die Schuld?«

»Die Schuld wofür? Ich rede davon, was ich tun könnte, wenn ich mit dem Grill Erfolg hätte.«

»Aha. Aber ob er Erfolg hat oder nicht, wissen wir erst, wenn ich den Scheck einlöse.«

»Er zahlt dir nur zurück, was du deiner Schwester geliehen hast. Das ist alles.«

»Obwohl ich ihr das Geld überhaupt erst geliehen habe, damit keine von uns von meinem Vater abhängig ist.«

»Aber sie hat dich hintergangen.«

»Ja, und dein Vater verbringt seine Tage in seiner Höhle und zetert über den verdammten Hohlen Baum, statt sich mit dem zu auseinanderzusetzen, was passiert ist, sich um mehr Arbeit zu bemühen, einzusehen, dass niemand das Haus kaufen wird und sie es sich nicht leisten können, es zu behalten. Aber ich soll meine Prinzipien verraten und ihn retten?«

»Das habe ich nie von dir verlangt«, sagte Andrew sanft. »Nur zu, zerreiß den Scheck. Mach, was du willst. Darauf läuft es doch immer hinaus, nicht wahr?«

Kurioserweise schliefen sie in dieser Nacht miteinander, zum ersten Mal seit Gils Geburt. Nicht weil ihnen besonders danach war, sondern weil das letzte Mal schon so lange zurücklag und sie dieses teure Hotelzimmer gebucht hatten, deshalb hieß es jetzt oder nie. Wider Erwarten empfand Elisabeth beim Sex keine Schmerzen. Es fühlte sich eigentlich an wie immer. Sie erinnerte sich daran, wie schön es war, ihm auf diese Weise nah zu sein, besonders weil sich im Alltag zwischen ihnen ein solcher Graben aufgetan hatte.

Sie schlief neben Andrew ein, wachte jedoch kurze Zeit später wieder auf und fand keine Ruhe mehr. Aber über ihre Probleme wollte sie auch nicht nachgrübeln. Also ging sie mit dem Laptop ins Bad und schloss die Tür. Sie klickte auf die Seite der BK Mamas, wo noch immer der Kampf über die Namensänderung tobte, vierzehn Stunden nachdem der Vorschlag gepostet worden war. Gegen achtzehn Uhr hatte Mimi Winchester eine ihrer Bomben platzen lassen: *Wo wir gerade beim Thema korrekter Name sind, möchte ich nur eines zu bedenken geben: Unsere Gruppe heißt BK Mamas, ist also eindeutig für Mütter, die in Brooklyn wohnen. Ich weiß aber ganz genau, dass hier eine MENGE LEUTE mitmachen, die schon lange aus Brooklyn weggezogen sind.*

Neunundzwanzig Frauen warfen Mimi daraufhin Elitarismus vor.

Es ist schade, dass Leute wie du hierhergezogen sind und Leute wie mich dank der gestiegenen Preise aus ihrem Viertel verdrängt haben, in dem ich seit siebzehn Jahren gewohnt habe. Ich lebe jetzt in Queens, aber ich betrachte mich immer noch als BK Mama und das wird auch immer so bleiben, hatte eine von ihnen geschrieben.

Amen!, lautete ein Kommentar.

Gut gesagt!, ein anderer.

Kurz darauf verkündete die Frau aus Queens die Gründung einer neuen Gruppe mit dem umständlichen Namen »Weggezogen, aber für immer BK Caregivers«.

Elisabeth klickte auf das Profil, um zu sehen, wie viele Mitglieder die Gruppe hatte. Bis jetzt waren es einhundertvierzig, doch sie bezweifelte, dass viele davon die ursprüngliche Gruppe verlassen hatten. Sie trat ebenfalls bei. Warum auch nicht.

Auf ihrem Laptop stand 22:32 Uhr.

Sam und Clive waren vermutlich in einer Bar, ihr Abend hatte erst begonnen. Elisabeth fragte sich, was Sams Freundinnen von ihm hielten. Sie fanden sicher nicht, dass er zu ihr passte. Irgendwas war nicht ganz koscher an Clive, abgesehen vom Altersunterschied, etwas, das sie intuitiv spürte, aber nicht in Worte fassen konnte.

Sie hatte immer noch Zugang zu ihren Recherchetools, die sie damals bei der Zeitung genutzt hatte. Und so startete sie mit dem Laptop auf dem Badewannenrand einfach mal schnell eine kleine Suche im Straf- und Personenregister. *Clive Richardson, 33 Jahre, London.*

Gegen ihn lag nichts vor. Keine Insolvenzen oder Führerscheinentzug wegen Trunkenheit am Steuer. Aber es gab einen amtlichen Heiratsvermerk, vor nicht mal zwei Jahren vom Londoner Rathaus ausgestellt. Und eine Scheidungsurkunde, auf sechs Monate später datiert.

Davon wusste Sam garantiert nichts, da war Elisabeth sicher.

Sie suchte online nach seiner Ex-Frau, eine gewisse Laura Garcia. Aber der Name kam zu häufig vor, und es wurde langsam spät. Elisabeth klappte den Laptop zu und speicherte die Information im Kopf ab. Der richtige Zeitpunkt dafür würde schon noch kommen.

Bevor sie sich wieder ins Bett legte, sah sie nach ihrem schlafenden Sohn. Er ahnte nichts Böses von der Welt, wusste nicht, dass die Menschen so oft etwas anderes waren, als sie zu sein schienen. Gil erwachte jeden Morgen mit einem Lächeln im Gesicht und erwartete von jedem das Beste. Wann würde sich das ändern? Hoffentlich konnte sie es so lange wie möglich hinauszögern.

Sie freute sich schon darauf, ihm morgen ihre Stadt zu zeigen. Ihn mitzunehmen in den Central Park, wenn es nicht zu kalt wäre.

Wie kannst du kein zweites Kind wollen, wenn du doch so wunderbar mit ihm umgehst?, hatte Andrew gefragt.

Sie war dickköpfig, das wusste sie. Vielleicht sollte sie mal auf das eingehen, was er wollte.

Elisabeth war schon immer ehrgeizig gewesen, eigennützig,

denn nur so konnte man es in der Stadt zu etwas bringen. Die ersten Monate in Gils Leben waren leichter gewesen als erwartet. Freundinnen hatten ihr davon erzählt, dass sie es als Schock erlebt hätten, alles für einen anderen Menschen tun zu müssen, und dass es sie deprimiert habe. Doch Elisabeth hatte es kinderleicht gefunden, sich ganz auf Gil einzulassen. Erst jetzt, wo sie wieder zu ihrem früheren Ich zurückfand, bereitete ihr dies gelegentlich Probleme.

Vor einem Monat hatte sie am College einen Vortrag gehalten. Im Vorfeld war sie erheblich nervöser gewesen, als sie gedacht hatte. Die Professorin, Gwens Nachbarin, las als Einführung Elisabeths Biografie vor. Elisabeth konnte nicht einschätzen, ob die Studentinnen beeindruckt waren.

Sie hatten tausend Fragen, und hinterher wollten alle ihre E-Mail-Adresse.

Auf dem Weg nach Hause hatte sie sich daran erinnert, wie sie als Neunzehnjährige gedacht hatte. Wenn sie damals gewusst hätte, wie weit sie einmal kommen würde, wäre sie tief beeindruckt gewesen.

»Sie haben mir das Gefühl vermittelt, ich hätte es bis ganz nach oben geschafft«, sagte sie später zu Andrew. »Ich selbst sehe mich nie so.«

Seit diesem Erlebnis war bei Elisabeth wieder der Ehrgeiz ausgebrochen. Sie wollte an ihrem neuen Buch arbeiten. Sie hatte Ideen für Artikel, Kolumnen, die sie schreiben könnte, wenn sie je die Zeit dazu hätte. Früher war ihr Kinderbetreuung an drei Tagen die Woche sehr viel vorgekommen, aber jetzt wusste sie, dass sie jemanden in Vollzeit einstellen würde, sobald Sam mit dem Studium fertig war. Sie brauchte einfach mehr Zeit, um sich ganz und gar der Arbeit widmen zu können.

Ein zweites Kind würde dies unmöglich machen, würde sie direkt wieder neun Monate zurückwerfen.

Einen flüchtigen Moment lang stellte sie sich bei Gils Anblick zwei vor, wie sie im Doppelbuggy miteinander plapperten. Aber das Bild wollte sich nicht verankern.

Stattdessen sah sie sich wieder bei der Arbeit in ihrem Büro, ein kleines Kabuff im Erdgeschoss eines Gebäudes mitten in der Stadt mit einem einzigen, kleinen Fenster. Ihr Küchentisch wäre vermutlich angenehmer gewesen, aber im Büro war sie tatsächlich ganz für sich. Sie hatte es von zwölf bis vier Uhr nachmittags gemietet. Danach und davor wurde es von anderen Leuten genutzt. Ihre persönlichen Gegenstände sollten sie eigentlich immer mitnehmen, aber manchmal entdeckte Elisabeth Spuren der anderen, eine Quittung, eine Verpackung vom chinesischen Imbiss im Mülleimer.

An manchen Tagen schlief sie mit dem Kopf auf der Tischplatte ein, an anderen besuchte sie die Seite der BK Mamas und tippte etwas in die Suche – die besten Laufschuhe für Kleinkinder oder Neun-Monats-Regression – und sprang danach von einem Post zum nächsten, auf private Websites, klickte auf einen Link zu einem Artikel auf *People Magazine* und tauchte erst Stunden später wieder auf, angewidert von sich selbst, als hätte sie den gesamten Inhalt ihres Kühlschranks auf einmal aufgefressen.

Aber wenn es gut lief, wenn sie am Ende etwas vorweisen konnte, empfand sie Stolz und fühlte sich stark. Sie war froh, wieder am Laptop zu sitzen, sich zu überlegen, wie sie ihre Geschichte am besten erzählte, und es machte ihr Freude, sich die vor einem Jahr durchgeführten Interviews mit weiblichen Sportlerinnen und Entscheiderinnen anzuhören. Nichts hatte sie je so erfüllt wie das Schreiben. Wenn sie im Flow war, verging ein halber Tag wie im Flug.

Zeit maß sie jetzt daran, wie voll ihre Brüste waren. Sie stillte immer noch und pumpte häufig bei der Arbeit am Schreibtisch ihre Milch ab. Einmal stürzte ein Mann ins Zimmer, den Blick zunächst aufs Handy, dann auf sie gerichtet. Elisabeth war gerade mit dem Abpumpen fertig und wollte die Milch zum Transport in die Flasche umfüllen. Sie stand mit offenem BH und entblößten Brüsten mitten im Zimmer, eine Brusthaube noch im Mund.

Nach einer ganzen Weile sagte der Mann: »Ist wohl doch nicht das Männerklo!«, und suchte rasch das Weite.

So herzhaft hatte Elisabeth schon lange nicht mehr gelacht.

Am Morgen küsste Andrew sie wach.

Der Sex hatte das verhagelte Dinner offenbar ausgebügelt.

Sie war erleichtert, sich nicht entschuldigen und den Abend nicht noch mal durchkauen zu müssen.

Nach einem wunderbaren gemeinsamen Sonntag fragte sie sich, warum sie überhaupt weggezogen waren – Friseurbesuch am Morgen, Brunch und Park und Drinks mit alten Freunden, gefolgt von einem Dinner zu dritt in einem französischen Restaurant in der Nähe des Hotels. Der Kellner gab Gil drei Buntstifte, und bevor sie sie mit Hinweis auf sein Alter zurückweisen konnten, hatte Gil bereits eine rote Linie auf die weiße Papiertischdecke gemalt.

»Ist er nicht brillant?«, fragte Andrew mit verschämtem Stolz.

»Ja, sieht ganz so aus«, sagte Elisabeth.

Nie hätte sie sich vorstellen können, wie sehr sie diese kleinen Momente bewegen würden. Gemeinsam hatten sie verfolgt, wie Gil sich von der verschwommenen Bohne auf dem Schwarz-Weiß-Monitor des Ultraschallgeräts zu einem kleinen Menschen mit Armen und Beinen und Ohren entwickelt hatte, von einem Neugeborenen, das nicht mal das Köpfchen halten konnte, zu dem Kleinkind geworden war, das nun vor ihnen saß und an einem Brötchen knabberte.

»Ach!«, rief sie jetzt. »Ich hab ganz vergessen, dir zu erzählen, dass er einen Zahn bekommen hat.«

»Wo? Wo?«, sagte Andrew und auf einmal erfüllte sie große Zufriedenheit. Sie brauchte nur diese beiden Menschen in ihrem Leben, und sie würde alles tun, um sie nicht zu verlieren.

Am Montagmorgen auf dem Weg zu ihrer Verabredung mit Nomi war Elisabeth übertrieben aufgeregt.

Es war kalt, doch sie wollte trotzdem zu Fuß gehen.

Manche Straßenecken erinnerten sie an verschiedene Abschnitte ihres früheren Lebens. Sie sah sich mit fünfundzwanzig, als sie vor diesem verlassenen Gebäude mit einem Barmann herumgeknutscht hatte, kurz danach hatte dort ein Ramen-Restaurant eröffnet. Heute war in dem Haus eine Bank und ein Schild verkündete, dass daneben bald Luxus-Apartments entstehen würden.

Am Herald Square genoss sie den vertrauten Duft von gerösteten Maroni, die sie nie probiert hatte.

Sie kam an einem Juweliergeschäft vorbei, wo sie mit einundzwanzig einen ganzen Nachmittag auf die Reparatur der Uhr ihres Chefs gewartet hatte. Elisabeth hatte auf der Bank gesessen, den angebotenen Espresso getrunken und reiche Frauen in Pelzmänteln beobachtet, die sich die Zeit in diesem Laden vertrieben. Als der Juwelier ihr die Uhr zurückgab, steckte sie sie in die Manteltasche und schlenderte noch eine Stunde durch SoHo, bevor sie zur Arbeit zurückkehrte. Ein wunderbares Gefühl, als wäre sie kurz aus dem Gefängnis entflohen.

Vor dem Haus, in dem sich einst Mexican Radio befunden hatte, musste Elisabeth an einen Abend im Mai denken, vielleicht war es auch Anfang Juni gewesen, einer der ersten perfekten Sommerabende, warm und dieses Leuchten in der Luft. Sie und ihre Freundin Rachel saßen draußen und tranken um fünf Uhr nachmittags Margaritas. Am Nebentisch saßen zwei Typen, einer noch süßer als der andere. Sie flirteten mit ihnen und irgendwann schoben sie ihre Tische zusammen. Sie zogen weiter, von Bar zu Bar, bis der Süßere um drei Uhr morgens im Pianos sagte: »Komm, wir gehen zu mir. Ich wohne gleich um die Ecke.«

Er meinte alle vier. Er und Rachel verschwanden ins Schlafzimmer und kamen erst nach einer Stunde wieder raus, während Elisabeth sich auf dem Sofa mit dem Witzigeren von beiden unterhielt. Sie hatten beide eine Trennung hinter sich, tauschten sich über ihren Kummer und schließlich Telefonnummern aus, sahen sich aber nie wieder.

Im Frühling des Vorjahres hatte sie vor lauter Liebeskummer über fünf Kilo abgenommen. Nomi hatte versucht, sie zum Essen zu zwingen, aber seit Jacob sie verlassen hatte, war Elisabeth der Appetit vergangen.

Jacob. Überall in dieser Stadt versteckten sich Erinnerungen an ihn, wie Ostereier. Der Abend ihres Kennenlernens, auf einer Geburtstagsparty, im Hinterhof von Sweet and Vicious, ihr erster Kuss, in der Schlange vor dem Angelika. Die ganzen Kellerclubs und Bars, wo er mit seiner Band aufgetreten war, Elisabeth immer dabei, der Buchladen namens Strand, wo er tagsüber gearbeitet hatte. In seinem Apartment in Saint Marks hatte er ihr zuerst seine Liebe gestanden, bald danach war er bei ihr eingezogen. Zwei Jahre später hatte er ihr erzählt, dass seine Eltern sich wegen der Affäre seiner Mutter trennen würden, und Elisabeths Vater sei Schuld daran. Er wollte sie nie wiedersehen. Nichts, was sie sagte, brachte ihn wieder zurück.

Die Erinnerung daran ließ sie an Charlotte denken. Elisabeth konnte nicht behaupten, sie zu vermissen. Aber ihr fehlte das Gefühl des Zusammenhalts. Diese Solidarität, die Vorstellung, im selben Boot zu sitzen, diese plötzliche Nähe, die sie zu ihrer Schwester empfunden hatte, nachdem ihr Vater die Beziehung zu Jacob zerstört hatte. Obwohl sie sich jetzt fragte, ob Charlotte je aufgehört hatte, vom Geld ihres Vaters zu leben. Hatte er womöglich die ganze Zeit über die Karten in der Hand gehalten?

Lange war Elisabeth vom Vorgehen ihres Vaters angewidert gewesen, von der Art, wie er Jacob aus ihrem Leben vertrieben hatte. Immer noch wurde ihr übel, wenn sie daran dachte. Aber was wäre aus ihnen geworden, wenn das alles nicht geschehen wäre?

Jacob war ihr Clive gewesen, das wurde ihr jetzt klar.

Über die Jahre hatte Elisabeth immer wieder sein Facebook-Profil aufgerufen. Er sah immer noch gut aus. Seine Band war allerdings erfolglos geblieben. Er arbeitete jetzt in einem Buchladen in Seattle. Seine Freundin war eine Rockerbraut, die offenbar nur schwarze Schlauchkleider besaß. Auf jedem Foto hatte er ein Bier in der Hand. Soweit sie es beurteilen konnte, war Jacob nie erwachsen geworden.

Nomi wartete schon vor dem Spa auf sie.

Sie rannten kreischend aufeinander zu und fielen sich in die Arme.

Wenig später saßen sie in flauschige weiße Bademäntel gekuschelt auf einem Samtsofa in der Lounge und tranken ihr Gurkenwasser. Sie waren extra eine Dreiviertelstunde vor ihrem Termin hergekommen, damit ihnen noch Zeit für dieses Treffen blieb. Nomi hatte ihre Assistentin angewiesen, bei Anfragen zu sagen, ihre Chefin sei im Büro und habe ein wichtiges Telefonat, bei dem sie auf keinen Fall gestört werden dürfe.

Elisabeths Masseuse war eine Frau über sechzig mit grauen Löckchen. Zuerst war sie etwas neidisch auf Nomi, die von einer Zwanzigjährigen mit Pixiefrisur und durchtrainierten Yogaarmen behandelt wurde. Aber die ältere Frau erwies sich als stärker als erwartet. Elisabeth spürte förmlich, wie sie sich unter ihren Händen entspannte.

Während der Schwangerschaft und noch eine ganze Weile danach hatte sie sich von ihrem Körper entfremdet gefühlt, weil ein anderes Wesen, ein winziger Despot, frei über ihn verfügte.

Frauen klagten oft darüber, dass niemand sie über die Einzelheiten der Schwangerschaft und Geburt aufgeklärt habe. Aber Elisabeth hatte während der Schwangerschaft so ziemlich alles gehört. Freundinnen hatten ihr erzählt, man würde noch wochenlang danach bluten, synthetisches Oxytocin könne zu unkontrollierbarem Zittern führen und sie müsse sich auf einen Kaiserschnitt einstellen, wenn man ihr welches verabreichte. Bei einer Freundin hatte man während der Periduralanästhesie einen Nerv getroffen, und jetzt verspürte sie keinen Harndrang mehr. Bei einer anderen war ein Teil der Plazenta im Körper geblieben, den sie dann Monate später gebären musste.

Der ganze Vorgang war für Elisabeth so gründlich entzaubert worden, dass sie jedes junge Ding beneidete, das sich völlig arglos in den Kreißsaal legte, ohne zu ahnen, was ihr bevorstand.

Soweit man das von einer Geburt behaupten kann, war Gils Entbindung unspektakulär verlaufen.

Zwei Tage nach der Entlassung hatte sich Elisabeth trotz der ausdrücklichen Warnung der Hebamme einen Spiegel zwischen die Beine geklemmt. Bei dem Anblick, der sich ihr da geboten hatte, war ihr nur ein Gedanke gekommen: *Das Tor zur Hölle.* Für die nächsten sechs Monate hatte sie schön die Finger vom Spiegel gelassen.

Damals war ihr die Vorstellung, jemand anderes könnte ihren Körper berühren, ein Gräuel gewesen. Doch jetzt lag sie hier, wieder ganz, wieder heil.

Im Massageraum brannten Teekerzen. Im Hintergrund lief sanfte Musik.

Elisabeth lag mit dem Gesicht nach unten, ein U-förmiges, nach Eukalyptus duftendes Kissen unter der Stirn.

Sie hatte sich gerade etwas entspannt, als Nomi sie fragte: »Was gibt es Neues von Andrew und seiner Erfindung?«

Elisabeth seufzte laut. Es war das Letzte, woran sie gerade denken wollte.

»Keine Ahnung. Ehrlich gesagt kann ich mir nicht vorstellen, dass das Ding jemals zündet.«

»War das ein Wortspiel?«, fragte Nomi.

»Haha! Wir streiten uns schon seit Wochen darüber. Meist ohne uns tatsächlich mit dem Thema auseinanderzusetzen.«

»Wie das eben so läuft bei euch.«

Nomi war auf dem neuesten Stand. Ihre Meinung dazu ließ sich in zwei Sätzen zusammenfassen: *Du hättest ihn nicht anlügen dürfen, aber nun ist es passiert. Es ist keine Lösung, als Wiedergutmachung ein zweites Kind in die Welt zu setzen.*

»Wie dem auch sei«, sagte Elisabeth jetzt, »ich habe dir was viel Interessanteres zu erzählen. Samstagnacht habe ich Sams Freund gegoogelt, und wie sich herausstellt, war er schon mal verheiratet. Ich glaube, sie hat keine Ahnung.«

»Auweia!«, sagte Nomi.

»Und die Ehe hielt nur ganze sechs Monate. Ich würde zu gern wissen, was passiert ist. Hat sie ihn verlassen, weil er sie betrogen hat? Hat er seine Frau gegen ein jüngeres, naiveres Modell ausgetauscht? Das will mir nicht mehr aus dem Kopf. Meinst du, ich sollte sie warnen?«

Nomi schwieg so lange, dass Elisabeth schon fürchtete, sie sei eingeschlafen.

Schließlich meldete sie sich doch zu Wort. »Geht es dir gut?«, fragte sie und klang dabei so besorgt, dass es Elisabeth peinlich war, zwei fremde Mithörerinnen zu haben.

»Geht es um Andrew? Deinen Vater? Oder beides?«

»Was meinst du damit?«

»Wenn du dich von deinen Problemen ablenken willst, stürzt du dich in die Angelegenheiten anderer. Das machst du immer so.«

Diese Bemerkung erwischte Elisabeth zwar eiskalt, aber sie dachte trotzdem darüber nach.

»Stimmt gar nicht«, sagte sie schließlich.

»Erinnerst du dich noch an die Putzhilfe, die du beschützen wolltest, weil du dachtest, sie wird von ihrem Mann betrogen? Du hast ihn beschattet und ausspioniert wie Nancy Drew. Das war gleich nachdem sie dein Buch in der *Washington Post* verrissen hatten.«

»Na, er hat sie ja auch betrogen.«

»Und als du versucht hast, schwanger zu werden, und dein älterer Kollege gestorben ist? Da warst du ganz besessen von dem Gedanken, du müsstest dich um seine Frau kümmern.«

»Nicht besessen«, sagte Elisabeth. »Ich hab sie lediglich ein paarmal besucht, und wir haben oft telefoniert. Sie war einsam.«

»Du hast ihr dauernd Kuchen gebacken und Brathähnchen gemacht.«

»Das kam alles von Andrew!«

»Ja, weil du ihn dazu gezwungen hast«, sagte Nomi. »Du hast viel Mitgefühl für andere, machst dir ständig Sorgen um sie. Daran ist nichts Schlechtes.«

»Danke.«

»Aber manchmal ist es eben auch nicht gut.«

»Ich versteh schon, was du meinst, ehrlich. Aber Sam ist mir ans Herz gewachsen. Sie ist so etwas wie eine Freundin geworden. Vielleicht ist das mein Problem. Ich habe da sonst keine Freundinnen.«

»Hab ich auch nicht«, sagte Nomi. »Das liegt am Alter.«

»Ach, erzähl mir doch nichts. Du hast zig Freundinnen. Was ist mit der Blonden aus deinem Haus? Und die Lustige, die mit Brians Kollegen verheiratet ist?«

»Mit denen treffe ich mich eigentlich nie. Mal abgesehen davon, dass die meisten Mütter aus Brooklyn dir tierisch auf den Senkel gehen würden.«

»Früher hatten wir so viel Freizeit«, sagte Elisabeth. »Weißt du noch, ganze Sonntage ohne irgendwelche Pflichten? Oder wie aufregend die erste Verabredung war?«

»Es war so aufregend, dass mir speiübel war«, sagte Nomi.
»Du vergisst all die Dinge, vor denen man als Frau bei der ersten
Verabredung Angst hat. *Sehe ich in diesem Kleid süß genug aus?
Worüber sollen wir reden? Ist der Typ vielleicht ein Frauenmörder?«*

Elisabeth lachte.

»Aber wenn ich noch hier wohnen würde, würden wir uns
dauernd treffen«, sagte sie.

»Wahrscheinlich nicht«, erwiderte Nomi. »Wir hätten ständig was anderes zu tun.«

»Wir würden uns schon Zeit freischaufeln. Haben wir doch
immer so gemacht.«

»Vielleicht. Aber dieser permanente Run auf alles, der dir als
Erwachsene in der Stadt so auf die Nerven geht, gilt genauso für
die Kinder«, sagte Nomi. »Was man nicht alles anstellen muss,
um für seinen Nachwuchs einen Platz in der Schule zu ergattern.
Herrje, sogar um die freie Schaukel auf dem Spielplatz muss
man kämpfen. Manchmal komme ich mir vor wie damals in der
sechsten Klasse, als sich alle denselben Pullover gekauft haben,
nur weil das beliebteste Mädchen in der Klasse so einen getragen
hat. Alle haben identische Buggys. Was ist das nur? Sie glauben
offenbar tatsächlich, dass die Räder abfallen, wenn das Ding
nicht mindestens einen Tausender gekostet hat.«

»Aber du fühlst dich hier doch pudelwohl.«

»Ja. Unterm Strich ist es das alles wert. Aber ich hatte nie den
Eindruck, dass du es genauso empfunden hast.«

»Ja, da hast du wohl recht«, sagte Elisabeth.

Sie fragte sich, ob ihr die ständige Unzufriedenheit im Blut
steckte oder in den Genen.

Beide Masseusen flüsterten, dass sich ihre Kundinnen nun
langsam umdrehen könnten.

Mit dem Gesicht nach oben kam sich Elisabeth viel unge-
schützter vor. Vor allem jetzt, da Nomi ihre Probleme an die
große Glocke gehängt hatte.

Sie schwiegen eine Weile.

Schließlich sagte Elisabeth: »Andrew hat später für uns einen Termin bei Dr. Chen vereinbart. Ohne mich zu fragen.«

»Ach!«, sagte Nomi.

Elisabeth hörte, wie ihre Freundin den Kopf hob.

»Da liegt also der Hund begraben!«

Im Wartezimmer trugen alle Leichenbittermienen. Verkniffene Münder, schicksalsergebene Gesichter, generelle Katerstimmung.

Damals, als sie jeden Tag hier antanzen musste, hätte sie am liebsten irgendwas Unpassendes in die Runde krakeelt oder alle mit einem Eimer Konfetti übergossen. Hauptsache, die Stimmung heben. Eines Morgens quäkte »O. P. P.« aus dem Handy eines Wartenden, die Rap-Hymne aller untreuen Partner, und der arme Mann schaffte es erst nach mehreren Versuchen, das Ding zum Schweigen zu bringen. Es war das Beste, was ihr dort je passiert war und vermutlich je passieren würde.

Jetzt betrachtete sie die anderen Wartenden mit einem gewissen Gefühl der Genugtuung. Hier versammelten sich die Verzweifelten. Aber sie gehörte nicht mehr dazu. Mehr noch, sie wollte es nicht einmal mehr, das, was diese Leute sich so sehnlichst wünschten. Andrew traf ein paar Minuten nach ihr ein, er schob Gil im Buggy. Früher fand sie es völlig daneben, mit einem Kind hier aufzukreuzen, genauso schlimm, als würde man mit Schokokuchen in der Hand zur Diabetessprechstunde erscheinen.

Ein paar Frauen blickten von ihren Handys oder Zeitschriften auf, um sie und Gil genauer in Augenschein zu nehmen. Wäre sie an diesem Tag mildtätig gewesen, sie hätte ihnen zugerufen: *Der kommt aus dieser Praxis! Nur nicht aufgeben!* Aber sie rangen sich nicht mal ein Lächeln ab, also schwieg sie.

Nomi hatte recht. In dieser Stadt waren ihr tausend Sachen

auf die Nerven gegangen. Es war gut, sich wieder daran zu erinnern.

Andrew küsste sie auf die Wange und setzte sich.

»Wie war die Massage?«, fragte er.

»Gut.«

»Und Nomi?«

»Ihr geht es auch gut. Was habt ihr so getrieben?«

»Wir haben im Diner an der Zweiundsiebzigsten gefrühstückt. Gil hatte Pfannkuchen.«

»Ach, na so was«, sagte sie zu ihrem Sohn, ihre Stimme voller Glück.

Elisabeth spürte die Blicke der Unglücklichen, aber das war ihr egal.

»Deinen Eltern hast du nichts gesagt, oder?«, fragte sie.

»Nein«, sagte Andrew. »Wieso?«

»Nur so.«

Bei ihrer ersten Behandlung hatten Faye und George durchblicken lassen, dass sie IVF als Spleen der Reichen betrachteten, eine Modeerscheinung der Großstädter. Faye zählte die Namen einiger Promis auf, von denen sie wusste, dass sie diese Methode ausprobiert hatten. Als Andrew ihnen ruhig erklärt hatte, dass man jedem Embryo für die Tests nur eine einzige Zelle entnahm, fragte Faye: »Was, wenn diese Zelle der Arm des Babys ist?«

Sie war entsetzt gewesen über die Kosten.

»Das ist ja Wucher!«, sagte Faye zu Elisabeth. »Da würde ich nicht mitmachen.«

Als hätten sie eine Wahl gehabt. Als wäre künstliche Befruchtung wie ein Gebrauchtwagen, bei dem man den Preis runterhandeln konnte.

Nach einer weiteren Viertelstunde bat man sie endlich ins Sprechzimmer, wo sie noch mal zwanzig Minuten warteten. Gil war unruhig. Sie ließen ihn über den Boden krabbeln, die Finger zwischen die Heizungsrippen schieben und hielten ihn auch nicht auf, als er versuchte, eine Schublade aufzuziehen.

Als Dr. Chen ins Zimmer kam, betrachtete er das Baby mit unverhohlenem Stolz. Elisabeth gefiel das überhaupt nicht. Als wäre Gil sein Geschöpf, was natürlich auch irgendwie zutraf, aber trotzdem.

»Hallo, wen haben wir denn da? Wie heißt du denn?«, sagte er.

»Gilbert«, antwortete Elisabeth. »Gil.«

Aus Erfahrung wusste sie, dass Dr. Chen das Gespräch so kurz wie möglich halten würde, und diesmal war sie froh darüber.

»Sobald Sie abgestillt haben, können wir mit der Behandlung beginnen«, sagte er. »Wenn Sie möchten, können wir dem kleinen Mann hier schon zu Weihnachten ein Brüderchen oder Schwesterchen bescheren.«

Am liebsten hätte sie einen Scherz darüber gemacht, wie viel Freude ihr das vergangene Weihnachtsfest mit ihrer Schwester beschert hatte, aber dieses Thema war wie so viele andere zu aufgeladen, um es zur Sprache zu bringen.

Der Arzt konsultierte seinen Computer und las ihre Akte. »Sie haben noch zwei Embryonen der Kategorie B übrig«, sagte er. »In Anbetracht Ihres Alters und der Schwierigkeiten, die wir beim letzten Mal hatten, schätze ich die Erfolgsrate bei einem Embryo auf siebzehn Prozent. Viel höher fällt sie aus, wenn Sie sich entschließen könnten, beide implantieren zu lassen. Dadurch erhöht sich allerdings auch die Wahrscheinlichkeit, Zwillinge zu gebären. Sie müssen sich also vorher gut überlegen, ob das zu Ihrer Planung passt.«

»Absolut nicht«, sagte Elisabeth. »Mit Zwillingen wäre ich völlig überfordert.«

»Ich kann mir Schlimmeres vorstellen«, sagte Andrew.

Elisabeth starrte ihn an. »Was denn zum Beispiel?«

Dr. Chen räusperte sich. »Sie haben offenbar noch Diskussionsbedarf. Dann überlasse ich alles Weitere erst mal Ihnen. Nur eines: Sie sollten es nicht zu lange herauszögern. Je schneller Sie handeln, desto besser. Hat mich gefreut, Sie beide wiederzusehen. Und den berühmten Gil kennenzulernen.«

Er blickte zu Boden.

Erst da bemerkte Elisabeth, dass Gil an den Quasten von Dr. Chens eleganten Lederschuhen lutschte.

»Wir melden uns«, sagte Andrew.

Er hob Gil gelassener vom Boden auf, als sie es hinbekommen hätte.

Auf dem Flur sah Andrew sie erwartungsvoll an.

»Was meinst du?«, fragte er.

Elisabeth wusste, dass ihre Zustimmung die einzige Möglichkeit war, ihn zurückzugewinnen und die Dinge zwischen ihnen wieder geradezurücken. Und dennoch sträubte sich alles in ihr.

»Ich muss in Ruhe darüber nachdenken«, sagte sie.

Zum ersten Mal seit langer Zeit wirkte Andrew zufrieden mit dem, was sie sagte.

16
Sam

Sam und Clive würden bei Maddie übernachten, in der Wohnung in Washington Heights, die sie sich mit zwei anderen Medizinstudenten teilte. Nach dem Babysitten am Samstag nahmen sie den A-Train von der Forty-Second Street, legten aber erst noch einen Zwischenstopp ein, um sich den Neonkoloss namens Times Square anzusehen. Von Maddie und Elisabeth wusste Sam, wie sehr dieser Ort echten New Yorkern zuwider war, aber sie selbst fand ihn herrlich – all die blitzenden Lichter, die bunten Leuchtreklamen, das Getümmel.

In der U-Bahn las Clive ihr Inserate von Schadensrechtsanwälten vor.

»Gibt es hier eigentlich irgendwen, der noch nie jemanden verklagt hat?«, fragte er.

Und Sam sagte: »Ja. Mich.«

Sie drückte ihm einen Kuss auf die Wange. Sie freute sich auf das Wiedersehen mit Maddie und war erleichtert, Elisabeth das restliche Wochenende los zu sein.

Bei Maddie gingen sie zu dritt in eine Bar um die Ecke. Zurück in der Wohnung legte Clive sich sofort schlafen, und Maddie und Sam unterhielten sich zu zweit.

Sam erzählte ihr von dem Hotelzimmer, in dem sie den Nachmittag und Abend mit Gil verbracht hatten.

»So was habe ich noch nie gesehen«, sagte sie.

»Hast du Fotos gemacht?«, fragte Maddie.

»Nein, aber ein paar Shampoofläschchen vom Putzwagen geklaut. Die Hälfte ist für dich.«

»Nice«, freute sich Maddie.

Sie war ein Jahr älter als Sam. Kennengelernt hatten die beiden sich, als Sams Junior-High-Klasse zum Tag der offenen Tür an der Senior-High ihrer Heimatstadt gewesen war. Maddie hatte sie herumgeführt. Seither waren sie die besten Freundinnen, so schwierig es inzwischen auch war, ihre gemeinsame Vorgeschichte mit ihren neuen Leben und neuen Freundinnen unter einen Hut zu bringen.

Mit niemandem sonst fühlte Sam sich so wohl wie mit Maddie. Sie kamen aus ähnlichen Familien, ja sogar aus fast identischen Häusern: bescheiden, weiß, Kolonialstil, nur an den Fensterläden unterscheidbar. Die von Sams Eltern waren schwarz, die von Maddies rot.

»Elisabeth meint, ich sollte nach dem Abschluss hierherziehen«, sagte Sam jetzt.

»Also ich will ja so schnell wie möglich wieder weg«, entgegnete Maddie. »In eine kleinere Stadt, wo normale Menschen sich das Leben leisten können.«

»Ja, ich hab ihr auch gesagt, dass mir New York viel zu teuer ist«, sagte Sam. »Angeblich hatte sie hier anfangs selbst zu kämpfen. Bloß, na ja, wenn man die Wahrheit kennt … Offenbar kommt sie aus ziemlich reichem Hause. Hat Andrews Vater neulich erzählt.«

Sam holte die Shampoofläschchen aus ihrer Tasche und reihte sie auf Maddies Couchtisch auf.

»Ich dachte, sie hat einfach Geschmack. Ich wusste ja nicht, dass ihr Vater Milliardär ist.«

»Echt, ein richtiger Milliardär?«

»Okay, das vielleicht nicht. Aber trotzdem.«

»Ja, trotzdem«, pflichtete Maddie bei. »Grenzwertig.«

»Die zwei haben damals in Brooklyn gewohnt«, sagte Sam. »Ich wusste gar nicht, dass es in Brooklyn Reiche gibt.«

»Da wohnen die Undercover-Bonzen«, erklärte Maddie. »Sogar Filmstars, aber die Sorte, die ihre Wäsche im Waschsalon wäscht, weil sie denken, so bleiben sie am Boden. So läuft das hier eben. Bei wahnsinnig vielen passt der Lifestyle null zum Beruf. Man lernt eine Dichterin kennen, und dann lädt sie einen zu sich ein, und man sieht, dass sie allein in einem riesigen Stadthaus wohnt. Aber wie sie dazu gekommen ist, darüber redet keiner. Man soll einfach so tun, als würden alle Dichterinnen so leben.«

Isabella gegenüber hatte Sam kein Wort von dem erwähnt, was George erzählt hatte. Die würde das nicht verstehen.

Clive hatte sie davon berichtet, und der hatte gesagt: *O Mann, diese Reichen. Alle gleich. Ich hab mir bei Elisabeth schon so was gedacht, nach dem, was du von ihr erzählt hast. Du bist zu vertrauensselig, Babe.*

Sofort hatte Sam ihre Offenheit bereut.

Maddies Reaktion dagegen bestätigte ihr, was sie ohnehin bereits gedacht hatte.

»Diese Stadt ist nichts für mich«, verkündete sie. »Die ist … so groß. Und dreckig. Und zu voll. Nicht böse gemeint.«

»Kein Ding«, sagte Maddie. »Ich hab sie ja nicht gebaut. Langfristig ist das für mich hier auch nichts. Aber wenn du nach dem Abschluss herkommst, könnten wir bis zum Ende meines Studiums zwei Jahre zusammenwohnen. Wie wir früher immer wollten, weißt du noch? Du arbeitest in einer Galerie, ich studiere Medizin. Abends kochen wir uns was, schauen im Schlafanzug fern. Gehen mit eineiigen Zwillingen namens Chad und Brad aus.«

Sam lachte.

»Wär das nicht toll?«, fragte Maddie.

»Supertoll. Aber du hast ja schon Mitbewohner.«

»Calvin und Marisa machen im Frühjahr ihren Abschluss. Dann brauch ich jemand Neues.«

»Ooooh!«

»Komm, lass uns das machen!«, sagte Maddie. »Endlich zusammenwohnen wie ein altes Ehepaar.«

Sam blickte in Richtung von Maddies Zimmer, wo Clive auf der Luftmatratze schlief.

Als sie ein paar Stunden später zu ihm unter die Decke schlüpfte, wurde er ein bisschen wach.

»New York gefällt mir«, nuschelte er schlaftrunken.

»Du hast doch noch fast nichts gesehen.«

»Ja, aber das hat mir schon mal gefallen.«

»Elisabeth meint immer, ich sollte hierherziehen«, sagte sie, um zu sehen, wie er reagierte.

»Können wir doch, für ein, zwei Jahre. Das wird spitze.«

Er küsste sie und schlief wieder ein.

Sam fühlte sich schuldig. In den Plänen, die sie mit Maddie gesponnen hatte, war Clive nicht vorgesehen. Aber Maddie und sie hatten ja schließlich nur geredet, sich nur zum Spaß ein bisschen ausgemalt, was hätte sein können, wenn Sam nicht Clive begegnet wäre.

Am Sonntag saßen die Orthodoxen nebenan Schiwe. Ein ganzer Strom Trauernder kam an. Die Kinder tobten auf dem Flur, spielten Fangen und krakeelten wie bei jeder x-beliebigen Familienfeier. Ab und zu stürmten die Kleinen versehentlich in Maddies Wohnung. Ein kleiner Junge spazierte ins Bad, pinkelte bei offener Tür und verschwand wieder, ohne sich umzusehen. Sie hätten natürlich abschließen können, aber es war einfach zu lustig.

Sam hatte eine Liste mit den Orten gemacht, die sie mit Clive besuchen wollte, aber am Ende blieben sie die meiste Zeit zu Hause und unterhielten sich mit Maddie und ihren Mitbewohnern. Maddie machte eine Frittata zum Frühstück und zum Mittagessen einen großen Salat mit Walnüssen, getrockneten Cranberrys und Ziegenkäse. Am Abend machte Clive Lachs und Ofenkartoffeln. Unglaublich erwachsen fühlte sich das an, völlig anders als das Wohnheimleben.

Nach dem Abendessen saßen Sam und Clive im Wohnzimmer auf dem Sofa. Als wären sie verheiratet, als gehörte das Apartment ihnen.

Maddie und Clive fanden schnell einen Draht zueinander, was Clive mit Sams anderen Freundinnen nie gelungen war. Schön war das, so zu dritt; Sam mochte Clive – und auch ihre Beziehung mit ihm – lieber, wenn Maddie mit dabei war.

Irgendwann im Lauf des Sonntagabends kam das Gespräch auf den baldigen Auszug von Maddies Mitbewohnern, und Clive verkündete: »Das passt ja prima, Sam und ich überlegen, vielleicht herzuziehen.«

Sam staunte, dass er das noch wusste. Bei dem Gespräch war er ja nicht mal richtig wach gewesen.

Maddie stutzte, und Sam sagte schnell: »Nur ein Gedankenspiel, sonst nichts.«

Clive schniefte und hustete das ganze Wochenende.

Eine Allergie, erklärte er.

»Die Katze wahrscheinlich, tut mir leid«, sagte Maddie.

»Schon okay«, winkte Clive ab.

»Quatsch, das liegt nicht an der Katze! Im Auto hatte er das auch schon!«, sagte Sam.

Sie war angespannt, so als hätte Clive ihre Freundin beschuldigt, obwohl die selbst die Katze angesprochen hatte.

»Wahrscheinlich kommt das davon, dass du in London Tag und Nacht draußen in der Kälte rumläufst. Klar wird man da krank«, sagte sie und bereute es sofort.

»Ich werde nie krank«, erwiderte Clive. »Isso.«

Am Montag hatte Maddie den ganzen Tag Kurse. Sam und Clive gingen auswärts frühstücken.

Ihre Gespräche liefen stockend. Sam hatte das Gefühl, dass sie bemüht nach Themen suchten. Er wollte der Kellnerin kein Trinkgeld geben, und Sam erklärte, dass sich das in Amerika nun einmal so gehörte, wenigstens für anständige Leute. Clive war bloß zu geizig.

Am Abend zuvor hatte sie das auch zu Maddie gesagt, und die hatte geantwortet: »Ich glaube, er ist einfach nur arm.«

Sam war kurz zusammengezuckt, hatte dann aber gesagt: »Ich glaube, er ist beides.«

Nach dem unschönen Frühstück gingen sie in einen Park in der Nähe von Maddies Wohnung und knutschten auf einem Felsbrocken neben einem Teich. Rings um sie saßen Schildkröten, reglos und ungerührt, und sogen nach besten Kräften die schwache Wintersonne in sich auf.

Auf der Heimfahrt sprach keiner von ihnen viel.

»Ich will nicht wieder dahin zurück«, stöhnte Elisabeth.

Sie klang, als müsste sie ins Gefängnis.

Sam hatte immer noch den Eindruck, dass die Lage zwischen Andrew und Elisabeth angespannt war, egal wie Elisabeth von all den aufregenden Dingen schwärmte, die sie in den letzten achtundvierzig Stunden unternommen hatten. Wie sollte man sich auch nicht amüsieren, wenn man in so einem Hotel wohnte, nach Herzenslust beim Zimmerservice bestellte und in Broadway-Shows, zum Wellness und in schicke Restaurants ging?

Nur zu gern hätte Sam vergessen, was George ihr erzählt hatte.

Irgendwann sagte Elisabeth: »Die Freunde, die wir Samstag getroffen haben, haben sich grade eine Wohnung gekauft, fünfundsiebzig Quadratmeter für über eine Million Dollar. Nicht zum Wohnen, sondern als Büro. Die Leute in dieser Stadt haben einfach zu viel Geld.«

Clive stupste Sam an und verdrehte die Augen.

So viele Menschen gaben sich für reicher aus, als sie waren. Warum nur gab Elisabeth sich solche Mühe, durchschnittlich zu wirken? Es war, als würde Sam sie gar nicht richtig kennen.

Doch nach einer Stunde Fahrt quiekte plötzlich Gil auf, und Elisabeth drehte sich nach ihm um. Kurz tauschten Sam und sie dabei ein Lächeln aus, und das fühlte sich so vertraut, so wohltuend an, dass Sam wünschte, sie wären allein oben im Fernsehzimmer, nach dem sonntäglichen Abendessen, und Elisabeth würde erzählen, was mit Andrew los war, und Sam ihr von Clive berichten.

Auf den Rücksitz gequetscht und Andrew und Elisabeth irgendwie ausgeliefert, wirkte Clive wie ein kleines Tier im Käfig. Er konnte nicht stillsitzen. Ständig schnalzte er mit der Zunge, trommelte auf seinen Knien herum. Er war gewohnt, bei Ausflügen den Ton anzugeben. In England wusste Sam nie, wo es lang ging und wie weit es war. Sie ließ sich einfach von ihm führen. So hatten sie es beide gern.

Clive fing an, Andrew über das Auto auszufragen. Andrew wusste nicht viel darüber zu sagen, und Clive stellte seine eigenen Thesen auf.

»Wie viel PS hat die Kiste eigentlich?«, fragte er.

»Hm, zwei-, dreihundert?«, spekulierte Andrew.

»Ich schätze eher hunderfünfundachtzig«, erwiderte Clive.

Knapp achtzig Kilometer vor dem Ziel hielten sie an einer Raststätte, weil Sam und Elisabeth aufs Klo mussten.

Gil schlief.

»Ich bleib bei ihm im Auto«, wisperte Andrew.

»Ich auch«, sagte Clive.

Sam fragte sich, ob Andrew das wohl nervte, ob er auf ein paar Minuten Zeit für sich gehofft hatte.

Elisabeth und sie gingen nach drinnen und vorbei an den Schlangen vor den Fastfood-Läden, deren Angebot Sam in diesem Augenblick ganz köstlich vorkam. Gern hätte sie etwas gegessen, aber sonst war niemand hungrig, und allein wollte sie dann lieber doch nicht.

Elisabeth erzählte vom Zoo im Central Park. Sie meinte, sie könne sich nie richtig entscheiden, ob sie ihn schön fand oder deprimierend.

»Einerseits ist es schon irre, dass man mitten in Manhattan einen Eisbär sehen kann«, sagte sie. »Aber andererseits: Was macht ein Eisbär in Manhattan?«

Sie betraten die Klokabinen, direkt nebeneinander.

Sam wartete ab, ob Elisabeth zu den Frauen gehörte, die sich gern von Kabine zu Kabine unterhielten. Die Entscheidung überließ sie immer der jeweils anderen, aber Elisabeth würde das Gespräch wohl sowieso eher erst am Waschbecken wieder aufnehmen. Richtig vermutet.

»Ist bei dir und Clive alles in Ordnung?«, fragte sie, während die beiden sich die Hände wuschen.

Irgendwas an Elisabeths Tonfall machte Sam nervös. Sie klang, als erwarte sie ein Nein.

»Klar«, sagte Sam.

»Hattet ihr ein schönes Wochenende?«

Sie dachte darüber nach zu erzählen, wie mühsam die Gespräche mit ihm gewesen waren, oder von Maddies Angebot, bei ihr einzuziehen. Doch beides erschien ihr wie ein Eingeständnis, zu dem sie sich nicht bereit fühlte.

Stattdessen sagte sie: »Ja, ich wär nur gern noch ins Guggenheim«, und betrachtete Elisabeth und sich im Spiegel.

Elisabeth wirkte einfach immer aufgeräumt, selbst jetzt, unterwegs in Jeans und Turnschuhen.

Sam dagegen sah zerknautscht aus. Die Ärmel ihrer gestreiften Bluse waren knittrig, ihr Haar völlig zerzaust.

Voll Verdruss bemerkte sie ihre runden Wangen. »Babyspeck«, sagte ihre Mutter immer. Elisabeths Wangen waren beinahe konkav, auf wunderbare Weise hohl, und Sam beneidete sie darum. Clive meinte ja, er fände Elisabeth gar nicht so hübsch, doch Sam fand sie unendlich attraktiv. Ihr strahlendes Lächeln. Das feine Schlüsselbein. Sogar die Fältchen in den Augenwinkeln, die ein bisschen aussahen wie die Sonnenstrahlen auf einem Kinderbild.

Im Wohnheim saßen Shannon und Isabella mit aufgeklappten Laptops auf Isabellas Bett.

»Wie war's?«, fragte Isabella.

»Lustig!«, sagte Sam.

»Grandios«, sagte Clive.

»Wir wollen gleich noch in die Spätvorstellung von dem neuen Ben-Affleck-Film«, sagte Shannon. »Wollt ihr mit?«

»Ich hab's ja eigentlich nicht mehr so mit Hollywood«, antwortete Clive, noch ehe Sam etwas sagen konnte. »Das meiste ist sowieso Müll. Ab einem gewissen Alter kann man damit nichts mehr anfangen.«

Und an Sam gewandt: »Für Kino zahle ich bloß noch, wenn im Barbican eine richtig gute Doku läuft.«

Isabella und Shannon sahen erst ihn an und dann wieder ihre Laptops, ohne einen Ton zu sagen.

»Na, wir lassen euch zwei besser mal allein«, sagte Isabella kurz darauf.

»Bleibt doch ruhig!«, sagte Sam.

Aber die beiden flohen schnell in Shannons Zimmer gegenüber und schlossen die Tür.

Als Sam und Clive den Ausflug nach New York geplant hatten, waren Ramona und ihre Freundin noch zusammen gewesen. Jetzt waren sie getrennt und Ramona brauchte ihr Bett wieder, weshalb Isabella auf dem Boden schlafen musste. Alle brachten Opfer für Sam – und für Clive. Wenn er doch nur nicht jede Unsicherheit mit Hochnäsigkeit und Arroganz überspielen müsste.

Sam hörte ihre Freundinnen gegenüber lachen. So oft hatte sie sich, wenn sie mit ihnen zusammen gewesen war, nach London und zu Clive gewünscht. Jetzt war er hier, und sie wollte bei ihnen sein.

»Ich hab einen Mordshunger«, sagte er. »Lass uns doch was bestellen.«

»Die Lieferservices hier machen alle schon um neun zu«, erwiderte Sam.

Aber sie hatte ja noch den Schlüssel zur Küche, den Maria ihr im ersten Jahr für die Frühschicht überlassen hatte. Sam hatte ihn ihr nie zurückgegeben.

»Komm«, sagte sie, und führte ihn an der Hand die Treppe hinab.

Die menschenleere, dunkle Mensa wirkte unheilvoll.

»Wo willst du denn hin mit mir?«, fragte Clive.

»Wirst du schon sehen.«

Auf dem Weg durch den stockfinsteren Saal ließ Clive die Hand über Sams Rücken wandern und kniff sie in den Po. Sam quiekte, und Clive sagte: »Was? Was ist passiert?«, als wäre das nicht er gewesen.

Sam schob den Schlüssel in die schwere Küchentür und drückte sie auf.

»Es ist angerichtet«, sagte sie, indem sie das Licht anknipste.

Aus einem der Kühlschränke nahm sie ein halbes Tablett vom Tex-Mex-Samstag übriggebliebene Enchiladas sowie drei Viertel eines Apple-Pies. Clive nahm ein Schälchen Kartoffelbrei, mit schelmischem Panzerknackergrinsen.

Sam warf einen Blick über die Schulter und ging mit dem Essen zur Mikrowelle. Die kleine Tür zu öffnen, zu schließen und die piepsenden Knöpfe zu drücken, fühlte sich auf aufregende Art verboten an.

Noch ehe sie wusste, wie ihr geschah, spürte sie Clives Lippen an ihrem Nacken. Er umfasste sie von hinten und griff ihr an die Brüste.

»Zieh die Hose runter«, sagte er.

Sam gehorchte. Vor ihrer Nase drehten sich die Enchiladas. Ihre Großmutter hatte mal gesagt, man könne Krebs davon bekommen, zu dicht an einer Mikrowelle zu stehen.

Clive schob ihr eine Hand zwischen die Beine.

»Weiter auseinander«, flüsterte er.

Dann hörte sie seinen Reißverschluss.

Bis Mittwochmorgen hatte Clives angebliche Allergie sich zu einer handfesten Grippe ausgewachsen. Er hatte neununddreißig Fieber, Schüttelfrost und bösen Husten. Sam ging zu ihren Kursen, und als sie drei Stunden später zum Mittagessen wiederkam, war ihr Mülleimer randvoll mit verrotzten Taschentüchern.

Ständig glaubte sie, Symptome an sich zu bemerken, und wartete darauf, dass es auch sie erwischte.

»Kuscheln?«, bettelte Clive. Sam hielt die Luft an und schmiegte sich an ihn wie Pringles in der Dose.

Als sie von den Nachmittagskursen wiederkam, saß er an die Kissen gelehnt im Bett und sah fern. Auf einem Stuhl standen eine Schüssel Hühnersuppe, ein Teller mit Crackern, Zitronenschnitzen und kleinen Päckchen Honig, eine Tasse und eine große silberne Thermoskanne.

»Was ist das denn?«, fragte sie.

»Essen«, sagte er. »Suppe.«

»Woher hast du das?«

»Ich bin runter in die Mensa, ein Glas Wasser holen, und eine deiner Freundinnen hat sich erbarmt.«

Sam wurde wachsam. »Welche Freundin?«

»Delmi. Aus der Küche. Sie meinte, sie würde mir was bringen. Ein Engel ist die. Wir haben ein bisschen Spanisch gesprochen. Sie hat meinen schlechten Akzent toleriert.«

»Ah«, sagte Sam. Und dann, nach kurzem Nachdenken: »Eigentlich ist das ja nicht ihr Job.«

Clive lächelte nur.

Als Sam beim Abendessen in die Küche ging, um sich bei Delmi zu bedanken, tuschelte die gerade mit Maria. Sie sprachen Spanisch, aber Sam schnappte einen Satz auf, den Maria öfter mal gebrauchte.

»Hay pericos en la milpa.«
Da sind Sittiche im Maisfeld.

Zwei studentische Aushilfen standen mit den Rücken zu ihnen an der Spüle.

Waren die etwa die Sittiche? Oder war es Sam?

»Hi, Sam«, sagte Delmi, ohne einen Hauch ihres üblichen Lächelns.

»Danke, dass du Clive geholfen hast«, sagte Sam. »Das war doch nicht nötig. Aber echt nett.«

»Gern geschehen«, antwortete Delmi. Sie linste auf ihr Handy und hielt es dann Maria hin.

»Clive meint, ihr habt Spanisch gesprochen. Er hat ein paar Jahre in Spanien gelebt.«

Delmi wirkte aufgewühlt. »Hm? Ja, sein Spanisch ist prima.«

»Ich hoffe, er hat nicht genervt.«

»Schon okay, Sam«, blaffte Delmi.

Sam dachte daran, was Clive und sie zwei Abende zuvor hier in der Küche getrieben hatten. Ein harmloser Spaß, hatte sie gedacht, aber jetzt fragte sie sich, ob die anderen irgendwoher davon wussten. Sie bereute, was sie getan hatte. Unbedacht war das gewesen. Eklig.

»Bist du sauer auf mich?«, fragte sie. Kindisch klang das, und sie lief rot an.

Delmi blickte vom Handy auf. »Was? Nein, wieso denn?«

Sam nahm Essen für Clive und sich mit nach oben und erzählte, was passiert war.

»Aber sie sagt doch, es hat nichts mit dir zu tun«, antwortete er. »Wahrscheinlich hat sie nur einen schlechten Tag.«

Clive war blass. Wenn er die Augen schloss, sah sie ihm seine Qualen an.

Sam legte ihm eine Hand auf die Stirn, obwohl sie dadurch niemals irgendetwas feststellte.

»Ich hol das Thermometer«, sagte sie.

Ein paar Stunden später hatte Clives Fieber immer noch nicht nachgelassen, und sie brachte ihn zum Campus-Arzt. Der blickte immer wieder zwischen den beiden hin und her, als versuchte er, ein Rätsel zu ergründen.

Am Donnerstag ging Sam ganz normal zur Arbeit. Elisabeth hatte ihr den Tag freigeben wollen, damit sie ihn mit Clive verbringen konnte, doch Sam bestand darauf.

Insgeheim sehnte sie sich nach einer Atempause, auch wenn sie das nie ausgesprochen hätte.

Sie hatte Clive noch niemals krank erlebt. Er war ein ausgesprochen jämmerlicher Patient. Sam versuchte, für ihn da zu sein, aber wenn er die ganze Nacht stöhnte und Schleim hustete, wünschte sie sich, er würde nach unten gehen und auf einem der Sofas im Wohnzimmer schlafen. Wenn sie in ihr Zimmer kam und ihn da liegen sah, war sie jedes Mal aufs Neue merkwürdig erstaunt.

Früher – sogar, während sie zusammengewohnt hatten – hatte sie in immer mit einem gewissen Abstand gesehen. Jetzt kam es ihr vor, als läge über jedem seiner Mängel eine Lupe. Ohne seine grellen Sweatjacken, ohne Markensneaker und ohne Gel im Haar sah er plötzlich aus wie ein mittelalter Mann; ein Dad in weißem Unterhemd.

Hoffentlich legte sich dieses Gefühl bald wieder.

Es tat jedenfalls gut, zu Elisabeth zu kommen.

Doch als Elisabeth fragte, wie die letzten Tage gewesen seien, sagte sie trotzdem: »Super, größtenteils.«

Elisabeth machte aus ihren Sympathien keinen Hehl. Schon mehrfach hatte sie von Isabella geschwärmt. Über Clive hatte sie bislang kein Wort verloren. Gern hätte Sam nachgebohrt, unverblümt gefragt, was sie von ihm hielt. Doch sie fürchtete, die Antwort schon zu kennen. Vor einigen Wochen hatte Elisabeth noch gesagt, Sam solle Clive doch mal zum Essen mitbringen, wenn er zu Besuch sei. Jetzt war er da, und die Einladung war nicht mehr wiederholt worden.

Sam verbrachte einen netten Tag mit Gil, sah ihm zu, wie er durchs Wohnzimmer watschelte, und machte während seines Schläfchens eine Ladung Babywäsche. Sie hielt jedes Teil kurz hoch, bevor sie es in die Maschine warf. Die niedlichen Hemdchen, Hosen und Strümpfe. Manchmal, wenn sie bei Gil war, überkam sie das Gefühl, sie würde explodieren, wenn sie noch länger auf ein eigenes Kind warten müsste. Und dann kam sie sich wieder selber wie ein Kind vor, von all dem Lichtjahre entfernt.

Das Handy klingelte, ihre Mutter. Sam ging ran, die letzten Wäschestücke noch in der Hand.

Ihre Mutter klang müde und ein bisschen traurig.

»Ich mach so viele Überstunden, wie ich kann«, sagte sie. »Letzte Woche an sechs Abenden.«

Sam dachte daran, was ihr Bruder Brendan von ihrem Vater erzählt hatte.

»Wie geht's Dad?«, fragte sie.

»Ganz okay, ist grade eine schwere Zeit. Der Wirtschaft geht es gut, was sonst auch ihm nutzt. Aber aus irgendeinem Grund macht grade niemand irgendwas an seinen Häusern. Wahrscheinlich bloß die Jahreszeit, im Frühjahr wird das sicher besser.«

Sam wollte das gern glauben, war aber besorgt.

Sie plauderten noch ein paar Minuten, dann verabschiedeten sie sich wieder.

Auf einem Ständer im Wäscheraum hing eins von Elisabeths Kleidern. Der Preiszettel war noch daran.

Das Kleid hing schon das ganze Jahr dort. Sam hatte es x-mal gesehen. Jetzt aber spürte sie dieses vertraute Kribbeln im Nacken, wollte irgendwas beweisen. Sie griff nach dem Preisschild. Fünfhundertfünfzig Dollar. Elisabeth hatte es noch nie getragen.

Als Nächstes ging Sam ins Bad und suchte online nach dem Preis der Handseife mit Pfingstrosenduft.

Sechsundvierzig Dollar.

Sam sah den entsetzten Blick ihrer Mutter förmlich vor sich.

Aus der Drogerie sei die Seife, hatte Elisabeth behauptet. Laut Internet gab es sie allerdings exklusiv bei Neiman Marcus. (Oder auch *Niemand mag uns*, wie Sams Mutter den überteuerten Laden gern nannte.)

Als Elisabeth nach Hause kam, saß Gil in seinem Hochstuhl (siebenhundert Dollar) und mampfte zerdrückte Avocado.

Elisabeth war am Handy, hatte einen Stapel Post in der Hand und verzog entnervt das Gesicht.

Sie lächelte Gil an und sagte ins Handy: »Aber ich habe doch noch drei Ampullen vom letzten Mal. Warum soll ich jetzt neue bestellen? Ich sage doch, die halten noch bis Juni. Okay. Gut. Danke. Die Spritzen sind inklusive, oder? Und die Ersatznadeln? Gut. Nein, nein, schon okay. Ich danke Ihnen.«

Belämmert legte sie auf.

»Sam, ich muss dir was sagen«, hob sie an. »Ich will noch mal schwanger werden. Außer Andrew weiß davon noch keiner. Nicht mal Nomi. Die würde bloß dauernd nachfragen, und ich will möglichst wenig Druck aufbauen.«

»Klingt vernünftig.«

Sam fühlte sich geschmeichelt, so ins Vertrauen gezogen zu werden. Andererseits: So viel Zeit, wie sie in diesem Haus verbrachte, ging das wohl gar nicht anders.

»Eigentlich wollte ich ja keine Kinder mehr«, sagte Elisabeth.

»Und wieso hast du deine Meinung geändert?«

»Habe ich gar nicht. Aber wir haben noch zwei Embryos, und Andrew würde am liebsten beide gleichzeitig einsetzen. Zwillinge! Ich will lieber gar keine mehr. Da keiner von uns den anderen überzeugen konnte, treffen wir uns in der Mitte. Also bei *einem* – potenziellen – Kind.«

So sollten die beiden das wirklich entschieden haben? Der Entschluss, neues Leben in die Welt zu setzen, nichts als eine Rechenaufgabe, ein schaler Kompromiss?

»Sehr wahrscheinlich klappt es sowieso nicht«, sagte Elisabeth.

Sie klang, als würde sie darauf sogar hoffen.

»Nächste Woche geht das mit den Spritzen los, unter Aufsicht einer Ärztin. Wenn alles glatt läuft, wird mir in einem Monat in New York der Embryo eingesetzt.«

Altersmäßig wären die Kinder ganz schön dicht beieinander. Gil war noch kein Jahr alt. Wäre Elisabeth einfach nur eine Freundin gewesen, hätte Sam gefragt, ob sie sich das auch wirklich gut überlegt hat.

Zurück im Wohnheim war Clive schon eingeschlafen. Süß sah er aus. Bis Samstag noch. Morgen würde sie versuchen, seine Abreise zu verdrängen, und das letzte bisschen Zeit mit ihm zu genießen. Niemals liebte Sam ihn so sehr wie am letzten Abend.

Am Freitag ließ Clives Fieber nach. Er war fit genug, um zu duschen, sich anzuziehen und Appetit zu haben. Sam hing an ihm wie eine Klette, konnte die Hände nicht von ihm lassen.

»Bleib bei mir«, sagte sie. Und: »Wenn ich ganz fest daran denke, wird dein Flug vielleicht storniert.«

Abends gingen sie zusammen essen. Selbst im Neonlicht des Billig-Thailänders sah er heute ganz besonders gut aus, fand Sam. Als er vorschlug, hinterher noch ein Eis essen zu gehen, schüttelte sie den Kopf und sagte: »Ich will schleunigst nach Hause mit dir.«

Clive nickte. »Ich denke, das lässt sich einrichten.«

Im Wohnheim drangen Stimmen aus dem Gemeinschaftsraum.

»Was ist denn da los?«, fragte Clive. Wenn er eine gute Party witterte, war er geradezu körperlich unfähig, sie auszulassen.

»Bestimmt nichts Besonderes«, sagte sie.

Mit Clive bei Maddie zu sein, oder in den Straßen von New York, oder sogar beim Thailänder hier in der Stadt, fühlte sich ganz natürlich an. Aber auf dem Campus war Sam immer noch befangen. Sie wollte nicht peinlich berührt danebenstehen, während er versuchte, sich mit einem Haufen Collegestudentinnen zu unterhalten.

Nächstes Jahr würde ihr wahres Leben weitergehen. Dann würde der Altersunterschied nicht mehr so ins Gewicht fallen.

Sie gingen die Treppe hinauf zum Zimmer.

Isabella rannte auf sie zu. Die ganze Woche war sie ihnen aus dem Weg gegangen, jetzt rief sie: »Sam! O Gott! Sam!«

Sams Puls wurde schneller.

»Was ist los?«, fragte sie. »Ist was passiert?«

»Hör mal, meine Mailbox«, sagte Isabella. »O Gott, schau mal, wie ich zittere.«

Sie stellte ihr Handy auf Lautsprecher, Clive und Sam beugten sich vor, um besser zu hören.

»Hey, Schlampe, Inez hier, Josephs *baby mama*. Lass bloß die Pfoten von ihm, sonst kratz ich dir deine verfickten Augen aus, ich schwör. Leg dich bloß nicht mit mir an, Bitch.«

Erst dachte Sam, diese Inez musste sich verwählt haben.

»Wer ist denn Joseph?«, fragte sie.

»Der Stripper-Hiwi!«, sagte Isabella.

»Und der hat ein Kind? Dessen Mutter sich tatsächlich selber als *baby mama* bezeichnet?«

»Anscheinend ja.«

»Und das fand er nicht erwähnenswert.«

»Nope.«

»Aber deinen Namen hat er sich auf den Arm tätowieren lassen?«, warf Clive ein.

Sam war gerührt, dass er sich daran erinnerte.

»Den ersten Buchstaben«, sagte Isabella. »Das I.«

»I … Inez … Aha.« Clive nickte. »Was für ein Arsch.«

Isabella lachte. »Aber echt«, sagte sie.

Sam fragte sich, ob Clive sie endlich doch noch für sich eingenommen hatte.

Sie nahm seinen Arm. Was für ein Glück, dass sie ihren Menschen schon so früh gefunden hatte. Die meisten ihrer Freundinnen würden noch Jahre suchen.

Am nächsten Morgen machten sie sich hektisch fertig. Bald schon würde George sie abholen kommen.

»Wann geht noch mal dein Flug?«, fragte sie.

»Viertel zehn«, sagte Clive.

Sam konnte sich nie merken, ob das bei ihm Viertel vor oder nach zehn bedeutete.

»Wir brauchen Kaffee«, sagte sie, während er mit dem Verschluss seines Koffers kämpfte. »Wir treffen uns unten, okay?«

Sam ging in die Küche.

Anders als sonst, wenn sie durch die Schwingtür trat, waren Maria und Delmi nicht bei der Arbeit, sondern beugten sich über irgendetwas auf der Theke. Als die Tür aufging, erschraken sie, und Maria versteckte das Objekt ihres Interesses schnell hinter dem Rücken.

»Komm mal mit«, sagte sie und führte Sam in die Speisekammer.

Der Kaffeeduft beschwor Erinnerungen an Frühstück in ihrem Elternhaus herauf, an Sonntage im Bett mit Clive in London und an die frühen Morgenstunden hier in dieser Küche, ans Quatschen mit Gaby beim Kochen.

»Schau dir das an«, flüsterte Maria. »Delmi hatte schon vorher was läuten gehört.«

Sam nahm die dünn gefaltete Zeitung entgegen.

Da war er. Ihr Brief, zwei Spalten über eine halbe Seite. Und daneben eine Antwort von Präsidentin Washington.

Sams Herz pochte. Sie versuchte, überrascht zu wirken, verwirrt sogar.

»Was ist das?«, fragte sie blöde, konnte sich ein Grinsen kaum verkneifen.

»Ärger«, antwortete Maria.

Sam fühlte sich, als wäre sie mit dem Kopf gegen die Wand gelaufen.

»Ärger? Wieso?«, fragte sie.

»Lies«, sagte Maria.

Und Sam las.

Liebe Studentin,

vielen Dank für Ihre Anteilnahme. Und auch dem *Collegian* danke ich für dieses Forum.

Auf Ihre spezifischen Vorwürfe kann ich leider nicht eingehen, ohne zu wissen, von wem dabei die Rede ist (beziehungsweise: ob es Ihnen überhaupt um konkrete Personen geht oder um allgemeinere Anliegen …). Ich versichere Ihnen allerdings, dass die Service-Kräfte ein geschätzter Teil unserer Gemeinschaft sind, ja das Rückgrat dieses Colleges. Wir sind für ihre unermüdliche Arbeit täglich dankbar. Falls das nicht deutlich genug wurde, muss sich das ändern. Deshalb haben Barney Reardon (der Leiter der RADS) und ich das Servicepersonal für heute Nachmittag, fünf Uhr, zu einem offenen Austausch über dessen Arbeitsbedingungen eingeladen. Das Gespräch wird unter Ausschluss der Öffentlichkeit stattfinden, über die Ergebnisse wird hier berichtet werden.

Danke für Ihr Engagement und Ihre Offenheit.

Hochachtungsvoll

Shirley Washington

Sam sah Maria an. »Das ist doch gut, oder? Sie will euch anhören. Sie ist toll, sag ich doch immer. Sie wird euch sicher helfen.«

Maria seufzte. »Alle paar Jahre hat eins der Mädchen hier eine Erleuchtung, geht zur Verwaltung, und dann passiert rein gar nichts. Einmal gab's sogar eine große Demo auf dem Campus. Oder zweimal? Hoffentlich nie wieder, jedenfalls. Reine Zeitverschwendung. Auf das Gespräch könnte ich auch verzichten, trotzdem müssen wir da alle hin. Barney Reardon hat noch nie was für uns getan, das wird sich auch jetzt nicht ändern.«

Sie hörten Schritte vor der Speisekammer und traten wieder in die Küche. Eine studentische Aushilfe, deren Name Sam nicht einfiel, band gerade ihre Schürze.

Marias Miene machte klar, dass das Gespräch beendet war.

»Hi Sarah«, sagt sie. »Stellst du bitte erst die Cornflakes raus?«

Sam trat aus der Küche und ging durch die Mensa.

Der Speisesaal füllte sich langsam mit Studentinnen, die sich, teils noch in Pyjamas und Kapuzenpullis, über Waffeln und Rührei hermachten; andere kamen schon mit Jacke und Rucksack, füllten ihre Thermosbecher mit Kaffee und toasteten Bagels, um sie auf dem Weg zum Kurs zu essen. Alle glaubten sie, dies sei ein Tag wie jeder andere.

Das wurmte Sam, aber was hatte sie auch anderes erwartet? Ihre Freundinnen und sie begannen den Tag auch nie mit hitzigen Diskussionen über Artikel in der Campuszeitung.

Sie ging raus. Erst als der Wind in den dünnen Seiten raschelte, bemerkte sie, dass sie die Zeitung immer noch in Händen hielt.

Vor dem Eingang stand Georges Auto, Clive saß schon wieder auf dem Rücksitz. Die beiden unterhielten sich lächelnd, als wäre das völlig normal.

Sam stieg demonstrativ vorne ein.

Ihr Kopf schwirrte, ihr Herz raste.

»Doch kein Kaffee?«, fragte Clive.

»Hm, was?«

George erzählte irgendetwas, doch sie konnte ihm nicht folgen.

Als er an der Tankstelle hielt, sah Sam ihm auf dem Weg zur Zapfsäule nach.

Dann drehte sie sich zu Clive um. »Mein Brief ist heute im *Collegian*. Präsidentin Washington hat geantwortet und trifft sich heute zum Gespräch mit dem Servicepersonal. Schau.«

Sie reichte ihm die Zeitung.

»Hey, gut gemacht!«, lobte Clive.

Kurz las er im Stillen die Antwort der Präsidentin. Dann blickte er auf und sagte: »Wie arrogant ist das denn bitte? ›Ob es Ihnen überhaupt um konkrete Personen geht‹? Als hättest du dir die bloß ausgedacht. Blöde Kuh.«

Irgendwie wurde Sam erst da klar, dass sie gar nicht wegen Marias Reaktion so aufgebracht war, sondern weil Clive recht hatte. Diese Erwiderung war abschätzig, berechnend, beinahe vorwurfsvoll. Als wäre die Frau, deren Rede Sam sich so oft angesehen hatte, in Wahrheit ein völlig anderer Mensch.

George zog den Zapfhahn aus dem Tankstutzen und drehte den Deckel wieder zu.

»George soll davon nichts wissen«, sagte Sam. »Erst mal gar niemand, am besten.«

»Warum nicht?«, erwiderte Clive. »Ist doch super, dass du das gemacht hast. Die meisten dieser Collegegirls haben doch die Köpfe viel zu tief in ihren eigenen Ärschen, um auch mal an andere zu denken.«

Das hätte auch Gaby sagen können.

Gaby. Was würde die wohl davon halten? Sie hatte gleich gesagt, dass Maria das nicht wollen würde. Warum nur hatte Sam nicht auf sie gehört?

Schon seit ihrer Kindheit hatte sie immer wieder einen

Albtraum, in dem sie im Auto eine kurvige Bergstraße hinabraste, ohne dass sie fahren konnte. Manchmal fielen auch die Bremsen aus. Genau so fühlte Sam sich jetzt. Sie wünschte, sie könnte einfach aufwachen, erleichtert, dass alles nur ein Traum war. Mit einem Mal bereute sie furchtbar, was sie getan hatte.

Am Flughafen wartete George im Wagen, während Sam und Clive sich verabschiedeten.

Sie umarmten sich vor dem Terminal. Sam musste sich auf die Zehenspitzen stellen.

Clive nahm ihr Kinn in die Hand. »Du bist die Allerbeste«, sagte er. »Ich liebe dich. Und ich bin stolz auf dich, weil du diesen Brief geschrieben hast.«

»Ach …«, sagte sie.

»Du wirst mir furchtbar fehlen.«

»Du mir auch. Ich mag dich nicht gehen lassen.«

»Zum Glück ist damit ja bald Schluss«, sagte er. »Bald wirst du für den Rest meines Lebens immer neben mir sitzen, wenn ich in ein Flugzeug steige.«

Clive hielt sie fest in seinen Armen, bis ein Polizist vorbeikam und sie weiterschickte.

Am Abend, vor dem Essen, ging Sam in die Küche. Sie war leer. Nicht nur die Menschen fehlten, sondern auch Dinge. Delmis Pflanzen waren weg, die kleine Madonna war verschwunden. Sogar das Foto von Josie war von der Salattheke entfernt worden – nur ein Tesa-Rest war übrig.

Sam hörte Geräusche aus der Speisekammer. Gaby stapelte Dosen mit Bohnen und passierten Tomaten.

»Wie lief das Gespräch?«, fragte Sam.

»Scheiße«, antwortete Gaby frostig.

»Was ist passiert?«

»Deine geliebte Präsidentin war stinksauer. Wer auch immer diesen Brief geschrieben hat, hat sie blamiert, meint sie. Sie hat uns sogar vorgeworfen, wir würden selbst dahinterstecken. Weil keine Studentin das alles gewusst haben könnte. Weißt du, was Delmi hinterher zu meiner Tante gesagt hat? ›Der Brief klingt wie Gaby, wenn sie einen schlechten Tag hat.‹«

Sam lief knallrot an.

Gaby zog einen Zettel aus ihrer Handtasche.

»Was ist das?«, fragte Sam.

»Der neue Verhaltenskodex. Mussten wir alle unterschreiben.«

Gaby las vor: »Abschnitt vier: Mitarbeiter*innenzufriedenheit und Kommunikation. Ein positives, konstruktives Verhältnis zwischen dem College und seinen Mitarbeiter*innen ist wesentlich für die Erfüllung der Aufgaben unserer Institution. Bringt das Verhalten oder die Kommunikation von Mitarbeiter*innen auf dem Campus oder außerhalb davon, on- oder offline, einen Vertrauensverlust oder ernsthaften Dissens mit dem College zum Ausdruck, erkennen die Mitarbeiter*innen an, dass das College das Arbeitsverhältnis nach eigenem Ermessen zur Disposition stellen kann.«

Gaby sah Sam an. »Anders ausgedrückt: Haltet die Schnauze oder verpisst euch.«

»Abschnitt neun: Persönliches Eigentum. Ab sofort darf kein persönliches Eigentum mehr in den Campusküchen aufbewahrt werden. Handtaschen, Jacken und andere kleinere Gegenstände sind in den bereitgestellten Spinden zu verwahren. Abfälle sind Eigentum des Colleges und dürfen nur von den damit beauftragten Abfallbeseitigern vom Campus entfernt werden. Essen und Getränke sind Eigentum des Colleges und dürfen unter keinen Umständen vom Campus entfernt werden. Zuwiderhandlung wird als Diebstahl betrachtet und hat sofortige Kündigung zur Folge.«

Sam stand mit offenem Mund da.

»Der Brief ist von dir, stimmt's«, sagte Gaby.

Es war keine Frage.

»Scheiße, Sam! Ich hab dir das im Vertrauen erzählt, als Freundin. Nicht, weil ich wollte, dass du die Welt rettest. Wenn ich gewollt hätte, dass die Scheiß-Präsidentin das hört, hätte ich's ihr selbst gesagt. Hab ich dir irgendwie den Eindruck vermittelt, dass ich mich nicht traue, den Mund aufzumachen, wenn mich was stört?«

Sam musste unwillkürlich schmunzeln. Aber Gaby lachte nicht. Wütend sah sie aus. Diesen Blick hatte Sam von ihr noch nie abbekommen.

Gaby atmete einmal kräftig durch, wie sie es laut Maria immer tun sollte, wenn eine hochnäsige Studentin ihr auf die Nerven fiel.

»Nach dieser Definition von ›Diebstahl‹ hab ich schon haufenweise Zeug gestohlen«, sagte Sam. »Und die meisten, die ich kenne, auch.«

Gaby zuckte die Achseln.

»Das ist doch bescheuert. Wir könnten eine Demo organisieren«, schlug Sam vor. »Hier demonstrieren doch sowieso alle für ihr Leben gern. Ernsthaft.«

»Lass diese Frauen mal schön selber für sich sorgen«, sagte Gaby. »Das haben sie ihr Leben lang gemacht.«

»Aber mein Freund George, der hat so eine Gruppe. Die helfen Leuten, die vom System unfair behandelt werden. Ich könnte –«

Gaby schüttelte den Kopf. »Noch mehr Aufmerksamkeit ist das Letzte, was wir brauchen können. Wir können uns nicht leisten, über unfaire Behandlung zu jammern. Wir sind nicht wie du.«

Sam kam sich dumm vor.

»Es tut mir furchtbar leid«, sagte sie. »Echt. So habe ich mir das nicht vorgestellt. Ich hätte unterschreiben sollen. Wenn jemand Ärger kriegen sollte, dann ich.«

»Das hätte auch nichts geändert«, sagte Gaby. »Das College erwartet von euch, dass ihr protestiert. Und dass ihr euch dann wieder anderen Dingen zuwendet. Die wissen genau, was sie tun. Es ist ihnen einfach bloß egal.«

Gaby ballte die Fäuste.

»Ich muss hier raus«, sagte sie, »'nen anderen Job finden. Eine Freundin von mir ist Nanny, die verdient gutes Geld, hört aber demnächst auf. Sie will mich empfehlen. So richtig seh ich mich da ja nicht, aber vielleicht könnte ich da Josie mit zur Arbeit nehmen ...«

Sam überlegte. Vielleicht könnte Gaby sie nach ihrem Abschluss bei Elisabeth ablösen. Ein Traumpaar wären die beiden wohl nicht gerade, aber dafür wäre Elisabeth vermutlich sogar stolz darauf, ihre Nanny ihr eigenes Kind zur Arbeit mitbringen zu lassen.

»Weißt du, ich bin ja auch Nanny ...«, hob sie an.

Gaby verzog so angewidert das Gesicht, als hätte sie etwas Verdorbenes gegessen.

»Nenn dich nicht so«, blaffte sie. »Du warst noch nie eine Nanny, Sam.«

Sam stutzte. »Doch, war ich. Bin ich.«

»Du hast nicht die geringste Ahnung, wie das ist.«

Sam war verwirrt. Hatte Gaby einen falschen Eindruck davon gewonnen, wer sie war, wo sie herkam? Ihr fiel ein, was George mal über Elisabeth gesagt hatte.

»Ich hab auch kein Sicherheitsnetz, weißt du«, sagte sie. »Ich verstehe das sehr wohl. Ich habe pausenlos Geldsorgen. Mein Vater steckt gerade –«

»Sam«, unterbrach Gaby. »Letztes Jahr hat deine Freundin dich nach London eingeflogen, weil du traurig warst und sie Geburtstag hatte. Für wen hältst du dich? Du hast kein Sicherheitsnetz? Keine Familie, zu der du gehen kannst, keine Eltern, die dich notfalls durchfüttern würden?«

Sie breitete die Arme aus. »Und das hier alles, ist das kein Sicherheitsnetz? Maria, die hat kein Sicherheitsnetz, die ist selber eins, für einen ganzen Haufen Leute.«

»Ich weiß. Maria ist großartig.«

Gaby schnaubte. »Das kannst du dir sparen. Du hast ihr das Leben zehnmal schwerer gemacht, als es sowieso war. Meine Tante wird dafür bezahlt, zu Mädchen wie dir nett zu sein.«

Das saß. Sam stiegen die Tränen in die Augen.

»Oh, willst du jetzt heulen?«, höhnte Gaby. »Soll ich dich trösten, ja? Nachdem du mich am langen Arm verhungern lassen hast? Hey, kein Ding, ich check das schon. Ich war deine Übergangsfreundin. Dann kamen deine echten Freundinnen zurück und du hast mich nicht mehr gebraucht.«

»Das stimmt nicht«, sagte Sam. »Überhaupt nicht. Ich hatte bloß so viel um die Ohren.«

»Ich hab zwei Jobs und ein Kind. Erzähl mir nichts von um die Ohren«, erwiderte Gaby. »Egal, du gehst jetzt besser. Schau, hier steht's: Abschnitt zwölf, keine Verbrüderung mit den Studentinnen. Geh doch zu deiner Prinzessin. Die hat sicher jede Menge Zeit für dich.«

17

Innerhalb weniger Tage nach Veröffentlichung ihres Briefs war alles wieder ganz genau wie vorher, so als wäre nie etwas passiert. Die Studentinnen erhoben sich nicht gegen das Unrecht, die Arbeiterinnen auch nicht. Stattdessen unterzeichneten sie das Papier des Colleges und machten sich wieder an die Arbeit.

Alle außer Gaby. Maria meinte, die neue Vereinbarung sei für sie der Tropfen gewesen, der das Fass zum Überlaufen gebracht hatte. Jetzt hatte sie einen Job in einer Restaurantfiliale in Weaverville.

Im Lauf des nächsten Monats schrieb Sam ihr mehrere Nachrichten, die Gaby nie beantwortete. Auf Facebook hatte sie Sam entfreundet.

Bei den anderen hatte Gaby sie aber offenbar nicht verraten. Vermutlich fühlte sie sich schuldig, weil sie Sam überhaupt von deren Problemen erzählt hatte.

Sam vermisste Gaby. Immer noch holte sie sich morgens meistens ihren Kaffee in der Küche. Alles andere wäre ihr vorgekommen wie ein Schuldeingeständnis. Jedes Mal, wenn sie die Tür aufdrückte, erwartete sie, Gaby dahinter vorzufinden, ihr zuzulächeln, mit ihr zu lachen. Und jedes Mal traf sie die Erkenntnis, dass sie fort war.

Mehrmals am Tag, während sie in einer Vorlesung saß oder Gil sein Fläschchen gab, erschauderte sie bei dem Gedanken daran, wie sie den Brief geschrieben hatte, wie George ihr geraten hatte, sich mit Maria, Delmi und Gaby abzusprechen, sie aber einfach losgelegt hatte, überzeugt, auch so zu wissen, wie die

Sache ausgehen würde. Jetzt hatte sie alles nur verschlimmert. Und war Gaby eine miserable Freundin gewesen. Zentnerschwer lag ihr die Reue auf der Brust, raubte ihr den Atem.

Das Haus von Präsidentin Washington mied Sam jetzt großräumig. Musste sie doch einmal direkt daran vorbei, sah sie in die andere Richtung. Immer wieder dachte sie an das Ehemaligen-Dinner, bei dem sie in ein paar Wochen bedienen sollte. Unmöglich konnte sie Maria absagen. Sie hoffte, dass bis dahin alles schon ganz anders aussähe, aber wie sollte das zugehen?

Am zweiten Sonntag im März klopfte Sam um sechs Uhr abends an die offene Haustür bei Andrew und Elisabeth.

Einstimmig riefen sie: »Herein!«

Sie waren in der Küche.

Elisabeth saß auf einem der Hocker mit den hohen Lehnen, ein Glas Rotwein in der Hand.

Andrew stand an der Theke, vor sich ein silbrig funkelndes Gerät. Daneben standen ein offener Eierkarton, ein gläserner Messbecher und eine knallgelbe Packung Hartweizengrieß. Der Apparat surrte, lange Teigbänder strömten aus den Löchern an der Vorderseite. Ein bisschen wie die Maschine für die Knete, über die Sam und ihre Geschwister sich als Kinder immer gezankt hatten.

»Sam!«, rief Andrew. »Ich hab die alte Nudelmaschine wieder flottgemacht! Seit dem Umzug war sie eingemottet, aber heute ist es endlich so weit. Es gibt frische Fettucine. Ich hoffe, du hast Hunger mitgebracht!«

Er klang so beschwingt wie die Mutter in einem Werbespot.

»Er zieht nur eine Show ab, weil du uns mitten in einem Streit erwischt hast«, erklärte Elisabeth.

Andrew verdrehte die Augen.

»Was?«, sagte Elisabeth. »Sam kennt uns doch. Wahrscheinlich hat sie uns draußen sowieso gehört.«

»Nein, hab ich nicht«, sagte Sam.

Sie griff nach dem Babyfon und machte einen verzückten Schmollmund beim Anblick von Gil, der in seinem gestreiften Strampler in der Krippe lag.

»Zum Anbeißen, oder?«, sagte Elisabeth.

»Ein Glas Wein, Sam?«, fragte Andrew.

»Gern, danke. Ich nehm's mir schon selbst.«

»Setz dich«, entgegnete er. »Ich bringe es dir.«

»Unsere kleine Meinungsverschiedenheit hat eigentlich einen schönen Anlass«, erklärte Elisabeth. »Wir sollten anstoßen. Andrew wurde auf eine Erfindertagung in Denver eingeladen. Da werden eine Menge Investoren sein. Ziemlich renommiert, jedes Jahr werden da große Deals abgeschlossen.«

»Hey, super«, sagte Sam. »Glückwunsch!«

Sie hoben die Gläser und ließen sie klimpern.

»Ich bin Nachrücker«, sagte Andrew. »In die erste Wahl habe ich's nicht geschafft, aber heute haben die noch mal angerufen. So ein Typ, der Schlagzeughosen bastelt, hat Meningitis, darum wurde ein Platz frei.«

»Was sind denn Schlagzeughosen?«, fragte Sam.

Die beiden schienen sie nicht zu hören. Sie sahen einander an, ein wortloser Austausch, den Sam nicht verstand.

»Das Blöde ist nur, Andrew muss morgen schon ganz früh los«, erläuterte Elisabeth, »und lässt mich hier in der letzten Woche mit den Spritzen allein. Macht ja nichts, ich tu mir das alles ja nur ihm zuliebe an.«

»Ja, klar.« Andrew lächelte gereizt.

»Nur Spaß«, sagte Elisabeth. »Na ja, fast nur.«

In letzter Zeit verstanden sie sich offenbar wieder besser, aber seit Elisabeth die Spritzen bekam, war sie irgendwie nicht ganz sie selbst. Müde war sie, aufgedunsen, reizbar. Andrew war ganz besonders aufmerksam. Oft war er noch zu Hause, wenn Sam morgens zur Arbeit ankam, gab Gil sein Frühstück und zog ihn an, damit Elisabeth ausschlafen konnte. Er recherchierte fruchtbarkeitsfördernde Nahrungsmittel und brachte sie im Abendessen unter. Laut Elisabeth hatte er das zwar nie offen zugegeben, doch sie wusste es trotzdem.

»Gestern Abend hat er mir als Vorspeise einen Teller Knochenbrühe hingestellt«, hatte sie am Freitag berichtet. »Hat geschmeckt wie Schuhsohle.«

»Ich kann auch hierbleiben«, sagte Andrew jetzt.

»Hör auf. Natürlich gehst du.«

»Okay, also noch viermal die normalen Spritzen und dann am fünften Tag die große«, sagte er.

»Der Auslöser«, sagte Elisabeth und blickte Sam an. »Wie ein Schuss in den Hintern ist die. Die anderen kann ich mir selber setzen, aber die nicht. Die Nadel ist fast acht Zentimeter lang. Da falle ich vom bloßen Anblick schon in Ohnmacht.«

»Vielleicht könnte meine Mutter vorbeikommen und dir helfen«, schlug Andrew vor.

»Auf gar keinen Fall«, protestierte Elisabeth. »Ich glaube, wir sollten einfach alles auf Eis legen und es ein andermal versuchen.«

»Nach allem, was wir jetzt schon durchgemacht haben? Du hast es doch fast hinter dir.«

»Ich könnte dir ja helfen«, bot Sam an. »Ich weiß, wie das geht. Isabella hab ich auch damit geholfen.«

»Das kann ich dir nicht zumuten«, sagte Elisabeth. »Ich muss das jeden Abend um Punkt neun machen, wenn Gil im Bett ist. Du müsstest extra herkommen, das ist zu viel Aufwand.«

»Gar nicht. Ich helfe dir gern.«

»Wir bezahlen dir dann natürlich eine Stunde extra pro Abend«, sagte Andrew.

»Aber Schatz!«, empörte sich Elisabeth. »Sam meint das doch als Freundschaftsdienst! Tut mir leid, Sam, manchmal ist er wirklich ein Trampel.«

Sam fragte sich, was sie gesagt hätte, hätte Elisabeth nicht eingegriffen. Das Geld hätte sie schon gebrauchen können.

»Und was ist mit den Frühterminen?«, fragte er.

»Die schaff ich schon«, versicherte Elisabeth.

»Nimmst du Gil mit?«

»Muss ich wohl.«

Elisabeth drückte Sam die Hand. »Danke. Das hilft mir wirklich sehr.«

»Ich komme Freitagabend wieder, und Samstag fahren wir nach New York zum Embryotransfer«, sagte Andrew.

Elisabeth nickte. »Gut.«

»Wahnsinn, nächstes Jahr um diese Zeit habt ihr vielleicht schon zwei Kinder«, sagte Sam.

»Zwei unter zwei«, staunte auch Andrew.

»Ach, da fällt mir ein, Sam«, sagte Elisabeth. »Am vierundzwanzigsten Mai wird Gil eins. Ein Sonntag.«

»Das ist der Tag nach meiner Abschlussfeier.« Sam nickte. »Das wollte ich eh noch fragen: Wir kriegen jeweils nur eine Handvoll Eintrittskarten. Ich würde mich sehr freuen, wenn du dabei wärst, aber ich verstehe natürlich, wenn du nicht kannst. Das wird sicher stinklangweilig.«

Elisabeth sah aus, als kämen ihr die Tränen. »Na klar komme ich!«, sagte sie. »Und am Sonntag wird hier gefeiert. Gils Geburtstag und dein Abschluss. Du kannst gern deine Familie einladen! Und Andrews Eltern. Und … die Nachbarn? Deine Freundinnen sind natürlich ebenfalls willkommen. Meine beste Freundin Nomi kommt auch. Ich kann's kaum erwarten, euch einander vorzustellen.«

»Aber Gil soll doch seinen Geburtstag nicht teilen müssen«, wandte Sam ein.

»Du bist sein Lieblingsmensch, der freut sich!«

Das Angebot war großzügig, aber irgendwie konnte Sam sich diese Party nicht recht vorstellen. Ihre Mutter würde zu Hause

426

bestimmt selbst etwas ausrichten wollen. Was immer Elisabeth veranstalten würde, wäre garantiert viel schöner. Ihre Mutter wäre eingeschüchtert, beschämt oder ... irgendetwas in der Art.

Sam konnte sich nicht vorstellen, von Elisabeth mit ihrer Familie gesehen zu werden. Ihre Eltern behandelten sie immer noch wie ein kleines Kind. Ihre Mutter würde ihren Daumen befeuchten, Sam über die Lippe streichen und sagen: »Du hast da was im Mundwinkel.«

»Überleg's dir«, sagte Elisabeth. »Ich würde das gern für dich machen. Du wirst uns furchtbar fehlen. Es sind ja nur noch ... wie viele Wochen? Acht?«

»Ich kann's noch gar nicht glauben«, sagte Sam.

»Ich auch nicht.«

»Einem wirst du garantiert fehlen«, sagte Andrew. »Meinem Vater. Wir haben die beiden gestern getroffen, und er hat die ganze Zeit von dir gesprochen.«

Sam lächelte, obwohl die Erwähnung von George sie schmerzte. Das letzte Treffen des Diskussionskreises hatte sie geschwänzt, angeblich weil sie lernen musste. Die Männer waren ganz aus dem Häuschen wegen Benjamin Ross' Artikel in der *Gazette* über die Gruppe. Aber Sam hätte nicht mit George allein im Auto sitzen können, ohne ihm zu beichten, was sie Gaby, Maria und den anderen eingebrockt hatte.

»Sam«, rief Elisabeth sie aus ihren Gedanken zurück. »Wir sprachen doch mal darüber, dass du ein Madonna-mit-Kind-Bild von mir und Gil malen könntest. Aber auch mit Aspekten von dir darin. Weißt du noch?«

»O Gott, das willst du wirklich machen?«, fragte Andrew.

»Ja!«, sagte Elisabeth. »Das wird spitze.«

»Findest du das nicht ein bisschen schräg?«, stellte Andrew fest. »Lass sie doch einfach Gil und dich malen.«

»Das mach ich auch gern«, sagte Sam.

»Nein«, sagte Elisabeth.

Auch Isabella fand ziemlich seltsam, dass Sam sich und Elisabeth im Bild einer einzigen Frau vereinen sollte.

»Ihr seht doch völlig unterschiedlich aus«, hatte sie gesagt, als Sam davon erzählt hatte.

Aber Sam wusste, was Elisabeth meinte. Es ging ihr nicht darum, Sams Augen mit ihrem Kinn, Sams Haar mit ihrer Nase zu kombinieren. Nein, die Frau im Bild sollte ihrer beider Wesen beinhalten. Sam fand es schön, dass nur Elisabeth und sie das verstanden.

»Lass uns doch diese Woche Fotos machen, damit du loslegen kannst«, schlug Elisabeth vor. »Morgen, wenn du hier bist. Was meinst du? Ich weiß, du hast viel zu tun, aber sag trotzdem nicht nein. Ich wünsche mir das sehr.«

»Du bist ja ganz schön bossy heute«, feixte Andrew.

Elisabeth streckte ihm die Zunge heraus.

»Wir nehmen meine gute Kamera, die Canon«, sagte sie. »Andrew, weißt du zufällig, wo die ist?«

Sam würde neue Farbe brauchen, die sie sich eigentlich nicht leisten konnte. Das hätte sie zwar gern gesagt, wusste aber nicht, wie sie das tun sollte, ohne Elisabeth zu beschämen – und sich selbst gleich mit. Elisabeth hatte zweimal erwähnt, das Bild bezahlen zu wollen, aber nie einen Betrag genannt. Sam fühlte sich ein bisschen, wie wenn sie als Kind einen der gefalteten blauen Schecks in den Geburtstagskarten ihrer Großeltern gefunden hatte. Die Erfahrung versprach einen Betrag von fünfzehn Dollar, und doch hatte sie jedes Mal gehofft, dass sie dieses eine Mal doch tiefer in die Tasche gegriffen hätten, viel tiefer vielleicht sogar.

Mit dem Näherrücken ihres Abschlusses belastete die Lage ihres Vaters sie immer mehr. Sie hatte nie erwartet, hinterher viel Geld von ihren Eltern zu bekommen, doch jetzt wusste sie, dass sie ihr gar nichts würden geben können. Sie versuchte, so viel wie möglich zu sparen – auch für ihre Eltern, falls nötig.

Später, nach dem Essen, wurde Gil unruhig, und Elisabeth ging nach oben, um ihn zu beruhigen.

»Sag mal«, flüsterte Andrew. »Kommt Elisabeth dir irgendwie komisch vor?«

Sam war gewohnt, Elisabeths Vertraute in Beziehungsfragen zu sein, nicht die von Andrew. Jede mögliche Antwort kam ihr wie Verrat vor.

»Sie ist völlig überdreht«, fuhr Andrew selbst fort. »Manisch gradezu. Liegt wohl an den Hormonen. War deine Freundin auch so während der Behandlung?«

»Schwer zu sagen, Isabella ist immer überdreht«, antwortete Sam.

Dann stand sie auf und räumte den Tisch ab.

Als Sam am nächsten Morgen zur Arbeit kam, saß Elisabeth mit Gil im Wohnzimmer. Die Jalousien waren oben, Licht strömte herein. Elisabeth hatte einen Sessel mitten im Zimmer platziert.

»Ich bin schon ganz aufgeregt«, sagte sie. »Komm, setz dich!«

Sam legte ihre Tasche ab und winkte Gil zu, der freudig zurückstrahlte. Nichts als eine Windel am Leib saß er in seiner Wippe.

»Ich häng nur schnell meine Jacke auf«, sagte Sam.

Elisabeth schüttelte den Kopf. »Entschuldige, lass mich noch mal von vorn anfangen: Guten Morgen, Sam! Hättest du vielleicht gern einen Kaffee?«

Sam lächelte. »Nein, schon okay, wir können gleich anfangen. Du kannst es ja offensichtlich kaum erwarten.«

»Danke. Tut mir leid. Andrew ist schon um vier zum Flughafen, und ich konnte nicht mehr schlafen, und jetzt bin ich zugleich hibbelig und müde und habe einen Koffeinschock.«

Sie musterte Sam.

»Trägst du darunter noch was anderes?«, fragte sie.

Sam hatte einen grünen Celtics-Hoodie von ihrem Bruder

an. Darunter trug sie ein uraltes Top, das sie schon seit der High-school hatte, mit Spaghettiträgern und zwei kleinen Löchern auf der Vorderseite. Nichts, mit dem sie je unter die Leute gehen würde.

»Bloß ein altes Top«, sagte sie. »Davon willst du ganz bestimmt kein Foto.«

»Wollte ich auch gar nicht, ich meinte bloß, damit wir deine Figur sehen. Deine Schultern, dein Schlüsselbein und so. Ergibt das Sinn? Du bist die Künstlerin, du weißt es am besten.«

»Ah, verstehe«, sagte Sam, obwohl die Jungfrau Maria in jedem Gemälde, das sie kannte, in wallende Gewänder gehüllt war und meistens einen Schleier trug.

Sam zog den Sweater aus, fühlte sich entblößt und fragte sich, wieso sie es nie fertigbrachte, zu sagen, was sie wollte. Würde sich das jemals ändern?

Sie bemerkte, wie Elisabeth die Größe ihrer Brüste einschätzte, und hatte den Drang, die Arme davor zu verschränken, so wie damals im Freibad, als sie gerade zu wachsen begonnen hatten.

»Und du willst sicher nicht einfach ein Bild von dir und Gil, wie Andrew meinte?«, fragte sie.

»Ich habe einfach nicht den Körper für ein Mutter-Kind-Porträt«, antwortete Elisabeth.

Irgendwie hatte Sam deswegen Mitleid mit ihr. Elisabeth hatte erzählt, wie besessen ihre Mutter vom Dünnsein war. Auf sie selbst hatte sich das angeblich nicht ausgewirkt. Aber war nicht genau das die Auswirkung? Dieses Gefühl, keinen echten Mutterkörper zu haben, obwohl sie eine Mutter war?

Elisabeths zweites Buch war eine Kritik der Diät-Branche gewesen. Private Details fanden sich zwar kaum darin, aber es war mit so viel Wut und Frust geschrieben … Ihre Erfahrungen hatten offenbar doch Spuren hinterlassen. Beim Lesen war Sam dankbar für ihre eigene Mutter gewesen, die nie ein Wort über

Gewicht verloren hatte, bei der es nach dem Abendessen immer Eiscreme gab, und die ihren Kindern beigebracht hatte, wie man die Reste aus der Schale schlürft.

Elisabeth nahm Gil aus der Wippe.

Während der nächsten halben Stunde machte sie Fotos der beiden in diversen Posen: Stehend vor dem Fenster, Gils Kopf auf Sams Schulter. Auf dem Sessel sitzend, Gil mal auf dem rechten, mal auf dem linken Knie und dann zwischen den Beinen oder quer über Sams Schoß liegend.

Ab und zu griff Elisabeth korrigierend ein, hob Gils Kinn ein wenig an oder wickelte sich seine goldenen Locken um den Finger, um sie nach ihren Wünschen zu drapieren.

Sam war erleichtert, als Gil sich irgendwann die Augen rieb.

»Er wird schläfrig«, stellte sie fest.

»Das müsste jetzt auch langsam reichen«, sagte Elisabeth.

Sam zog ihr Sweatshirt wieder an und bereitete Gils Fläschchen vor.

Elisabeth hantierte noch ein Stündchen im Haus herum, dann fuhr sie zum Arbeiten in ihr Büro.

Punkt fünf kam sie zurück.

»Danke nochmal für deine Geduld wegen des Bildes«, sagte sie. »Ich freu mich wahnsinnig darauf, bald ein Werk von dir im Haus zu haben.«

Sam lächelte. »Danke.«

»Dann hab mal einen schönen Abend«, sagte Elisabeth.

»Wir sehen uns ja um neun schon wieder, oder? Wegen der Spritze?«

»Ach nein, das kriege ich schon hin. Ich hab gestern nur überreagiert.«

»Sicher?«

Elisabeth nickte. »Sicher.«

Sam schrieb ihr um viertel vor neun und fragte, ob sie auch ganz sicher »sicher« war.

Sie saß mit ein paar anderen im Gemeinschaftsraum des Wohnheims und zog sich eine schlechte Reality-Show rein, über eine Familie mit sechs Töchtern, die auf einer Yacht auf hoher See lebte. Auf der Mattscheibe zickten Teenies in roten Bikinis und hochhackigen Schuhen einander auf dem Deck an.

Elisabeth antwortete umgehend. *Das ist so lieb von dir. Ganz ehrlich? Ich kann das nicht.*

Gleich da, schrieb Sam zurück.

Auf dem Fußboden stand eine große Dose mit Keksen, die irgendjemandes Mutter gebacken hatte. Sam schnappte sich vier davon.

»Muss einer Freundin helfen«, sagte sie zu niemand Bestimmtem. »Bis später.«

Auf Elisabeths Küchentisch standen zwei gläserne Ampullen, eine Spritze und eine halbleere Flasche Cabernet.

Sie hatte geweint, ihr Mascara war verlaufen. Und sie trug eine Brille. Sam hatte sie nie zuvor mit einer gesehen. Ob sie sonst wohl Linsen trug? Eigentlich müsste Sam so was doch mittlerweile wissen.

»Was denkst du?«, fragte Elisabeth.

Die ehrliche Antwort wäre gewesen: Ich denke, dass du sonst immer aussiehst wie Grace Kelly, aber heute Abend eher so wie Courtney Love.

Stattdessen sagte Sam: »Ich hab Kekse mitgebracht«, und legte sie zu dem merkwürdigen Sammelsurium auf dem Küchentisch.

»Entschuldige, ich hätte dir das gar nicht schreiben sollen«, sagte Elisabeth.

»Wieso denn nicht. Ich könnte mir auch nie selber eine Spritze setzen. Verstehe ich völlig.«

»Nein, Sam. Ich meinte, ich kann das *alles* nicht. Gar nichts davon.«

Elisabeth setzte sich an den Tisch und vergrub das Gesicht in den Händen.

»Ich hab das Gefühl, ich werde wahnsinnig.«

Sam setzte sich zu ihr. Auf der Suche nach den richtigen Worten schob sie Elisabeth die Kekse hin.

»Die sind lecker«, sagte sie.

Elisabeth probierte.

»Stimmt.«

Sie blickte an die Decke.

»Scheiße«, sagte sie. »Was soll das denn? Ich mach das jetzt einfach. Los.«

»Okay«, sagte Sam und zog die Spritze auf. »Po, Schenkel oder Bauch?«

Mit Isabella hatten sie das täglich abgewechselt.

Elisabeth schien zu überlegen. Dann schüttelte sie den Kopf. »Nein. Nein. Es bleibt dabei. Ich kann das nicht.«

Sam wollte ihr am liebsten vorschlagen, Andrew anzurufen, oder ihre beste Freundin. Sie war überfordert.

»Ich will nicht werden wie meine Eltern, nicht so feindselig«, erklärte Elisabeth. »Ich will eine harmonische Ehe. Ich will, dass wir uns verstehen, Andrew und ich. Also hab ich zugestimmt, das mit dem zweiten Kind zu versuchen. Aber wenn ich ehrlich bin, wollte ich doch nur einen Fehler wiedergutmachen.«

Ein Fehler? Worum mochte es da gehen? Gespannt hielt Sam die Luft an. Hatte George nicht irgendwas wegen Elisabeths Schwester erwähnt?

»Aber das ist idiotisch«, fuhr Elisabeth fort. »Nomi hat recht. Ich kann doch kein Kind kriegen, nur damit er mir nicht mehr böse ist. Andrew glaubt, ich hätte bloß Angst. Aber ich bete jeden Abend, dass es schiefgeht.«

»Oje, da kommt viel zusammen.«

Sams Mutter sagte immer »Da kommt viel zusammen«,

wenn eine Freundin ihr am Telefon ihr Leid klagte und sie nicht wusste, was sie sagen sollte.

»Ich kann das doch nicht durchziehen und zugleich hoffen, dass es schiefgeht. Ich muss Andrew ehrlich sagen, dass ich kein zweites Kind will. Oder? Und wenn er über diese andere Sache dann trotzdem nicht hinwegkommt, dann … dann weiß ich auch nicht.«

Sam schluckte. »Kann ich vielleicht was von dem Wein?«, fragte sie.

»Sicher. Schenkst du mir auch noch was ein?«

Sam teilte den restlichen Wein auf sie beide auf.

Sie nahm einen tiefen Schluck. »Also«, hob sie an. »Du hast schon recht. Wie du sagst, ein zweites Kind ist keine Kleinigkeit. Wenn du jetzt schon weißt, dass du das gar nicht willst, manövrierst du dich damit doch nur in eine fürchterliche Lage. Vom Baby ganz zu schweigen.«

Sam wählte ihre Worte mit Bedacht, um keinen Zweifel daran zu lassen, dass sie nicht etwa eigene Empfehlungen aussprach, sondern nur spiegelte, was Elisabeth gesagt hatte. Sie wusste, wie solche Dinge ausgehen konnten. Auf keinen Fall wollte sie zum Schluss den Schwarzen Peter zugeschoben bekommen.

Elisabeth nickte. »Danke.«

»Ich hab ja gar nichts gemacht.«

»Doch, hast du.«

Sie tranken den Wein aus. Sam wollte nach Hause. Sie hatte das dringende Bedürfnis, ihre Mutter anzurufen und ihr alles zu erzählen, zu hören, ob sie ihren Umgang mit der Sache guthieß. Aber als Elisabeth vorschlug, noch eine Flasche aufzumachen, sagte sie sofort Ja.

Eine Stunde später war Elisabeth komplett betrunken. Zu spät fiel Sam ein, dass sie schon vor ihrer Ankunft mit dem Trinken angefangen hatte. Und sie wog ja auch so gut wie nichts.

»Was hast du zu Abend gegessen?«, fragte Sam.

»Weiß nicht mehr«, antwortete Elisabeth. »Hab ich überhaupt gegessen?«

Sam kochte einen Topf Spaghetti und zwang sie, eine große Schüssel davon mit Parmesan und geschmolzener Butter zu essen.

Als Elisabeth aufgegessen hatte, summte sie leise vor sich hin.

»Los, wir stecken dich ins Bett«, sagte Sam.

Sie brachte Elisabeth nach oben, deckte sie zu. Für Isabella hatte sie das schon eine Million Mal gemacht, aber Elisabeth so zu sehen, war irgendwie unheimlich.

»Schlaf schön«, sagte sie, so ruhig sie konnte. »Gute Nacht.«

Elisabeth sah zu ihr auf. »Du bist hier meine beste Freundin. Was soll ich bloß machen, wenn du weg bist?«

»Ich weiß«, sagte Sam. »Du wirst mir auch fehlen.«

Wenig später war Elisabeth eingeschlafen. Sie trug immer noch die Brille. Sie ihr abzunehmen, kam Sam zu intim vor. Aber wenn sie es nicht tat, würde Elisabeth sich vielleicht drauflegen und den Bügel abbrechen.

Behutsam, mit angehaltenem Atem, nahm Sam sie ihr also ab und legte sie auf die Kommode, wo Elisabeth sie am nächsten Morgen sicher finden würde.

Möglich, dass Sam ein wenig länger blieb als nötig, dass sie den Blick über die Schmuckschatulle schweifen ließ, über das Foto von Andrew und Gil in dem silbernen Rahmen, das Häufchen nicht aufgeräumte Spitzenwäsche. Aber sie wühlte nicht herum, öffnete keine Schublade und keinen Umschlag. Der Scheck lag ganz offen da – ausgestellt auf Gil, über dreihunderttausend Dollar. Oben links stand der Name von Elisabeths Vater. Sam war nicht ganz sicher, wieso er sie so wütend machte, wieso er sie an ihre Eltern denken ließ, an Maria und an Gaby. Daran, dass Elisabeth nie über die Kosten für Farbe nachdachte.

Kaum war sie aus dem Zimmer, fühlte Sam sich merkwürdig befreit. Sie wollte zurück ins Wohnheim und Isabella bei offener Zimmertür alles erzählen.

Sie ging durch den Flur, vorbei an Gils Kinderzimmer.

Gil.

Inzwischen schlief er meistens durch. Aber was, wenn er ausgerechnet heute wach wurde? Würde Elisabeth ihn weinen hören, betrunken, wie sie war?

Sam schlich in sein Zimmer und legte sich auf den Fußboden. Fast hätte sie selbst geweint. Sie bettete den Kopf auf einen riesigen Plüschhasen mit einer Samtschleife um den Hals und zwang sich, einzuschlafen.

Als sie aufwachte, ging gerade die Sonne auf. Der Kleine schlief noch fest.

Auf Zehenspitzen ging sie die Treppe hinab und aus dem Haus.

Später schrieb sie Elisabeth, um zu fragen, wie es ihr ging.

Gut!, antwortete Elisabeth. *Nett, dass du fragst. xx*

Am Donnerstag sahen sie sich wieder. Als Sam zur Arbeit kam, war Elisabeth beherrscht wie immer. Sie sagte, im Kühlschrank seien Hühnchen und Kürbis für Gils Mittagessen und um elf gebe es einen neuen Musik-Kurs in der Bücherei, falls Sam dort mit Gil hinwollte. Sie drückte dem Kleinen einen Kuss auf die Wange und verschwand.

Tags darauf dasselbe Spiel.

Am Abend hielt Sam die Neugier nicht mehr aus.

»Ich nehme an, du bist dabei geblieben, was du am Montag gesagt hast? Hast die Spritzen abgesetzt?«

Elisabeth nickte. »Ja.«

»Und was meint Andrew dazu?«

»Ich hab's ihm noch nicht erzählt.« Elisabeth blickte zu Boden. »Er hatte eine schwierige Woche, darum will ich es ihm lieber sagen, wenn er wieder da ist.«

Heute Abend würde er wiederkommen, morgen sollten sie nach Manhattan fahren, für den Embryotransfer. Hatte Elisabeth das wohl schon abgesagt? Und wie würde Andrew das finden?

»Er wird es schon verstehen«, sagte Elisabeth. »Oder?«

»Bestimmt«, sagte Sam. »Ist schließlich dein Körper.«

»Stimmt.«

Zusammen mit dem üblichen Bündel Scheine drückte Elisabeth ihr einen weißen Umschlag in die Hand.

»Was ist das denn?«, fragte Sam.

»Wirst schon sehen.«

Vielleicht ein Gutschein für ein Restaurant, dachte Sam, oder ein Dankesbrief wegen neulich Abend. Sie sah erst nach, als sie allein in ihrem Zimmer war.

Im Umschlag waren Abzüge der Fotos, die Elisabeth am Montag gemacht hatte. Sam und Gil, Haut an Haut. Viel intimere Posen als auf jedem Foto, das Sam je von ihrer Mutter und deren Kindern gesehen hatte.

Auf den meisten Bildern hatte Sam ein Doppelkinn oder Schwabbelarme. Aber eins war wirklich schön – die Sonne strahlte durchs Fenster, Gil saß auf ihrer Schulter, Sam sah ihn voller Liebe an. Sie drehte das Foto um. Elisabeth hatte etwas auf die Rückseite geschrieben.

Inspiration für dein Bild! Du leuchtest!

18
Elisabeth

In diesem Monat musste Elisabeth jeden Morgen Punkt sechs im Diagnostikzentrum zur Blutabnahme und Ultraschalluntersuchung antreten, die Ergebnisse wurden noch am selben Tag an die Klinik weitergeleitet.

Zu diesem Termin erschien sie in derselben Yogahose, die sie auch zum Schlafen trug, und wusch sich vorher nicht mal das Gesicht.

Wenn sie morgens den Motor startete, war es noch stockfinster und bitterkalt. Die Straßen waren leer. Rote Ampeln waren überflüssig. Die schlaftrunkene Frau an der Anmeldung schlürfte jedes Mal Tee aus einem Becher und bewegte sich im Zeitlupentempo, als wäre Elisabeth einfach so bei ihr zu Hause in die Küche geplatzt.

Danach fuhr Elisabeth sofort zurück, legte sich wieder ins Bett, als wäre nichts geschehen, und überließ Andrew die Alltagspflichten, die er ohne Murren erledigte. Er hatte ihr offenbar verziehen. Zwar sprach er dies nie offen aus, aber sie wusste, dass sich seine Gefühle geändert hatten, denn er machte ihr wieder Kaffee und kuschelte sich nachts an sie, statt sich in seine Ecke des Bettes zu verziehen.

»Mir geht's so gut wie seit Jahren nicht mehr«, sagte er.

Elisabeths Gemütszustand hingegen verschlechterte sich mit jeder Spritze, mit jedem Aufstehen in aller Herrgottsfrühe.

Sie versuchte, sich mit Arbeit abzulenken. Endlich klappte es wieder mit dem Schreiben. Das vermittelte ihr das gute Gefühl, wenigstens eine Sache in ihrem Leben nicht komplett zu verpfuschen.

Am Tag nachdem sie beschlossen hatte, die Hormontabletten abzusetzen, wurde sie erst um sieben wach, und das auch nur, weil sie Gil schreien hörte. Sie entdeckte vier verpasste Anrufe von der Klinik auf ihrem Handy und eine Nachricht von Andrew, der wissen wollte, wie ihr Termin gelaufen war. Sie fühlte sich, als hätte jemand ihren Kopf ein paarmal als Pauke missbraucht. Völlig erschlagen wankte sie in Gils Zimmer und hob ihn aus seinem Bettchen.

»Hallo, mein Schatz«, flüsterte sie.

Elisabeth nahm ihn mit nach unten und setzte ihn in seinen Hochstuhl. Sie wusch und zerteilte ein paar Blaubeeren und legte sie ihm aufs Tablett. Das Lätzchen hatte sie vergessen, aber die Vorstellung, wieder nach oben gehen zu müssen, überforderte sie komplett. Sollte er sein Hemdchen eben vollkleckern. War doch egal, ob sie nun das Lätzchen wusch oder sein Hemd.

Elisabeth schluckte drei Kopfschmerztabletten und kochte sich Kaffee. Sie trank zwei Tassen, bestrich eine Scheibe Toast mit Erdnussbutter und machte ein Rührei für Gil. Sie konnte sich nicht erinnern, wann sie das letzte Mal dermaßen verkatert gewesen war.

Am Vorabend, bevor Sam gekommen war, hatte Elisabeth den Fehler gemacht, zum ersten Mal seit Weihnachten Charlottes Instagram-Profil aufzurufen. Sie war wegen der IVF-Behandlung völlig neben der Spur gewesen und hatte sich eingebildet, dass es ihr helfen würde, sich mit einer Sache abzulenken, die sie garantiert noch mehr aufregen würde. Sie hatte bis zum Januar zurückgescrollt. Die Bilder ähnelten sich, sie zeigten dasselbe wie immer: Badeanzüge und Binsenweisheiten.

Auf einem Foto lehnte sich Charlotte rückwärts aus einem durch laubgrüne Bergwelt fahrenden Zug. Sie trug das kürzeste Kleid, das Elisabeth je gesehen hatte. Charlotte hielt sich mit beiden Händen im Rahmen der offenen Zugtür fest. Ein höchst attraktiver Mann beugte sich über sie. Sie küssten sich. Eine falsche Bewegung und sie würden in die Schlucht stürzen.

Darunter stand: »*Das Leben ist entweder ein aufregendes Abenteuer oder gar nichts.« So lautet mein Motto. Sri Lanka hat mir gezeigt, dass es nicht auf Besitz und Reichtum ankommt. Nur die Liebe zählt. Nur das Abenteuer. Es gibt Menschen, die das nie verstehen werden. Sie glauben, Geld wäre alles. Sie klammern sich an ihr kleines, langweiliges Leben. Für sie vergieße ich manchmal Tränen. Aber heute nicht. Heute habe ich FLÜGEL!*

»Fick dich!«, sagte Elisabeth laut.

Beim Anblick der Nadel auf dem Tisch kam ihr der Gedanke, dass sie ihre jetzige Lage nur Charlotte zu verdanken hatte. Charlotte war aus dem ganzen Debakel unversehrt herausgekommen, für sie hatte sich nichts geändert.

Fast zweihundert Follower hatten anerkennende Kommentare über das wunderschöne Foto hinterlassen und lobten Charlotte für ihren Mut. Elisabeth war ziemlich sicher, dass das Zitat von Helen Keller stammte, aber Charlotte hatte die Worte vermutlich auf einem Bierdeckel gelesen und kurzerhand als ihre ausgegeben.

Elisabeth sah es vor sich: Sie hastete durch den Zug, spürte sogar die Wärme im Gesicht, und huch!, hatte sie aus Versehen ihre Schwester aus dem Zug gestoßen.

Danach hatte sie zur Flasche gegriffen.

An das Ende des Abends konnte sie sich nicht mehr erinnern. Filmriss. Elisabeth wusste nicht, ob sie sich von Sam verabschiedet hatte. Auf dem Herd stand ein Topf mit trübem Wasser, ein Sieb lag in der Spüle, was auf Nudeln hindeutete, aber Elisabeth hatte keine Ahnung, ob und was sie gegessen hatte.

Gegen neun kam eine besorgte Nachricht von Sam. Elisabeth hätte sie gern gefragt, was eigentlich passiert war, doch am Ende schrieb sie nur zurück, es gehe ihr gut.

Wie viel hatte sie ihr verraten?

Nach einer Weile rief sie die Klinik zurück. Gil krabbelte im Affenzahn im Flur hin und her, einen Stift im Mund, und sie ließ ihn gewähren, denn mit einem quengelnden Kleinkind konnte sie heute nicht umgehen.

»Sie haben heute keine Proben abgegeben«, schalt sie die Schwester. »Wir können den Zustand ihrer Gebärmutter nicht überwachen, wenn Sie nicht zum Termin erscheinen. Sorgen Sie bitte dafür, dass Sie morgen pünktlich kommen.«

»Ja, mache ich«, erwiderte Elisabeth.

Das war alles? Beim ersten Mal hatte sie keine einzige Kontrolluntersuchung verpasst. Einmal waren sie sogar im Schneesturm zu Fuß durch die Stadt gelaufen, um fünf Uhr morgens, die Gehwege waren noch nicht mal geräumt, und das alles nur, um pünktlich zu ihrem Termin in der Upper East Side zu erscheinen.

Andrew rief sie während Gils Mittagsschläfchen an. Da hatte sie bereits ihre vierte Tasse Kaffee intus.

»Wie lief's heute Morgen?«, fragte er. »Es tut mir leid, dass du Gil so früh aufwecken und zur Blutabnahme mitschleppen musstest.«

»Ach, das war nicht so schlimm«, sagte sie.

Sie war zu fertig, um das jetzt mit ihm zu besprechen. Vielleicht wenn sie geduscht hatte oder ein bisschen geschlafen, oder beides.

»Wie läuft's in Denver?«

»Ganz gut, glaube ich«, sagte Andrew. »Schwer zu sagen. Es gibt auf jeden Fall ein paar richtig coole Jungs hier, mit denen alle sprechen wollen. Ich gehöre aber nicht dazu.«

»Ich finde dich cool«, sagte sie.

»Danke.«

Elisabeth bemühte sich um einen optimistischen Ton. »Kopf hoch«, sagte sie. »Du hast noch drei Tage, und wenn nur einer von den Sponsoren Interesse zeigt, hast du gewonnen.«

»Haben sie dir deine Ergebnisse mitgeteilt?«

»Ja.«

»Und?«

»Alles gut.«

Sie wünschte, er würde mit der Fragerei aufhören, damit sie aufhören könnte zu lügen.

»Meinst du, sie können am Samstag implantieren?«

»Ja, sieht so aus.«

»Ich bin aufgeregt«, sagte er.

Da beschloss sie, ihm alles zu gestehen, wenn er wieder zu Hause war.

Mittwoch, Donnerstag und Freitag ging Elisabeth zu ihren morgendlichen Untersuchungen. Es war zwar völlig sinnlos, aber sie redete sich ein, dass sie das Unterfangen noch nicht komplett aufgegeben hatte. Jeden Tag bekam sie eine Stunde später einen Anruf aus der Stadt. Es hieß, die Dinge entwickelten sich nicht so wie erwartet. Ihre Werte seien zu niedrig. Jeden Tag wies man sie an, am Abend ihre Dosis zu verdoppeln, aber sie blieb untätig. Die Tabletten waren am Dienstag mit der Müllabfuhr aus ihrem Leben verschwunden.

Am Freitagabend kehrte Andrew erst nach elf zurück.

Sie lag mit einem Buch im Bett und wartete auf ihn.

Als er ins Zimmer trat, sagte sie: »Ich bin so froh, dass du wieder zu Hause bist.«

Er war am Boden zerstört.

»Was?«, fragte sie.

»Der Grill. Daraus wird nichts.«

»Was meinst du damit?«

»Bei meiner Präsentation haben die Leute gelacht.«

»Nein!«

»Ich bin sicher, dass ein Typ in der ersten Reihe auf seinem Handy Tetris gespielt hat. Sie haben sich gelangweilt.«

»Weil du nicht genug Zeit hattest, ihn zu perfektionieren«,

sagte sie. »Vielleicht braucht der Prototyp noch ein bisschen Arbeit. Aber das heißt ja nicht, dass die Idee an sich schlecht ist.«

»Sie fanden den Prototyp und die Idee beschissen. Die meisten Teilnehmer haben sich mit zehn oder zwanzig potenziellen Investoren getroffen. Nur zwei wollten mit mir sprechen. Beide haben dasselbe gesagt: Die Leute grillen auch an bedeckten Tagen, und sie mögen es, wenn ihr Fleisch nach Holzkohle schmeckt. Jetzt noch mehr als früher, wie es aussieht.«

Das waren genau die Aspekte, die ihr Sorge bereitet hatten. Aber Elisabeth empfand keine Genugtuung oder Schadenfreude. Er tat ihr leid.

»Es gibt einen ähnlichen Grill, der sich wie warme Semmeln verkauft, er steht schon in den Geschäften«, sagte er. »Und der Erfinder war auch schon im Fernsehen.«

»Wenn sich der so rasant verkauft, ist vielleicht genug Platz für ein zweites Produkt.«

»Nein, unwahrscheinlich, meinten sie.«

»Ein paar Rückschläge gehören doch dazu, oder? Lass dich doch von zwei Dampfplauderern in Denver nicht unterkriegen.«

»Elisabeth. Mal ehrlich, was mache ich hier eigentlich?«, fragte er. »Wann habe ich das letzte Mal gegrillt?«

Sie lachte. Irgendwas in ihr entspannte sich. Erst jetzt bemerkte sie, dass sie seit Monaten auf diese Erkenntnis gewartet hatte.

»Ich glaube, ich wusste von Anfang an, dass es nicht funktionieren würde«, sagte Andrew. »Aber ich hatte diese Chance. Ich konnte etwas tun, von dem andere nur träumen. Das wollte ich nicht aufgeben. Besonders nach dem, was meinem Dad passiert ist. Es war, als wollte ich für uns beide Erfolg haben, als Wiedergutmachung für das, was er durchmachen musste. Niemand gibt dir einen Rat, was zu tun ist, wenn dein Traum von Anfang an eine alberne Idee war.«

»Du hast doch selbst gesagt, dass du dir eine neue Idee überlegen kannst.«

Andrew schüttelte den Kopf. »Wie sich herausstellt, fällt mir
aber überhaupt nichts ein.«

Elisabeth streckte ihm die Arme entgegen. »Komm her.«

Andrew kroch angezogen ins Bett und kuschelte sich fest an
sie, Löffelchenstellung.

»Ich weiß nicht mal mehr, ob es überhaupt um den Grill
ging«, murmelte er. »Ich habe meinen Job gehasst. Ich wünschte,
ich hätte das einfach sagen können, dann hätten wir nicht ein
ganzes Jahr verschwendet.«

»Es war nicht verschwendet.«

Jetzt, da das große Experiment beendet war, könnten sie vielleicht zurückziehen nach Brooklyn, dachte Elisabeth.

»Du hast recht. Ich lebe gern hier. Es ist schön, meine Eltern
in der Nähe zu haben und einen Garten für Gil.«

Andrew stand auf, trat an die Kommode und nahm den
Scheck von Elisabeths Vater.

Beim Gedanken, dass er sie erneut bitten könnte, ihn einzu-
lösen, erstarrte sie. Aber Andrew hielt ihn ihr hin. »Zerreiß
ihn«, sagte er.

»Was?«

»Los. Zerreiß ihn. Ich habe dir nicht zugehört. Aus Egois-
mus. Jetzt habe ich verstanden.«

Elisabeth hatte das Gefühl, ihr Mann wäre auf eine Weise zu
ihr zurückgekehrt, obwohl sie gar nicht gemerkt hatte, dass er
überhaupt fortgewesen war.

Sie zerriss den Scheck und ließ die Schnipsel wie Konfetti
herabregnen.

»Und jetzt?«

Andrew schüttelte den Kopf. »Keine Ahnung.«

Wir fangen ganz von vorn an, dachte sie. *Mit nichts. Du liebe
Zeit.*

Aber sie sagte: »Danke.«

Dann hatten sie Sex. Der erste richtig gute seit Gil.

Danach, im Dunkeln, sagte er: »Die ganze Woche auf der Konferenz habe ich an mich, dich und Gil gedacht, wie wir morgen im Auto sitzen und dieses Wunder erleben werden, das unserer Familie widerfahren wird. Das hat mir Mut gegeben.«

Elisabeth musste ihm die Wahrheit sagen. Keine Lügen mehr. Aber wie?

»Die Chancen stehen schlecht. Wahrscheinlich wird es nicht funktionieren. Ich möchte nicht, dass du dir große Hoffnungen machst.«

»Ich weiß«, sagte er. »Aber wenigstens versuchen wir es. Und Schatz? Ich habe so ein Gefühl, dass es klappt.«

Elisabeth wurde wütend, es war seine Schuld. Sie hatte ihn gewarnt.

Bei der Blutabnahme am folgenden Morgen weinte sie und hörte auch auf dem Rückweg nach Hause nicht auf. Was zum Teufel trieb sie da eigentlich? Bald wäre es zu spät, ihm die Wahrheit zu gestehen. Sie fürchtete sich davor.

Er saß mit Gil auf dem Boden im Wohnzimmer.

Das Telefon klingelte, die Ergebnisse lagen schon vor. Sie hastete an den Apparat.

Der Arzt war höchstpersönlich dran. So selten wie die Sichtung eines Einhorns.

»Ich weiß, wir haben heute Nachmittag die Implantation des Embryos geplant«, sagte er, »aber ich sehe mir hier Ihre Werte an und bin nicht zufrieden damit, wie Ihr Körper diese Woche auf die Behandlung reagiert hat. Man könnte fast meinen, Sie hätten gar keine Hormone eingenommen. Es tut mir wirklich leid, Ihnen das sagen zu müssen, mir ist klar, dass Sie schon lange dabei sind, aber die Erfolgschancen dieser Implantation gehen gegen null. Ich fürchte, wir müssen alles abblasen und nächsten Monat eine neue Runde starten.«

Elisabeth nahm das Telefon mit ins Schlafzimmer und schloss die Tür.

»Ich will es aber trotzdem versuchen«, sagte sie.

»Davon würde ich Ihnen abraten.«

»Es ist meine Entscheidung, nicht wahr? Solange ich bezahle?«

»Ja, aber Sie bezahlen mich auch für meinen fachkundigen Rat.«

»Es wird gutgehen«, sagte sie. »Das weiß ich sicher.«

»Nun gut«, sagte er. »Die Entscheidung liegt bei Ihnen.«

Elisabeth hatte das Gefühl, sich dabei zuzusehen, wie sie an jenem Nachmittag mit ihrem Mann und Kind ins Auto stieg und nach New York fuhr. Sie bewunderte ihre Fähigkeit, so zu lügen.

Auf halbem Weg meldete sich Andrew zu Wort. »Ich sage das nur dieses eine Mal: Ich glaube, wir sollten beide Embryos implantieren, um unsere Chancen zu verbessern.«

»Okay.« Die Grube, die sie sich da schaufelte, wurde immer tiefer. »Einverstanden.«

Elisabeth kam auf die Minute genau in die Klinik, zusammen mit zwölf anderen Frauen. Es erinnerte sie an die Fünfzigerjahre, wie man sie alle mit Haarnetzen und Papierkittel im Wartezimmer zusammenpferchte. Als man sie aufrief, folgte sie der Schwester über den vertrauten Flur in ein Zimmer, das aussah wie das Innere eines Raumschiffs. Die Schwester schnallte sie am Stuhl fest und klappte ihn nach hinten.

Der Arzt kam herein. Sie konnte sich nicht erinnern, ihn schon mal gesehen zu haben. Es erleichterte sie, dass ihr Arzt heute keinen Dienst hatte. Er würde vermutlich versuchen, ihr den Eingriff auszureden.

»Viel Glück!«, sagte er. »Ich halte Ihnen die Daumen.«

Sie dankte ihm, aber sie wusste, dass alles Glück der Welt ihr nicht zum Erfolg verhelfen würde.

Danach rollten sie Elisabeth auf einem Bett hinaus und sie musste eine Stunde lang still liegen bleiben. Die Schwester drückte ihr ein Schwarz-Weiß-Foto von zwei perfekten Kreisen in die Hand. Von der Struktur her erinnerten sie sie an die Mondoberfläche.

Den Rest des Wochenendes verbrachten sie im Carlyle Hotel. Sogar das kleinste Zimmer war absurd teuer, aber Andrew hatte darauf bestanden.

»Du wolltest schon immer hier übernachten«, sagte er. »Du hast es verdient.«

Am Samstagabend, Andrew und Gil schliefen bereits, ging Elisabeth nach unten in die Lobby und bestellte sich bei Bemelmans einen Gin Tonic. Sie saß an der Bar und sah zu, wie sich der dunkle Raum mit Menschen füllte, alle fein gekleidet. In der Stadt, in der sie jetzt wohnte, gab es kein Etablissement, in das ein solcher Aufzug passen würde. Ein Jazztrio spielte drauflos. Der junge Mann am Piano war ungemein attraktiv, sein Gesicht völlig faltenfrei. Niemand sprach mit ihr. Elisabeth kam sich vor wie ein Geist.

Am nächsten Morgen bestand Andrew darauf, sie länger schlafen zu lassen und sich um Gil zu kümmern. Danach aßen sie auf dem Zimmer und spazierten eine Runde durch den Central Park. Und dann ging es auch schon wieder zurück nach Hause, wo Warten angesagt war.

In der Woche danach waren Frühlingsferien. Keine Plauderei mit Sam, denn die war in London bei Clive. Andrew hatte sich die Woche freigenommen, damit Elisabeth es sich auf dem Sofa bequem machen und Filme schauen konnte, ohne Stress und Alltagspflichten. Sie hatte zu viel Zeit zum Nachdenken, fragte sich, ob ihr komplett unvorbereiteter Körper die Embryos bereits abgestoßen hatte. Oder ob sie noch in ihr herumschwammen, auf der vergeblichen Suche nach einem Ankerplatz.

Am Freitag, bei ihrer Therapiestunde mit Violet, war sie

nervös, weil sie fürchtete, ihre Therapeutin könnte spüren, dass sie ihr etwas verschwieg. Die ganze Stunde über quasselte sie irgendwelches Zeug zusammen – über ihre Nachbarn, den Abgabetermin für ihr Buch und einen Traum, in dem sie einen alten Freund aus Highschooltagen getroffen habe –, doch Violet schien nichts zu bemerken.

Eigentlich sollte sie täglich ein Progesteronzäpfchen nehmen, um ihre Chancen zu erhöhen, doch jeden Morgen spülte sie es stattdessen im Klo herunter.

Fast jeden Tag kam eine Nachricht von Nomi, meist ging es um irgendwas Triviales, wie immer: Eine alte Klassenkameradin hatte fast vierzig Kilo abgenommen, Nomis Kinder hatten Roller bekommen, sie und Brian stritten darüber, ob Kleinkinder Helme tragen sollten. Elisabeth hätte es ihr ja anvertraut, aber dafür müsste sie ganz von vorn anfangen, und sie war nicht sicher, ob sie es laut aussprechen könnte. Dann würde noch jemand ihr Geheimnis kennen. Sie wünschte, sie hätte Sam nichts gesagt, dann könnte sie das alles mit ins Grab nehmen und niemand würde je erfahren, wozu sie fähig war.

Elisabeth hatte sich immer stolz damit gebrüstet, dass sie Andrew niemals betrügen würde, als wäre ein Seitensprung die einzige Art, einen geliebten Menschen zu hintergehen.

Sie war widerlich. Wie sich herausstellte, war sie doch genauso wie ihr Vater.

Am folgenden Montag war Sam wieder zurück, ihr erster Tag nach den Ferien.

Sie hatte die Turnschuhe noch nicht abgestreift, da hatte Elisabeth ihr schon alles gestanden.

»Ich wollte es ihm sagen, aber er ist so niedergeschlagen aus Denver zurückgekommen, dass ich es nicht über die Lippen gebracht habe. Den Rest … kann ich nicht erklären. Es hat sich irgendwie verselbständigt.«

»Also glaubt Andrew immer noch, dass du vielleicht schwanger sein könntest?«, fragte Sam.

»Ja. Am Freitag gebe ich ein letztes Mal Blut ab, für den Schwangerschaftstest, und dann ist alles vorbei. Ich muss noch ein paar Tage lügen. Oder für den Rest meines Lebens, je nachdem, wie man es sehen möchte. Ich bin eine Lügnerin, Sam. Ich bin entsetzlich. Keine Ahnung, was bei mir nicht stimmt.«

Sam schwieg.

»Ich wünschte, ich hätte dich da nicht mit reingezogen. Du hältst mich sicher für einen schrecklichen Menschen.«

Keine Antwort. Da wurde Elisabeth klar, dass sie von Sam eine Art Freispruch erwartete.

Sam weinte.

»Ich glaube, du weißt, wie ich empfinde«, sagte sie schließlich. »Vor Kurzem habe ich etwas getan, dass ich zutiefst bedaure. Ich hatte wirklich geglaubt, das Richtige zu tun … wenn du willst, erzähle ich es dir. Sozusagen als Gegengeständnis.«

»Das musst du nicht«, sagte Elisabeth.

»Aber ich verstehe, was du durchmachst. Diese Sache, die ich angezettelt habe … jetzt ist es zu spät, um es wiedergutzumachen. Und ich kriege es nicht mehr aus dem Kopf. Vielleicht bin ich ein schlechter Mensch. Das hätte ich zwar nie gedacht, aber so ist es wohl.«

Elisabeth tätschelte ihren Arm.

»Hör auf, dich deswegen fertigzumachen. Durchweg gute Menschen gibt es nicht. Oder schlechte. Es gibt lediglich völlig irrwitzige Situationen, in die wir uns hineinmanövrieren und aus denen wir wieder rauskommen müssen.«

Sie war nicht sicher, ob sie hier sich oder Sam Mut zuzusprechen versuchte.

Sie sahen einander an.

Dann wischte sich Sam die Tränen von der Wange.

Erst da fiel Elisabeth der winzige Diamant auf.

»Was sehe ich denn da? Hattest du Clive nicht gesagt, dass du keinen Ring möchtest?«

»Ja, genau! Aber Clive meinte, er hat es einfach nicht ausgehalten.« Sam zuckte die Achseln. »Er ist eben ein Romantiker.«

So konnte man es auch nennen.

Das Ganze war ein Akt der Kontrolle, ein Zeichen, dass er Sam nicht respektierte.

»Und hast du dich darüber gefreut?«, fragte Elisabeth.

»Ich finde nicht, dass sich dadurch irgendwas geändert hat.«

»Sam, er hat dir einen Heiratsantrag gemacht.«

»Ja, aber für ihn waren wir ohnehin schon verlobt.«

»Aber was denkst du darüber?«

»Ich liebe ihn. Wir sind zusammen. Wahrscheinlich ist es mir nur nicht so wichtig, allem gleich ein Label aufzukleben.«

Elisabeth fragte sich, ob sie tatsächlich meinte, was sie sagte. Sie gehörten unterschiedlichen Generationen an, vielleicht hatten sie ein anderes Verständnis von der Ehe. Nein, das traf nicht zu. Sie kannte Sam. Sam hielt viel von Traditionen. Während ihre Mitstudentinnen Schamhaare an ein Korkbrett pinnten und dies als Kunst bezeichneten, hatte Sam ihre Großmutter auf der Veranda gemalt.

»Dann ziehst du also ganz sicher nach London?«, fragte Elisabeth.

»Ja. Die Entscheidung ist gefallen, und wir werden sehen, wie sich alles entwickelt.«

»Du wirst sehen, wie sich die Ehe entwickelt.«

»Ich habe beschlossen, nicht immer alles so ernst zu nehmen«, sagte Sam. »Clive hat mir am Wochenende klargemacht, dass es falsch ist zu glauben, ein Fehlgriff – eine schlechte Note, ein vergeigtes Vorstellungsgespräch, eine falsche Entscheidung – könnte einem das ganze Leben versauen.«

»Manchmal trifft es aber zu«, sagte Elisabeth.

Ein solcher Moment hatte sich ihr ins Hirn gebrannt: Sie

war einundzwanzig, gerade mit dem College fertig gewesen, als Nomi ihr die Geschichte einer Kollegin erzählt hatte, mit der sie bei einer Stiftung arbeitete. Die junge Frau hatte auf einer Wohltätigkeitsveranstaltung im Vollrausch auf eine weiße Couch gekackt. Danach hatte nie wieder jemand was von ihr gehört.

Sam wäre vermutlich entsetzt, wenn Elisabeth Kacken in der Öffentlichkeit mit ihrer geplanten Eheschließung verglich, aber irgendwas musste sie dazu sagen.

»War Clive eigentlich schon mal verheiratet?«, fragte sie deshalb.

Dabei bemühte sie sich um einen neutralen Ton, beiläufig, als hätte sie sich erkundigt, ob Clive Tomaten mochte.

»Nein«, sagte Sam. »Wieso fragst du?«

»Ach, nur so. Wegen seines Alters wahrscheinlich. Und er kann so gut mit Gil umgehen. Als wäre er ein häuslicher Typ.«

»So würde ich ihn überhaupt nicht einschätzen. Häuslich niederlassen will er sich nur mit mir. Er hat mir mal gesagt, dass er noch nicht geheiratet hat, weil er erst die Richtige finden wollte.«

»Na, ist das nicht süß?«, sagte Elisabeth.

Jetzt stand es fest. Clive der Schleimer hatte gelogen.

Später an diesem Tag machte Elisabeth noch ein paar Besorgungen in einer Drogerie, Gil hatte sie im Buggy dabei.

Er begrüßte alle, die an ihm vorbeikamen, mit ungestümem Winken und Rufen, als wäre er der Bürgermeister höchstpersönlich.

Sie überlegte gerade, welches Shampoo sie kaufen sollte, als jemand »Hi, Gilbert!« rief.

Es war Isabella, sie trug ultraknappe Shorts, obwohl draußen höchstens fünfzehn Grad herrschten. Wärmer als in den letzten Wochen, aber trotzdem.

»Du bist so braun! Ich bin ganz neidisch«, sagte Elisabeth. »Wie waren die Ferien?«

»Super! Ich war mit Freundinnen aus meinem alten Internat in Tulum. Eine von ihnen hat dort eine Villa, oder vielmehr ihr Dad. Direkt am Meer.«

»Das klingt ja paradiesisch!«

Die nächsten zehn Minuten plauderten sie über ihre Urlaubsreisen nach Mexiko, darüber, dass das nahegelegene mexikanische Restaurant anscheinend recht gut gewesen sei, aber trotzdem letzten Monat zugemacht hatte, und dort jetzt ausgerechnet ein Starbucks eingezogen war. Die Stadt hatte mit allen Mitteln versucht, das zu verhindern, aber Starbucks hatte sich durchgesetzt und jetzt standen die Leute Tag und Nacht davor Schlange.

Elisabeth wollte eigentlich weiter, doch Isabella war nicht zu stoppen.

Gil, der die schweren Lider immer wieder aufriss, verlor schließlich den Kampf gegen seine Müdigkeit.

»Hast du von Clives Ring gehört?«, fragte Isabella irgendwann.

»Ja, habe ich.«

Beide schwiegen einen Augenblick.

»Was hältst du davon?«, fragte Elisabeth dann.

»Ich mache mir Sorgen. Eigentlich hätte ich schon früher was gesagt, aber … keine von uns hat geglaubt, dass die Sache so lange gehen würde.«

»Ich mache mir auch Sorgen«, sagte Elisabeth. »Ich will nicht, dass sie etwas tut, was sie später bereut.«

»Er ist nicht gut genug für sie, das ist wohl jedem klar. Ich meine, der Typ verdient sich seinen Lebensunterhalt mit Stadtführungen! Und die Hälfte von dem, was er erzählt, ist gelogen. Er erfindet ständig irgendwelche Daten und Geschichten.«

»Echt?«, fragte Elisabeth. »Aber er hat doch ein eigenes Unternehmen. Entwickelt eine App oder so was?«

»Nein, das ist sein Freund, für den er arbeitet. Clive hat bis vor zwei, drei Jahren in Spanien gelebt, aber was er da gemacht hat, damit rückt er nicht so richtig raus. Alles ein bisschen zwielichtig, wenn du mich fragst.«

»Davon wusste ich ja gar nichts«, sagte Elisabeth.

»Ja. Außerdem ist er alt und ein unerträglicher Klugscheißer.«

»Was findet sie bloß an ihm?«, fragte Elisabeth.

»Sam tut sich einfach schwer mit Veränderungen«, sagte Isabella, »oder Trennungen. Ich glaube, im tiefsten Inneren würde sie sich gern von ihm lösen, aber sie schafft es einfach nicht.« Sie nahm ein Shampoo vom Regal und schnüffelte daran.

»Ich hab mich noch gar nicht bei dir bedankt«, sagte sie. »Dafür, dass du mir das ausgeredet hast.«

»Ausgeredet? Was habe ich dir … Ach ja, natürlich! Na, ich bin froh, dass du's dir anders überlegt hast.«

»Ich kann es kaum erwarten, bis ich so alt bin wie du«, sagte Isabella. »Es ist bestimmt toll, wenn man sein Leben im Griff hat.«

Am Freitagmorgen ging sie ein letztes Mal in die Klinik, hielt der Schwester den linken Arm hin, der noch blaue Flecken hatte von der letzten Blutabnahme vor zwei Wochen. Sie atmete tief ein und sah zu, wie sich das Teströhrchen mit ihrem Blut füllte.

Als eine Stunde später das Telefon klingelte, ließ Elisabeth Andrew rangehen.

Sie hörte, wie er »Hmmm, hmmm«, sagte und »Aha« und »Okay, herzlichen Dank«.

Er klang erfreut. Plötzlich kam ihr der Gedanke, dass es vielleicht doch irgendwie geklappt haben, er gleich ins Wohnzimmer kommen und ihr verkünden könnte, dass sie zum zweiten Mal Eltern würden.

Und als sie dann die Tränen in seinen Augen sah und verstand, empfand sie zu ihrer eigenen Überraschung tiefe Enttäuschung.

»Es tut mir so leid«, sagte Andrew. »Ich weiß, wie sehr du darum gekämpft hast.«

Am nächsten Tag wurde Elisabeth ganz still.

Andrew nahm an, dass sie trauerte. Eigentlich waren sie am frühen Abend mit seinen Eltern zu einem gemeinsamen Essen in der neu eröffneten Pizzeria verabredet gewesen, doch Andrew war ohne sie gegangen und hatte Gil mitgenommen, damit sie ein bisschen Zeit für sich hätte.

Sie nahm sich vor, diese Zeit gut zu nutzen, sich nicht in Schuldgefühlen zu suhlen und sich ständig vor Augen zu halten, dass ihr Mann ein besserer Mensch war, als sie es je sein würde.

Sie räumte den Schlafzimmerschrank auf und Gils Kommode, dann stürzte sie sich aufs Bad. Im Schrank unter dem Waschbecken entdeckte sie eine braune Papiertüte. Der Anblick erwischte sie wie ein Schlag in die Magengrube. Sie wusste ganz genau, was sich darin befand. Den Rest der Utensilien, die sie nach Gils Geburt aus der Klinik mitgenommen hatte. Wieso hatte sie die behalten? Was sollte sie jetzt damit tun?

Sie ging nach unten, schenkte sich ein Glas Wein ein und setzte sich mit einem Stapel ungelesener Ausgaben des *New Yorker* aufs Sofa. Sie begann mit der ältesten, überflog das Inhaltsverzeichnis, den Veranstaltungskalender. Hängen blieb sie an einem langen Artikel über die Gefängnisreformen, danach las sie Film- und Buchbesprechungen und alle Cartoons, bevor sie sich die nächste Ausgabe vorknöpfte.

Darin stieß sie auf einen Artikel über Matilda Grey, die sich mit der Förderung feministischer Kunst einen Namen gemacht hatte. Elisabeth begann zu lesen. Irgendwo im Hinterkopf meldete sich ein Gedanke, aber sie bekam ihn nicht zu fassen.

Matilda Grey hatte einen kurzen grauen Bob und war ganz

in Schwarz gekleidet. Ihre Londoner Galerie galt als Epizentrum hochgehandelter weiblicher Kunst.

Matilda Grey. Matilda Grey.

Elisabeth las weiter.

Mathilda Grey fand London erdrückend und hatte beschlossen, nächsten Herbst eine Galerie in Brooklyn zu eröffnen. Sie werde in die USA ziehen und die Führung persönlich übernehmen.

Eine Stunde später fiel der Groschen. Sie hatte den Fernseher eingeschaltet, und es lief gerade eine Show über ein ungewöhnliches Familienunternehmen, Mutter und Tochter, die gemeinsam verfallene Häuser in Baltimore restaurierten.

Die Matilda Grey Galerie in London hatte Sam damals so begeistert, dass sie sofort dort arbeiten wollte. Und man hatte ihr eine Absage erteilt, weil sie keine britische Staatsbürgerin war.

Elisabeth kam eine Idee, die vermutlich nicht besonders schlau war. Andrew sagte immer, ihre Ideen sollten mit einer gesetzlich verordneten Wartefrist versehen werden, ähnlich wie der Kauf einer Waffe. Sie gab sich eine halbe Stunde Bedenkzeit, danach verschickte sie E-Mails an ein halbes Dutzend Bekannte aus der New Yorker Kunstszene.

Kurze Zeit später kehrte Andrew mit Gil zurück, der bereits eingeschlafen war. Andrew legte ihn ins Bettchen und setzte sich zu ihr aufs Sofa.

»Mein Dad hat beim Abendessen eine Rede gehalten, offenbar extra für den Anlass vorbereitet. Darüber, dass die vielen Monate, die ich an der Entwicklung des Grills gearbeitet habe, nicht verschwendet gewesen seien, weil ich mich so wenigstens nicht zum Handlanger gieriger Großkonzerne gemacht hätte.«

»Ach du liebe Zeit. Der Hohle Baum.«

Andrew nickte. »Ganz genau.«

Elisabeth musste ständig aufs Handy schauen. Sie empfand es als persönlichen Affront, dass noch niemand auf ihre Mail reagiert hatte, obwohl sie wusste, dass Samstag war. Sie war vor Aufregung ganz kribbelig, konnte es kaum erwarten zu sehen, ob ihr Plan aufgehen würde.

»Alles klar bei dir?«, fragte Andrew.

»Jaja«, sagte sie und merkte erst danach, was er gemeint hatte.

Elisabeth wurde immer nervöser, bis schließlich die erste Antwort eintrudelte, von einem Redakteur der *New York Times*, der für Galerien in Manhattan zuständig war.

Tut mir leid, da kenne ich niemanden. Brooklyn ist eine ganz eigene Welt. Hab aber gehört, dass Matilda fantastisch ist. Hoffe, es geht dir gut.

Sie müsste ihre Fühler wohl noch weiter ausstrecken.

Elisabeth rief zum ersten Mal seit Wochen die Seite der BK Mamas auf, die sich jetzt »BK Families and Caregivers« nannte, um alle Parteien zufriedenzustellen.

Ohne nachzudenken, tippte sie drauflos.

Hey Mamas! Mein Sohn hat eine umwerfende Kinderfrau, die bald mit Auszeichnung das College abschließen wird. Sie ist eine der klügsten jungen Frauen, die ich kenne, eine hochtalentierte Malerin mit hervorragendem Kunstverständnis. Und es wäre ihr absoluter TRAUM, für die Matilda Grey Gallery zu arbeiten, die, wenn ich richtig informiert bin, im nächsten Herbst eröffnet. Hat da jemand einen Kontakt? Ich kann sie uneingeschränkt empfehlen, sie ist wirklich DIE BESTE. (Bitte helft mir, ich will sie davon abhalten, einen Riesenfehler zu machen, ihren abstoßenden britischen Freund zu heiraten und ihr Talent komplett zu verschwenden!!)

Sie postete die Anfrage und schwor sich, erst in einer Stunde nachzusehen, wer darauf reagiert hatte.

Ein paar Minuten später kam eine Nachricht von Nomi: *Mann, du bist ja total BESESSEN von deiner Kinderfrau! Du wirst mich doch wohl nicht wegen ihr verlassen?*

Elisabeth war entzückt. Wenn Nomi ihren Post gesehen hatte, dann sicher auch andere. Er war nicht in der Flut von Fragen über die beste Schlafenszeit für Kleinkinder, Windelausschlag, schreckliche Schwiegereltern und Spanischunterricht für Kinder unter zwei Jahren untergegangen.

Als sie das nächste Mal nachsah, hatte sie ein Like bekommen, von Nomi, und unter dem Post stand ein Kommentar von einer Unbekannten: *Nein, bloß kein abstoßender Brite! Hat er schlechte Zähne und alles? Von denen sind mir in meinem früheren Leben auch mal welche untergekommen.*

Nicht hilfreich, aber immerhin. Elisabeth schrieb zurück: *Zähne zum Fürchten, Akzent zum Davonlaufen.*

Das war gehässig, aber je mehr Kommentare sie bekam, desto mehr Aufmerksamkeit würde ihre Frage erhalten. Sie schrieb noch schnell *Haha!* darunter.

Einen Augenblick später kam ein Kommentar von Mimi Winchester.

Hi E! Eine meiner besten Freundinnen führt den Laden!! Schreib mir eine PN!!

Ausgerechnet Mimi, dachte Elisabeth. Es würde sie viel Überwindung kosten, diese Frau um einen Gefallen zu bitten. Mimi würde es ihr bis ans Ende ihres Lebens aufs Brot schmieren.

Dann dachte sie an Sam. Sie war für sie da gewesen, hatte ihr zugehört. Sie hatte sie vor einem Riesenfehler bewahrt und wollte nicht mal Elisabeths Dank dafür, weil sie meinte, das sei doch nicht der Rede wert. Doch das stimmte nicht. Wäre Sam nicht gewesen, würde sie jetzt womöglich Zwillinge erwarten.

In ihrer Mail an Mimi schilderte Elisabeth ihr, dass Sam sich in der Galerie in London vorgestellt habe und die Galeristin sie am liebsten vom Fleck weg engagiert hätte. Den Rest dichtete sie ein bisschen um, behauptete, Sam wolle unbedingt in New York arbeiten, doch dieser Freund habe sie mit seinen Vorstellungen beeinflusst.

Wäre es nicht perfekt, wenn sie ihr eine Stelle anbietet?, schrieb Elisabeth. *Sie will in New York leben und jetzt wird eine Galerie in New York eröffnet. Das ist doch Schicksal. Aber – und ich weiß, das ist eine große Bitte – die Galerie müsste sich schon bei ihr melden …*

Mimi schrieb zurück, sie werde sehen, was sich machen ließe.

Am Montag meldete sich Mimi. Ihre Freundin habe sich mit der Galerie in London in Verbindung gesetzt und dort habe man sich an Sam erinnert und sie auf die Liste der Kandidatinnen gesetzt, die man zu einem Vorstellungsgespräch einladen wolle, jetzt, wo klar sei, dass New York für sie infrage komme.

Als Sam am darauffolgenden Donnerstag zur Arbeit kam, plapperte sie sofort drauflos, ohne Elisabeth oder Gil zu begrüßen. »Mir ist was total Verrücktes passiert«, sagte sie. Ich habe eine E-Mail von Matilda Grey bekommen.«

Elisabeth verspürte ein Kribbeln im Bauch.

»Wer ist das nochmal?«, fragte sie.

»Das ist keine Person, sondern eine Galerie. Also streng genommen ist es natürlich auch eine Person. Aber ich habe mich für die Galerie in London beworben. Das hatte ich erzählt, oder? Sie haben mich damals abgelehnt, aber in dieser E-Mail schreibt die Galeristin, sie hätte sich an mich erinnert und sie würden bald in Brooklyn was Neues eröffnen.«

»Brooklyn? Wirklich?«

»Ja. Sie haben mich zu einem Vorstellungsgespräch eingeladen, Matilda Grey sucht nämlich eine Assistentin.«

»Was? Das ist ja fantastisch!«, sagte Elisabeth. »Du hast offenbar einen bleibenden Eindruck hinterlassen.«

»Ja, habe ich wohl.«

»Du brauchst gar nicht überrascht zu sein. Sie können sich glücklich schätzen, dich zu bekommen.«

»Die wollen, dass ich mich morgen vorstelle, in Brooklyn. Ich weiß, ich muss morgen arbeiten.«

»Natürlich gehst du hin. Die einzige Frage ist, was du anziehst.«

»Keine Ahnung«, erwiderte Sam. »Genauso wenig weiß ich, was ich Clive sagen soll. Ist es schlimm, wenn ich es ihm erst mal verschweige? Und abwarte, was passiert?«

»Ich bin momentan vielleicht die Letzte, die dir einen klugen Rat geben kann, ob du deinem Partner etwas verschweigen solltest«, sagte Elisabeth.

»Ich will diesen Job«, sagte Sam. »Warst du schon mal geschockt über deine eigene Reaktion? Und hast dich dann gefragt, ob du dich selbst wirklich kennst?«

Elisabeth dachte an den Augenblick, als Andrew ihr mitgeteilt hatte, dass sie nicht schwanger war.

»Warum wartest du nicht erst mal, was passiert?«

Sam nickte. »Vielleicht nehmen sie mich gar nicht.«

Es klang, als hoffte und fürchtete sie einen solchen Ausgang gleichermaßen.

19
Sam

Gil war oben und schlief, als der Anruf kam.

Sam und Elisabeth saßen am Küchentisch, tranken Tee und planten die Party. Draußen trommelte Regen an die Scheiben.

Elisabeth hatte ihrer Lektorin und ihrer Agentin ein paar Kapitel ihres neuen Buchs geschickt und wartete auf Rückmeldung.

»Das ist das Beste am Schreiben«, erklärte sie. »Wenn ich ein paar Tage guten Gewissens einfach nur rumsitzen darf.«

Am Vormittag, noch vor dem Regen, war sie Joggen gewesen und hatte dann in einem netten Restaurant allein zu Mittag gegessen.

»Ich freu mich schon total auf das Buch«, sagte Sam.

»Du bist nett«, erwiderte Elisabeth.

»Nein, ehrlich. Ich habe inzwischen deine zwei ersten gelesen, die sind beide toll. Ich glaube, das zweite finde ich sogar noch besser.«

Elisabeth strahlte. »Ach Sam!«, sagte sie. »Du sagst einfach immer genau das Richtige.«

Der ganze Nachmittag fühlte sich »genau richtig« an, wie überhaupt so vieles, jetzt, wo das Ende abzusehen war. In letzter Zeit empfand Sam in ihren Kursen eine Art rührseliger Dankbarkeit dafür, sich zu diesen klugen Frauen zählen und mit ihnen über Kunst und Literatur diskutieren zu dürfen. Ob ihr so was irgendwann im Leben noch einmal vergönnt wäre? Beim Lernen zwischen den Regalwänden der Bibliothek atmete sie ganz tief ein, um sich den Geruch der Bücher einzuprägen. Wenn sie ihren Mittagsschlaf machte, tat sie das im Bewusstsein, dass Isabella Kurs hatte und niemand sonst sie stören würde, weil sie ZZZZZ auf das Whiteboard an der Tür geschrieben hatte und ihre Freundinnen wussten, was das zu bedeuten hatte.

Dinge, die sie das ganze Jahr über gestört hatten, entlockten ihr jetzt nur noch ein Lächeln. Wie Isabella Orangen für Sangria auf ihrem Nachttisch schnitt; wie Rosa im Zimmer nebenan denselben Prince-Song in Dauerschleife hörte. Dass sie um sechs einfach in die Mensa gehen konnte und eine warme Mahlzeit dort schon auf sie wartete.

Im Frühling war es auf dem Campus am schönsten. Nachdem man den ganzen Winter gebückt über den Platz geeilt war, eingehüllt in dicke Mäntel, vorbei am zugefrorenen Teich, ließ man sich jetzt Zeit. Man blieb stehen, um zu quatschen oder Fotos von den Kirschblüten entlang der Paradise Road zu knipsen, oder machte ein Picknick auf dem saftig grünen Gras hinter der College Hall.

Die Absolventinnen in spe waren jetzt noch gefühlsduseliger als sonst. Irgendwer auf Sams Stockwerk heulte jeden Abend, ein Anlass fand sich immer.

Sam ließ den Blick durch Elisabeths Küche schweifen. Auch das hier ging dem Ende zu. Die Zeit mit Elisabeth war wundervoll gewesen. Nachdem George von ihrer reichen Familie erzählt hatte, hatte zwar ein Schatten darüber gelegen, doch der hatte sich inzwischen fast verzogen. Ein paar Tage hatte Sam außerdem daran zu knabbern gehabt, wie Elisabeth Andrew wegen der Embryos hintergangen hatte. Aber sie musste das abhaken. Es passte nicht zu der Elisabeth, die sie kannte. Vielleicht hatte ja jeder Mensch solche Facetten.

Seit Neuestem stand sie morgens schon um sechs Uhr auf, um im Atelier an dem Bild zu arbeiten. Elisabeth hatte gesagt, sie solle sich ruhig den ganzen Sommer Zeit lassen, aber Sam wollte es ihr gern schon bei der Party überreichen. Einerseits damit sie das Geld dafür noch vor dem Umzug nach London bekäme, andererseits damit es auf der Party ausgestellt würde. Gemeinsam würden Party und Gemälde die besondere Verbindung zwischen Elisabeth und ihr ausdrücken, die verschwommenen Grenzen zwischen ihnen beiden. Das Porträt sollte die Krönung ihres bisherigen Schaffens werden. Elisabeth sollte stolz auf sie sein. Sie skizzierte die Umrisse siebenmal neu, bevor sie die erste Farbe auftrug.

An diesem Morgen war sie im um diese Zeit sonst immer leeren Kunstgebäude einem ihrer Dozenten in die Arme gelaufen: Christopher Gillis. Er sah aus, als wäre er eben erst aufgewacht, stolperte barfuß und in Jogginghose aus seinem Büro, das stahlgraue Haar völlig zerzaust. Sam fragte sich, ob er womöglich eine Studentin bei sich hatte.

Von irgendwo kannte er Elisabeth. Woher genau wusste Sam nicht, aber Elisabeth hatte erzählt, sie hätte mal auf einer Party mit ihm über ihr Talent gesprochen.

Jetzt überlegte Sam gerade, ob sie Elisabeth davon erzählen sollte, als die von ihrer To-do-Liste aufsah und sagte: »Nicht zu glauben, dass Gil in drei Wochen schon eins wird. Und du mit dem College fertig bist.«

Sie blickte Sam wehmütig an, dann wandte sie sich wieder der Liste zu: »Mögen deine Eltern Krabben?«

Elisabeth scheute keine Kosten und Mühen, obwohl Sam gesagt hatte, das sei doch nicht nötig. Drei Kisten Champagner standen schon oben auf der Kellertreppe bereit. Elisabeth hatte ein drei Meter hohes Ballontor bestellt, wie man sie von Abschlussbällen oder der Ziellinie von Stadtläufen kennt. Eine dreiköpfige Bluegrass-Band würde Musik für alle Altersgruppen spielen, ein Catering-Service Horsd'œuvres bis zum Abwinken servieren, und außerdem zwei Kuchen – einen für Sam, einen für Gil.

Sam hatte ihrer Mutter noch nichts davon erzählt.

»Krabben?«, sagte sie. »Ja, sehr!«

Sam dachte an Elisabeths Familie. Elisabeth hatte gesagt, sie seien zerstritten, hatte Sam die Horrorstory mit ihrem Vater erzählt, aber dann waren an Weihnachten alle zu Besuch gekommen. Seither hatte Elisabeth sie mit keinem Wort erwähnt.

Soweit Sam wusste, wären sie bei Gils Geburtstag nicht dabei.

Sams Handy klingelte. Sie blickte auf den Bildschirm.

»New Yorker Vorwahl!«, rief sie aufgeregt – und bereute das sofort. Was, wenn es schlechte Nachrichten wären? Nicht auszudenken, wenn Elisabeth sie trösten müsste, sich zu aufmunternden Worten im Stil von: »Die verdienen dich doch gar nicht« gezwungen sähe.

»Jetzt geh schon ran!«, drängte Elisabeth.

Sam ging ran.

»Hallo«, sagte jemand am anderen Ende. »Natasha hier, von Matilda Grey. Haben Sie kurz Zeit?«

Sam fasste sich. »Klar«, sagte sie. Es konnte so oder so ausgehen. Das Vorstellungsgespräch war gut gelaufen, fand sie, und die Galerie war herrlich, sah genauso aus wie die in London. Hauptsächlich hatte Sam mit Natasha gesprochen, aber kurz vor Schluss hatte Matilda selbst hereingeschaut, und Sam hatte von ihren vielen Besuchen in Mayfair geschwärmt, von ihren liebsten Ausstellungen dort. Matilda hatte kaum ein Wort gesagt, aber nachdem sie sich mit Handschlag verabschiedet hatte und gegangen war, hatte Natasha geflüstert: »Sie mag Sie.«

Jetzt sagte Natasha: »Ich rufe an, um Ihnen ganz offiziell die Stelle als Matildas Assistentin anzubieten.«

Sam stand von ihrem Stuhl auf und hüpfte vor Freude. Auch Elisabeth stand auf und fing an zu tanzen. Ein lächerlicher, irgendwie erschreckender Anblick.

Sam riss sich lang genug am Riemen, um sich zu bedanken und freudig zuzusagen. Dann besprach sie mit Natasha noch ein paar praktische Fragen – wann sie anfangen konnte, wie viel Gehalt sie bekäme.

Als sie auflegte, rief sie: »Ich hab den Job!«

»Habe ich mir fast gedacht«, sagte Elisabeth grinsend. »Herzlichen Glückwunsch! Das müssen wir sofort begießen!«

Es war ein Uhr am Montagmittag, aber noch ehe Sam etwas erwidern konnte, war Elisabeth schon Champagner holen gegangen.

In dem kurzen Augenblick allein dachte Sam an Clive. Was sollte nun aus ihnen beiden werden?

Sam drehte den Ring an ihrem Finger. Den Antrag hatte er ihr auf dem Leicester Square gemacht, genau an der Stelle, wo sie sich das erste Mal begegnet waren. Vor aller Augen war er vor ihr auf die Knie gegangen. So sehr Sam den Moment auch auskosten wollte, war ihr das doch furchtbar peinlich gewesen.

»Ist nichts Besonderes«, hatte er gesagt, als er ihr den Ring zeigte.»Dir ist so was zum Glück ja nicht so wichtig. Das ist einer der Millionen Gründe, aus denen ich so verrückt nach dir bin.«

Elisabeth kam zurück, eine Flasche Champagner in der Hand.

»Was ist?«, fragte sie.»Du schaust so traurig.«

»Ach, ich denke an Clive.«

»Na ja, Fernbeziehungen sind doch heutzutage fast schon der Normalfall.«

»Die Hauptstelle ist immer noch in London, vielleicht könnte ich da früher oder später hinwechseln.«

»Hm«, machte Elisabeth. »Das Wichtigste ist doch: Dir ist grade dein Traumjob in den Schoß gefallen. Das ist ein Wink des Schicksals, so was kannst du nicht ablehnen.«

Sam wollte das nicht zeigen, um nicht überheblich zu wirken, aber sie platzte fast vor Stolz. Von all den Bewerbern, mit denen die in London gesprochen haben mussten, war ausgerechnet sie ihnen in Erinnerung geblieben. Elisabeth hatte recht. Es war wirklich ein Wink des Schicksals, ein Geschenk vom Universum, das sie unmöglich ablehnen konnte.

Nach dem Abendessen rief sie ihre Eltern an, um ihnen die guten Neuigkeiten zu erzählen.

»Gott sei Dank«, sagte ihre Mutter. »Dann bleibst du also im Land.«

Über Sams Pläne für das kommende Jahr hatten sie nie groß gesprochen. Sam hatte nur erzählt, dass sie jede Woche Bewerbungen abschickte. Clives Antrag hatte sie bislang verschwiegen.

Die Reaktion ihrer Mutter machte sie wütend.

»Die Hauptstelle ist in London«, sagte sie. »Gut möglich, dass ich öfter mal hin muss. Aber ja, hauptsächlich werde ich wohl in New York sein.«

Ihr Vater fragte als Erstes nach dem Finanziellen. Als Sam ihr Einstiegsgehalt nannte, pfiff er durch die Zähne. »Da kriegst du ja fast so viel wie unser Zeitungsjunge.«

»Hör da gar nicht hin, Sam!«, rief ihre Mutter aus dem Hintergrund.

Sam wusste, dass er nur Spaß machte. Oder wenigstens fast nur.

Dann war ihre Mutter wieder dran. »Im Ernst, mein Schatz, wir sind wahnsinnig stolz auf dich.«

»Danke, Mom.«

»Wo ich dich schon an der Strippe habe, können wir kurz über die Karten für die Abschlussfeier sprechen?«

»Klar.«

»Wir fünf kommen natürlich alle. Elisabeth wirst du sicher auch dabeihaben wollen. Und deine Großeltern würden eher tot umfallen, als das zu verpassen. Das macht schon mal acht. Wie viele bleiben dann noch? Können wir Tante Mary-Ellen und Onkel Paul auch einladen? Und Tante Cathy und Lou?«

»Mal überlegen«, sagte Sam. »Ich kriege zehn Karten, bis auf

eine sind alle schon vergeben. Aber Isabella meinte, sie bekommt vielleicht noch ein paar extra.«

»Wer ist denn Nummer neun?«, fragte ihre Mutter.

»Clive.«

»Ach so? Muss der nicht arbeiten?«

»Er nimmt sich den Freitag frei.«

»Lohnt sich das denn? Du bist doch bestimmt viel zu beschäftigt und hast gar keine Zeit für ihn.«

»Ihr nehmt euch doch auch frei«, wandte Sam ein.

»Wir reisen aber nicht extra aus dem Ausland an«, sagte ihre
Mutter. »Und wir sind deine Familie.«

»Er auch.«

Ihre Mutter seufzte.

»Bitte versteh das jetzt nicht falsch, aber vielleicht lässt Clive
das besser aus. Grandma hat keine Ahnung, wie alt er ist. Soll sie
das wirklich so erfahren? Du hast so schwer gearbeitet, und die
letzten Monate hier waren auch recht turbulent, das weißt du ja.
Auch wenn das egoistisch ist, ich hätte diesen Moment gern nur
für uns. Dad und ich wünschen uns so sehr, dass alles perfekt ist.«

»Aha. Und perfekt für wen genau?«, fragte Sam.

Sie fand es schrecklich, mit jemandem verlobt zu sein, den
ihre Eltern ablehnten. Und sie fand schrecklich, dass ihre Zustimmung so wichtig für sie war. Am liebsten wollte sie ihre
Mutter anflehen, Clive eine Chance zu geben, ihr zuliebe, und
all die netten Dinge aufzählen, die Clive für sie getan hatte.

Doch nichts davon fand sich in ihren nächsten Worten wieder: »Clive kommt. Findet euch damit ab. Wenn ihr das nicht
könnt, dann bleibt zu Hause.«

»Sam –«

»Ich muss aufhören, er ruft jeden Moment an. Wir telefonieren jeden Abend um diese Zeit. Was du längst wüsstest, wenn
du mal nach ihm fragen würdest.«

Sam legte auf.

In Wahrheit würde Clive sich erst in einer Stunde melden.

Sie presste das Gesicht in ein Kissen und schrie.

»Alles gut da drüben?«, rief Lexi über den Flur.

»Alles okay«, rief Sam zurück.

Sie musste mit Elisabeth sprechen. Sie schrieb ihr, fragte, ob sie Zeit hatte.

Grade Gil ins Bett gebracht, antwortete Elisabeth. *Andrew ist mit George unterwegs. Komm vorbei! Tür ist offen, ich bin oben. Hoffe, alles ist okay …*

Sam fand Elisabeth im Fernsehzimmer. Im Schneidersitz saß sie auf dem Sofa, ihren Laptop auf dem Schoß, und schaute irgendeine blöde Immobilien-Show im Fernsehen.

»Was ist los?«, sagte sie und lud Sam ein, sich neben sie zu setzen. »Clive?«

»Nein, ich hab eine Stinkwut auf meine Mutter«, sagte Sam.

»Ich hätte nicht gedacht, dass du überhaupt je wütend auf sie bist.«

Sam dachte kurz nach. »Bin ich auch nicht oft.« Dann erzählte sie, was vorgefallen war.

»Blöd«, sagte Elisabeth. »Aber sieh es mal von ihrer Seite. Du bist ihr kleines Mädchen. Wahrscheinlich hast du bisher im ganzen Leben nie was falsch gemacht.«

»Bisher? Und jetzt schon? Soll das heißen, das mit Clive ist falsch?«

»Nein, nicht unbedingt falsch. Nur … ein Grund zur Sorge. Aus ihrer Sicht! Das soll nicht heißen, dass sie recht hat. Aber sie hat dich eben lieb und will das Beste für dich. So eine Mutter hat nicht jeder.«

Sam nickte, war aber nicht ganz überzeugt.

»Sie hatten's schwer in letzter Zeit, weil mein Vater zu wenige Aufträge hat, aber ich kann's doch auch nicht immer allen recht machen! Gut, das erwartet auch niemand. Trotzdem … Es nervt. Die wollen unbedingt, dass alles perfekt ist.«

»Ach Sam, das wusste ich nicht«, sagte Elisabeth. »Tut mir leid, wirklich. Wieso hast du das nie erzählt?«

Bevor Sam antworten konnte, weinte das Baby.

Elisabeth stand stöhnend auf. »Gleich wieder da. Seit Neuestem wirft er immer seinen Schnuller aus der Krippe, und ich darf ihn dann einsammeln. Warum hab ich auch keinen Daumenlutscher bekommen? Den Daumen könnte er nicht durch die Gegend pfeffern.«

Sam blieb sitzen und sah fern. Als Elisabeth nach einigen Minuten noch immer nicht zurück war, drehte Sam ihren Laptop herum, um zu sehen, was sie gerade gemacht hatte.

Der Browser zeigte eine Facebook-Seite, über die sich Elisabeth oft lustig gemacht hatte: Alles zu Tode analysierende Brooklyn-Mamis, die sich schon über Harvard den Kopf zerbrachen, während sie ihre Kinder noch im Bauch trugen.

Offenbar hatte Sam Elisabeth beim Schreiben eines Kommentars unterbrochen. Der Cursor blinkte hinter den Worten *Vielen, vielen Dank, Mimi! Du bist die Rettung für*

Sam scrollte nach oben, um zu sehen, wer diese Mimi und wofür sie die Rettung war.

Der ursprüngliche Post stammte von Elisabeth. Schnell überflog Sam die Worte: *Mein Sohn ... umwerfende Kinderfrau ... eine der klügsten jungen Frauen, die ich kenne ... ihr absoluter TRAUM ... Matilda Grey ... Bitte helft mir, ich will sie davon abhalten, einen Riesenfehler zu machen, ihren abstoßenden britischen Freund zu heiraten und ihr Talent komplett zu verschwenden!!*

Irgendwer hatte gefragt, ob Clive schlechte Zähne hätte. Elisabeth hatte das bejaht.

Sam zitterte. Der Job war ihr nicht einfach in den Schoß gefallen, sondern jemand hatte ihn ihr aus Mitleid verschafft, und zwar auf Elisabeths Betreiben.

Und Elisabeth hatte kein Wort davon erwähnt.

Sam stand auf, stürmte an Gils Zimmer vorbei, wo Elisabeth sich im Halbdunkel über die Krippe beugte, und rannte die Treppe hinab.

Im Flüsterton rief Elisabeth ihr nach: »Sam, wo gehst du hin?«

Sam antwortete nicht. Sie war schon in der Diele.

Elisabeth folgte ihr.

»Sam!«, rief sie. »Jetzt warte doch mal! Was ist denn los?«

Sam wirbelte herum.

»Vielen Dank für die Rettung vor meinem – wie war das noch gleich? – ›abstoßenden britischen Freund‹?«

Elisabeth sackte vor Sams Augen in sich zusammen wie ein angestochenes Ballontor. »Shit«, sagte sie.

»Du musst mich ja für ganz schön dämlich halten«, sagte Sam. »Ich heul mich bei dir aus, platze vor Aufregung, und du ziehst im Hintergrund die ganze Zeit die Strippen.«

»Ich glaube an dich, Sam«, sagte Elisabeth. »Ich wollte nur helfen.«

»Indem du jemand zwingst, mir einen Job zu geben?«

»Jetzt mach mal halblang. Als könnte ich dazu jemanden zwingen. Die haben dich eingestellt, weil du die Beste bist. Ich habe euch nur zusammengebracht.«

»Ich hab so was von die Schnauze voll davon, dass alle immer wissen, was das Beste für mich ist. Was hat Clive dir – oder sonst wem – je getan, dass du so über ihn herziehst? Er ist der netteste Mensch, den ich kenne.«

»Ja, vielleicht.« Elisabeth sprach so sanft, als wollte sie ein ausrastendes Kleinkind beruhigen. »Aber ich kenne dich, Sam. Du hast eine tolle Familie, du liebst Kinder, du bist schon so erwachsen. Du willst all die großen Zwischenschritte überspringen und gleich *ankommen*. Aber diese Schritte müssen alle machen. Die Fehler, die man unterwegs macht, lassen einen nur stärker durchs Ziel gehen. Du kannst dich nicht ewig hinter Clive verkriechen.«

»Und seit wann bist du Expertin, was mein Leben angeht?«, höhnte Sam.

»Ich bin einfach nur schon länger auf der Welt. Clive ist ein netter Kerl, aber kannst du dir wirklich eine Zukunft mit ihm vorstellen?«

»Wieso denn nicht?«

»Zum Beispiel, weil er keinen Penny in der Tasche hat. Ein Mann in seinem Alter sollte ein Hotel für euch bezahlen können.«

Kurzerhand verdrehte sie Sams Lebenswirklichkeit in einen Vorwurf. Demütigend war das.

»Vielleicht ist Geld mir einfach nicht so wichtig wie dir«, gab Sam zurück.

»Nur, weil du noch keine Ahnung hast«, erwiderte Elisabeth. »Alle, die dich wirklich kennen, finden, er ist nicht der Richtige für dich. Sagt dir das denn gar nichts?«

»Ach ja, und wer soll das sein?«, fragte Sam.

»Deine Mutter. Isabella. Ich.«

»*Du* willst mich wirklich kennen? Du kennst mich so gut wie gar nicht«, sagte Sam. »Und wie kommst du überhaupt darauf, dass Isabella so was denkt?«

»Sie hat's mir gesagt.«

»Was?«

»Dass sie sich Sorgen macht. Dass keiner geglaubt hat, dass das mit Clive und dir so lange halten würde. Dass sie nicht versteht, wieso du ihn heiraten willst. An deiner Stelle würde ich mich ja mal fragen, wieso ihm das eigentlich so wichtig ist. Irgendwie habe ich den Eindruck, er hat dir nicht alles über seine Vergangenheit erzählt. Isabella sieht das übrigens auch so.«

»Klar, *ihr* seid natürlich Vollprofis in Sachen Ehe und Beziehung«, spottete Sam. »Habt ihr keine eigenen Probleme? Du willst doch nur, dass ich nach Brooklyn gehe, weil du bereust, dass du da nicht mehr wohnst. Ich bin völlig anders als du. Merkst du gar nicht, dass du selber keine Ahnung hast? Die ganzen Storys über deinen Existenzkampf in der großen Stadt ... Alles Mist, das weiß ich genau. Und du schnallst das wahrscheinlich nicht mal.«

»Du bist wütend, Sam, das ist verständlich. Aber ich will wirklich nur das Beste für dich. Ich wollte für dich da sein, so wie du für mich da warst. Du hast mir so geholfen, mit der Entscheidung, nicht—«

»Das musste ich ja wohl«, unterbrach Sam. »Du wolltest das nun mal so, und du bist der Boss.«

Gabys verletzende Worte fielen ihr wieder ein: *Meine Tante wird dafür bezahlt, nett zu Mädchen wie dir zu sein.*

Elisabeth schüttelte den Kopf. »So hab ich das nie gesehen. Und du hoffentlich auch nicht.«

»Ich stand direkt daneben, als du Andrew eine fette Lüge aufgetischt hast. Ich hätte ihm alles sagen sollen, aber ich fand, das stand mir nicht zu. Du dagegen hast dich in mein Leben eingemischt, ohne mit der Wimper zu zucken. Vielleicht sollte ich das einfach auch mit dir machen. Damit du merkst, wie sich das anfühlt.«

»Sam –«

»Du bist vielleicht älter als ich, aber von Beziehungen hast du keine Ahnung. Du würdest deinen Mann eher belügen bis ins Grab, als ihm zu sagen, was du willst. Und mit mir hast du genau das gemacht, weshalb du mit deinem Vater nicht mehr sprichst. Merkst du das denn nicht?«

»Du hast recht«, sagte Elisabeth. »Also, dasselbe ist das zwar nicht, aber ... es tut mir leid.«

»Du schaust auf uns alle runter. Auf mich, auf George, wahrscheinlich sogar auf den armen Andrew.«

»Auf George?«, stutzte Elisabeth. »Wie kommst du denn darauf?«

»Du würdest seine Buchidee doch nicht mal mit der Kneifzange anfassen, obwohl sie wirklich gut ist.«

»Ernsthaft? Du machst Witze, oder?«

»Du hast nicht ein einziges Mal gefragt, was George und ich im Diskussionskreis machen. Hast mir nur signalisiert, dass ich nicht hin soll.«

Elisabeth seufzte. »Aber doch nur, weil –«, hob sie an, doch den Rest hörte Sam schon gar nicht mehr.

Sie machte kehrt und ging zur Tür hinaus.

Kaum war sie in ihrem Zimmer, rief Clive an.

Sam war speiübel.

Von Elisabeth sagte sie kein Wort. Sie erzählte ihm vom Angebot der Galerie, aber nicht, dass sie schon zugesagt hatte.

Sie wollte, dass er ihr von sich aus dazu riet.

»Ich weiß auch nicht, was ich tun soll«, sagte sie.

»Ja, mieses Timing«, antwortete er. »Aber bald sind wir ja verheiratet, du bekommst eine Aufenthaltserlaubnis und kannst einen genauso tollen Job in London kriegen.«

»Hm, ich weiß ja nicht, ob das so einfach ist.«

»Na, für diesen Job musstest du dich nicht mal bewerben! Einmalig ist das. Du bist einfach der Wahnsinn. Die werden sich alle um dich reißen, egal wo wir sind.«

Plötzlich sah Sam vor sich, wie sie Clive bei Vernissagen ihrer Chefin und ihren Kolleginnen vorstellte. *Mein Mann kann nicht lang bleiben, er hat heute noch seine Jack-the-Ripper-Tour.* Sofort bereute sie diesen Gedanken. Aber wenn man zwanzig Jahre alt und irgendjemandes Assistentin war, sollte man eben mit einem zwanzig Jahre alten Assistenten zusammen sein, der mit seinen College-Kumpels in einer WG wohnt und keinerlei Interesse an Familiengründung hat.

»Wir hatten doch mal überlegt, eine Weile nach New York zu gehen«, tastete sie sich vor.

»Ja, irgendwann. Aber nicht jetzt. Ich kann hier nicht so einfach weg. Für mich zählt nur, dass wir bald heiraten.«

»Hm«, machte Sam. »Warum ist dir das eigentlich so wichtig?«

Sein Schweigen machte deutlich, dass sie ihn verletzt hatte.

»Tut mir leid. So war das nicht gemeint. Aber ... mir ist es doch auch jetzt schon ernst mit dir.«

»Sagst du mir gerade, dass du mich nicht heiraten willst?«, fragte er.

Er klang wie ein kleines Kind. Sam dachte an den ersten Abend mit ihm, daran, wie selbstsicher er damals gewirkt und wie sehr sie das angezogen hatte.

»Nein«, sagte sie. »Aber ... Clive ... Warst du schon mal verheiratet?«

Später würde sie sich wundern, dass sie die Frage ausgerechnet in diesem Moment gestellt hatte. Elisabeth hatte ihr den Floh schon viel früher ins Ohr gesetzt, aber zugebissen hatte er aus irgendeinem Grund erst jetzt.

Clives Zögern war Antwort genug. Sams Puls wurde schneller, das Blut pochte ihr in den Ohren.

»Nur ganz kurz, für mich zählt das gar nicht richtig«, sagte er schließlich. »Ich dachte, alles wäre okay. Dann kam ich eines Tages heim und Laura war weg.«

Laura. Der Name des leeren Ordners in seinem E-Mail-Account. Nur zu gern hätte Sam jetzt gewusst, was die gelöschten E-Mails ihr verraten hätten.

»Mit uns ist das überhaupt nicht vergleichbar«, fuhr Clive fort. »Laura musste immer alles bestimmen, und ich habe gespurt. Du bist viel umgänglicher.«

»Umgänglicher?«

»Wir haben im Rathaus geheiratet und waren dann mit Freunden Curry essen. Das war's. Mehr Hochzeit war nicht.«

Sam musste an etwas denken, das er bei ihrem ersten Date

gesagt hatte: *Das ist das Rathaus, wo die jungen Bräute jeden Nach-mittag um zwei mit Reis beworfen werden.*

Damals hatte das für sie wie Poesie geklungen.

»Was für Freunde?«, wollte sie wissen.

»Hauptsächlich ihre. Außerdem Ian, Chevy, Rowan und Dave B. Und noch ein paar andere, ich weiß nicht mehr genau. Mein Bruder und Nicola.«

»Die wussten also alle Bescheid. Deine Mutter, die Kinder. Und niemand hat mir je etwas davon gesagt.«

»Ich vermute, die fanden das nicht weiter wichtig.«

»Nicht weiter wichtig? Eine Ex-Frau?«

»Die haben sich halt so für mich gefreut«, sagte er. »Du bist meine Seelenverwandte. Mit Laura war ich ständig deprimiert. Aber das Ende war trotzdem eine Katastrophe. Ich war pleite, musste in eine grausige Einzimmerwohnung ziehen. Und dann zu Ian. Demütigend war das.«

»Ihr habt also zusammengewohnt«, sagte Sam und kam sich sofort dämlich vor.

Natürlich hatten sie das. Sie waren schließlich verheiratet ge-wesen. Aber Sam hatte ihn nie als Partner einer anderen gesehen.

»Laura hat gut verdient, bekam aber den Hals nie voll. Ich musste ihr so einen bescheuerten Diamantring kaufen. Den stottere ich heute noch ab. Ich kam mir vor wie der letzte Ver-sager. Dann kamst du und hast mich so genommen, wie ich bin.«

»Wann hat sie dich verlassen?«, fragte Sam.

»Vorletzten November.«

»Also fünf Monate bevor wir uns kennengelernt haben.«

»Kommt hin.«

»Wieso hast du mir nie davon erzählt?«

»Anfangs dachten alle, das mit dir und mir wäre nichts Erns-tes. Wahrscheinlich dachten wir das doch sogar selbst. Meine Vorgeschichte wollte ich dir da lieber ersparen. Erst wollte ich dir ganz aus dem Weg gehen, deshalb hab ich nicht nach deiner

Nummer gefragt. Und als ich dich dann das erste Mal anrief, beschloss ich, besser nicht mit dir auszugehen. Du bist zu gut für mich, das weiß ich. Aber ich hab mich in dich verliebt. Das hat Laura ganz aus meinem Kopf vertrieben.«

»Warst du damals schon geschieden? Bist du's jetzt überhaupt?«

Sams Zähne klapperten.

»Inzwischen ja«, sagte er. »Damals war ich's offiziell noch nicht. Aber wir waren nur noch auf dem Papier verheiratet. Wir hatten keinen Kontakt mehr, sie war wieder in Spanien.«

»Aha. Dann warst du also in der ganzen Zeit in Spanien schon mit ihr zusammen?«

»Ja. Sie wollte einen richtigen Bürohengst aus mir machen. In Barcelona hab ich in der Firma ihres Vaters gearbeitet. Dann wollte sie plötzlich nach London und er hat mich versetzt. Hier waren wir glücklicher, dachte ich zumindest. Die Hochzeit war auch ihre Idee. Ein halbes Jahr später hat sie mich verlassen. Ehrlich, Sam, das ist doch keine große Sache. Sei nicht kindisch.«

»Du hast also deinen Job verloren, weil ihr Vater dich rausgeworfen hat.«

»Ja.«

»Ich muss weg«, sagte sie. »Meine Freundinnen warten. Eins noch: Meine Eltern finden, du kommst besser nicht zu meiner Abschlussfeier. Das wäre zu seltsam für meine Großmutter, meinen sie. Außerdem hätte ich wahrscheinlich sowieso kaum Zeit für dich.«

»Das ist jetzt nicht dein Ernst.«

»Ist doch keine große Sache«, sagte sie. »Gute Nacht.«

Am nächsten Morgen fand Sam fünf Nachrichten von ihm auf ihrem Handy. Sie sollte sich melden, sobald sie wach war. Auch ihre Mutter hatte geschrieben, um sich zu entschuldigen. Ihren Wunsch nahm sie allerdings nicht zurück.

Elisabeth hatte sich nicht gemeldet.

Sam war alles zu viel. Im Badezimmerspiegel sah sie, dass ein rosaroter Ausschlag ihren Hals bedeckte. Sie hob ihr T-Shirt an: Auch ihr Bauch war von Flecken übersät.

Von draußen kamen Schritte, dann stand Isabella in ihrem flauschig blauen Bademantel vor ihr.

Eine jüngere Studentin in Boxershorts und extraweitem T-Shirt schlurfte hinterdrein.

Sam ignorierte die Jüngere und wandte sich an Isabella. »Sprich bitte in Zukunft nicht mehr hinter meinem Rücken über mich«, sagte sie.

Isabella blinzelte. »Wie bitte?«

»Du weißt genau, was ich meine.«

»Bist du das, Sam? Träum ich?«

»Ich mein's ernst, Isabella.«

Isabella blickte zu der Jüngeren, die tat, als drückte sie hochkonzentriert Zahnpasta auf ihre Bürste.

»Elisabeth meinte, du machst dir Gedanken über Clive und mich, findest, unsere Beziehung sei ein großer Fehler. Auf die Idee, mir das ins Gesicht zu sagen, bist du aber nie gekommen, oder?«

»Scheiße«, zischte Isabella. »Was muss die dir das auch erzählen?«

»Ich wusste gar nicht, dass ihr zwei so dicke seid.«

»Ich hab sie zufällig beim Einkaufen getroffen. Wir haben nur so geredet.«

»Hast du eine Ahnung, wie oft ich mir auf die Zunge beiße, wenn es um den ganzen Mist geht, den du so baust?«, fragte Sam.

»Natürlich!«, sagte Isabella. »Dafür hat man schließlich Freunde!«

»Freunde unterstützen einander«, gab Sam zurück. »Echte Freunde zumindest. Aber, oh Wunder, echte Freunde hattest du ja nie, stimmt's?«

Einen Moment sah Isabella aus, als würde sie gleich heulen, dann schoss ihr die Wut ins Gesicht.

Sam stürmte an ihr vorbei aus dem Bad.

In der Mittagspause rief sie Maddie an – nach Essen in der Mensa war ihr nicht zumute.

Auf der Wiese vor der Bibliothek sitzend lauschte sie dem Klingelzeichen und hoffte inständig, dass nicht die Mailbox dranginge.

Dann meldete sich Maddie.

Im Hintergrund jaulte ein Krankenwagen. Offenbar war es windig in Manhattans Straßenschluchten, Maddie klang, als spräche sie durch eine knisternde Papiertüte.

»Hey, was gibt's?«, fragte sie.

»Nichts Besonderes. Bloß, dass grade mein ganzes Leben in Scherben fällt.«

Sam erzählte ihr von der Stelle, von ihrer Mutter, von Elisabeth, Clive und Isabella.

»Gestern kam ich mir noch vor wie der größte Glückspilz der Welt, jetzt hab ich das Gefühl, ich kann keinem mehr trauen«, sagte sie.

»Mir schon«, erwiderte Maddie. »Und macht ihr jetzt wirklich Schluss, Clive und du?«

»Ich weiß nicht. Was meinst du?«

»Die Entscheidung kann ich dir nicht abnehmen.«

»Doch, kannst du. So gut wie du kennt mich sonst niemand. Bitte.«

Maddie seufzte. »Komm her. Nimm den Job an. Zieh bei mir ein. Muss ja nicht für immer sein.«

»Nach dem Streit gestern hat Elisabeth vielleicht schon angerufen und gesagt, sie sollen mich nicht einstellen. Vielleicht hab ich die Stelle gar nicht mehr.«

»Klar hast du die noch.«

»Und von dem Gehalt kann ich mir ein Leben in New York nicht leisten. Von meinen Schulden ganz zu schweigen.«

Sie wünschte sich, dass Maddie sie vom Gegenteil überzeugte.

»Oder?«, fügte sie lächelnd hinzu.

Und Maddie lächelte zurück, das wusste Sam. »So geht es hier allen am Anfang«, sagte Maddie, »und dann klappt es doch irgendwie. Bei dir auch, wirst sehen.«

»Niemand hat je das Gefühl, genug Geld zu haben«, sagte Sam und pflückte eine Pusteblume.

»Stimmt wohl«, antwortete Maddie.

Sam blies die federleichten Samen in die Luft.

»Hat Elisabeth mir mal gesagt.«

Den ganzen Dienstag und den ganzen Mittwoch zerbrach Sam sich den Kopf über den Donnerstag, an dem sie wieder Gil hüten sollte. Sie wartete auf irgendeine Ansage von Elisabeth. Garantiert würde sie nicht einfach hingehen und tun, als wäre nichts gewesen. Aber einfach nicht zur Arbeit kommen war auch keine Option. Das hatte sie noch nie getan. Und sie brauchte das Geld. Nicht nur den Wochenlohn, sondern obendrein was immer Elisabeth ihr für das Porträt bezahlen wollte.

Mittwochabend hatte sie noch immer nichts gehört.

Am nächsten Morgen spürte sie ein leichtes Kratzen im Hals. Vielleicht war sie ja zu krank zum Arbeiten. Vielleicht hatte das Schicksal für sie entschieden. Aber nein. Nach einer Dusche und einer Tasse Kaffee ging es ihr – leider – wieder gut.

Mit klopfendem Herzen ging sie in die Laurel Street. Als sie vor der Hintertür stand, war sie sicher, Elisabeth dahinter schon zu spüren.

Stattdessen fand sie in der Küche Andrew vor, der Gil gerade Rührei fütterte.

»Elisabeth hat heute einen Telefontermin mit ihrer Agentin«, erklärte er. »Sie ist schon ganz früh ins Büro gefahren. Sie wirkte ziemlich nervös.«

Sam fragte sich, wie viel Andrew wohl wusste.

Nach kurzem Schweigen sagte sie: »Ich kann dann übernehmen, wenn du willst.«

»Gern«, antwortete er. »Danke.«

Sonst hatte Elisabeth sich immer irgendwann gemeldet. Heute nicht.

Sam war verwirrt. Sie war schließlich die Belogene, und doch war sie gekommen.

Als sie Gil gerade sein Mittagessen gab, rief Andrew an.

»Könntest du heute etwas länger bleiben?«, fragte er. »Bis sechs ungefähr? Elisabeth geht heute Abend mit einer Freundin essen, ich werde also vor ihr da sein. Tut mir leid, sie hat's mir eben erst gesagt.«

»Klar«, sagte Sam.

Offenbar wollte Elisabeth also ihn die Suppe auslöffeln lassen, die sie sich eingebrockt hatte.

Ob sie jemals wieder miteinander sprechen würden? Sam war so wütend, dass ihr das fast egal war, doch der Gedanke, Gil heute vielleicht zum letzten Mal zu sehen, war schrecklich. War er schon alt genug, um sich zu fragen, wo sie abgeblieben war? Bisher hatte Sam damit gerechnet, in Zukunft hin und wieder Fotos oder kurze Updates zu erhalten, die drei ab und zu wiederzusehen, hier oder dort, wo immer »dort« auch sein würde.

Lächelnd und mit feuchten Augen wischte sie ihm Händchen und Gesicht ab. Dann wiegte sie ihn in den Schlaf, statt ihn sich ausweinen zu lassen, wie man es aus unerfindlichen Gründen angeblich tun sollte. Statt ihn in die Krippe zu legen, hielt sie ihn auf ihrem Schoß, bis er wieder aufwachte. Den restlichen Tag spielten sie miteinander. Ihr Handy checkte sie kein einziges Mal.

Als Andrew heimkam, bat sie hastig: »Könntest du mir gleich das Geld für Montag und heute geben?«

»Klar«, sagte er. »Ich hole nur schnell meinen Geldbeutel.«

Während er suchte, flüsterte sie Gil ein »Hab dich lieb« zu und küsste seine weichen, dicken Wangen, so oft sie nur konnte.

Kurz darauf durchsuchte sie auf ihrem Zimmer ihre Sachen nach Andrews Handynummer. Sie fand sie in ihrer Büchertasche, auf einer zerknitterten Kontaktliste »für Notfälle«, die Elisabeth ihr im September gegeben hatte.

Sie schrieb ihm eine Nachricht.

Hi, hier Sam! Das restliche Semester wird ziemlich turbulent, fällt mir gerade auf. Morgen und nächste Woche schaffe ich auf keinen Fall. Tut mir leid.

Okay …, schrieb Andrew zurück. Hoffe, dir geht's gut. Kommst du Sonntag trotzdem zum Essen?

Sam antwortete nicht.

Am Sonntag, zwei Wochen vor der Abschlussfeier, holte George sie zu ihrem letzten Treffen mit dem Diskussionskreis ab. Fast hätte sie abgesagt, aber bei seinem Anruf gestern Abend hatte George so fröhlich geklungen.

»Wir wollen dich gebührend verabschieden«, hatte er verkündet.

Elisabeth hatte er nicht erwähnt. Vielleicht wusste er ja gar nichts. Oder die Sache spielte für sie beide einfach keine Rolle.

Doch kaum, dass Sam im Auto saß, sagte George: »Andrew glaubt, Lizzy und du habt Streit. Ist da was dran?«

»Ich würde lieber nicht darüber reden«, antwortete Sam.

»Ihr zwei seid doch so gute Freundinnen«, sagte George. »Ihr kriegt das sicher aus der Welt.«

Eine Weile schwiegen sie beide, dann sagte George: »Du hast schon länger nichts von deiner Freundin aus der Mensa erzählt. Wie geht's ihr denn? Hat sie das Kind irgendwo unterbringen können?«

Sam sah ihn an. »Ich muss dir was beichten. Es ist wirklich schlimm, also werde ich dabei aus dem Fenster schauen, damit ich nicht sehe, wie enttäuscht du bist.«

George lachte. »Alles klar. Schieß los. Ich bin schon ganz nervös.«

Außer Clive hatte Sam bisher noch niemandem von ihrem Brief erzählt. Sie war noch nicht bereit gewesen, sich das einzugestehen. Es war viel zu beschämend.

Jetzt aber erzählte sie es George.

»Gaby hat nicht eingesehen, dass ich nur helfen wollte«, sagte sie. »Oder vielleicht doch, aber es war ihr egal. Sie hält mich wohl für irgendwie privilegiert. Wie Isabella. Oder Elisabeth. Dabei bin ich das kein Stück.«

»Es gibt viele Arten von Privilegien«, sagte George sanft. »Eine gute Ausbildung, zum Beispiel.«

»Meine gute Ausbildung kann ich bis an mein Lebensende abbezahlen.«

»Trotzdem«, beharrte er. »Die ändert alles. Müsstest du doch wissen. Lass es dir von einem sagen, der nicht im Traum ans College gedacht hat. Dir stehen jetzt alle Türen offen.«

Sam fühlte sich zurechtgewiesen, obwohl sie wusste, dass das nicht seine Absicht war.

»Du hast es gut gemeint«, fuhr George fort. »Da bin ich ganz sicher. Aber du hättest diesen Brief nicht abschicken dürfen, ohne sie vorher zu fragen.«

»Sie hätten doch nur nein gesagt«, antwortete Sam.

»Hm«, machte George. »Genau.«

Sam hatte Gaby fast dasselbe angetan wie Elisabeth ihr, nur mit deutlich schlimmerem Ergebnis. Würde George auch finden, dass Elisabeth es gut gemeint hatte? Sam erhoffte sich Vergebung, aber selbst vergeben wollte sie nicht.

Während der restlichen Fahrt bis zum Parkplatz vor Lindys Bäckerei schwiegen sie beide. Durch das Fenster sah Sam die alten Männer um ihren üblichen Tisch sitzen. An einem leeren Stuhl hingen ein paar rote Luftballons.

Später, am Abend, sprach Sam zum ersten Mal wieder mit Clive. Eine Woche lang hatte sie seine Anrufe ignoriert.

»Es tut mir leid«, sagte er, sobald sie abgenommen hatte. »Ich hätte dir davon erzählen sollen. Bitte, ich will nicht, dass uns das auseinanderbringt. Ich liebe dich.«

»Ich dich auch«, antwortete Sam. »Aber ich glaube, ich sollte den Job in Brooklyn annehmen. Zumindest fürs Erste. Und wir machen erst mal weiter Fernbeziehung. Okay?«

»Okay«, sagte er. »Was immer du möchtest.«

Sie weinten beide, und Sam hörte auch nach dem Auflegen nicht damit auf. Es war noch nicht vorbei, sagte sie sich. Sie hatten sich nicht getrennt. Und trotzdem sah sie seine Nichte Sophie und seinen Neffen Freddy aus ihrem Leben verschwinden. Und das Haus auf dem Land, das Clive so oft beschrieben hatte, verpuffte ebenfalls.

Demnächst würde sie wohl ein Profil bei einer Dating-App anlegen und sich – wie alle anderen – allein hinauswagen müssen. Lexi hatte ihr erzählt, dass jeder einzelne Kerl, den sie matchte, sofort fragte: »Was bist du eigentlich?« oder »Woher kommst du?« Wenn Lexi dann sagte: »Chicago«, fragten sie: »Ja, aber wo kommst du *ursprünglich* her?« Und dann war da noch der Typ, der Isabella zu ihrem Geburtstag ein Foto von seinem Penis mit einer Schleife darum geschickt hatte.

Diese Vorstellung brachte Sam erst recht zum Heulen.

Die Tür ging auf und Isabella blieb erschrocken stehen.

»Ich mach ihn kalt«, sagte sie. »Was hat er dir angetan?«

Trotz allem, was zwischen ihnen vorgefallen war, musste Sam doch lachen.

»Nichts«, sagte sie. »Ich habe es ihm angetan.«

Isabella setzte sich zu ihr aufs Bett und nahm sie fest in den Arm. Sie ließ nicht los und sprach kein Wort, und etwas Besseres hätte sie für Sam nicht tun können.

Am Donnerstag vor der Abschlussfeier ging Sam zum Haus der Präsidentin. Sämtliche Lichter brannten, das Haus leuchtete wie ein Kürbisgeist. Quer über die Fenster im ersten Stock hing ein Banner mit der Aufschrift. FRAUEN FEIERN!

Sam ging ums Haus zum Hintereingang.

Das Dinner wurde zu Ehren der hundert wichtigsten Spenderinnen unter den Ehemaligen ausgerichtet. Für solche Events wurden keine Kosten und Mühen gescheut. Die besten Steaks, Wein zu fünfzig Dollar die Flasche, fünf verschiedene Kuchen. In hundertfünfzig Jahren war das niemals anders gewesen.

Das Beste an der Arbeit auf so einer Veranstaltung war, dass man was vom Essen abbekam. Heute war Sam jedoch nicht hungrig.

In der Küche herrschte Hochbetrieb. Frauen aus sämtlichen Mensen kochten und richteten an. Sie sprachen Spanisch und arbeiteten unter Volldampf. Eine drückte Sam ein Tablett in die Hand und deutete auf einen langen Flur, wo andere Studentinnen schon hin und her eilten.

»Räucherlachs und Gurke«, sagte die Frau.

Etwas neben sich betrat Sam das Wohnzimmer voller Frauen in schicken Kostümen und Blümchenkleidern. Ihr Haar war zu einem Dutt gebunden, und entsprechend der Anweisungen, die sie im Briefkasten gefunden hatte, trug sie weißes Hemd und schwarze Hose. Das Hemd war alt und viel zu eng. Auf Höhe der Brust spannte die Knopfleiste. Die Hose hätte mal gebügelt gehört, aber ein Bügeleisen hatte sie im Wohnheim nicht.

Die halbe Nacht hatte sie wachgelegen und sich vorgestellt, wie sie Präsidentin Washington konfrontierte. Natürlich würde sie das sowieso nicht tun. Das Selbstbewusstsein, mit dem sie ihrem Kopfkissen Moralpredigten gehalten hatte, war längst wieder verflogen.

Noch vor wenigen Monaten hatte sie sich so darauf gefreut, in der Nähe dieser Frau zu sein. Jetzt wollte sie es nur schnell abhaken und den Lohn einstreichen.

Sie trat auf ein paar Frauen um die sechzig zu.

»Räucherlachs und Gurke?«, bot sie an.

Die Frauen winkten ab.

Sam ging zu drei jüngeren Ehemaligen, die jeweils ein Glas Weißwein in der Hand hielten.

»Räucherlachs und Gurke?«, fragte sie.

Eine nahm sich eine Cocktail-Serviette vom Tablett und legte ein einzelnes Canapé darauf.

»Studieren Sie hier?«, fragte sie enthusiastisch.

»Ja.«

»In welchem Jahr?«

»Im vierten, kurz vor dem Abschluss.«

»Und in welchem Wohnheim wohnen Sie?«

»Foss-Lanford.«

»Das gibt's ja nicht! Da hat eine meiner besten Freundinnen gewohnt!«

Sam lächelte breit und ging weiter. Aus Erfahrung wusste sie, dass sie exakt dieselbe Unterhaltung heute noch mindestens zehnmal führen würde.

Hätte sie doch nur die Hühnchenspieße mit Erdnusssoße oder die Mini-Burger bekommen. Dann wären die Frauen von selbst auf sie zugekommen, und sie hätte sich etwas Smalltalk sparen können. Nach Reden war ihr wirklich nicht zumute.

Überall leuchteten frische Blumen: Kirschbaumzweige so lang wie Sam zierten die Sideboards, kurz geschnittene weiße

Rosen drängten sich in weißen Vasen auf den Beistelltischen, langstielige standen zu hunderten in größeren Vasen auf einem Tisch mitten im Raum. Was mochten diese Blumen wohl gekostet haben? Beziehungsweise dieser ganze Abend?

Durch die Menge fiel Sams Blick auf die Präsidentin. In dunkelblauem Kostüm und Pumps, ein Seidentuch um den Hals, stand sie vor dem Kamin, mit zwei weißhaarigen Frauen ins Gespräch vertieft. Dann küsste sie die beiden auf die Wangen und entschuldigte sich.

Einen Augenblick stand Präsidentin Washington allein da. Sie blickte in Sams Richtung, sah ihr direkt in die Augen. Sam malte sich eine andere, mutigere Wirklichkeit aus, in der sie auf sie zustürmte und Forderungen stellte, die sie nicht ignorieren konnte.

Auf Ihre spezifischen Vorwürfe kann ich leider nicht eingehen, ohne zu wissen, wer Sie sind …

Sam wünschte, sie könnte einfach sagen: »Hier bin ich. Jetzt wissen Sie's.«

Ihre nächtliche Ansprache fiel ihr wieder ein.

Präsidentin Washington, Sie wollen »Frauen feiern«, dabei gibt es auf diesem Campus Frauen, die seit Jahrzehnten schon hier arbeiten und trotzdem um ihre Existenz kämpfen. Sollten wir uns deswegen nicht schämen? Warum ändern Sie das nicht? Wozu die Wahrheit hochhalten, wenn sie sich dadurch nicht verändert? Bitte, erklären Sie mir das.

Die Präsidentin schlug einen Silberlöffel gegen ein Glas.

Der Raum verstummte.

»Guten Abend!«, rief sie, sprühend vor Energie. »Und willkommen zu Hause!«

Die Ehemaligen jubelten und klatschten.

»Heute Abend feiern wir *Sie alle*«, fuhr Präsidentin Washington fort. »Ihre großzügigen Spenden haben uns dieses Jahr zu einem neuen Fundraising-Rekord verholfen. Wir konnten den Grundstein für das neue Maschinenbau-Institut legen, planen eine Modernisierung der Bibliothek und konnten mehr Lucretia-Chestnutt-Stipendiatinnen aufnehmen als je zuvor. Hände hoch, die Damen, nur keine falsche Bescheidenheit.«

Zehn oder zwölf in der Menge verteilte Stipendiatinnen hoben die Hände. Neben Präsidentin Washington waren sie die einzigen Schwarzen im Raum. Falls einem das irgendwie zu denken hätte geben müssen, schien es der Präsidentin nicht aufzufallen.

Unter den Stipendiatinnen entdeckte Sam auch Shannon. Ihre Blicke trafen sich, und Shannon verdrehte die Augen.

In diesem Augenblick wurde Sam etwas klar. Am Valentinstag oder an Präsidentin Washingtons Geburtstag kam man zu diesem Haus und malte Kreideherzen auf die Einfahrt. Alle liebten diese Frau und zeigten ihre Liebe überschwänglich. Sie bedeutete ihnen viel. Aber die Präsidentin hatte das niemals erwidert. Sie spielte einfach ihre Rolle, machte ihren Job.

Die arbeitet ja nicht für uns, sondern für die Firma.

Gaby hätte heute Abend hier sein sollen. Doch selbst wenn sie nicht gekündigt hätte, wäre sie nicht hier in diesem Raum. Die Canapés wurden ausschließlich von Studentinnen serviert. Die Vollzeitkräfte blieben in der Küche versteckt.

Am Samstagvormittag saßen sie unter strahlend blauem Himmel in ihren schwarzen Hüten und Umhängen auf Klappstühlen auf dem Vorplatz.

Sam schloss als Zehntbeste der siebenhundert Absolventinnen ab. Eine Art magisches Denken ließ sie fast ein wenig darauf hoffen, dass sie doch noch zu Phi Beta Kappa berufen würde und den goldenen Schlüssel bekäme, der ihr erst so wichtig und dann völlig überflüssig vorgekommen war. Jetzt fand sie, sie hätte ihn sich eigentlich verdient. Aber als die Phi-Beta-Kappa-Namen aufgerufen wurden, war ihrer nicht dabei.

Als Sam über die Bühne ging und ihr Diplom entgegennahm, jubelte ihre Familie lauter als alle anderen, und Sam war zugleich etwas beschämt und ziemlich stolz. Langsam ging sie zurück, ließ den Blick über die Menge schweifen. Erst als sie wieder saß, wurde ihr klar, dass sie nach Elisabeth gesucht hatte.

Nach dem Abendessen spazierte Sam zur Ecke Laurel und Main, in der Hoffnung, sie zu treffen. Sie blieb eine ganze Weile, sah den vorbeigleitenden Autos nach. Würde Elisabeth morgen wohl trotzdem eine Party schmeißen, mit Ballontor und Champagner, ganz wie sie es geplant hatten, nur eben ohne Sam? Schließlich ging Sam doch nach Hause. Es war die letzte Nacht, die Isabella und sie je in diesem Zimmer verbringen würden.

Musik plärrte. Schon von Weitem hörte sie Isabella, Lexi und Shannon singen.

Oben angekommen nickte Isabella in Richtung ihres Zimmers.

»Schau mal, was für dich gekommen ist.«

Schon durch die offene Tür sah Sam die Vase voller langstieliger Rosen auf ihrem Nachttisch. Auf der Karte stand: *Ich bin stolz auf dich, Babe. Ich freu mich drauf, mit dir zu feiern. In Liebe, Clive*

Sam ging wieder auf den Flur, schloss die Tür und wandte sich ihren Freundinnen zu.

Ehe sie am nächsten Tag alle ins Auto stiegen, ging Sam auf einen letzten Kaffee in die Küche. Es war früh. Außer Maria war noch niemand da.

Sam fing an zu weinen.

Maria nahm sie in den Arm.

»Keine Tränen!«, sagte sie. »Heute ist ein Freudentag. Wir sind wahnsinnig stolz auf dich.«

»Du wirst mir fehlen«, sagte Sam.

»Wir bleiben in Kontakt«, versprach Maria.

Sam hätte ihr gern gesagt, dass sie nur hatte helfen wollen, dass es ihr leid tat.

Stattdessen sagte sie: »Grüßt du bitte Gaby von mir? Und sag ihr, sie soll sich doch mal melden.«

»Ach ja, ich soll dir von ihr gratulieren.«

Sam merkte ihr an, dass das gelogen war. Vermutlich wollte sie nur wiedergutmachen, was sie für Unhöflichkeit von Gaby hielt. Sie ahnte gar nicht, dass Sam etwas Falsches getan haben könnte. Das war das Schlimmste daran.

Später, auf dem Rücksitz des Minivans ihrer Eltern, eingezwängt zwischen ihren Fernseher, ihren Koffer und ihre Geschwister, fiel Sam das Gemälde wieder ein und sie verspürte stechende Reue. Wochenlang hatte sie sich abgemüht, damit es perfekt würde, und jetzt hatte sie es unvollendet auf der Staffelei zurückgelassen.

20
Elisabeth

Elisabeth schob den Buggy über den Campus und hörte den Vögeln zu.

Niemand war unterwegs, das Gelände war wie leergefegt. Über Nacht waren alle verschwunden. Auf dem Platz standen keine Klappstühle mehr, die Bühne und das Zelt waren auch weg. Das Gras strahlte makellos grün, als hätte die Zeremonie nie stattgefunden, als hätten die jungen Frauen in ihren schwarzen Talaren und Baretten hier nie in Reihen gesessen, nervös fummelnd, während die Absätze ihrer Pumps im weichen Boden versanken.

Elisabeth war sich nur so sicher, dass sie alle dort gesessen hatten, weil sie sie mit eigenen Augen gesehen hatte.

Der Brief mit der Einladung trug den Poststempel des Tages, an dem sie sich so fürchterlich mit Sam gestritten hatte. Zwei Tage später war er eingetroffen, an einem Mittwoch.

Am Morgen danach hätte Sam das erste Mal seit dem Streit wieder auf Gil aufpassen sollen. Elisabeth war in letzter Sekunde ins Büro geflohen und hatte Andrew angewiesen, Sam auszurichten, dass sie ein wichtiges Telefonat mit ihrer Agentin führen müsse. Das stimmte zwar, aber sie wusste ganz genau, dass sie ohne den Streit von zu Hause aus mit ihr telefoniert hätte. Sie war ein Feigling, das gab sie offen zu. Andrew sollte erst mal vorfühlen und ihr Meldung machen, bevor sie es wagte, Sam nach Feierabend unter die Augen zu treten.

Kaum war sie im Büro, fiel ihr Sams Drohung wieder ein, und sie fragte sich, ob es klug gewesen war, Andrew mit ihr allein zu lassen.

Vielleicht sollte ich das einfach auch mit dir machen. Damit du merkst, wie sich das anfühlt, hatte sie gesagt. Die Worte klangen so fies. So gar nicht nach Sam.

Elisabeth hatte Andrew erklärt, Sam sei sauer auf sie, weil sie sich in ihre Beziehung zu Clive eingemischt habe. Den Rest hatte sie verschwiegen.

Jetzt malte sie sich das Schlimmste aus. Sie sah Sam und Andrew in der Küche, das Baby auf Sams Hüfte. *Es gibt da was, das du über deine Frau wissen solltest,* hörte sie sie sagen.

Andrew könnte sie verlassen!

Elisabeth hatte sich so in die Sache reingesteigert, dass sie das ausstehende Feedback ihrer Agentin zu den ersten Kapiteln des neuen Buchs ganz vergessen hatte. Deswegen war sie überrascht, als Amelia am Telefon als Erstes »Hör zu« sagte, denn sie wusste aus Erfahrung, was dieser Einleitungssatz bedeutete.

»Technisch ist das Buch gut«, fuhr Amelia dann auch fort. »Es ist großartig. Alles, was du schreibst, ist großartig, du bist eine großartige Schriftstellerin.«

»Aber?«

»Aber es ist offensichtlich, dass du nicht mit Leidenschaft dabei bist.«

»Das sehe ich anders.« Sie war gekränkt, obwohl es stimmte.

»Warum ist dieses Thema jetzt gerade für dich relevant? Was hat es mit dir zu tun, mit deinem Alltag, mit dem, was dich beschäftigt?«

»Nicht jedes Buch muss autobiografisch sein«, entgegnete Elisabeth. »Das sind meine anderen auch nicht. Ich bin Journalistin.«

»Klar. Selbstverständlich«, sagte Amelia. »Aber seien wir mal ehrlich. Frauen und Sport? Sport ist dir ein Gräuel.«

Elisabeth sollte über das schreiben, was sie am meisten beschäftigte? Vielleicht ein Buch über Frauen, die ihre Männer bezüglich ihrer Fruchtbarkeit belügen? Oder über eine Frau, die einfach nicht normal sein konnte, sosehr sie es sich auch wünschte. Eine, die sich in das Leben einer erheblich Jüngeren einmischt, statt sich um ihr eigenes zu kümmern.

»Wovor hast du Angst?«, fragte Amelia. »Was geht dir nicht mehr aus dem Kopf?«

Es war alles zu viel, die Situation mit dem Buch, die Sache mit Sam. Elisabeth beschloss, sich noch länger in ihrem Büro zu verschanzen. Sie bat Andrew, früher Feierabend zu machen, irgendeinen Vorwand zu erfinden. Mit Sam würde sie sich am nächsten Tag auseinandersetzen.

Doch nach diesem Tag kehrte Sam nie mehr zurück. In der Woche darauf hatte Elisabeth zigmal den Hörer in die Hand genommen und wollte sie anrufen, sich bei ihr für ihre Übergriffigkeit entschuldigen. Aber jedes Mal fielen ihr die Dinge ein, die sie sich an den Kopf geworfen hatten, und sie wusste wieder, dass sie nicht mehr daran rühren wollte. Es war so bitter, so schrecklich.

Stattdessen beschloss sie, an der Abschlussfeier teilzunehmen, Sam ihr Geschenk zu übergeben und sich bei dieser Gelegenheit zu entschuldigen. Keine großen Erklärungen, einfach: *Das hätte ich nicht tun sollen, verzeih mir.* Schon möglich, dass es so richtig nach hinten losging – vielleicht würde Clive sie angreifen, weil sie sich eingemischt hatte, oder Sams Mutter würde sie als schreckliche Person beschimpfen. Es könnte aber auch alles glatt laufen, dann würden sie sogar wie geplant am nächsten Tag in ihrem Haus feiern.

Elisabeth trug ein rotes Blusenkleid, flache Schuhe und eine Sonnenbrille. Sie stellte sich etwas abseits hin, weg von den Familienmitgliedern, und kam sich ziemlich fehl am Platz vor, ein bisschen verloren. Die Sonne strahlte. Der blaue Himmel über den Backsteingebäuden verlieh dem Ganzen Klarheit und Schärfe, alles wirkte blitzblank, perfekt.

Als die Absolventinnen ihre Plätze einnahmen, entdeckte sie

Sam aus der Ferne. Ernst sah sie aus, entschlossen, doch dann grinste sie breit und fing an zu lachen. Noch nie hatte Elisabeth sie so gesehen. Kurz brach Sam aus ihrer Reihe aus, um ihre Verwandten zu umarmen und zu küssen, die ein selbstgebasteltes Schild hochhielten. Was darauf stand, konnte Elisabeth nicht entziffern.

Sie hatte sich geirrt. Sie war hier nicht willkommen. Sie hätte nicht kommen sollen. Also machte sie auf dem Absatz kehrt und ging davon. Als Andrew sie fragte, warum sie so früh zurück sei, behauptete Elisabeth, sie habe Kopfweh und müsse sich hinlegen.

Jetzt, zwei Tage danach, ging sie wieder über den Campus, sie war auf dem Weg zur weißen Unitarierkirche, die sich hinter dem naturwissenschaftlichen Trakt verbarg. Dort, im Untergeschoss des Gemeindehauses, befand sich nämlich die Kita für Collegemitarbeiter und ihre Familien, geleitet von Maris Ames, einer liebevollen fröhlichen Frau mit dichtem, fast violettem Haar.

Sie begrüßte sie lächelnd an der Tür. Gil grinste begeistert zurück.

Seit drei Tagen konnte er laufen. Ein Schritt oder zwei, dann fiel er wieder hin oder klammerte sich an irgendeinem Möbelstück fest. Es war ein Meilenstein, den jedes Kind ungefähr in seinem Alter erreichte, doch Elisabeth und Andrew kriegten sich vor Stolz gar nicht mehr ein.

Während Gil den Raum erkundete, Klötze und Bücher aus Kisten zog und sie auf dem Boden verteilte, erklärte Maris, dass die Kinder während des Semesters von Studentinnen aus dem Department für frühkindliche Erziehung betreut wurden.

»Wunderbare Mädchen. Jedes einzelne persönlich ausgesucht, Nieten gibt es hier nicht«, sagte sie. »Solche, die richtig anpacken, erkenne ich sofort, schließlich bin ich schon seit vierzig Jahren dabei. Und im Sommer, wenn Semesterferien sind, haben wir hervorragende Aushilfen. Ältere Frauen mit Erfahrung. Großmütterlich.«

Elisabeth lächelte. Die Frau gefiel ihr.

Ihre Nachbarinnen hielten die Kita für überteuert. Aber nach New York konnten sie hohe Preise nicht mehr schocken. Im Gegenteil, in ihren Augen war die Kita ziemlich günstig, wenn nicht sogar ein absolutes Schnäppchen.

»Und haben Sie bald einen Platz frei?«, fragte sie.

»Sobald Sie wollen.«

Elisabeth wollte Gil eigentlich ab der folgenden Woche betreuen lassen, doch jetzt sagte sie: »Vielleicht ab Ende Juli?«

»Sicher«, sagte Maris.

Auf diese Weise bliebe ihr noch ein bisschen mehr Zeit mit ihrem Kind, das täglich weiter dem Babystadium entwuchs. Vielleicht könnte Faye ein bisschen auf ihn aufpassen, sie hatte ja jetzt Sommerferien. Elisabeth hatte sich vorgenommen, ihre Schwiegermutter stärker einzubeziehen. Schließlich waren sie nicht mehr frisch hergezogen, sondern lebten hier. Sie sollte sich mehr Mühe geben.

Es würde sich einiges ändern, wenn Gil den ganzen Tag aus dem Haus war und sie nicht einfach mal nach ihm sehen konnte, wenn ihr danach war. Doch der Kontakt mit Gleichaltrigen würde ihm sicher guttun. Das erste Jahr mit ihm würde sie trotzdem vermissen, diesen Kokon der Zweisamkeit, und Sam.

Sam war nur an drei Tagen der Woche bei ihnen gewesen, in der Kita wäre Gil jeden Tag, von morgens bis abends. Elisabeth verspürte Bedauern bei dem Gedanken daran, wie wenig sein Alltag dann noch mit ihrem verbunden sein würde. Sie verspürte den Impuls, ihre Arbeit einfach aufzugeben, um die nächsten zehn Jahre mit Gil zu basteln und zu malen, obwohl sie genau wusste, dass sie dann durchdrehen würde.

Andrews Fellowship würde bald auslaufen. Er hatte keine

Pläne für die Zeit danach. Der Prorektor am Hippie-College hatte angedeutet, ihn als eine Art Mentor zu behalten, aber keiner wusste, ob daraus etwas würde. Sie musste ihr Buch schreiben.

Wenn Elisabeth an Sam dachte, hatte sie immer das Gefühl, etwas zerstört zu haben, obwohl sich ihre Wege ohnehin getrennt hätten. Sie würde trotzdem hier stehen und so tun, als würde sie Maris Ames' Vortrag über Montessori-Methoden lauschen, während sie den leuchtend bunten Raum inspizierte, um sicher zu sein, dass keine Sachen herumlagen, an denen Gil sich verschlucken könnte.

Elisabeth ging davon aus, dass Sam nach Hause gefahren war, wie alle anderen auch. Eigentlich war es entsetzlich, dass sie sich nicht mal voneinander verabschiedet hatten.

Gestern hatte sie den ganzen Tag auf Sam gewartet, war sicher gewesen, dass sie kommen würde.

Die Party war wie geplant verlaufen. Beim Aufwachen war der Himmel zwar noch dunkel gewesen, voller Regenwolken, doch Elisabeth hatte sich gezwungen, sich deswegen keine Sorgen zu machen. Schließlich konnte sie das Wetter nicht ändern.

Trotzdem sagte sie zu Andrew: »Der heutige Tag wird eine Katastrophe, das weiß ich jetzt schon. Gestern war es herrlich. Warum haben wir es nicht gestern gemacht?«

»Weil Gil heute Geburtstag hat.«

»Wir hätten es abblasen sollen«, sagte sie. »Und allein feiern. Nur wir drei, irgendwas Schönes unternehmen.«

»Es wird sicher super«, sagte er.

Nomis Zug sollte gegen elf eintreffen. Sie kam allein und würde zwei Nächte bleiben. Elisabeth stellte sich vor, wie ihre beste Freundin sie als Gastgeberin eines großen, fröhlichen Fests erlebte und ihr voller Bewunderung dabei zusah. So ein Spektakel, wie man es nur veranstalten konnte, wenn man ein Haus und einen großen Garten hatte.

Bis vor ein paar Tagen hätte Elisabeth die Bestellung beim Cateringunternehmen noch ändern können. Sie hatte gewartet, weil sie bis zuletzt gehofft hatte, dass sie und Sam sich doch noch vertragen würden. Jetzt stand ein Mann mit hundertzwanzig Shrimpsbällchen vor der Tür und wollte wissen, ob er sie auf Silber- oder Acryltabletts herumreichen solle.

Sie hatte genug Essen bestellt für Sam und ihre riesige Familie und all ihre Freundinnen, doch am Ende kamen nur Andrews Eltern, ein paar seiner Kollegen und diverse Nachbarn.

Als Andrew losfahren wollte, um Nomi vom Bahnhof abzuholen, kam ein UPS-Bote, er lieferte ein riesiges, in blaues Papier gewickeltes Geburtstagsgeschenk für Gil bei ihnen ab. Elisabeths Mutter hatte ihm teure Babykleidung gekauft, wunderschöne Dinge, die kein Baby der Welt je tragen würde.

Auf der Karte stand: *In Liebe, Oma Gigi.*

»Seit wann ist sie *Oma Gigi*?«, fragte Andrew.

»Seit sie sich so nennt, nehme ich an«, sagte Elisabeth.

Sie musste lächeln, obwohl ihr nicht danach war.

Andrew drückte ihr zum Abschied einen Kuss auf den Mund und fuhr zum Bahnhof. Kurz danach standen drei Typen mit Zauselbärten und Strohhüten vor der Tür. Einer hatte einen Kontrabass im Schlepptau, der andere eine Trommel.

»Sieht nach Regen aus, oder?«, fragte sie. »Wollt ihr nicht lieber doch drinnen spielen? Oder wird das zu laut?«

Die Musiker zuckten gleichgültig die Achseln.

»Vielleicht fangt ihr erst mal im Garten an, dann sehen wir weiter«, sagte Elisabeth schließlich.

Als ihre Freundin vierzig Minuten später eintraf, packten die Leute von der Ballonfirma gerade ihre Gerätschaften aus.

Nomi drängte sich genervt an ihnen vorbei in den Flur.

»Es tut mir so leid«, sagte sie. »Ich wollte eigentlich Wein mitbringen. Ich dachte, wir könnten auf dem Weg vom Bahnhof irgendwo anhalten. Wie hätte ich ahnen können, dass hier sonntags die Bürgersteige hochgeklappt werden? Habt ihr hier draußen eigentlich schon das Frauenwahlrecht?«

»Haha!«, sagte Elisabeth. »Hi!«

Nachdem sie sich umarmt hatten, wartete Elisabeth gespannt darauf, ob Nomi ihr beim Anblick des Hauses Komplimente machen würde.

»Dein Wohnzimmer sieht ja genauso aus wie dein altes in Brooklyn!«, rief sie stattdessen. »Das ist ja zum Schießen!«

Die Ballonleute brauchten eine Unterschrift auf dem Lieferschein und ihre Kreditkarte. Elisabeth machte sich auf die Suche nach ihrer Tasche.

Die Männer waren gerade weg, da marschierten zwei Paare hintereinander, ohne zu klopfen, ins Haus, wahrscheinlich hielten sie das Ballontor für eine Einladung zum Tag der offenen Tür.

»Wo sind wir denn hier gelandet?«, fragte Nomi entsetzt. »Geht man in dieser Stadt einfach bei Fremden ein und aus?«

Rasch drückte Elisabeth den Musikern fünfzig Dollar in die Hand, damit sie das Tor nach hinten schleppten, wo es nur geladene Gäste sehen würden.

Gegen Mittag waren alle eingetroffen. Es gab doppelt so viele Kellner wie Gäste. Sie schlenderten durch den Garten und bemühten sich, beschäftigt auszusehen. Sämtliche Laurels waren angetreten und hatten sich sogleich über den Champagner hergemacht, sie rotteten sich in Ecken zusammen und flüsterten angeregt miteinander.

»Schreckliche Weiber«, sagte Nomi, die sie im Garten beobachtete. »Das sieht man auf den ersten Blick. Wer hat das Kleid von der drallen Blonden da designt? Peggy Bundy für Spandex?«

Wie oft hatte sich Elisabeth diesen Moment ausgemalt – sich danach gesehnt, mit ihrer besten Freundin über die Laurels abzulästern. Warum wünschte sie sich jetzt, Nomi würde sich mehr Mühe geben, mit den anderen Gästen klarzukommen, und ihre Gedanken gefälligst für sich behalten?

Wenn sie ehrlich war, fand sie es durchaus bemerkenswert, dass die Laurels in der Vergangenheit stets zur Stelle gewesen waren, wenn es darauf ankam. So auch heute wieder. Wie leicht hätten sie absagen können, aber sie waren alle gekommen und bemühten sich, das Beste daraus zu machen.

Das Goth-Pärchen, zu dessen Hochzeit sie und Andrew letzten Herbst eingeladen waren, saß händchenhaltend am Picknicktisch. Elisabeth hatte ihre Namen vergessen. Bei der Hochzeit war Andrew stinksauer auf sie gewesen, weil sie sich über die beiden lustig gemacht und ihnen die baldige Scheidung vorausgesagt hatte. Wenn sie jetzt darüber nachdachte, musste sie zugeben, dass sie sich tatsächlich grässlich aufgeführt hatte. Elisabeth winkte ihnen zu. Wieso sollte ihre Ehe schlechter laufen als die von anderen?

Trotzdem fragte sie sich, ob es an der verstörenden Ausstrahlung der beiden Goths lag, dass sich die übrigen Gäste vom Büfett fernhielten. Direkt neben den beiden hatte der Caterer zig Platten mit Aufschnitt und Knabbereien aufgefahren, in Dreiecke geschnittene Sandwiches und schüsselweise Salat. Aus der Mitte ragte ein Turm aus dreißig blau glasierten Muffins.

Als Elisabeth die Getränke auffüllen wollte, lief sie Debbie von nebenan in die Arme, die ihr wegen des Büfetts Komplimente machte, solche blauen Muffins seien dieses Jahr auf Kindergeburtstagen der letzte Schrei. Elisabeth gestand ihr, dass die Idee mit dem Muffinturm von den Cateringleuten stammte.

Als Debbie gegangen war, sagte Nomi: »In Brooklyn ist das schon seit fünf Jahren wieder out.«

Da fragte sich Elisabeth, ob sie auch so klang. Sie fand es furchtbar, obwohl sie dasselbe gedacht hatte. Würde sie diesen Snobismus irgendwann ablegen oder hatte sie das Leben in New York für immer verdorben?

Immer wieder sah sie gen Himmel.

»Sieht nach Regen aus, oder?«, flüsterte sie Nomi zu.

»Psst«, sagte Nomi, »mal den Teufel nicht an die Wand.«

»Beim Wetter läuft das, glaub ich, anders«, sagte Elisabeth gekränkt. Sie wünschte, sie hätte die Klappe gehalten.

Jetzt fegte auch noch der Wind durch den Garten.

Elisabeth betrachtete Gil, der glücklich im Gras herumkrabbelte, hinter Debbies Kindern her. Sie holte tief Luft. Ihr Sohn amüsierte sich. Darauf kam es an. War doch egal, dass die erste Party, die sie in diesem Haus feierten, etwas anders verlaufen war, als sie geplant hatte. Völlig egal.

Im Haus klingelte das Telefon.

Ihr Schwiegervater war wohl drangegangen, denn einen Augenblick später rief er: »Lizzy! Telefon für dich!«

Elisabeth flitzte los.

»Dein Dad«, flüsterte George und hielt ihr den Hörer hin.

»Ich rufe an, um meinem Enkel zum Geburtstag zu gratulieren«, sagte er. »Hol ihn ans Telefon, ich will mit ihm sprechen.«

Elisabeth war kurz davor, ihm zu erklären, dass Gil noch nicht sprechen konnte, doch stattdessen sagte sie: »Ich ruf dich gleich zurück, ja? Wir haben Gäste. Erinnerst du dich? Du und Gloria, ihr wart auch eingeladen.«

»Jaja«, sagte er. »Geh du nur und kümmere dich um deine Gäste.«

Er hatte sich nicht mal eine Ausrede einfallen lassen, genauso wenig wie ihre Mutter. Keiner der beiden hatte es für nötig gehalten, überhaupt auf die Einladung zu antworten. Wahrscheinlich war eine Geburtstagsfeier für einen Einjährigen, die noch dazu im Garten stattfand, nicht wichtig genug, um darauf zu reagieren, geschweige denn daran teilzunehmen.

Charlotte hatte sie nicht eingeladen, dafür war sie noch zu wütend. Zuerst hatte sie ihre E-Mail-Adresse zwar auf die Liste gesetzt, sie dann aber wieder gelöscht. Damit hatte es sich.

Charlotte schickte über Amazon ein Feuerwehrauto. Nach dem Weihnachtsfiasko hatte sich Elisabeth damit abgefunden, dass ihre Familie unverbesserlich war. Sie schickten lieber Geschenke, statt Zeit miteinander zu verbringen. Passte ihr hervorragend.

»Meine Buchhalterin hat dem Geburtstagskind vor ein paar Monaten eine Kleinigkeit fürs College geschickt«, sagte ihr Vater jetzt.

»Ja, ist angekommen.«

»Löst er den Scheck demnächst ein?«

»Nein«, sagte Elisabeth.

Weitere Erklärungen sparte sie sich.

Er würde ohnehin nicht verstehen, wie tief er sie verletzt hatte. »Du weißt, dass er deine Erlaubnis nicht braucht«, sagte ihr Vater. Was für eine absurde Drohung. Darauf würde sie gar nicht eingehen.

»Wir sprechen später«, sagte sie stattdessen. »Grüße an Gloria.«

»Gloria ist weg«, sagte er.

»Was ist passiert?«

Er antwortete nicht sofort. »Ich fürchte, ich bin auf Abwege geraten«, sagte er schließlich. Er klang amüsiert.

Warum musste er ihr das ausgerechnet heute erzählen? Oder überhaupt.

»Ich habe ihr gesagt, dass es technisch gesehen gar kein Betrug war«, sagte er.

Am liebsten hätte Elisabeth gesagt: *Schön für dich und Tschüss!*, doch stattdessen fragte sie: »Warum?«

Auf der Anrichte stand eine halbleere Flasche Champagner. Sie genehmigte sich einen großen Schluck.

»Also genau betrachtet ist es kein Betrug«, sagte er. Sie hätte schwören können, dass er dabei grinste. »Denn wie soll man jemanden mit der eigenen Frau betrügen?«

Statt zu antworten, schloss Elisabeth die Augen und trank noch einen Schluck.

»Es war deine Mutter!«, erklärte er, falls sie es bis jetzt noch nicht verstanden hatte. »Ich hatte einen Flirt mit deiner Mutter.«

»Schön für dich«, sagte sie. »Ich muss jetzt Schluss machen, da ist jemand an der Tür.«

»Ich behaupte nicht, dass wir wieder zusammenkommen, Boo, damit das klar ist.«

»Sicher. Ist mir auch egal.«

»Damit du dir keine Hoffnungen machst. Ich sag auch nicht, dass wir nicht wieder zusammenkommen. Die Liebe ist ein seltsames Spiel.«

Als sie die Flasche leerte, kam Andrew herein.

Sie erstarrte, weil er sie ertappt hatte, dann grinste sie.

»Tschüss, Dad!«, sagte sie.

Sie legte auf.

»Mein Vater hat eine Affäre mit meiner Mutter.«

Andrew nickte. »Klar«, sagte er, »was sonst.«

»Ist die Party scheiße?«

»Ja, ist sie«, sagte er. »Willst du dich oben verstecken?«

»Ja«, sagte sie, »aber nein. Lass uns da rausgehen.«

Als sie an die Hintertür traten, löste sich der Ballonbogen aus seiner Verankerung, strich über den Muffinturm, hob sich in die Lüfte und schwebte davon.

Elisabeth kehrte von der Kita zurück und fand Nomi mit der Zeitung in der Hand am Küchentisch.

»Erinnere mich daran, meine Kinder öfter mal zu verlassen«, sagte sie. »Es ist himmlisch. In diesem Zimmer ist das Licht perfekt. So still. Ich könnte den ganzen Tag hier sitzen.«

»Na endlich!«, sagte Elisabeth. »Endlich gefällt dir auch mal was an meinem Haus.«

»Was willst du damit sagen?«

»Gestern hatte ich das Gefühl, dass du alles schlechtmachst, was zu unserem Leben hier gehört.«

»Sorry«, sagte Nomi. »Ich habe nur wiederholt, was du mir schon zigmal vorgejammert hast. Vielleicht ist es ähnlich wie mit der eigenen Familie, über die man selbst herziehen darf, aber wenn es jemand anderes tut, fühlt man sich auf einmal verpflichtet, sie zu verteidigen. Es ist recht nett hier. Eigentlich stehst du total drauf, gib's zu.«

Das sagte sie mit einer Art Singsang, als wollte sie sie aufziehen. Es erinnerte sie an die vierte Klasse, damals war es um einen Jungen gegangen, für den Elisabeth geschwärmt hatte.

»Tue ich nicht! Okay, manches gefällt mir schon«, sagte Elisabeth. »Ich weiß es nicht genau. Ich glaube, ich wollte dich beeindrucken.«

»Das ist ja süß!«, sagte Nomi. »Und traurig. Du musst mir doch nichts beweisen. Vielleicht bin ich noch nicht ganz darüber hinweg, dass ich dich an diese Stadt verloren habe. Aber das wird schon.«

»Damit das klar ist: Du darfst jederzeit über meine Familie herziehen«, sagte Elisabeth. »Mir war schon klar, dass meine Eltern an diesem Wochenende nicht kommen würden. Aber dann war ich auf Sams Abschlussfeier. Ich habe ihre Eltern, ihre Großeltern, die ganze Mischpoke gesehen. Mittlerweile glaube ich, dass ich deswegen so eine verkorkste, übergriffige Beziehung zu ihr hatte. Wahrscheinlich wollte ich haben, was sie hat. Sam ist so normal. Sie kommt aus einer perfekten Familie.«

»Wie viel perfekte Familien kennst du?«, fragte Nomi. »Vielleicht hat sie nur noch nicht herausgefunden, was an ihrer scheiße ist. Sieh dich doch an. Auf mich und andere wirkst du völlig normal. Wenn ich dich gerade erst kennengelernt hätte, wäre ich nie darauf gekommen, dass deine Eltern einen solchen Schuss haben.«

»Danke«, sagte Elisabeth aufrichtig.

Es klingelte.

»Wer ist das?«, fragte Nomi.

»Keine Ahnung.«

»Eine Nachbarin, die sich eine Tasse Zucker ausleihen will? Lassie ist doch nicht etwa schon wieder in den Brunnen gefallen?«

»Halt die Klappe!«, rief Elisabeth über die Schulter hinweg.

Auf dem Absatz stand Gwen, hochschwanger und breit grinsend.

»Passt es gerade?«, fragte sie. »Ich wollte mein Geschenk für Gil vorbeibringen. Tut mir leid, dass ich es gestern nicht geschafft habe.«

»Du hast nicht viel verpasst«, sagte Elisabeth. »Komm rein. Schön, dich zu sehen!«

Gwen folgte ihr in die Küche.

»Gwen, das hier ist meine beste Freundin Nomi«, sagte Elisabeth. »Sie ist aus der Stadt gekommen, um mich zu besuchen.«

»Entschuldige, ich hätte vorher anrufen sollen«, sagte Gwen.

»Setz dich doch«, sagte Nomi, »in welchem Monat bist du?«

»Im achten.«

Gwen setzte sich Nomi gegenüber an den Tisch, sie war so breit, dass sie kaum noch auf den Stuhl passte.

»Ich hatte ja keine Ahnung, dass du schwanger bist!«, sagte Elisabeth.

»Du hast es noch nicht gehört? Ich hätte schwören können, dass sich die Nachbarinnen das Maul darüber zerreißen.«

»Das ist bestimmt der Fall, aber mir sagt ja keiner was.«

Gwen lachte. »Dann hast du den anderen Teil wohl auch nicht mitbekommen.«

»Welchen anderen Teil?«

»Christopher hat mich verlassen. Ich werde das Kind allein kriegen.«

»Was?«

»Er ist weg. Hat eine Stelle als Dozent angetreten, in irgendeinem Kaff in Arkansas. Ich bin sicher, er hat eine seiner Lieblingsstudentinnen mitgenommen, damit sie ihm dort Gesellschaft leistet.«

»Nein!«

»Ich kann nicht glauben, dass die Laurels das nicht schon in der ganzen Stadt herumgetratscht haben. Sei mir nicht böse, aber ehrlich gesagt habe ich mir die Party gestern gespart, damit ich sie nicht sehen musste.« Gwen seufzte. »Dass meine Ehe im Eimer ist, hat den Vorteil, dass ich jetzt nie mehr zum Buchclub muss. Dir ist vielleicht aufgefallen, dass ich die letzten Male schon nicht mehr dabei war. Ich habe das so genossen!«

»O nein! Bitte lass mich nicht im Stich«, sagte Elisabeth. »Obwohl ich mich offen gestanden immer schon gefragt habe, warum du überhaupt mitmachst.«

»Christopher hat mich gezwungen«, sagte Gwen. »Er meinte, es sei unhöflich, nicht hinzugehen, obwohl die Frau seines Kollegen mich eingeladen hat. Wie sich herausstellte, hat er sich währenddessen immer mit seiner Studentin vergnügt – bei uns zu Hause.«

»Mistkerl!«, sagte Nomi.

»Das kannst du wohl sagen«, stimmte Gwen zu.

»Aber warum hast du auf ihn gehört?«, fragte Elisabeth. »Du scheißt doch sonst auch auf alle.«

Gwen lachte.

»In unserer Beziehung war ich immer die Erfolgreiche. Meine Stelle war unbefristet, seine nicht. Deshalb musste ich ihm manchmal das Gefühl geben, dass er der Boss ist. Wie herrlich, dass dieses Spielchen jetzt vorbei ist. Wir haben so lange versucht, ein Kind zu bekommen, dass ich unsere Beziehung darüber ganz vergessen habe. Jeder hat mir gesagt, das wäre normal. Dann bin ich schwanger geworden und habe gemerkt, dass in unserer Ehe gar nicht das Kind fehlte, sondern alles andere.«

»Das tut mir leid.«

»Ist besser so. Ich kann mir nicht vorstellen, mit diesem Mann ein Kind großzuziehen.«

Elisabeth war nicht sicher, ob sie weiterbohren sollte, besonders weil Nomi dabei war.

»Ich kann dir jede Menge Kram geben«, sagte sie stattdessen. »Eine Wiege, einen Kinderwagen, haufenweise Klamotten – weißt du schon, was es wird?«

»Nein. Werde mich überraschen lassen. Gab ja in letzter Zeit so wenige Überraschungen in meinem Leben. Kannst du mir eine Frauenärztin empfehlen?«

»Dr. Gordon ist die beste. Ich gebe dir ihre Nummer.«

»Danke. Wie stehst du zum Pucken? Eine Freundin von mir schwört drauf, aber ich habe gelesen, dass es für die Hüfte des Babys nicht gut sein soll. Sorry, aber ich habe so viele Fragen.«

»Und ich beantworte sie dir herzlich gern. Endlich weiß ich auch mal über was Bescheid«, sagte Elisabeth. »Vor einem Jahr stand ich genauso da wie du jetzt. Ehe du dich versiehst, machst du das wie die Profis. Wart's nur ab.«

»Wenn ich zu viel darüber nachdenke, fühle ich mich völlig überfordert«, sagte Gwen. »Stephanie hat mich zu einer Facebook-Gruppe für Mütter in unserer Stadt eingeladen. Sie ist die Queen Bitch. Total nervig. Als Erstes habe ich alle Benachrichtigungen abgestellt.«

Elisabeth und Nomi tauschten Blicke. »Ich wusste gar nicht, dass die Mütter hier eine Gruppe haben.«

Sie hatte sich so auf die BK Mamas eingeschossen, dass ihr nicht mal der Gedanke gekommen war, nach einer lokalen Gruppe zu suchen.

Gwen wandte sich an Nomi. »Tut mir leid. Mein Leben ist normalerweise keine Seifenoper. Ich klinge sicher total überspannt.«

Nomi lächelte. »Nein«, sagte sie. »Du klingst wie eine von uns.«

Zwei Wochen später statteten Elisabeth und Andrew George und Faye einen Besuch ab.

Faye hatte einen Schmorbraten gemacht. Sie aßen zu viert an der ungewöhnlich langen Tafel und unterhielten sich.

Es sollte das letzte gemeinsame Abendessen in diesem Haus sein. Faye und George würden in ein paar Tagen ausziehen, in ein Zweizimmerapartment in der Stadt. Es grenzte an ein Wunder, dass sie Käufer gefunden hatten. Viel war dabei nicht rausgesprungen, aber zumindest diese Last waren sie los.

Faye meinte, es sei im Grunde genommen eine Erleichterung. Sie würde zwar den von ihr angepflanzten Garten vermissen und die Spuren von Andrews Kindheit, die sich noch überall im Haus befanden – das alte Baumhaus, die Bleistiftkerben am Türrahmen im Keller, die sein Wachstum über die Jahre dokumentierten.

Sie waren umgeben von Umzugskartons, voll oder halbvoll, mit schwarzem Filzstift beschriftet: KÜCHENUTENSILIEN, G'S WERKZEUG, A'S JAHRBÜCHER. Gil wanderte von einem Karton zum anderen, zog Dinge daraus hervor und ließ sich schließlich mit einem Kartoffelstampfer aus Metall in der Ecke nieder und trommelte zehn Minuten lang damit auf dem Linoleumboden herum.

Als die Teller abgeräumt waren, entschuldigte sich George und verzog sich in sein Büro, angeblich, um weiter zu packen.

»Er packt gar nicht«, sagte Faye. »Er arbeitet. Er und die Männer aus seiner Diskussionsgruppe planen schon wieder einen Protest. Seit der Artikel über sie in der *Gazette* erschienen ist, rufen ständig Leute bei ihnen an und bitten sie um Hilfe.«

Faye schüttelte den Kopf. »Ich bin stolz auf ihn. Aber verratet ihm das bloß nicht.«

Elisabeth erhob sich, vorgeblich, um die Toilette zu benutzen. Doch danach kehrte sie nicht zurück in die Küche, sondern klopfte an Georges Tür.

»Herein!«, rief er.

Bei ihrem Anblick grinste er. »Lizzy«, sagte er, »was verschafft mir die Ehre?«

»Ich möchte mich entschuldigen«, sagte sie.

»Wofür?«

»Es war ein Riesenfehler von mir, meiner Schwester das Geld zu geben. Wäre das nicht passiert, hätten wir es euch leihen können, damit ihr das Haus behalten könnt. Jetzt ist es zu spät. Es tut mir so leid.«

George schüttelte den Kopf. »Wir hätten es niemals angenommen.«

»Wirst du dieses Haus nicht vermissen?«

»Ja«, sagte er. »Aber alle, mit denen ich hier Zeit verbracht habe, alle, die ich liebe, sind noch bei mir. Wozu sollte ich mich also wegen eines Hauses grämen?«

Elisabeth erkannte, dass sie viel zu viel Zeit und Energie damit verbracht hatte, sich über das dunkle Vermächtnis ihrer Familie zu sorgen, denn Gil hatte noch eine andere Familie, die ihn prägen würde. Gute Menschen wie George und Andrew. Sie hoffte, ihr Sohn würde mal so werden wie sie.

»Hast du mal wieder was von Sam gehört?« Elisabeth bemühte sich um einen beiläufigen Plauderton.

George schüttelte den Kopf.

Sie war erleichtert.

»Hast du dich wieder mit ihr vertragen?«, fragte er dann.

»Noch nicht.«

»Solltest du aber. Sie ist ein großartiges Mädchen.«

»Das stimmt.«

»Und du selbstverständlich auch«, fügte er hinzu.

Elisabeth lächelte. »Danke. Faye hat erzählt, dass ihr wegen des Artikels in der *Gazette* regen Zulauf habt. Alle wollen euren Rat«, sagte Elisabeth. »Ich bin stolz auf dich, George.«

Etwas, das sie während ihres Streits zu Sam gesagt hatte,

wollte ihr nicht mehr aus dem Kopf. Es war darum gegangen, dass Clive kein Geld hatte.

... weil er keinen Penny in der Tasche hat
... weil du noch keine Ahnung hast ...

Elisabeth war entsetzt über sich. Sie benahm sich wie ihre Eltern. Mit derselben Übergriffigkeit. Auch sie bildete sich ein zu wissen, was das Beste für andere war. Sam hatte das genau erkannt. Wie konnte es sein, dass Elisabeth, die sich ihr ganzes Leben lang bemüht hatte, ja nicht wie ihre Eltern zu werden, ihnen doch so ähnlich war.

Die schwierigsten Aufgaben im Leben waren diejenigen, an denen man immer wieder scheiterte. Also würde sie es noch einmal versuchen. Sie hatte sich bei den BK Mamas abgemeldet und ihr Facebook-Konto auch gleich gelöscht. Ob Sam den Job in Brooklyn angenommen hatte oder nach London gezogen war, um bei Clive zu sein, wusste sie nicht, und sie hatte nicht vor, es herauszufinden. Am besten zog sie mental einen Strich unter das letzte Jahr und blickte ab jetzt nach vorn.

Sam hatte oft von ihrem Sommer im Ausland gesprochen. Eine Auszeit, ein Bruch mit ihrem Alltag, der sie komplett verändert hatte. Auf Elisabeth hatten die Monate mit Sam eine ähnliche Wirkung gehabt. Diese einzigartige Nähe wäre zu keiner anderen Zeit entstanden, genau wie es zu keiner anderen Zeit zu einem so tiefen Zerwürfnis gekommen wäre. Ihre intimsten Geheimnisse waren nun mit Sam in der Welt, und Sam hatte die Macht, sie zu verraten oder für sich zu behalten.

Elisabeths Blick fiel auf einen Stapel Bücher aus der Bücherei auf Georges Schreibtisch, allesamt Standardwerke zu Arbeiterrechten, Ausbeutung und Dumpinglöhnen.

Auch damit hatte Sam recht gehabt. Elisabeth und Andrew hatten die Theorie vom Hohlen Baum nicht kleingeredet, weil sie albern und offensichtlich war, wie sie immer behauptet hatten, sondern weil sie mitschuldig waren an den Missständen, die sie entlarvte. Sie waren blind gewesen. Sie hatten sich dazu entschlossen, blind zu sein.

Was geht dir nicht mehr aus dem Kopf?, hatte ihre Agentin sie damals gefragt.

Und sie hatte das Thema gemieden, weil ihr der Reichtum ihrer Familie peinlich und unangenehm gewesen war. Als würde die problematische Gemengelage, die mit dem Wohlstand ihrer Eltern einherging, einfach verschwinden, wenn sie sich nicht damit auseinandersetzte. Dasselbe könnte man von den Annehmlichkeiten behaupten, von denen sie und Andrew Tag für Tag, Woche für Woche, Jahr für Jahr Gebrauch machten, ohne je darüber nachzudenken.

Deswegen hatte sie George nie gebeten, ihr mehr davon zu erzählen. Weil er damit ins Schwarze getroffen hätte.

Elisabeth berührte den Bücherstapel.

»George«, sagte sie, »erzähl mir mehr darüber.«

An diesem Abend blieben sie sehr lange.

Sie machten Fotos von Andrews altem Kinderzimmer. Er zeigte Gil das Kleeblatt, das er heimlich in den Schrankboden geritzt hatte, und wo er gestanden hatte, als er versucht hatte, den Ball in den Korb zu werfen, der an seiner Tür befestigt war.

Von unten drangen die Stimmen seiner Eltern herauf. Elisabeth versuchte sich vorzustellen, wie es wohl für ihn gewesen sein mochte, als kleiner Junge, hier oben allein, die Ohren gespitzt.

Sie verspürte Gewissensbisse.

Irgendwann rieb sich Gil die Augen, und Andrew nahm ihn auf den Arm und trug ihn ans Fenster. Er wiegte ihn, Gils Kopf lag an seiner Schulter.

»Das ist der Große Wagen«, flüsterte Andrew. »Was da so hell leuchtet, das ist die Venus. Und da hinten, das ist der Stern, der den Namen des Mädchens trägt, mit dem ich im ersten Semester der Highschool gegangen bin. Ich habe dafür bezahlt. Hab sogar eine Urkunde und alles.«

Elisabeth fragte sich bisweilen, ob sie in ihr Leben gehörte, ein seltsames Gefühl. Sie war noch nicht sicher, ob sie es gut hinbekam. Aber sie liebte ihre kleine Familie von ganzem Herzen. Noch Jahre später würde sie sich an diesen Anblick erinnern: Ihr Gil und ihr Andrew, die in einen Himmel voller Sterne blickten.

Epilog
2025

Isabella bestand darauf, dass sie zum zehnten Jahrgangstreffen gingen. Beim fünften waren sie beide nicht gewesen: Nach fünf Jahren hätte sowieso noch niemand irgendetwas Maßgebliches erlebt gehabt.

Aber zehn Jahre? Nicht zu glauben, dass die Zeit so schnell vergangen war.

»Glaubst du, die sind inzwischen alle verheiratet und haben Kinder?«, fragte Sam am Telefon.

»Nur die erbärmlichsten Langweiler«, antwortete Isabella, die selbst verheiratet war und zwei kleine Jungs hatte.

»Nimmst du Steve und die Kinder mit?«

»Auf keinen Fall. Das ist unser Ding.«

»Wir könnten auch zu zweit woanders hin.«

Das machten sie einmal im Jahr, drei, vier Nächte auf Jamaika, in San Francisco oder Maine. Seit ein paar Jahren hatten sie nur noch selten Kontakt. In ihren ersten Jobs hatten sie einander mehrmals täglich lange Mails geschickt und geklagt, dass sie so viel zu tun hatten. Jetzt hatten sie dafür wirklich viel zu viel zu tun. Aber bei ihren Treffen machte es zwischen ihnen sofort wieder klick und sie quatschten ohne Pause bis zum Abschied, holten all die versäumten Gespräche nach.

»Sam, du siehst fantastisch aus und gehörst wahrscheinlich zu den drei erfolgreichsten Prozent unseres Jahrgangs«, sagte Isabella. »Du kommst auf jeden Fall.«

Also schickte Sam das Anmeldeformular und den Scheck ab und fieberte tatsächlich ein wenig den Nächten in ihrem alten Wohnheim entgegen. Dann aber fädelte Isabella ein, dass sie die

Ferienwohnung eines Freundes ihres Vaters in einem nahen Skigebiet bekamen. Die lag zwar eine Stunde vom Campus entfernt, hatte aber dafür einen Whirlpool, eine Terrasse und einen Kamin in jedem Schlafzimmer.

Das Jahrgangstreffen begann am Freitagnachmittag. Sam und Isabella trafen sich bereits am Mittwoch, um erst noch etwas Zeit zu zweit zu haben. Sie tranken Wein, betrachteten den Sonnenuntergang, bedauerten, dass sie nicht näher beieinander lebten, und unterhielten sich bis drei Uhr morgens.

Am Donnerstag gingen sie wandern und essen, ohne dass die Unterhaltung jemals abriss. Es schien ausgeschlossen, dass ihnen je die Themen ausgingen. Irgendwann wunderte Sam sich über einen Schmerz im Kiefer, dann merkte sie, dass der vom Lachen kam. Sie wünschte, sie hätte bereits auf dem College erkannt, dass sie Freundschaft nie wieder in so konzentrierter Form erleben würde – höchstens noch in homöopathischen Dosen, so wie jetzt.

Als Isabella nach der Geburt ihres ersten Sohnes Depressionen bekommen hatte, hatten sie das Batsignal eingeführt – eine Möglichkeit, der jeweils anderen mitzuteilen, dass man sie dringend brauchte. In solchen Fällen waren sie immer füreinander da. Doch sonst herrschten in ihrer Freundschaft kaum Erwartungen. Nachrichten blieben schon mal unbeantwortet, ein Geburtstagsgeschenk konnte durchaus zwei Monate später oder gar nicht kommen. Verletzt fühlte sich deshalb keine der beiden.

Am Freitag wollten sie schon früh zum College, noch vor den Feierlichkeiten, um ihre Erinnerung auf eigene Faust aufzufrischen. Doch als Sam am Morgen in die Küche kam, blickte Isabella nicht einmal von ihrem Handy auf. Sie tippte wie eine Wilde darauf herum.

»Verdammte Vollidioten«, knurrte sie.

»Ärger in der Arbeit?«, fragte Sam.

»Ja. Verdammt. Tut mir leid.«

»Braucht es nicht.«

Sam meinte, sie würde schon mal allein zum Campus fahren, später könnten sie sich dann ja treffen.

Auf der Fahrt hörte sie Radio, ließ das Seitenfenster runter und genoss die Luft. Fünfzehn Kilometer vor der Stadt wurde sie langsam nervös, wünschte, sie hätte doch auf Isabella gewartet.

In Gedanken ging Sam durch, was sie alles erreicht hatte, als könnte sie sich daraus einen Schutzwall bauen. Sie wog fast acht Kilo weniger als bei ihrer Abschlussfeier. Sie kleidete sich modischer, figurbetonter, versteckte sich nicht mehr hinter viel zu weiten Sachen. Sie hatte eine Zweihundert-Dollar-Frisur und war neulich in der Absolventinnenzeitschrift wegen ihrer Arbeit in der Kunstbranche porträtiert worden. Warum fühlte sie sich also nur so unsicher?

Sie parkte vor Foss-Lanford Hall. Das Wohnheim sah noch aus wie früher, der Name stand in Stein gemeißelt über der Tür.

Einmal, am Pool bei einem ihrer Treffen, hatte Isabella gefragt: »Wer war eigentlich dieser Foss Lanford?«

»War das nur einer?«, fragte Sam zurück. »Ich dachte immer, das waren zwei.«

Isabella zuckte die Achseln und wechselte das Thema.

Zurück in der Arbeit suchte Sam die Antwort im Internet.

Eleanor Foss, Abschlussklasse 1947, hatte 1950 George Lanford geheiratet. Zusammen hatten die beiden ein Vermögen mit Brettspielen gemacht, die es heute nirgendwo mehr zu kaufen gab. Nach Eleanors Tod hatte George dem College genug Geld gespendet, dass ein Gebäude nach ihr benannt wurde, wenn auch nur ein entlegenes Wohnheim. Sam schämte sich, dass sie nicht früher nachgesehen hatte, dass sie über Jahre täglich unter dem Namen dieser Frau hindurchgegangen war, ohne sich je für sie zu interessieren. Der ganze Witz daran, seinen Namen in Stein meißeln zu lassen, war doch wohl, dass man nicht vergessen wurde. Doch ohne die Neugier und Anteilnahme der Nachgeborenen nutzte das alles nichts.

Sie stieg aus dem Auto und blickte hinauf zum vorletzten Fenster im zweiten Stock, das früher ihrs und Isabellas gewesen war. Von hier draußen sah es aus wie alle anderen auch.

In der Mensa im Erdgeschoss tummelten sich Menschen.

Sam konnte die Gesichter nicht erkennen.

Vielleicht hatte sie deshalb erst nicht kommen wollen, wegen dieses Gefühls, das sich noch immer manchmal regte, wenn sie an damals dachte. Nicht nur daran, was sie getan hatte, sondern auch, wie sie gewesen war. All die Dinge, die sie erst viel später begriffen, aber schon damals – und das machte es noch schlimmer – bestens zu durchschauen geglaubt hatte.

Es war beschämend, wie leicht sie das von ihr angerichtete Chaos hatte hinter sich lassen können. Ein kindischer Fehler, der den Frauen in der Mensa ihren Alltag nur noch schwerer gemacht hatte – diesen Frauen, die ihr angeblich so wichtig gewesen waren.

Nach dem Abschluss hatte Sam nie wieder ein Wort mit ihnen gewechselt. Beim Abschied hatte sie dutzenden Leuten versprochen, in Kontakt zu bleiben, ohne einen Gedanken daran, dass sie sie schon wenig später nicht einmal mehr kennen würde. Ihr Leben füllte sich mit neuen Namen und Gesichtern, bis die alten nichts mehr als Erinnerungen waren.

Sie hatte Maria die Adresse ihrer Eltern gegeben, aber nie von ihr gehört. Vielleicht hatte Gaby ihr alles erzählt, nachdem Sam weg war.

Vor ein paar Jahren hatte sie versucht, Gaby ausfindig zu machen. Sie fand ihr Foto auf der Website eines noblen salvadorianischen Restaurants, dessen Geschäftsführerin sie damals war. Glücklich sah sie aus, fand Sam. Sie schrieb ihr eine Mail, bekam jedoch keine Antwort. Gern hätte sie alles wieder gutgemacht, soweit das nach so langer Zeit noch möglich war.

Jetzt schwor sie sich, es noch mal zu versuchen.

Sie spazierte über den Campus. Am Haus der Präsidentin stieg alter Groll in ihr auf, obwohl das College inzwischen unter neuer Leitung stand. Vier Jahre nach Sams Abschluss hatte es einen Aufschrei unter den Studentinnen und Ehemaligen gegeben, nachdem in einer Doku zum zehnten Jahrestag der Finanzkrise die Wahrheit über Shirley Washingtons dubiose Geldgeschäfte ans Licht gekommen war.

Sam war schleierhaft, weshalb das so lang gedauert hatte. Alles hatte klar zu Tage gelegen, aber offenbar hatte erst jemand mit dem Finger darauf zeigen müssen, der Shirley Washington nicht unbedingt als Heldin sehen wollte.

Schon enttäuschend, hatte Isabella in einer Mail geschrieben. *Dass jemand, der bei null anfängt, es so weit bringt und sich dann so verderben lässt.*

Sam hatte nicht darauf geantwortet. Es war ihr sinnlos vorgekommen, zu betonen, dass jemand, der bei null anfing, nicht weniger in Versuchung war, sich vom System verführen zu lassen, ja wahrscheinlich sogar mehr. Aber enttäuschend war es doch. Herzzerreißend geradezu.

Monat für Monat wurde Sam durch die Rechnung in der Post daran erinnert, was ihre Ausbildung gekostet hatte – und immer noch kostete. Dasselbe galt für die halbjährlichen Spendenaufrufe, die ihr auf die Nerven gingen, zumal sie dem College ohnehin so viel schuldete, dass sie wahrscheinlich nie ein Eigenheim besitzen oder ein schuldenfreies Leben führen würde. Und dennoch war sie dankbar für die Zeit hier, mit die schönste ihres Lebens.

Jetzt stand sie vor dem Teich. Daneben hatte man ein Freizeitzentrum errichtet, einen modernen weißen Klotz, der völlig fehl am Platz wirkte.

Sam schlenderte weiter zur Bibliothek.

Sie ging hinein und folgte ihrem alten Weg hinunter zu den

Arbeitskabinen. Zu ihrer Überraschung fand sie die durch zwei lange Holztische und ein paar Stühle ersetzt. So auf dem Präsentierteller hätte sie dort niemals arbeiten wollen.

Überall wurde sie misstrauisch von Studentinnen beäugt, die, genau wie sie damals, glaubten, der Campus gehöre ihnen. Sie begriffen nicht, dass sie die imposanten Backsteinbauten und zweihundert Jahre alten Eichen – älter als das ganze College – nur geliehen hatten.

Inzwischen fanden sich deutlich mehr schwarze und braune Gesichter unter ihnen. Zehn Jahre später glich der Campus etwas mehr dem Rest der Welt. Darauf war das College stolz, prahlte in jedem Spendenaufruf damit. Doch die Servicekräfte um das weiße Zelt, das vor dem Hauptgebäude aufgerichtet worden war, sahen noch genauso aus wie früher. Sam hielt Ausschau nach Maria und Delmi, unsicher, ob sie hoffte, sie zu sehen oder nicht.

Vermutlich war das kindisch, naiv, aber Sam konnte noch immer nicht verstehen, wie im Alltag so eng verwobene Leben derart unterschiedlich sein konnten. Sie betrachtete die Menschen, die Straßen bauten, Teller abräumten und anderer Leute Kinder hüteten – kurz: die Welt am Laufen hielten –, und fragte sich, was sie wohl lieber täten. Auch mit einunddreißig kam sie nicht zurecht damit, dass manche Menschen ihren Leidenschaften nachgehen durften, ja sogar sollten, und andere das niemals würden tun können.

Ob sie damit zurechtkam oder nicht, würde jedoch sicherlich nichts daran ändern. Jahr für Jahr näherte das ganze Land sich immer weiter einem Zustand an, in dem es einige sehr reiche und jede Menge arme Menschen geben würde und nur noch wenige dazwischen.

Sam ging weiter, durch das Haupttor. Es hieß, wer das vor seinem Abschluss tat, würde niemals heiraten. Lächerlich, und doch war Sam das Risiko damals nicht eingegangen.

Seit einer Weile sagte sie manchmal, sie wisse gar nicht, ob sie überhaupt heiraten wolle. Jedes Mal fragte sie sich dann, ob das wirklich stimmte. In den vergangenen zwei Jahren war sie fünfmal Brautjungfer gewesen. Auf drei Dinnerpartys hatte sie als Einzige keinen Partner gehabt. Bei Isabellas Hochzeit hatte sie sie kein bisschen beneidet. Aber als Isabella dann ein Kind bekam und ein Haus kaufte, wurde ihr schlagartig bewusst, wie weit sie hinterherhinkte.

Mittlerweile wohnte Sam allein, in einer Wohnung im obersten Stock eines Gebäudes von 1790. Wenn die Dielen morgens unter ihren nackten Füßen knarzten, wenn plötzlich das Licht in der Küche flackerte, spürte sie die Geister der Vergangenheit.

Sie ging weiter Richtung Innenstadt.

Damals hatte es hier noch so gut wie keine Ladenketten gegeben, abgesehen von der Drogerie und einem Starbucks, der am Ende ihres letzten Jahres eröffnet hatte. Heute prangten überall die Logos bekannter Restaurantketten und Modemarken. Das alte Kino war inzwischen eine Citibank-Filiale.

An der Kreuzung Plum und Main wartete sie darauf, dass die Ampel grün wurde. Als es soweit war, hielt vor ihr ein schwarzer SUV. Die zarte Frau hinter dem Lenkrad ging völlig in dem großen Wagen unter. Sie drehte sich um und sagte etwas zu den Kindern auf dem Rücksitz.

Gerade als Sam losging, blickte die Fahrerin wieder nach vorn.

Elisabeth.

Kein Zweifel, sie war es. Sie hatte sich kein bisschen verändert.

Nach ihrem Abschluss hatte Sam noch eine Weile mitverfolgt, was Elisabeth so machte, hatte den Drang verspürt, sie anzurufen, als sie von Clives Hochzeit erfuhr, nur ein Jahr nach ihrer Trennung von ihm. Das hatte wehgetan, auch wenn sie selbst Schluss gemacht hatte. Während der ersten Monate in New York hatte der unsaubere Schlussstrich ihr Halt gegeben, das Wissen, dass sie sich im Zweifel jederzeit zu ihm hätte flüchten können. Als dieser Ausweg dann verbaut war, betrauerte sie zumindest ihn, wenn schon nicht Clive.

Inzwischen war Sam fast so alt wie er bei ihrer ersten Begegnung. Bei der Arbeit hatte sie Praktikantinnen vom College und staunte darüber, wie jung sie waren. Halbe Kinder noch. Ausgenutzt hatte sie sich von Clive nie gefühlt. Lieb war er gewesen, unterstützend und loyal. Er hatte sie geliebt. Dennoch musste sie denken, dass sie damals immer geglaubt hatte, niemand würde ihre Beziehung richtig verstehen, wo doch vielleicht sie selbst sie nicht verstanden hatte.

Einmal, mit sechsundzwanzig, beim Abendessen mit Freunden in einem Café im West Village, hatte sie ein Plakat für eine Lesung des Dichters Julian Wells gesehen.

Julian, das Weichtier aus der College-Bibliothek, lächelte ihr aus dem Foto entgegen. Gut sah er aus. Die Locken hatte er sich etwas wachsen lassen, was ihm viel besser stand. Er trug eine Brille und einen Bart. Nerds standen damals hoch im Kurs in New York, und Julian schien davon zu profitieren.

Laut Plakat hatte er ein Gedicht im *Atlantic* veröffentlicht, bald würde ein Buch von ihm erscheinen. In diesem Semester lehrte er an der Columbia. Sam fühlte sich damals ganz besonders einsam. Sie betrachtete das Plakat und fragte sich, ob sie vor all den Jahren wohl einen Fehler gemacht hatte, den sie nie wieder ausbügeln konnte. Nach ein paar Gläsern Wein schrieb sie Julian sogar eine Mail an seine Adresse an der Columbia. Launig wollte sie klingen – ach lustig, wir beide jetzt in New York, irgendwann vielleicht mal einen Kaffee? Er schrieb nie zurück.

Im selben Jahr erschien Elisabeths Buch *Der Hohle Baum* und bekam ausgezeichnete Kritiken.

Sam fand es eines verschneiten Nachmittags unter den Sachbuchneuerscheinungen bei Shakespeare & Co. Sie blätterte es durch, auf der Suche nach einer Erwähnung ihres Namens, fand jedoch nichts. Ein Kapitel handelte von ein paar alten Männern, die in einem Kleinstadtcafé das Leid der Welt diskutieren. Elisabeth ließ die Männer selbst zu Wort kommen, hatte die Namen allerdings geändert. Sam versuchte, zu erraten, von wem die Zitate stammten.

Die letzten fünf Seiten des Kapitels konzentrierten sich auf einen gewissen »Larry«, der einen lukrativen Chauffeurdienst geführt hatte, bis er von Uber vom Markt gedrängt worden war. Sein ehrenamtliches Engagement für Arbeitnehmerrechte hatte diesem Larry inzwischen eine Stelle bei einer Gewerkschaft eingebracht.

Sam musste lächeln.

Noch heute, wo sie mit George längst keinen Kontakt mehr hatte, entdeckte sie überall Beispiele für den Hohlen Baum, ja sogar noch mehr als früher. »Wo soll das noch hinführen?«, hatte George oft kopfschüttelnd gesagt. Daran musste Sam denken, wenn sie darüber las, wie es mit dem Land immer weiter abwärts ging. Und als ihre Verwandten, die früher immer gern über Politik diskutiert hatten, darauf verzichteten, um überhaupt noch miteinander sprechen zu können. So viele von Georges Prophezeiungen waren inzwischen wahr geworden.

Obwohl Elisabeth ihn im Buch nicht namentlich erwähnte, erkannte sie doch an, dass es ohne George nicht existieren würde. *Der Hohle Baum* war ihm gewidmet.

Monate später, als sie aus der gemeinsamen Wohnung mit Maddie auszog, musste Sam wieder an Elisabeth denken. Beim Kistenpacken rutschte aus einem Buch ein Foto – Sam, mit Gilbert auf dem Arm, der Träger ihres Tops verdeckt, das Baby nur von der Windel aufwärts sichtbar, sodass es aussah, als wären sie beide nackt. Inspiration für ein Gemälde, das sie nie beendet hatte. Was war daraus wohl geworden? Und wie war es Elisabeth ergangen? Hatte sie Andrew je die Wahrheit erzählt? Waren die beiden noch zusammen?

Danach, da war sich Sam fast sicher, hatte sie nie mehr an sie gedacht. Je älter sie wurde, desto schneller vergingen die Jahre. Weniger Zeit zum Grübeln, weniger Zeit für alles andere. Weniger Zeit.

Jetzt aber saß Elisabeth vor ihr im Auto, offenbar irritiert, dass eine fremde Frau ihr zuwinkte.

Dann ging ihr wohl ein Licht auf. Sie ließ das Fenster herunter.

»Sam? Bist du das?«, fragte sie. »Ich hab dich gar nicht erkannt! Toll siehst du aus. Richtig erwachsen.«

Einen Augenblick war alles so wie früher.

Mit Blick auf den Rücksitz sagte Elisabeth: »Schau mal, Gil, das ist Sam. Deine erste Nanny.«

Der Junge auf dem Rücksitz war groß und schlaksig, trug ein knallgrünes Baseballtrikot. Aus den blonden Locken waren braune Zotteln geworden.

»Sag Hallo«, forderte Elisabeth ihn auf.

»Hi«, sagte er schüchtern.

Sam war eine wildfremde Frau für ihn.

Sie wusste noch genau, wie es sich anfühlte, mit ihm an der Schulter durchs Zimmer zu gehen. Ihn mit Cheerios zu füttern, eines nach dem anderen.

»Und das ist Willa«, sagte Elisabeth. »Willa, du warst damals noch gar nicht auf der Welt.«

Das Mädchen sah genau aus wie Elisabeth. Die gleiche zierliche Figur, die gleichen Augen.

Fast rechnete Sam mit einer Erklärung. *Willa ist adoptiert*, hätte die alte Elisabeth hervorgesprudelt, oder: *Am Ende wurde ich einfach so durch Zufall schwanger. Verrückt, oder?*

Stattdessen fragte sie herzlich, aber auch ein wenig förmlich: »Und du so?«

Sam wurde nervös, als wüsste sie zu ihrem Leben nichts zu sagen.

»Ich bin zum Zehnjährigen hier«, antwortete sie schließlich. »Seit letztem Jahr hab ich eine eigene Galerie.«

»Wow, super! In Brooklyn?«

»Nein, in Providence.«

Zum ersten Mal war Sam dort auf Besuch bei ihrer Schwester Caitlin gewesen, während ihres Studiums an der Rhode Island School of Design. Sie hatte sich sofort in die Stadt verliebt, in die herrlichen alten Häuser, die kitschigen italienischen Restaurants, den nahen Strand. Also war sie geblieben, genau wie Caitlin nach ihrem Abschluss. Caitlin wohnte heute nur ein paar Straßen entfernt und stand kurz vor ihrem Durchbruch als Malerin. Nebenbei arbeitete sie ein paar Abende die Woche in einer Bar. Sie sah aus wie Sam in ihrem Alter, abgesehen von dem Sleeve-Tattoo aus Vögeln und Schmetterlingen. Caitlin war die Künstlerin geworden, die Sam nicht dringend genug hatte sein wollen. Eine unabhängigere, selbstbewusstere Version des Originals. Morgens gingen sie oft zusammen am Fluss spazieren.

In New York hatte Sam es sechs Jahre ausgehalten, als Matildas Mädchen für alles – vom Auswählen der Kunst bis zur Versorgung ihres Chihuahuas mit seinem ganzen Konvolut an Medikamenten. Das hatte ihr den Weg geebnet. Matilda hatte sie zweimal befördert und hätte das bestimmt noch mal getan, wenn Sam hätte bleiben wollen. Aber im Gegensatz zu anderen hatte sie sich in der Stadt nie richtig wohl gefühlt.

Einmal, als ihre Mutter zu Besuch war, aßen sie in einem wuseligen Restaurant in Tribeca zu Abend. Die Tische standen dicht beisammen. Ein Geschäftsmann aus dem Mittleren Westen saß alleine neben ihnen. Als Sam kurz ins Bad ging, kam ihre Mutter mit ihm ins Gespräch. Von da an meldete er sich immer wieder zwischendurch zu Wort.

Sam beantwortete seine Fragen knapp, wollte ihre Mutter für sich allein. Das hatte sie im ganzen Leben noch so gut wie nie gehabt. Als sie ihren Rosenkohl bekamen, meinte der Mann, er hätte auch gern welchen bestellt, aber die Portion sei zu groß für eine Person.

»Wir teilen gern!«, bot ihre Mutter an.

Sam warf ihr einen scharfen Blick zu.

Nach dem Essen, auf dem Weg entlang des West Broadway, sagte ihre Mutter: »New York hat dich hart gemacht.«

Sam kannte Leute, die auf diese Härte stolz gewesen wären. So jemand wollte sie jedoch nicht sein.

Was sie hier alles erlebt hatte, was sie ihrer Mutter alles hätte erzählen können … Von dem Samstag, zum Beispiel, an dem sie ihr erstes Bild verkauft hatte. Stolz und glücklich war sie abends zur U-Bahn gegangen, nur um dort mitanzusehen, wie ein junger Betrunkener einen Obdachlosen einfach so k.o. schlug, mitten ins Gesicht.

In New York hing die eigene Stimmung immer von der aller anderen ab – ein finsterer Blick als Antwort auf ihr Lächeln hätte sie anfangs fast zum Heulen gebracht. Irgendwann hatte sie den Leuten auf der Straße einfach nicht mehr in die Augen gesehen und war ehrlich überrascht gewesen, wenn jemand ihr einen guten Morgen oder einen schönen Tag wünschte. Als sie schließlich ging, wusste sie gar nicht, weshalb sie überhaupt so lang geblieben war. Aber weil sie durchgehalten hatte, konnte sie jetzt gehen, wohin sie wollte.

»Ich dachte, du wärst vielleicht zurück nach Brooklyn gezogen«, sagte Sam jetzt zu Elisabeth. »Die Stadt hat dir doch immer so gefehlt.«

»Na, mal sehen, vielleicht, wenn diese zwei da aus dem Haus sind«, antwortete Elisabeth. »Mit Kindern ist es hier schon prima. Viel entspannter. Andrew hat inzwischen eine Stelle am College.«

»Grüß ihn mal von mir. Und wie geht's George?«

»Gut«, sagte Elisabeth.

Sam wünschte, sie würde noch mehr sagen.

Elisabeths Lächeln wirkte künstlich.

»*Der Hohle Baum* ist spitze.«

»Danke, das freut mich.«

Ob Elisabeth noch wusste, dass Sam dabei gewesen war, als die Idee geboren wurde? Dass sie sie ermutigt hatte, dieses Buch zu schreiben?

Sam hatte sich manchmal vorgestellt, Elisabeth etwas Bestimmtes zu sagen, aber jetzt, wo sie einander gegenüberstanden, kam es ihr zu viel vor. Sie wollte sagen, dass Elisabeths übergriffiges Verhalten zwar nicht in Ordnung gewesen war, ihr aber doch den nötigen Schubs in die Zukunft gegeben hatte. Dafür war sie ihr dankbar.

Das Auto hinter Elisabeth hupte. Die Ampel war wieder auf Grün gesprungen.

Sam dachte, Elisabeth würde vielleicht rechts ranfahren, damit sie sich noch etwas unterhalten könnten.

Doch sie sagte: »Wir halten den Verkehr auf, wir müssen weiter. Komm doch mal zum Essen, wenn du mal wieder in der Gegend bist.«

»Gern«, sagte Sam, im Wissen, dass es dazu niemals kommen würde.

Elisabeth wirkte, als wolle sie noch etwas loswerden. Aber sie sagte bloß »Mach's gut, Sam«, und dann war sie verschwunden.

Danksagung

Vor zwei Jahren erschien in der Zeitschrift *Real Simple* ein Essay von mir, dessen letzte Zeile wie folgt lautete: »Jedes Kind beginnt mit einer Geschichte, die eine Frau sich erzählt.«

Vielleicht gilt das auch für jeden Roman. Dieser hier begann mit einer Geschichte, die ich meiner Freundin Jami Attenberg eines Abends bei ein paar Drinks erzählte. Das ist sieben Jahre her. Damals sagte sie: »Darüber solltest du dein nächstes Buch schreiben.« Ich schrieb ein anderes Buch, aber ihre Worte gingen mir nicht aus dem Kopf. Als ich das andere Buch beendet hatte, war ich bereit.

Zunächst schrieb ich die Geschichte aus Sams Perspektive. Damals war ich mit meinem ersten Kind schwanger und hatte keine Ahnung, wie Elisabeth ihre Mutterschaft erleben würde. Diese Seiten blieben zunächst leer, doch ich wusste, dass ich sie schon bald füllen würde.

Im Juni 2017 kam mein Sohn Leo auf die Welt. Sechs Monate lang machte ich mir hier und da Notizen und fragte mich dabei, ob es mir je wieder gelingen würde, ganze Kapitel zu schreiben. Dann traf ich Radha Khan, ohne die Sie dieses Buch nicht in Händen halten würden.

In jenem Winter boten mir meine Freunde Bryan Walsh und Siobhan O'Connor an, während ihrer längeren Abwesenheit ihre Wohnung zu benutzen, die nur zwei Straßen von unserer entfernt lag. Im Gegenzug sollte ich lediglich ihre Blumen gießen und aufpassen, dass sie unter meiner Pflege nicht eingingen, was angesichts meines grauen Daumens anspruchsvoll genug war. In dieser herrlich sonnendurchfluteten Umgebung fing ich wieder an zu schreiben. Es war wunderbar. Die Seiten flossen aus mir heraus. Ich schrieb schneller als je zuvor. Gegen Ende legte ich täglich ein ausgedehntes Schläfchen auf dem Sofa ein. Erst hinterher wurde mir klar, dass ich völlig erschöpft gewesen sein musste, denn ich hatte nicht nur einen siebenmonatigen Säugling zu Hause, sondern war erneut schwanger.

Die ersten hundert Seiten schickte ich meiner Agentin Brettne Bloom und meiner Lektorin Jenny Jackson. Wie immer bekam ich ungemein hilfreiches Feedback von ihnen, und wir setzten uns zu dritt zu einem Brainstorming zusammen. Zwei Tage später kam Jennys zweites Kind auf die Welt und sie ging in Elternzeit. Ich meldete mich bei Brooklyn Writers Space an, wo ich mich oft bis in die späten Abendstunden aufhielt, während mein wunderbarer Mann Kevin Johannesen sich um den Haushalt kümmerte, damit ich vor der Geburt eine Rohfassung fertigbekäme.

Ich war im neunten Monat, Jenny gerade wieder zurück, als ich Jenny und Brettne eine komplette erste Fassung schickte. Es war wie ein Baby-und-Buch-Staffellauf. Im November 2018 kam meine Tochter Stella auf die Welt.

Als Stella drei Monate alt war, begann ich meine Arbeit an der zweiten Fassung.

Ann Napolitano, Liz Egan, Rachel Fershleiser, Jami Attenberg, Courtney Sheinmel, Meg Wolitzer, Hilma Wolitzer, Hallie Schaeffer und Maris Dyer lasen die darauffolgenden Fassungen und machten das Buch stärker und klüger als zuvor. In letzter Minute gab Alexandra Torrealba mir noch einige wertvolle Ratschläge. Karin Kringen nahm sich die Zeit, mein Manuskript genau unter die Lupe zu nehmen, und zwar mit dem scharfen Blick einer Frau, die in den ersten fünf Minuten das Ende eines jeden Films erraten kann. Ihre Freundschaft hat mich inspiriert.

Ich danke meiner Cousine Pauline Hickey und ihren Freundinnen, die mir alle Fragen zu ihrer Altersgruppe beantwortet haben. Dank an Jess Bacal, Shayla Bezjak, Riana Olson, Margaret Barthel und alle Smithies, die mit mir über Berufsfelder für Studienabgänger sprachen. Dank auch an Brooke Hauser und Dusty Christensen von der *Daily Hampshire Gazette*. An meine Schwester Caroline Sullivan für Trinket, an Kirsty Calvert Ansari für ihre Hilfe in Sachen Großbritannien, an Julie Schwietert Collazo und Micaela Coellar-Coiro, an Melissa Johnson dafür, dass ich ihr die gesamte Handlung an einem Abend erzählen durfte und sie mir dann zeigte, wo die Löcher waren, ohne ein Wort zu sagen, an meinen Vater Eugene Sullivan, an Laura Smith, Aliya Pitts, Lauren Semino, Olessa Pindak, Hilary Howard, Rebecca Ruiz, Lucie Prinz, die Garden Street Girls und die engagierte Frau von *Immigrant Families Together*.

Es ist ein großes Glück, dass ich meinen mittlerweile fünften Roman bei Knopf und Vintage veröffentlichen durfte. Ich danke allen dort für das, was sie in den vergangenen zehn Jahren für mich getan haben, besonders Sara Eagle, Paul Bogaards, Christine Gillespie, Emily Reardon, Jason Gobble, Maria Massey, Kristen Bearse, Nicholas Latimer, Kate Runde Sullivan und den leider kürzlich verstorbenen Russell Perrault und Sonny Mehta.

Dank an Grace Han für die großartige Coverillustration. Ich bedanke mich bei der Book Group, bei Jenny Meyer und Heidi Gall von der Literaturagentur Jenny Meyer, bei Jason Richman von UTA und bei Christie Hinrichs von Authors Unbound.

Dank an die Mitglieder der Bococa Moms und Smithie Parents für Ermutigung und Lebensweisheiten. Was in einer geschlossenen Facebookgruppe geschieht, bleibt auch dort, daher sind alle Posts und Antworten in diesem Buch komplett erfunden. Außer Jamey Borrells Kommentar über die Risiken multivariater Analysen zu den Auswirkungen des einmaligen Verzehrs von Oreos, weil mir einfach nichts einfallen wollte, was diesen Kommentar toppen könnte.

Schließlich danke ich meiner Mutter M. Joyce Gallagher. Sie hat mir vom Hohlen Baum erzählt, und genau wie George sehe ich ihn seitdem überall.